庆祝中国共产党成立100周年
The 100th Anniversary of the Founding of
The Communist Party of China

献给

中国共产党成立 100 周年
深圳千千万万的建设者

# 拓荒牛的記憶

厉有为

人民出版社

# 《拓荒牛的記憶》编辑委员会



**联合出版单位**

深圳市关爱行动公益基金会·退役军人关爱基金

深圳市福田区莲花山文学院

## 那时我们正年轻

# 拓荒精神永不老

（按姓氏笔画排列）

马成礼

马同礼

王增州

邓文龙

厉有为

任正非

刘对现

刘光滢

刘更申

刘坤德

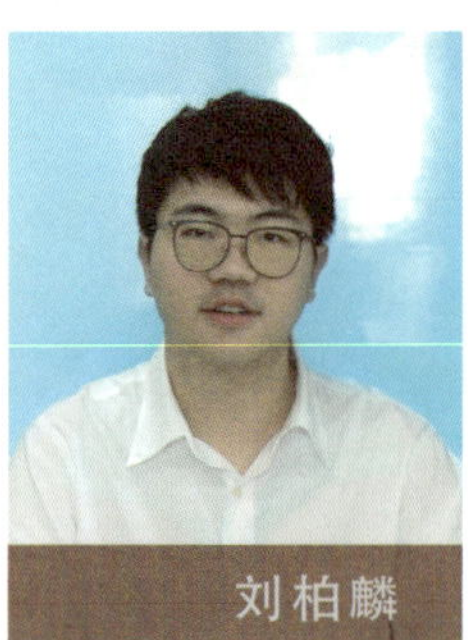
刘柏麟

刘德成

孙大海

孙建华

苏顺清

杜志文

李子彬

李平均

杨卫国

杨柳清

杨洪祥

吴书领

何　林

何崇璋

邹尔康

沈远彪

张　云

张　宝

陈玉堂

陈贤德

武 智
罗朝利
周天麟
周树凯
周顺斌
郑举武
宗德纯
段亚兵
聂 江
聂进良
贾建宁
徐 粼
蒋笃恒
稽祥雩
廖成林
廖育辉
谭业钰
樊财声

# 序：拓荒牛精神代代相传

邹尔康

在庆祝深圳经济特区建立四十周年的热潮中，深圳《拓荒牛的记忆》一书编委给我带来了书的清样并热情邀我为该书作序。读了样书后深感《拓荒牛的记忆》一书收集的文史资料很珍贵，书写的拓荒故事震撼人心，讴歌的“拓荒牛精神”值得传承。我 1981 年至 1988 年在深圳市委工作，跟工程兵的同志有密切联系。对被誉为“拓荒牛”的深圳早期建设者和内涵丰富的“拓荒牛精神”较熟悉；因有共同的经历和感受，对书中所展示的许多人和事倍感亲切。这本书引发了诸多联想与共鸣，虽已是迟暮之年还是乐意拿笔为《拓荒牛的记忆》作序。

往事依稀，却历历在目，文字无声，笔墨传情。《拓荒牛的记忆》唤起了我对深圳经济特区初创时期火红年代里，那段激情燃烧辉煌岁月的回忆，令我感慨良多。

深圳作为中国改革开放的先锋，可以说浓缩了中国四十年改革开放的历史。深圳奇迹，离不开党中央和广东省委正确领导和亲切关怀，更离不开大批深圳早期建设者艰苦卓绝的奋斗和奉献，我作为亲历者，应该说是深有感触的。是特区建设者以敢闯敢试，敢为天下先的改革精神，不畏艰险，创造了深圳奇迹。四十年来，尤其是一大批深圳早期建设者，解放思想、改革创新，勇担使命、砥砺奋进，在建设中国特色社会主义伟大进程中谱写了勇立潮头、开拓进取的壮丽篇章，为全国改革开放和社会主义现代化建设作出了重大贡献。

拓荒牛精神，这个被世人赞誉的深圳建设者创造的精神丰碑，也成为深圳这座“一夜城”的城市精神的精髓。1984 年 7 月 27 日，铜雕《孺子牛》在深圳落成，这头造型独特极具感染力的孺子牛，这头埋头负重的牛，奋力向前拓荒的形象，以固化的铜雕呈现在世人面前；这是党和国家工作重心转移到经济建设上来的改革开放新形势下，全国人民奋力建设，开拓进取精神的象征，这是深圳城市的精神灵魂支柱；是鲜明的旗帜导向和动力源泉。她犹如一面旗帜，代表着一座城市的整体形象；将引领深圳走向未来。

《拓荒牛的记忆》一书的作者，很多都是早期建设深圳的拓荒牛，还有“拓二代”甚至“拓三代”参与书写“拓荒牛”的故事和精神传承，看到拓荒牛的精神财富已代代相传，我很感佩，也倍觉欣慰。他们以朴实的思想感情，深刻的笔触和新锐的思考，再现了当年千军万马建新城，艰苦奋斗打硬仗，为深圳创造“一夜城”神话那如火如荼的宏伟场景；热情讴歌了“拓荒牛”精神。短短四十年里，深圳从一个边陲小镇发展成为国际大都市。“深圳广大干部群众披荆斩棘、埋头苦干，用四十年时间走过了国外一些国际化大都市上百年的历程。这是中国人民创造的世界发展史上的一个奇迹”。这是全体深圳人共同努力的结果。在深圳拓荒牛队伍中，两万基建工程兵是一支特别能吃苦、特别能战斗、特别能奉献的队伍。

《拓荒牛的记忆》一书以正视历史的视角，亲历者真实的回忆，全方位多角度地讲述了路是怎么一步一步走过来的，宏观又具体地还原了艰辛曲折的历史。让人们有机会再次审视改革开放的决策对一个边陲小镇的深刻影响，让我们的后人得以一览深圳特区天翻地覆变迁的神奇故事。

1979 年 1 月，宝安县撤县设深圳市，同年 11 月升格为地级市；1981 年 8 月，深圳升格为副省级城市。建市之初，深圳市的建筑公司只有 300 多人。突飞猛进的城市发展，急需大批实力雄厚的建筑施工队伍，正在深圳极缺建筑队伍的关键时刻，工程兵犹如神兵天降。

1979年底至1980年初，奉命调入深圳的基建工程兵第1支队6个连和第36支队2个连共2000多人，担负了深圳建市初期艰巨的建设任务。他们承建的市委大楼和深圳第一栋20层高楼电子大厦，成为深圳市早期的名片工程。基建工程兵很快成为深圳市最受欢迎和信任的施工队伍。

1982年10月5日，国务院、中央军委批准基建工程兵和广东省人民政府《关于调基建工程兵二万人到深圳市执行任务并改编为企业的请示》，同意两万基建工程兵从1982年四季度起至1983年二季度分期分批调入，在1983年底前就地集体转业，脱下军装成为深圳市建筑施工队伍的主力军。

1982年的深圳，除原宝安老县城有一些街区外，其他地方均是稻田鱼塘和荒郊野岭。建设高峰时期，整个深圳就是一个巨大的建筑工地。集体转业的基建工程兵深圳部队指战员，当时安置在竹子林工棚，他们战胜了今天的人们难以想象、难以承受的（包括发生火灾、台风灾害等）各种困难。在工作生活上，坚持继承发扬中国共产党和人民军队的光荣传统，发扬军队“一不怕苦，二不怕死”的革命精神，很快适应特区由计划经济模式向市场为导向机制的转变。

这支队伍当时承担了特区建设三分之一的施工任务，为深圳移山填海，架桥修路；建设学校、医院、机场、码头等公用设施；建设工业厂房，城市住宅楼等方面做了大量艰苦繁重的工作，为特区初期“七通一平”基础建设的顺利完成作出了巨大贡献。从1982年至1995年间，深圳每五个大厦就有一个是工程兵建的。

这支特别能战斗的部队，还为深圳市党政机关企事业单位和各行各业，输送了大批各类优秀人才。部队原机关参谋、干事、助理、营连干部到深圳后，靠自己努力学习和拼搏，迎难而上，经过长期锤炼，成了党政机关的厅局级领导干部，集团公司的董事长、总经理，创业创新的领军人物。他们在激烈的竞争大潮中站稳了脚跟，实现了华丽的转身。工程兵敢打恶仗硬仗，不畏艰难，开拓创新，无私奉献的精神，是深圳“拓荒牛精神”的重要组成部分。

历史总是眷顾坚定者，奋进者，搏击者。四十年前，历史选择了深圳，深圳创造了奇迹，工程兵有幸来到深圳，跟深圳一起奋斗成长发展和崛起。今天，在新的历史起点上，时代再次选择深圳，深圳必将会有新的更大作为。习近平总书记的讲话中，要求我们要勇当新时代的“拓荒牛”，努力续写更多“春天的故事”。我相信“拓荒牛”的精神能够世世代代传承下去。新一代的拓荒者们，一定能够继续开拓奋进，为肩负新时代党中央赋予深圳的历史使命，建设中国特色社会主义先行示范区的目标作出新贡献。

我期待《拓荒牛的记忆》一书尽快与广大读者见面。相信深圳人都会记住工程兵在深圳的创业和对深圳的特殊贡献，相信这本书会引起大家的思考和共鸣。

2020 年 11 月 2 日

# 目　录

## 第四辑　照片故事



## 第五辑　军人血性

## 第六辑　华丽变身



## 第七辑　再创辉煌

## 第八辑　历史印记



## 第九辑　战友情深



## 第十辑　后代传承

## 第一辑

# 壮别军旅

# 关于基建工程兵二万人集体转业改编为我市施工企业的通知

（深圳市人民政府文件〔1983〕168号）

市府直属各委、办、局、公司，宝安县人民政府，各区办事处：

根据国务院、中央军委〔1982〕30号文件决定调基建工程兵部队二万人到深圳，并在条件成熟时，集体转业改编为我市施工企业，这对加强特区基建力量，加快特区建设步伐，有着重要意义。目前调遣工作已基本完成，将于本月十九日正式改编为特区建设公司所属施工企业，为使改编工作顺利进行，现将有关事项通知如下：

一、调入我市的基建工程兵冶金指挥部深圳临时指挥所（〇〇〇四九部队），三十一支队（〇〇三一九部队）及所属七个团和一个医院，改编为如下单位：

冶金指挥部深圳临时指挥所、三十一支队机关，合并到特区建设公司；

一团（〇〇〇一九部队）改编为深圳市第一建筑工程公司（驻地罗坊路口，属罗湖区）；

十六团（〇〇〇二六部队）改编为深圳市第二建筑工程公司（驻地鹅地山塘，属上埗区）；

十九团（〇〇〇二四部队）改编为深圳市第三建筑工程公司（驻地竹子林，属南头区）：

三〇三团（〇〇三一三部队）改编为深圳市第四建筑工程公司（驻地竹子林，属南头区）：

三〇四团（〇〇三一四部队）改编为深圳市第五建筑工程公司（驻地竹子林，属南头区）；

三〇二团（〇〇三一二部队）改编为深圳市市政工程公司（驻地猫颈田，属上埗区）；

八〇二团（〇〇八一二部队）改编为深圳市机电设备安装公司（驻地皇岗山，属上埗区）；

冶金指挥部深圳临时指挥所医院、三十一支队门诊部合并改编为深圳市基建职工医院（驻地笔架山下，属上埗区）。

以上改编企业挂牌、公章启用时间为十月一日。

二、基建工程兵二万人集体转业到我市的落户手续，以师、团、医院为单位，集体办理。分别填写《军队干部转业审批报告表》《战士集体转业审批表》《在编职工调转审批表》和《军队集体转业干部花名册》《战士集体转业落户花名册》《随调在编职工花名册》报市政府批转市复退办公室、人事局、劳动局、公安局办理落户手续。转业时间，统一从一九八三年九月十五日算起。部队供应关系接转时间为十月三十一日。

三、集体转业干部和技术骨干随调随迁家属，（由三个部门组织一个办公室统一办理）报市政府批转市人事局、公安局、劳动局办理调动入户手续。未随军的干部和技术骨干的家属调迁落户问题，由特区建设公司做出规划，报市政府审批，连同已随军家属在内，五年内分期分批共解决六千户。

四、集体转业人员的工资待遇，按国务院、中央军委国发〔1983〕69号文件规定执行。

五、九月底前做好部队财务、设备、物资的交接工作。特区建设公司、市财政局、建设银行，应帮助改编单位切实做好财务、物资的清查和处理。应报废的设备物资，应处理的债权债务，均按财务制度和部队改编的统一规定办理。冶金指挥部深圳临时指挥所、三十一支队机关的财产物资，清点造册移交特区建设公司；各团的财务、设备、物资，自交自接。要加强对交接工作的领导，严禁乱摊乱支，化公为私等违法乱纪行为发生。建设公司要指定专人，组成专门小组负责整个交接工作。

六、市属各有关部门对这次部队改编工作要大力支持，主动配合，积极为改编工作提供各种便利。对部队改编为市属施工企业后的粮油、副食品、劳保用品、燃料、油料、建筑材料、机电设备等的生产、生活资料供应；基地建设，家属子女的入学、就业，以及机动车辆换发牌照等工作，各有关部门都要采取有效措施，做好接供工作，确保部队改编后就能立即开展正常工作和进行施工生产。

七、复员、转业、离休、伤病人员的安置等工作，由部队善后工作领导小组维续负责处理。

八、有关改编人员的审批表、名册等，均于九月十五日前送有关部门审定。要求在九月底前把改编人员的转业、户口、粮食供应等手续办理完毕。

基建工程兵部队二万人集体转业改编为我市建筑安装施工企业，任务艰巨，工作量大，各有关部门要加强领导，通力协作，紧密配合，认真做好改编动员和思想教育工作，以保证圆满完成这次改编任务。

深圳市人民政府

一九八三年九月十三日

▲

1983年9月19日，在深圳戏院，深圳市委、市政府召开“基建工程兵驻深圳部队改编大会”，会议宣布：自1983年9月15日起，两万名基建工程兵集体转业改编为深圳市属企业。图为大会主席台。

摄影 /杨洪祥

# 两万基建工程兵，永远不灭的军魂

刘更申

国务院、中央军委下发文件决定基建工程兵两万人集体转业深圳经济特区。31 支队机关及所属 302 团、303 团、304 团是两万人的重要组成部分。301 团决定集体转业江苏省后，上级决定 802 团列入 31 支队序列。

深圳市人民政府也下达了文件《关于基建工程兵二万人集体转业改编为我市施工企业的通知》——302 团改编为深圳市市政工程公司，303 团改编为深圳市第四建筑工程公司，304 团改编为深圳市第五建筑工程公司，802 团改编为深圳市机电设备安装公司。冶金指挥部深圳临时指挥所医院同 31 支队门诊部合并为基建职工医院（后改为第二人民医院）。31 支队机关合编入“深圳经济特区建设公司机关”（后改为建设集团公司）。

后来又利用基建工程兵转业人员组建了长城房地产公司、振业房地产公司、天地股份公司、建筑装饰总公司等单位。

## 一、老部队遇到新难题

31 支队所属各团都是有光荣传统的老部队。第 302 团的历史可追溯到 1946 年 4 月，当初为东北民主联军 6 纵队 18 师直属工程连。参加过辽沈战役、平津战役。随第四野战军南下至湖北省武昌县修建贺胜桥机场时，改编为中南军区空军机场工程大队，不久被改为机场工程营。1963 年 4 月扩编为空军工程兵第五团。

第 303 团组建于 1940 年的抗日战争初期。当时是山东省荣城县武装大队，后改编为荣城独立营。抗日战争后被编入 64 军 570 团，随后又参加了解放战争和抗美援朝战争。回国后被编入铁路公安 63 团。1961 年 2 月改编为沈阳军区工程兵 129 团。

第 304 团是 1964 年由 67 军抽调干部，招收山东省高密、昌邑、平度、诸城等县的 3 千名青年参军，组建了工程兵 174 团。

这支队伍的党组织特别有战斗力。他们共同的特点是：思想好，作风硬，组织纪律性强，年轻力壮有干劲，富有突击精神。各团由于成长环境、人员组成、历史经历的不同，又有自己的独特风格。

304 团像山：雄勇、坚韧、苦干，智勇双全重于勇。刚从青海省海西州的山顶上撤下来，就钻进了贵州省 011 基地的山沟里。他们雷厉风行，敢说敢拼，有股子突击精神。

302 团像水：机智、敏捷、巧干，智勇双全重于智。开始建筑多层楼房时，没有吊车垂直运输，水平运输难以解决，他们就发动干部战士大搞技术革新，运用“土吊车”解决垂直运输，运用手推车，解决了水平运输问题，从而摆脱了人抬肩扛的原始运输方式。

基建工程兵时期，谷牧、李人林、黎原、朱光等领导同志就多次肯定“31 支队是老部队、作风好”。黎原副主任在视察 302 团、304 团时说“你们不愧是我军的老部队，思想作风在基建工程兵是第一流的……”并亲自在 304 团“蹲点”。1981 年 304 团被国防部授予“行政管理先进单位”，这是当年基建工程兵唯一获此荣誉的部队。

部队初来深圳时，深圳还是个边陲小镇，特区人口只有 3 万多人，全市只有一条两车道的公路——深南路。除罗湖区有几栋稍高点的楼房外，福田、南山、盐田基本上是荒地一片，农村多靠“386199”部队耕作（这是当时流传的戏言，“38”指妇女、“61”指儿童、“99”指老人），青年人大都跑去了香港或国外。市政府的财政也比较紧张，国家不投资，税收很少，主要靠引进外资。但是农村比内地富得多。我同驻地农村几户农民（兼渔民）交谈后，问当地支部书记“每月有多少收入”，他说“我的月工资是人民币 500 元”。我大吃一惊，当时我这个副师级干部每月工资是160元。后来我知道深圳原住民的农民、渔民是改革开放后最先富起来的人群，他们最先享受了办经济特区的红利。他们的公司，经营水平比我们高得多，某些经营方式对我很有启发。同时我也明白，在内地最穷的群体是农民，在深圳最穷的群体可能是我们转业兵。

市委市政府领导给每个团划了一块地。支队机关、303团、304团被安置在竹子林，302团被安置在猫颈田。

各团按“边调遣、边安家、边施工”的要求，在自己分到的地块上自筹资金修建了临时基地，共搭设生活、生产、工棚20万平方米。各团所分到地块都是“三无”荒坡地，无路无电无水，路和电自己动手就能解决，水却不易解决。大本营竹子林附近没有自来水管，人们吃的是东江水，竹子林到水源地有10多公里，市政府和部队都无法出钱修水管道。只好采取临时办法，每个团装配了运水车，可是人多水少，运回的水只能供人吃。生活用水，生产用水就难办了。这时大家在驻地北边发现了一条低洼的水沟，沟底有些积水，便派人把水沟挖大挖深，囤积雨水。每人每天可分半盆，采用一水多用的办法，刷牙、漱口、洗脸、擦身、洗衣都靠这半盆水。

祸不单行，部队改编前夕的1983年9月9日，第九号台风“爱伦”正面袭击深圳，台风达11级，阵风12级。台风从深圳湾登陆，部队所在的竹子林处于台风中心，碗口粗的树木被连根拔起，斗大的石头被吹得满地乱滚，刚盖起的临时工棚很多都被吹翻了，干部战士的衣服、被褥、书籍、用品被大风吹得漫天飞舞，一片狼藉。302团团长田守臣忙了一天就睡在值班室，值班室吹翻了。他被埋在碎砖残瓦泥土下，被救之时满身是血，胸部和手脚受伤，大家劝他住院医治，他只让医生简单包扎了一下，又投入了抗灾斗争。

风刚停，深圳市委书记梁湘同志便来到竹子林，面对惨状他给了大家很多安慰鼓励，大家非常感动。经历过这场灾难的我写了首题为《台风》的诗，如实记录了当时的场景：

宇宙失衡产怪胎，弥天祸水海中来。
山倾路断疯天吼，树倒石飞病地衰。

草舍千间遭斩首，营炊百座被活埋。
伤心岭上芳菲尽，有待哥们明日栽。

这些从内地走来的大兵，哪里经历过这种阵势。竹子林原是深圳市民的垃圾场，风后老鼠、蚊子、蟑螂都跑出来了。有位安康籍的副指导员正逢老婆来探亲，两口子躲台风回来，刚进门，便看见一条大蛇盘伏在床上，军营里立即流传开夫妻斗蛇的故事……他老婆改变了来深圳定居之意，一定叫老公转业回家，怎么劝也不行，最终还是把老公拖回了老家安康。

这次风灾，部队损失巨大，13 万平方米的临时工棚遭到了不同程度的破坏，干部战士的个人物品也遭到了严重损失，真是雪上加霜，本来就比较贫困的生活更加难过了。

大风过后，我们冷静分析，认为转业部队遇到了两道难以克服的难题：

第一，高度集中统一的军事计划经济训练出来的部队短期内很难适应社会主义市场经济要求；

第二，队伍经济基础薄弱，缺乏流动资金，无永久住房，无生产基地，是深圳市最穷困的团体。

但是，我们坚信困难再多、生活再苦，经过持久努力是可以克服的，因为我们有一颗忠于祖国忠于人民的红心，有艰苦奋斗、勇于改革、廉洁奉公的好作风。

## 二、走出穷困的根本途径是改革

部队刚脱下军装，便遭遇任务不足的问题。当时规定：队伍在市场“自由游泳”，工程任务用“投标”和“自找”方式解决。

特别是从事工业民用建筑的第五建筑工程公司和第四建筑工程公司，相当一部分人无活可干。深圳市建筑企业众多，竞争异常激烈，工程的甲方乙方签合同时背后存在着潜规则，这些从大山里走出来的大兵哪懂得这些呀！直来直去不按潜规则办事，很难找到工程。

问题的症结在哪里呢？他们是刚从大山里走出来的部队，304 团原在青海的大山上施工，后来又在贵州的山沟里施工，干部战士长期生活在军事共产主义高度计划经济环境中，基层人员同外界接触的主要渠道是给养员的买菜活动。这个由男性组成的世界，战士们连女人都很少见到，谁知道市场经济为何物？他们只知道“朋友来了有美酒，豺狼来了有猎枪”。他们既不会商海中的游泳术，又不懂人海中的关系学。另一方面，他们最需要领导帮助的时候，领导却缺位了，熟悉部队情况的 31 支队领导都调去别的单位了。

后来转业兵找不到活干的情况被深圳市总工会发现了，向市委书记梁湘同志作了报告，梁书记大吃一惊，他做梦也没想到，深圳还有这么贫困的角落。他连夜召开了紧急会议，严肃批评了分管基本建设的领导，采取了紧急措施。他说：“我们都是共产党员，怎么能让转业的同志挨饿呢？如果深圳市连这个事都解决不了，要我们这些干部干什么？他们没活干没饭吃，你们给他们个工程，问题就解决了，你们为什么不给呢……”

市委的关怀激发了人们的斗志。各公司重新研究了经营方向和路子，再次调整了组织机构，加大了公关力量，通过各种关系寻找工程任务。有的兄弟单位也伸出了援手……这才把落难的转业兵从生存危机中解救出来。

李灏同志担任市委书记之后，大兴改革之风，推行了一系列改革措施。国有企业股份制改革、金融体制改革、创建股票市场……在深圳市委的领导下，针对国有企业弊端我们进行了两场激烈改革。

一次改革是推行各种形式的工程经营承包。由班组小额承包开始，最后发展为“净资产风险抵押承包”，这些承包是围绕经营责任制进行，没有触动产权关系。

二次改革是推行企业股份制。这是一次深层次的国有企业改革，是针对所有制的改革，引起了激烈争论。

企业股份制改革遭受到一部分同志的激烈反对。他们说：“你们这个股份制到底是什么东西，说穿了不就是私有制嘛！还要发行股票，这是资本主义的货色”。他们还说：“我们共产党搞那些东西干什么？小心资本主义复辟哟！”他们激烈反对成立董事会，说：“有个党委就行了，还搞什么董事会。你们一定要搞，我建议设一个机构（党委会）两个牌子（党委会、董事会）”。还有人在会上公开说：“我这个总经理当的好好的，为什么还要在我头上加个董事长？”有人甚至搬出厂长负责制的文件，以上级规定为借口反对企业成立董事会。

他们这些意见不是孤立的，上下都有人支持，特别是在1989年“六四”风波之后，反对股份制和董事会的声音变成了高八度。有的企业股份制改革试点被撤消了，董事会的人事权被收上去了，企业董事长被架空了。董事会这个新生的机构由“老虎”变成了“病猫”。直到1992年邓小平同志在深圳等地的谈话传达之后，企业改革又看到了曙光，人们迎来了又一个春天。

乘着邓小平同志南方谈话的东风，在市委和李灏书记的领导下，加速了企业股份制改革。继振业股份公司上市之后，又持续推出了长城股份公司、天地股份公司、天健股份公司等四家公司公开上市。

特别值得大写一笔的是302团（改编后为深圳市市政工程公司）来深圳后大显其“水”性格之优势。他们刚进深圳大门即发现建筑业单位众多竞争激烈，特别是私人公司竞争力特强。市政工程公司利用自己的优势，首先取得了深圳直升机场工程项目，第一个提出“一业为主，多种经营”的指导思想，所以来深初期没人饿饭。他们接受新事物和公关能力很强。深圳市委提出“国有企业股份制改造”这一命题之后，他们又努力摸索建立现代企业制度，把公司推向了市场，于是股票交易的屏幕上出现了“深天健”这个赫赫有名的公司，这是第一个由正规团队改变为上市公司的单位。如今他们已经成为来深圳的8个基建工程兵团中实力最强、规模最大、效益最好的公司。其他军转企业普遍实行了内部股份制改革。

这才使我们的生活逐步由贫困走向富裕。

## 三、在质量第一的前提下扩大规模谋发展

深圳，这块苏醒的土地，涌出了一股奋发图强的激流。

在全市人民包括两万基建工程兵转业者的共同努力下，经过40年的艰苦奋斗，已把昔日的边陲小镇建成了1300多万人口，两万7千多亿总产值的大都市。在深圳崛起的过程中，从事基础建设的拓荒牛是开路先锋。

初到深圳，由于条件限制，我们不敢有太大奢望，主要是发挥军队优良传统，艰苦奋斗站稳脚跟求生存。除了302团拿到了位于南头的深圳直升机机场工程外，

其他两个公司（团）只能找些产值较低、技术含量小、别人不愿意干的小工程，如排污管道、输水管沟、土石方处理等。稍大些工程是303团（第四建筑工程公司）承建的35公里二线铁丝网架设。但我们指导思想是明确的，不管工程大小、产值多少、工作多苦，都必经坚持“质量第一、诚信为本”。第五建筑工程公司提出“奋力爬坡、艰苦奋斗、苦战三年、彻底翻身”的口号。

为什么找不到好工程、大工程？主要是工程的所有人不信任我们，怕我们粗手粗脚把工程搞砸了，这就使我们转业大兵处境尴尬难以自拔。扪心自问，在市场经济面前我们确实“技不如人”。解决问题的办法，只有加强训练、努力学习、提高职业素质。除了自学自训外，我们多次派人到兄弟单位“取经”“学道”，去市建二公司学习的人员同他们的职工在工地共甘苦共劳动。二公司领导经过长期观察后说：“他们技术赶不上我们，但艰苦奋斗、吃苦耐劳的精神比我们强。我们以后该向他们学习”。

过了段时间，他们便投入了紧张的施工。不到3年，市建五公司便真的翻身了。当初受了些挫折，但他们毕竟是响当当的基建工程兵“一流团”，很快便后来居上，成了当之无愧的老标兵。他们先后承建了深圳市民中心、南方科技大学、香港大学深圳医院和数个居民小区。被国家建设部授予“深圳特区建筑企业标兵”。1996年他们承建的深圳华明楼被授予高质量工程奖鲁班奖，这是第一个获此殊荣的深圳建筑企业。

第四建筑工程公司（303团）经过10年坎坷后奋起了。他们先后承建了鸿图大厦、八卦岭邮电综合楼、碧海花园、红桂大厦……1999年长泰花园获得了鲁班奖，招商局光明科技园获广东省“金匠奖”，信息职业技术学院项目获深圳市“金牛奖”。

市政工程公司在承建深圳直升机场工程时打了个胜仗。接着承建了深南大道、滨河大道、北环大道等主干道工程。2001年深圳公路主枢纽管理控制中心获鲁班奖，2013年布吉污水处理厂及附属工程获得鲁班奖、詹天佑奖、金杯奖和全国建设工程优秀项目管理成果一等奖。

来深圳5年后，市政府为发挥转业人员的积极性创造性，在各公司的要求下，批准成立房地产开发公司。市政公司在1988年4月申请成立香蜜工程开发公司，接着第五建筑工程公司申请成立了深圳市五建开发公司，市建四公司申请成立了越众房地产开发公司。三个公司房地产业务很快便展开了，从而把公司主业范围大大扩展了。

实施内外扩展，把企业做大做强。初始口号是“一业为主，多种经营”，目的是安排家属就业。办了些小商店、小饭馆、小缝纫厂、小工厂……后来逐步发展为商贸公司、工业生产厂、宾馆饭店……成为公司的重要组成部分。一般情况下多种经营是围绕主业进行的。如装饰公司、物业管理公司、建筑材料公司、生活服务公司。但有的办了些离主业较远的企业也很成功。如天健集团公司与先科集团公司合作办的莱宝真空技术有限公司，主要生产导电玻璃，效益非常可观，利润大大超越房地产投资。还有越众集团公司创办的越众影视有限公司，已拍摄《寻找少校》《深圳民间记忆》《岁月山河三十年》《迁途》《从照片开始》《先生》等十几部纪录片。作品曾获休斯顿国际电影节金奖、银奖、最佳记录片奖、上海国际电影节白玉兰银奖、中国年度十大纪录片奖。

同时实施对外扩展，在内地很多城市以“独资”“合资”形式开办了不少公司，主要经营项目是房地产和装饰业。既扩大了经营规模，效益来源，又促进了内外交流，优势互补。很多公司取得了不俗成绩。

建筑装饰（集团）有限公司就是企业扩展经营的典型，汪家玉原任302团政治处主任，转业后任市政工程公司党委书记。1988年奉命带着43名骨干接管了建筑装饰工程总承包公司，这是个20多人的亏损单位。他担任总经理、党委书记后，大胆改革，精心经营，积极发展，艰苦奋斗10年后，使公司发展为闪烁着军人风采的产权清晰、管理科学、技术先进、效益良好的全国装饰业的标杆企业。承建了多项全国有名的装饰工程，如：中华世纪坛、国家大剧院、北京音乐厅、海南金海岸大酒店……有17项工程获得鲁班奖，汪家玉本人也获得“中国装饰协会特别奉献奖”“优秀企业家”“优秀建筑企业经理”“广东省劳动模范”等荣誉。

企业能否发展的关键是人才的引进、培养和使用。我们这支队伍有许多优点，但不可否认的是从总体看文化素质比较低，适应新事物的能力比较弱，而且逐步老化了。因此各单位逐步引进了不少有志之士和大专学校的毕业生，他们有的已经走上了领导岗位。可喜的是各集团公司除坚持实践磨炼外，还设立了“科技进步基金”，举办了各种业务培训班。天健集团公司还同高等院校合作建立了“天健博士工作站”“天健建工学院”。他们公司已经有2名驻站院士，4名教授级高工，14名高级工程师，200名一级建造师。多年来，公司已经获得21项省部级科学技术奖，32项发明专利，67项实用新型专利。

31支队改编的各公司，多年来输送培养了不少人才，创立发展了一批优秀企业。据不完全统计，从31支队走出来的局级干部有65名，还有不少企业家。如被授予“管理创新优秀人才”中国装饰协会副会长、深圳市建筑装饰（集团）有限公司原董事长汪家玉，国际旅游联合会副主席孙双西（原31支队政治部干事），深圳坪山新区原区委书记刘子先（原31支队参谋），全国优秀报刊工作者、深圳市中银信置业有限公司总经理杨洪祥（原31支队报道员）等。

特别值得一提的是302团最后一任团长、深圳市市政工程公司奠基人——田守臣同志。在深圳经济特区建设初期倒下了，人们都说“团长是累死的”。他是基建工程兵队伍第一个为深圳献出生命的“开荒牛”。人们公认他是没有授予英雄称号的“英雄”，至今人们还在深深怀念他。

这些同志都在脱下军装后，创造了不俗的业绩，当然，同我们的战友任正非和他创立的华为公司相比，是小巫见大巫，自愧不如。但是我们可以骄傲地说，在深圳基本建设战线，我们也曾创造过辉煌。

基建工程兵改编的公司，逐步发展为综合经营的大公司，把专业经营公司的职能转交给了下属专业公司。

市政工程公司于1997年升格为深圳市天健（集团）股份有限公司，具有市政总承包特级资质。有这种资质的公司全国只有8家，他们在华南地区是唯一有这种资质的公司。

第四建筑工程公司，2000年升格为深圳市越众（集团）股份有限公司，具有房屋建筑工程施工总承包一级、市政公用工程总承包一级、基础工程专业总承包一级资质。

第五建筑工程公司，2009年升格为深圳市建工（集团）股份有限公司，具有房屋建筑工程施工总承包一级、市政公用工程总承包一级、地基工程专业总承包一级资质。

## 四、企业经营者的人生底线是廉洁奉公

军营文化的集中表现是勇敢机智，一切行动听指挥的集体英雄主义精神；企业文化则更多地表现为廉洁自律、遵法守纪、诚信对人的公民意识。部队集体转业深圳特区面临着前所未有的巨大转变。在经济环境上由高度计划经济转变为市场经济，在经营方式上由规范化的制式操作转变为跳进商海的自由游泳，在分配方式上由军事供给制转变为按劳分配自负盈亏的工资制，在生活状态上由半封闭的军营生活转变为开放性的社会生活。

每项转变都在宣示：人们同金钱打交道的机会增加了，人们获得收入的渠道拓宽了，干部权力的含金量增值了。同时出现个人的自由度相对增多了，约束性减少了，不得不更多地依靠个人的自觉性、主动性。在这种新形势下，如何像军队那样坚持正确的政治方向，坐在钱堆上而不贪腐，便成为每个经营者的试金石。

这就决定掌握权力的人——干部，必须加强教育。教育内容是除党和政府的方针、路线、政策、规定外，经常性的教育内容是反腐倡廉。方法是紧密联系本单位的工作实际，学文件，讲道理，定制度，分析典型案例，敲警钟，抓苗头，“打预防针”等。

反复强调金钱的两面性，正义之财可活人，可养人，可带来幸福；不义之财会杀人，会败家，会带来灾难。强调：权力是人民给的，权力是为人民服务的，权力是受制约的，从而引导干部树立正确的金钱观、权力观、人情观。自觉树立遵法守纪、廉洁自律的公民意识。

由于重视思想教育和有军人的思想基础，转业深圳的前10年未发生重大贪腐刑事案件，一般违纪案件也很少。在生活比较困苦的情况下，他们廉洁自律，忠于职守，常在河边走就是不湿鞋。

原31支队转业深圳的四名副师级干部：副支队长王树林、时振山，副政委刘更申，总工程师熊煦超都担任了大企业的主要领导职务董事长、总经理、党委书记……掌握着大笔国有财产，但他们都能遵法守纪、廉洁自律，不贪腐、不谋私、不奢侈，成为支队转业干部的榜样。在他们的影响下，支队原担任正营职以上职

务的干部没出现因腐败谋私而触犯刑律的人。他们大都是跳进商海自由游泳的经理层人士。尽管他们能力有强弱，职务有高低，工作成绩有大小，但在金钱面前却一致表现出一个革命者的高贵品质，廉洁自律，遵法守纪。也有个别干部辜负了组织信任，以权谋私，走向了犯罪道路。在改编公司建制内，出现了一起贪污刑事案件，尽管在 1208 名干部中所占比例不大，却值得后人引以为戒。

20 世纪 80 年代后期、90 年代初期，全国企业界出现了一股逆流，有些经理卷款逃走了，据说至今还有一些外逃贪污犯没有逮捕归案。当时深圳基建工程兵干部出身的大小经理有 100 多个，没一个人携款外逃。他们做人是有底线的，这个底线就是“我是中国人，长着中国心，这颗心永远和生我养我的黄土地同呼吸共命运”。

事实证明，31 支队不愧是由我军几支经过战争锤炼的老部队组成的，较好地继承发扬了人民军队的光荣传统。特别是 303 团、304 团改编的公司，30 年在建制内没出现贪腐案件，这不能不说在深圳是个奇迹。他们像大山一样一直守护着人生的底线——行为合法。集体转业的老兵们将用毕生的精力写出一份人民满意的答卷。他们曾是共和国万里长城的一块砖，这块砖用到哪里都会为社会主义祖国建起万丈高楼。他们曾是人民军队军营里的一棵小树，这棵树栽到哪里都会为老百姓谱写绿色篇章。

## 五、艰苦奋斗、劳动致富，不断改善群众生活

经过长期奋斗，各公司都富起来了。公司的总资产、净资产、年利润、营业额、财政收入都有上百倍、几百倍的增长。以天健集团公司为例，初来深圳时的 302 团 1600 名官兵固定资产仅有 146 万元，流动资金仅有 20.8 万元。2019 年底统计公司的总资产 403.13 亿元，净资产 96.6 亿元，年利润 12.3 亿元，营业收入 146.65 亿元。显然在深圳艰苦奋斗了 38 年的 302 团早就不是当年的模样了，脱掉军装后变肥了，长高了，成了腰缠万贯的大财团。

集体富了之后，职工也跟着富了起来。他们的主要收入是工资，有人还有股票证券、房产、银行利息收入。集团公司和下属公司领导成员推行年薪制，集团

公司主要领导者年薪在百万之上，二级公司的领导者一般年薪也在 80 万左右。原当过兵的老职工，月工资一般都在万元以上。

集体转业的人们逐步形成了三个层次。

一是先富起来的人群，成长为千万富翁、亿万富翁。约占 20%（不含自住房）。他们的个人素质较高，除正常的工资奖金收入之外，还抓到了社会上的发富机遇，成为拥有房产、股票、证券、银行存款等超千万的富人。这个群体主要是：企业高层管理人员和部分企业中层干部；长期在金融、房地产、高科技行业工作的有智之士；早期跳进商海自创新路，举办私有企业的勇者；炒股票、买卖房产的成功人士。

二是企业内部积极肯干，奋发图强善于理财的人。先后步入“小康之家”，约占 77%。这部分人是企业的主体，是施工的基本力量，他们夏战“三伏”，冬战“三九”，创造了许多奇迹。

三是没抓到机遇反而因某种原因陷入贫困的弱势群众。约占 3%。有的早年离开了原建制单位，调入经营失败的外单位；有的自办企业经营不善；有的遭遇天灾人祸。

要特别强调的是先富起来的人多数是靠艰苦奋斗、勤俭持家、劳动致富的；部分人是因为善抓机遇、眼光敏锐，富有智慧致富的。他们是我们队伍中的优秀分子，是值得尊重的。

企业工资通常是和效益挂钩的，超额完成任务者工资增加，完不成额定任务者工资减少。

各集团公司发扬老部队同生死共患难，团结一致向前看的精神，用自动捐献的方法建立了“扶危济困基金”对困难户或突发性灾难者进行生活扶助。

各公司除在工程质量上获得多项鲁班奖、詹天佑奖、金杯奖优秀工程奖外，在公司全面建设上曾获得多次国家级奖励。

首先崛起的是市政工程公司（原 302 团），这支队伍的文化素质比较高，适应市场经济的能力比较强，机智灵活，敏捷果断，像一股高山流出的激流克险攻坚，一直向前。在基建工程兵时期最后 3 年他们处于逆境，走了一段坎坷不平之路，来深圳调整了领导班子后，他们发愤图强，开始腾飞。转业 10 年后的 1993 年率先被国务院建设部等三部委评为“中国500强经济效益建筑企业第一名”，1999年又获得“全国五一劳动奖状”，几个月之后，天健集团股份有限公司股票在深圳证券交易所上市。最近又被评为深圳500强企业，排名第87位，比去年提升了28位。还被评为“公司治理十佳企业”“绿色治理十佳企业”。

另一个雄起的是第五建筑工程公司（原304团），这支队伍作风泼辣，勇敢坚强，吃苦耐劳，突击力比较强，是基建工程兵的“一流团”。来深初期，由于不适应市场经济环境，曾遭受苦难，饿过肚子。但是他们凭借在军营养出的好思想硬作风，很快就走出困境。1987年产值突破两千万元，净利润28.8万元，解决了生存问题后开始腾飞。2009年更名为建工（集团）公司。2012年获得全国五一劳动奖状，获得此奖前后还获得“全国建筑诚信企业”“全国AAA级信用企业”“全国建筑先进企业”等荣誉。

▲

刘更申近照（照片由本文作者提供）

奋起直追的第四建筑工程公司（原303团）在31支队的四个团中是资格最老的团队。本来兼有302团的“智”，304团的“勇”。由于某种原因来深圳初期，“智”和“勇”都未正常发挥出来。队伍和领导班子不适当地更换或组合；“用能人”导致房地产经营失败，使他们陷入了10年灾难之中。10年后，他们秉承“越而远，众成城”的企业精神横起直追，勤奋开拓，把存在心灵深处的潜力挖了出来。公司先后被授予“全国建设系统AAA信用企业”、“全国优秀施工企业和全国信誉保证企业”等。

建设集团公司在1995年被授予全国五一劳动奖状，这是我们转业各团（公司）的母公司，是我们两万转业兵人人有份的荣誉。

我们深深体会到，两万基建工程兵不过是解放军大学校的一队毕业生，深圳大棋盘中一枚过河卒子，是党的改革开放决策为我们提供了历史机遇，是深圳市委市政府领导和全市人民给我们营造了展现才能的工作平台，我们由衷地感谢他们。

我们参与开创的事业将会万古长青。

我们在建设中国特色社会主义先行示范区战场上会再立新功。

# 一支仅存11个月的基建工程兵部队

刘坤德

基建工程兵冶金指挥部深圳临时指挥所（代号中国人民解放军00049部队），从1982年11月成立，至1983年9月集体转业改编为深圳市国有企业，其番号和代号仅仅存续11个月，可能是中国人民解放军和平年代军史上存续时间最短的部队，但它为冶金部队顺利调迁，改编为深圳市国有企业，为深圳经济特区早期的建设和发展作出了历史性的贡献。

## 一、基建工程兵冶金指挥部深圳临时指挥所成立于特殊时期

1979年1月宝安县撤县设深圳市，同年11月升格为地级市；1980年8月26日成为经济特区；1981年8月，深圳升格为副省级城市。建市之初，深圳市的建筑公司只有300多人。突飞猛进的城市发展，急需大批实力雄厚的建筑施工队伍。1979年底至1980年初，基建工程兵第1支队6个连和第36支队2个连共2000多人奉命调入深圳，并成立第1支队深圳指挥所，担任深圳特区的建设任务，承建的深圳市第一栋高层建筑电子大厦和市委大楼，成为当时的名片工程。基建工程兵成为在深圳市深受欢迎和信任的施工队伍。但是这些兵力远远不能满足当时深圳经济特区建设和发展的需要。

国务院、中央军委为落实党的十一届三中全会把党和国家的工作重点转移到社会主义现代化建设上，以经济工作为中心，实行改革开放的战略决策，决定大

幅精减部队员额。1982 年初决定撤销基建工程兵建制，所属部队按系统对口集体转业。6 月广东省人民政府和深 圳市政府向基建工程兵提出，为加快深圳特区建设，建议集体转业 2 万指战员到深圳市。10 月 5 日，国务院、中央军委〔1982〕30 号文件批复广东省人民政府《关于调基建工程兵二万人到深圳市执行任务并改编为企业的请示》。同意先调基建工程兵第 31 支队（率第 302、303、304 团），第 2 支队第 16、19 团，石化指挥部直属第 802 团，共 1 个支队机关、6 个团，约 12000 人，到深圳市执行施工任务，以后根据基建工程兵撤改进展情况陆续调齐到两万人左右。这些部队，从 1982 年四季度起至 1983 年二季度分期分批调入，在 1983 年底前就地集体转业，改编为深圳市建筑施工企业。同意在原基建工程兵第 1 支队深圳指挥所的基础上，组成“基建工程兵冶金指挥部深圳临时指挥所”，执行师级单位权限，对原驻深圳第 1 支队的部队及第 16、19 团实行统一指挥。国务院、中央军委在基建工程兵部队即将撤销编制的情况下，批准组建基建工程兵冶金指挥部深圳临时指挥所（00049 部队），这一重大举措足以说明国务院、中央军委对调入特区的冶金部队改编为深圳市建筑施工企业的集体转业工作高度重视；同时也说明基建工程兵冶金指挥部深圳临时指挥所的使命重大。

遵照国务院、中央军委决定，基建工程兵冶金指挥部选拔精兵强将迅速成立基建工程兵冶金指挥部深圳临时指挥所。原第 1 支队深圳指挥所（00019 部队）的部分首长，司令部、政治部、后勤部三大部门和科室领导及其工作人员，留在新成立的“基建工程兵冶金指挥部深圳临时指挥所”任职。同时，从第 2 支队选调部分支队首长到指挥所任职，又从第 2、第 3 支队选调部分科室指战员到指挥所工作。

基建工程兵冶金指挥部深圳临时指挥所领导班子和司令部、政治部、后勤部机关的领导如下。

**班子成员：**

主任：孙志杰 基建工程兵冶金指挥部副主任兼任（副军职）；

副主任：王 炬、连复宣（副师职）；

副政治委员：赵相臣（副师职）；

总工程师：顾张根（副师职）。

**司令部：**

副参谋长：马成礼、马广泉、刘光华（正团职）；

副总工程师：王尧生（正团职）。

司令部设有工程技术科、合同预算科、军务科、质量检查科、 管理科。

**政治部：**

主任：张书亭（副师职）；

副主任：黄显贵、安步瀛（正团职）。

政治部设有组织科、宣传科、干部科、保卫科、秘书科。

**后勤部：**

政治委员：周绍泽（正团职）；

副部长：李挺硕、范绍良、张信茂、刘爱民（副团职）；

总会计师：陈国良（副团职）。

后勤部设有装备科、物资科、军需科、财务科。

基建工程兵冶金指挥部深圳临时指挥所下辖3个团、1所医院。

3个团是：00019部队深圳指挥所（深圳1团）；第2支队的第16、第19团。从第3支队抽调1500名指战员组建成3个营，分别编入上述3个团。

新组建的00019部队深圳指挥所（深圳1团），辖1979年底至1980年初第1支队率先调入深圳的2000多名指战员（含第36支队352团的两个连队）和当年从第1支队在鞍钢、第3支队在本钢的部队抽调的1000多名指战员。

00019部队深圳指挥所（深圳1团）按正团级建制配备领导干部：

团长：袁飞芳；政治委员：周绍泽；副团长：周心南、王光华、肖德阳；副政治委员：谭裕仁、刘斌臣。

当时该团没有设立司令部、政治处、后勤处三大部门，只设工程股、 技术股、合同预算股、军务股、质量安全股、管理股，组织股、宣传股、干部股、保卫股、群工股，装备股、物资股、财务股。

16团团长王国志，政委张春波，副团长黄振启，副政委罗世钦，参谋长李凤岐。

19团团长赵凤霄，政委王哲，副团长张宝、顾世忠、曹克政、李芳有，副政委马家麒。

为了保障入深部队指战员和改编企业后的医疗健康服务，从第1、第2、第3支队医疗系统抽调部分医务人员，组建了基建工程兵冶金指挥部深圳临时指挥所医院（正团级），即00049部队医院。医院院长马文英，政委安步瀛，副院长武常青，副政委陈恒善、曾建成。

## 二、基建工程兵冶金指挥部深圳临时指挥所完成了艰巨的任务

深圳临时指挥所虽然仅存在11个月时间，但它承担着部队移防安家、搞好工程建设、部队顺利改编等艰巨任务。孙志杰主任率领指挥所全体指战员坚决执行国务院、中央军委的命令和上级指示，做了大量艰苦细致的各项工作，战胜面临的各种困难，不辱使命，圆满完成了上级赋予的任务；它所做出的贡献对深圳市建设发展的意义重大，影响深远。

（一）组织大量人员物资调防转移

在短时间内，部队8000余名指战员、大批施工机械设备和施工用具，分别从河北省唐山市，辽宁省鞍钢、本钢，安徽省马钢，上海市宝钢建设工地转移到深圳经济特区。满载指战员和设备物资的几十趟军列安全抵达深圳。短时间内把分散各地的部队调到深圳集中，没有出现任何事故，非常难得。

（二）迅速安营扎寨

部队到达深圳后，安排在当时深圳老镇之外几公里至十几公里的白沙岭、笔架山、泥岗、竹子林等荒山野岭安营扎寨。部队到达驻地立即修土路，搭竹棚，打水井，拉电线，及时解决了基本的生活需要问题。

（三）雷厉风行投入工程施工

指挥原第1支队深圳指挥所承担的大量工程，抓紧施工进度。组织新调入的第16、第19团承担上步工业区和滨河居住区、深南大道上的统建楼和红岭大厦等工程建设施工。在笔架山下，搭起一排排活动板房开设医院，为部队提供医疗服务。解放军雷厉风行的作风，受到深圳市领导和人民群众的称赞。

（四）保证部队平稳改编

对部队改编为深圳市的施工企业，指战员中存在种种顾虑。不少干部战士

▲

基建工程兵冶金指挥部副主任兼冶金指挥部深圳临时指挥所主任孙志杰（左二）、副主任连复宣（左三）在基层部队考察时与王荣生（左一，16团前任团长），王国志（右一，时任16团团长）合影。（照片由本文作者提供）

因家庭困难、个人前途，以及对特区前景担忧，想转业回原籍。指挥所党委和部队各级党组织大力加强政治思想工作，组织学习中央关于基建工程兵撤销集体转业的决定和中央关于建立深圳特区的决定，认识其光明前景及深远意义；教育部队发扬基建工程兵部队特别能吃苦、特别能战斗、特别能奉献的精神，统一和提高了全体指战员的思想认识，大家表示听党指挥、顾全大局、安心为特区建设做出应有的贡献。特别是孙志杰主任经常带领指挥所领导班子成员深入基层，做艰苦细致的思想政治工作和行政管理工作，保证部队思想稳定，自始至终保持了旺盛的施工生产能力。从而保证了部队顺利改编为深圳市建筑施工企业，圆满完成了国务院、中央军委赋予的特殊使命。

## 三、基建工程兵冶金指挥部深圳临时指挥所及所辖部队改编为深圳市企、事业单位

按照国务院、中央军委〔1982〕30号文件决定和深圳市人民政府《关于基建工程兵二万人集体转业改编为我市施工企业的通知》（〔1983〕168号），基建工程兵冶金指挥部深圳临时指挥所及所属3个团、一个医院改编为深圳市施工企业和事业单位。

（一）基建工程兵冶金指挥部深圳临时指挥所于1983年9月集体转业合并

到深圳经济特区建设公司

深圳经济特区建设公司是一个政企合一的正厅级单位，管辖若干政府部门和副厅级企事业单位。当时正职空缺，有副总经理王世伦、丁学保、胡梅英（兼市规划局长）。

基建工程兵冶金指挥部深圳临时指挥所和第31支队（00319部队）集体转业的副师职领导王树林、張书亭、刘更申、王炬、时振山任该公司副总经理；顾张根任深圳经济特区建设公司总工程师。深圳临时指挥所司、政、后三大部门的正团级干部集体转业后分别安排如下：

司令部副参谋长马成礼任深圳市物业发展公司经理，负责当时全国第一高楼——深圳市国际贸易中心大厦的建设工作。在他任上，把一个副处级公司发展壮大成为深圳市早期的十大集团公司之一，并成为知名的上市公司。他在深圳国贸大厦的建设管理和国贸大厦建成后的运营中做出突出成绩，1991年10月被国务院军队转业干部安置工作小组、中华人民共和国人事部和中国人民解放军总政治部授予全国模范军队转业干部称号；副参谋长刘光华任园林公司经理；副参谋长马广全任马钢（集团）建设公司副总经理；副总工程师王尧生任深圳经济特区建设公司副总工程师。指挥所机关共有209人，小部分留在特区建设公司机关，大部分分配到了深圳市党政机关企事业单位。

深圳市1984年上半年机构改革，深圳经济特区建设公司的政府职能分离出来，成立市政府基建办公室。该公司原来管理的副厅级单位划归市政府基建办公室管理。成立深圳市建筑安装总公司（后来更名为建设集团公司），管理原经济特区建设公司所属的建筑施工企业。深圳经济特区建设公司的8位副总经理分别到以下单位任职：王炬任市政府基建办公室主任；丁学宝任深圳市建科中心主任；胡梅英任深圳市政府规划局局长；王世伦任建安总公司总经理；张书亭任建安集团公司副总经理（后任东部集团公司总经理）；王树林任建材工业集团公司总经理；刘更申任园林集团公司总经理；时振山任南油集团副总经理（该单位当时属正厅级单位）；特区建设公司总工程师顾张根任建安集团总公司总工程师。

他们在新的工作岗位上都做出了重要的贡献。

（二）3 个团分别改编为 3 个公司

00019 部队深圳指所（深圳 1 团）改编为深圳市第一建筑工程公司（现深圳市特皓集团股份有限公司）。袁飞芳任经理；周绍泽任党委书记；周心南、王光华、肖德阳任副经理；谭裕仁、刘斌臣任党委副书记。

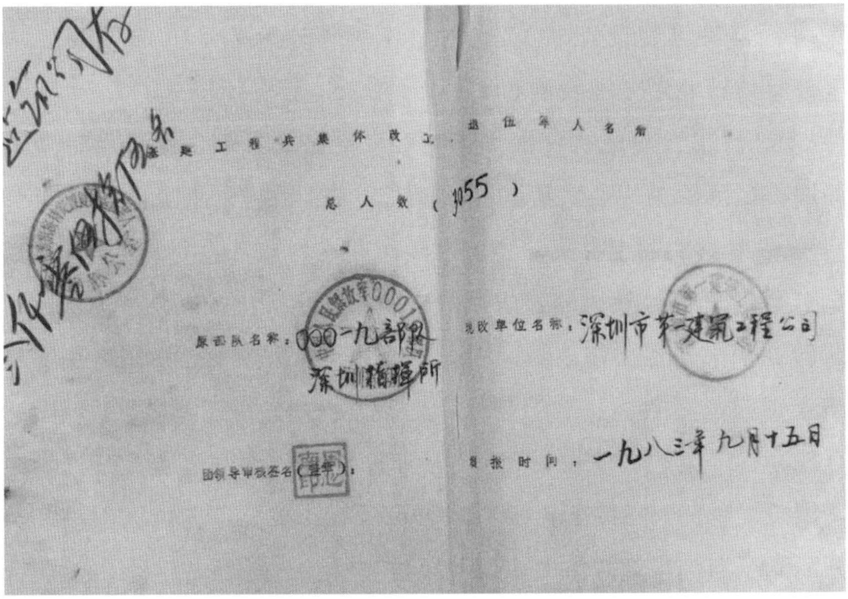


▲

00019部队集体转业移交表封面（照片由本文作者提供）

第 16 团（00026 部队）3275 人集体转业，改编为深圳市第二建筑工程公司（现深圳市建业集团股份有限公司）。经理王国志；党委书记张春波；副经理黄振启、李凤岐；副书记罗世钦。

第 19 团（00024 部队）3020 人集体转业改编为深圳市第三建筑工程公司（现深圳市鹏城建筑集团有限公司）。经理赵凤霄；党委书记王哲；副经理张宝、顾世忠、李芳有。原副团长曹克政转业到辽宁鞍山市。原副政委马家麒转业到上海市。

（三）部队医疗卫生系统改编为地方医院

00049 部队医院和 00319 部队门诊部 192 人集体转业改编为深圳市基建职工医院（现深圳市第二人民医院）。马文英任院长，安步瀛任党委书记，武常青、潘纯治（原 31 支队后勤部卫生科科长）任副院长，陈恒善任党委副书记。00049 部队医院副政委曾建成转业到深圳市烟草专卖局任副局长。

1983 年 9 月 15 号基建工程冶金指挥部深圳临时指所（00049 部队）与基建工程兵以下部队集体转业深圳经济特区：

第 31 支队（00319 部队）机关 212 名指战员，部分指战员合并到深圳特区建设公司，部分指战员分配到深圳市党政机关企事业单位；302 团 1520 名指战员，改编为深圳市市政工程公司，即现在的深圳市天健（集团）股份有限公司；303 团 3650 名指战员，改编为深圳市第四建筑工程公司，即现在的越众（集团）股份有限公司；304 团 3010 名指战员，改编为深圳市第五建筑工程公司，即现在的深圳市金众（集团）股份有限公司；802 团 1650 名指战员，改编为深圳市机电设备安装公司，即现在的深圳市建安（集团）股份有限公司。

同年 12 月 25 号 912 团 350 名指战员改编为深圳市工程地质勘察公司，即现在的深圳市工程勘察研究院有限公司。两万基建工程兵调入深圳集体改编为深圳市国有企业的工作顺利结束。

基建工程兵冶金指挥部深圳临时指挥所主任孙志杰这位当年的老八路、基建工程兵冶金指挥部副主任（副军级）离休，到基建工程兵西安干休所；副主任连复宣（副师级）离休，到基建工程兵北京某干休所；副政委赵相臣（副师级）离休，到基建工程兵鞍山干休所；政治部副主任黄显贵离休，在深圳。

## 四、基建工程兵冶金指挥部深圳临时指挥所及其部队集体转业深圳特区，做出了重大贡献

（一）部队改编的企业是深圳特区建设的主力军

基建工程兵冶金部队是 1966 年下半年由冶金工业部第四建设公司和第九建设公司工改兵的一支专业施工部队，是工业与民用建筑的一支战斗力很强的王牌

劲旅。多年来转战在甘肃省酒泉钢铁厂，四川省攀枝花钢铁厂，江油长城特钢厂，贵州省遵义“八七”工厂，辽宁省鞍山钢铁厂、本溪钢铁厂，上海宝山钢铁厂，河北省唐山钢铁厂等，为国家重点钢铁基地建设和唐山抗震救灾及重建做出了巨大贡献。这次选调进入深圳参加特区建设的近万名官兵，从 1979 年底至 1983 年上半年先后到达深圳，在深南大道一带建起了早期的城市名片工程：深圳第一栋高层建筑电子大厦、市委大楼、统建楼、红岭大厦、华强北工业厂房等。这些项目的完成是这支部队献给深圳这座崭新城市的见面礼。

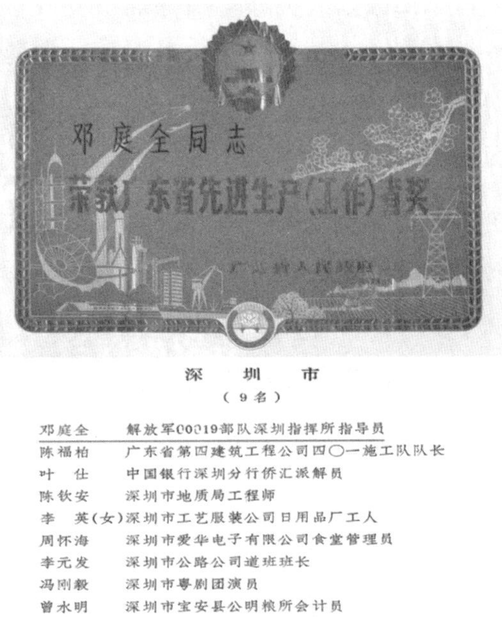


▲

1982年，广东省授予基建工程兵在承建深圳市第一栋高层建筑电子大厦做出突出贡献的连队指导员邓廷全同志先进生产（工作）者称号。图为邓廷全的奖章、证书。

摄影 /周顺斌

集体转业改编为深圳市建筑施工企业后，为深圳市移山填海、架桥修路；建设学校、医院、机场、码头等公用设施，建设工业厂房、城市综合体和住宅楼等，继续为深圳作出了巨大贡献。许多市民说如果没有基建工程兵部队参加经济特区的建设，深圳市初期的发展就不会有那么神速。

（二）为深圳市输送了大批各类人才

深圳特区创办之初，人才奇缺是今天的人们难以想象的。这支部队为深圳市党政机关企事业单位和各行各业，输送了大批各类人才。很多机关参谋、干事、助理，基层的营连干部后来成了党政机关的厅局级领导干部，集团公司的董事长、总经理，创业创新的领军人物，甚至有的战士成为世界知名的民营企业家。

（三）奠定了深圳“拓荒牛精神”的基础

当时深圳经济特区，除原老县城有街区外，其他地方均是建筑工地和荒郊野岭。当时在工程建设中，特别是在发生火灾、台风灾害等各种困难，今天的人们难以想象。基建工程兵深圳部队指战员在服现役时和改为深圳施工企业员工后，坚持继承发扬共产党和人民军队的光荣传统，发扬军队“一不怕苦，二不怕死”的革命精神和基建工程兵部队特别能吃苦、特别能战斗、特别能奉献的精神，很快适应特区由计划经济模式向市场为导向机制的转变，在激烈的市场竞争大潮中站稳了脚跟，实现了华丽的转身。这种敢打恶仗硬仗，不畏艰难，开拓创新，无私奉献的精神，是深圳“拓荒牛精神”的重要组成部分，实在难能可贵。

“拓荒牛精神”是党的改革开放政策催生的时代精神，是深圳经济特区这块实验地里拓荒牛们实践淬炼出来的，是我党我军艰苦奋斗精神在改革开放新时期的延续和发扬。深圳两万基建工程兵干部战士和千千万万建设者，是“拓荒牛精神”的重要载体。在深圳初创时期，战胜了人们难以想象的艰难困苦，在奋斗拼搏中淬炼成的拓荒、创业、创新、奉献精神，打上了改革开放新时期鲜明深刻的时代烙印，具有强大旺盛的生命力，是深圳迅速发展的精神武器；是实现中华民族伟大复兴中国梦的精神动力。这种精神今天仍然激励着深圳人为建设新时代中国特色社会主义先行示范区而努力奋斗！续写更多春天的故事，勇当新时代的拓荒牛。

基建工程兵冶金指挥部深圳临时指挥所及部队撤销改编距今已近 40 年，很多战友期盼深入了解和重温这段军史；我时任冶金指挥部深圳临时指挥所司令部管理科副科长，集体转业又留在深圳经济特区建设公司办公室工作。深圳经济特区建设公司撤销，政企分开，成立了深圳市政府基本建设办公室，我被选调到秘书处工作。作为这段历史的见证者和当事人，感觉有责任铭记这短暂而不凡的日子。在众多战友帮助下整理出来，呈现给大家，向流金岁月致敬！

注：此文成稿过程得到了深圳市建设集团、深圳市第一建筑工程公司的支持。原 00049 部队段亚兵、秦永安、郑举武、张淑运；原 00019 部队查生明、吴书领、刘光滢、周树凯帮助查证史料，军史专家周绪银、曹海鹏勘误斧正，在此一并深表谢忱！

▲

刘坤德照片（照片由本文作者提供）

# 融入鹏城的一支部队

段亚兵

## 一支部队调入深圳

1978年党的十一届三中全会作出了改革开放的重大决策。毗邻港澳的深圳承担起先行探路的重任。1979年深圳建市。1980年8月26日深圳经济特区成立。

就在深圳万事开头难时，1979年底，一支基建工程兵部队从冰天雪地的东北大地南下到了春暖花开的南海之滨，参加一座新城的建设。从此，一支部队与一座城市的命运紧紧地连在了一起。

成立于1966年的基建工程兵部队，诞生于新中国四面环敌的危险之中，肩负着共和国尽快实现工业化的重任，承担着国家大型基本建设和国防工程建设任务。这是一支“劳武结合、能工能战、以工为主”的特殊部队，最盛时基建工程兵兵力近50万人。

改革开放前夕，党中央领导高瞻远瞩观世界、拨开迷雾看真相，认为和平发展是当前国际社会的主要趋势，仗一时打不起来，做出了以经济建设为中心的重大战略决策。在这种情况下，基建工程兵功成身退、兵种撤销。因此，从1982年下半年开始，基建工程兵的两个师2万人调入深圳，集体转业成为深圳的建设施工生力军。

当时的深圳局面新开，百业待兴，渴求人才。这支部队的调入，让深圳有了一支数量最大的移民群体。当时的深圳特区内居民是3万人，而这支部队2万人，加上后来陆续进入的家属孩子，人数远超过特区内居民。这个移民群体不光数量大，更重要的是素质高。这支两万人的队伍，拥有3千多名党员、1千多名高级技术业务骨干，带来了许多大型工程机械设备。这是一支政治素质好、技术业务精、组织纪律性强、年轻力壮、生龙活虎的队伍。深圳第一次有了一支国家级水平的建设劲旅。长缨一旦在手，缚住苍龙有了底气。

## 与城市一起成长

在战士们的想象中，毗邻繁荣香港的深圳应该是一个不错的城市。但刚一下车，眼前荒凉落后的景象让大家大吃一惊：市区街道狭窄，房屋建筑破旧，比内地的一些县城市容还差。罗湖老东门一带是市区中心，街道很短，点上一支烟还没有抽完，就从这头走到了那头。最高的楼房是深圳戏院和对面5层高的深圳旅店，街道很多地方都是土路。

军人的使命是冲锋，没有工夫停下来叹息。干部战士立即投入了安家、拓荒的战斗。进入深圳第一天，许多连队挖地为灶、支锅煮饭；没有水喝，就地掘井。学习当地民工队的办法解决住房问题，用毛竹搭架、编竹叶为竹排做墙、牛毛毡盖顶防雨。一夜之间荒草地上冒出了几百栋竹棚。这就是战士们的家。竹棚冬天不遮风，夏天不避雨，一个火星就会燃起大火，干竹烈火，火烧连营，战士们多年的积蓄将会化为灰烬。

部队刚落户深圳的前几年，由于全国压缩基本建设战线、艰难摸索市场经济的路子、遭遇强台风袭击等多种原因，部队遇到了难以想象的挫折和困难，吃了很多苦头，也走了一些弯路，少数队伍甚至陷入了绝境。1986年《特区文学》第五期，发表了吴启泰、段亚兵撰写的中篇报告文学《深圳·两万人的苦痛与尊严》，反映了这支队伍遇到的困难和挫折，引起了轰动。

然而，苦痛是意志的磨刀石，挫折是成功的考验关。面对挫折和困难，战士们不以为苦，乐在其中；不怕失败，从头来过；敢打硬拼，迎接挑战；不怕困难，日夜奋战。先后建起了一批深圳最早的标志性建筑：高档优雅的友谊商场和泮溪酒家、庄重美观的市委大楼、特区第一栋20层深圳电子大厦等；参与了当时中国第一楼 53 层国贸大厦的建设，为创造“三天一层楼”的深圳速度贡献了不可或缺的力量。

在部队集体转业 10 年后，这支队伍迎来了其辉煌时期。1991 年，由基建工程兵集体转业组建的深圳市建设集团，被评为年度深圳市最大国营盈利企业第三名、最大房地产企业第一名；1995 年被国家建设部评为全国先进施工企业。1993、1994 年，国家有关部门分别在人民大会堂、北京钓鱼台两次召开了关于深圳建设集团改革经营制度研讨会。《人民日报》大篇幅向全国报道介绍了建设集团的经验。彩虹总在风雨后，拨开乌云见晴天。

据不完全统计，这支队伍在深圳建成了高层、超高层建筑上千栋；参加了福田中心区、车公庙、深圳湾、科技园、安托山、龙珠等片区以及深圳机场、盐田港码头、皇岗口岸保税区等移山填海约 40 平方公里等项目的施工；深南大道、北环大道、滨河大道等市政道路和桥梁（立交桥）；深圳体育场馆、龙岗、宝安、深圳湾体育中心等大运会项目；报业大厦、广电中心、市民中心、图书馆、音乐厅、中心书城、关山月美术馆、何香凝美术馆等文化产业项目；师范学院、成教学院、深圳大学医学院、南山高新区、西丽大学城、高职院、南方科技大学等高等院校；人民医院、红会医院、儿童医院、妇幼保健院等三甲医院，还有许多居民住宅小区和商住办公楼等公共设施的建设。可以说深圳每处土地上都洒下官兵们的汗水，青春的激情始终在创业的岁月里燃烧。

2018 年全国纪念改革开放 40 周年，人民出版社出版了笔者《深圳拓荒纪实》。在 40 年的时光里，一支部队投身参加深圳经济特区的建设，两万官兵的经历与一座城的命运紧紧地连在了一起。共发展，同命运，边陲小镇建成为现代化的大都市，偏僻的荒山草地变成了温馨的家园。在《深圳拓荒纪实》一书中笔者写了这样一段话：“也许可以这样评价这支队伍：深圳是改革开放的窗口，这支队伍是变革者、弄潮儿；深圳是进行社会主义市场经济的试验地，这支队伍是实践者、成功者；深圳是创造中国特色社会主义事业的前哨阵地，这支队伍是马前卒、排头兵”。

更早时人民出版社出版了笔者名为《深圳拓荒人——基建工程兵创业纪实》的另一本书，封底上有《丰碑》一首诗。诗中有这样几句话：

深圳是改革开放的窗口，更是一座丰碑，
见证着中华民族的复兴。
刻碑的工匠是英雄的战士，
无意中在碑上留下了自己的手印。

## 队伍从未消失

一支队伍在一座城市里奋斗了一生。指战员变成了建设者，军人变成了市民，小伙子变成了老人家，荒原变成工地、再变成了家园。曾经流血流汗的拓荒牛们，如今在这座温馨的家园里安居乐业。

部队消失了吗？消失了。虽然部队消失了，然而队伍还在。当年的部队改编的深圳建设集团及属下各公司依然存在。虽然绝大部分老兵已经退休，但是一批批的大学生们不断补充新鲜血液，他们知识水平更高、技术业务更专、工作能力更强。这支队伍仍然活跃在深圳和全国一些地方的工地上。

队伍不但没有消失，群体还扩大了。第一代拓荒牛虽然多数告老还家，但是第二代已经成长起来，成为新一代建设者。他们有的是公务员，有的活跃在深圳的各条战线上，有的创业成为企业家。当年两万人加上家属已有数万人，后来老乡拉老乡，亲戚带亲戚，加上后代繁衍，现在已经成为几十万人的群体。来了就是深圳人。大家为建设这座现代化城市而骄傲，为当一名深圳人而感到光荣。

部队消失了，精神却永存。深圳是中国改革开放的窗口，是经济特区。深圳是最早孕育出城市精神的地方。“开拓，创新，团结，奉献”的深圳精神，体现了改革开放的时代精神，是深圳建设者们丰富实践的思想提炼。在长达 40 年的时间里，深圳一直保持高速度发展的势头，创造出经济起飞和建造一夜城的奇迹，始终没有衰减的拓荒牛精神是其精神武器。2018 年为纪念改革开放 40 周年，《光明日报》开辟“红船初心特刊”，特邀笔者写了《“拓荒牛精神”是深圳奋进的不竭动力》一文。深圳的拓荒牛精神，与红船精神、井冈山精神、延安精神等一脉相承，成为中华精神宝库中的瑰宝。

拓荒牛精神来自哪里？来自人民军队听党指挥、服务人民、英勇善战的优良传统；来自改革开放、经济特区的实践。深圳两万基建工程兵部队官兵的经历，是深圳精神的重要来源之一；深圳精神是两万基建工程兵实践的总结、行为的写照、品质的磨砺、思想的升华。“开拓创新”是深圳精神的根和魂，两万基建工程兵是深圳开拓创新最鲜活的样本。

拓荒牛精神还存在吗？当然存在。虽然今天的深圳，海边渔村变为繁华市街，万间竹棚变成摩天大楼，车水马龙换下了铁犁牛耕，红花绿树遮盖了荒原和工地。但是，拓荒牛精神还存在。它表现在深圳已经成为全国创新精神最强的城市，被誉为“中国硅谷”；科技创新企业如雨后春笋般涌现，出现了像任正非这样代表中华民族脊梁的企业家（任正非本人就是深圳基建工程兵两万人中的一员）；工地打桩机林立的图景被写字楼里昼夜不灭的灯火所代替，“数字深圳”“智慧深圳”正以普通人难以察觉的无形之网笼罩在城市的上空。虽然 40 年前后的深圳旧貌换新颜，但是深圳开拓创新的城市精神没有减退，艰苦创业艰苦奋斗的精神没有弱化，深圳的“拓荒牛精神”依然旺盛，这是深圳几十年发展势头不减的秘密所在。

如今深圳又一次遇到了新的历史发展机遇。2019 年 8 月 18 日《中共中央国务院关于支持深圳建设中国特色社会主义先行示范区的意见》正式发布，提出了深圳更新、更高的发展目标。习近平总书记要求“深圳抓住粤港澳大湾区建设重大机遇，增强核心引擎功能”。引擎就是发动机、排头兵。历史又一次给了深圳发大力、做贡献的机会。深圳要再次当好开路人、创业者，要更好地发扬拓荒牛精神，因为拓荒牛精神是实现深圳发展新目标、为中华民族复兴做贡献的不竭动力。

# 基建工程兵集体转业深圳背后的故事

王增州

基建工程兵集体转业深圳的大背景是新中国成立后的第七次大裁军。

## 一

国务院和中央军委1982年8月正式下发撤销基建工程兵的决定，然而早在1981年10月份，主持军委工作的一位首长就在驻京部队军以上干部会议上传达了邓小平同志关于部队要大量精简的指示精神，并要求各大单位组织讨论。随后，有关基建工程兵要撤销的消息就渐渐传得沸沸扬扬。到了1982年初，基建工程兵主任李人林首次在兵种机关大会上公开证实了基建工程兵面临撤销的消息。李人林这次讲话的过程中，数百人的会场安静得出奇。这次会议算得上是基建工程兵领导机关成立以来会议纪律最好的一次。那天的会场上许多人落了泪。

基建工程兵党委最初讨论并向军委上报的意见是，基建工程兵经费独立核算，不吃军费，对国家建设和国防有不可替代的作用，可否精简整编减少规模，或者和军委工程兵一样，缩编成总参的一个兵部。甚至还拟定了一个机关编制200人的缩编方案。这样起码解放军的序列里还存在基建工程兵。

在人们眼里，军队从来都是吃皇粮的，可是当年基建工程兵从军装到枪支武器等各种装备都掏钱向总后结算的，实行自负盈亏，真正的不占军费。

不久，传来消息，上面否定了基建工程兵提出的这个方案。接着，基建工程兵又提出，可否把基建工程兵部队精简后全部划归新成立的武警部队。当时主持军委工作的一位首长倒是倾向这个方案，甚至征求李人林意见是否愿意屈尊当武警司令员。这是因为武警成立之初是兵团级单位，而基建工程兵则是大军区级单位，显然当武警司令员比起基建工程兵主任是降格了。

结果，这个方案在最高层又没能通过。再后来，基建工程兵又提出整体划归到国务院下面自成体系的方案。这时候，军委首长传达了邓小平同志的指示：撤销基建工程兵已经定了，没有二话可讲，不要再讨价还价。

中央关于撤销基建工程兵决定中明确规定，所属部队按系统对口集体转业到国务院有关部和所在省、市、自治区。基建工程兵实际都归口到国务院的各个工业部，按照中央的这个规定，基建工程兵无论怎样按系统对口集体转业都和深圳是扯不上的。

基建工程兵第31支队担负国家航空工业的基本建设任务。按规定，第31支队的去向理应是被当时的三机部收编。如果是这样，一些部队甚至都不用调动，就地脱军装就行了。

第31支队由来自空军工程兵和第二炮兵工程兵的部队组建而成的。如今听说基建工程兵要撤销，从上到下有一个强烈的声音：基建工程兵没了，我们回空军、回二炮去，那是我们的娘家。

中央对第七次裁军的部署不仅是撤销基建工程兵、铁道兵，缩减军委工程兵，同时对其他各军兵种都做出了精简压缩要求。全军都在裁减，也就是说自己的部队还保不住呢，怎么能接收你们呢？果不其然，各方消息很快传回来，回空军、回二炮都不可能了。

当时，一个偶然的机会，一位主管三机部的国务院领导对李人林和另一位基建工程兵领导说，他刚去广东的深圳看了看，那里发展很快，基本建设要搞好多年，当地施工力量盘子很小，是不是可以把部队拉到深圳翻牌成当地的施工队伍，那里接收一两万人不成问题。他还说，部队有不怕苦打硬仗的传统，能在那个地方打开局面。李人林向这位领导汇报说，我们有几个连的部队正在深圳施工。

这位领导在此次谈话中第一次把部队改编比喻为“翻牌”。以至后来许多领导不是说基建工程兵撤销，而是说基建工程兵“翻牌”。

李人林很快把这位领导的意见向谷牧做了汇报。谷牧时任副总理又分管特区工作，同时兼任基建工程兵政委、党委第一书记。谷牧当即对此表示赞同。

至此，部队到深圳之事算是正式摆上议事日程。

很快，李人林主任和张孔修副主任把第31支队支队长王进禄找去问："部队愿不愿去深圳？"

此时王进禄从来没去过深圳，所以一开始他心里也没底，说我先去看看吧。于是他赶紧带了一班人马到深圳考察。

那时的深圳还根本不成样子，更谈不上有机场了。王进禄原先是空军航空兵13师的参谋长，这是全军唯一的一个运输机师。他先是坐空13师的伊尔12运输机到了广州。广空后勤部几个领导和王进禄很熟，他们一致说把部队交到深圳是个好归宿。他们还表示，将来你们的部队进驻深圳，可以把前进基地放在我们这，我们会尽力提供方便。后来，基建工程兵进驻深圳，广空确实给予了许多帮助。王海司令员甚至连自己的司机都派过来了。

第二天，广空派了两台车还派了一位参谋作向导送王进禄一行到了深圳。梁湘市长热情接待了他们，并陪着在深圳转了一大圈，把情况做了介绍。

这一次，王进禄在深圳待了5天，算是把情况摸了底。

然而回去一开党委会，不少人反对去深圳，甚至有人说把部队带到深圳这样一个小渔村是不负责任的态度。而王进禄则坚持认为，深圳目前的条件确实艰苦，但长远看那个地方依托香港，会有大发展的，而且大家要看到中央对开发深圳的决心很大。

党委扩大会上，有一个团提出部队长期驻扎江浙一带，要求把部队留在浙江和江苏。支队常委一位首长表示在这个时候应该尊重这个团的意见。经过几番讨论，最后形成上报兵种的意见是，这个团做留江浙两省的打算，其他各团开进深圳。

## 二

然而，接下来的"翻牌"过程一波三折。深圳市委市政府包括省里对是否接收部队改编为本地施工企业意见不一。反对的人认为，一下来这么多人，既要解决住房问题还有大批家属需要安置，况且能不能保证这么一支庞大队伍有足够的施工生产任务也是个未知数。还有人认为，深圳完全可以根据需要随时选择内地的施工企业担负建设任务，自己没必要搞这么大的施工力量背这个包袱。还有人说，部队的施工质量差，而且这么多人来到后必然抢了本地施工单位的饭碗等等。总之，反对的声音很大。弄得梁湘左右为难。

部队进深圳的商谈一度搁浅。王进禄回京将情况向兵种首长作了汇报。李人林主任听说后，这位老红军对属下的部队爱护有加，心里非常着急。他得知谷牧正好就在深圳，于是马上从北京赶到深圳。谷牧之子刘历远回忆，1982年谷牧到了深圳住在迎宾馆（当时叫宝安县新园招待所）。记得有一天中午谷牧休息起床后，李人林和广东省副省长王全国两人来见谷牧。李人林向谷牧汇报，基建工程兵两万人进深圳遇到不少问题，需要协调广东省和国务院有关部委支持，这需要中央做工作才能解决。

听完李人林的汇报，谷牧对王全国说，正好你在这里，广东省这边你能不能解决。王全国表示回广州后向省委汇报，这个事我来负责解决。后来谷牧回到北京又在国务院做了许多协调工作。同时，正巧广东省省长刘田夫和深圳市市长梁湘利用在北京开会的机会去看望从广东调回中央工作的习仲勋。谈话间，习仲勋说基建工程兵去深圳是件好事，你们应该支持这样一段话。习仲勋是广东的老领导，德高望重，此时是中央书记处书记。这样梁湘回去又向其他市领导传达了习仲勋的意见。再接下来，部队和地方经过几个月拉锯式讨价还价，终于于8月份达成移交意向，并共同起草报告呈送中央。

## 三

10月5日，国务院、中央军委下发〔1982〕30号文件，即关于调基建工程兵二万人到深圳执行任务的批复，文件原文如下。

一九八二年八月十六日请示悉。为加强深圳市建筑施工力量，同意先调基建工程兵第31支队（率302、303、304团），2支队16团、19团，石化指挥部

802团，共一个支队机关、六个团约一万二千人，到深圳市执行施工任务，以后根据基建工程兵撤改进展情况陆续调齐到二万人左右。这些部队，从今年四季度起至一九八三年二季度分期分批调入，在一九八三年底前就地集体转业，改编为深圳市建筑施工企业。每批部队调入时，必须事先征得广东省人民政府同意，为避免对港澳产生影响，部队一律不准携带武器，改着便服进入。同意在原基建工程兵一支队深圳指挥所的基础上，组成“基建工程兵冶金指挥部深圳临时指挥所”，执行师级单位权限，对原驻深圳的1支队的部队及16、19团实行统一指挥。802团调到深圳后，划归31支队建制。31支队及基建工程兵冶金指挥部深圳临时指挥所的地区性党政和军事行政工作，请广州军区代管。广东省要抓紧做好部队进入深圳市后的施工任务安排和生产、生活基地的规划、建设工作。基建工程兵要认真搞好部队移防和改编过程中的各项工作。

至此，中央正式批准基建工程兵第31支队302团、303团、304团、802团共4个团移防深圳（第301团留在江苏改编）。

1983年7月初，在兵种召开的一次有关部队集体转业深圳的工作会议上，王进禄突然病倒被紧急送往301医院。随后被诊断出已是肝癌晚期，8月18日在北京去世，享年仅53岁。9月20日，解放军总政治部批准王进禄为革命军人因公牺牲。王进禄也因此成为基建工程兵历史上唯一一位“因公牺牲”的高级干部。

从开始与深圳市和广东省接触到中央批复同意部队进深圳，再到后来为部队进入后的安置基地选点，例如深圳现在的园岭、竹子林、香蜜湖等驻地都是那个时候选定的。不到一年的时间里，王进禄先后到深圳7次，非常疲惫和劳累。这支部队是由他组建起来的，又在他手里撤销了，他心里面的沉重是无法用语言表达的。那个时候，许多老同志都对部队有着特殊的感情。兵种党委在王进禄的悼词中特别写道：“他为了部队建设日夜操劳。他患病期间，带病坚持工作，与病症作顽强斗争。在病情危重情况下，还关心着部队调整改编工作，表现了一个共产党员的坚强党性和革命精神……”

王进禄逝世28天后，1983年9月15日，深圳市召开“基建工程兵驻深圳部队改编大会”，两万指战员正式脱下军装，融入特区的建设和发展之中。

第二辑

# 亲切关怀

# 深圳赋 *

## ——献给改革开放 40 周年

厉有为

日出东方，大地炎凉。三皇五帝，夏禹商汤。
秦皇汉武，长河泱泱。民族复兴，伟业一桩。
南海汹涌，炮舰帆樯。焚烧鸦片，林公栋梁。
屈辱条约，割让香港。从此宝安，元气大伤。

七一蓬船，八一南昌。延安灯塔，抗日驱狼。
战略谋划，工农武装。三山推倒，九域解缰。
东江纵队，英雄铭榜。拯救名流，风险担当。
互助合作，农村渐旺。人民公社，大伙食堂。
超英赶美，跃进炼钢。三年困难，万众饥肠。

---

* 深圳原市委书记厉有为对《拓荒牛的记忆》一书出版非常重视，不仅欣然为本书题写书名，还把自己的诗作《深圳赋》发来支持本书。《深圳赋》概括了深圳久远的历史，记录了开拓者们艰苦创业的事迹，歌颂了在这片热土上产生的拓荒牛精神。——编者注

逃港成风，丢下爹娘。十室九空，寥寂街坊。
阶级斗争，六月冰霜。地富反坏，右派成行。
计划经济，布票口粮。荔枝丰收，同价一筐。

一圈画定，打开门窗。特区探路，步调铿锵。
蛇口浪涌，炮震山岗。时间金钱，实干兴邦。
渔村试验，一改模样。高楼林立，城市辉煌。
发展规划，设想奔狂。东江引水，气度豪爽。
十二口岸，张开臂膀。西部通道，展翅凤凰。
深港合作，兵强马壮。资金引入，携手共商。

土地拍卖，一槌敲响。闯出新路，打破旧框。
先行先试，证券市场。风起云涌，敢冲敢闯。
深圳速度，举世无双。一夜之城，四射光芒。
产业升级，科技领航。人才云集，风投帮忙。
高新产业，大力弘扬。职工持股，红利共襄。

高交大会，领衔中央。创造发明，与众分享。
华为中兴，越海跨洋。无人飞机，名闻大疆。
腾讯崛起，时代沧桑。华大基因，未来方向。
隐形材料，光启垂囊。网络金融，大胆品尝。
股份合作，富裕山乡。政企分开，坦途康庄。
简政放权，箭簇难挡。有限政府，服务头羊。
同富工程，制订大纲。特区内外，力争同强。

市场经济，何止西方。试验成功，全国推广。
姓资姓社，吵吵嚷嚷，难分难解，邓公开腔。
中心不变，特区表彰。改革开放，继续前往。

建立体制，法律保障。十大体系，[①]纲举目张。
五大机制，[②]合力共夯。内有动力，外有法章。
一个中心，两点明亮。民主道路，核心有党。
特区不特，九大罪状。[③]是非曲直，实践检量。
共同富裕，又扶又帮。同心同德，齐奔小康。

青山碧海，杜鹃香樟。生态和谐，美丽超常。
文博盛会，百花齐放。大师出彩，新秀亮相。
深圳精神，集体原创。开拓创新，群牛垦荒。
香港回归，耻辱扫光。举国振奋，全民欢畅。
部队入港，气势高昂。冒雨欢送，全城空巷。
大鹏雄飞，龙凤呈祥。梅兰吐蕊，万里飘香。
自贸新港，湾区领罡。航程已定，奋力划桨。

英雄辈出，榜样甘棠。三山五岳，黄河长江。
世界潮流，浩浩荡荡。华夏筑梦，锦绣千嶂。
一带一路，鹏城走廊。连通四海，五洲共觞。
伟哉深圳，兴我家邦。壮哉南粤，天下名扬。

2018年1月

①十大体系：指以市场为主形成的价格体系，与国际接轨的经济核算体系，生产要素市场体系，国有资产经营管理体系，社会生产资料占有体系，社会服务体系，社会保障体系，社会分配体系，社会法治体系，政府调控体系。此十大体系构成市场经济体制。

②五大机制：指促进生产力发展的内部动力机制，市场竞争的外部压力机制，社会法治的强制力机制，社会道德的自制力机制，政府的调控力机制。五力合一形成市场经济运行机制。深圳经济特区在建设中，着力建设此体制、机制。

③九大罪状：指胡某学者曾贬损、污辱经济特区是国中之国、是剥削内地、是特殊利益集团、是不公平竞争、是向中央争权夺利、与中央分庭抗礼、是寻租：经济寻租是向京官行贿、政治寻租是在北京找代理人……由此引起一场特区还要不要特的历史性大争论。

（原载厉有为新著《悟牛斋诗词选及诗评》，中国书籍出版社2019年12月第1版）

▲

原深圳市委书记厉有为《拓荒牛的记忆》一书题写书名。

从右至左：段亚兵、刘坤德、厉有为、王忠明、沈远彪、陈玉堂。

摄影 /赵云龙

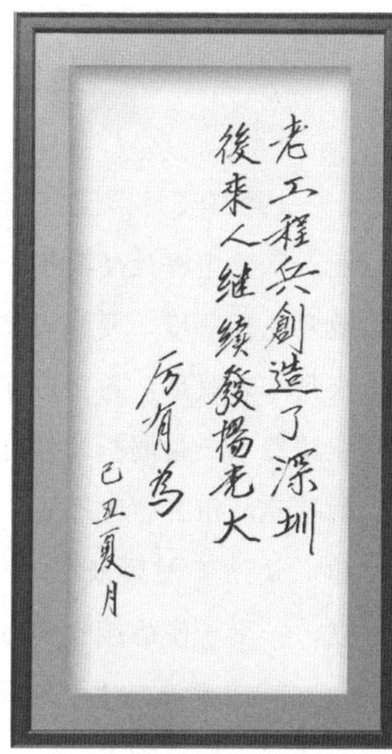


▲

厉有为题字（照片由本文作者提供）

# 梁书记情系转业深圳的两万基建工程兵

邹旭东

工程兵转业到深圳最初的3年多时间里，是工程兵遇到困难最大最多的时候。时任深圳市委书记梁湘从始至终对工程兵都是热情支持、关心和爱护，千方百计帮助他们解决在工作中和生活上遇到的困难，直到他离任。

## 一、力排众议毅然接两万工程兵转业深圳

1982年5月，国务院中央军委决定撤销基建工程兵，将其改编为地方施工企业。基建工程兵要撤销，几十万人待安置，工程兵司令员李人林得知广东改革开放要先行一步，要建设持区，心想基建工程兵肯定会受欢迎，便派副参谋长徐馨来到广东联系，希望广东能接纳一部分工程兵。想不到的是，商调基建工程兵转业颇费了一番周折。接还是不接，首先在广东引发讨论。反对者说："广东自己的基建队伍都'吃不饱'，哪里还有余粮周济别人？""现在正在大规模压缩基建，要是工程兵来了，不就等于一碗米饭分给两个人吃！""深圳特区刚刚建立，一下子便想接收两万工程兵，这副重担，一两岁的孩子能挑得起吗？"

赞成者说："不能局限于小山头的利益，从长远来看，让工程兵进来，对广东基建工作有利无害。"

在广州没有谈出结果，徐馨来转身来到深圳。市里当时也有不同意见：主张接纳工程兵的同志认为，他们有着解放军艰苦奋斗的优良传统，让他们进入深

圳，对特区的建设会起到举足轻重的作用，深圳需要自己的建筑队伍。也有一些领导心存疑虑：“现在刚刚开放，中英正在进行收回香港主权的谈判，深圳毗邻港澳，是个敏感地带，一举一动都会对港澳产生影响。几万名身穿军装的人拥到深圳，香港澳门会不会有人说：‘深圳突然来了几万解放军，不知有什么行动？’”担心对港澳的稳定产生负面影响。对当时只有3万多城镇居民的深圳来说，两万工程兵及6000随军家属的生活安排，确实也是一个难题。因为特区刚成立不久，生活必需品紧张，物价上涨，群众意见大。

由于深圳市领导一时难以拍板，徐馨来回了北京。

时间一天天过去，对工程兵接还是不接，深圳一直没有统一的意见，但这件事一直压在梁书记的心里。一天，他把主管基建工作的市政府副秘书长舒成友叫到办公室，想听听这位行家的意见。舒成友的态度很明确：“应该接。”接着他讲了三条理由：第一，特区建设的需要。原宝安县的建筑公司只有500余人，经过1978年和1979年两次大外逃后，现只剩下300人左右，年轻的技术好的基本上都跑到香港去了。特区要培养自己的建筑队伍，不是一朝一夕的事；第二，省外和省直属单位的基建队伍，开始进入深圳，不过这些队伍都是“飞鸽牌”。有钱赚便留下来，赚钱少就到别的地方去了。现在深圳基建队伍约有三分之一是本省县的工程队，深圳要有自己的基本力量才行；第三，工程兵有人民解放军不畏艰难纪律严明等优良传统，底子很不错。

舒成友还透露，李人林司令员他认识，过去曾经担任过他的团长，是李先念同志的部下。

梁书记听后，决定让舒成友去北京和李司令员谈谈，一方面把深圳的意见带给他，另一方面看看他有什么想法。梁书记还特地给李人林写了一封短信。信是这样写的：

李司令员：您好！关于两万工程兵进深的事，省市都有两种意见。今派我市抓基建的市政府副秘书长舒成友来向您汇报。您是他的老领导，有什么高见，请给他谈吧，我们将认真听取您的意见。

舒成友带上梁书记的信很快到了北京，李人林司令员很热情地接待了他。当天，李人林司令员找来政治部主任张广生、副参谋长徐馨来听取舒成友的汇报，并细心地向舒成友打听了深圳市的建筑队伍、生活水平和市场物价等情况。舒成友也向李人林司令员了解了两万工程兵的基本情况。彼此开诚布公，坦诚交换意见，因为双方对此事都很慎重，谈得也很投契，所以足足谈了两天半。

3天后，舒成友飞回深圳，带回李人林司令员给梁书记的一封信，并向梁书记汇报与李人林司令员等人会谈的情况。舒成友特别提到，工程兵到深圳，将带来一批不菲的装备和资产。固定资产6000万元，流动资金近1亿元，设备总值5161万元，机械设备77818匹马力。

梁书记听完舒成友详细汇报后说："说得有道理呀！没错，这确实是一件好事情。"

几天后，梁书记在市委常委（扩大）会议上，在班子成员的支持下，拍板决定。为了避免港澳人士的敏感反应，两万工程兵进入特区时，一律不携带武器，全部改穿便装。1982年11月2日，市委常委讨论工程兵转业的具体安排问题，徐馨来、孙志杰、赵彦林、廖成林等列席。

我的工作笔记记录如下：

一、成立改编领导小组，由周鼎、周溪舞、罗昌仁、刘波、徐馨来、孙志杰、赵彦林等人组成，周鼎任组长，徐馨来等任副组长。

二、搞好基地定点工作，要相对集中，有利于生产、生活和城市规划，原则上每个团的基地7万平方米，4个基地点，一是竹子林，二是猫颈田，三是罗芳路口，四是鹅地山。

三、今年底明年3月前先进来5000人，明年第二季度再进9000人，第三季度全部安置。

四、基地资金安排：今年1000万元，明年1000万元，作为基地建设费，从工程款中支付。永久与半永久相结合搞经济一点的1000人的礼堂和饭堂。办公楼、医疗室、公共设施低标准的永久式。施工队伍搞临时工棚，先进来2000人。

五、1、16、19、303、304团改为一、二、三、四、五建公司，302团改市政工程公司，802团改市安装工程公司，后调进的912团改编成深圳市工程勘测公司。

1982年11月初，徐馨来介绍了集体转业深圳工程兵的详细情况，包括建制、人数、干部、党团员、平均年龄、资金、设备等，具体记录如下：

徐馨来：原计划20600人，实际19600人，干部2700人，技术干部1088人，老兵3600人，义务兵13900人，工人300人，干部平均年龄35岁，战士平均年龄21岁，工程技术人员500人，机械设备600台，汽车500辆，现值5000万元。

梁书记：听了介绍很高兴，队伍素质高，技术力量强，要抓紧办。分批进来，家属逐步安排。先要做好思想工作。具体工作要做细，考虑要严密。会后将详细情况印发常委、副市长以及劳动局、财政局、公安局、计委、物资局等部门研究，正副组长参加。

明天下午两点半开会讨论，周鼎、周溪舞、罗昌仁、叶澄海、刘波、甄锡培等市领导、丁学保及部队派两人参加。

先生活后生产，把基地建起来，医院、家属宿舍、饭堂要赶快搞起来，半永久性和永久性相结合，先调进，后改编。一两年内按原来的办法，干部问题还是靠你们部队，家属可以先进一部分。

1982年12月底，各部队基本调遣完毕，共计7个团，一个医院，两个支队机关，这是支实力雄厚，纪律严明的城市基本建设队伍。

## 二、扶上马还要送一程

此后，梁书记一直密切关注工程兵的安置情况和生产生活安排。

1983年1月30日，梁书记等领导慰问31支队。

梁书记：你们刚来不久生活很艰苦，今天市委市政府领导来慰问大家。

副政委：到昨天为止，（陆续抵深的有）13个军列，2700多人，原来302团设备好，相当于其余三个团。303、304团人均产值8000元，每个团已经来了约三分之一的人员。支队总数是9199人。302团政治面貌不错。经过动员，大家的情绪更高了。

梁书记：在火车站东广场先搞一个临时接待站。

副政委：或者在红岭省军区接待站旁边搞个招待所。

施支队长：我们想进口一些设备。

梁书记：可以，进口什么东西把单子拿来，由秘书长批准。

甄锡培：可以将下梅林的石场设备转过来？

梁书记：同意转过来。

丁学保：高副支队长的调动问题，我打了几次电话都没有结果。支队330人到约旦，160人干了6个月，赚了45万美元，带回来25万元存在北京中国银行，还有25万元在三机部，三机部不肯给支队。部队在襄樊有2.1万平方米的房子，一点都不分给支队。对班子问题也要研究。

梁书记：应该按文件办理，不能随便调进人和调出人，班子应该配备好，我们应该注意这个问题，注意将交接班搞好。以市委市政府的名义，给部队发个电报将这些意见反映一下。罗市长，你们召开一次会议，研究一下，提出处理意见，我们坚决按文件来处理。

丁学保：等春节过后，派一个代表团去部队谈。

梁书记：基地的永久性规划要赶紧搞，要防火，搞防火设备。基地的通水问题，要抓紧落实。

丁学保：征地要1000万元，每亩地要300元。

梁书记：这个地方，最多每亩300元。

同一天，梁书记和班子成员还慰问了49部队（冶金工程兵）。

梁书记：主要来慰问大家，表示敬意，听取大家的意见。

孙志杰（基建工程兵冶金指挥部副指挥兼深圳指挥所主任）：已经进来

6000多人，大家思想稳定，决心搞好。存在的问题：1、医院太小、只有30多张床位。2、资金比较紧张，工程费没有及时付，电子大厦欠140万元。3、缺乏高层建筑的设备。4、准备先搞一个团改为公司，作为试点。

梁书记：对工程兵交接过程存在的问题，要进行了解，共同向工程兵总部反映，争取尽快解决，不然一点基础都没有。医院、吃水等问题，也要集中落实解决。活动板房搞一些，长短结合，否则一下子不能解决。

资金先用原来的，不够将来搞贷款，低息贷款，免税进口一批先进设备。

头几年包干，不上交，将那些钱搞基础设施。部队家属6000人，够条件的陆续进。

1983年7月上旬，梁书记到竹子林驻地了解情况，共有4个团住在这里，得知电通了，但供电不够，水的供应也不够。他要求有关领导尽快解决。

1983年8月11日，梁书记在常委会上说：工程兵来深圳做了大量的工作，我赞成先稳定下来，然后跟他们商量，组织好，先搞一段，然后再考虑改动。改编开一次大会，市委常委都参加，隆重一点。讲讲前段的工作，讲意义。连以上干部参加，在深圳戏院，请吃饭。

梁书记在这次会上还说，我在这里表个态：今后开幕请客之类，要搞一个规定，除少数项目外，一般的不请。要请的，规定谁参加，六菜一汤。

1983年9月8日，九号强台风正面袭击深圳，深圳全市基建队伍的工棚80%以上被刮倒了。梁书记碰巧在香港参加深业公司开幕酒会。他非常关心深圳受灾的损失，特别是基建队伍的安危。第二天一早他让我挂电话了解情况，直到中午才挂通电话。梁书记回深圳（其间在香港事先安排了几天活动）的第二天（9月12日），上午主持会议了解受灾情况和研究解决的问题后，下午便立即到工程兵驻地了解受灾情况工程兵的具体受损失的情况。我当时做了如下记录：

802团（安装团）损失81万元。其中宿舍41万元，仪表设备损失40万元，电不通。31支队303团，有两名工程兵受轻伤，工棚基本上吹没了（梁书记指示有关部门将他们转移到华侨畜牧场)。水泥普遍损失大,302团8000吨,303团7000吨(其中已将一部分可用的马上拿去用)。还有少数工程兵没有房子住,主要是材料匮乏,今天可以继续搞回来。梁书记吩咐赶紧搞永久性的住房。

这场台风,来势汹汹,将工程兵驻地的胳膊粗的竹竿“咔嚓”折断,竹墙吹得东倒西歪,屋顶都掀上了天,没有一间竹棚幸免。部队的基本生活设施差不多全毁了,有的部队几天没吃上饭,在市领导的关心下,才买到一些凭外汇券供应的面包分给各团暂渡难关。

1983年9月19日,梁书记在基建工程兵改编大会上发表讲话,主要讲了三点:一、认清特区特点,适应特区形势,尽快站稳脚跟,迅速打开局面;二、扬长避短,发挥优势。有三大优势:一是人民解放军的优良传统和作风。二是有一定的技术基础和技术力量、技术装备。三是丰富的政治思想工作经验。不足是经济基础差一些。三、团结协作,互相支持,克服困难,共同为特区建设做出贡献。

随后,市政府下发《关于基建工程兵两万人集体转业改编为我市施工企业的通知》,决定将冶金指挥部临时指挥所、31支队机关合并到特区建设公司,属下的七个团(1、16、19、302、303、304、802)分别改编为:深圳市建筑工程公司、市政工程公司和市机电设备安装公司,冶金指挥部临时指挥所医院、31支队门诊部合并改编为市基建职工医院(后改为深圳市第二人民医院),912团于1983年12月改编为深圳工程勘测工程公司。

这里我想回忆一件事,因为没有记录,具体时间想不起来了。大约是1983年冬的一天,下午4时左右,梁书记到龙岗检查工作回到市第一人民医院留医部,望见国贸大厦工地旁边浓烟滚滚,当即要司机把车开到那里,原来是工地工棚起火,周鼎、罗昌仁同志等正在指挥救火。因为是白天,没有发生人员伤亡,但财产损失不小。待火熄灭后回到家里,已是黄昏,梁书记让我马上叫罗昌仁副市长到他家里,他批评罗副市长为什么没有做好防火工作。责问他为什么基建工程兵永久性基地还没有划红线。不久,工程兵的永久性基地就定下来了。这件事一直挂在我的心里,多年后我跟罗副市长谈起此事,他微笑着说:“都是为了工作。”其胸怀令人敬佩。

1983年9月18日，梁书记在市委常委会议上说：10天内4件大事：纪检会议、基建工程兵问题、政治思想工作会议、深圳大学开学典礼。

1983年9月29日，梁书记在市委常委会议讨论工业区建设和配套工程时说：工程兵改编后，体制、宿舍、任务均要抓紧落实。

1983年10月7日上午，常委会讨论1984年的基建工作。梁书记说："工程兵立足未稳，要解决他们的问题，两万多人，一定要搞好。"同日下午，梁书记在常委讨论第四季度工作时说："工程兵如何搞，要有个规划，先搞体制改革，贷款把生产先搞上去，任务安排好，生活也要安排好。"

由于特区正处于始创时期，条件很差，所以基建工程兵一到深圳就遇到重重困难。遇到的第一个困难便是最基本的吃住问题。工程兵的临时驻地划在白沙岭0.8平方公里以及竹子林一带，好在有的是竹子，他们就自己用芦竹、油毛毡搭建竹棚当住所，把竹棚戏称为"竹叶宾馆"。没有自来水供应，部队就自己打井解决吃水问题。燃料严重缺乏，煮饭只能靠市里供应的有限的一点煤。

接下来的困难就是生产任务不足。当时，深圳已经推行建筑工程招投标，引入了竞争机制。而工程兵历来是干指令性工程，缺乏竞争意识，对市场很不适应，所以接工程很困难。刚开始工程招投标时，市政府还允许300万元以下的工程可以议标，不用招标。为了扶持工程兵，市政府调一些工程项目给他们干，以解燃眉之急。有的人因开工不足，生活发生困难。

梁书记一直都十分关心工程兵的工作和生活。有一次，他主动向舒成友询问工程兵的近况，舒成友便把他们遇到的困难一五一十地实话实说了，也提出了自己的建议。梁书记听后，明确表示，对工程兵要扶上马再送一程，不能一下子把他们推向市场。他还形象地比喻说：把一个完全不懂游泳的人一下子推向大海，会被淹死的。我们起码要抛给他们一个充气泡沫。在梁书记的支持下，舒成友很快为工程兵争取了一些活干，将二线工程中5公里公路拨给他们修建，接着又把罗湖联检大楼、皇岗口岸、文锦渡口岸等工程中的一部分调给他们承担。

不久，梁书记主持会议，专门研究市里采取什么措施进一步扶助工程兵渡过难关，并决定给基建工程兵5年免税的优惠政策，又划拨了150万平方米的土地给他们开发建设。

当梁书记听到有人反映，有的工程兵队伍过去很少搞民用建筑，工程质量有问题时，他亲自到八卦岭工业区去看，只是有些石米洗得不均匀。他说，工程的其他质量没有问题，不要大惊小怪。

在梁书记等市领导的关心和鼓励下，一度“呛了海水”的工程兵不仅很快学会了游泳，而且在行业里带头进行多项改革。率先在全国建筑行业实行一业为主，多种经营。包括搞房地产开发，物业管理，地盘管理；公司实行经理负责制，全员抵押承包制，从资产承包制发展到股份制、控股公司。在集中力量搞好主业的同时，他们办起了“三来一补”工厂，使家属得到了就业。

据我所知，工程兵在未转业前早就进深圳承接了工程，市委大楼就是他们建的，他们曾经承担了特区建设约三分之一的施工任务。在深圳铺路、架桥清淤、排洪等方面，做了大量艰苦而繁重的工作，为特区“七通一平”等基础建设的顺利完成做出了贡献，成为深圳市建筑施工的生力军。深圳早期包括第一栋20层的电子大厦在内的高层楼宇有三分之一以上是他们建设的。工程兵部队由几个建筑施工公司发展为包括城建、物业、深华、东部、鹏基、天健、长城、振业在内的八大集团公司，成为深圳特区基建的支柱企业。

1984年1月底，小平同志视察深圳特区。在小平同志视察路过工程兵基地时，梁书记汇报说：特区进了两万工程兵。小平同志问：“积极性怎么样？”梁书记说：刚进来时，由于体制还未变动，有的施工速度不快，质量不高。现在体制改变了，施工速度和质量也赶上来了。

## 三、在压缩基建严峻形势下首先解决工程兵的困难

1985年11月29日，市委常委会讨论解决基建工程兵当前遇到的问题。会议记录如下：

梁书记：公安局招工，园林公司、航运公司招一批，还有深圳市宝安县建筑公司。欠工程款的赶快还债，甄锡培同志负责，生活费先发。任务先给一点，在目前的情况下，工程技术人员不能随便放走，领导有责任帮助解决他们的问题。

工业也一样，不能随便关门。

李传芳：主要是管理问题。

梁书记：1.做好思想工作；2.招工1500人；3.解决一部分工程；4.工程款优先给他们付，解决发工资的问题。

周鼎：（工程兵遇到的困难）本质是工作任务的减少。今年基建24亿，明年要从中减少3亿，可能不会超过20亿，基建队伍应该压缩，小队伍要清理。欠工程兵基建款4000万应该赶快还。提高技术水平和管理水平。家属目前不能都来。招标要改进。

李灏：基建队伍要控制。任务、队伍要平衡。

基建工程兵集体转业，由于工作关系，给我留下了很深的印象。从梁书记让我打电话请徐馨来副参谋长来深圳具体谈工程兵的转业问题，到梁书记召开有关工程兵转业安置、工作安排、基地建设、布置任务、生活、家属安排，特别是1985年由于压缩基建给工程兵带来了极大困难后，梁书记多次召开解决工程兵困难的会议，以及到工程兵基地了解情况，我都在场。我亲眼目睹了梁书记在工作和生活上对工程兵无微不至的关怀。记得在工程兵最困难的时候，梁书记还要我到竹子林等驻地了解他们生活的情况。这一切的一切，不仅记录在我的工作笔记里，还深深烙印在我的心里。

这里我还想说明一下：1982年，中央决定裁军几十万，要求深圳安排两万官兵和6000个家属的任务，其人数与深圳当时城市人口基本持平，困难不言而喻。梁书记顾全大局，在意见不很统一的情况下，毅然决定接受两万工程兵转业深圳。由于工程兵过去干的多是军事工程和冶金企业，有的对地方民用建筑不熟悉，加上缺少先进设备，参加投标处处受阻，立足未稳便遇到这么多困难，其处境可想而知。可以说，梁书记从作出决定的那天起，就情系工程兵，千方百计尽可能解决工程兵的困难。

平心而论，我很同情工程兵当时所处的困境。但是，事实上梁书记等市领导也有自己的难处，当时国家要求深圳严格控制城市户籍人口，即使是深圳地区的部队、战士，也只有市领导批准才能个别复员留在深圳安排工作。特别是后来中央要求压基建，给班子成员带来巨大的压力和困难，一度也给工程兵带来始料不及的生存困境，不少媒体人都曾用饱含悲情的笔触书写了工程兵当时的遭遇。我也亲眼看到工程兵没开工、领不到工资的艰难和克服困难、顾全大局的精神。从某种意义上来说，工程兵生活上遇到的困难比我们每一位从外地来深圳的同志困难都大，起码我们没有出现领不到工资和没有房子住的情况。

其实，工程兵当时的处境并不是梁书记所愿意看到的。相反，他一直在尽自己最大努力扭转这种被动局面。而梁书记在1985—1986年上半年遇到的压力和困难，比我们每一个深圳人都不知要大多少倍。

# 拓荒牛为深圳建设立下了汗马功劳

李子彬

我是1994年调入深圳任市长的。经过一番调研后，我对深圳的建设情况有了一个总体的印象。其中，基建工程兵集体转业、改编的市建设集团公司更是给我留下了较深的印象。

基建工程兵部队20世纪80年代初期撤销。1983年国务院中央军委决定，抽调两个师、两万官兵调入深圳，集体转业改编成为深圳市属的建设施工队伍。

这支部队在深圳初创时期来到深圳，发挥了重要的作用。深圳的前身是宝安县，基础比较差，极度缺乏人才。建筑施工队伍方面，只有一个县级的建筑公司。由于深圳建市以前发生过一次大逃港事件，一些技术人员和年轻力壮的劳动力跑到了香港，更是让当地的建筑施工队伍溃不成军。建筑公司只有300名工人，没有力量承担稍微大一点的施工项目。

基建工程兵两万人就是在这种背景下进入深圳的。这是一支国家级的施工队伍，拥有各类高中级技术干部1088人。随部队调入深圳的设备总值5161万元，机械设备77818匹马力，固定资产原值6000万元，流动资金1亿元。

这支队伍调入深圳，从根本上改变了深圳建筑施工队伍薄弱的局面，使深圳拥有了一支有相当规模、高技术水平的建筑施工队伍，从而让深圳有了一支能够承担各项重大建筑施工任务的基建力量，这对初创时期的深圳十分重要。

这支队伍不光技术能力强，而且具有人民军队敢打硬拼的传统和雷厉风行的作风，不管什么样的苦活累活急活难活交给了他们，都能冲得上拿得下，加班加点日夜连轴转，一定保质保量完成任务。下面讲几个例子。

1982年10月，基建工程兵19团从唐山调入深圳。刚刚放下背包，就接到市里交给的滨河路全市首座污水处理厂施工项目。队伍进场后，发现施工现场全是稀泥，人只能穿着裤衩进入工地，一台施工的汽车一开进现场就陷入泥浆里动弹不得。机械设备用不上，就靠人海战术。战士们用十字镐挖石头，用铁锹铲污泥，用洗脸盆舀污水，用箩筐运送土渣。靠这种原始方法施工，效率必然很低，工程进展缓慢。大家白天黑夜连轴转。经过一个多月的奋战，奇迹出现了：挖掉了污泥两万多立方米，清舀污水5000多吨，保证了工程进度。进入主体工程建筑后，施工速度加快，到年底提前完成了任务。

1984年2月，南头直升机机场工程向社会招标。这是个艰巨的任务，工程量巨大，工期特别紧，要求6个月交工。由基建工程兵302团改编的市政公司承接下了这项任务。日夜加班，拼命工作，只用了4个月时间提前完成了施工任务。该项目由于建设速度快、质量好，被誉为“中国机场建设史上的奇迹”，市政公司也由此赢得了“铁军”的美誉。

1985年5月，市师专（后来的市教育学院）教学大楼公开招标。这是一个建筑面积达27000多平方米的大型工程，施工工期只给4个月。因为开学时间定在9月，届时从全国各地招收的上千名教师、学生都会前来报到。许多建筑公司负责人都打退堂鼓。市二建公司（原基建工程兵16团）参加投标、接下了工程。从第一天起干部职工们再也没有了休息日。工地实行三班倒，24小时不停工，一日三餐全送到工地。暑夏的深圳气温高达40度，烈日烤得地面冒烟，干活的人汗如雨下，一脱鞋竟然能够倒出汗水来。就是靠着这种拼命精神，工程取得了不可思议的进度，头一个月就平地建起了三层楼，短短4个月时间完成了施工任务。经过验收工程质量优质。9月22日，学院如期开学。

最出色的项目应该算深圳电子大厦，这是由早期进入深圳的基建工程兵1团（后改编为市建一公司）承建的。工程于1981年1月20日破土动工。大厦建筑面积15350平方米，工期限定15个月。这不仅是当时深圳建筑面积最大的第1栋20层大厦，就是在全国也不多见。1团虽然在鞍山时承建过百米高的烟囱，但是没有承建过这样高的楼房。缺乏施工经验的干部战士们克服了种种困难，于1982年提前一个月完成施工任务，工程质量达到国家质量优秀标准。深圳电子大厦成为深圳地标式的建筑物。

再举一个我到深圳后完成的滨海大道工程的例子。参加施工的主要单位之一是基建工程兵302团（后来改名为市政工程公司，再后来又改为天健公司）。这条道路的施工难度很高，最难处在于有相当一段路属于填海工程，要解决大片淤泥问题。淤泥平均几米深，最深处达12米。由于施工质量好，滨海大道通车已经20年了，路面没有出现不均衡下沉现象，不需要大修，也没有打过补丁。该路被誉为“最漂亮的道路”。

据不完全统计，这支队伍在深圳建成了高层、超高层建筑上千栋；参加了福田中心区、车公庙、深圳湾、科技园、安托山、龙珠等片区以及深圳机场、盐田港码头、皇岗口岸保税区等移山填海约40平方公里项目的施工；深南大道、北环大道、滨河大道等市政道路和桥梁（立交桥），深圳体育场馆、龙岗、宝安、深圳湾体育中心等大运会项目，报业大厦、广电中心、市民中心、图书馆、音乐厅、中心书城、关山月美术馆、何香凝纪念馆等文化产业项目，师范学院、成教学院、深圳大学医学院、南山高新区、西丽大学城、高职院、南方科技大学等高等院校，人民医院、红会医院、儿童医院、妇幼保健院等三甲医院，还有许多居民住宅小区和商住办公楼等公共设施的建设，可以说深圳每处土地上都有他们洒下的汗水。

市建设集团与下属公司完成的工程项目普遍有速度快、质量好的特点。获得中国建筑工程鲁班奖15项；获得国家优质工程奖、詹天佑奖、市政金杯示范工程奖、全国用户满意建筑工程奖、全国建筑业绿色施工示范工程、国家工程质量奖、优秀测绘工程奖等其他国家级奖项71项。天健集团更是获得两项国际大奖：长沙天健•芙蓉盛世荣获2005年度联合国全球人居环境论坛社区奖，龙岗天健•现代城荣获2006年度联合国全球人居环境论坛特别奖。

深圳的城市建筑总体来讲质量比较好，没有发生过重大的建筑施工事故，豆腐渣工程也比较少。作为一个每天都要进行大量建筑施工的新城市，之所以在建筑质量方面能够取得比较好的成绩，其经验第一条，就是在初建时期的深圳有这样一支高素质的施工队伍，这支队伍既继承了军队的优良传统，保持有较高的政治素质、高度的责任心、严格的纪律、深入细致的思想政治工作等；也拥有较高的技术水平、完善的管理制度等；还经过了市场经济的洗礼，有了竞争的观念，学会了经营的方法等，适应了深圳市场经济的环境，成为一支建设劲旅。

随着深圳的快速发展，城市建设的任务越来越重，光靠一支队伍的力量是远远不够的。因此，后来进入深圳的施工队伍越来越多。这些队伍来自全国各地，有国有企业、也有民营企业，形成了一支庞大的建设施工队伍，才让深圳有可能在短短40多年里，从一个边陲小镇建设成为现代化的大都市。队伍多了，有可能鱼龙混杂，不太好管理。这种情况下，深圳靠的是完善法制行政制度。这是第二条经验。深圳是最早建立起市场经济制度的城市，市场经济就是法治经济，要求建立完善的法制制度。而全国人大常委会授予深圳的特别立法权，为深圳建立完善的法治制度提供了条件。在这种情况下，深圳通过立法建立起了越来越完善的法制管理制度。这就保证深圳后来在完成越来越大规模建筑施工任务情况下，仍然保证了城市建筑的优良质量。也可以简单举几个例子。

对建筑行业实行科学严格的管理。例如，对设计单位和施工单位实行资质审查制度。按照工程项目的不同要求，设立了对申请进入深圳建筑市场队伍的资质标准，把住了队伍素质审查的第一道关。再例如，要求施工单位开展岗位练兵、技术竞赛、业务培训工作等，对通过培训不断提高员工技术水平的单位和员工实行奖励等。

建立促进竞争的招投标制度。深圳是最早实行建筑市场招投标制度的城市。某项工程项目推出市场前，对设计单位和施工单位进行招投标；招投标条件中，不光有对工期、工程报价等方面的要求，而且有工地管理、工程质量等方面的规定，促进设计、施工单位又快又省又好完成工程项目。

建立公平有效的工程监理制度。深圳也是最早建立第三方工程监理制度的城市。过去对工程项目的施工组织过程和工程质量一般要求，由建设单位自己进行检查监督。这样做，有的单位会对施工中的问题和工程质量睁一只眼闭一只眼。针对这个问题，深圳建立了工程监理制度，让第三方进行监理。监理公司作为第三方监理单位，负有法律责任，终身负责。监理制度建立起来后，基本上杜绝了工程质量方面的不负责任、偷工减料、人情照顾等多种问题。

基建工程兵部队集体转业时，除了1万多人留在建设集团公司外，另有8千人选拔调入公务员队伍和各条战线。特别是在国土、规划、建设、住宅、城管等政府部门中，转业干部尤其多，他们在建立深圳建筑市场的立法和制订管理制度等方面，贡献了自己的聪明才智，作出了很大贡献。

基建工程兵部队来到深圳改编成为市属建筑施工队伍，在生活方面遇到了很多的困难。几届市领导对这支部队都很关心，尽力帮助他们解决困难。其中随军家属调入深圳是一个比较难的问题。

1982年，在深圳市与基建工程兵总部商量调两万部队进深圳时，双方商量确定接受6千户随军家属进入深圳。这6千户家属的问题解决后，又出现了新问题。年轻职工要继续结婚成家，其中多数人还是回老家农村讨老婆，又产生了新的两地分居问题。需要新入户深圳的家属约有1600多户。集团公司领导为此事多次找市领导，要求帮助解决问题。

有一天，建设集团董事长张宝来找我汇报此事。我感觉此事关系到职工的切身利益，关系到稳定军心，应该帮助解决好。但是考虑到当时深圳住房非常紧张，多进来一千多户家属吃住会产生很大的困难。为了稳妥起见，应该分期分批解决。但张宝建议下决心一次解决掉；说住房问题集团自己有办法解决。

我问他：“这么多老婆孩子一起进来可不是开玩笑的！你用什么办法解决这么多住房？”张宝详细地解释了他的计划。这几年，建设集团关心解决职工的住宿问题，财务管理上精打细算，想方设法节省各种费用，凑钱建起了相当数量的小型化公寓房。他的办法是将两套住房合并成一套，一次能安排800户；剩下的800户两年内解决。如何帮助基建工程兵部队解决实际困难是我心里一直考虑的问题。我感觉张宝说的有道理，就批准一次性解决问题，让这支队伍最后的1600户家属从此也成为深圳人。后来，基建工程兵兵种有一位领导评价说：“基建工程兵部队撤销后，在安置部队家属问题上，深圳是全国做得最好的城市。”

这支部队很知道感恩。他们经常将深圳市对他们的关心挂在嘴上。国家改革开放40周年时，有一位名叫段亚兵的老兵写了一本《深圳拓荒纪实——一座城，二万人，四十年》的书，由人民出版社出版。书中特意写了这个故事。

基建工程兵的这支部队在初创时期来到深圳，为深圳建设立下了汗马功劳。地方政府应该关心他们，让他们在创业后，享受到改革开放的实惠，能够在自己亲手建设的温馨家园里安享晚年。

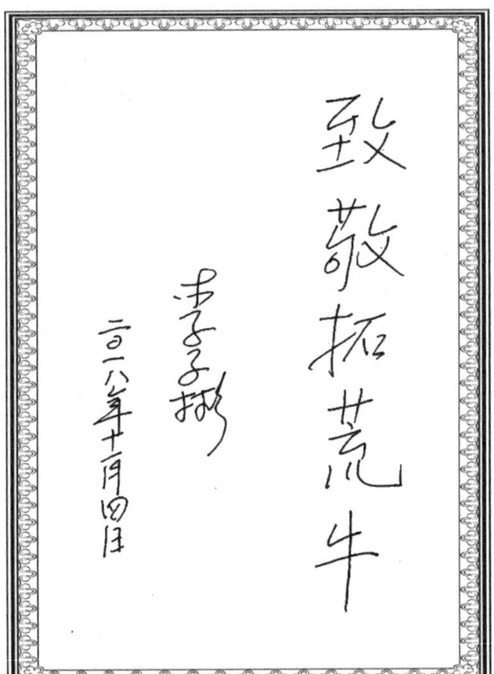


▲
李子彬题字（照片由本文作者提供）

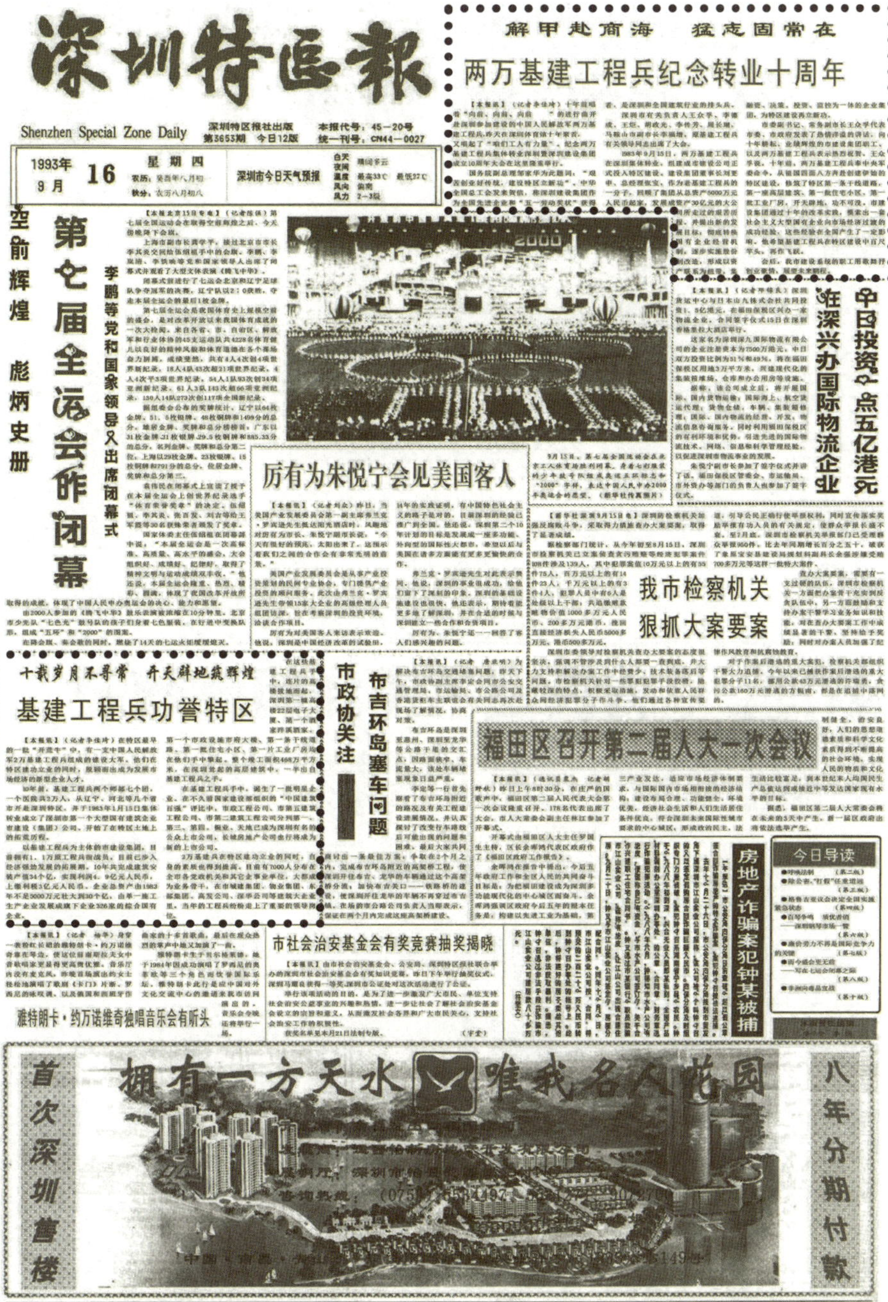

深圳特區報

Shenzhen Special Zone Daily

1993年9月16 星期四

解甲赴商海 猛志固常在

两万基建工程兵纪念转业十周年

空前辉煌 彪炳史册

第七届全运会昨闭幕

李鹏等党和国家领导人出席闭幕式

厉有为朱悦宁会见美国客人

中日投资2点五亿港元在深兴办国际物流企业

我市检察机关狠抓大案要案

十载岁月不寻常 开天辟地获辉煌

基建工程兵功誉特区

市政协关注布吉环岛塞车问题

福田区召开第二届人大一次会议

房地产诈骗案犯钟某被捕

今日导读

市社会治安基金会有奖竞赛抽奖揭晓

瓦特朗卡·约万诺维奇独唱音乐会有听头

首次深圳售楼 拥有一方天水 唯我名人花园 八年分期付款

▲

刊有基建工程兵转业10周年纪念文章的《深圳特区报》

深圳特區報

专题·深圳新闻

A5

从"兵团"到"财团"

——写在基建工程兵集体转业建设深圳20周年之际

"竹叶宾馆"里的拓荒先锋

在"大海"里学会"游泳"

国企改革"与时俱进"

"军功章"前的反思

新闻调查

深究真相 特别关注

特色图书馆为何受欢迎

社区图书馆——

实现远程借阅

专题图书馆——

满足读者文献信息需求

时装图书馆

法律图书馆

数字图书馆——

各种资源网上共享

▲

刊有纪念工程兵转业20周年文章的《深圳特区报》

▲

1982年春节，深圳市政府慰问团来到通心岭（现在的通薪岭）部队竹棚军营慰问建设深圳的基建工程兵官兵。

摄影 /周顺斌

▲

1995年春节（年初一），深圳市人大主任李海东（中）视察市政府为市民办实事的重大工程项目，桃源村微利房住宅区的“七通一平”工程现场。

摄影 /张敬宽

▲

部分领导和嘉宾在《基建工程兵之歌》雕塑揭幕时合影。

第一排左起：杨洪祥、刘更申、邵汉青、邹尔康、李海东、李定。

第二排左起：樊财声、沈远彪、段亚兵、刘坤德、陈玉堂、泰永安。

第三排左起：武威、应宪。

摄影 /周顺斌

◀

原广东省副省长、市委书记李灏同志（左二）到建设集团公司检查工作。

来源 /建设集团画册

▶

原省委常委、市委书记厉有为同志（中）到建设集团公司检查工作。

来源 /建设集团画册

▶

原深圳市市长李子彬同志到建设投资控股公司检查工作。

来源 /建设集团画册

# 第三辑

# 媒体留痕

# 深圳经济特区建设的排头兵

## ——深圳基建工程兵两万人谱写新篇章

段亚兵　刘坤德

1980年8月26日，深圳经济特区成立。

特区成立前后，基建工程兵两万人先后调入深圳，从头开始参加深圳经济特区的建设，为深圳及内地一些地方经济社会建设做出了重大贡献。

### 一、奉命南进，深圳拓荒

深圳地处东南沿海，又毗邻港澳，向来就有发展商品经济的文化底蕴和社会基础。基建工程兵总部首长高瞻远瞩，认识到这块土地是一片即将开发的热土，早在1979年就各向深圳和福州派了一支队伍。派往深圳的是基建工程兵冶金指挥部所属的第1支队。第1支队为完成好这项任务，成立了深圳1支队指挥所，抽调6个连队进入深圳；同时将第36支队调往深圳的2个连队划归第1支队深圳指挥所。

先遣部队进入深圳后，充分发挥了基建工程兵的优良传统、过硬的技术本领和优良设备的作用，连续打了几个漂亮仗，先后完成了市委大楼、友谊商店和泮溪酒家、深圳电子大厦等建设任务，由于进度快、质量好，受到市委市政府领导的充分肯定和赞扬。特别是电子大厦，是深圳第一栋20层高层建筑，工期15个月。对于没有经验的部队来说，这是一个巨大的挑战。部队派出最强的队伍，加强管理，不断攻克技术难关，最后出色地完成了任务。

除了完成工程项目以外，部队还承担了许多市政工程应急抢修任务和救灾任务。例如，1980年4月，清理了闹市中一条长1650米、垃圾成堆、污水横流，被称为深圳“龙须沟”的排洪沟。1980年9月28日，深圳天降特大暴雨，市区许多地方被淹没。部队派出一个架工班，在排长王德敬的带领下，急奔穿隆桥，用倒链等简易工具吊起了6个泄洪闸门，排干了洪水。1981年春节前夕，部队接受了市领导要求抢修罗湖火车站前道路的紧急任务，部队加班加点，连夜奋战，提前完成任务，让深圳火车站一带面貌焕然一新。在这几项突击任务中，部队表现特别出色，在人民群众中产生了良好影响，得到了深圳市委市政府的认可和嘉奖。

1980年8月26日，深圳经济特区成立。开始了大规模的开发建设，需要大批建设队伍。由于先遣部队第1支队深圳指挥所所属连队在特区的良好表现，深圳市委领导要求中央派两万兵力的基建工程兵部队集体转业深圳，改编为深圳市属的建设施工企业。中央批准了深圳市的请求。基建工程兵总部按照国务院、中央军委的要求，积极组织落实，先后调动00049、00319两个支队进入深圳。00049部队是由冶金指挥部所属部队第1支队深圳指挥所、第2支队16、19团，第3支队和第8支队部分骨干，第36支队的两个连队和医院等，组成为一个完整的支队，番号是基建工程兵冶金指挥部深圳临时指挥所（师）。00319部队是一支在原二炮和空军工程兵部队基础上改编的基建工程兵部队，组建于1975年10月24日。该支队直属第三机械工业部领导，承担航空工业基本建设任务。支队机关带领302、303、304团调入深圳。另有石化系统的802团和水文地质系统的912团先后调入深圳。部队边调遣，边安家，边组织施工，并积极做好复转改编准备工作。

部队刚开始进入深圳时，特区还是荒原一片，百业待兴，工作生活环境十分艰苦。各团的生活基地分配在竹子林等远离城区、十分偏僻荒凉的地方，属于那种无路无电无水的“三无”荒坡地。部队开始了艰苦安家、艰苦创业的过程。没有路，自己开；没有电，自己树电杆、拉电线通电。最难解决的是水。深圳是个缺水的地区，从竹子林到水源地有十多公里，地方政府和部队都没有钱修通这么长的引水管道。只好把汽车改成运水车运水，但是人多水少，勉强能够解决喝水问题，其他生活用水、生产用水，只能用挖水井、收集水沟里雨水等办法解决。

▲

1983年9月，强台风正面袭击深圳，部队损失惨重。

摄影 /杨洪祥

一些水井里水的矿物质含量太高，又咸又苦，不但不能饮用，用来洗澡都会引起皮肤病。很长一段时间里，只能限制水的使用量。深圳地处南国，太阳灼热，施工中战士挥汗如雨，口干舌燥喝不上水、浑身臭汗可没有足够清洁水洗澡的感觉，让许多战士终生难忘。

荒原里一下子进入了两万多人的部队，没有地方住，就用竹竿、油毛毡等材料搭起了一批竹棚。竹棚冬天挡不住冷风，夏天潮湿闷热。虽然生活十分艰苦，但是乐观的战士们称这些竹棚是“竹叶宾馆”。不光是居住条件艰苦，更大的隐患是不安全。1983年夏天，竹棚失火，熊熊烈火吞没了23栋营房，火苗窜到30多米的高空，70万元的财产化为灰烬。祸不单行。9月9日晚，一场规模罕见的12级强台风正面袭击深圳。90%以上的竹棚被刮倒、屋顶被撤翻，台风带来的暴雨如瓢泼水，战士和家属们把孩子绑在床边怕被狂风吹走，将锅、盆顶在头上挡雨。这场台风给部队造成几百万元的损失。

艰苦的环境，磨练了战士们的意志，增强了向困难挑战的决心和能力。在这种艰苦环境的坚持和奋斗过程中形成了深圳的拓荒精神。这个精神不但让干部战士在新的时期、新的环境和新的身份条件下，继续保持了部队的优良传统，而且这种拓荒精神也成为后来深圳精神文明宝库中的瑰宝之一。

## 二、迎接挑战，铸就辉煌

1983年9月，深圳召开了“基建工程兵深圳部队改编大会”。根据国务院、中央军委命令，及深圳市政府文件精神，基建工程兵冶金指挥部深圳临时指挥所（00049部队）、第31支队（00319部队）两个师级机关和所属的7个团、1个医院，以及912团集体转业深圳。两个机关合并成为深圳经济特区建设公司，1团改编为市第一建筑工程公司，16团改编为市第二建筑工程公司，19团改编为市第三建筑工程公司，303团改编为市第四建筑工程公司，304团改编为市第五建筑工程公司，302团改编为市政工程公司，802团改编为市机电设备安装工程公司，912团先同市勘察测量公司合并、后又分开单独成为市工程地质公司，两个师的医疗机构合并成立了市基建职工医院。从此，深圳市有了自己的施工队伍，两万官兵成为深圳市民，在新征途上开始了新的奋斗。

部队改编成为地方建设队伍后，还未熟悉情况，就被迫卷入市场经济大潮中，遇到了严峻的挑战，一段时间里队伍陷入困境。最大的问题是拿不到任务，没有活干；没有活干就没有工资，部分干部战士生活上出现了“揭不开锅”的窘境；少数单位由于长期从事国防工程施工，对民用工程不太熟悉，管理、技术不过关，致使一些工程项目出现了质量问题，让建设单位对这支队伍的施工能力产生了怀疑。实际上，各单位在挑战面前表现不太一样，有的适应快一些，有的不适应的情况严重一些。当时这支部队出现的一些极端状况，在吴启泰、段亚兵合写的纪实报告文学《深圳，两万人的苦痛与尊严》中有所反映。

部队改编成地方施工队伍遇到很大困难，有外部、内部两方面的原因。从外部原因看，深圳作为经济特区，在各个行业都努力推进改革，基建行业尤其是率先推进改革的行业，工程任务不再行政分配，而是完全通过招投标方式进行竞争。在这方面，深圳是全国唯一一个对自己的施工队伍没有任何照顾的城市。于是就出现了一个奇怪的现象：一方面，国有施工单位拿不到任务；另一方面，一些“包工头”的皮包里塞满了各种项目的施工合同。结果，在实在没有办法的情况下，逼得我们的公司承接包工头的项目。

从内部原因看，首先，部队原来实行的是一种军事指挥的管理办法，任何施工任务由上级下达，下级必须完成好任务，不用操心项目的来源问题。改编成地方施工单位后，被扔进了市场经济的大海中“自由游泳”，需要一段时间适应。其次，部队原来参加的多为大型的工业和国防工程项目，熟悉的是这种大型工程项目的管理技术，现在到了地方以后承担的是一般的楼宇和民宅建筑，反而不太会干。此外，有一些个别单位的管理、技术水平确实存在着一些问题。

基建工程兵部队的问题通过各种途径反映到了市里，引起了市领导的高度重视。市委书记梁湘亲自主持召开专门的会议，研究解决帮助市属建筑公司问题，使之“有活干，走出困境”。市领导体谅部队的困难，决定将一部分政府工程项目用招标与议标相结合的方式安排，政策适当向市属的建筑施工队伍倾斜。同时，市委市政府适时调整集团公司领导班子，加强领导组织建设。新班子上任后，在公司内部实行了一系列的经营管理改革措施，大大调动了职工的积极性。

在市委领导的关心下，待工数月、无计可施的市建筑队伍终于陆续拿到了一些政府项目。当这支部队一有活干，立即显示出了能打敢拼的部队优良传统和施工能力。比较突出的一个例子是由16团改编的市建二公司承接的深圳市师专(现在的市教育学院)教学楼工程项目。1986年5月，该项目招标。教学楼面积达27,000平方米，要求必须保证4个月内完成，9月竣工，迎接来自全国各地的一千多名学生入住开课。参加招标的施工单位看到如此大的工程项目，施工工期这么短，纷纷知难而退。二公司经过慎重研究决定承接这项工程。长期停工的队伍太需要干活了，大型工程更是显示部队实力的好机会。工程拿下后，公司立即召开誓师动员大会，向全体员工讲清楚“这是关系到公司生死存亡的一个硬仗，只许成功，不许失败!”公司严密组织，加强管理，加班加点，克服各种困难，最后按期完成了任务。这个项目可以说是一个翻身仗。从此以后彻底改变了市里有关部门和单位对这支部队的不信任，“基建工程兵部队很有实力” 名声

▲
1984年，红岭大厦一期工程主体封顶。

摄影 /周顺斌

传开了。许多单位主动与部队联系期望承接项目，公司慢慢地走上了良性循环的道路。

还有一个“敢打硬仗、出色完成任务”的例子。1983年5月，302团承接了南头直升机场施工任务。这项工程工期短、造价低、工程量大，正常工期需要10个月以上，建设单位要求5个月完成。302团的前身是广州军区空军工程兵5团，完成过军用机场、飞机库等国防工程任务，具有雄厚的技术实力和施工经验。在团长田守臣的亲自指挥下，日夜加班，24个小时连轴转，最后用146天近5个月时间圆满完成任务。这项工程让302团改编的市政工程公司得到了“铁军”的称号，为公司以后的发展开了一个好头。

912团调入深圳，让初创时期地质勘查方面几乎空白的深圳有了自己的队伍。912团发扬部队不怕吃苦、敢打硬仗的优良传统，又在管理上大胆改革，为深圳早期的地质勘查工作做出了重要贡献。先后编制了“南头半岛综合工程地质图”、“华侨城片区工程地质图”、“科技工业园片区工程地质图”等，为以上开发区的选址和规划提供了依据。更重要的是，自筹资金编制了整个深圳地区的“深圳工程地质与环境地质系列图”，为深圳的整体规划建设提供了科学依据。该系列图被广东省科委评为“优秀科技成果三等奖”。同时，先后承担了深圳国际机场、广深珠高速公路（深圳段）、深圳火车新客站等，以及大量高层建筑的勘测任务。在出色完成任务的同时队伍进步很快，后来进入全国甲级勘察单位行列。1993年被建设部和国家统计局评为“中国勘察设计综合实力百强”，位居全国第55名。

类似这样的例子还有很多。总之，深圳基建工程兵部队在改编后的前两三年年内，迅速改变了不适应的状况，走出了困境，不断提高施工技术水平，完成了许多工程项目，开创了良好的局面。

基建工程兵部队改编成为地方建设施工单位后，随着深圳大环境的改革，自身也不断地进行系列改革，在改革中发展和成长，提高了竞争力。

1986年的改革做法主要有以下几点：一是公司内部开始实行百元产值工资含量包干制度，工资分配与经济效益直接挂钩。二是全公司普遍实行了为期3年的经理承包责任制，把民主管理、执行政策、企业素质、组织指挥、经济效益和质量、安全、产值、利润、成本、劳动生产率等项指标作为考核评比的基本要素，每年通过多次检查，到年终进行各项经济指标评比，奖罚兑现。三是推出“双承包”责任制，把经理承包责任制发展为物质文明和精神文明建设的双承包，由建设集团公司党、政、工领导同下属公司领导对口签订“双承包”共保合同书，按照“定死基数、保证上交、超额分成、欠收自补”的原则，一包3年，把两个文明建设紧紧地捆在一起。“双承包”的实施，使企业承包经营体制得到进一步完善。

以上几项改革解决了“吃大锅饭”等问题，极大地调动了干部战士的积极主动性，成倍地提高了工作效率，使公司的面貌发生了深刻的变化。到1987年底，集团公司实现“四个突破”：产值突破2亿元，利润突破2000万元，年全员劳动生产率突破两万元/人，工程质量优良率达95%、优秀品率达43%。

1988年，改革继续深入。公司实行全员抵押承包和净资产风险抵押承包制度。这项改革当时被国内许多同行公司学习和借鉴。1991年1月，集团公司开始全面推行全员净资产风险抵押承包制度。承包制由原来的经营承包或利润承包上升到资产管理、产权管理的新阶段。改革取得了显著的经济效益，保证了国有资产安全增值。该年，建设集团实行净资产全员风险抵押承包的13个单位，完成总产值7.04亿元，比上年增长35.4%，全员劳动生产率达58555元/人•年，比上年增长31.12%。从1991年到1994年短短4年间，国有资产从3.3亿元增值到12.83亿元，翻了近两番，利润则增至6.6亿元，增长4倍。

1993年4月3日，中国工业经济协会、人民日报理论部、深圳市政策研究室等单位，在北京人民大会堂联合召开“深圳市建设集团净资产全员风险抵押承包经营责任制理论研讨会”，充分肯定了建设集团公司的经验。1994年6月19日，江泽民总书记视察深圳听取了深圳建设集团的汇报后，对建设集团取得的成绩给予充分的肯定和鼓励。

通过采取不断改革的措施，这支具有部队优良传统和实干经验的队伍，其潜力不断被挖掘出来，连续登上好几个台阶，开始进入“黄金发展时期”。其中，二公司、五公司、市政工程公司等，在全国建筑行业排行榜中都名列前10名。1993年，建设集团公司被全国总工会授予“全国先进集体”光荣称号，荣获全国

“五一劳动奖状”。1994年被授予“广东省模范集体”光荣称号，1995年被国家建设部评为“全国先进施工企业”。 截至到1996年底，建设集团累计实现利润29.17亿元，上缴利税12.12亿元，创省、市级样板工程40多项，多项工程获得鲁班奖，成为深圳市建筑施工、房地产开发的主力军。多次被评为深圳市“最大市属盈利企业第一名”“最大房地产企业第一名”“纳税大户第一名”“优秀三超企业”。

1992年，党的十四大召开以后，中国国有企业的改革明确为以建立适应市场经济要求的现代企业制度为基本目标，国有企业改革从以往在分配关系上做文章，转向以产权制度的改革为重点。1993年，市领导决定先从建设集团开始探索以产权为纽带的国有资产经营管理模式。1994年8月，深圳市委、市政府、市国资委决定在深圳建设集团进行授权经营试点。由此，深圳建设集团成为全市第一家由企业直接改造的资产经营性公司。运作2年后，建设集团成为全市利税大户、最大盈利企业第一名、最大房地产企业第一名，综合实力第二名的知名企业。

1996年12月24日，深圳市委、市政府下发深发〔1996〕32号文《关于调整和完善三家市级资产经营公司规模和运行机制的方案》，决定以原深圳市建设集团公司及所属企业，和市属15家国有全资、控股的建筑施工、房地产企业共同组建深圳市建设投资控股公司。新公司成立后原深圳市建设集团撤销。1997年末，深圳市建设投资控股公司仅成立运作1年，就完成总产值45.25亿元，同比增长20.44%；实现利润12.4亿元，同比增长11.24%；总资产334.9亿元，比年初增加27.63亿元，增长8.61%；净资产119.34亿元，比年初增加17.49亿元，增长17.17%。改革取得显著成效。至2000年末，建设控股公司形成房地产开发、建筑施工、物业管理、建筑装饰、市政工程、建筑机电设备安装等8条龙的企业集团，成为一个拥有一级企业20家，二级企业215家的巨型公司。其中，集团公司14家，上市公司8家，总资产达到345.45亿元，净资产108.77亿元，销售总收入124.74亿元，实现利润10.72亿元。

随着改革的深入，原来的建设集团内部也发生了变化，一部分公司实行改制成为民营企业；一部分公司股改上市成为上市公司；也有公司仍然为国有企业。2004年，国有企业改革步伐加快。建设控股公司与市投资控股公司合并。原建设

▲
复杂的深圳—盐田高速公路二通道立交桥。该工程由市天健集团公司（原基建工程兵302团）承建。

来源 /天健集团公司

集团公司机关部分人员沿用了原市建设集团的名称，后来这个公司挂牌出售给一家民营公司。基建工程兵两个师级机关的底子从此不复存在。市领导做出这样的改革决定也许有其中的道理。但是，对原基建工程兵两万干部战士来说，从感情上一时难以接受。好在以原来部队8个团为主体的8个公司，通过改制、改革，有效地提高了企业的管理水平和市场竞争力，成为深圳市建设施工力量中的主力队伍，对此，让战友们感到自豪和些许安慰。

30多年里，这支队伍发扬部队敢打硬拼的优良传统，做出巨大贡献，完成了大量的建筑施工任务。据不完全统计，这支队伍在深圳建成了深圳第一栋高楼深圳电子大厦等高层或超高层建筑上千栋；参加了福田中心区、车公庙、深圳湾、科技园、安托山、龙珠等片区以及深圳机场、盐田港码头、皇岗口岸保税区等移山填海约40平方公里等项目的施工；深南大道、北环大道、滨河大道等市政道路和桥梁(立交桥)，深圳体育场馆、龙岗、宝安、深圳湾体育中心等大运会项目，报业大厦、广电中心、市民中心、图书馆、音乐厅、中心书城、关山月美术馆、何香凝纪念馆等文化产业项目，师范学院、成教学院、深圳大学医学院、南山高新区、西丽大学城、高职院、南方科技大学等高等院校，人民医院、红会医院、儿童医院、妇幼保健院等三甲医院，还有许多居民住宅小区和商住办公楼等公共设施的建设，都有他们的功劳。

完成的项目普遍有速度快、质量好等特点。获得中国建筑工程鲁班奖15项；获得国家优质工程奖、詹天佑奖、市政金杯示范工程奖、全国用户满意建筑工程奖、全国建筑业绿色施工示范工程、国家工程质量奖、优秀测绘工程奖等其它国家级奖项71项。天健集团更是获得两项国际大奖：长沙天健•芙蓉盛世荣获2005年度联合国全球人居环境论坛社区奖，龙岗天健•现代城荣获2006年度联合国全球人居环境论坛特别奖。

这支队伍不仅在建设施工方面为深圳经济、城市建设方面做出了重大贡献，而且在应对突发事件、救助灾害、慈善公益事业等方面，也表现突出、贡献了自己的力量。1993年深圳清水河仓库区发生了“8•5大爆炸”。仓库里的化学危险品不断爆炸，附近的一些特大储油罐受到严重威胁。在这样的危机关键时刻，建设集团的干部职工们冲锋在前，冒着随时再次爆炸的危险，在易爆化学品与储油罐之间，用水泥和土石方建起了保护墙，避免发生更大爆炸，立了奇功。在祖国内地多次发生地震、洪涝、冰雪等特大自然灾害时，干部职工们都尽力派出救援队伍或者积极捐钱捐物。对于患癌症、眼睛白内障等各种疾病的战友，和生活困难的战友，战友们总是慷慨解囊，尽力帮助。越众公司在全国范围内关心抗战老兵，受到了国家民政部和社会的称赞，等等。

对这支队伍做出的贡献，深圳市委、市政府历届领导都是充分肯定的；在这支队伍发展的全过程中，都给予了充分的信任、关怀和支持。部队刚进入深圳时，市财政并不宽裕，仍然连续两年每年拿出3,000万元补贴部队集体安家。每当部队遇到困难时，市委主要领导就专门召开常委会帮助解决，对基建工程兵转业人员住房所需的土地供应给了很大优惠；破例批准所有职工的家属户口从农村迁入城市；随军家属的就业也专门予以解决，真正帮助实现了安居乐业。对以上这些，部队的干部战士们也都记在心里。

### 三、融入社会，大展雄风

深圳基建工程兵部队对深圳的贡献不仅体现在深圳有了一支自己的基建队伍这点上，基建工程兵两万人调入深圳，极大地改变了这座城市的人口结构；部队两万人中首批就有8千多人调入各级党政机关和企事业单位，使初创时期的深圳没有一个行业没有基建工程兵。这后一点对深圳可能更有意义。

按照深圳统计部门的人口统计，成立深圳市以前，宝安县的人口为31.5万人；深圳经济特区内的人口只有两万多人。部队两万人落户深圳(加上随迁的家属有4万多人)，让特区内的一半人口变成了外来移民，由此奠定了深圳作为世界最大移民城市的基础。

深圳作为一个边防的县城，十分缺乏政治骨干和专业人才队伍。例如，深圳改市以前的宝安县只有数名技术员，没有中高级职称人才。深圳经济特区发展初期，各行各业都极其缺乏人才。相比之下调入深圳的基建工程兵部队中有大量的人才，部队有6千多名干部、大量中高级技术干部，干部战士中党团员比例很高。因此，部队转业改编后，急需干部、专业技术人才的市委市政府机关各个部门、全市许多单位，纷纷到部队选调干部和骨干力量。几年内部队先后调出8千多名干部、职工，充实到了各行各业中。这些同志发扬解放军的光荣传统，干一行，爱一行，干好一行，努力工作，为深圳做出了卓越贡献。据不完全统计，仅在企事业单位任集团公司董事长、总经理、主任等正职的就有王树林、刘更申、张书亭、时振山、熊煦超、顾长根等上百名干部，民营企业家数量更多；并涌现出一批在社会上有影响的名人。

有任正非等一批脱颖而出的科技民营企业家。

深圳经济特区建立初期，政府鼓励个人创业。许多战友选择了下海创业，涌现出了一大批民营企业家。其中最有影响力的是任正非，他1978年创业，两万元起家，创办了华为技术有限公司。如今的华为，已经成为拥有15万名员工（其中80%受过大学教育，博士近5千名、外籍员工近3万人）的大企业。从2012年开始销售额超过爱立信成为世界第一的电信企业。

有梁光伟等一批在国有企业改制中做出贡献的企业家。

上个世纪90年代，党的十五大提出了国有经济实行战略性转移、抓大放小的方针。深圳的国有企业改制工作抓得比较紧。许多在国有企业中任职的战友，把一批弱小、经营困难的国有企业，通过改制发展壮大。其中特别突出的是梁光伟。梁光伟1980年入伍，是随着第1支队1团最早进入深圳的战士。1985年，地方到部队选骨干时，梁光伟被选中调入华强公司工作。2000年，梁光伟出任公司总裁。2006年，梁光伟当选董事长兼总裁。2010年在深圳经济特区成立30年时，开展了一个全市30年30位杰出人物评选活动，梁光伟荣获“杰出创新人物”称号。

人们说：“深圳有华为、华强、华侨城、华大基因、华南城等5个华字头企业，是代表国家水平的优秀企业代表”。其中前两家的掌门人就是基建工程兵，战友们对此感到骄傲。

有刘更申等一批创办文化产业的企业家。

许多战友喜爱文化艺术，立志为传承发扬中华优秀文化做贡献。有著名诗人、市建设集团公司董事长刘更申，著名摄影家、以摄影作品《升》获得第13届全国摄影艺术展金奖的周顺斌，著名书法家、被世界华人协会评为“2007年度世界杰出华人”的金龙等。

有汪家玉等一批在新行业里开拓的企业家。

开拓创新是深圳精神。许多战友调出原单位，开拓了许多新行业，成为开拓精神很强的企业家，其中汪家玉是优秀代表之一。汪家玉是1964年入伍的老兵。1988年服从上级决定，调到市建筑装饰总承包公司任职。在新的装饰行业一干就是20多年，先后任市建筑装饰总公司董事长兼总裁等至今。深装公司进入了中国建筑装饰行业百强企业的前十名。中国建筑装饰协会原会长张恩树评价说：“深装集团在我国装饰行业发展中起到了排头兵作用，汪家玉功不可没。”

有马成礼等一批模范转业军人。

战友们时刻保持军人的优秀传统，在深圳努力创业、认真工作，做出了出色的成绩。有获得国防部“全军行政管理先进单位”“基建工程兵一流团”称号的304团团长、后任市建设集团纪委书记李金忠，全国劳动模范、深圳市建设投资控股公司董事长张宝，全国五一劳动奖章获得者、深圳市建设集团有限公司董事长张淑运，荣获“全国优秀勘察设计院长”称号、深圳市工勘研究院院长的杨仁明等。马成礼是其中优秀代表之一。

马成礼是1966年基建工程兵组建时参军的工改兵工程师，也是最先进入深圳参加特区建设的第1支队先头部队之一。1983年，马成礼调到深圳市物业公司任经理，负责中国第一高楼——53层国贸大厦项目的建设。国贸大厦设计先进，施工组织合理，负责施工的中建三局一公司创造出了三天一层楼的“深圳速度”。1992年小平同志视察深圳，特意来到国贸大厦参观，其间所说的话就是著名“南方谈话”中的部分重要内容。胡耀邦总书记题写了“深圳国际贸易中心大厦”几个大字。江泽民、胡锦涛等许多中央领导都到过国贸大厦参观。由于工作成绩出色，马成礼被解放军总政治部等部门授予“全国模范军队转业干部”称号。

## 四、不畏艰难，改革创新

深圳作为改革开放的窗口，不断进行改革，从改革中产生新的发展动力。在深圳的各项改革工作中，早期进入深圳的基建工程兵部队的同志们做出了重要贡献。深圳市委市政府机关中，有很多公务员来自基建工程兵部队，一大批干部调到市区两级党委和政府机关工作，成为公务员队伍里的骨干力量。仅在市区两级党委和政府机关中就有局以上干部53名，处级干部数量更多。部队培养出来的干部，绝大部分具有组织纪律性好，业务水平高，踏实能干的特点，成为机关的骨干力量。

市政府里的国土、规划、建设、管理部门中，来自部队的工作人员更多，为城市建设与管理的改革，做了大量的工作。

一是进行国有土地管理体制改革，推动了全国城市化、工业化进程。

国家成立深圳经济特区，只是划拨了2020平方公里的土地，但是没有拨付资金。在缺乏资金的情况下，深圳要想发展必须在土地问题上做文章。在原来计划经济体制下，国家土地是无偿占有和使用的；而在市场经济条件下，生产资料3项要素中，物资首先商品化了，劳动力也商品化了，那么土地能不能商品化呢？这个问题摆在了市领导面前。

自特区成立到1986年，市政府计划先开发38平方公里综合城区，进行“七通一平”等花了7.3亿元，这些资金是银行贷款。土地平整好后，分片划拨给市发展公司、市工业发展服务公司、市城建公司等兴建厂房和住宅等。但是，政府先期垫付的资金怎样回收呢？

1987年2月，深圳市委领导决定开始研究土地使用制度改革问题，在完全没有经验的情况下，先到香港进行考察。考察团分成土地改革和住房改革2个小组，分别考察。考察团用了11天时间细致学习考察，走访了港英政府和测量师行、仲量行、律师行、工程师事务所等社会组织，基本上摸清了香港港英政府批租土地的主要做法。

回来以后经过仔细研究和消化，结合深圳的实际情况，最后形成了深圳土地使用制度改革和住房体制改革两个方案。当年，市政府讨论通过后试行。深圳拿出3块土地，分别用拍卖、招标、协议的3种方式进行试验。结果，3种方法都成功了。最引起社会关注的是拍卖方式，深房公司通过竞拍拿走了编号为H409-4、面积8588平方米、位于深圳水库的一块土地，许多新闻媒体都大篇幅报道了这场拍卖会。万科公司拿走了招标的那块土地，建成了威登别墅住宅区。深华公司拿走了协议的那块土地。试验成功后，方案报市政府批准。1987年10月，深圳市政府修改了1982年实施的《深圳特区土地管理暂行规定》，将原规定中“土地使用权不能转让”的条款改为“土地使用权可以有偿出让、转让、抵押”。同时更名为《深圳经济特区土地管理条例》，报请省人民政府审定。1987年12月29日省第六届人民代表大会常委会第30次会议通过这一《条例》，正式取代了1981年的《暂行规定》，在法律上确立了深圳经济特区国有土地使用权有偿出让和有偿转让的制度，确立了上地所有权和使用权分离、土地使用权进入流通领域的土地管理体制。深圳是全国第一个设立国土局的城市。

根据深圳的实践，1988年4月12日，七届全国人大一次会议通过了《中华人民共和国宪法修正案》，将我国原宪法上“任何组织或者个人不得侵占、买卖、出租或者以其他形式非法转让土地”一句，修改为“任何组织或者个人不得侵占、买卖或者以其他形式非法转让土地，土地的使用权可以依照法律的规定转让”。

深圳进行的土地制度改革，将土地的所有权与使用权分离开来，解决了困扰我们多年的棘手问题。于是，不但深圳扩大了融资渠道，解决了一些建设资金问题，加快了城市基础设施建设速度；而且，为中国解决进行工业化、现代化需要的巨大资金支持开辟了道路。

二是进行了住房制度改革，促进了住房问题的解决，基本满足了深圳高速度发展的住房需求。

深圳是全国最早进行住房改革的城市之一。其基本思路借鉴了香港和新加坡的经验。住房改革和土地制度改革一并进行，但分成两个小组各自研究其规律。经过1987年长达一年的调查研究和深入细致的讨论，终于形成了共识：商品房、保障性住房必须两个轮子同时运转，时称“双轨制”。商品房按市场经济规律运作；保障房按政府的政策运作。商品房供应的对象是社会上的高收入群体，价格随行就市，不限制面积。对其建设占用土地供应数量进行控制，行政管理权归属于国土部门。保障性住房优先供应给党政事业单位的职工，也可以拿出一部分向全社会供应。社会上贫困户群体的住房用廉租屋的办法解决，只租不售。其他房子租售并举，鼓励小业主买房。

为了加强这项工作，市政府专门成立了住宅局，负责其规划、建设、销售和管理工作。需要的土地和资金补贴，纳入年度土地供应计划和财政计划，由国土部门和计划部门负责解决。这项改革涉及千家万户的直接利益，市委市政府非常慎重，住房改革小组成员也非常卖力。其方案八易其稿，历时两年，在反复征求社会各界意见后，才由市委市政府审查定案，于1988年下半年出台。该项改革至今已有16年之久，比全国推行早了15年。回过头来看，深圳当时制定的改革方案是符合全国现在推行的住房改革方案精神的。虽然，在以后的实际操作中，深圳出现了一些问题，甚至中间停顿了几年，住宅局被撤销，走了一段弯路。但现在又走回来了。实践证明，深圳当时在住房制度方面的改革探索，为全国该项改革做出了重大贡献。

深圳除了制度改革外，还有很多具体的改革事项。例如，在深圳早期建设中，市房管局负责建设福利房，一般要进行简单的“粗装修”。时任市房管局办公室主任的刘坤德发现，多数人分到福利房后，嫌装修标准太低都要打掉重新装修。这样不仅造成市财政经费的浪费，给居民造成麻烦，而且会产生大量的建筑垃圾。在做了一些调查研究，掌握了具体的数据后，刘坤德提出了“福利房建设不再装修，让住户自己装修”的改革意见。他的建议被市、局领导采纳。从1990年莲花二村社区建设开始，取消简单装修，起名为“毛坯房”。新做法得到了住户的认可。从此以后，“毛坯房”的概念，从市房管局传到深圳的各开发商，最后传遍了全国的开发商，并得到大多数业主的认可。这项改革风行全国，节省资金、减少建筑垃圾，为“绿色低碳经济”做出了贡献。

三是进行以工程项目招标投标为突破口的基建管理制度改革，全面开放了建筑市场。

深圳经济特区一成立，以城市基础设施为主要内容的大规模城市建设随之展开。实现高速度、高质量、高效益的城市建设，是市委市政府领导追求的唯一目标。经过反复研究讨论，借鉴出国出港考察学习到的先进经验，决定以工程招投标为突破口，全面开放建筑市场（包括建材市场、劳动力市场、资金市场、设计市场等等）。正是因为这项改革，让后来的深圳在城市建设上不断出现令人惊讶的深圳速度，才使深圳有可能在短短30年时间里，将一个边陲小镇建设成一个现代化的大都市。当时国家计委充分肯定深圳创造的经验。1985年，国家计委副主任王德瑛在广州主持召开深圳工程招投标经验交流会。通过这次会议，深圳工程项目招投标的经验推广到了全国。

四是进行城市规划制度改革，使特区规划制定和管理更加科学、法制化。

深圳早在20世纪80年代初就开始了规划制度的改革。一是明确提出规划和计划紧密衔接、解决“两张皮”的问题。通过采取部门协商、市长“一支笔审批”的办法，使长期以来规划与计划相分离的问题初步得到了协调解决。二是向香港学习，深圳开始探索建立市场经济条件下规划管理体制。增加了城市发展策略研究，使城市发展目标方向更加科学。为了保证规划实施过程的严肃性，同时为土地出让创造条件，采取法定图则这一程序，解决了过去由于领导换届容易出现随意改变规划的情况。深圳规划改革的做法，得到了国家建设部部长俞正声等领导的充分肯定，他说：“深圳的办法好，应该在全国推广。”

五是进行城市管理体制的改革，实行专业化、商业化管理办法。

随着社会经济的不断发展，深圳在城市管理制度上也相应地进行了改革。学习香港的经验，成立各种专业公司实行专业化、商业化管理办法。1985年成立的深圳阳光清洁公司是第一个专业清洁公司，负责一些公共楼宇甚至政府物业的保洁工作。接着，成立了专门清扫道路的环卫公司、负责社区管理的物业管理公司等，最终是深圳形成了包括物业管理、清洁管理、工商管理、安全管理、消防管理、城市绿化管理等综合性专业管理行业和队伍。这些专业公司的出现，不但保证提供专业的社区物业综合管理、公共环境和社区的清洁服务等，而且安排了大量的社会就业。深圳这方面就业的员工从开始的10万人增加到现在的30万人以上。深圳城市由专业化公司提供综合性管理的经验得到有关领导部门的肯定，社区物业管理的做法很快在全国推广开来。

基建工程兵部队来到深圳，与这座城市同命运，共成长。干部战士们说："我们感谢党和国家实行改革开放的政策，让我们赶上了一个伟大的时代；感谢深圳张开温暖的臂膀欢迎我们，给了我们建设深圳经济特区的机会。我们前半生是基建兵，后半生是特区人。对此我们感到骄傲和自豪。"

（原载2016年7月26日《深圳特区报》）

A10 | 专版 | 深圳特区报　　2016年7月29日 星期五

# 深圳经济特区建设的排头兵

## ——深圳基建工程兵两万人谱写新篇章

1980年8月26日，深圳经济特区成立。

特区成立前后，基建工程兵两万人先后调入深圳，从头开始参加深圳经济特区的建设，为深圳及内地经济社会建设做出了重大贡献。

### 1 奉命南进，深圳拓荒

### 2 迎接挑战，铸就辉煌

### 3 融入社会，大展雄风

### 4 不畏艰难，改革创新

▲

2016年7月29日刊载“深圳经济特区建设的排头兵”的《深圳特区报》

# 常怀律己之心

## ——记中共深圳市纪委副书记廖成林

侯丽华　潘　咏

市委副书记、市纪委书记谭国籍如是评价说："成林同志先后与市纪委四任书记共事，是现任市纪委领导班子成员中任职时间最长、资历最老的一位副书记，他十三年如一日，认认真真学习，堂堂正正做人，清清白白为官，扎扎实实工作。特别是成林同志能够正确对待自己的职务升迁，从不向组织伸手，以自己的实际行动，践行了一名共产党员的崇高理想和坚定信念，在群众中树立了一名纪检干部特别是领导干部的良好形象。"

翻看廖成林同志的材料，我们看见在廖成林同志20多年的纪检工作中，成绩显著。然而成林同志的经历中最引人注目的不是他身居市纪委副书记的职务，而是他在这个岗位上一干就是13年。

1992年，不足47岁的廖成林已是让人羡慕的正局级领导干部，相信不论在他的心中，还是在同事的眼里，都会有意无意地对他的未来有更远大、更美好的憧憬。13年说长也长，说短也短。好像一眨眼的工夫，老廖就要退休了。从职务上看，老廖13年来除了工作分工上的一些调整，就再也没有变化过。13年的副书记生涯，老廖那种淡泊名利、勇于奉献的精神在同志们的心中打下了深深的烙印。

近期，市里面临换届，市委主要领导找廖成林谈心，廖成林笑眯眯地这样说："我从一个农村青年、普通一兵成长为党的领导干部，离不开组织的培养和人民的信任，还是那句老话，一切听从组织的安排吧，我没任何意见！"

我们从老廖的领导、同事那里得到的信息是，老廖不仅从无怨言，从不伸手，而且始终保持旺盛的革命斗志、严谨的工作作风、创新的青春锐气，勤勤恳恳为特区的反腐保廉事业做出了突出的贡献，赢得了上级的肯定、领导的赞扬、同事的尊敬。

人非圣贤。廖成林也是普通人，他为什么能够正确理解和处理个人地位、权力、事业这些重大而敏感的问题呢？

我们带着这样一个疑问开始了对廖成林同志和他的同事们的采访历程。

## “得一官不荣，失一官不辱”

初见廖成林同志年轻时身着军装、英姿飒爽的照片，还真有些许老一代影星王心刚的感觉。在采访的当日，出现在记者面前的却是一个宽厚、温和、慈爱的长者，全无半点“官气”“官态”“官架”。岁月的痕迹已深深地刻在他脸上，但厚厚的老花镜却遮挡不住他眼中闪烁的睿智而乐观的光芒。

当记者斟词酌句很委婉地提出我们的疑问时，想不到却引起老廖爽朗的哈哈大笑。他说，你们来深圳的时间短，只看到我在市纪委副书记的位置上一干就是13年，似乎受了委屈。其实，我也曾经有过让大家羡慕的“辉煌”时期。1989年至1992年，短短4年间，我在深圳市纪委由副处级干部连续升到正局级干部，从信访室主任被直接提拔为市纪委副书记。看这一段经历，你们还觉得我委屈吗？

一开口，老廖就强烈地表现出他喜欢讲实话，不愿意多说大道理的性格。

“得一官不荣，失一官不辱”，对于权力、职务、地位，廖成林始终抱着一种“看轻、看淡”的态度。一个重要的体现，就是他从来不在头衔、待遇上和别人攀比。他刚到深圳工作时，一些国企的待遇远远高于机关。“当时我每个月工资才300元，而与我一起来深圳、曾面对面在一起办公的一个战友，转业到国企工作后一个月能拿3000元。”老廖是凡人，也动过去国企工作的念头，但当组织上要求他继续在纪检机关工作时，作为一个共产党员，廖成林无条件服从了组织的安排。

他认为一个人的名利地位固然离不开个人的努力奋斗，但更重要的是组织的培养，绝不能仅仅看成是个人的荣辱。“4年中组织多次提拔我，并不是因为我优秀，更多的是因为工作需要；13年间我的工作岗位没有变动，有很多主客观因素在里面，绝不意味着组织的信任少了。”廖成林平静地说道，“在哪里都是为老百姓服务。”

多年来，廖成林始终恪守一句座右铭：“吃百姓饭、穿百姓衣、百姓不可欺。”对他而言，做好本职工作是一个共产党员的本分，而把自己陷入旧官场上的争名夺利，本身就已经失去了一个共产党员的先进性。一个人对党、对人民、对社会是不是一个有用的人，并不在乎他的职务有多高，而在于他有没有一颗全心全意为人民服务的心。心正，则职务再低也可以做出大的贡献；心不正，则职务越高，对党的事业危害越大。

正因为有这样的认识，13年间，老廖自己从来没有主动向组织伸过手、提过有关个人前途的要求。

## 积极配合四任领导的团结模范

几天的采访过程中，市纪委领导班子的团结给记者留下了深刻的印象。很多人对记者说，市纪委领导班子有这样一个特点，就是市纪委常委会从未因为闹不团结，而使某项议题不能通过。廖成林对此深有感触地说：“我在纪检岗位特别是信访工作中，常会接触到一些单位领导班子闹不团结的事，最终不仅影响本单位工作，影响了干群关系，也影响了党的事业健康发展。”因此，他是十分真诚地爱护着市纪委领导班子的团结。“工作不是为某个人，我是为了党的事业而工作的”，廖成林有着对领导、对同志“少猜疑、多谅解”的胸怀。

在13年市纪委副书记的岗位上，廖成林给4任市纪委书记做过副手，其中有10年是排在第一位的副书记。在与4任书记的工作配合中，他自觉摆正位置，当好参谋助手，严格执行党的民主集中制原则，共同营造民主、公平、和谐的工作氛围，齐心构建和谐班子促进工作。4任市纪委书记，每个人的工作风格和自身性格都不一样，但是廖成林都能很好地配合他们做好工作。近5年来，市纪委领导班子及其工作成效得到了中央纪委、省纪委和市委的充分肯定，市委主要领导也多次表扬市纪委领导班子是市委信得过、靠得住的优秀领导班子。应该说这其中有老廖的一份功劳。

同事们都说成林同志工作从不越权，在他分管的工作中，他总是尽心尽力；不在他分管范围的事情，他从不利用地位插手别人的工作。这样就避免了在工作上与其他人产生摩擦，给他人带来不必要的麻烦。用老廖的话就是，副手，就是主要领导的助手，就是协助主要领导分管某一方面的工作，这是最基本的组织原则。如果每个班子成员都能做到在其位，谋其职，尽其心，负其责，班子就不会不团结。

## 不做不负责任的“画圈”领导

廖成林是一个认真负责的人，在这位出身于农民家庭的纪委副书记心中，领导干部绝不意味着高高在上，指手画脚。工作就是应该与部属一同耕作的“责任田”，领导就是负责这片土地的生产队长。廖成林说：“生产队长不仅要在一旁敲钟督促，自己也要下地干活；地里的庄稼种不好，生产队长也有责任。”

秉持这简单朴素的思想，廖成林在领导工作岗位上总是亲力亲为。他接手过多项被一些戏称为“费力不讨好得罪人”的专项清理工作，在市纪委常委会的领导下，他毫无怨言，一步一个脚印地落实，从不敷衍推脱。他从不做“画圈”领导，对需要办理的文件，他总是签署明确的意见。凡他参与调查的信访和违纪案件，他都是自己亲手撰写调查材料。和他一起工作过的同志都说，成林同志对每一项工作都思路清晰，布置的工作、做出的指示，都言简意赅，从不拖泥带水、模棱两可。

一位新调到市纪委机关工作的年轻干部，刚开始看到自己起草的文稿都是成林同志逐字逐句修改，而且改完后还亲自送过来，耐心地给他讲为什么这样改时，感慨不已。其实，在廖成林同志身边工作的同志对此都习以为常，戏称他是个严格的编辑，哪怕一个标点的错漏都逃不过他的眼睛。他的这种亲力亲为、既严谨又民主的工作作风，感染、教育和激励着每一位部属。

## 老廖是个生活大师

乐观的人才会生活，会生活的人才幸福。面临退休，一辈子专心工作的廖成林十分平静。他表示，退休以后他不会接受担任这个、那个顾问的头衔，更愿潜心钻研许多自己因为工作忙碌而无暇顾及的兴趣爱好。

尽管工作繁忙，但老廖始终是一个顾家的好丈夫、好父亲。只要时间允许，他都会亲自下厨为家人烹制晚餐。老廖的妻子是北方人，做面食很拿手，炒菜却不如出生于四川的老廖。“我们家的大厨是我老爸，我是二厨给他帮忙，我妈只会做主食。”他的儿子廖炜告诉记者。

老廖一生中最大的爱好就是摄影，因为这个爱好，他一出差就变成了同事们的“专业摄影师”。老廖家主卧室床头挂的那张大幅结婚照，是老廖当年结婚时，摆好了机位自拍的作品。老廖家里还挂着很多他自己拍摄的风景照，这些照片也成为同事朋友中的“抢手货”，总有人慕名前来，向老廖索要几张风景照，重新放大装裱，带回自家的屋里做装饰。即将退休的老廖，一点都不担心退休后的生活会变得枯燥。“帮老伴打理家务，玩玩摄影，把没时间搞的书法绘画再重新拾起来，可做的事太多了。”他满怀憧憬地说道。

1982年底，廖成林从部队转业，那一年他37岁。37岁是男人创业的黄金年龄，37岁的廖成林面临着事业中的重要抉择。

在部队出色的工作能力和勤勤恳恳的工作作风，使得转业时的廖成林成了“香饽饽”，多家单位都抢着要他。然而他却放弃留在北京大机关的机会，毅然来到了当时还是一个大工地的深圳。

23年来，市纪委是廖成林在深圳进入的第一个单位，竟也是唯一的一个单位，他一直没有离开市纪委。廖成林把一生中最美好的时光献给了党的纪检事业，他把崇高理想和坚定信念融入党风廉政建设和反腐败工作中。

## 勇往直前的“救火队长”

刚到市纪委，廖成林被安排从事比较敏感的信访工作，特别是联名上访的问题，处理不好甚至可能导致严重的后果。从事信访工作如同进了消防队，必须做好随叫随到的准备，哪里有召唤就立即到哪里去。

廖成林从事信访工作之初，便努力在工作中学习正确把握政策，通过细致分析实际情况做出正确判断。他不存私心，不带偏见，始终胸怀大局，坚持党性原则，在处理一些重大案件和疑难信访事件中表现出了坚强的党性、高超的政策水平、耐心细致的工作态度和驾驭处理突发事件的能力，也正是因为他出色的工作，与廖成林共事多年的同志送给他一个“救火队长”的雅号，这在纪委系统中流传多年。

1992年深圳市发生“8·10”股票风波，轰动全国，引起中央和省委高度关注。当时刚刚担任市纪委副书记的廖成林被任命为清查办主任，负责对此案的清查工作。这起案件涉及面广、影响巨大，如果处理不慎，对于社会稳定、特区的经济建设和我国刚刚起步的证券市场，都会带来不良影响。廖成林根据市委确定的清查政策和党的组织纪律要求，展开了大量深入细致的调查工作。最后市纪委、市监察局对15名严重舞弊违纪的责任人分别给予了党纪政纪处分。由于清查处理工作实事求是，政策把握得当，受到处分的违纪人员没有一人提出申诉。

## “他的活干得和别人不一样”

近年来，深圳市纪委“大胆探索、锐意创新”的工作作风在全国、全省纪检系统中得到了广泛认可，这离不开市委和市纪委常委会的正确领导，也离不开廖成林等同志的身体力行和带头实践。

的确，创新需要好想法、好点子，但更重要的是在工作中积累的实践经验。“聪明在于学习，智慧在于积累”，这是廖成林常挂在嘴边的一句高尔基的名言。他总是谦虚地说自己文凭不高、水平不够，可是他身边的人一谈起他，就竖起大拇指，说廖书记平时都是悄悄地学。他多年的老同事、现任市纪委副书记孙大卫说，成林书记是一个很“精明”的人，什么事情都要琢磨。人家什么事情做得好，他都在暗中学习。工作中反映出来的就是“活干得和别人不一样”。

廖成林说自己其实很“倔”，什么事情都希望做到最好，这是在部队环境中养成的习惯。初到深圳从事信访工作，廖成林听不懂白话和客家话，与上访者沟通困难，他就通过广播电视努力学习，仅用半年时间就基本听懂了方言，为工作扫清了语言障碍；为了尽快弥补自己在法律法规方面的知识欠缺，廖成林利用业余时间，抢时间读完了两本共140万字的疑难案例分析教材，掌握了信访工作必需的法律知识和操作规程。

## 创新是他工作的第一追求

廖成林总结多年纪检工作经验时说，20世纪80年代正是改革开放之初，纪检工作面临许多全新的复杂问题，在中央当时的政策和规定中可能还找不到执行的依据。“当时一味依靠政策规定是不可行的，特区的纪检工作与特区的各项建设一样，都处于起步阶段，许多事需要发挥创造性，在实践中不断创新，寻求有效的解决方法。”廖成林说道。

每每看到有领导干部因为经受不住诱惑而落马，从事纪检工作20多年的廖成林就会感到无比痛心。他越来越感到反腐保廉必须加强宣传教育工作，做到防微杜渐、未雨绸缪。在市纪委常委会他分工抓宣传教育工作，廖成林一改过去那种强制性、传统性、灌输性的教育方式，提出了“以人为本，人性化教育；贴近生活、贴近社会、贴近工作”的全新教育理念。

早在1998年，廖成林就在市纪委领导班子的大力支持下，策划了一个利用反面案例向现职党员领导干部进行“警示教育”的活动。1999年，他又牵头通过组织在职党员干部和家属到监狱参观，让服刑人员现身说法，以此作为对广大党员干部的警示，活动产生极大反响，收到了良好的效果，并在深圳乃至全国都产生深远的影响。对中央在2000年胡长清案被处理后正式在全党开展警示教育，起到了探路示范作用。

事业发展无止境，工作创新同样无止境。1999年和2001年，由深圳市纪委发起，廖成林亲自策划运作了一项全市性教育评选活动——评选“深圳市十佳廉内助”和“深圳市双十佳廉洁文明家庭”，评选活动得到了上级纪委的大力支持。

2004年，廖成林创新的冲动和欲望丝毫不减。“首届深圳廉政论坛”开到了深圳大学，开到了梅林一村，使得深圳的廉政教育从干部到家庭，从家庭到社区，不断深入，不断推进。

2004年8月31日，市纪委、市监察局、市广播电台联合举办的“民心桥”节目在深圳广播电台正式开播。廖成林为举办这一节目做了大量工作。这一通过电波沟通党、政府与人民群众的桥梁，一开始就得到市委、市政府的高度重视，时任市委书记李鸿忠亲自出马，成为首期节目的嘉宾。

廖成林生于四川的一个农民家庭。他的父母虽然文化程度不高，却十分看重做人的名誉，不允许家人做出“让人在背后戳脊梁骨”的事。从小严谨的教育给老廖留下了深刻的影响，他继承了父母淳朴、正派的品格，这影响着他后来的为人处事，影响着他的家人，甚至影响着他身边许多人。

老廖至今仍记得母亲给年幼的自己上的一课。那是在他上小学前，有一次邻居家的茄子开花了，不太懂事的廖成林觉得花开得非常好看，偷偷摘了几朵带回家。年幼的他还不懂漂亮的茄子花与茄子的收成之间的关系，“挨了母亲的一顿饱揍”。老廖永远记得父母说过的一句话：“做人要有人格，做事要有良心。”这一信念一直伴随着老廖几十年的工作生涯。

## 领导干部应该给家庭留点什么?

老廖常说，很多时候，一些领导干部违纪违法、搞贪污腐败都是因为想要给家庭留点什么。“我要给家庭留下的，只有两个字：奋斗！对于家庭成员，留给他们奋斗不止的精神，足以让他们受用终生。”因此，他一直要求家庭成员要靠自己的奋斗去开拓事业、成就人生，不能沾他作为领导干部的光。

老廖家多年来有一条不成文的规矩：家人出门自己找交通工具，不许用单位给老廖配的公车。不仅如此，老廖还给自己订了一条规矩：节假日自己也不用公车。

多年以来，每次说到用车的事，老廖的家人言谈间难免流露出一些委屈和不解，老廖却始终坚持着他订立的这条规则：“车是公家的，是用来办公事的，不能把公车看成私人财产。”

老廖的“固执”在许多人看来已经有些不近人情，然而老廖认为，自己坚持的只是一条最基本的组织纪律而已，不能因为事小，就自己原谅自己。

## 妻子说：“我从来没给你脸上抹黑！”

老廖的妻子在家中排行老大，她有7个妹妹和2个弟弟。出身于工人家庭的她，从小养成了艰苦朴素的习惯。老廖说，两人结婚时妻子穿的衣服，有一部分现在仍被她保留着。

“还行。”这是高大姐给老廖的总体评价。几十年的老夫老妻，已不需要太多的溢美之词来评价对方。

在外人看来，老廖对家人的要求近乎苛刻。他完全有能力为妻子安排一个待遇好一点又不用太累的工作，但他并没有这么做。妻子来深后，在原市科技局所属的招待所里工作。后来招待所转为承包制，职工面临“下岗”，平常工作认真负责，从没有一点“官太太”样子的高大姐，被调回科技局办公室，并在这个待遇不高的岗位工作直至退休。高大姐说，老廖总是给她打“预防针”：不许在外面说长道短。而当她得到自己调职的消息后，她有些骄傲地对老廖说了一句“气话”：“不用麻烦你找工作了。”这么多年，高大姐从没在工作单位提过自己的丈夫是谁，直到退休前，许多同事才知道她的丈夫原来是市纪委副书记。

有一次，老廖外出考察，遇到市科技局的一位领导。老廖向他侧面打听妻子在局里的工作情况，得到的回答是高大姐工作十分认真、努力，但高大姐知道了却憋了一肚子气。“我从来没给你脸上抹黑！”高大姐性子直，当着老廖的面向记者埋怨。这句话一从她的口中冒出来，她的眼圈跟着红了，眼泪禁不住夺眶而出。

## 儿子有时会感到心里不平衡

老廖的儿子廖炜去年硕士研究生毕业，从重庆回到深圳后至今工作还没着落。高大姐无奈地说：“我已经习惯了。他连我的工作都不管，儿子的就更不会用心去管了。”

廖炜至今仍记得父亲带他到小学报名时说的话：“这就是你读书的学校。”这是老廖第一次送儿子上学，也是最后一次。以后的许多年间，廖炜都是一个人上学、回家。

老廖艰苦朴素的生活作风也对儿子影响深刻。在重庆攻读硕士学位时，廖炜像父亲一样，保持相对简朴的生活，求学期间，同学和老师甚至都不知道他的父亲是干什么的，也并没有觉得这个从经济特区来的学生，在生活上比其他同学显得优越。

看着身边有些人依靠各种关系找到好工作，廖炜并不是不羡慕，他的确有时心里也会感到有些不平衡，“但是我深深知道，那些孩子的人生不会真正获得深刻的内涵，而我却可以依靠自己的奋斗，亲自品尝人生的酸甜苦辣，这是我的家庭给予我的绝好机会”。

## 23年来老廖没请过一天事假

老廖常说，领导干部对自己要看得清、守得住、管得好、站得正。话好说，老廖最可贵的是能从自己做起，从点滴小事做起，将廉洁自律各项规定落实在每一天的工作和生活的细节中。

20多年来，他年年坚持出满勤，从未请过一天事假。市纪委办公厅的干部说，这么多年，廖书记常常是到办公室最早的。基层的同志说，廖书记经常到基层调研，可想留他吃一次工作餐都难。南山区委副书记、区纪委书记吴纵锄说，廖书记到南山区调研过多次，每次想留他吃顿饭，都被婉言谢绝。老廖对饭局常常是一笑置之。与在外面吃吃喝喝消磨一个晚上相比，老廖更愿意回家亲自掌勺，为家人做几道可口的菜肴。“感情比吃喝更加重要。”这么多年来，除了日常的公务接待外，廖成林从不接受有可能影响正当执行公务的宴请。

军旅生涯对廖成林的工作作风和人生态度产生了深刻影响。

（原载2005年05月《深圳商报》）

# 在特区拓荒中“一马当先”

## ——记原深圳市物业集团公司总经理、董事长兼党委书记马成礼

刘凤琴

1978年中央实行改革开放政策。1979年3月，国务院批准设立深圳经济特区。深圳这个毗邻香港的边陲小镇历史性地成为世人瞩目的焦点。基建工程兵总部指示基建工程兵冶金指挥部，派遣部队去深圳市参加建设。冶金指挥部决定先派遣在鞍山第一支队部分兵力到深圳。

两三个月后，马成礼跟随兵部总部、冶金指挥部首长、一支队领导等40余人到深圳考察。当时考察团主要领导被安排在新园招待所，其他人员被安排到布吉边防六支队的一个训练点营房里。天气炎热，蚊子奇多，个头大，毒性强，咬得人睡不着觉。

经过几天考察，马成礼对深圳有了初步印象。深圳刚刚由宝安县改为市，总共30多万人，县城所在的深圳镇只有两万人。市区没有公共汽车，只有一条200多米的小街，大的载重车根本开不进来。两边全是低矮的房子，最高建筑是5层楼的深圳旅店和深圳戏院。老百姓烧柴做饭，用不起煤，通讯落后。深圳通往香港的罗湖桥比较热闹，香港那边看起来山清水秀，深圳这边破烂不堪。原来的镇医院只有十几个床位，小镇改市首先要搞基础建设，但深圳市没有什么基建队伍，只有几十人的来自海陆丰的搭棚队和开平县的建筑施工队，更没有大型机械。考察结束后，看到条件如此艰苦，很多人不愿意留下来。但马成礼决定留在深圳，他的人生从此与特区结下不解之缘。

一支队共有18000多名指战员要到深圳，一下子全都过来是不可能的，只能一批批来。在深圳市建立了一个师的指挥所，直接领导从团里抽调出的3个土建连、一个基建连、一个土方连、一个机械连、一个汽车连和卫生队以及第三十六支队的二个连等，共计2000多人。为了加强指挥力量，支队领导轮流来深圳指挥工作，马成礼被任命为一支队司令部副参谋长，常驻深圳前线指挥。

1979年11月，第一个军列从大雪纷飞的鞍山装好设备后，战士们穿着厚厚的棉衣裤，头戴绒帽，穿着3斤重的大头鞋开始出发。过了韶关之后，只能穿卫生衣。到了深圳站台，迎接战士们的既不是鲜花，也没有欢迎的群众，而是似火的骄阳。在蔡屋围卸猪牛羊等物品的站台，大家有的穿单衣，有的光着上身下了车。

总共两万人的深圳镇一下子来了这么多人，吃住方面遇到相当大的困难。下了火车来到扎营的地方，炊事班选择一个避风的地方，就地挖了一个土火灶，架上带来的大锅，在附近捡来一些柴火，用从东北带来的高粱米和大米混合煮成饭，拌饭的菜是咸菜和干辣椒，这是他们的“深圳第一餐”。深圳蔬菜短缺，很难再供应两千人的部队。为解决这个问题，马成礼为每个连队配了一辆生活车，每天到淡水、东莞和虎门等地拉菜。

吃的问题暂时解决了，但住宿怎么办呢？那时的深圳，到处是荆棘杂草，环境十分恶劣。指挥所设在通心岭，搭起几栋破旧的木板房，就成了办公室兼宿舍，所有的领导干部都住在这里。部队一部分安排在罗湖铁路旁边的工地上，另一部分安排在笔架山下。活动板房不够，就请陆丰县的专业搭棚工人搭起竹棚。粗毛竹搭房架，竹篱笆当墙，再用竹子搭成双层床铺。这样的竹棚，冬天漏风寒冷，夏天潮湿闷热。北方来的战士怕热，整夜睡不着觉。

没有自来水，饮水靠挖井水解决。指挥所在通心岭挖了三口180米的深井，打出的井含氡量太高不能吃也不能用。倒是农民工比较有经验，挖的井比较浅，水质还不错，部队就借用农民工井里的水烧水煮饭。在北方没有每天冲凉的习惯，但在深圳不冲凉一身汗，无法睡觉。于是，有的战士忍不住用池塘里的水和深井里的水冲凉，造成皮肤过敏，腿上生疮溃烂。多数北方士兵难以适应南方潮湿闷热的气候，很多人身上、脚上都长了湿疮和水泡，一上工地擦破后便疼痛难忍，十几天不见好，有的连裤子也穿不上。

虽然工作生活条件十分艰苦，但是部队士气高昂。指挥所提出了这样的口号：“发扬解放军光荣传统，艰苦奋斗，吃苦耐劳。到深圳要站住脚，亮好相，当好建设深圳的排头兵，为解放军争光，为基建工程兵争光！”

## 靠出色成绩精彩亮相

部队刚到深圳时，社会上有一些人怀疑这支队伍的能力。马成礼带领年轻的娃娃兵们，治理臭水沟、修道路、排洪水、建高楼，用行动做出了响亮的回答。

当时新园招待所前面有一条排洪沟，长1650米，宽6米，一直通到深圳河边。这条贯穿深圳市南北的排污沟已三十年没有疏通过，沟里全是污水、垃圾、粪便、动物尸体、杂草等，臭气熏天、蚊虫飞舞，周边的居民苦不堪言，被称为深圳的“龙须沟”。深圳已经建市，市容市貌需要改变。但由于污水沟太脏、太臭、太难清理，没有人愿意干这样既脏又苦的活。1980年初，市领导找到马成礼，请部队帮助清理污水沟，他满口答应，认为这是为老百姓做好事。

200多名战士忍着刺鼻的恶臭，脚踩淤泥，他们用锹挖，用镐刨，用竹筐抬，经过二十五天的艰苦奋战，这条排洪沟焕然一新。在这条沟边，部队还建起了一个街心花园，为纪念工程兵的辛勤劳动，老百姓将之称为“解放广场”。如今的解放广场繁花似锦，绿草如茵，游人如织，已经成为深圳一大景点。

1980年9月28日早上，深圳突降大暴雨，罗湖成为一片泽国。市领导心急火燎打来电话：“老马，你的大吊车能不能借来吊下闸门？”原来，位于蔡屋围的排洪桥有8个闸门，由于变电房被淹，其中六个半都开不了，导致雨水倒灌市区，到了建设路火车站那里，水位最深处已经淹到胸口。

但部队的吊车也泡在水里开不动了，只见马成礼开着一辆大克拉斯翻斗车涉水过去，并用手摇电话打给正在友谊商场施工的一个连，请他们派出一个架工班，带着能吊5吨重物的倒链过来。战士们顶着掉进湍急水流的危险，挂好吊钩，桥上的战士用力拉起了闸门，每吊起一个闸门需要一个多小时，战士们从早上6点一直干到下午2点，最后将6个闸门全部吊开，洪水畅通地流了出去，市区内的水位慢慢退了下去。

“基建工程兵战士冒着生命危险，用最简单的工具吊起水闸门”的消息，很快在市民中间传开了。附近的居民主动送来了叉烧包、烧麦、虾饺、粥等早餐。但战士们没一个人去拿食物。马成礼心想，现在有洪涝，既然老百姓已经把食物送来了，而干活的战士们又累又饿，他就带头吃了。同时他派参谋把钱送给居民，结果参谋回来说，这是群众自发的，没法找到人收钱。战士们的应急能力和过硬作风深深地感动了市领导和市民。洪水退尽两天后，市政府给基建工程兵部队和参加抢险的战士们送来了通报表扬信。

1981年新春佳节即将到来，马成礼又接到市领导委派的紧急任务。市领导决定在广深铁路的东面，修一条与铁路平行的市政马路，就是后来的建设路，工程最初由民工队承接。由于这一段道路地质基础是很深的塘泥，民工们没有办法处理，民工队看道路一时处理不好，直接撂挑子回家过年了。而香港同胞也要经过此路马上回内地探亲过年，现在没修完工的道路还不如以前的平整，市领导亲自找到马成礼，要求用一周时间保质保量完成道路维修工程。

马成礼亲自来到施工现场，找出民工队施工的症结，提出科学合理的施工方法。他表示，只有彻底解决道路和基础问题，才能确保工程质量、一劳永逸，此方法得到市领导的赞同。为了保证在一周时间内完成艰巨的施工任务，部队施工连轴转，结果只用3天多的时间就提前完成了任务。那年春节，当香港居民过了罗湖桥，看到眼前是一条平坦宽敞的马路，简直不敢相信自己的眼睛。基建工程兵在短时间内拿下如此重大任务，并且施工质量优良。市领导非常高兴，多次表扬部队作风优良、善打硬仗。

刚刚进入深圳那几年，马成礼带领部队在恶劣的环境下，披荆斩棘、开荒辟野，克服了常人难以想象的困难，创造了一个又一个奇迹，用汗水、毅力完成了深圳市委市政府和国务院、中央军委赋予的神圣使命。但他们付出的牺牲又有多少人知道呢？

马成礼表示，有一名战士在罗湖桥发生意外，献出了宝贵的年轻生命，谈到这里，他黯然神伤。他自己的两个儿女，1981年来到深圳，由于水土不服，浑身长满大包。当时深圳的教育基础薄弱，学校的师生全讲广东话，孩子们听不懂，学业也受到较大影响。

## 建起深圳第一座高楼

通过治理臭水沟、排洪抢险等几次行动，市领导和市民群众对基建工程兵刮目相看，对部队英勇奋战、吃苦耐劳的过硬作风十分赞赏。部队先后建起了市委大楼、深圳第一幢高层建筑——电子大厦、深圳第一个高档酒楼——泮溪酒家、深圳第一座大型商场——友谊商场等。几项工程工期短、质量优，完成得十分漂亮。

市委大楼建筑面积8539平方米，这是基建工程兵进入深圳打响的第一仗，两个连队不分昼夜地干，很多战士干脆住进了工地，工程不到一年便顺利竣工。这座大楼至今仍是市委机关办公的地方，门外有“孺子牛”雕像，楼房虽然不高，但稳重威严。

友谊商店是深圳当时规模最大的现代化建筑，建筑面积7000多平方米。该楼设计7层高，附设裙楼2层。马成礼研究图纸，建议裙楼加高一层，征得了设计单位的同意。虽然工程量大大增加，但战士们加班加点，提前半年完成任务，加建的一层开设的是有名的泮溪酒家。1985年以前，这里是深圳唯一的高档商场和酒楼。

1981年，中国电子技术进出口总公司要建深圳电子大厦，这是特区第一栋20层高楼，是深圳的标志性建筑。电子公司的周志荣总经理对这支部队的情况进行详细调查，认可这支队伍的施工能力，决定将电子大厦交给基建工程兵部队施工队。

1981年初，电子大厦破土动工，大厦建筑面积15350平方米，工期15个月。时间紧、任务重，这对基建工程兵部队是一个十分严峻的考验。马成礼带领王光华、吴书领等技术人员，和这支平均年龄不过26岁、技术水平二级的基建工程兵队伍，以“过五关斩六将”的勇气，硬是用铁锤、泥抹子、刮灰刀这些最基本、最原始的工具，在特区这块处女地上，用15个月的时间奇迹般地矗立起了我国建筑史上的标志性建筑！这不但开创了我国自主设计、自主施工超高层建筑的先河，而且打破了国外认为我国无法自主建造高层建筑的偏见！大厦质量优良，达到国家质量优秀标准，充分证明基建工程兵的技术是过硬的。

电子大厦一仗，部队打出了军威。从此之后，不仅各单位主动将工程交给部队施工；而且，基建工程兵在深圳名声大振，让市领导看到这是一支政治强、技术精、作风硬的好队伍。

## 国贸大厦30年不落后

采访中，马成礼一再强调，先遣部队的两千多人是穿着军装来深圳拓荒的，后来的两万多人脱下军装是建设深圳。没有先遣部队的出色成绩、突出贡献，就没有后来的两万多名工程兵建设特区。

在1983年之前，一支队深圳指挥所的全体战士和职工，按照基建工程兵北京总部、冶金指挥部以及一支队师部的要求，作为建设深圳经济特区的“排头兵”，在特区渡过了困难的时期，切切实实当好了垦荒牛，为特区建设做出了贡献。后来，基建工程兵兵种撤销时，深圳市领导主动到部队调研，并向兵总领导提出，愿意接纳两万人调入深圳，集体转业改编成深圳市建筑施工企业。

1983年9月15日，深圳的基建工程兵集体转业。转业后的马成礼调到深圳市物业公司任经理，负责中国第一高楼——53层的国贸大厦建设项目。

当时深圳市成为特区，市多家外贸单位和内地想在深圳设立公司的都要盖办公楼，深圳决定划出一块地盖高楼，市政府免地价，各家出资。政府支持加速建造这座大厦，将这座大厦定位为各省市和国务院有关部门设在深圳的对外“窗口”。最初，计划盖38层，为什么是38层呢？因为当时全国最高大楼南京金陵饭店是37层。建38层创造出全国最新的大厦高度。马成礼到物业公司当第一任经理后，仔细审核了国贸大厦的设计、施工方案，他认为大厦的定位和设计存在缺陷，他的目标是要建成30年不落后的大楼。后来在建设过程中，先是改为44层，最后确定为53层（地下3层，地上50层）。

要盖30年不落后的现代化大楼，就要有超前的设计，设备，要到国际市场去采购最现代化的先进设备和优质的建筑材料，这都需要资金和外汇。当时，国内是用外汇券的年代，银行也没有开展贷款业务，能筹措到资金，解决设备进口的外汇，全靠改革开放的特区政策，实行“特事特办”。对此，马成礼申请市领导同意对香港和国外卖楼解决外汇的问题。实际上，当时不是“卖楼花”，而是卖设计图，比如通过卖红岭大厦换外汇、用房子与外贸单位换钢材等，多措并举。这样，解决了上亿的资金及上亿港元的外汇。

国贸大厦不仅用集资的方式解决了起步资金，而且从设计、施工到装修等多方面集中了全国的智慧。湖南省地质勘测公司承担了测量任务。大厦设计由多家设计院投标，最后选中了湖北工业建筑设计院的方案。大厦的基础坑施工，由基建工程兵负责，集中挖掘机、推土机日夜不停，用两个月时间完成了任务。大厦基础和主体施工由中国建筑第三工程局一公司承建。在国贸大厦的建设中，创造出闻名遐迩的“三天一层楼”的“深圳速度”。

为了将国贸大厦建成30年都不落后的现代化楼宇，马成礼和他的团队步出国门，前往美国、澳大利亚等地深入考察，大厦的关键部位均用优良的建筑材料和现代化的先进设备。为国贸大厦采购回一流的奥的斯观光电梯，至今仍应用自如地运作着；大厦选用的空调是美国的凯丽名牌，同样品质优良；为了给大厦安装国内尚无先例的玻璃幕墙，他们曾在澳大利亚一待就是30天，天天钻在实验室进行风动试验；顶层增加了中餐旋转餐厅，并安装了特殊的防煤气泄漏检测系统，该餐厅至今仍是世界上位置最高的中餐厅；餐厅使用的大玻璃是世界上最大的玻璃，能承受200公里/小时以上的风压；另外，他们还在顶层增加了直升机停机坪；考虑到1982年的洪水成患，罗湖区遭遇水浸，他们还特意增加了挡水墙。

马成礼告诉笔者，国贸大厦竣工投入使用后，一次洪水来袭，周边的富临、香格里拉等多个星级宾馆都不同程度遭到水浸，只有国贸幸免，为此还获得了保险公司送来的奖金。国贸大厦所在位置处于地质断裂带上，无论是挖地基，还是建设过程中，都充满起伏和波澜，马成礼与员工及建设者们日夜守候在建设工地，忘情投入，忘我付出。他表示，他当时深受市领导的器重，不仅给他配备了警车，甚至还配有手枪。

国贸大厦不仅以当时全国第一的高度成为深圳的地标，而且取得了良好的经济效益。国贸大厦建筑时间3年，竣工时投资资金全部回收。物业集团拥有大厦40%的物业，每年可收取租金2000多万元。市物业公司后来升级为集团公司；后来又成为上市公司。

被誉为“国内第一高楼”的国贸大厦，鼎盛时期，先后迎来了邓小平、江泽民、胡锦涛等党和国家领导人莅临视察。著名的1992年小平南方谈话，就是坐在国贸旋转餐厅上发表的。“国贸大厦”四个大字由胡耀邦总书记亲笔题写。据马成礼介绍，国贸大厦客似云来，高朋满座，建成至今，先后接待副部级以上国内外宾客和要人超过600位。马成礼在物业公司工作8年，1990年调任深圳市政府在香港注册的公司——深业集团有限公司总经理。当时，深业集团由于决策失误、经营不善，出现巨大亏损。马成礼与董事长许扬互相尊重，找出问题，改变思路，稳步经营，扭转了被动局面。深业公司适当收缩香港战线，积极在深圳开展经营活动，搭上了深圳经济快速发展的快车。短短两年时间扭亏为盈，公司步入快速发展的轨道。1992年，他重回市物业集团公司担任董事局主席，1994年2月光荣退休。

由于马成礼工作出色，先后被解放军总政治部等部门授予“全国模范军队转业干部”称号；中国世纪大采风授予“全国十大优秀企业家”荣誉称号；深圳市颁发“国贸大厦建设成果奖”；当选深圳市第一届人大代表。

（摘录于《特区不会忘记》第六卷）

# 致敬青春

## ——回首基建工程兵来深建设40年

徐艳琼

40年前的那个冬天，单金生带领着他的土建连队和汽车连、修理连等一起共300多人，坐了四天四夜的闷罐车，作为先遣部队来到深圳，从此拉开了两万基建工程兵南下建设特区的序幕。

在特区包容开放的土壤里，这个群体中涌现出了光芒四射的世界级企业家任正非、文化创新产业的领军人物梁光伟……但更多的只是像浪花一样的普通人。他们在时代的洪流中，用个人的奋斗与抉择，展示了深深的家国情怀和使命担当，成为深圳的第一代 "拓荒牛"，为深圳留下不朽的精神丰碑，值得代代相传，永远铭记。

### 先遣队连长单金生

"那是1979年11月20日，我永远记得这个日子。当时连队正在沈阳做工程，团长打电话要我紧急回去。22日，团长在团部里郑重地跟我讲，中央要在深圳建特区，要把深圳建得媲美香港，吸引香港人过来生活。他说上级下达了一个政治任务，要我带上连队，代表50万名基建工程兵，作为先遣部队去深圳，跟深圳人见好第一面，打响第一炮，争取一年一个团、两年一个师落地深圳。"

作为带队连长，单金生虽然感觉此行责任重大，但绝对不会想到这其实也是中国改革开放鸿篇巨制的序幕，而他们不经意之间成为一个伟大时代的亲历者与见证者。

“我们拉上全部的生活、劳动物资，人和货整整44个火车皮，12月4日上火车，12月8日到达深圳，部队在当时的笋岗火车站下了车，基地就驻扎在如今的通心岭一带。”单金生向记者回忆。

因为听说这边天气炎热，战士们都没带棉衣，但一到深圳就碰上了连绵的冬雨，最低才4摄氏度，很多人都冻坏了。大家顶着风雨搭建营房，伙食房每天早晚煮两大锅姜汤给大家喝。等到天晴，气温又升到 20 多度，那些年轻小伙子卸物资的时候，都光着膀子穿背心干活，大家都说这里的天气 “邪门”了！“还有更 ‘邪门’的事，一位50多岁的随军工人来深圳才9天，就因高血压住院，入院6天人没了。这些事对大家心理都有些影响。”

讲起当年的事，单金生很是感慨： “当时深圳有 ‘三多一少’，蚊子多、苍蝇多、蛇多，人口少。我们住的地方周围都是树林、山坡，大家在路上经常碰到蛇，有时候晚上回家，还看到蛇盘在床上、被子上。有几个人被蛇咬伤了，战友们只好在竹棚周边撒白灰、喷药水来驱蛇。”

“春节前，营房都建好了，物资也都归位了。大伙儿都很高兴，我们就开了一辆翻斗车去蛇口，从渔民手上买了一条200多斤重的鱼，两米多长的翻斗车都装不下。回来后每人分了一块，比馒头还要大。”

1980年4月1日，先遣队在深圳打响了 “第一炮”——6层高的市委大楼正式开建。当时都是靠手推车运材料，人工现场浇灌混凝土，连着一两天都不能停。也没有塔吊，只能靠卷扬机往高处搬材料。累了大家就直接躺地上睡，其他人换班接着干。就是在这样的情况下，战士们7个多月就完成了大楼主体结构建设，创下了口碑。

1981年2月，单金生迎来人生的 “高光一刻”：部队由6个排的300多人组成加强连。4月1日，深圳第一座载入史册的20层高楼、当时位居全国 “三高”之一的电子大厦正式开工。

“我就记得当时有三句口号：大干100天，拿下预制桩；决战100天，拿下地下室；会战100天，拿下主体结构三层板，春节把礼献！大家鼓着劲干，创造了当时最快的速度。电子大厦建好后，全国都响当当的，很多人来参观，我们感觉非常自豪！”

## “得奖专业户”孙建华

如果说单金生到深圳是“听令而来”，那么孙建华则是源自内心的某种召唤。

孙建华有一件军装，上面缀满了他所得的荣誉奖章。这位获奖无数的老兵，同 “烈火英雄”邱少云是一个县的老乡，从小就受到英雄故事的感召。他非常诚恳地对记者说：“要想当英雄，需要一些特殊的机遇。但是要想学雷锋，从点点滴滴的小事做起，我觉得不难，日行一善就可以。”

孙建华出生在农村，家里很穷，从小就勤快、能吃苦，每天天蒙蒙亮，就起床干活。参军后，他利用一切业余时间帮助连队、战友和当地老百姓干活，成为有口皆碑的 “楷模”。

当时，由于施工任务重，很多士兵所穿的胶鞋还没等到换发就已经磨损严重，孙建华花了半年的津贴买了一台补鞋机，为战友们无偿补鞋。

一次，一位战友身患重症，孙建华主动去照顾他，被传染得病。住院一个月刚回到连队，就接到铲粪坑的任务。时值严冬，土硬如坚冰，环境肮脏，很多人都不愿意干。孙建华怀里揣着休假条，带头上阵，使连队按时保质完成了任务。

这位“活雷锋式”的老兵到深圳后保持了一以贯之的好作风，不论是重活累活，他都乐呵呵地抢着干。因为带病工作伤害到身体，他多年来都要吃药打针。后来妻子好不容易怀上小孩，却受此影响患上 “先心”，成为终身遗憾！

1985年，单位将他从一线钢筋班组抽调到二线做仓管员。孙建华严格把控，查缺补漏。一次，单位在市邮政大厦施工，钢筋供货商玩弄手脚，少供8吨货。孙建华和几名工人彻夜复秤，查出了问题。第二天，老板一早跑来塞给他一万元，被他严词拒绝，为单位挽回数万元的经济损失。

1991年，单位安排孙建华当采购。这个岗位更加考验人，他时时告诫自己，抵制一切诱惑。因为守规矩讲原则，在公司改制时，领导坚决调他到总公司管采购。他积极跑市场搞调研，以最低价买来最优质的材料，每年为公司节约成本数千万元。

3年前，孙建华从单位荣休。回顾过往40多年的参军工作生涯，这位“活雷锋”受营连嘉奖7次，营团“学雷锋积极分子”4次，团优秀党员4次，荣立个人三等功 7 次，被全军政治部评为“学雷锋积极分子”。在军改工以后，他获评公司和集团“先进生产工作者”12次，公司和集团优秀党员10次，深圳市“优秀党员”3次，深圳市劳动模范两次，广东省劳动模范一次……真可谓“得奖专业户”！

一位当年的老首长说：“那时候的奖章，是用汗水、鲜血甚至是生命换来的。含金量很高，它给人带来前进的动力，获得它，使人感到无上光荣。一生能获这么多奖章，孙建华真是令人敬佩！”

记者问他：“同当年的战友相比，你觉得来深圳怎样？”

他说：“当然好啦，我现在每个月退休工资6000元，他们在内地拿的比我少。”

记者又问他：“你有没有想过得到的和付出的不对等？”

孙建华憨厚一笑：“我没读多少书，对人生的定位不高。我就是一个普通人，把为人民服务当作一种信念，做习惯了，也不觉得自己有多了不起。”

## “广东好人”徐鄰

在来深的基建工程兵中，有一位已故的白衣天使，是大家心目中共同的骄傲。他就是被评为“广东好人”“最美急救医生”的徐鄰。

徐鄰1980年底从大学医疗系毕业后应征入伍，成为基建工程兵第八支队73团的一名军医。1982年秋，徐鄰报名来深参加特区建设事业。从医30多年，他常年奔跑在抢救生命的第一线，冲锋在各类重大灾害事故的最前沿。

1993年深圳清水河仓库区发生大爆炸，他们医院承担急救工作。那一天，救护车一直响个不停，伤员如潮水般被送来，徐鄰和同事们忙了一整天，全身累散了架。

2003年深圳抗击“非典”，徐鄹临危受命，带领团队运送“非典”和疑似“非典”病人，每天加班加点。医生病倒了，他就顶替医生；司机累倒了，他就充当司机。2003年5月，他带头递交了要求 “火线”入党的申请书，这也成为深圳医务人员誓死抗击“非典”的真实写照与庄严承诺，被深圳博物馆收藏。

2008年汶川发生大地震，徐鄹主动请缨，担任广东省第六批抗震救灾医疗队队长，在灾区连续奋战19天。他把自己带的钱、罐头和矿泉水让给灾民，有段时间粮食补给跟不上，他就饿着肚子抢险救援。实在饿极了，他只能去漂浮着尸体的河里抓鱼充饥。

2011年深圳举办大运会，为确保及时完成急救任务，他一天三餐吃盒饭，每天只休息2—3个小时，经常通宵熬夜。

2012年，因积劳成疾，徐鄹医生被确诊为肝癌晚期，但他隐瞒病情，仍然坚守第一线。

春蚕到死丝方尽，蜡炬成灰泪始干。2016年1月，徐鄹因病离世。他生前一直视埃默森的哲言为座右铭：“只要生命还可珍贵，医生这个职业就永远备受崇拜。”他用他短暂的一生验证了医者对于初心的坚持。

## 青春之歌唱响时代

40年的光阴转瞬即逝，这些早期来深的建设者如今已两鬓斑白步入老年。深圳也从当年的边陲小镇成长为国际化大都市，并且担负起建设社会主义先行示范区的新使命。

一个人的青春应该怎样度过？老兵代表刘坤德对记者说：“个人命运只有与时代命运紧密结合，才能谱写出最符合时代旋律的青春之歌。”

今年是首批基建工程兵来深40年，也是深圳建市40周年，在这样具有纪念意义的时刻，记者深入采访了他们中的一些代表，倾听他们讲述自己的“青春之歌”。回首往事，所有人都为当年的选择庆幸、自豪。虽然这中间有迷茫，有挣扎，有坎坷，有不幸，但正是这些曲折起伏，成就了他们个人与深圳这座城市的“破茧成蝶”。

就像深圳建设者颜宇的诗中所写那样：

那时候，梦与年华共添一色
是祖辈把未走完的路指给了我
也是生活把未唱完的歌送给了你
……
当时我们选择了这座城市
不抗拒的接受
这整个生命 都应该全然献出去
不属于自己 而是属于
这首诗歌
这片理想
写给世界的
不是终点 而是前方
……

（刊发于2019年12月17日《香港商报》）

# 春天里，难忘改革开放的拓荒牛

段亚兵

**丰碑**

赤裸皴裂的双脚在荒原上走出一条道路，
长满老茧的双手在热土上建起一座新城。
艰苦岁月留下永远的回忆，
如今的家园是多么温馨。
深圳是改革开放的窗口，更是一座丰碑，
见证着中华民族的复兴。
刻碑的工匠是英雄的战士，
无意中在碑上留下了自己的手印。

——纪念改革开放40周年作者为基建工程兵建设深圳赋诗题记

## 打响特区建设第一枪

在中国近代史上，深圳曾经打响过两枪，产生了重要的历史影响。

第一枪是发生在1900年10月6日的“庚子首义”。深圳东部的山区里，有一个叫三洲田的地方，孙中山先生在这里发动武装起义，打响了推翻清王朝封建专制统治的第一枪。一百多年后，央企华侨城集团在这里建起了东部华侨城旅游区，美若仙境，游人如织。

第二枪发生在1979年冬季。在党的十一届三中全会召开后的第二年，基建工程兵闻风而动，由驻扎在辽宁省鞍山市的1支队抽调了一个团进入深圳，参加经济特区建设，打响了深圳经济特区建设的第一枪。这一枪不是真正的枪声，而是推土机的轰鸣声。

1978年，党的十一届三中全会作出了改革开放的重大决定。1979年7月，党中央、国务院同意在深圳和珠海两市试办“出口特区”。

基建工程兵首长们嗅觉灵敏、眼光长远，看到了东部沿海地区将是新的经济增长点，决定抽调兵力参加深圳经济特区建设。1979年10月，1支队先遣部队一个团的兵力调入深圳，该部队由3个土建连、1个汽车连、1个土方机械连等约两千人组成。第二年，1980年8月26日，深圳经济特区成立。因此，基建工程兵作为深圳经济特区成立的见证人之一，经历了这个具有划时代意义的历史节点。

当时调入深圳的还有另一支部队——基建工程兵36支队352团的两个连队。部队当时正在承建湖南郴州市东江水电站项目。据当时15连的指导员李国栋回忆：“1979年12月20日晚上10点半，连队正在东江水电站现场加班加点打夜战。突然接到团部的电话命令，要求部队务必在22日下午3点30分前赶赴深圳。一算时间只有两天半……”部队立即紧急动员，通宵达旦做准备工作，光是施工机械装备就装满了30多辆解放牌卡车。第二天一早部队出发，日夜兼程，终于按照规定时间到达深圳。这两个连队后来编入了1支队深圳指挥所部队。

部队的调动充分显示出基建工程兵不怕吃苦、机动性强、关键时候上得去的优势。基建工程兵成立于1966年8月1日。当时，中共中央政治局研究决定，将中央全部的直属施工队伍逐步整编为基建工程兵，实行义务兵役制。毛泽东主席批示说：“这个办法我赞成。”周恩来总理批示说：“一旦有事，好处无穷。”军委为基建工程兵确定的建设方针是：“劳武结合，能工能战，以工为主。”

在基建工程兵存在的16年中，陆续承担了鞍钢、酒钢、攀钢、本钢、马钢、宝钢等钢铁基地，川藏、天山公路，北京地铁，霍林河等数个大型煤矿，辽阳等数个化工基地，潘家口等数个水电站，水文地质勘探，铀矿勘探生产，黄金勘探开采等国家重大基本建设任务和国防工程建设任务，为国家做出了重大贡献。

基建工程兵的官兵们满怀希望和热情进入深圳，在大家的想象中，毗邻繁荣香港的深圳应该也是一个不错的城市，但是眼前荒凉落后的景象让他们大吃一惊。许多干部战士至今清楚地记得他们刚刚进入深圳时的景象：市区街道狭窄，房屋建筑破旧，比内地的许多县城水平差得远。罗湖老东门一带是市区中心，街道很短，点上一支烟还没有抽完，就从这头走到了那头。最高的楼房是深圳戏院和对面5层高的深圳旅店，街道很多地方都是土路。

部队的干部战士对深圳有一点失望；而当地的群众对这支部队的能力更有几分怀疑。居民问：“这么年轻的娃娃兵，能够建起房子吗？”“从来军队是用来打仗的，没听说过兵会搞建筑施工，到底行不行啊？”部队用实际行动回答了质疑。

## 这支部队能打硬仗

当年深圳老街新园招待所的西边，与建设路平行有一条黑臭的排洪沟，长1650米，宽6米，一直通到深圳河边。

深圳建市了，面貌需改变，治理污水沟是当务之急。但是，这样的污水沟太脏、太臭、太难清理，没有人愿意干这样的麻烦活。1980年，市领导提出请部队承担清理污水沟的任务。部队派出2连、3连、6连等几个连队分段包干，彻底清理。

在狭窄的沟渠里干活，机械设备用不上，战士们就用镐刨，用锹铲，污泥垃圾用竹篮运出去。

就这样连续奋战了将近一个月，提前5天完成任务，将排洪沟彻底清理干净了。治理污水沟的工程一完成，立刻让深圳市民对部队刮目相看，夸奖说：“这支部队确实能打硬仗。”

1981年新春佳节即将到来之际，当时的深圳没有像样的市政道路，香港人过了罗湖桥进入深圳，铁路两边是一个接着一个的大坑，高低不平的道路十分难行。为了改变这种落后环境，市领导决定在广深铁路的东面与铁路平行修一条市政马路，也就是后来的建设路。

修路的任务开始交给了民工队。民工对道路上很深的黄泥塘没有办法，简单处理一下勉强在上面铺出了路面。表面上看道路还算平整，载重汽车一过，路面塌陷，黄泥浆翻了出来。

民工队一看道路一时弄不好，泄了气，丢下没修完的路，回家过年去了。

市领导哭笑不得，将修路工程交给了基建工程兵部队，要求一周时间保质保量完成任务。

部队受领任务后，先用挖掘机、推土机将黄泥塘里的污泥全部清理干净，一直挖到地底下坚硬的老土层和岩石面。然后，用大翻斗车从远处拉来砂石回填。再用大型压路机将路面压得平整结实。为了力争在一周时间内完成艰巨的施工任务，在这个不大的工作场地里，部队派出了3个连队，24小时轮换施工抢时间，结果用3天多时间提前完成了任务。那年春节，当香港居民们过了罗湖桥，看到眼前是一条平坦的马路，不敢相信自己的眼睛。市领导为此多次表扬了部队，部队也有了“有难题，找基建兵”的美誉。

作为国家首批经济特区之一，深圳的改革开放为其插上了腾飞的翅膀。但是，当时的深圳百废待兴，尤其奇缺建设人才。深圳只有一个不足五百人的宝安县建筑公司，没有承建较大工程项目的能力。基建工程兵部队就在这时承建了深圳早期的一些标志性建筑。

市委、市政府大楼建筑面积8539平米，这在当年的深圳算得上是一座大型建筑。大楼1980年7月动工，由基建工程兵1支队所属的1团承建。当时的深圳，市场物资供应情况很差，十字镐、铁锹等最普通的施工工具也很难买到。挖地基时，施工工具严重不足，大家只好轮换使用。

白天的活干不完，晚上接着干。挖好地基后，一场大暴雨把地基坑变成了水塘。关键时刻抽水机坏了，战士们只好用洗脸盆接力排水。主体工程建设开始后，施工材料运输跟不上，大家肩扛手抬把所需材料运到作业面上。战士们克服了种种困难，用不到一年的时间建成了这座大楼，给了新成立的市委、市政府机关干部们一个惊喜。

深圳电子大厦是深圳经济特区第一栋20层高楼，是当年的标志性建筑。该大厦建于1981年1月，也由1团承建。这不仅是当时深圳面积最大的第一栋20层大厦，就是在全国数量也不多。

1支队领导对这个“特区第一高楼”的项目高度重视。调来一台高150米、吊量3吨的塔吊，保证了建高层大楼的设备技术条件。1支队深圳指挥所的领导和工程技术人员，周密筹划，反复研究设计图纸，制定出严密的施工方案。

工程由1团技术力量最强的2连负责主攻。电子大厦经过一年多时间施工，于1982年提前一个月正式竣工。大厦施工质量优良。经市专业测量公司进行测量，大厦垂直度偏差不到5厘米，远远低于国家容许偏差10厘米的标准。

## 人才辈出堪称特区中坚

早期的深圳特别缺乏人才，两万基建工程兵部队的到来，为这座城市引进了第一批急需人才。

部队干部多、党员多、技术人员多，组织纪律性强、素质高，对初创时期的深圳来说是非常难得的人才资源。部队集体转业后，先后向全市各单位输送大批人才。事实证明，从部队选调的干部，到了新的工作岗位适应快、能力强，很快成为各个单位的骨干。例如，市纪委成立初期，集中从部队选调37人，占当时全市150多人纪检队伍中的四分之一；1984年深圳成立市基建办时，最初的25名干部中的三分之一多来自基建工程兵部队；基建工程兵部队调入全市公安战线有一千多人，大大增强了公安战线的力量。据统计，基建工程兵部队输送到全市各单位的官兵有八千多人，他们成为各条战线的骨干，在各自的工作岗位上做出了突出的贡献。

深圳是一块创业的热土，深圳的创业大军里有基建工程兵数量众多的干部战士，他们创办或管理着一些在国内外颇有影响的著名企业。其中，有中国最大的民营科技企业华为技术有限公司的创办者、总裁任正非；有中国著名的文化+科技企业华强集团公司董事长兼总裁梁光伟；有中国装饰行业的引领人、深圳市建筑装饰总公司董事长兼总裁汪家玉；有中国电子印章技术研发带头人、国盾公司董事长沈远彪；有1979年最早进入深圳的部队负责人、负责建设国贸大厦项目的深圳市物业公司总经理马成礼等。

深圳的城市精神是“开拓、创新、团结、奉献”。城市精神的产生离不开人们的实践，基建工程兵转业退伍军人中涌现出的一批先进模范人物，成为深圳精神的代表。其中，有被市委命名为“特区领导干部的楷模”市纪委原副书记廖成林；有发起并坚持数年关爱抗战老兵的深圳市越众公司（原基建工程兵304团）董事长应宪；有坚持数年捐款为白内障患者免费做手术，惠及近千人的企业家刘坤德；有被树立为全国卫生计生系统践行社会主义核心价值观的优秀典型、深圳市急救中心已故医生徐鄰等。

基建工程兵两万官兵对深圳早期的开拓和发展做出了重大贡献。也许可以这样评价这支队伍：深圳是改革开放的窗口，这支队伍是变革者、弄潮儿；深圳是进行社会主义市场经济的试验地，这支队伍是实践者、成功者；深圳是创造有中国特色社会主义事业的前哨阵地，这支队伍是马前卒和排头兵。

## 脱下军装依然是支劲旅

1982年隆冬，京广线南段，陆续驶过一百列军列、两千多节车皮，满载来自全国各地的两万多名基建工程兵干部战士，连同各种机械设备，奉国务院、中央军委命令，直驰南国边陲的深圳特区。

这支大部队的到来，连同先前已参加特区建设的基建工程兵1支队深圳指挥所的部队，再加上部队家属，迅速改变了特区初创时的人口结构，成为当时数量最大的外来移民，也成为特区建设的中坚力量。因为当时的深圳（改市之前的宝安县）只有30多万人口，特区内只有两万居民。

1982年8月19日，国务院、中央军委作出《关于撤销基建工程兵的决定》。

1983年9月19日，深圳市委、市政府召开“基建工程兵驻深圳部队改编大会”，宣布两万基建工程兵集体转业改编为深圳市建设公司下属的建筑企业。

两万部队集中调入时，深圳只是一个边陲小镇，偏僻荒凉，首先部队在安家时就遇到了极大的困难。由于部队驻地荆棘丛生，荒草没膝，没有地方住，就搭起了竹棚落脚，冬日不避风，夏日不遮雨；没有厨房，许多连队在地上挖坑埋灶，在山上捡柴煮饭；喝不上水，部队只有打井取水。

但是，与经济方面遇到的困难相比，自然环境的艰苦还算不了什么。1983至

1984年，部队边完成整编工作，边摩拳擦掌准备投入到火热的特区建设中，没有想到国家宏观经济环境发生了巨变，大大压缩基本建设规模，深圳压缩的力度尤其大，由基建工程兵改编的建筑企业也遇到了一系列困难。

但是，脱胎于基建工程兵的这个团队毕竟是一支纪律严明，斗志顽强的队伍。他们在这段困难时期主动作为，上下齐心解难脱困，仍然打了许多漂亮仗。

参加过唐山抗震救灾、重建新唐山的19团，1983年一进入深圳就接下了深圳首座污水处理厂的艰难施工任务。施工现场全是稀泥，人进工地需要脱了长裤子。但大家齐心攻克难关，机械设备不足，就靠人海战术，用十字镐挖石头，用铁锹铲污泥，用洗脸盆舀污水，用箩筐运送渣土。

经过一个多月的奋战，奇迹出现了：挖掉了污泥两万多立方米，清舀污水5000多吨，确保了工程进度。进入主体工程后，战士们的长处发挥出来了，工程进展比较快，到年底提前完成了任务。

302团是一支老工程兵部队，到深圳后接手了南头直升机机场项目这块建设工程量大、工期又特别紧的难啃骨头。但他们不惧困难，所有人员日夜加班，拼命工作，表现出了这支老部队敢打硬拼的英雄气概。最后，只用4个月时间提前两个月完成了施工任务，工程质量优良。因为出色地完成了这项任务，由部队改编而来的市政公司赢得了“铁军”的美誉。

就这样，这支部队改编后，退伍不褪色，换装不换心，始终保持着军队的优良传统，又积极适应市场经济的新要求，实现了从计划经济到市场经济新的转变，成为深圳市的一支建设劲旅。

30多年里，这支队伍为深圳建设做出了巨大贡献。据不完全统计，这支队伍除建成了深圳第一栋高楼深圳电子大厦等高层、超高层建筑上千栋外，还承建了名目繁多的大量建设项目，获得中国建筑工程鲁班奖15项，获得国家优质工程奖、詹天佑奖、市政金杯示范工程奖、全国用户满意建筑工程奖、全国建筑业绿色施工示范工程奖、国家工程质量奖、优秀测绘工程奖等其他国家级奖项71项。

（原载2018年3月11日《解放军报》）

# 基建工程兵见证深圳的荒芜与繁荣

张昆亚

## 历史的选择

1979年，深圳春潮涌动，百业待兴，两万基建工程兵来到这里，在那火热的年代经历了一段激情燃烧的岁月。

让我们永远记住他们——基建工程兵的光辉历程。

中国人民解放军基本建设工程兵部队组建于1966年8月1日，周恩来总理曾勉励他们“劳武结合，能工能战，以工为主”。部队规模最大时有32个支队（师）共49万多人，分布在全国各地，承担着冶炼、煤炭、石化、水电、交通、铀矿地质和矿山，首都地铁及市政建设、水文地质、黄金地质、通讯保障等经济及国防工业建设任务，从北国边疆到天涯海角，从东海之滨到天山深处，从城镇乡村、戈壁沼泽到崇山峻岭、林海雪原，他们风餐露宿，南征北战，不畏艰难困苦，不怕流血牺牲，到80年代初改编时，共完成大中型建设项目160多个，为祖国的建设事业做出了卓越的贡献，军魂永存于祖国人民的心中。来到深圳的两万基建工程兵便是其中的一部分，他们把自己的命运和这座年轻的城市紧密结合在一起，与特区同呼吸、共患难，他们不但铸就了深圳现代的辉煌，奠基了深圳精神，还为军队转业工作编写了一部沉甸甸的生动教材，给我国军转工作以深刻的启迪。

## 深圳选择了他们

1979年深圳被设立为经济特区，从此，这个临近香港的小镇历史性地成为全中国乃至全世界瞩目的焦点。

一声春雷，一阵炮响，这个贫穷的小村镇顿时在沉睡中醒来，深圳这片荒凉的土地，一时间成了一个巨大的建设工地。但当时的深圳严重缺乏专业施工队伍，全城区只有一个500多人的集体性质的建筑公司，一个十多人的建筑设计室，只有三个生产水泥、红砖、石灰的建筑材料生产厂，大型的建设项目根本无法开展。深圳市委市政府把特区建设工作的情况向党中央、国务院作了详尽的汇报。为了保证深圳城市建设大规模地快速推进，中央决定派遣基建工程兵冶金系统的一部开赴深圳，支援特区的开发与建设。

## 深圳第一批拓荒者

1979年9月，按照国务院、中央军委的命令，中国人民解放军基建工程兵冶金系统第一支队调集五个建制连，近两千人组成先遣团，从鞍山市开赴深圳，拉开了基建工程兵建设深圳特区的帷幕。

先头部队驻扎在通心岭片区。那时的深圳，到处荒坡野岭，荆棘杂草丛生，生活环境十分艰苦。令初来乍到的北方战士苦恼的是，硕大的蚊子随时会向人发动突然袭击。深圳的蚊子号称三大：个头大、毒性大、本领大。战士们这样形容：深圳的蛟子真大块，三个蚊子“一盘菜”，一叮一个大紫包，十天半月好不了。最难以忍受的是，傍着蓝蓝的大海却没水喝，井里打出来的水又咸又苦，根本无法饮用，可灼热的太阳却烧烤着几乎冒烟的工地，严重地消耗着战士的意志；最为恼火的是：说来就来的台风和暴雨肆意践虐，遍地横扫战士们简易的窝棚，雨过天晴，一切便都底儿朝天；最为无奈的是，当时深圳生活供给困难，而且一不小心就会染上又丑又痒的“香港脚”。恶劣的环境和艰苦的条件时刻考验着这支先遣部队。

在这种观苦的条件下，官兵们表现出了顽强的斗志和大无畏的精神。没有水，他们到很远的地方去运，没有菜，他们自己种；蚊子咬，就让它咬，咬麻木了就好了。在施工过程中，基建工程兵充分发挥军队的人才优势、技术优势，以铁的纪律、铁的斗志，夜以继日地顽强拼搏，就连中国传统的春节，他们也都坚持工作，连续奋战，创造了一个又一个奇迹，用实际行动履行了自己的职责。用汗水、用毅力、用成绩回报了深圳市委市政府和国务院、中央军委的信任。

## “深圳奇迹”“深圳精神”的奠基石

布吉河长1650米、宽6米，贯穿深圳市南北。1979年以前已多年没有疏通过。沟里全是污水、垃圾、粪便、动物尸体、杂草等，臭气熏天，被称为深圳的“龙须沟”。洪水一来，污物遍地流，周边市民苦不堪言。接到清理布吉河的任务后，200多名战士忍着刺鼻的恶臭，脚踩淤泥，用锹挖，用镐刨，用竹筐抬，因为臭气实在难忍，先后有6名战士晕倒……此情此景，让深圳市民驻足摇头、感慨不已！经过25天的艰苦奋战，基建工程兵硬是提前5天使这条排洪沟焕然一新。在这条沟边，部队还建起了个街心花园。为纪念工程兵的辛勤劳动，后来，老百姓将其称为“解放广场”。如今这里繁花似锦，绿草如茵，游人如织，成为深圳市的一大景点。

刚刚成立不久的深圳特区，政府工作人员和领导们几乎都在清一色的平房里办公，分布散乱加上通讯不发达，只能依靠自行车进行交通联络。特区政府急需自己的办公场所，基建工程兵接下了这个神圣的使命，这是基建工程兵进入深圳打响的“第一仗”。两个连不分白天黑夜地干，很多干部、战士干脆把家安在了工地。由于设备匮乏，就依靠人力顶上，连铁锹也是两人合用一把。晴天，顶着烈日，挥汗如雨；大雨来临，战士们就排起长蛇阵，用脸盆将积水一盆盆舀出……地基打好后，几乎三天一层的施工速度令人惊叹。

1982年，工程竣工后，市政府在门前立起了一尊《拓荒牛》雕塑，“拓荒牛”肌肉鼓涨，四蹄坚挺，埋头奋进，这正是基建工程兵的生动写照！“拓荒牛”的形象深深驻扎在深圳人的心中，它也保存在千千万万来深圳旅游观光者的影集中。多年来，基建工程兵们仍然保持着这一“光辉形象”，一直走在时代的前列，走在改革开放的前列。他们敢于蟾宫折桂，创造了深圳建设开发史上乃至全国的多个“第一”。如今，这尊“拓荒牛”依然会唤起我们对基建工程兵那种无私、自强、拼搏、奉献的伟大精神和伟大情操的无限敬重！

我国有着灿烂悠久的古建筑文化艺术，但近代以后在建筑领域却被西方国家远远地甩落了。因此，1981年夏，当深圳市第一幢也是当时国内第一幢完全自行设计、自主施工的超高层建筑——楼高20层、建筑面积14455平方米的深圳电子大厦破土动工时，自然而然地引起了国内外各界人士的关注。一时各方褒贬不一，议论纷纷，国外不相信我国有这样的施工技术和施工能力。我们这支英勇善战的基建工程兵队伍正是在这样的背景下，拉开了深圳乃至全国高层和超高层楼宇建设的序幕。特区，这片富有想象力、富有创造力的处女地，造就了一批敢想敢干的先行者。他们在一缺技术力量、二无经验、三无参照、四无大型先进的施工设备的情况下，开拔上去了。他们通过开“诸葛亮会”讨论、修改施工方案；通过摆阵演练、改进施工技术；通过轮番上阵、无间隙抢施工进度，以“过五关斩六将”的勇气，硬是用铁锤、泥抹子、刮灰刀，在特区这块处女地上，在15个月内奇迹般地树立起了我国建筑史上的一面旗帜！此项工程不但开创了我国自主设计、自主施工超高层建筑的先河，而且打破了国外认为我国无法自主打造高层建筑的偏见！

奇迹在他们手中诞生，热血在他们心中激荡！这支英勇的部队，以近乎完美的创业精神，先后建起了深圳第一幢高档酒楼——泮溪酒家、第一座大型商场——友谊商场，并参与建设了罗湖第一幢高层建筑——国贸大厦……

正是这批20多岁的毛头小伙儿用辛勤的汗水为深圳今天的美丽、为深圳今天的发展奠定了基石。他们都是一些普通人，没有惊天动地的经历，没有渊博如海的知识，有的只是对党对人民的无限忠诚，但他们却确确实实地完成了新深圳历史的开篇之作！

时任深圳市委书记、市长梁湘看到工程兵创下的业绩，非常感动，他曾这样赞扬这支先遣工程兵队伍：“这是一支能吃苦、能打硬仗的部队。把深圳的建设交给你们，我非常放心，深圳人民也相信你们一定会把深圳建设好的。”

正是由于先遣部队创下了卓越功勋，才有了深圳市委、市政府打报告到中央，诚恳请求增调工程兵进特区的佳话，才有了后来两万基建工程兵集体南下的壮举！

（原载2008年08期《神州》）

# 神奇土地上两万人拓荒

段亚兵

1979年，宝安县升格为市，改名为深圳，一座年轻的城市诞生于古老的土地上。

深圳原来是个墟镇的地名，意思是“深的河沟”，而宝安这片土地，历史要悠久得多，在历史上曾经叫宝安、新安。

深圳市成立后不久，为了特区建设需要，根据中央军委的命令，中国人民解放军基建工程兵部队一支队组织一个团的兵力，从冰天雪地的东北，南下到郁郁葱葱的南海之滨，参加共和国最年轻的一座新城的建设。从此，一支部队与一座城市的命运紧紧连在了一起。

中国人民解放军基建工程兵部队成立于1966年，诞生于新中国社会主义建设时期，秉承人民军队的优良传统，肩负起共和国尽快实现工业化的重任，承担着国家大型基本建设和国防工程建设任务。最鼎盛时，基建工程兵兵力达到近50万人。

改革开放后，党中央做出了以经济建设为中心的重大战略决策，基建工程兵部队兵种撤销，实行向地方建设大军的战略转型。基建工程兵的2个师两万人奉命调入深圳集体转业，成为深圳特区建设施工的生力军。

在大家的想象中，毗邻香港的深圳应该是一个很好的城市，但刚一下火车，眼前荒凉、落后的景象，让人大吃一惊：市区街道狭窄，房屋建筑破旧，连内地的许多县城都不如。罗湖老东门一带是市区中心，街道很短，点上一支烟还没抽完，就从这头走到了那头。最高的楼房是深圳戏院和对面5层高的深圳旅店，街道很多地方都是土路。

使命就是冲锋，没有时间停下来叹息，广大干部职工立即投入了安家、拓荒的战斗中。当时深圳经济特区的居民有两万人，而调入的两个师加上家属、子女多达4万人，两倍于当地居民，吃饭、喝水、住宿都是大问题。进入深圳第一天，很多干部职工就开始挖地为灶，支锅煮饭。没有水喝，就就地掘井，或者将工程车改成运水车，从市里拉水喝。他们学习当地民工队的办法，为解决住的问题，用毛竹搭架、编竹叶为竹排做墙、牛毛毡盖顶防雨。一夜之间，深圳荒草地上冒出了几百栋竹棚，这就是南下拓荒、深圳建设者们最初的家。就这样，他们在祖国的南疆扎下根来，竹棚冬天不遮风，夏天不避雨，一个火星就会燃起大火，若一个不小心，干竹燃起烈火，干部职工的家园就会化为灰烬。

刚落户深圳的前几年，由于全国压缩基本建设战线、艰难摸索市场经济的路子、遭遇强台风袭击等多种原因，遇到了难以想象的挫折和困难，吃了很多苦头，也走了一些弯路，一些干部职工甚至陷入了非常困难的境地。1986年《特区文学》第5期，发表了我和吴启泰同志撰写的中篇报告文学《深圳·两万人的苦痛与尊严》，反映了当时他们遇到的困难和挫折，在读者中引起了强烈的反响。

然而，苦痛是意志的磨刀石，挫折是成功的考验关。面对挫折和困难，深圳建设者们不怕失败，从头来过；敢打硬拼，迎接挑战；不怕困难，日夜奋战。他们先后建起了一批深圳最早的标志性建筑：高档的友谊商场和泮溪酒家，庄重的市委办公大楼，特区第一栋楼高20层的深圳电子大厦；参与了当时中国第一楼、53层国贸大厦的建设，为创造闻名全国的“三天一层楼”的深圳速度出大力、流大汗。

在集体转业10年后，深圳的建设者们迎来了辉煌时期。1991年，由基建工程兵集体转业组建的深圳市建设集团，被评为年度深圳市最大国营盈利企业第三名、最大房地产企业第一名。1995年建设集团被国家建设部评为全国先进施工企业。1993年、1994年，国家有关部门分别在北京人民大会堂、钓鱼台国宾馆两次召开关于深圳市建设集团改革经营制度研讨会。《人民日报》大篇幅报道了深圳市建设集团的经验。彩虹总在风雨后，广大干部职工在改革开放伟大事业的新征程中，交出了一份令人民满意的答卷。

据不完全统计，这支队伍在深圳建成了高层、超高层建筑上千栋；参加了福田中心区、车公庙、深圳湾等片区以及深圳机场、皇岗口岸保税区等移山填海约40平方公里项目的施工；参与了深南大道、北环大道等市政道路和桥梁（立交桥），深圳体育场馆等大运会项目，报业大厦、中心书城等文化产业项目，师范学院、深圳大学医学院等高等院校，人民医院、红会医院等三甲医院，及许多居民住宅小区和商业办公楼等公共设施的建设。可以说在深圳这片热土上，处处都洒下了广大干部职工的汗水。

2018年全国庆祝改革开放40周年，人民出版社出版了我撰写的《深圳拓荒纪实》一书。书名还有一个副标题：一座城，两万人，四十年。在过去40年的时光里，在深圳经济特区的建设中，两万干部职工的艰苦奋斗与一座城的命运紧紧连在了一起，同命运，共发展，把南方边陲小镇建成了现代化大都市。

在深圳市委大门口，著名雕塑家潘鹤创作了一座铜牛雕像：老牛勾头蹬腿，鼻喘粗气，筋肉凸暴，用尽浑身力气，正在将一个深埋在土地里的千年老树连根拔起。铜牛雕像是那样形象传神，深得市民喜爱，人们为铜牛起名为“拓荒牛”，一致公认拓荒牛就是深圳创业初期建设者们的形象。我在《深圳拓荒纪实》中写了这样一段话：“也许可以这样评价这支队伍：深圳是改革开放的窗口，这支队伍是变革者、弄潮儿；深圳是进行社会主义市场经济的试验地，这支队伍是实践者、成功者；深圳是创造中国特色社会主义事业的前哨阵地，这支队伍是马前卒、排头兵。”

广大干部职工在深圳拓荒创业过程中创出的拓荒牛精神，是深圳最宝贵的精神财富之一。深圳在改革开放40年里，一直保持高速发展的势头，创造出经济腾飞的奇迹，拓荒牛精神是其精神力量的源泉。深圳的拓荒牛精神，与红船精神、井冈山精神、延安精神等一脉相承，构成我们中华民族的精神内核。

（原载2019年8月1日《中国文化报》）

# 听张宝荣誉会长讲深圳基建工程兵过去的故事

深圳市拓荒史研究会

受深圳市拓荒史研究会《拓荒牛》的邀请，原基建工程老兵、深圳市拓荒史研究会的荣誉会长张宝先生，接受了我们的采访。

张宝主要向我们讲述了1983年基建工程兵集体转业后，原来的部队变成了地方的建筑公司，又经历了由计划经济向市场经济转型的阵痛，广大原基建工程兵官兵，继承和发扬“拓荒牛精神”，团结一致、不畏艰难、奋发拼搏，经历严峻的市场考验和洗礼，终于战胜困难、战胜自己，成为全国优秀建筑企业集团的事迹，也让我们对那段历史有了比较深刻的认识。同时，我们也感受到，“拓荒牛精神”其实也是“求真务实、因地制宜、因时制宜”精神的一个分支和诠释，是我们敢于直面任何困难并战而胜之的精神支持。

张宝，吉林省德惠市人。1943年8月出生。1963年入伍。曾任基建工程兵19团政治处主任、副团长。集体转业后曾历任深圳市建三公司副经理，市建二公司经理，市建设集团公司总经理，市建设控股公司总裁、董事局主席、党委书记等职。可以说是部队转业和企业改制过程的见证者、参与者和带头人。

## 部队集体转业，老兵们面临重大的考验

1983年9月15日，是来深圳参加特区初期建设的两万名基建工程兵集体转业的日子。虽然已年过古稀，但张宝老先生依然清楚地记得刚转业时，基建老兵们

的不适应。部队变成了地方企业，军人变成了公司员工。这种变化是根本性的，全面性的，老兵们面临重大的考验。

“当时大家就觉得以前的知识不够用了，一方面是业务技能上的，一方面是文化知识。”

为了尽快适应新的要求，刚由基建工程兵转业成立公司的各单位掀起了一股学习的热潮。

“由于老兵们的文化水平差异比较大，各个公司就建起了不同层次的学校，从小学到高中都有。技术学习就请有名的其他企业技术员和专家来上课。大家平时上班没时间，就安排在晚饭后组织学习，大家都很积极。”

为了适应新的要求，在当时艰苦的条件下，学习的场地就安排在老兵们集中居住的竹子林。“老师们都主动要求不要报酬，当时公司只有两部吉普车，他们也主动提出不用我们接送，他们自己想办法。他们被我们在这么艰苦的环境下还这么踊跃的学习精神感动了。”虽然时隔几十年，张宝先生依然清晰记得当时的情况。

## 改革的思维、创新的管理方式让企业走出低谷

部队原来适应的是计划经济体制，承建的项目都按照国家下达的计划实施。不用过多地考虑成本核算、利润率等问题。但转业后，国家不再给布置任务，企业管理也要自己当家自己精打细算。只有适应市场才能生存、发展。

“做企业，经济效益是检验改革是否成功的唯一标准。”张老先生深有感触地说“为了适应市场竞争，激发职工的工作积极性，我们在工程建设中使用了‘3单、1表、5账’。3单，就是任务单、领料单、材料核准单。有了这‘3单’，企业就可以减少浪费，降低成本，同时也实现了材料的合理使用。‘1表’，就是工程进度表。‘5账’，就是项目工作量、参加人员、完成情况、工程质量、安全记录。有了‘5账’，月底发奖金的时候就有了核算依据”。控制成本、按工作的数量和质量获得劳动报酬，这些现在看来已经是许多现代企业标准化管理基本要求的管理方式，在当时使用的企业却很少。

1989年初，深圳市建设集团总公司开始试行净资产全员抵押承包责任制。这一

办法很好地解决了难以确定“分配任务基数”的问题。企业的干部职工采取自愿的方式向公司缴纳抵押金，进行承包经营，自负盈亏，公司赚钱了，参加承包的员工就有分红，多赚多分；如果亏了，损失也由自己承担。企业经营的好坏直接与自己的收入挂钩，大大激发了员工们的工作热情，结果到了年底分红的钱，多的达到了40%，最少的也有14%。很多当初改革时心怀犹豫没有缴纳押金的人开始后悔，想补缴，可只能等到第二年了。结果第二年，所有的干部职工都缴纳了抵押金。

“1990年部分单位推行这种制度，当年实现利润8000万元，91年达到1.65亿，93年达到4.5亿。93年、94年连续两年我们成为了当时深圳市盈利企业的第一名。”张老先生带着难以遮掩的自豪对我们说。

1993年4月3日，在北京人民大会堂由中国工业经济协会、人民日报社、深圳市政策研究室联合召开了“深圳市建设集团净资产全员风险抵押承包经营责任制理论研讨会”。张宝先生作为公司总经理介绍了公司的作法和经验，得到了与会领导和专家们的充分肯定。

企业规范化、股份制管理，在现在看来已是普遍现象，但在当时大家看不清方向，都是在摸着石头过河的阶段，由基建工程兵集体转业成立的建设集团公司，在实际工作中开拓性地创造出了适合企业发展，适应市场经济要求的管理制度，不能说这与蕴含求真务实，开拓创新，艰苦奋斗基因的拓荒牛精神无关。毕竟在深圳建设特区初期还是满眼荒芜的时候，两万基建工程兵就是靠着这股精神在深圳立住了足，挺起了腰，盖起了当时大量的地标性建筑和市政工程。

## 我是农民的儿子，我唯有用工作来回报国家

年过古稀的张宝老先生，在谈起这段历史的近2个小时里，没有任何调整和休息，丝毫没有疲倦的表情，反而神采奕奕，侃侃而谈。

“我的前五代都不识字，到我这一代，国家解放了，才有书读。当时我们没钱，连学费也是国家给拿。我做的工作就当是报恩了，没有共产党，没有新中国就没有我这么一个人。所以我从来没想过跳槽。也没想过占国家的便宜，占职工的便宜。”

“我现在平时就是打打保龄球锻炼锻炼身体。”在我们采访临近尾声的时候，张老这样对我们说，就像其他普通的老人一样，坦然而淡然。

（原载深圳市拓荒史研究会《拓荒牛》创刊号）

深圳特區報

SHENZHEN SPECIAL ZONE DAILY

2003 年 9 月 16 星期二

深圳报业集团出版

深圳市今日天气预报

第 7303 期 今日 48 版

外资加速“进驻”深圳

前 8 月深圳海关新注册外资企业 1083 家

温家宝在国家行政学院省部级干部研究班讲话强调

加快政府职能根本性转变

今日导读

民航出台改革举措

美国：盗贼瞄准儿童身份

“老外”可管中央企业

异地租车深圳抢劫

忆峥嵘岁月 抒创业豪情

基建工程兵专业建设深圳廿周年纪念会昨举行

“海归”选房

国庆放假通知

深港水上客运今试航

从蛇口、福永码头可直通香港国际机场

“娘家人”走遍十里八村

——记平湖镇“巾帼志愿互助队”

公告

深圳市人民政府金融发展服务办公室已经正式成立，并于2003年9月16日起开始对外办公。……

办公地点：深圳市深南中路 1099 号深圳市商业银行大厦九楼

邮政编码：518031

深圳市人民政府金融发展服务办公室

中国民生银行深圳福田支行

9月16日隆重开业

服务大众 情系民生

▲

2003年9月16日刊登基建工程兵专业20周年纪念文章的《深圳特区报》

# 文化产业与科技“联姻”

易运文

华强集团，曾经是深圳人耳熟能详的一家电子科技企业，如今却“转型”成了全国闻名的文化产业龙头企业。

带给华强集团巨大变化的人是梁光伟。在董事长兼总裁梁光伟的带领下，华强集团经过10多年的自主创新，借助高科技手段，创新文化业态，打造“创、研、产、销”一体化的产业链，在全国独创出一条极具特色的“文化+科技”的产业发展新模式。

梁光伟18岁跟随工程兵部队来到深圳，1985年被深圳大学电子技术与计算机系录取。毕业后，他进入华强三洋的注塑涂装厂车间工作。当时，梁光伟就整天琢磨着如何利用计算机知识改善工艺，提高产品合格率。后来，梁光伟又调到了厂部的生产计划部。在那里，他利用业余时间苦战40多天编写统计管理软件，使注塑厂在整个华强集团率先引入计算机管理。

梁光伟说：“深圳是一座鼓励创新的城市。唯有创新才能实现超常规发展。不论在什么岗位工作，我总是希望通过创新，建立起实现各种资源有效整合的平台，激发更多技术创新、管理创新、文化创新，从而使企业始终保持竞争优势。”

华强集团“文化＋科技”的产业发展模式，就是通过各种资源整合达到一种超常规发展的创新之举。37岁时梁光伟担任了华强集团总裁，开始面对集团如何做大做强的命题挑战。2003年，总装备部在深圳的一家高科技公司准备出售。梁光伟看中了它的潜力，用2000万元完成了收购。这家企业后来成了华强文化科技集团的前身。当华强的科技产业已经做得有声有色时，凭借超前的眼光和敏锐的时代触角，华强集团又果断进军文化产业。科技与文化的嫁接，让华强文化科技集团异军突起，已获得国内外专利和版权200多项，形成了以数码电影、数字动漫、文化科技主题公园等为主体的产品结构，建立了出版发行、电影院线、主题公园等多元化的市场平台；华强环幕4D影院已出口到40多个国家，自主设计建造的“方特欢乐世界”主题公园已出口到南非、乌克兰等国，使中国成为继美国之后第二个具有成套设计、制造、出口大型文化产业主题公园能力的国家。

“打造一批航母级的文化企业，推动中国文化走出去，不仅是对华强的要求，也是对中国文化产业的要求。”在梁光伟看来，国际上文化产业全球化步伐在加快，美、德、英、法、日五国文化产业共占据了世界65%的市场份额。国内文化产业发展势头也相当迅猛，对2012年经济总量增长的贡献达到5.5%，逐渐成为国内支柱产业之一。综合分析国内外形势，他判断：目前正是华强集团发展文化科技产业的最好时机。

在梁光伟看来，全球化竞争中，跨国文化产业集团开始成为影响国际文化产业布局的重要力量，并呈现出两种新趋势：一是产业整合趋势，文化产业与其他产业之间的并购重组十分频繁，开始形成传媒业、娱乐业、旅游业、出版业等相互融合的新局面，出现了一大批新型的文化产业集团；二是空间上的聚集趋势，文化产业正在一些中心城市集聚，形成更加完整的文化产业链，成为推动城市发展的新动力。

面对新机遇新挑战，梁光伟胸有成竹。他告诉记者，深入挖掘国内各地特色文化，充分发挥华强文化创意和科技创新优势，开发出更多、更新的文化科技项目和产品是未来华强文化产业发展的主要方向。

紧紧围绕“中国梦”这一宏大主题，今天的华强集团提出了打造“美丽中国文化产业示范园”的设想。“我们要通过市场化运作，把中华民族灿烂的历史文化、中国共产党领导下的光辉革命历程以及中华民族的美好未来通过文化与科技融合的手段完美展现出来。”梁光伟表示，华强的未来就是要实现从“中国制造”到“中国创造”的转变，打造具有核心竞争力的中国文化产业航母。

（原载2013年11月21日《光明日报》）

# 30年前，基建老兵刘坤德首倡“毛坯房”

刘振民

亲爱的朋友，当你置业给家里买了套新房子，你知道房地产商为什么卖给你的是没有装修、尚不能居住的毛坯房吗？

从1990年开始，房地产开发商出售毛坯房，风靡全国，波及世界。人们购买了商品房，只要有钱，就可以按照自己的爱好和意愿，想怎么装修就怎么装修。随着人们生活水平的不断提高，精装修成了家庭生活中的第一要事。房屋装修业的风起云涌，带动了花样繁多、琳琅满目的现代装修材料工业蓬勃发展。

然而，1990年以前，又有谁听说过“毛坯房”这个名词？这个词，《辞海》里没有，人们更从未听闻。其实，“毛坯房”的做法，最早便出自我们中国，是中国人民解放军原基建工程兵三支队一位叫刘坤德的老兵，在深圳最早提出并大力倡导的，此后就传遍了全国。

刘坤德1966年从四川省富顺县入伍，服役于基建工程兵冶金部队，多年随部队南北转战，先后参加了甘肃的酒钢、贵州的八七兵工厂、辽宁的本钢、上海的宝钢等国家大型项目建设，历任班长、排长、团司令部参谋、师司令部管理科管理员、副科长等职。1982年10月，国务院、中央军委调集两万基建工程兵，分别从辽宁本溪、上海市、湖北荆门、贵州安顺、河北唐山等地奔赴深圳，在这里移山填海、拓荒造城，为深圳这座现代化城市奠定了坚实的基础。

1983年8月，刘坤德随部队就地集体转业深圳，先后任职深圳市房产住宅管理局办公室主任、市房地产开发经营公司经理、深圳市利丰房地产开发有限公司董事长等职。

那么，“毛坯房”的概念是在什么样的情况下提出来的？由著名作家段亚兵先生撰写、人民出版社出版的《一座城，二万人，四十年——深圳拓荒纪实》和《深圳拓荒人——基建工程兵创业纪实》两书分别予以记载：

▲

这两本书都记录了刘坤德首倡“毛坯房”的经过。（照片由本文作者提供）

刘坤德1990年在深圳市房地产管理局担任办公室主任期间，曾负责深圳市福利房的建设。当时，福利房简单粗装后，分配给市级机关、事业单位的干部职工居住。他发现多数人分到福利房后，觉得厨房、卫生间等装修标准太低，往往不得不重新装修。这样不仅造成市财政经费的浪费，还产生了大量的建筑垃圾，给居民带来许多麻烦。在调查研究并掌握了大量数据后，刘坤德在局务会议上提出改革意见：即以后的福利房建设不再装修，把房子的毛坯分给大家，让住户自己装修。他的建议被采纳后，从1990年深圳莲花二村社区建房开始，取消了简单装修，起名叫“毛坯房”。这种做法得到了住户的认可，从此以后，“毛坯房”的概念，从市房地产管理局传到了深圳各房地产开发商，最后又传遍了全国房地产开发商，得到了业主的普遍认可。“毛坯房”风靡全国，不但节省了大量资金，更重要的是减少了城镇的建筑垃圾。

（原载2020年6月12日《今日头条》）

# 徐鄹：“工作一天，就能多救一条人命”

喻映雪　王　宜

深圳“最美急救医生”徐鄹救死扶伤22年，病逝前夕仍在工作。

他是深圳急救事业的“拓荒牛”，参与和见证了深圳急救事业的从无到有，从起步到壮大；

他是灾难现场的“救援者”，永远冲在灾难救援的第一线；他是心怀大爱的“仁医”，待患者如亲人，以人道主义精神参与救死扶伤。他奔跑在生命线上，一辈子将急救作为己任，他就是深圳“最美急救医生”徐鄹。

对徐鄹来说，急救已经成为他生命的一部分，即使2013年被确诊为肝癌晚期后，他仍然心系急救工作，坚持奋斗到生命的最后一刻。2016年1月6日，这位与死神赛跑了20多年、抢救回了上百条生命的急救医生，因肝癌抢救无效去世，终于被迫停下脚步，永远离开了他热爱了一辈子的急救事业。

## 从无到有　推动深圳急救事业的发展

1959年出生的徐鄹是军医出身，曾是深圳原基建工程兵职工医院（现市二院）的心血管内科医生。1994年深圳市急救中心筹建，徐鄹主动加入。成为最初的几名创始人之一。

放弃专科医生，选择做急救医生，徐鄹这一决定出乎所有人意料。因为急救医生这个职业，每天奔波于路途中，高强度、高风险，又苦、又累，收入不高。

但是，徐鄰就是喜欢，义无反顾地选择，而且一直坚持了下来，这一坚持就是22年。

作为深圳急救医务人员“元老”，徐鄰是一颗“螺丝钉”，从深圳市急救中心的筹建。到组建院前科和医疗护送队，哪里需要就往哪里拧。坚固、耐用、一丝不苟。

深圳的院前急救，从最开始的一台救护车起步，发展到如今以120急救为中心，辐射全市的急救医院网络。快速的出车时间，规范的急救流程，在全国领先，这其中有着徐鄰巨大的心血和功劳。

## 主动请缨　参与重大灾害事故救援

这些年来，深圳发生的台风、塌方、爆炸、火灾、交通事故等重大灾害事故，徐鄰大都参与了现场指挥。怀着对急救工作的高度责任感和热情。“非典”“禽流感”、抗震救灾等重大公共事件发生时，徐鄰总是第一个受命和请缨。

2003年春，“非典”肆虐，徐鄰临危受命，带领科室人员担当起确诊“非典”和疑似“非典”病人的转运重任。徐鄰等一线急救人员共转运了157例已确诊和疑似病人，其中53例确诊病人中有12例就是徐鄰亲自转运的。2003年5月2日，徐鄰带头向党组织递交了一份要求火线入党的申请书。这份入党申请书，成为深圳医务人员誓死抗击“非典”的记录。目前已被保存在深圳历史博物馆、载入史册。当年，深圳成为全国唯一一个医务人员零感染、病人零死亡的一线城市。徐鄰因在抗击“非典”中工作突出．2003年6月被广东省委和广东省人民政府、深圳市委和深圳市人民政府分别授予“三等功”。

在2008年的汶川地震中，徐鄰再次主动请缨，带领医疗救援队伍奔赴地震灾区。19天里，他率领团队共出车574次，总行程32610公里；队伍在疫情点进行消杀282次；转运伤员136人；在唐家山堰塞湖溃坝泄洪区，转运128名老弱病残者到安置区……由于工作强度太大，救援回来后他整个人瘦了一圈。头发掉了近一半。每年除夕，徐鄰都会在急救中心值班。22年里，徐鄰的家人都没有和他好好地吃上一顿年夜饭。

## 鞠躬尽瘁　工作到生命最后一刻

2012年10月，为了打击“黑救护车”市场，深圳市决定组建市急救中心医疗护送队。有着丰富经验的徐鄴，再次成为拓荒牛。

不幸的是，就在这时，病魔悄悄地盯上了他。体检报告显示他的肿瘤指标异常高，随后肝脏检出几个占位性病变。

医生开出病假条，建议徐鄴先全休一个月。为了不影响工作，他瞒着单位和家人，一边检查一边工作。

深圳市急救中心领导知道了徐鄴的病情，“逼”着他去住院治疗。因多次化疗，徐鄴体重骤减了40斤，头发也变稀疏了。可每次化疗结束，他都会精神抖擞地回到工作岗位。他说：“我们急救人员不正是和死神赛跑，分秒必争吗？我多工作一天，说不定就能多救一条人命。”

同事赵晖说，她有一回忍不住“批评”徐鄴：“每天这么操心，身体怎么扛得住？”徐鄴叹了一口气，说：“我现在每天只有这么短的时间是清醒的。这时间多么宝贵，你就让我抓紧清醒的时间把工作说完吧。”在他的带领下，短短数月里，深圳市急救中心就迅速建起了全市规范的专业化的医疗护送急救网络。

在徐鄴生命的最后日子里，他虚弱地躺在病床上，精神稍好些，就会抓紧时间和同事讨论工作。走的前一天下午，他还在改2016年的工作计划。妻子于宁利回忆起丈夫就止不住流泪：“有时候，我心疼他。这个傻瓜，病了为什么不办病退；但我也理解他，他太喜爱急救事业了，为此可以舍弃生命。”

“我用我有限的生命，去挽救更多的生命，延续更多的生命，还有什么比这样活着更有意义呢？”2014年，深圳市急救中心以徐鄴为原型拍摄了微电影《奔跑在生命线上》。在影片的结尾，徐鄴用这句话总结了他一生对医者初心的坚持。

（原载2016年6月27日《南方都市报》）

# 穿红马甲的老基建工程兵武智

戴霖硕

1983年9月15日，深圳市委和基建工程兵领导为两万基建兵举行了隆重换牌仪式，两万军人集体转业至深圳。这支部队，由兵到民，经历无数艰难困苦，他们为深圳发展做出的巨大贡献，被深深铭刻在深圳经济特区的历史上。

▲
老基建工程兵武智（照片由本文作者提供）

“那时候的深圳没有高架桥，火车铁道还铺在地面上，外头有个栏杆，火车来的时候有人举着红旗把栏杆放下来……”对59岁的武智而言，深圳30多年来的变迁历历在目。

## 手工浇灌混凝土　日夜不停工

时针拨回至1982年8月，来自河南鲁山的武智跟随基建工程兵队伍奉命南下，赴深圳参加经济特区建设。在深圳火车站，工程兵们身穿绿色的军装，头戴军帽，肩头扛着用绳子捆绑结实的被褥，沿着铁轨匆匆行走。队伍长得一眼望不到头。那一年，武智24岁。

“当时我们来了8个团，共两万多人。”武智回忆说，那时候从火车站到大剧院位置的深南路段是一座座小山坡，还未打通；“城市几条街道，东门老县城、建设路、和平路，就这些地方繁华一点，其他地方都是工地。”

刚到深圳不久，武智所在的基建工程兵302团便承接了首个项目——建设位于南山区的深圳直升机场。“现在搞建筑都是机械化的，以前全靠人。”武智还记得，每天早上6点，工程兵们穿上统一的军装，戴上军帽，坐着解放牌汽车沿着深南路朝南山方向奔去。工地上，武智负责木工和搭脚手架的工作，回想起挂在半空、手扶铁架子拧螺栓的场景，至今仍心有余悸。

“平时晚上天黑了就回去，但浇灌混凝土的时候连着24小时或48小时不能停。全靠手推小车运输材料，累了就直接躺地上睡，其他人换班接着干。”武智说，奋斗在生产第一线的工程兵们很少休息，为了尽快交付使用，都力争提前完成任务，“盖了大约140天，深圳直升机场的建设任务提前完成了，速度很快。”

除建设直升机场，武智还参加了东滨路、同心路和北环大道的修建工程。他告诉晶报记者，过去的深圳有许多山包，为了挖山开路，工程兵们要把光秃秃的石头山搬平，才能开辟出新的道路。“我走到那儿的时候会告诉女儿，这一段路是我挖的，我就在这里出过汗！”武智笑笑说，话语间流露出自豪。

## 在深十年有了第一套房

初到深圳，武智所在的302团安营扎寨在福田区四川大厦对面。“当时没房子，用竹子搭的竹棚，台风一来一下子就吹跑了。”武智记得，1983年9月，一场强台风正面袭击深圳，摧毁了90%以上的竹棚，“我们全部站在外头过了一晚上”。台风暴雨后，基建工程兵们才陆陆续续重新搭建竹棚入住。

建设前的深圳，荒芜一片。在那个艰苦的环境里，不仅没有房子住，也没有自来水饮用。“当时吃水都是挖的大井”，武智用双手比划着说，在工地上，用石头支起一口大锅，从河沟里舀点水就直接烧了做饭，“一两个菜，伙食费一天一块多钱，管饱！”

在武智的印象里，早期的深圳与内地其他县城的不同在于村庄里的路是水泥路，家家户户开设小商店。由于物资缺乏，许多外来务工者喜欢串街走巷，购买洗头水、电子表、录音机等物资带回家，“当时最好的布料就是‘的确良’，尼龙布都是论斤称的”。

来深圳第二年，武智便入手了一辆飞鸽牌自行车。除了日常工作代步外，偶尔也会趁着晚上休息时骑车到附近的旱冰场溜达。“溜冰场两个作用，一个是溜冰，一个是跳舞。”武智挥手扫了扫头上花白的短发，腼腆地笑笑说，“我性格比较内向，像许多年轻人一样，就是过去站在一边凑个热闹。”

1986年，武智把老家的妻子女儿接来深圳，一家子挤在一间约五六平米的单身宿舍里。直到1990年单位分房，武智才住进了属于自己的房子，在深圳真正安了家。

## 换上红马甲　继续为深圳服务

“我的生活前十年比较艰苦，从竹棚到单身宿舍都住过，后来分的房子就大了一些。”在武智眼中，深圳十年变一次。第一个十年，从上海宾馆到黄贝岭这一段越来越像城市，公路、绿化、基础设施日渐完善，深南大道贯通东西，马路两边的楼房也陆陆续续盖了起来。在深圳的第二个十年，武智的生活也随着城市的发展而出现巨大变化，“2001年又买了一套房，也有了自己的小轿车”。

“当年来深圳，搞工程都是人工，现在全变机械化了；楼房以前30多层都算是高层，现在超过40层的数不过来；以前街道铺的水泥板，现在都有大理石的；以前就深圳水库一个公园，现在四处都有美丽的风景……”谈起深圳这些年来的发展，武智感慨万千。

如今，即将步入花甲之年的他也不曾停下脚步，2010年起，先加入深圳市义工联消防安全组，后发起成立深圳市智慧海安全救援服务中心，武智脱下军装，换上红马甲，活跃在深圳的大街小巷，继续为这座城市服务。

（原载2017年9月20日《晶报》）

# 续写春天的故事，勇当新时代拓荒牛

刘 荣

2020年10月30日上午，秋风清爽，蓝天白云，晴空万里，惬意深圳。汇聚在国贸大厦的基建工程兵老战士们，仰望耸立在苍穹之下的国贸大厦，是那样的庄重伟岸，像巨人一般在阳光照射中散发着无穷的魅力。国贸大厦具有强烈的时代感和深远的历史意义，它象征着创造深圳速度的奇迹，它是见证深圳高速发展的一座里程碑！雄伟挺拔的国贸大厦，在深圳这片热土上傲然挺立，光芒四射，充满活力。它伴随着深圳的腾飞而名扬天下，在深圳经济特区四十周年的发展历程中，始终激励着深圳经济特区的开拓者、建设者、见证者。它那昂扬进取、创造奇迹的拼搏精神，鼓舞和鞭策着一代又一代为深圳全面发展奉献力量的人们。

▲

2020年10月30日，原基建工程兵00019部队等部分老兵代表在国贸大厦合影。（照片由本文作者提供）

当天上午，深圳市第一建筑工程公司召开座谈会，学习习近平总书记在“深圳经济特区成立四十周年”庆祝大会上的重要讲话精神，深刻领会习近平总书记对深圳再创辉煌、引领大湾区深化改革开放的殷切厚望，续写春天的故事，勇当新时代的拓荒牛。

会上，大家纷纷回顾深圳经济特区成立四十周年的建设成就，回忆当年基建工程兵先遣部队进驻深圳所走过的不平凡的风雨历程。当年先遣部队中一大批00019部队转业军人调到深圳物业发展公司，负责当时全国第一高楼深圳国贸大厦的建设管理，与中建三局共同创造了“三天一层楼”的深圳速度。深圳市是全国的窗口，国贸大厦是深圳的窗口，原00019部队副参谋长马成礼，在国贸大厦的建设和运营中成绩突出，被解放军总政治部和民政部授予“模范退伍军人”称号。

1979年冬季，作为基建工程兵先遣部队，辽宁鞍山基建工程兵第1支队（师）部分干部战士和湖南郴州调遣的第36支队352团14、15连进驻深圳，在深圳特区的前沿阵地，迈开了建设深圳的坚定步伐，充分发挥了基建工程兵这支“劳武结合，能工能战，以工为主”的特殊部队的作用。

基建工程兵建设深圳的先遣部队进驻深圳之后，为了加强统一领导，便于协调指挥，组成基建工程兵00019部队深圳指挥所，马成礼就是指挥所的指挥者之一，统领2000多名指战员安营扎寨，克服环境、生活、供给诸多方面的困难，组织全体指战员迅速投身紧张的施工，担负起深圳市委、市政府下达的建设工程任务。先后建成了深圳市委大楼，深圳第一栋高层建筑电子大厦，友谊商店，泮溪酒家等深圳早期的名片工程，完成了深圳老街的“龙须沟”等环境治理工程和抢险救灾任务。展示了这支部队“特别能吃苦，特别能战斗，特别能奉献”的拼搏精神，向深圳人民交出了一份精彩圆满的答卷，得到深圳市委、市政府的赞许。深圳市委、市政府领导非常欣赏这支队伍的战斗力！因此，深圳市委、市政府在1982年部队大裁军过程中，特向中央申请调遣两万基建工程兵到深圳，集体转为市属国有企业参加深圳特区建设。

1982年至1983年上半年，两万基建工程兵指战员奉命南下深圳，当年的“零点八”（即：白沙岭）、竹子林、笔架山、蔡屋围、罗芳村等处的“竹棚军营”，成为进驻深圳两万指战员的宿营地，也是开拓者构筑的一道特殊的风景线。

1983年9月15日，是驻深基建工程兵两万指战员难忘的日子，是奉命集体转业深圳、建设深圳、扎根深圳的新起点。先遣部队00019部队改编为深圳市第一建筑工程公司。

00019部队改编为深圳市第一建筑公司后，虽然从部队到企业的性质变了，指战员脱下军装穿上了工装。身份变了，但是开发建设深圳的坚定信念没有变，敢打、敢拼、敢闯的奉献精神没有变。他们保持和发扬人民解放军光荣传统，坚持弘扬基建工程兵开路先锋的精神，不忘初心，退伍不褪色，甘当拓荒牛，勇往直前地完成移山填海、修路架桥、建设高楼、修筑厂房、修建医院、建造学校等一系列建设工程任务，为深圳的发展作出了应有的贡献。

改编后的深圳市第一建筑工程有限公司，是一家与深圳经济特区共同成长的老字号建筑品牌企业，成立后经建设部审定为一级施工企业，具有建筑工程施工总承包一级、市政公用工程施工总承包一级、地基基础工程专业承包一级、建筑机电安装工程专业承包二级、消防设施工程专业承包二级、起重设备安装工程专业承包三级资质。公司注册资金为16368万元，拥有各式主要施工机械设备500多台，有中高级职称的各类专业工程和经济管理人员350余人，具备较为完备的人才结构。

自参加特区建设以来，公司在革新施工技术与工程管理等方面创下多个第一。包括建成深圳第一栋高层建筑——20层电子大厦，第一家在深圳特区采用强夯处理软地基新技术，全国第一家通过建设行业ISO9002质量体系认证，也是深圳市属企业创中国建筑工程最高奖项（鲁班奖）第一名（七次）。相继建成一系列道路、桥梁、供水、港口、车站、机场等市政公共工程；建成高层、超高层写字楼和住宅200余栋，总建筑面积近600多万平方米；安装调试进口电梯1000余部；完成深圳机场跑道、盐田港等大型软基处理600多万平方米。截至目前，公司及公司承建的工程多次荣获国家、部委、省、市、建筑协会等单位授予多项奖项、荣誉称号。其中东海花园一期被国家建设部评为“3A级小康住宅示范小区”，二期工程被评为“21世纪最适合深圳人居住的住宅小区”；信息枢纽大厦工程被建设部授予“全国建筑业新技术应用银牌示范工程”称号；公司因在新技

▲

深圳市第一建筑工程有限公司自1983年9月成立至今，曾七次问鼎中国建筑施工领域最高荣誉（鲁班奖）。

摄影/刘　荣

术推广应用上效果显著，2008年被中建协授予“全国建筑业科技进步与技术创新先进企业”称号；七次问鼎全国建筑行业最高奖——鲁班奖；由于公司在深圳邮电局洪湖高层住宅、百汇大厦、长泰花园、市民中心、特美思广场、香港大学深圳医院、深圳市档案中心等工程在施工领域的卓越贡献，更获得“创鲁班奖工程特别荣誉企业”称号。

上午10点钟，参加座谈会的老兵们，齐聚国贸大厦门前合影留念。然后，代表们参观一楼国画展、历史陈列馆、邓公厅。看着一幅幅记忆犹新的画面，老兵们非常激动，当年建设深圳的年轻战士，如今大都两鬓斑白，年过花甲，有的已近耄耋之年，依然精神矍铄，保持着旺盛的精力。11点钟，老战士们来到旋转餐厅召开座谈会。

座谈会由深圳市特皓集团股份有限公司副董事长、深圳市第一建筑工程公司董事长黄和坤主持。他首先介绍参加会议人员：深圳市特皓集团股份有限公司党委书记、董事长张发文先生，深圳市特皓集团股份有限公司总经理、董事刘刚根先生，原00019部队老首长、深圳市物业集团原董事长、总经理马成礼先生，原00019部队优秀代表、深圳市劳动局原局长孙大海先生，原00049部队优秀代表、深圳市拓荒史研究会名誉会长、基建工程兵战友之家荣誉总编辑刘坤德先生，原00019部队优秀代表、福田区委原常委、组织部原部长周树凯先生，原00019部

▲深圳市特皓集团股份有限公司副董事长、深圳市第一建筑工程有限公司董事长黄和坤（照片由本文作者提供）

队优秀代表、深圳市劳动和社会保障局原副局级领导吴基成先生，原00019部队优秀代表、学雷锋标兵、广东省和深圳市劳动模范孙建华先生，原00019部队优秀代表、中国著名摄影家周顺斌先生，原00019部队优秀代表、深圳市天威视讯股份有限公司工会原主席、战友之家总编辑李平均先生，以及原00019部队的老战友代表四十多人出席座谈会，中央电视台蓝海中国节目组、深圳电视台、深圳特区报、深圳商报、深圳晚报、人民网新媒体记者莅临现场采访。

黄和坤先生致辞：我们今天聚集在这里，深入学习习近平总书记在深圳经济特区成立四十周年大会上的重要讲话精神，以“续写春天的故事，勇当新时代的拓荒牛”为主题，回顾我们00019部队曾经作为基建工程兵先遣部队成为开发建设深圳第一代拓荒牛的光荣历程，表示要继续传承和发扬敢于拼搏的光荣传统，把特别能吃苦、特别能战斗、特别能奉献的精神发扬光大，为深圳在新时代续写春天的故事，继续发挥拓荒牛的先锋作用，做出应有的贡献。座谈会上，深圳市特皓集团股份有限公司总经理、董事刘刚根先生致辞；原00019部队老首长、深圳市物业集团原董事长、总经理马成礼先生讲话；原00019部队优秀代表、深圳市劳动局原局长孙大海先生发言；原00049部队优秀代表、深圳市拓荒史研究会名誉会长、基建工程兵战友之家荣誉总编辑刘坤德先生发言。他们在讲话中始终贯穿着不忘初心，勇当新时代拓荒牛的情怀，高度赞扬深圳四十年来取得的伟大成就，认为这是只有在中国共产党领导下能才创造出来的奇迹。在新的形势下，深圳被中央赋予更重大的任务，在建设中国特色社会主义先行示范区中，深圳一定能做出更加辉煌的成绩。

第四辑

# 照片故事

# 永恒的瞬间　难忘的故事

周顺斌　杨洪祥等

2020年8月26日是深圳经济特区建立40周年，也是基建工程兵进入深圳开发40年。一支英雄的部队，两万基建工程兵集体转业，以铁的纪律、铁的斗志创造了举世闻名的“深圳奇迹”。

今天，我们以图说的形式真实再现原基建工程兵在深圳的奋斗轨迹，致敬这群老兵！

▲

1981年，深圳火车站，基建工程兵首批部队挥师南下，参加深圳经济特区开发建设。

摄影 /周顺斌

▶

1982年，战士们戴军帽，穿工服，列队走向工地。

摄影 /周顺斌

▶

1982年，首批来到深圳的基建工程兵部队在白沙岭一带安营扎寨。

摄影 /周顺斌

◀

1981年，部队干部到施工现场检查质量安全工作。

摄影 /周顺斌

▶

1984年，市二建公司（原16团）在竹子林基地召开年终总结表彰大会，争取在新的一年里取得更大成绩。

来源 /市建业集团公司

▲

20世纪80年代，基建工程兵19团修建的竹子林营房。该图片摄于1987年，如今这里是竹园社区。

摄影 /马树华

◀

1991年，竹子林是基建工程兵几个团安营扎寨的基地，当时，这里还是一片工地。

来源 /市建业集团公司

▶

直到20世纪90年代，竹子林基地304团驻地的道路还是这个样子。

摄影 /马树华

▶

1983年9月，基建工程兵1团改编为第一建筑工程公司，召开成立誓师大会。

摄影 /周顺斌

▶

1984年，脱下军装，由军队变成了地方企业，不仅仅是形式上的改变，更重要的是适应形势跟上时代步伐，由军人到民众的转变。

摄影 /周顺斌

◀
1982年，刚到深圳的部队干部战士们只能在这样简陋书屋里购书。

摄影 /杨洪祥

◀
1984年初夏，在市总工会的职工夜校里，母亲带着儿子上夜大的照片。

摄影 /周顺斌

◀
1984年，新成立的建设集团公司举办职业高中学习班，以提高干部职工的文化知识水平。

摄影 /周顺斌

▶

1982年，黑板报是部队重要的宣传阵地，工作之余，战士们喜欢看黑板报，了解各种信息。

摄影 /杨洪祥

▶

设在工棚里的图书馆，是战士们安静读书的地方。

摄影 /周顺斌

▶

1983年，部队集体转业深圳后，战士们第一次参加全市工人技术等级考试。

摄影 /周顺斌

▲

1983年9月，部队转业后，战士们成为深圳特区新一代的青年工人。为了让昔日的军人能尽快适应新生活，一些单位热心组织联欢舞会，帮助战士们与地方女青年相识。

摄影 /杨洪祥

▲

1982年春节，年轻军人傅玉行夫妇在工棚里举办婚礼，战友们到场为新人祝福。

摄影 /周顺斌

▲

1982年10月22日凌晨4时许，雨夜里一位深圳打工的老乡带着将要分娩的妻子急匆匆来到部队汽车连求助，时任汽车连指导员的周天麟正准备派车送医院时，孩子急不可待地诞生在连队驻地，故取名叫小军。2008年小军大学毕业后陪父母从外地专程回深圳出生地（八卦岭）看望当年救他的叔叔们。

摄影 /周顺斌

▶

1986年，原基建工程兵19团改编为第三建筑公司后，在营区召开大会，动员干部战士勇当“特区拓荒牛”，为建设深圳贡献青春力量。

摄影 /马树华

▶

1983年9月，原00312部队（302团），集体转业后成建制改为深圳市政工程总公司，后又成为中国人民解放军基建工程兵集体转业深圳后的第一家公众上市公司：天健集团。

摄影 /杨洪祥

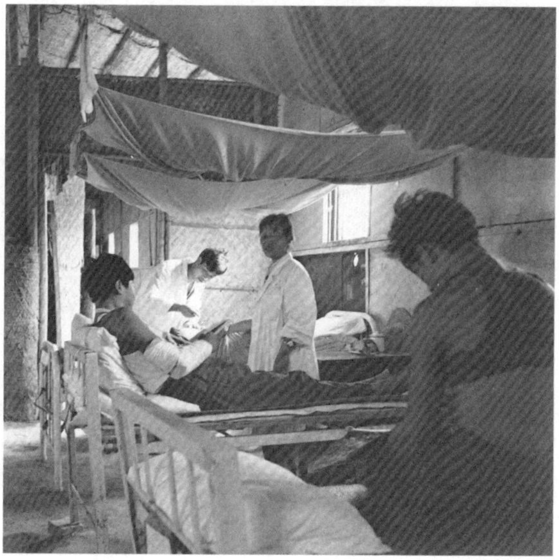

▶

1982年，部队在小山丘上（现市委东面）搭建起的简易的竹棚医院。尽管条件很差，但能及时地为官兵们看病疗伤。

摄影 /周顺斌

▲
春节联欢会上，部队医院的女兵表演小合唱。

摄影 /杨洪祥

▲
1982年底开始，原00312部队（302团后改名为上市公司天健集团）还没有集体转业时就承建了深圳特区第一个机场：南头直升飞机场。

摄影 /杨洪祥

◀
1981-1983年部队上步驻地，现为红荔路北侧深圳市妇儿医院原址。

摄影 /周顺斌

▲

20世纪80年代初建设特区，基建工程兵靠小推车完成工地上大部分运输任务。后来，战士们用小型的混凝土车运输砂浆，工效大为提高。

摄影 /杨洪祥

▲

1983年，基建工程兵参加植树造林活动。

摄影 /杨洪祥

◀

30年前，八卦岭还是一片荒山，装备了重型机械的基建工程兵部在“七通一平”施工中大显身手。

摄影 /杨洪祥

◀

1984年，基建工程兵在深圳上步工业区施工，后来这里成为中国电子第一街——华强北电子一条街。

摄影 /杨洪祥

▶

1982年，还未集体转业脱军装的驻深圳部队干部战士，利用节假日和星期天学雷锋做好事，义务清理铁路线上的垃圾，成为深圳特区的最早的义工。

摄影 /杨洪祥

▶

2008年，天健公司（原基建工程兵302团）承担了深圳地铁的部分施工任务。

来源 /天健集团公司

▶

1983年的南油建设工地，由基建工程兵转业后成立的建筑公司承建。

摄影 /杨洪祥

◀

统建楼（位于深南中路）基础开挖工地，这是深圳早期大楼基础工程中挖孔桩施工现场，施工者是基建工程兵战士。

摄影 /杨洪祥

◀

1996—1999年，深圳湾填海5区，由市东部集团公司负责开发施工，该区面积1.2平方公里，后来改名深圳市高新科技园南区。

摄影 /陈致忠

◀

新洲河河床拓深、挖淤泥，在巨大的挖掘机下面大面积铺上钢板才能顺利进行施工。

摄影 /陈致忠

◀

1990—1992年，福田区新洲河排洪工程，由市东部集团公司负责施工，修好河床，实现通水。

摄影 /陈致忠

◀

2000年11月，莲花山顶的邓小平铜像由市政工程总公司（原基建工程兵302团）负责安装。

来源 /天健集团公司

◀

1982年5月，建设中的深圳直升机场候机楼，该工程由基建工程兵302团（现天健集团）承建。

摄影 /杨洪祥

▶

2004年，建安集团（原基建工程兵802团）承建的深圳机场航站楼。

来源 /建安集团

▶

1998年，深圳机场航站楼由建工集团公司（原基建工程兵304团）承建。

来源 /建工集团公司

北环高速福龙立交桥工程由天健集团公司承建。

来源 /天健集团公司

龙岗中心城成片开发区由天健集团公司负责开发。

来源 /天健集团公司

深圳最受欢迎的文化项目——深圳中心书城由天健集团公司承建。

来源 /天健集团公司

◀

深圳市会展中心机电安装工程由建安集团公司承接完成。

来源 /天健集团公司

▶

深港西部通道侧接线工程由天健集团公司承建，获市政金杯示范工程奖。

摄影 /马树华

▶

1984年，反映基建工程兵建设深圳的摄影作品《升》，荣获第十三届全国摄影艺术展览金牌奖。

摄影 /周顺斌

▲

开发前的福田中心区

摄影 /苏顺清

▲

2020年，面貌一新的福田中心区

摄影 /苏顺清

▲
1985年的深圳老街

摄影 /苏顺清

▲
2020年的深圳老街

摄影 /苏顺清

▲

2014年10月，深圳市拓荒史研究会首届第一次理事会成员合影。第一排左起：邹旭东、陈玉堂、廖成林、梁光伟、时振山、马福元。第二排左起：樊财声、万武杰、杨洪祥、沈远彪、苏顺清、周顺斌、刘坤德、段亚兵、高洪星、丁时照、李映厚、杨定远、应宪。第三排左起：翁翁、石华巍。第四排左起：杨文坤、刘东林、吴立民、聂进良、管家军、陈永林、李美才、杨学书、徐广德、周志明、王木军、武智、刘对现。

◀

基建工程兵之歌雕塑。

摄影 /周顺斌

▲

2019年4月，广东省政协原副主席李统书、深圳市关爱办副主任陈励给“深圳市关爱行动公益基金会·拓荒牛复明基金”发起人授牌。从左至右：童俏、刘坤德、沈远彪、李统书、黄泽孟、陈励、刘海宁（代表）。

摄影 /阳海军

2019年5月15日 星期三 08 深圳晚报

益起来吧

致敬“深圳拓荒牛”关爱行动昨日温暖启动

# 爱如潮水 涌起一座城市的敬意

为致敬“深圳拓荒牛”，弘扬拓荒牛精神，昨日上午，在深圳市关爱行动公益基金会益起来吧演播厅，随着象征拓荒牛精神的火炬一把把点亮，由刘坤德、沈远彪、黄辉能、刘海宁四位爱心人士共捐资60万元发起的深圳市关爱行动公益基金会·拓荒牛复明基金正式成立，致敬拓荒牛关爱行动也温暖启动。

## 基金缘起“深圳拓荒牛”重见光明故事

“拓荒牛复明基金”的成立缘起一位“深圳拓荒牛”重见光明的故事。基金发起人刘坤德曾经是一名基建工程兵，1983年随部队转业到深圳，为深圳的基础建设和住宅建设奉献热血和青春。10多年前，刘坤德突然发现视力越来越模糊，后在深圳知名眼科专家、深圳爱尔眼科医院副院长司马晶的帮助下，诊断出白内障，并通过手术重见光明。

重见光明的喜悦，让刘坤德想到，很多战友如今也慢慢变老，也许会遇到同样的困扰。于是，他下决心要帮助他们。从2011年开始，他每年捐助善款资助基建工程兵战友做复明手术，曾经帮助过他的眼科专家司马晶更是成为这支爱心医疗队的队长，带着爱尔眼科等医院的医生、护士，走进深圳各大社区做眼睛健康检查，为有需要的基建工程兵和其家属做白内障手术，至今已帮助600多位基建工程兵重见光明。

为帮助更多为深圳城市建设作出贡献的“深圳拓荒牛”，今年4月，刘坤德联合战友沈远彪，同爱心人士黄辉能、刘海宁一起，在关爱行动公益基金会设立拓荒牛复明基金，携手深圳爱尔眼科医院，开展“关爱拓荒牛光明行动”，将资助的对象从基建工程兵扩大到1990年12月31日前来深圳的早期建设者，将深入深圳各社区为“深圳拓荒牛”进行眼健康知识宣讲和视力筛查，对患有白内障等眼部疾病的贫困拓荒牛及其家属给予手术资助。

司马晶表示，在关爱基金会和四位发起人的支持下，援助行动将更加规范，资助的范围也将更广泛。深圳爱尔眼科医院将竭尽全力，继续用专业、责任、爱心回报社会，全心全意造福眼疾患者，为防盲治盲公益事业贡献力量。

1982年来到深圳的退伍基建工程老兵黄永明很幸运地成为了接受援助的老兵之一，在深圳爱尔眼科医院接受了免费的白内障复明手术。“在我的古稀之年，依然有这么多爱心人士能够记得我们，关怀我们，我心里十分感动。愿这份爱心可以在这座美丽的城市永远传递。”黄永明说。

▲启动仪式。

◀刘坤德、沈远彪、黄辉能、刘海宁四位爱心人士共捐资60万元发起深圳市关爱行动公益基金会·拓荒牛复明基金。

## 关爱行动倡议得到社会各界响应

致敬拓荒牛关爱行动的倡议得到了深圳社会各界的响应，更激发了这座城市对“深圳拓荒牛”的敬意和感恩。许多爱心企业、爱心人士纷纷捐款，加入关爱拓荒牛的行动中。截至5月14日17时，该基金已累计筹款103.1万元。

沈远彪是拓荒牛复明基金的第一个响应者。作为早期来深参与建设的基建工程兵，他以埋头苦干、任劳任怨和开拓创新的拓荒牛精神获得了事业上的成功，如今又以大爱的精神投身关爱拓荒牛的公益行动。他曾多次捐款关爱“深圳拓荒牛”，这次又积极参与拓荒牛复明基金的发起。他表示，深圳的关爱和公益事业需要开拓，他愿意为发展公益事业再做一次拓荒牛，推动深圳关爱行动和公益事业的发展。

活动现场，深圳美容行业发展促进会的会长单位、爱心企业广东艾美集团为基金捐赠22万元，用于帮助100位来深建设者进行白内障复明手术。艾美集团总经理马全超表示，应承担起企业和行业共同的社会责任，为关爱“深圳拓荒牛”尽一份绵薄之力。当天，深圳美容行业发展促进会副会长和理事也来到现场，表示将在深圳美容行业发起关爱拓荒牛的公益行动。

此外，深圳市今生有缘健康科技有限公司捐赠了3万元。公司总经理曾炜棋表示，深圳是一座爱心之城，希望回报社会的初心能感染更多爱心企业和人士帮助“深圳拓荒牛”。作为启动仪式的承办单位，未来派公司“90后”员工也纷纷为项目捐款，表示要传承深圳老一辈拓荒牛精神。

## 致敬行动 让拓荒精神薪火相传

启动仪式上，由深圳市关爱办、关爱行动公益基金会联合深圳报业集团深圳晚报主办的“致敬拓荒牛关爱行动”启动，除了“关爱拓荒牛光明行动”，还将陆续推出“分享荣光——与拓荒牛一起看深圳”“薪火相传——拓荒牛精神公益传播行动”“深圳有爱——致敬礼包温暖行动”“情暖拓荒牛——关爱拓荒牛新春行动”等系列关爱项目。

在启动仪式上，市老领导吴井田现场决定捐出10本由深圳市老领导厉有为主编的画册《孺子牛》，深圳市拓荒牛史研究会常务副会长段亚兵也响应决定捐出10本他撰写的《深圳拓荒纪实》。刘坤德表示，把凝聚着“深圳拓荒牛”精神财富的书籍赠送给“90后”年轻人，希望拓荒牛精神代代相传，成为推动深圳发展的精神力量。市老领导刘秋森现场和战友们同聚一堂，回忆起当年的经历有感而发，邀请老战友、老同事一起合唱《没有共产党就没有新中国》，在热烈的氛围中，歌声飘满整个会场。

省老领导、深圳市关爱行动公益基金会创会理事长李统书表示，深圳是一座因为关爱行动而备受尊重的城市，关爱基金会为了推动深圳关爱行动应运而生。基金会成立8年，先后发起了关爱环卫工、关爱劳务工、关爱地下建筑工人等一系列致敬城市建设者的关爱行动，为深圳建设关爱之城作出贡献。致敬拓荒牛关爱行动的发起，再次传递当年“开拓创新、团结奉献”的深圳精神和“关爱、感恩、回报”的公益情怀。希望更多爱心市民，加入这场关爱行动，让深圳的拓荒牛精神薪火相传，成为深圳这座城市发展的不竭动力。

（阳海军）

▲扫码进入“深圳市关爱行动公益基金会”微信公众号。

▲扫码进入“关爱基金会·益起来吧传播基金”。

▶

2019年5月18日刊载“致敬拓荒牛”关爱行动新闻报道的《深圳晚报》

▲

2014年2月25日，《深圳拓荒人》作者段亚兵、《这支队伍》作者周顺斌，以及两本书的策划和出资人刘坤德在深圳报业集团大厦贵宾厅举办新书首发暨赠书仪式。

摄影 /周顺斌

▲

2014年5月22日，在深圳市福田区华强酒店，23名原基建工程兵战士合影留念。照片中的23位老战士，是两万基建工程兵的优秀代表。

摄影 /杨洪祥 陈远忠

# 第五辑

# 军人血性

# 军人的敢想敢干，成就华为的辉煌

段亚兵

▲

任正非（照片由本文作者提供）

深圳两万基建工程兵战友中，下海创办企业最成功的，要数任正非。

1987年，任正非拿出自己的转业费几千块钱，和几位股东凑了21000块钱，创办了华为公司。28年后的2015年，华为的销售收入为608亿美元（约合人民币3950亿人民币）。相比较，中国网络三巨头公司BAT——百度(Baidu)、阿里巴巴(Alibaba)、腾讯(Tencent)，3家公司2015年总营业收入合计还不到人民币2500亿元。

如今的华为已经是世界500强企业。自2010年，华为首次杀入世界500强以来，华为的全球排名从397位提升至222位，平均每年提升44个排位。华为计划2020年销售收入要超过1500亿美元（约合1万亿人民币）。如果实现了这个销售目标，华为就将进入全球前100强企业。

有战友告诉我：“基建工程兵主任李人林生前在听到任正非创办华为取得骄人成绩时，高兴地说了这么一句话，‘中国军队可能少了一个将军，国家多了一个著名企业家’。”

这像是一个神话，任正非是怎么做到的呢？

## 任正非是部队里顶尖的技术人才

在相当长的时间里，任正非为人非常低调，从不接触新闻媒体，对自己在部队工作的经历更是讳莫如深，从不详细说这一段历史。因此，任正非显得十分神秘。就连深圳的多数战友都不知道他曾经是基建工程兵的一员。

2013年，深圳按照北京兵种基建工程兵兵史编委会的要求开始修兵史时，我们曾经请任正非提供自己的简历，经过多次催促，最后华为公司人事部门给了我们一个非常简单的任正非简历。简历中说：“任正非原系基建工程兵第21支队208团技术干部，后调基建工程兵第四技术学校任讲师……”当年的基建工程兵21支队，集体转业后改编为中国建筑第八工程局有限公司（简称中建八局），作为一家实力雄厚的国家级央企建筑队伍，如今在国内外许多地方承建大型工程，在国际建筑业中享有盛誉。而曾经是21支队的任正非，为什么没有留在中建八局而到了深圳呢？

据熟悉他的战友说，当基建工程兵部队撤销的消息传开后，任正非一段时间里对前途感到茫然。他到北京找到兵种主任李人林问下一步怎么办好？李主任给他指了一条路子：去深圳吧。深圳是中国第一个经济特区，是一块创业的热土，到那里会大有作为。领导的话任正非听进去了，于是他单独来到了深圳。

由于任正非是自己单独调来深圳的，因此他没有留在两个师改编的深圳特区建设公司里，而是被分配到南油集团公司属下的一家名为南海石油后勤服务公司工作，任公司经理。他在这个单位工作并不顺利，经常挨批评，心情比较苦闷。有一次公司做生意遇到骗子，被骗走了200万元货款，公司陷入绝境。任正非找上级公司请求拨给一些经费用来打官司。上级领导很生气，拒绝拨经费，让他自己想办法把钱追回来。任正非实在没有办法干下去了，就找了几个合伙人，凑了21000块钱（其中有任正非的转业费3000元），成立华为公司，开始创业。

华为公司脱颖而出后，人们开始研究任正非能够取得成功的原因，原因有许多条，可以从主客观两个方面做一些简单的分析。从主观方面说，任正非在基建工程兵部队中成长起来，成为一名成绩非常突出的科技尖子人才。由于是名人，战友们喜欢讲述、议论他过去的故事。笔者多年里一直在跟踪研究任正非的事迹，因此收集到许多关于他的小故事。

任正非1963年就读于重庆大学建筑工程学院暖通工程专业。毕业后分配到一家建筑工程单位工作。1974年，中国从法国引进了辽阳化纤总厂。这是新中国成立后我国引进的最大化工项目，投资超过了30亿元。基建工程兵21支队承担了该项大型化纤总厂的建设安装任务，需要大量的技术骨干。因此任正非应征入伍成为基建工程兵的一员，参加辽化工程的建设任务。

任正非在钻研技术上有一股狠劲，攻克了一些技术难关。例如，在建设辽化项目时，他研发的“空气压力天平”成果，解决了焊接大型合金管道的测试难点，填补了我国一项技术空白。对此，中央人民广播电台、《解放军报》头版都进行了报道，连法国专家都表示佩服。任正非在部队历任技术员、工程师、通讯研究所副所长。基建工程兵兵种主任李人林十分器重任正非，据说部队设立副团职级别的技术干部，就是从任正非开始的。

▲

任正非在基建工程兵部队期间就是全军科学技术标兵。

由于任正非的研究工作成绩十分突出，1978年3月，部队选择他出席了全国科学大会，当年他33岁，是参加会议的6000人中最年轻的代表之一；1982年9月，任正非参加了中共第十二次全国代表大会，这是极其难得的政治荣誉。当时的基建工程兵正在鼎盛时期，队伍有近50万人。但是部队中参加过这两个重要会议的人凤毛麟角，由此可以看到，任正非当时在部队已是一名十分出色的技术尖子。杨洪祥的《筑·迹》新闻图片集中收有一幅任正非在部队研究所的一幅照片。当年任正非风华正茂的形象、专注研究的神态，令人印象深刻。

## 深圳是任正非创业的福地

从客观原因讲，任正非有条件创业并创业成功，是因为他来到了深圳。深圳有全中国最好的创业环境，像人们所说的，“深圳是一块创业的热土”。

先说允许创业的条件。任正非创办公司是1987年，当时国家工商管理部门只允许登记办个体户，还不允许注册民营公司。然而这一年深圳市下发了一个《关于鼓励科技人员兴办民间科技企业的暂行规定》文件，为想要自己创业的科技人员提供了创业的条件。这个文件就是后来任正非介绍创办华为公司过程时多次提到的“红头文件”，是华为公司的“出生证”。如果任正非没有到深圳来，根本就没有条件创办民营科技公司，也就谈不上后来华为公司迅速发展威震四方了。

再说有利于企业创业成长的优良环境。深圳作为经济特区，有许多有利企业发展的条件。比如说，毗邻港澳，国际市场近在咫尺；拥有航空港、海港、铁路、公路等四种对外口岸，这种条件在我国是唯一的城市，交通便利，与国外市场交往非常方便；做为经济特区，在很长一段时间里实行优惠税收政策；等等。而在这些有利条件之外，还有政府管理方式的关键因素。深圳市的领导眼光比较远，很早就提出了“按国际规则打篮球”，也就是按照国际规则办事的原则。尊重法治精神，重视按照市场规则管理经济活动，对企业的发展一般不予干涉。这对企业的成长发展至关重要。否则就很难解释，为什么深圳的经济会发展得这样好、高科技企业会这样多。

华为公司是从通讯行业起步的。20世纪80年代初期，中国在通讯方面最有希望发展起来的公司是巨龙通信、大唐电信、中兴通讯、华为，被称之为“巨大中华”。最后同在深圳发展的华为和中兴通讯双双胜出，是不是也可以说明深圳具有独特、良好的创业环境呢？

具体到华为公司，深圳的创业环境自然也给它带来了很多好处。只举一两个例子：任正非最早是在南头(后来的南山区)一家简陋的厂房里开始创业的。最早的业务是为香港一家通讯公司做来料加工的业务，如果没有距离和交通上的便利，恐怕不容易找到这样的创业机会。后来华为发展起来后，深圳龙岗区在坂田给公司划了一片很大的工业用地，建起了如今世界有名的华为工业区。

华为创业的路子异常艰苦，任正非在创业过程中所受到的压力和折磨是常人难以想象的。写华为创业过程的书很多，笔者也曾写过这一类的文章，在《创造中国第一的深圳人》中写了一篇《冬天里的华为》；《深圳拓荒人》中写了任正非战友的故事，有兴趣的人可以看看。

## 任正非用军队的一套办法管理企业

如今的华为已经成为一个国际著名的大企业。在它开拓国际市场的过程中，克服了数不清的困难。而相比之下，开拓美国市场是最难的，华为吃了很大的苦头。为阻止华为进入美国市场，美国人找了许多理由。最可笑的是拿任正非曾经是军人这件事大做文章，散布流言蜚语说任正非有军方背景，华为到美国发展通讯业务会给美国的国家安全造成威胁云云。

关于这个问题，曾经在美国国会发生过一个精彩的插曲。2012年2月，美国华盛顿国会山国会大厅里，进行了一场特别的听证会。听证会上一些戴着偏见有色眼镜的议员们向在会上答辩的华为副董事长胡厚崑提出了许许多多的问题。其中有一位议员问："请问，任正非是不是中共党员？"胡厚崑回答说："是的，正像美国一些企业家是民主党或共和党党员一样……"（台下一片善意的笑声）；又有一位议员问："请问，任正非以前是不是中国军队的军官？"胡厚崑回答："没错，正像美国很多企业的老板一样，他们也在美国军队服过役一样……"（又是一片笑声）。

任正非当过兵的经历，给华为进入美国市场带来一些障碍，任正非为此感到苦恼。2013年，深圳基建工程兵修兵史工作开始时，曾经请任正非提供一些个人的资料。华为公司有关部门提供了一份任正非的简历。其中说到任正非在部队任职"研究所副所长"这个职务时，特意注明："技术副团级，未获军衔"。实际上，在基建工程兵存在期间，中国人民解放军没有实行军衔制。任正非"未获军衔"这件事不需要特别说明，估计在个人简历中特意注明这一点是给美国人看的。

任正非真不容易！

笔者作为基建工程兵的战友，对任正非的一切很感兴趣，曾经大量阅读过关于他的资料。从笔者的研究中能够看出来，虽然任正非经常会淡化自己曾经在部队工作的经历，但他确实是一名军人。他过去在基建工程兵中的光荣经历记录在许多新闻媒体上，而且他管理企业的很多思想实际上来自军事理论。军队工作的阅历在他身上打下了深深的烙印。

可以随便举几个例子：

在企业内部管理中强调一切行动听指挥。

有一次华为召开座谈会，有一名员工向任正非提问："军人生涯对你最大的影响是什么?"任正非答道："服从。"军队作为一个军事战斗组织，令行禁止、步调一致肯定是首要的组织管理原则。因此，中国军队"三大纪律八项注意"第一条就是"一切行动听指挥"；作为战士，自然要强调"军人以服从命令为天职"。

从某个角度说，任正非将管理军队的一套办法，运用到了企业管理上。从华为公司统一意志、团队精神、严密组织、铁的纪律、主动进攻、永不服输等许多管理制度和企业文化方面都能看到军队理论的影响。

在开拓国际市场中娴熟地应用"农村包围城市"的理论。

中国的通讯市场是最早向世界开放的领域之一。20世纪80年代初期，几乎世界上所有的通信企业巨头都来到中国，抢占这块全球最大的市场。当时世界上最强的通讯公司都进入中国，其中包括美国AT&T、加拿大北电、瑞典爱立信、德国西门子、比利时贝尔、法国阿尔卡特，以及日本的NEC和富士通，当时被称之为"七国八制"。华为公司1987年诞生时，竞争的对手就是这些世界强手。

由于被大鳄们包围的生长环境十分恶劣，逼得华为不得不走出国门，到通信巨头们看不上的偏僻贫穷国家去发展自己的市场地盘。在这方面，任正非应用了"农村包围城市"的理论，华为"让开城市，占领农村"，到偏僻的国家和地区发展业务；等到慢慢地积蓄起了力量，才开始向欧洲、日本、美国等市场进军。

在技术研发上，严格执行"集中优势兵力打歼灭战"的原则。

华为公司突破口选择在通讯技术上，这是任正非对华为公司制定的战略发展方向。2015年1月22日，任正非在参加瑞士达沃斯举行的世界经济论坛年会时接受了新华社记者的采访。他说："华为坚定不移28年只对准通信领域这个'城墙口'冲锋。华为只有几十人的时候就对着一个'城墙口'进攻，几百人、几万人的时候也是对着这个'城墙口'进攻，现在十几万人还是对着这个'城墙口'冲锋……最终在大数据传送上我们领先了世界。"

任正非讲的就是"集中力量打歼灭战"的军事理论在企业发展战略上的应用。他认为："在成功的关键因素和选定的战略生长点上，以超过主要竞争对手的强度配置资源，要么不做，要做，就集中人力、物力和财力，实现重点突破。"华为在技术研发方面投入的资金占其销售额的10%以上。2015年，华为的研发投入达到92亿美元，比例更是高达销售额的15%。在中国企业中，华为在科研上的投入数可能是最高的。华为每年申请的专利数，在中国企业上也是数一数二的。按照国家有关部门公布的每年企业登记的专利数，其第一、第二名，不是华为就是中兴通讯。2009年，世界知识产权组织公布的数据显示，华为公司2008年专利合作条约申请数达到1737件，首次成为全球第一大国际专利申请公司，结束了飞利浦公司连续10年的霸主地位。

## 华为不断超越对手

任正非将中国军队的军事理论应用于企业管理中，取得了极大的成功。在20多年的时间里，一个一个地超越了对手。

2005年，美国《时代周刊》评选本年度"全球100名最具影响力的人物榜"时，任正非榜上有名。

2008年12月，美国商业周刊介绍10家"全球最具影响力的公司"，其中有华为公司。

2009年6月，在中国百家软件企业评选中，华为连续 8 年名列榜首。

2009年12月，国际著名财经杂志《福布斯》中文版在上海发布"最受国际尊重的中国内地企业家"10人榜单上，任正非居首位。

也是这一年，在北京举办的2009中国CEO年会上，评出了 "2009最具创新力公司30强榜"。华为以创新力指数138．681分夺得榜首。

2010年2月16日，在西班牙巴塞罗那举行的世界移动通信大会上，华为获得了在业界享有最高荣誉的“全球移动大奖”中的“最佳业务分发平台奖（SDP）”。成为该年唯一获奖的中国企业。

2010年2月，美国著名商业杂志*Fast Company*评选出2010年全球最具创新力公司结果揭晓，Facebook、亚马逊、苹果、谷歌、华为名列前五名。

2012年，华为终于超过原来排名第一的瑞典爱立信公司，成为世界通信企业的第一名。

2016年6月，任正非出席了全国科技创新大会。会上任正非发言说，华为感到“前途茫茫，找不到方向……”。

在比赛场上，争夺冠军是每一个参赛者的最高愿望。华为实现这个愿望后，任正非为什么会说这样的话呢？这是因为在赛场上奔跑的第一名和第二名，选择前面道路的情况完全不同。作为第二名可以追赶着第一名跑，前面的路已经被第一名选择好了（选择正确的路线当然要花很多钱）；但是当了第一名后，前面的路就要靠自己来摸索。

如今的华为好像来到了一片渺无人烟的荒野里，东南西北四个方向要由你来选择。选择新方向的成本，比跟着别人跑不知要高多少倍。更何况，你选择的新方向有可能背离主流市场，你花费巨额成本研究出的许多新技术不一定会被市场接受。如果方向选错了，跑得越快，与主流市场距离越远，企业不可避免会走向衰落，甚至轰然倒塌。这也许就是有一本写华为的书，标题《下一个倒下的会不会是华为？》如此耸人听闻的原因吧。

原来的华为是追赶者，跟着前面的对手跑，是有方向的。但是在超过所有对手以后，华为突然发现，自己进入了无人区，事事要靠自己摸索，想继续前进，成本极高、难度极大。对此，任正非说华为“创立引导理论的责任已经到来……”

尽管创新有很多不确定的因素，但是想要实现新的突破仍然要靠创新。这是唯一的办法。华为的新征程开始了。

写于2016年

# 华为的冬天

任正非

公司所有员工是否考虑过，如果有一天，公司销售额下滑、利润下滑甚至会破产，我们怎么办？我们公司的太平时间太长了，在和平时期升的官太多了，这也许就是我们的灾难。泰坦尼克号也是在一片欢呼声中出的海。而且我相信，这一天一定会到来。面对这样的未来，我们怎样来处理，我们是不是思考过。我们好多员工盲目自豪，盲目乐观，如果想过的人太少，也许就快来临了。居安思危，不是危言耸听。

我到德国考察时，看到第二次世界大战后德国恢复得这么快，当时很感动。他们当时的工人团结起来，提出要降工资，不增工资，从而加快经济建设，所以战后德国经济增长很快。如果华为公司真的危机到来了，是不是员工工资减一半，大家靠一点白菜、南瓜过日子，就能行？或者我们就裁掉一半人是否就能救公司。如果是这样就行的话，危险就不危险了。因为，危险一过去，我们可以逐步将工资补回来，或者销售增长，将被迫裁掉的人请回来。这算不了什么危机。如果两者同时都进行，都不能挽救公司，想过没有。

十年来我天天思考的都是失败，对成功视而不见，也没有什么荣誉感、自豪感，而是危机感。也许是这样才存活了十年。我们大家要一起来想，怎样才能活下去，也许才能存活得久一些。失败这一天是一定会到来，大家要准备迎接，这是我从不动摇的看法，这是历史规律。

华为公司老喊狼来了，喊多了，大家有些不信了。但狼真的会来了。今年我们要广泛展开对危机的讨论，讨论华为有什么危机，你的部门有什么危机，你的科室有什么危机，你的流程的哪一点有什么危机。还能改进吗？还能提高人均效益吗？如果讨论清楚了，那我们可能就不死，就延续了我们的生命。怎样提高管理效率，我们每年都写了一些管理要点，这些要点能不能对你的工作有些改进，如果改进一点，我们就前进了。

## 一、均衡发展，就是抓短的一块木板

我们怎样才能活下来。同志们，你们要想一想，如果每一年你们的人均产量增加15%，你可能仅仅保持住工资不变或者还可能略略下降。电子产品价格下降幅度一年还不止15%吧。我们卖的越来越多，而利润却越来越少，如果我们不多干一点，我们可能保不住今天，更别说涨工资。不能靠没完没了的加班，所以一定要改进我们的管理。

在管理改进中，一定要强调改进我们木板最短的那一块。各部门、各科室、各流程主要领导都要抓薄弱环节。要坚持均衡发展，不断地强化以流程型和时效型为主导的管理体系的建设，在符合公司整体核心竞争力提升的条件下，不断优化你的工作，提高贡献率。

全公司一定要建立起统一的价值评价体系，统一的考评体系，才能使人员在内部流动和平衡成为可能。比如有人说我搞研发创新很厉害，但创新的价值如何体现，创新必须通过转化变成商品，才能产生价值。我们重视技术、重视营销，这一点我并不反对，但每一个链条都是很重要的。研发相对用服来说，同等级别的一个用服工程师可能要比研发人员综合处理能力还强一些。所以如果我们对售后服务体系不给认同，那么这体系就永远不是由优秀的人来组成的。不是由优秀的人来组织，就是高成本的组织。因为他飞过去修机器，去一趟修不好，又飞过去修不好，又飞过去又修不好。我们把工资全都赞助给民航了。如果我们一次就能修好，甚至根本不用过去，用远程指导就能修好，我们将省多少成本啊！因此，我们要强调均衡发展，不能老是强调某一方面。

## 二、对事负责制与对人负责制是有本质区别的

一个是扩张体系，一个是收敛体系。

为什么我们要强调以流程型和时效型为主导的体系呢？现在流程上运作的干部，他们还习惯于事事都请示上级。这是错的，已经有规定，或者成为惯例的东西，不必请示，应快速让它通过去。执行流程的人，是对事情负责，这就是对事负责制。事事请示，就是对人负责制，它是收敛的。我们要减化不必要确认的东西，要减少在管理中不必要、不重要的环节，否则公司怎么能高效运行呢？现在我们机关有相当的部门以及相当的编制，在制造垃圾，然后这些垃圾又进入分捡、清理，制造一些人的工作机会。制造这些复杂的文件，搞了一些复杂的程序以及不必要的报表、文件，来养活一些不必要养活的机关干部，机关干部是不能产生增值行为的。我们一定要在监控有效的条件下，尽力精简机关。

市场部机关是无能的。每天的纸片如雪花一样飞啊，每天都向办事处要报表，今天要这个报表，明天要那个报表，这是无能的机关干部。办事处每一个月把所有的数据填一个表，放到数据库里，机关要数据就到数据库里找。从明天开始，市场部把多余的干部组成一个数据库小组，所有数据只能向这个小组要，不能向办事处要，办事处一定要给机关打分，你们不要给他们打那么好的分，让他们吃一点亏，否则他们不会明白这个道理，就不会服务于你们，使你作战有力。

在本职工作中，我们一定要敢于负责任，使流程速度加快，对明哲保身的人一定要清除。华为给了员工很好的利益，于是有人说千万不要丢了这个位子，千万不要丢掉这个利益。凡是要保自己利益的人，要免除他的职务，他已经是变革的绊脚石。在去年的一年里，如果没有改进行为的，甚至一次错误也没犯过，工作也没有改进的，是不是可以就地免除他的职务。他的部门的人均效益没提高，他这个科长就不能当了。他说他也没有犯错啊，没犯错就可以当干部吗？有些人没犯过一次错误，因为他一件事情都没做。而有些人在工作中犯了一些错误，但他管理的部门人均效益提升很大，我认为这种干部就要用。对既没犯过错

误，又没有改进的干部可以就地免职。

### 三、自我批判，是思想、品德、素质、技能创新的优良工具

我们一定要推行以自我批判为中心的组织改造和优化活动。自我批判不是为批判而批判，也不是为全面否定而批判，而是为优化和建设而批判。总的目标是要提升公司整体核心竞争力。

为什么要强调自我批判？我们倡导自我批判，但不提倡相互批评，因为批评不好把握适度，如果批判火药味很浓，就容易造成队伍之间的矛盾。而自己批判自己呢，人们不会自己下猛力，对自己都会手下留情。即使用鸡毛掸子轻轻打一下，也比不打好，多打几年，你就会百炼成钢了。自我批判不光是个人进行自我批判，组织也要对自己进行自我批判。通过自我批判，各级骨干要努力塑造自己，逐步走向职业化、走向国际化。公司认为自我批判是个人进步的好方法，还不能掌握这个武器的员工，希望各级部门不要对他们再提拔了。两年后，还不能掌握和使用这个武器的干部要降低使用。在职在位的干部要奋斗不息、进取不止。

干部要有敬业精神、献身精神、责任心、使命感。我们对普通员工不作献身精神要求，他们应该对自己付出的劳动取得合理报酬。只对有献身精神的员工作要求，将他们培养成干部。另外，我们对高级干部实行严要求，不对一般干部实施严要求。因为都实施严要求，我们管理成本就太高了。因为管他也要花钱的呀，不打粮食的事我们要少干。因此我们对不同级别的干部有不同的要求，凡是不能使用自我批判这个武器的干部都不能提拔。

自我批判从高级干部开始，高级干部每年都有民主生活会，民主生活会上提的问题是非常尖锐的。有人听了以后认为公司内部斗争真激烈，你看他们说起问题来很尖锐，但是说完他们不又握着手打仗去了吗？我希望这种精神一直能往下传，下面也要有民主生活会，一定要相互提意见，相互提意见时一定要和风细雨。我认为，批评别人应该是请客吃饭，应该是绘画、绣花，要温良恭让。一定不要把内部的民主生活会变成了有火药味的会议，高级干部尖锐一些，是他们素

质高，越到基层应越温和。事情不能指望一次说完，一年不行，两年也可以，三年进步也不迟。我希望各级干部在组织自我批判的民主生活会议上，千万要把握尺度。我认为人是怕痛的，太痛了也不太好，像绘画、绣花一样，细细致致地帮人家分析他的缺点，提出改进措施来，和风细雨式最好。

## 四、任职资格及虚拟利润法是推进公司合理评价干部的有序、有效的制度

我们要坚定不移地继续推行任职资格管理制度。只有这样才能改变过去的评价蒙估状态。才会使有贡献、有责任心的人尽快成长起来。激励机制要有利于公司核心竞争力战略的全面展开，也要有利于近期核心竞争力的不断增长。

干部要有敬业精神、献身精神、责任心和使命感。区别一个干部是不是一个好干部，是不是忠臣，标准有四个。第一，你有没有敬业精神，对工作是否认真，改进了，还能改进吗？还能再改进吗？这就是你的工作敬业精神。第二，你有没有献身精神，不要斤斤计较，我们的价值评价体系不可能做到绝对公平。如果用曹冲称象的方法来进行任职资格来评价的话，那肯定是公平的。但如果用精密天平来评价，那肯定公平不了。我们要想做到绝对公平是不可能的。我认为献身精神是考核干部的一个很重要因素。一个干部如果过于斤斤计较，这个干部绝对做不好，你手下有很多兵，你自私、斤斤计较，你的手下能和你合作很好吗？没有献身精神的人不要做干部，做干部的一定要有献身精神。第三点和第四点，就是要有责任心和使命感。我们的员工是不是都有责任心和使命感？如果没有责任心和使命感，为什么还想要当干部。如果你觉得还是你有一点责任心和使命感的，赶快改进，否则最终还是要把你免下去的。

## 五、不盲目创新，才能缩小庞大的机关

庙小一点，方丈减几个，和尚少一点，机关的改革就是这样。总的原则是我们一定要压缩机关，为什么？因为我们建设了IT。为什么要建设IT？道路设计时要博士，炼钢制轨要硕士，铺路要本科生。但是道路修好了扳岔道就不要这么高

的学历了，否则谁也坐不起这个火车。因此当我们公司组织体系和流程体系建设起来的时候，就不要这么多的高级别干部，方丈就少了。

我们要坚持“小改进，大奖励”。“小改进，大奖励”是我们长期坚持不懈的改良方针。应在小改进的基础上，不断归纳，综合分析。研究其与公司总体目标流程的符合，与周边流程的和谐，要简化、优化、再固化。这个流程是否先进，要以贡献率的提高来评价。我年轻时就知道华罗庚的一句话，“神奇化易是坦途，易化神奇不足提”。我们有些员工，交给他一件事，他能干出十件事来，这种创新就不需要，是无能的表现。这是制造垃圾，这类员工要降低使用。所以今年有很多变革项目，但每个变革项目都要以贡献率来考核。既要实现高速增长，又要同时展开各项管理变革，错综复杂，步履艰难，任重而道远。各级干部要有崇高的使命感和责任意识，要热烈而镇定，紧张而有秩序。“治大国如烹小鲜”，我们做任何小事情都要小心谨慎，不要随意把流程破坏了，发生连锁错误。

## 六、规范化管理本身已含监控它的目的是有效、快速的服务业务需要

我们要继续坚持业务为主导，会计为监督的宏观管理方法与体系的建设。什么叫业务为主导，就是要敢于创造和引导需求，取得“机会窗”的利润。也要善于抓住机会，缩小差距，使公司同步于世界而得以生存。什么叫会计为监督，就是为保障业务实现提供规范化的财经服务，规范化就可以快捷、准确和有序，使帐务维护成本低。规范化是一把筛子，在服务的过程中也完成了监督。要把服务与监控融进全流程。我们也要推行逆向审计，追溯责任，从中发现优秀的干部，铲除沉淀层。

## 七、面对变革要有一颗平常心，要有承受变革的心理素质

我们要以正确的心态面对变革。什么是变革？就是利益的重新分配。利益重新分配是大事，不是小事。这时候必须有一个强有力的管理机构，才能进行利益的重新分配，改革才能运行。在改革的过程中，从利益分配的旧平衡逐步走向新

的利益分配平衡。这种平衡的循环过程，是促使企业核心竞争力提升与效益增长的必须。但利益分配永远是不平衡的。我们在进行岗位变革也是有利益重新分配的，比如大方丈变成了小方丈，你的庙被拆除了，不管叫什么，都要有一个正确的心态来对待。如果没有一个正确的心态，我们的改革是不可以成功的，不可能被接受的。特别是随着IT体系的逐步建成，以前的多层行政传递与管理的体系将更加扁平化。伴随中间层的消失，一大批干部将成为富余，各大部门要将富余的干部及时输送至新的工作岗位上去，及时地疏导，才会避免以后的过度裁员。我在美国时，在和IBM、Cisco、Lucent等几个大公司领导讨论问题时谈到，IT是什么？他们说，IT就是裁员、裁员、再裁员。以电子流来替代人工的操作，以降低运作成本，增强企业竞争力。我们也将面临这个问题。伴随着IPD、ISC、财务四统一、支撑IT的网络等逐步铺开和建立，中间层消失。我们预计我们大量裁掉干部的时间大约在2003年或2004年。

今天要看到这个局面，我们现在正在扩张，还有许多新岗位，大家要赶快去占领这些新岗位，以免被裁掉。不管是对干部还是普通员工，裁员都是不可避免的。我们从来没有承诺过，像日本一样执行终身雇佣制。我们公司从创建开始就是强调来去自由。内部流动是很重要的，当然这个流动有升有降，只要公司的核心竞争力提升了，个人的升、降又何妨呢？“不以物喜，不以己悲”。因此今天来说，我们各级部门真正关怀干部，就不是保住他，而是要疏导他，疏导出去。

## 八、模板化是所有员工快速管理进步的法宝

一个新员工，看懂模板，会按模板来做，就已经国际化、职业化，现在的文化程度，三个月就掌握了。而这个模板是前人摸索几十年才摸索出来的，你不必再去摸索。各流程管理部门、合理化管理部门，要善于引导各类已经优化的、已经证实行之有效的工作模板化。清晰流程，重复运行的流程，工作一定要模板化。一项工作达到同样绩效，少用工，又少用时间，这才说明管理进步了。我们认为，抓住主要的模板建设，又使相关的模板的流程连结起来，才会使IT成为现

实。在这个问题，我们要加强建设。

## 九、华为的危机，以及萎缩、破产是一定会到来的

现在是春天吧，但冬天已经不远了，我们在春天与夏天要念着冬天的问题。IT业的冬天对别的公司来说不一定是冬天，而对华为可能是冬天。华为的冬天可能来得更冷，更冷一些。我们还太嫩，我们公司经过十年的顺利发展没有经历过挫折，不经过挫折，就不知道如何走向正确道路。磨难是一笔财富，而我们没有经过磨难，这是我们最大的弱点。我们完全没有适应不发展的心理准备与技能准备。

危机的到来是不知不觉地，我认为所有的员工都不能站在自己的角度立场想问题。如果说你们没有宽广的胸怀，就不可能正确对待变革。如果你不能正确对待变革，抵制变革，公司就会死亡。在这个过程中，大家一方面要努力地提升自己，一方面要与同志们团结好，提高组织效率，并把自己的好干部送到别的部门去，使自己部下有提升的机会。你减少了编制，避免了裁员、压缩。在改革过程中，很多变革总会触动某些员工的一些利益和矛盾，希望大家不要发牢骚，说怪话，特别是我们的干部要自律，不要传播小道消息。

## 十、安安静静地应对外界议论

对待媒体的态度，希望全体员工都要低调，因为我们不是上市公司，所以我们不需要公示社会。我们主要是对政府负责任，对企业的有效运行负责任。对政府的责任就是遵纪守法，我们去年交给国家的增值税、所得税是18个亿，关税是9个亿，加起来一共是27个亿。估计我们今年在税收方面可能再增加百分之七八十，可能要给国家交到40多个亿。我们已经对社会负责了。媒体有他们自己的运作规律，我们不要去参与，我们有的员工到网上的辩论，是帮公司的倒忙。

我想，每个员工都要把精力用到本职工作上去，只有本职工作做好了才能为你提高带来更大的效益。国家的事由国家管，政府的事由政府管，社会的事由社

会管，我们只要做一个遵纪守法的公民，就完成了我们对社会的责任。只有这样我们公司才能安全、稳定。不管遇到任何问题，我们的员工都要坚定不移地保持安静，听党的话，跟党走。严格自律，不该说的话不要乱说。特别是干部要管好自己的家属。我们华为人都是非常有礼仪的人。当社会上根本认不出你是华为人的时候，你就是华为人；当这个社会认出你是华为人的时候，你就不是华为人，因为你的修炼还不到家。

沉舟侧畔千帆过，病树前头万木春。网络股的暴跌，必将对二三年后的建设预期产生影响，那时制造业就惯性进入了收缩。眼前的繁荣是前几年网络股大涨的惯性结果。记住一句话："物极必反"，这一场网络设备供应的冬天，也会像它热得人们不理解一样，冷得出奇。没有预见，没有预防，就会冻死。那时，谁有棉衣，谁就活下来了。

数字不是全部，精彩才是人生！

2001年3月

# 非常经历：勇挑深圳早期建筑的历史重任

吴书领

## 奉命南下深圳

1980年10月，我在基建工程兵一支队二团四营十五连（驻辽宁省鞍山市）技术员任上接到命令，让我到一支队深圳指挥所报到。我登上南下的列车，途经河南时，我在郑州南边的漯河车站下车，回家乡周口停留几天，看望了还有两个多月临产的妻子。又于10月28日寒冷的凌晨，在周口至漯河的公路边上搭乘一辆拉煤的汽车到漯河乘火车继续南下，29日下午两点到达深圳。

从鞍山出发的时候，一支队总工程师张之书找我谈话，大概意思至今我还能记得。他语重心长地告诉我："指挥所在深圳接到了建设任务，调你去是为了加强基层的施工技术管理工作。我们部队必须打好这南下第一仗，必须和深圳人民见好第一面，必须向深圳献上第一份厚礼，必须向部队上级机关和首长交出一份满分的答卷！那里条件非常艰苦，你要做好充分的吃苦准备。"

当我到深圳指挥所报到的时候，遇到二团政治处原主任杨嘉福老首长。他时任一支队政治部副主任，是指挥所几位首长之一。我在二团一直是做基层技术工作，与杨主任没有多少交集。我没有想到的是他竟然对我了解不少。他说："我对你是名字和人都不陌生，就是没有对上号，研究调你过来的事情我参加了，是要调你去连队做技术负责人。可是，今天我把你对上号了，你就不能去连队了。因为我掌握的情况是，你更适合机关技术管理工作。"就这样，我被安排在指挥所工程科。

指挥所的位置就是现在市府二办对面的荔园小学那里，有几栋竹棚子，仅有一排几间简易砖房是供师首长办公和接待用的。据说我们的竹棚子开始是自己搭建的，因为我们是搞基本建设的国家队伍，怎么可能连竹棚子都不会搭建呢？后来的事情证明，搭竹棚子是另一门技术，尤其是北方的施工队伍，不会搭竹棚一点都不奇怪。我们第一批自己搭建的竹棚子经历了一场不算大的风雨就不堪入目了。后来，也就是我看到的已经是部队的“棚二代”了，是专业搭棚队做的。不过，室内外的地坪还是机关官兵自己动手干的，听说几位师团首长都曾经和大家一起打夯。指挥所机关仅有一口水井，一个信箱，还是与邻居两个单位共用的，一个是长沙地质勘察院，一个是冶金部的单位。

当天下午，由先期到达的工程科黄英燧同志带着我去熟悉部队和工程情况。他递给我一根竹竿，我问他这个做什么用？他说，一会儿你就知道了。原来我们所去之处根本没有路，需要用竹竿扒拉着齐膝高的草或庄稼前行。竹竿扒拉的作用主要有三：一是找可以下脚的地方走，避免踩进水沟里（看不见的小水沟随处都有）；二是惊动蛇，让它走开，以免被咬；三就是借点力。在那个没有路的环境中走“路”，那不是一般的费力！

当天晚上，我就被安排和先期到达的周玉荣同志住一个房间。以后很长时间我在工作和生活上都得到黄英燧、周玉荣等老同志的关怀与照顾。

## 市府大楼的故事

我来指挥所报到的第二天下午，指挥所马成礼副参谋长和宁蛟龙副科长就带着我重点去市府大楼工地了解和熟悉情况。之前已经明确我在科里的主要工作是代表机关参与市府大楼的施工和技术管理。因此，需要和连队领导、技术员，以及甲方筹建办的领导和工程技术人员一一熟悉。当时这个工程处于一层柱子开始浇灌混凝土阶段。

我在市府大楼工程中参与的第一件事情，是配合设计单位（北京市建筑设计院）对图纸进行大幅度的修改。比如，原设计的建筑外形是仿北京几大部委机关办公楼的。最典型的是大门门庭的罗马柱、须弥座和大狮子，这些都被取消了。因此，与之相关的大量建筑，结构和附属专业图纸都得跟着做修改。

有一天早饭后，我跟几位首长一起去市府大楼工地。去到以后才知道，市里一位领导为了解决建设资金不足问题，从香港弄来了一批人家拆下来的旧钢窗让我们用在大楼上。这些废旧钢窗歪七扭八地像麻花一样，满身都是砂浆地堆在大楼工地的东边，像一个小山包。这怎么可能使用？几位部队首长都黑着脸不说话，因为对方是市委领导啊。谢天谢地，我们遇到了一个非常好的、非常内行的筹建办。市府大楼筹建办的几位领导和技术人员率先表态“这个不能用”，并且他们直接去说服那位领导，没有让我们出面，从这里我们也不难看出当时建设资金的困难和领导的工作思路。

市府大楼以及在大院内大楼西侧正在施工的几栋小楼，当时的室内装修设计都是大面积抹白灰砂浆。施工在进入这个阶段前夕，市里有些领导提出“工程兵不会干这种细活儿的”。为了排除这种阻力，我们安排连队在最西头那栋小楼的二楼西面阳台雨棚，做了一个抹灰的样板，请市里领导去看看。那是一个上午，我们工程科和甲方筹建办去了相关的技术人员。领导看了半天，丢下一句话：“弄这么大一丁点儿算什么？你们想证明你们有这个技术吗？”这个时候，陪同他的另一位领导，是个老基建。在甲乙双方都没有吭声的时候，他老人家就忍不住发声了。他仰视

▲
1981年，彩色水磨石工艺在深圳市委大楼施工中。

摄影 /周顺斌

着着雨棚指给那位领导说：“这个你就外行了啊！这个叫做仰面抹灰，是抹灰工程里最考技术的活儿。能把这一丁点儿抹好，就一定能够抹好大面积的其他地方。”一锤定音！市府大楼的全部室内装修工程就交给我们部队承担。后来六楼大会议室地面大面积全部现磨彩色水磨石的完美施工，更极大地改变了市领导以及后来几个大工程甲方对我们部队的认识。当然，指战员的付出也是艰辛的。就那个大面积现磨彩色水磨石，不仅战士们昼夜不停地作业，我们机关和连队的技术干部也是倒夜班坚守岗位。

在市府大楼施工期间，1981年1月我的妻子在河南老家临产。双胞胎胎位不正，小地方医疗条件差，不能提前正位，面临难产。妻子迫切希望我回去陪她渡过这个难关。我刚到深圳才接手工作不久，怎么好张口请探亲假？况且工作紧张到真的不应该探亲。当时部队接下了友谊商店的施工任务，需要我们派人和甲方一起去天津联系电梯订货和去青岛联系大理石订货。这个不是我负责的工程，但首长知道我的情况后，决定让我代表部队与甲方一起出这趟差，顺便回家几天，待妻子产后母子平安再立即归队。参与该工程的几位战友都非常理解和支持首长的决定。只是，由于甲方都是南方人，担心北方的寒冬冻掉耳朵，没有人愿意出差而一拖再拖，我也错过了妻子的产期，好在母子平安，我也就一心投入工作中去了。但是，首长和战友们的情谊，却是永久地存留在我心里。

## 电子大厦的故事

1981年初，我们指挥所接到了承建中国电子技术进出口公司深圳分部的电子大厦工程。该工程是地上18层，地下2层，共20层的办公大楼，这是当时深圳第一栋高层建筑，也是我们部队承接的第一栋高层建筑施工任务。当时已经完工的类似项目全国仅有北京的北京饭店，有几个同时代的高层建筑也只是在筹建阶段。“没有施工经验”这几个字大大地刻在全体指战员的心上，也是对我们的一次大考。

担纲这个工程施工组织设计的任务，竟然毫无预兆地落在我的头上，除了领导在重点培养我之外，我至今找不到任何理由。当时的指挥所工程技术科、质量安全科里不乏老一辈技术专家，而我只是一个连级技术员，并且我一直在土建连队工作，至少在水电风暖专业我是短板，更不用说设备和机械方面了，那基本上就是空白，何况总揽全局的视角与高度我真的没有啊。然而，或许是初生牛犊，或许是无知者无畏，我竟然接下了。后来的事实证明：我可以不怕，领导们可是没有敢于放心。一次次地专题研究，一个个地难题攻关，一步步地分析策划，一项项地决策布局……都是部队首长带领各专业科室不分昼夜耗费心血在做非常具体的工作。至于我，也就是充当了记录和综合的角色。

由兵种工程部出面借到北京饭店工程的施工组织设计全本资料给我作蓝本，指挥所顾张根总工程师亲手写了大部分内容交给我。设备材料、质量安全科的技术人员分担了相关专业的主要工作，也是把成果交给我。由于基本上每天我都需要熬夜工作，首长们十分关心我。马成礼副参谋长在机关大会上宣布：全指挥所只有我一个人可以不出早操，只有我一个人可以去食堂要夜宵吃。最紧张的几天里，他安排过食堂给我做夜餐。最遭罪的当属与我一个宿舍的周玉荣同志，我那样长期不分白天黑夜地工作，对他的休息有多大影响是不言而喻的。而他不仅没有半句怨言，还经常帮我打水打饭。他用家属探亲买的煤油炉给我做过多少次夜宵都记不清了。就这样，当兵种工作组和冶金指挥部来深圳听汇报的时候，指挥所领导把主题汇报的任务竟然也交由我来做。经过无数次的讨论和修改，集中全体指战员的心血与智慧，体现上下级领导决心和意志的电子大厦施工组织设计方案，得以顺利完成。而我，则因此被部队授予三等功。

那是1981年夏初，上级领导对深圳部队的工作非常满意，高兴使然，首长们在工程科办公室里拼了几张办公桌，铺上军用绿毯喝酒。本来这是与我八杆子打不着的事情，因为需要人跑腿，因为我是那个办公室里的人，可能更因为首长的厚爱吧，我就充当了这里面年龄最小，级别最低，喝酒最多，醉得最早的小家伙。第二天上午，指挥所总机告诉我：“昨天后半夜，你老婆在你们老家县城的邮电局里把长途电话打到我们总机上，有紧急事情找你。你喝酒醉得死猪一样没有办法喊醒你。”我听了以后那个紧张啊，不知道家里发生了什么大事，心急

▲ 即将竣工的电子大厦。该工程1980年动工，1981年11月完工。

摄影 /周顺斌

如焚。落后的年代落后的地区落后的通讯条件，让我连续几天又是拍电报，又是深夜蹲在深圳邮电局等长途电话，始终都没有联系上。后来接到妻子来信，得知是计划生育结扎问题，她不去做不行，去做呢又觉得不经过我的同意不妥，结果是在与我联系不上的情况下她自己决定去做了结扎。

电子大厦开工的时候，鞍山一支队又增派一批指战员补充深圳。工地现场办公室开张，我被安排为现场技术负责人。一团随后来的王光华工程师，作为部队在这个项目的技术负责人。我基本上就是他的助手，在他的带领下负责现场技术工作。我除了月底领工资和参加会议，几乎没有回过机关。以至于机关许多后来的同事大都不认识我，不知道机关里还有我这样一位。

电子大厦施工地下室一层底板混凝土的时候，拆模后出现一个连接上层柱子的钢筋整体错位半个柱位。这本身就是一个不小的技术事故。可是现场施工连队的一名见习技术员竟然自作主张，简单地把钢筋割断后再原位绑扎继续施工。这可是承载二十层大楼上部荷载的关键柱子啊！那是一个上午，甲方筹建办的现场工程师翁书恒同志发现了这个事情。一时间甲乙双方领导、技术负责人、设计院相关负责人集中在现场办公室的会议室里紧张地研究怎么办。这个时候我只能是一个会议记录员的角色。各方争论不休的关键是，“是否炸掉重新施工？”我在大家辩论的时候，运用我的技术知识，在记录本后面连写带画地提出了一个加固补救方案，悄悄地递给了部队指挥所总工程师顾张根首长。顾总看了我的方案，顿时眼睛一亮，召集大家听听。结果决定由设计单位电子设计院参照我的思路完善出加固方案，避免了推倒重来。就这样一件事情，给我之后的工作带来了很大的方便。部队领导、甲方、设计单位都在许多技术问题上给我放权，以至于后来大量的设计修改都由我在现场直接处理。设计院把整本盖好章、签好字的空白设计修改通知单交给我。我只需要过后给他们一份存档即可。后来一层外墙由贴玻璃马赛克修改为挂花岗岩石板的时候，设计院干脆把建筑设计也都交给了我。

电子大厦工程外墙装修是贴玻璃马赛克。20层的外墙，工程量很大。这个东西当时我们的部队都没有见过，更不要说施工经验了，部队决定由我带队去广州白天鹅宾馆施工工地学习。白天鹅工程的施工人员手把手地教我们，经过一个星期和他们一起在外墙脚手架上实际操作，培养了一批熟练的技术骨干。回来后把这些骨干分散在施工班组里再带徒弟，得以顺利完成了这项工程任务。

电子大厦工程在那个时候是比较有影响的，基坑施工阶段曾经有过一个晚上，我接待过5家省内和国家的媒体采访。周围爱华和京华两个电子厂的工人，看到一台还没有立起来的五十吨塔吊躺在基坑边上就稀罕的不得了。许多稍微熟悉一些的工人都曾经要求我：立塔吊时候通知他们，他们要来看看我们是怎样摆弄这个庞然大物。

更难忘的一件事是我们夜间施工浇灌混凝土。由于过度疲劳，在后半夜施工结束的时候，战士忘记了关闭清洗搅拌机的水龙头。第二天一早华泰企业公司的张金铎工程师疯狂地敲我的门，原来那个水龙头一夜不停地流水，把华泰施工的深南大道路基给泡了个通透。这段路基正值开挖夯实后继续下一道工序阶段。不过或许是那个时代人们对部队的敬重，或许是当时电子大厦深圳第一高层的地位，也或许是老张这个人好说话，一起查看后我说了几句道歉的话，让他发了一阵子火气，就不了了之了。

电子大厦的竣工交付使用，在那个时候是有着许多非凡的意义的。工程兵能不能搞城市建设？工程兵能不能承接高层建筑？深圳是否痛快地接受后续部队进驻？等等一系列问题，都被她有力地回答了。整个部队都为之而扬眉吐气，为之骄傲。我清楚地记得马成礼副参谋长站在大楼的屋顶，对他学建筑的女儿说，“搞基本建设是一项非常有意义的事业”。当时我就陪在他们的身边。

电子大厦也是我技术生涯的一个顶峰。因为工程完工以后，我请假回家探亲（两年没有离开工地），在家期间接到部队“火速归队”的电报。原来在1982年底大批部队开进深圳以后，深圳部队组建成深圳一团。我被任命为一团的工程技术股长，走上了工程技术管理的指挥协调岗位。

## 深圳一团的故事

1982年底组建深圳一团，是为了适应部队即将就地集体转业的需要。以一支队深圳指挥所部队为主，加上其他早期开进深圳的兄弟部队，整合组建为基建工程兵深圳一团。由于这个团是以一支队的部队为主，部队代号也就使用了鞍山一支队的代号，即中国人民解放军00019部队。加上遵循一切从简的要求，团里不设司、政、后机关，当然也就没有参谋长等职位。各业务股的设置也是尽量合并，比如工程管理与技术管理就放在了一起。这样的配置，无疑加大了股长的责任和工作难度。

我当时是技术员职称，股里老工程师都是我的师傅辈份，我连副班长都没有当过，领导经验完全是零。我也一直在连队或工地上，对机关工作知之甚少，股里不少“老机关”们却如数家珍。好在团里有主任工程师，正是我在电子大厦工程上的师傅王光华同志。他继续带着我一步一步扎实地前行。同时，股里的老同志，不论新面孔还是老熟脸，个个都表现出了令人感激不尽的支持、关心、帮助、配合与服从。这就是军人！这就是军旅！若不，何来如此无私地热血贴心？何来这般绝对地铁血服从？

有一次最难忘的是临阵受命。一团承担的怡景路和爱国路施工期间，正赶上雨季。正值路基施工阶段遭遇连续的暴雨袭击，困难和压力非常之大。我和团首长去工地都是穿雨衣雨靴的。正所谓屋漏偏逢连阴雨，在这种情况下的一天晚上，团里突然接到上级一道死命令："明天早上八点以前，怡景路必须达到通行轿车车队，所有人员撤离现场的要求！"

这个任务毫无悬念地落在了我的身上。感谢首长的信任，所有决策无需请示，所有指令代表首长；感谢鞍山一支队二团调入的十一连、十五连指战员们。他们都是之前与我一起战斗过多年的兄弟。他们了解我，我也熟悉他们。当然，他们爱护我，一个"情"字在里面的作用可能也是不小的。经过一个通宵马不停蹄的作业，第二天按时按要求漂亮地完成了任务。一丁点儿让我担心的事情都没有发生。我的要求与指令基本上只说一遍，无须担心落实问题。担任配合工作的水电连队、运输连队、采石场、设备材料、仓库等单位，同样是全力以赴，毫不含糊。当然，团首长也是彻夜不寐地守在电话机旁，随时为我解决我所不能解决的问题。

台风，是那个时代故事里绕不开的话题。1983年整编前夕的那场台风是正面袭击深圳的。当天下午开始，团里分工负责防台风工作的最后检查。我因为家属住在罗芳口基地，也是照顾我吧，让我负责东片的部队和工地。晚上台风登陆的那一刻，我负责的任务里还有一个地方没有去检查。北京212吉普车里的收音机每五分钟播报一次台风位置和动向。司机大声喊着告诉我："风太大了，手把控不住方向盘啊！"我毫不犹豫地下达指令："只要车没有吹翻，就要继续前行！"当深更半夜我浑身湿透地回到家里，罗芳口家属基地的活动板房大都进了水，门窗吹坏的居多，停水停电自不用说了。家属和孩子们都担惊受怕地躲在黑暗的遍地水淹的活动板房里。我的妻子抱着孩子，我用被子裹着她娘儿俩靠墙站在床上。至今已成为白发老人的我还经常调侃妻子说："我的妻子最聪明了，在那种情况下家里什么东西都不要，就死死地抓住唯一一件'家用电器'——手电筒！"天亮台风过后，附近的一个边防驻军连队给我们送来了热气腾腾的大米粥、馒头和咸菜。因为数量非常有限，我们几个住在那里的股长负责按照孩子老人优先，只求暖身不能吃饱的原则进行了分配。这就是军人！这就是军旅！互不相识的单位，互不联络的个体，一颗红星两面红旗把两者自然地粘合在一起，一身草绿让大家时刻牢记自己的使命和担当！

有一天支队召开一周的工程例会，各个部队的参会人员都到了，唯独不见我团的领导。作为工程股长的我在调度室里用尽一切方法，包括派出所有车辆分头出去找，都没有联系到一位，听说主持会议的首长大发脾气。后来，支队工程科的科长要求我代表团里去参加会议。或许是我没有参加过这样的会议，担心弄砸了不好交待。或许是我这犟牛一样的脾气吧，我是坚决不去，一定要继续找我团的首长。这个时候，我的老首长，支队总工程师顾张根同志来到我团调度室里，揪着我的耳朵把我带到会议上。本来这个会议有个规矩：汇报是一团打头，按编制顺序进行，最后是机关科室。满脸黑线的首长照顾我是首次参加会议，让我先听听别的团是怎么汇报的。当我把一团这一周的工程情况汇报完以后，得到了主持会议首长的高度称赞。他要求其他团的领导以后汇报都要达到我这样的深度（其实团首长很难像股长那样掌握到那么具体）。我算是歪打正着给大家留下了第一次见面的良好印象。这就是军人，谁错了就批评谁，你对了就表扬你。光明磊落，坦坦荡荡。不仅如此，集体转业后的1984年6月30日，我进入政府机关工作，也成为深圳早期基建管理机构的二十五分之一（编制精简，只有25个人），开始了我的另一部分深圳故事。

## 含泪告别军旅生涯

1983年9月15日，我和我的战友们，深圳两万基建工程兵含着不舍的热泪向军旗敬礼，脱下了军装，转业在深圳工作。这些故事已经过去近40年了。如今它们像放电影一样在脑海里，在眼前，在内心深处，在记忆的海洋里展现，滚动，使我无法平静。

我知道我所做的一切都是组织的培育和战友们支持的结果。可能与他们的要求与期望还相距甚远。但是，每当看到我当年负责的工程项目时，每当路过红岭路原部队大院时，每当老战友聚会的时候，我总是有一种自豪感油然而生。我是这个城市拓荒者的一员，我是那个象征“砥砺前行”的孺子牛身上的一根毛，我要把拓荒者宝贵的精神财富传给我们的兵二代，三代……

我深爱着我们的部队。如果不是裁军，我或许会作为职业军人永不退役。因为军人的感情，部队的经历，都不是任何别的可以比的。它是唯一的，是没有可比性的。我经常抚摸我那留作纪念的军装和领章帽徽，亲它，想它，忘不了它，那份军旅情怀没有当过兵的人是无法体会到的。

# 英雄拓荒，铸就一座城市的辉煌

刘光滢

一代人建设深圳的拓荒史之成为壮举，必然有时代背景和历史原因。每当脑海里浮现出成千上万的拓荒者，几千个施工队伍，数万个项目工地，两万基建工程兵，10万筑路大军，20万、30万建设大军，纵横驰骋在深圳这块神奇热土上的辉煌时刻，总会让人心潮澎湃……这一幅幅壮丽画面，一段段拓荒者的奋斗印记，早已汇成一股英雄主义的时代洪流，对于这个时代的影响将会是深远的。

20世纪70年代末期，中国共产党人吹响了面向世界改革开放的全新号角。80年代的深圳，成为如火如荼飞速发展的特区。中国大规模的、国内外的“移民潮”由此兴起。

1982年9月，遵照国务院中央军委的命令，两万基建工程兵成建制开赴到广东深圳湾畔的经济特区——深圳，参加这里如火如荼的特区开发建设。兵贵神速，接到命令，驻辽宁本溪市基建工程兵第三支队（00039部队）立即展开部署调防行动。

12月26日，一列满载装备齐全的官兵从辽宁驰往深圳的军列，和一列从上海开来的军列同时到达广东深圳火车站（北站），这支部队就是基建工程兵第三支队调往深圳特区的第一批官兵。此时此刻，辽宁和上海的“两个方面军”在这里胜利会合了。

当率领这支入深部队的三位营长三双粗大的手臂紧紧拥抱在一起的时候，人头攒动的火车站立刻沸腾起来：“我们已到深圳了！战友们好！……”官兵们久久抑制在军列车箱内的火一样的激情一下子燃烧迸发出来，无数个军帽抛上了车站的空中，闪耀的帽徽恰似万点星火闪烁，瞬间映红了这个边陲小镇寂静的夜空……

这次调入深圳的部队中，基建工程兵第三支队共抽调1500名指战员组成三个营，三团毛光文、十四团饶文聪、十五团陈玉堂，分别担任这三个营的营长。兵分两路同时从辽宁和上海向广东深圳进发。其中“一方面军”两个营（以下简称：一营346人、二营570人）916名官兵从辽宁本溪市出发，“二方面军”三团毛光文率领的一个营（约500余官兵）从上海出发，开赴广东深圳。

饶营长率领的一营，进入深圳时，所属的三个连队共346余人，各连约在120人左右。是由驻辽宁本溪的三支队抽调指战员组建而成。十四团抽调的部分官兵为一连，连长刘德璋，指导员慎凤林；十五团抽调的部分官兵为二连，连长汤纪军，指导员陆怀庆；三支队司政后机关和直属队抽调指战员组成第三连，连长刘光滢，指导员李宗润（其中三连领导班子由四人组成，包括副连长何忠富，副指导员张庆军），一同奉命带兵赴深……

当我们乘坐的军列到达深圳火车站后，受到“冶指深圳临时指挥所”（00049部队）官兵的热情迎接，有关负责人员就在车站作了简单交接安排后，三支队三个营的官兵……分别调整到先期入深的00019部队深圳指挥所（原1团，1983年9月后改编为市建一公司）、第16团（市建二公司）和第19团（市建三公司）。

进入深圳，特区生活如火如荼的建设场面扑面而来：一时间，卡车飞驰，机器轰鸣，人声鼎沸，尘土飞扬……整个特区成了一个红红火火的大工地。给你的第一印象就是时间紧，节奏快，压力大，同时也让人激情燃烧。

进入深圳之后不久，我离开三连调团军务股任内勤参谋，我们所在的三连列入冶指深圳指挥所（00019部队）所属的八连。入编八连，营区先是驻扎在通心岭一带。到八连稍加安顿后，第二天官兵们就立即奔赴爱国路建设工地现场开挖电缆沟，每个人三米，工地无法扎营，那就在20公里开外的距离上（通心岭至爱国路）早出晚归地大干起来。

1983年9月，00019部队改编为深圳市第一建筑工程公司，原一团军务股改编成公司劳资科。

部队改编时，我作为人事主管，工作非常繁忙，个人事务完全无暇顾及，休息更成为奢望。交通工具由乘“解放牌”卡车上工地，改为靠一台破旧的单车上下班，每天风雨无阻地骑行在泥泞的小路上。

不久，营区又从通心岭搬迁到白沙岭驻扎。

当年的白沙岭开发小区，就是现在深圳的百花小区。当时从施工图纸上划分，是在大约0.8平方公里的范围内进行开发，工程名称暂定为0.8小区，0.8由此而来。入深的基建工程兵部队的开发主力就地扎下营盘，队伍就集中驻在了这里。

这里是不毛之地，居住环境相当严峻。没房子住，大伙儿就一起动手，在当地找来竹竿和芦苇叶，一天下来，就扎下了一栋栋草棚借以栖身。水电不通，白天取山涧沟水用之，到了夜晚，身居草棚无电照明，不宜轻易使用烛光。刚开始，大伙就坐在草棚外借着月光就餐冲凉，然后再进入草棚就寝。慢慢地开始自主打井取水，接通远处临时电路以应急用……

在特区一片荒野之中住在草棚度日，遭遇炎热且潮湿的霉雨天气居多，令人无法忍受。晴天，中午骄阳似火，即使是活动板房，室内集聚的热气体，像蒸笼一样的高温扑面而来，回家时几乎不敢打开房门，只好在门前的树荫底下，稍事喘息。白天烈日炎炎，晚上蝇蚊成群。到了雨季，室内又潮湿不堪，食品衣物多有霉变。不久，我就患上了南方少见病——嗜酸细胞增多症，持续发烧只得住进医院。医院很简陋，但是本部队的医院，一个副院长亲自给我作了诊断，一下子查出来我患疾病的要害所在，很快得到有效治疗。

军队驻草棚乃至露营，实为兵家常事。军人原本并不畏惧驻草棚，但草棚却怕台风。

1983年9月，突如其来的一场特大台风，把我和家人赖以栖身的活动房的房盖，居然整个儿卷到了百米以外的马路边，水电断绝，漆黑一片，当时我和年迈的母亲只得站在风雨中等待，直到天色渐明，救援人们赶来接走母亲及一干老弱人等，所幸并未造成人员伤亡。

这场号称60年一遇的台风，是深圳献给我们这些内地人“初识台风真面目”

的一次“见面礼”。

铁军之中必有铁汉。天刚亮，官兵们就齐刷刷地站在被台风掀翻的营房前。一个小伙子还流下了眼泪……没想这眼下情景却惹翻了队伍中一位身材魁伟的李排长，他大吼一声：“老子就是不信邪，你台风刮啥，老子就是要干啥！”一副“士可杀，不可辱！”“欲与天公试比高”的气势！

说完，他索性脱下湿淋淋的上衣，抓住倒塌下来的草棚竹竿招呼大家：再给我搭起来！那神色，那气概，岂止惊世骇俗，简直就是惊天地，泣鬼神！

紧接着官兵们一个个都脱掉上衣，光着身子开始清理散落一地的营区残竿余竹……

其实，投身“特区拓荒”之前，思想深处原本就应具有“精神拓荒”的准备。精神支柱不够强大的人，籍之以何立于世界？

此时此刻，人人心中却都有一种信念，我们是革命军人，是立志保家卫国的战士，艰苦奋斗冲锋在前是我们的本色，为了建设特区，难道我们不吃苦耐劳，谁又能够替代？勇者无敌，革命战士无所畏惧！

考验就是机遇。究竟是机会还是磨难，往往就在转瞬间的取舍之中。在历史长河中，每一个时代总是只给少数人机会，甚至总是只给意志坚定的年轻人以机会。必须承认，时代造就机会，人生和英雄概莫能外。

自1982年10月调入深圳后，1984年2月因工作需要，我调入深圳市人民政府基建办公室（原市建委）计财处工作，1987年又调整到城建处工作。全市各级重视抓规划建设，于我印象特别深刻。

举城之要，重在规划。当年，在特区人眼中，面对特区大规模城市规划建设中遇到的问题，从上至下各级领导相当重视，国务院副总理谷牧就曾亲自指派出5人小组来到深圳，帮助深圳特区进行城市规划建设方案的编制。

深圳市领导，从市委书记梁湘到周鼎副书记、罗昌仁副市长，以及后来的李灏书记和分管领导，都不是先把自己的想法、意志强加于人，而是放手让专业人员去研究、想办法，尊重他们的意见。决策者和规划者一起深入实际调查研究，平等讨论协商。在这种氛围下，尤其是领导敢于拍板，敢于改革，有利于鼓励基层开拓创新。

20世纪80年代初期，时任深圳市副市长的罗昌仁，作为深圳城市规划的布局者之一，在担任特区建设行业的“主帅”之前，他早已是国家建委冶金司精通规划的“老建设”，他的一贯作风就是深入实际搞调研，每天的日程都排得很满。他经常带着一批工程施工、设计人员深入到工地视察工程。这样一来，倒是让各处室经常忙成一团，得力助手们不是去忙车水马龙，而是要业务资料准备充分。那天，他又要去现场，出发前特别交待我：“小刘，你是计财处的，对吧？告诉你们处长，叫他一会赶过去，你今天先跟我走，我在前面看，你注意给我做好记录。”

到了现场一下车，他就招呼设计处的高级工程师颜松悦：把图纸打开，这是翠竹路，就在这个路口摆上一栋大厦（后定名翠竹大厦），一定要是18层以上的，就摆在这儿，你们都给我记住，我忘了，你们也不能忘记，说错了我负责，忘记了你们可要负责，哈哈，不是开玩笑的！百般忙碌的他，依然不失诙谐风趣。市基建办的技术骨干颜松悦，和大家相视一笑，那其中的意味是，眼前这位精通设计和施工的上司，对每一个技术细节都心如明镜，信手拈来，焉能有丝毫疏漏？

到了华强北路口，他又强调说，“你们记住了，这个地方面向交叉路口也摆上一个18层以上的建筑物，摆成什么样的，我提醒一句”，随之转向身边的颜工，“记得加拿大多伦多的市政厅吗？外部造型就参照它来设计，注意，我只是讲外型，内部设计要科学合理，具体你去想办法。清楚了吧？”（此处就是后来拔地而起的“新世纪大厦”）。他又转向我说：小刘，我今天讲的都是18层以上的建筑，其他道路下次再讲，你记好，告诉你们处长要列入计划的，哈！

到了白沙岭工地，面对两栋已完成地下两层的高层建筑施工项目，他果断地拍板，对现场的施工负责人说：“一是雨季到了，要赶紧完成地下第三层，与地面拉平后停工，防止你们前功尽弃，弄不好基坑抗拔锚松脱垮塌，明白吗？其次我不给你们施工计划了，还有更重要的项目要先上，小刘，这里干到地下三层后，停建！”

单从这工作节奏就能看出来，这个京城下来的专家型市长，实在是非同寻常。在他脑子里总是翻腾着千头万绪。他就是这样，日以继夜地奔波在这个大工地上。

就这样还不够，他早就在一次工程规划协调会议上说过，关于设立统一指挥机构统建施工队伍的问题至关重要，我已与周鼎常务副市长（时任此职）沟通了，不久就会有动作。此后不久他宣布说：为了完成深圳市艰巨任务的筑路工程，深圳市设立了一个“基础工程工作组”，由特区建委的处长担任组长，具体负责组织协调全市工程建设和道路施工。

说干就干，1982年，深圳市基础工程工作组就正式成立了。

集千头万绪为一组，寓千方百计于一体，汇千军万马于一方。这就是当年基础工程工作组“顶层设计”的雏形。

深圳市政府建立基础工程工作组（1990年更名为：深圳市城市建设开发处），总揽基本建设全局，统一抓手，应该说，这是特区政府在基础设施建设模式上缔造“深圳速度”高效运作的一次重要创新和尝试。

一个城市的建设又应先从“七通一平”（道路通、自来水通、电通、排洪通、排污通、电讯通、煤气管道通及项目场地平整）基础工程开始，采用“五统一”的办法，即统一规划、统一征地、统一设计、统一组织施工、统一使用资金的办法。做到规划设计一片，开发建设一片，投产获益一片，实现建设资金投入良性循环，保证城市建设按总体规划进行。

从一定意义上讲，当年的基础工作组也是一个规模庞大的城市开发建设指挥机构。

说它庞大，是指它所面对的深圳全市的城市建设任务重大，它所涵盖的是特区内外2020余平方公里的广大范围。一座城市的新建，简直就是包罗万象，先是七通一平，天上地下，高峡湖海，山山水水……由此讲来绝非夸张。

基础工程工作组成立后，很快就组织了10万筑路大军，分布在整个路网的各条路的设计位置上。这些队伍都是自行备料、运输，实行一条龙运作，没有扯皮，效率极高。高峰时期基础工作组统辖的施工队伍达到30万人以上。

从1982年起，深圳市城市基础设施建设大小项目就一揽子统一交给深圳市基础工程工作组来统管。基础工程工作组从1982年正式成立到1990年期间，统一组织推进了对深南路及沿线所有大小统建工程项目的快速建设，的确卓有成效。

深南大道，全长25.6公里，横跨罗湖，福田和南山区，连接蔡屋围与南头。深南大道被称为深圳的一张名片，通常所称的“深南路”包括“深南大道”“深南中路”和“深南东路”三部分，分别对应南头检查站至皇岗路段（长约19.5公里）、皇岗路至红岭路段（长约4.5公里）、红岭路至沿河路段（长约3.8公里）。

早在1979年深圳市成立后，市政府就决定对深圳通往广州的107国道进行改造，于是，在蔡屋围到上步2.1公里的碎石路面上铺上沥青改建为柏油路面，由此诞生了“深南路”，也成就了深圳特区纵贯东西的第一条大道的“奠基礼”。

1982年，从西往东看深南路，又可以将这段路称为深南大道，深圳市原规划国土局总规划师郁万钧说：“最初我们并没有给这条路想好一个名字。因为深圳特区东起大鹏湾背仔角，西至南头一甲村，这条路也计划从原来的深圳镇一直往南头修，就叫了深南路，并且一路叫下来。”

深南大道始建于1979年，至1984年深南大道正式通车，主要路段工程的完成历时5年之久。1979年7月，第一个踏上深圳土地的“陆丰建筑第六施工队”，承接了深南大道的开路任务，写下了深圳创业史上的第一笔。工地没有路，运输没有汽车，成千上万方的土石方是用板车拉来的……

从1982年到1984年间，各路建设大军会同入深的基建工程兵两万多官兵（之后改编为市属八大公司：市建一、二、三、四、五，市政，建安，勘察公司）加入到建设深南大道及沿线的建设项目之中。第一次扩建工程完工时，深南路拓宽到50米，沿线北侧基建工程兵入深后首建的电子大厦，建材集团大厦和先期建设开业的上海宾馆等，就形成了市区和郊区的坐标，乃至现在和未来的界碑性建筑。

由此，深南大道之成为深圳这座带状城市的东西坐标轴，一如长安街之于北京、南京路之于上海的靓丽城市名片。

1984年，深南大道正式通车后，全线只完成了简单铺草的绿化带。

1987年春节前，深圳市把铁路用高架桥托起，平交变为立交，实现了全线贯通。这时全长6.8公里的深南大道，已被深圳人自豪地称作“十里长街”了。

1991年5月，深圳市决定，扩建从上海宾馆至南头联检站长达18.8公里的深南大道，把具有1600年历史的南头古城、新建的深圳科技园、深圳大学、华侨城、锦绣中华、民俗文化村等亮点联成一体。

1992年邓小平南方谈话后，深圳经济发展提速。上海宾馆到南头古城18.8公里的深南大道开建，两年零两个月后，全长25.6公里的深南大道全线贯通时，路幅宽达135米，中心区最宽达350米，沿线与48条南北方向的市政道路交汇，象征着深圳自此走上“跨越式发展”快车道。

1994年，深南大道全线贯通，实现沿线与48条南北方向的市政道路交汇。从此，深南大道徐徐演绎着这个城市经济飞速发展的现代神话。

1997年，香港回归，深圳市政府决定对深南路进行全线梳理，从上海宾馆往西原有的6车道拓宽成了8个车道，一条美丽大道完整地展现在了深圳人的眼前。

如今，当太阳升起，深南大道明净畅朗，繁花似锦的各种花卉灿烂得让人心醉；夜幕低垂，数不清的霓虹灯华彩闪耀扑面而来，处处璀璨辉煌。深南大道成为这个城市的景观和窗口，它不仅仅具备交通的功能，更像是展示这个城市经典的电影胶带，集中了所有精彩。

位于福田区的皇岗路，是横跨深南大道的第一条主干道，南北走向，南抵皇岗口岸与京港澳高速公路终点相接，北经梅林坳北行连接梅观高速公路。作为深圳市中部发展轴上的重要通道，皇岗路南连深圳市中心区、罗湖上步中心区、北连龙华次中心、龙华二线拓展区、是沟通城市主次中心之间、特区内外之间的主要联络通道。

1989年，深南大道和皇岗路已形成一个平面交叉的基本的雏型。但是，实现横向路网的通车，首先需要拉通横向立交，横跨深南大道的皇岗立交桥成为重要一环。因此，皇岗立交桥的建设迫在眉睫。皇岗立交桥必须首先竣工，为这两条大道全路段通车创造条件。市委市政府要求这条路必须1989年12月通车。只给3个月时间。

皇岗路的建设于1989年初正式动工兴建，这也是基础工作组统建的若干个重点项目之一，皇岗路全长11.5公里，双向4车道。11公里分八个标段同时进行施工，分别由中铁建工程局和市政工程公司（天健公司前身，原基建工程兵田守臣团长带领的302团，他率领的这支队伍战绩卓著，非常引人注目）等8支施工队伍一同参战。这是一场工期短，任务重，工序衔接紧迫，夜以继日的大战。基础工作组的全体员工全程投入每天穿梭在现场。皇岗立交桥动工兴建时，皇岗路全路段工程已基本完成。

皇岗立交桥，是当时新建的横跨深南大道的第一座立交桥（铁路高架桥为改造工程），主桥与引桥长度在1000米左右，桥身高度6米以上。占地面积约为12万平方米。应该说，时至当年，在这个早年地广人稀，且仅有0.24平方公里“深圳墟”的地方，要建成这样一座大桥，实在是当地人民难以想象的重大项目。因而这座立交桥的开工和竣工很受外界重视，中央、省、市的领导，都先后到这里视察，开工典礼和竣工典礼都很隆重。1984年6月到任的深圳市副市长李传芳自始至终亲自到现场指导，还惊动了全国人大副委员长王光英，国务院副总理陈慕华和铁道部长吕正操，先后到工地视察检查工作。

1989年12月12日上午，我们在工地刚吃完早餐（每人一个盒饭），刚一抬头，就在不远处，副市长李传芳陪同一位国家领导人（事先并没看清是一位女首长）走上了桥头，我们定睛一看，好熟悉的面孔，竟然是国务院副总理陈慕华。当时只有我和单位二把手田总在现场，我们立即迎上前去，大家一起鼓掌表示欢迎！

神采奕奕的陈慕华，身材高大，她穿着普通的平跟皮鞋，步履娇健地走过来和大家一一握手，接着她又向远处欢呼的施工人员挥手致意，还应邀热情地和桥上的同志们合影留念。

这些特区人总是不负重托，凭着那样一种敢闯敢试的拼搏精神，毅然迎着风浪前行。

1989年12月29日，深圳市政府在工地现场举行了隆重的竣工仪式，皇岗路（皇岗立交桥）全路段正式建成通车了！至此，这座桥就成为深南大道上又一个具有标志性意义的里程碑！

2010年，皇岗路又将由原有的双向4车道改成双向8个车道的城市快速路，全程有4．4公里，其中拓宽新建设1．2公里，拆除北环立交，新建为全互通立交工程。

1988年6月，我奉调来到深圳市基础工程工作组任职，也是我来深后第一次到基层任职（担任副经理）。前面有一把手，二把手是无党派人士，我的分工还是以内务管理为主。组织意图是，当下建设任务加重，充实工作组领导班子，目的是真抓实干，规范管理，力求工作组整体工作尽快上台阶。

基础工作组作为现场指挥机构，位于红岭南路（当时是该路的尽头，施工图上暂称“路断路”，后又由谐音改为“鹿丹路”，鹿丹村由此起名。包括原“鹿丹大厦”的命名和题字），前面直抵深圳河二线巡逻路，这里是临近深圳河北侧的一片渔塘和沼泽地回填后的空地。

大凡履新上任，作为年轻人自然要拿出点干劲来干事。一旦投入紧张的工作，就忙得不可开交。一天到晚，单就工作组一把手交给我经手签字的各类业务和工程合同就达到上百份，再加上这个审查，那个盖章，批字，每天足足要工作12个小时以上。坐着汽车到处跑，没路的地方一下车还得一路小跑，时间仍觉不够。那就晚上接着干：加班开紧急会、应急上工地、上级检查工作协调应酬，每晚11点到家，有时甚至延至深夜一点还在工作。

上任不久，一、二把手就力推我担任“福强路系统工程总指挥”，这是让我这个搞内管的上前线去锻炼。

我自己心里却开始打鼓了：让我当总指挥？我这新来咋到的，除了那点专业知识我还会啥，这究竟是试人呢，还是试水啊？当下特区节奏却不容许我想那么多，即便是将我的“军”，兵临城下了，这回也得上：一个副经理兼总指挥，你都不干，谁干？既然来到这里，势在必行，先干起来再说。

福强路位于皇岗村、水围村、石厦村、新洲村以南，广深珠高速公路以北，东接彩田路，（越过滨河大道后）西接原香蜜湖路南段。全长5649米，道路宽40米，两侧绿化带各20米。由北京市市政设计院设计，深圳市基础工作组统建。

当时，深圳中心区连接福田保税区地段（与滨河大道交叉、延伸彩田路）的次干道——福强路正式开工，时间紧，任务重。这条大道以彩田路立交桥为起点，呈半圆形向南（转西）环贯水围、皇岗、石厦、新洲四个村庄后，再垂直向西与滨河大道相交（并与现在的“泰然大道”连接），全长大约5公里。在完成滨河大道（从西往东）走向上的沿线绿化带及人行道施工后，再连接到滨河彩田立交桥起点，约为5公里，共计10余公里。

施工图纸上称为“金三角”的地段也就在这里。

这是一片弧形地块，形如箭弓状，一面（北面）是直线（已形成路基的滨河大道），环保税区一带，向西成抛物线形状的中间地段，是水围、皇岗、石厦、新洲四个村庄和一片渔塘，一望无边的渔塘直连着远处的深圳河出海口，这不是“渔歌晚舟”的景象吗，风水宝地呀！现在要在它的腹地拉开一条大道来，这不等于挖他们的心头肉，渔农们能不心疼吗？

这条道路施工的主要难点也集中在这里。完成七通一平时要征用一片渔塘用地，一是政府征用村民用地历来就是难度很大的差事，该工程地段渔塘赔偿款的大部分是必须首先到位的。二是其中的3+950—4+950地段需要进行软基处理，软基处理施工也不是那么轻松的差事，费钱、费事又费时。

这桩差事，只能落到我这个新任“总指挥”身上。

1990年7月，福强路动工兴建，渔塘征地和大面积填土同时展开。为了抢时间，填土的队伍分成两批，在同一个方向两支队伍齐头并进展开施工。

在大约5649米的战线上（以现在的“福民路”来划分为北侧、南侧），进行施工：以益田路—彩田路地段为基准线、紧邻滨河大道南侧的（或称北侧）填土区，自东往西分三个单位进场施工，分别是市政、华泰、四航三个工程公司负责施工。总面积为30万平方米，总填土量为75万立方，总造价为104两万元，1990年7月5日进场，8月16日正式填土，计划12月前完成道路路基工程（含绿化带和软基处理）。需要进行软基处理的地段，分别由市政公司、华泰公司和市一建（原1团）负责施工。

以益田路—彩田路地段为基准线、与上述施工段连结的（或称南侧）填土区，填土总面积为4两万平方米，总填土量约为135万立方，总造价为1723万元，同样自东往西由多个单位施工，分别是：六冶、一冶、动力、二建，四建、五建共六家公司。8月16日正式填土，计划12月10日完成填土区的土方工程。

要避过雨季，工期紧迫，工作面上队伍多，协调机制要精准。别看只有区区5公里，却涉及近十支队伍同时上场，在环形十公里的工作面上破土施工，相关的工程衔接事项可谓千头万绪！在我看来，要完成这项任务，依然“险象环生”：工期紧，拆迁难，雨水多乃是一险；心中无数，没有经验，指挥无方是为二险。尽管施工组织在部队干过，实践经验并不多，这回可是“兵行险棋”了。

实践证明，可以低估自己，千万不能低估他人。尤其是不能低估眼前的这一批特区建设者那种神助攻的施工潜力，一场鏖战让我这个新手大开了眼界。

无论多么艰难，4个月必须完成全路段路基，工期就是命令。

为了赶工期，这次又是多支队伍一起上，“大兵团”作战。

要说施工队伍，路路是精英，个个是强将，无论是四航公司，还是市政公司乃至多支主力队伍的施工，还真没让我怎么操心。一上场我马上发现，眼前的这群人都很专业，下面不够专业的也已被这些专业的人给“专业”好了，该“指挥”的他们都指挥若定了。这时候我才明白“总指挥”是个什么差事，不就是一个“总协调”、总服务吗？各支队伍自身都已井然有序有章可循，每桩方案都有技巧和路数，干什么都势如破竹，工作很快打开局面。

现场指挥部就设在施工现场的渔塘的田埂上。指挥部由八个人组成，就指挥部班子而言：黄、陈、赖、刘几位都是经验丰富的“老工程”，都是久经“沙场”独挡一面的老将。谈不上去指挥他们，而是他们都在力挺我。

这个小团队堪称团结一致，高效接力。

工作伊始，我这个总指挥就知道天天开会：汇报会，施工协调会，临时碰头会，资金赔偿会，计划检查会，事故处理会……一上了工地就是这个会，那个会，没完没了。副指挥黄贺权是实干家，在工地摸爬滚打多年，实践经验丰富，这回算是教了我一招……

他提醒我，你这指挥长不能老开会啊，你得到现场去解决实际问题，今天有人为渔塘赔偿款打架了。“是吗？我这就去！”我一听说，就马上跟他往外走。我一到现场，看到双方争执的那副胶着样，也不讲什么“礼让”了，就大声招呼他们：“喂！打啥？你们别打了，找我吧！先给我坐下来谈清楚，赶快坐下来！”这一坐下来，就又成了“开会”。会后，贺权拍了拍我的肩膀：“你还行，敢于负责！”我无奈地回答道：“这不是逼上梁山了嘛！”

渔塘征地解决了，软基处理的难题又凸显出来。只好再开一次“碰头会”：开挖老塘埂，围堰填土，什么拓宽排水沟，清除淤泥，碎石维修道路，还有什么鱼塘一侧房屋拆迁，几个桥涵先行施工问题等等，需要一一作出安排。

“战锦方为大问题”，当一切都集中到了软基处理的时候，使我压力山大睡不着觉了。

那几天，因为软基处理路段久攻不下，淤泥太多，反复换土仍然不能解决问题，我们就坐下来开一个“诸葛亮会”，请各施工单位出谋划策，群策群力解决这个问题。没想到这个时候，市一建公司的史队长自告奋勇说，这件事我来办！关键时刻，勇士请缨，令大家特别兴奋。接着他把软基处理的方案一一摆了出来，大家听了以后马上表示赞同。

按照1989至1990期间工程造价规定的标准，道路软基处理常用的几种方式：1.换土（大面积挖方后再填方）；2.粉尘桩基；3.堆载预压加插塑料板……正巧，我们没有别的选择，现场地质状况只能采用第二种方案，难度大，造价高，雨季天气不可预测……

工程紧急，造价也一下子飙升到接近1500万，那也要上，方案既定，那就立即行动。

现场如战场，近十家施工企业真是兵来将挡，水来土掩，会战成鏖战，再变成恶战，1500多人时而淋着雨，时而烈日爆晒，坐在淤泥里像泥巴人一样吃饭，放下饭盒又接着干……眼前的场面真是壮烈感人！那一张张不畏艰难的面庞，构成了一幅幅动人心弦的画面。一干就是三个月（比计划工期略有提前），直至胜利完工。

3个月快到了，我转而一想，怎么动不动就是3个月？这是特区领导就偏爱“3个月”吗？要不就是广东人喜欢“3”字？（广东话“3”的谐音是“升”，意思是吉利。）可不是，这条福强路开工大吉，竣工也大吉，不仅躲过了雨季，又保证了质量和工期，真是皆大欢喜啊！

其实，参战勇士们个个心知肚明，关键在于我们的特区建设者们牢记使命，才会所向披靡，他们能有摧枯拉朽的神功，重在有坚定的信仰、意志和战斗力，他们中间更有一支英勇善战的铁军：基建工程兵。

3月过去了，今天真的完成了这项艰巨任务，福强路的路基已经完成，石头终于落了地。但对于参战队伍来说，早已不是“首战告捷”，真正让人兴奋的是，这些队伍又因为参加福强路会战，一战成名：3家企业荣获市政府表彰，其中市一建公司（今特皓集团，曾7次问鼎“鲁班奖”）因为路基处理高速优质荣获“广东省应用科技一等奖”。那个苦战中屡建功勋的史队长荣升总经理后只说了一句话：“没啥了不起，应该干的就得干好呀！”

勇士和英雄，从来就是如此淡定！

深圳创造了奇迹，也成为创造神话的摇篮。

今天的深圳特区，风云翻腾，乘风破浪，天翻地覆的变化已使她闻名于世界。

当年，参与深圳道路修建的筑路大军约有10万余人，再加上其他建设工程人员，共有20万人马。这20万人马在各自的战线上苦干实干，效率极高。经过半年的艰苦奋战，第一批27条道路建设完成。道路建成以后，项目也蜂拥而至，于是又开拓了3个工业区，批建了1500多个项目。此后的一年半，其他中轴线、方格路网上规划的63条道路也陆续完成。之后全市规划又有15个工业小区上马。当时国家顶尖的施工企业如中建各局、铁道部各局、一冶、六冶、华西、华泰、江苏省建、广东省建等，都是老牌的施工队伍，还有基建工程兵改编的建设集团八大公司，至今深圳有影响、有代表性的标志性建筑物大都出自他们。

唯有千军展雄风，荒地一夜起新城。其建设速度之快，堪称奇迹。

然而，只有不顾一切的迁徙和奋斗，才会有“众里寻她千百度”的遇见。

当你脚下的泥泞之路不断减少之时，当你脚踩自行车的泥鞋也不断地损毁与淘汰之际，你才会真正懂得拓荒者的艰辛；当你与这一片土地相依为命之时，土地就有了血缘，也结构了拔地而起的信念。

人生的生存价值，并不是用时间，而是用深度去衡量的。

一方面需要足够强健地承受，另一方面又能保持坚韧清醒的品质。

——唯有如此，方显现出特区人所具有的特别思维，崇高的精神境界，不可战胜的特质。

每一个时代的风流人物，致力于共同打造属于他们时代的辉煌时，并不是把主要精力用于当时个人作用的正确性和口碑的竞争。重要的、令他们最为关注的，则是能为这个时代创造特有的成就。

今天，所有拓荒人早已将深圳视为故乡，无论在世界任何地方，这座城市的每一次呼吸都牵动着我们每一次心跳，都会让我们魂牵梦绕。

（笔者在撰稿过程中，始终得到诸多当年参加深圳拓荒的老同事，原部队官兵，老战友，尤其是饶文聪、陈玉堂、刘坤德、侍吉山、陈汉学、李大寿、李宗润、何忠富、王琦、李金、史光金、张敬玉等同志，对本文相关资料给予的竭诚相助和大力支持，在此一并致以衷心的感谢！部分资料引自深圳新闻网、百度百科网、深圳基建工程兵网。）

# 深圳重点工程建设有我参与

陈玉堂

今年是深圳经济特区建立40周年，受《拓荒牛的记忆》一书编辑之邀，我将自己参与和组织建设的市政府重点工程项目中的几项重要事项做一个简要的记叙。

本人是原基建工程兵三支队十五团营长，跟随两万指战员南下深圳，于1983年集体转业深圳经济特区。主要工作时段都在市城建系统。历经了市自来水公司、深圳两水（注：给水、排水，以下所指相同）工程建设指挥部、市民防办、市政府、宝安区政府、市规划与国土资源局、市国土和房产管理局等多部门和单位工作。经多部门、多单位的工作磨练与学习，提高了自己的思想理论水平，提高了对重大工程项目的组织协调和指挥能力，锻造了对党的事业的坚定信念。

## 一、坚持高质量、严要求，确保大口径供水水源工程安全

深圳经济特区内，供水规划从罗湖—福田—南山片区，按特区内带状形地理规划。东湖水厂是原宝安县原有自来水厂，日供水量6万吨。1984年扩建为20万吨，90年代通过扩建改造日供水量增加到40万吨。笔架山水厂始建于1988年，规模为日供水量20万吨，于1989年竣工投产。中部的梅林水厂规划规模为日供水量100万吨，一期日供水量40万吨，1992年建设，1994年7月竣工投产，预留60万吨

规模的备用地。大冲水厂日供水量30万吨，主要承担南山区供水。蛇口供水是由招商局自建水厂。特区内城市供水是市政府的重点基础设施建设，投资全部由市政府投入，100多万吨的城市供水需求，最基本的必须有可靠的水源保证。市政府为了确保城市居民的供水需求和国民经济稳定发展，市政府决策，经省政府批准，从惠州市上游的东江取水，建设深圳市的供水水源工程，水源工程建设的同时，必须建设供水管道工程，将水源输送到特区内的各座水厂。

市政府决定将水源管道建设任务交由两水指挥部建设。我当时作为指挥部常务副指挥，从规划、现场勘察、施工全身心投入到工程项目建设的全过程。源水工程包括：新建东湖水库加压泵站，爱国路单根DN2700管道，经东湖公园景区，管道长度为1公里。管材设计为钢管。爱国路沿泥岗路—北环大道—梅林水厂为两根DN2200管道，长度为13.17公里，管材设计为钢管。梅林水厂—大冲水厂转输泵站设计为单根DN2400管道。

工程按照规划、设计要求，在深圳市采用公开招标，资质必须是在国内技术实力强，有雄厚的经济技术实力，具有大型工程施工经验和诚信好的国家一级施工企业参加，以确保工程质量。

大型输水管线工程是城市的生命线工程，为了保证供水源水管线的工程安全生产，我们以高度的责任心，坚持高质量，严要求，超常规按照压力容器制作，安装技术规范要求，对大型口径供水水源管道工程的每条焊缝全部拍摄X光片，对焊缝的施工单位、操作人员、管道位置、里程等全部记录在案并存档备查。

两水工程建设指挥部参战员工，项目经理和工程师们，始终奋战在工程现场一线，没有星期天，基本没有节假日，以高度的责任心、事业心无私奉献。大口径源水管道万一出现爆管，将引起城市局部严重后果，对人民生财产造成严重损失和局部灾害。

深圳特区大型源水输送管道工程，被评为深圳市优质工程。DN2700、DN2200、DN2400，自1994年7月前竣工投产至今26年，未出现过一次爆管事故。回忆起共同战斗过的工程师和同事，为他们感到骄傲，为源水工程使用至今能够安全运行感到欣慰。

## 二、深圳市污水排海工程成果标志着国内新技术取得重大突破，达到了国际先进水平

污水排海工程是清华大学的科研成果，经国家建设部、环保总局、海洋局等部门组织专家论证，并经广东省水利厅水工工程模型试验，同意在深圳特区实施并列入深圳市重点工程项目，深圳市政府委托清华大学和南昌冶金有色设计研究院设计，污水排海工程经市规划、计划论证后，选址在南山区妈湾大道西南侧、规划规模为73万吨/日，服务区为福田区至南山区的城市污水接收处理。工程分期实施，一期为43万吨/日，经一级处理后达到水质标准，通过海底排污管道注入珠江口。根据环境容量，适时调整处理等级，以保证珠江口水质良好。随着经济发展和环境要求，之后改为二级处理排放，取得了良好经济和环境效益。海洋放流管道设计长度为1700米，管径为2.6米。南山污水处理厂于1989年9月投产，中央电视台新闻联播黄金时间曾报道了南山厂竣工投产，这是深圳市的光荣。

从福田区至妈湾污水处理厂的截污工程，设计为1.8米*1.2米的砼箱涵，总长度为37公里，途径四个加压泵站将截排污水输送到南山污水处理厂，全线由指挥部组织实施，工程严格招投标队伍的资质审查。根据市领导的指示，投标队伍主要控制在基建工程兵改编的市属企业。部队改编的市属单位，发扬解放军的优良传统，特别能吃苦，特别能战斗，在保证工程进度的前提下，截污排污箱涵工程，市政府主管部门组织竣工验收，全部被评为优良工程。连总设计师验收时都赞扬几十公里的地下箱涵工程无一处湿片，无一处渗漏，可以穿布鞋参加验收。

污水处理截污工程，在华侨城段遇到了瓶颈。当时华侨城景区3个景点全部投产并对社会开放。截污工程当时有些专家考虑工程成本，提出采用大开挖方案，无论采取箱涵或管道施工，最大的埋深10米以上，工期约一年。这势必造成整个华侨城景区景观和交通将受到严重影响。经向国内地下工程权威专家请教，并请他们参加我们的方案论证会，最终经市政府主管领导同意，华侨城段采取大口径钢筋混凝土顶管，避免了对华侨城旅游事业的影响，保证了华侨城景区的正常运营，同时也保护了华侨城优美的市容环境。

华侨城段截污工程是污水排海工程的重要组成部分，工程设计在华侨城深南路段的南侧，总长度为1052.75米，钢筋混凝土管道口径为2.2米，管道埋深平均约14米。工程由上海隧道工程轨道交通设计研究院承担设计工作，上海隧道工程股份有限公司承担施工。工程于1992年11月正式开始顶进施工，1993年10月正式贯通。工程穿越两座人行天桥桥基，与D600mm给水管在锦绣中华处斜立交穿越后南北各一段平行，并与供水管道、雨水管道、排污管道等地下管线相交，华侨城施工环境保护要求高，工程施工过程中，积极开展技术攻关，其中反铲顶管掘进机研究接近当时的国际先进水平。大口径长距离钢筋混凝土顶管技术达到了国际先进水平，工程成果实施标志着国内钢筋混凝土顶管技术的重大突破。

工程竣工后，总设计师沈秀芳、副总设计师乔宗昭和我等5人获得国家科技进步奖三等奖，获得上海市科技进步一等奖，设计院获得上海市优秀设计三等奖。

## 三、开展技术创新攻关，高质量建设滨海大道，获全国市政工程质量最高奖

深圳市滨海大道东起广深高速公路西侧滨河大道立交处，西至南山区南油大道桂庙路口，为深圳市总体规划快速路系统南环线的重要组成部分，也是特区东西向主干道之一。规划设计全长9.65公里，其中7.6公里为填海而成，将填海为双向八车道快速干线，两侧各有辅道、人行道及城市绿化带。中央绿化带宽8—10米，绿化总面积达83万平方米，道路总宽97—130米，项目总投资29.9亿元，是一条著名的沿海大道，沿路欣赏深圳湾、红树林自然保护区、深圳湾大桥、深圳总部基地和香港元朗等风景区。

滨海大道由市土地开发中心负责建设，于1994年开工。后因红树林自然保护区属于国家级自然保护区，经过红树林自然保护区必须经国家建设部、环保总局、林业部等部委提出意见后报国务院批准方可实施。滨海大道因开工前未办理相关手续，1994年开工后，受到国家相关部门的关注。当时的市主要领导曾多次与有关部委领导、主要司局沟通，但最终未果。1996年底，市领导决定滨海大道

复工。按原中标单位，于1997年元旦后复工建设，开始了滨海大道全线施工。

1997年本人在市政府任城建系统副秘书长，市政府主管领导分工由他亲自负责主抓东部水源引水工程。特别是与省政府、省水利厅，惠州市、惠阳县的复杂协调工作。分工由我主抓滨海大道工程。从1997年元旦后，经过几个月的现场组织协调，基本进入了正常施工。接着与市规划国土局重新启动红树林自然保护区的报批工作。1997年上半年到年底，与规划国土局总工程师、市政工程总负责同志和农业局领导等，分别三次进京向国家部委相关司局汇报沟通。后经反复与国家部委相关司局汇报沟通协商，由林业部在深圳主持召开全国红树林、湿地专家学者论证会。1997年下半年在深圳银湖宾馆举行了两天认真负责的讨论，最后同意了市政府对滨海大道红树林的保护方案。方案对红树林保护采取了全国自然保护区几项首创措施，获得了国家部委和与会专家的首肯，一致通过了深圳方案。

实施方案，首先将滨海大道通过红树林的跨线大桥方案修改为靠红树林西北角只占用不到2000平方米面积的地面道路，结果使红树林对鸟类的影响降到了最低限度。二是在滨海大道修建时，通过红树林段新建鸟类保护隔音挡土墙屏障及沿途近一公里处，修建7—8米隔音挡土墙，在边坡与坡顶种植灌木和乔木，经测试隔音效果良好。三是政府从国土基金拨专款2000万元，扩大红树林保护区的种植面积。深圳市政府对红树林保护区采取的各项切实可行的措施，受到了国家机关和专家的赞扬。经过各方同心协力工作，国家部委分别通过了初审，经建设部综合部门意见，报国务院审批。国务院秘书局经办的处长、局长对深圳的工作非常支持，经秘书局审查，报国务院于1997年底批准了红树林自然保护区滨海大道规划设计，使滨海大道得以顺利实施。

滨海大道建设单位为深圳市土地开发中心，建设单位有一个坚强的领导班子，组织能力强，工程技术人员专业齐全，有组织大型重点项目的实践经验。设计单位为建设部上海市政工程设计研究院，监理单位为铁道部科学研究院深圳分院。施工单位有深圳市市政工程总公司，第一建筑公司，鹏基建筑集团，金众建筑集团，中铁大桥局集团，中铁二局，深圳市路灯管理处，深圳市园林绿化公司等单位。

滨海大道因地处深圳湾潮汐带，地质条件异常复杂，潮水水文影响大，地理位置特殊。软基础是本工程的最大难点之一。该路段淤泥最大深度16—20米。淤泥含水量大，强度低。设计方案主要以塑料排水板堆载预压法为主，在每个闭合区的施工区域，先抽排海水，接着铺土工布，然后铺垫砂层，挖盲沟，设置排水井，堆填路基土，顶压土。由于沿线横隔堤、排水渠、立交桥梁等采用不同的软基处理方案，因而防止不均匀沉降造成路面开裂显得尤为重要。设计中采用碎石桩、搅拌桩不均匀布置以减少不均匀沉降，预压荷载的大小直接影响到软基处理的质量。根据沉降观测结果，对主车道加大堆载预压荷载，延长预压时间，取得了良好的效果。

沥青路面设计，滨海大道为深圳市首条采用SmAi沥青路面设计的道路。通过采用改性沥青，选用强度大的辉绿岩，反复研究配合比、添加剂等，不断攻克难关，选用先进的搅拌和摊铺设备，全断面一次摊铺，使得完工后的沥青路面无一冷缝。滨海大道沥青路面集美观、降噪、排水、舒适于一体。

绿化环境主要以热带风光、海滨气氛、主体景观、生态效益为原则，降低和调整绿化设计，以通透、观海、亚热带风光为主调，形成了滨海交通，生态美丽的景观。

滨海大道自1999年9月28日开通以来，运营20多年，未出现任何较大质量问题。地基不沉降，路面未开裂修补过，桥梁稳定，从未出现过报警，地下管线畅通。20多年的历史证明，滨海大道建设是成功的，质量是可靠的，示范是明显的，是深圳市建路工程的标杆。

滨海大道1999年被评为深圳市优秀设计奖，同年被评为深圳市优质工程奖，广东省优质工程奖，全国市政工程质量最高奖——金杯奖。

第六辑

# 华丽变身

# 让拓荒牛精神根植于血脉

刘德成

应老战友刘坤德董事长之邀，为他编辑出版的一本记录深圳两万基建工程兵的书籍写点内容，我真不知道如何下笔。正巧，我在为深圳市拓荒史研究会会刊《拓荒牛》赶写第二期后记，索性就从深圳“拓荒牛”写起吧。

许多人第一次看到《拓荒牛》刊物，都会问一个问题，那就是《拓荒牛》究竟是要说些什么，是对特区拓荒历史的一种回忆，还是借古喻今的一种启迪，抑或只是单纯地对历史的一种记载？实话说，这本刊物诞生的初衷确实是想通过对深圳这座城市的拓荒历史记忆的挖掘，对拓荒历程中所形成的拓荒精神的探索，以文字和图片的方式，让今天的深圳人对过往深圳有一个相对客观的了解，并有所启示。

## 军魂不改战商海　特区一代“拓荒牛”

在深圳，提到“拓荒牛”，首先会想到特区成立初期最早参与城市建设的那个特殊群体——两万基建工程兵。那是因为，在深圳现有两千多万居住人口中，有迄今为止唯一（不是之一）成建制两个师、共八个团的两万一千多名官兵，他们40年前奉国务院、中央军委命令调防深圳，并于1983年9月脱下军装集体转业，组建市属大型国有建筑施工企业，即基建工程兵大本营——深圳特区建设公司（后来改为建设集团），成为国企员工、成为深圳人；那是因为，年富力强的两万多官兵占当时深圳城镇人口（40年前宝安全县人口33.两万，其中城镇人口约8万人）的四分之一；那是因为，特区在头十年里就是一个基建大工地，以两万基建工程兵各团组建的建设集团所属企业拼搏进取、大胆改革，创造出无数个“第一”，连续获得了“最大市属企业盈利第一名”“最大房地产企业第一名”，中央组织部授予“全国先进基层党组织”，省委、省政府授予“广东省模范集体”“优胜单位”，凸显了两万基建工程兵的历史作用与分量；那是因为，两万基建工程兵40年中陆续有近八千人充实到全市各行各业成为领导和骨干，在深圳每个角落发热、发光；那是因为，两万基建工程兵的杰出代表与当代楷模——任正非，打造出闻名世界的华为科技公司……毫无疑问，他们是建设深圳“一代拓荒人”、特区最早的“拓荒牛”！

深圳40年的建设发展涌现了无数可歌可泣的模范人物，他们也是深圳当之无愧的“拓荒牛”。深圳的拓荒历程也是无数“建圳人”前赴后继、一代一代共同努力的成果。这些“拓荒牛”、这些“建圳人”们其实和我们一样，都是这个大时代的一分子，他们有悲欢喜乐，也有苦痛欢愉。他们当中有人选择了放弃，也有人选择了坚持，只不过大多数人选择了奋力向前，选择了艰苦奋斗，选择了坚持在深圳拓荒拼搏。也正是基于此，才有我们今天所看到的深圳，才有我们今天所倡导和弘扬的深圳精神。

## 艰苦奋斗现奇观　改革升华谱新篇

当我们行走在宽阔的深南大道，打量着一座座巍然耸立的高楼，感受着城市的繁华与喧嚣，一种幸福与自豪的感觉不禁油然而生：幸福的是我们能够有幸生活在这座充满朝气的美丽城市，自豪的是我们的城市“拓荒牛”们能够在原本一片沟壑遍野、荒芜满山的土地上，平地起惊雷，用自己的青春与热血，用自己的拼搏与奉献“杀出一条血路”，为我们生生创造出一座前所未有的国际化大都市、一座人与自然和谐共荣的魅力新城。

无数的“拓荒牛”们，在深圳这片土地撒遍了自己的汗水、融化了自己的青春，为这座城市打下了扎实根基，为这座城市留下了一座座承载时代发展印记的建筑，无论是市委大楼、电子大厦、红岭大厦，还是国贸大厦、直升机场，一座座建筑，就是一座座时代的丰碑，更是早期“拓荒牛”们所缔造出的“团结奉献、开拓创新”的城市基因。而今，这些建筑早已失去原来的光华，被不断新崛起的高楼大厦所遮掩，但拂去时光的尘埃，依然可以看到这些建筑像一枚枚城市勋章一样闪亮。还有一些建筑，虽已“功成身退”，但每当我们回望历史定格的瞬间，依然可以窥见拓荒精神的闪耀与荣光。

深圳两万基建工程兵的大本营——市建设集团第一个10年（1983—1993）的发展史，就是一部不断解放思想、更新观念的历史。

一是加大改革的力度，重点解决企业的深层次改革问题:1.实施由行政管理型到经营实体型的转变，建设具有集约规模经营优势和投资功能优势的集团；2.将单一的全民所有制改造为公有制为主体、多种经济成分并存的股份制企业；3.摒弃负盈不负亏、平均主义大锅饭的分配机制，变为自负盈亏，国家、集体、个人利益同步升降的分配机制；4.摒弃行政化的官本位干部制度，变为符合经济发展规律和要求的干部人事制度；5.取消企业行政级别，按企业规模大小、效益高低重新评定企业等级，并由此决定经营者群体的相应待遇；6.加速推行产权、股权的转让与买卖，实行生产要素的优化组合；7.强化企业自我约束机制、监督体系。

二是继续坚持以建筑业为基础、以房地产为支柱、多元化经营的策略。这个建筑业不应是传统的劳动密集型的建筑业，而应是经营管理型的、科技成分比较高的现代化建筑业，是能够按照国际惯例运作、便于与国际惯例对接的建筑业。建设集团是深圳市建筑企业中唯一拥有政府认可的商贸进出口经营权和国际经济技术合作的企业。利用这一政策优势与条件，注意培植市场前景看好、发展潜质大的工业产品，提高了企业在市场变化中的“抗震”能力。

三是把广揽人才和创造人才平等竞争的机制，放在更加突出的位置，成为企业发展的战略措施，扎扎实实抓出了成效。到1993年已经接收一千多名全国应届毕业的大学生，如今，大多数成为企业高管或技术业务骨干甚至成为各级领导。

还有很重要的一点是：在新的历史条件下，继续发挥好长期形成的军人优良传统的政治优势。在困难时期，曾靠着这个政治优势构筑两万基建工程兵团结一致共渡难关的凝聚力，只有严明的纪律，才能令行禁止，一个个改革方案才能顺利推行，使企业逐步走出困境，走向大发展。政治优势是建设集团的传家宝。

## 创新经营谋发展　抓住机遇迎挑战

建设集团经过第一个十年的砥砺拼搏，迅速摆脱困境，走出低谷，企业得以发展，特别是二级公司的实力大增，主要是抓住了两次重大机遇，长出第二个十年（1993年—2003年）腾空的翅膀，振翅高飞。

在市委、市政府的关怀下，集团创办了10家房地产公司。每家施工企业配一个房地产开发公司，集团总部创立了三家房地产开发部。经济效益发展迅猛，成为主要经济支柱，改变了建筑业微利收入的被动局面，成为出台其他改革措施的重要经济基础，这是建设集团抓住的第一次机遇。

在市政府的支持下，1989年集团开始进行股份制改造，发行内部股票，成立了深圳市振业股份公司，于1992年挂牌上市。这一运行机制，使公司总部部分员工迅速摆脱穷困，成为相对比较富裕的群体，为深圳创造了无数百万富翁甚至千万富翁。同时，也使企业不断通过股市获得较强劲的发展基金。在振业股份之后，集团又将天地股份、长城股份培育上市。一个以振业、天地、长城等一批优秀上市企业通过公司制改造初步形成控股经营格局。经营者和决策者群体对企业改革、市场、机遇、发展目标的理解与把握，是推动其他因素发挥作用和企业发展的根本性原因。

集团抓住了房地产开发和股份制改造两次重大机遇，集团系统也由此获得了相当丰厚的回报。

## 试水“振业”执“天地”　幸运站位高起点

1992年4月27日，深圳振业是全国第六家在深交所上市的公司！

1989年初，建设集团决定把机关开发部改造成股份制公司，由建设集团和所属市长城股份公司、市动力公司作为三家发起人，成立了深圳市振业股份公司，并被有关部门批准以发行股票方式募集资金。在集团开发部的基础上筹建振业股份公司期间，我兼管筹建人事方面的工作。这里有个小故事：1989年3月建设集团上报市政府办公厅申请成立股份公司时，名称为“深圳市置业股份有限公司”。上报后领导比较着急，集团副总经理张立凡（原基建工程兵石化指挥部“军级”直属802团的老团长，后来兼任振业股份首任董事长、市深华工贸集团总经理、市城投公司总经理）和开发部部长杨振威（振业股份首任总经理）找到我，让我去办公厅秘书处打探一下股份公司审批情况。当时，我是深圳市建设集团干部科科长，正好办公厅秘书处负责此事的秘书于懋是我好朋友，又是辽宁老乡（当初从鞍山市调入特区时，通过长城公司马总介绍帮助过他），他查了以后告诉我：“领导已经原则同意，但公司名称复核后，名称有重复。需要改。”我跟张总汇报后马上将“置业”改为“振业”，复核后即获批准。这是“深振业”公司名称由来的小插曲。

无独有偶，1992年因振业公司发展需要，组织决定我出任振业公司党委副书记兼任投资决策办公室主任、董秘。这时张立凡已调任深华总经理，建设集团总经理张宝兼任振业董事长，一年后我任深振业副总经理时，把决策办主任兼董秘一职交给决策办秘书林茂德。也巧，90年代初期林茂德是西南财经大学讲师，振业公司建立伊始急需经济专业方面人才，张立凡老总找我，要求想办法将其调入公司，最终把他从大学里挖来深圳，后来他任振业总经理助理、总经济师，在副总经理岗位上交流到市地铁集团副总经理、总经理，在地铁集团董事长任上退休。实际上我是为深圳延揽了一位人才，也应了那句老话：“是金子在哪里都会发光”。

在振业公司工作的那些年，是我真正学习理解股份制理论和掌握证券市场实际操作要领的开始。当年，人们更多关注的是股票价格，对股票价值、公司治理、股份制发展的内在规律与发展方向并不怎么去研究。“深振业”，是当时上市公司股本最小三家公司的之一，但能量和影响却非常大，和“深发展”（深圳发展银行股票代码000001）在“深交所”二级市场上经常交替成为“龙头股”。

1989年底谁如果购买5000元深振业股票，到1992年上市后就是一个“百万富翁”。

▲

1993年10月于北京。左起：林茂德、唐旭、赵海宽、吕晓明、萧灼基、刘德成。（照片由本文作者提供）

最令同业人佩服的是，深圳市振业股份公司“金融证券研究所”最强阵容出镜，令人叹为观止。他们是北京大学著名经济学家萧灼基教授、中国人民银行金融研究所长赵海宽教授、中国人民银行研究生部主任唐旭博士以及西南财大原校长甘本佑教授等国内外知名的经济学家和著名金融专家。

1993年金秋（10月11日至13日），深振业与经济日报理论部联袂北大经济学家萧灼基教授发起《发展和完善中国证券市场》研讨会及优秀论文评选活动，在北京京西宾馆西大厅举行，参加会议有全国51家上市公司高管和20多位专家学者，还邀请到国务院副总理谷牧、人大副委员长王光英、程思远、李佩瑶等五位领导莅临现场。振业张宝董事长、吕晓明总经理、刘德成副总经理、林茂德总助等参加了研讨会。大家既回首过去又展望未来，认真探讨、论证中国股份制运作市场经济规律，对未来作出科学预测，提出新的运作机制和蓝图，在名人专家的指导下设计和提高了企业形象，对发展和完善中国证券市场具有一定的影响。

最令人振奋的是深振业邀请到国务院副总理邹家华为公司题词。这副题词还有一段故事呢——当年，“深振业”员工只有50多人，公司利润5200万元，创造公司员工人均利润100万元的优异成绩，这是其他企业难以想象的数字，经营势头强劲，未来发展可期，班子决定找一位中央领导为振业公司题词，这项任务落到了我的头上。我通过北京首长保健医生刘大姐找到国家气象

▲

左起：刘德成、张宝、邹竞蒙（1993年于北京）。（照片由本文作者提供）

总局邹竞蒙局长，他同时兼任联合国世界气象组织主席。他答应请国务院副总理邹家华为深圳振业公司题词，反馈回来的信息说，本来首长不同意给企业题词，后邹家华副总理来听说深圳振业公司大部分员工是两万基建工程兵成员，还看到振业公司董事长——深圳建设集团总经理张宝同志是全国五一劳动奖章获得者、刚刚接受中央电视台“东方之子”栏目采访，才欣然同意。很快，我们在北京召开研讨会三个月之前，拿到了邹家华副总理为振业公司的题词——“艰苦奋斗好传统，建设特区立新功”。副总理的题词，既是对振业公司全体员工的勉励，更是对两万基建工程兵的褒奖。

公司上下深受鼓舞，也受到极大鞭策。毕竟这是基建工程兵大本营——建设集团下辖范围内唯一有中央政治局委员、国务院副总理级首长题词的单位。建设控股公司在庆祝基建工程兵集体转业30周年《建设者》画册当中所用的那幅题词是删掉了“深圳振业股份有限公司”字样、进行了部分加工后的作品。那幅题词原件还保存在我这里。

深圳市天地集团股份公司是深圳市建设集团直属企业，它的前身是1983年两万工程兵集体转业时第31支队（师级）后勤部长刘德胜带领部分官兵编入的特区建设公司（市建委）设备材料部，一年后改为深圳市设备材料公司，1993年成功上市改为深圳市天地集团股份公司，为全国第23家上市公司（股票代码

000023），是全国第一家、也是唯一一家专营商品混凝土及建筑材料的上市公司。

2001年，“深天地”第一大股东——市建设控股公司将持有深天地40%股份转让给深圳市东部开发集团公司。至此，东部集团成为天地集团的第一大股东。2002年3月8号，在天地集团临时股东大会上，选举产生天地集团第四届董事会，由董事九人组成：陈德伦、杨玉科、刘德成、何头国、宗德纯、贾连生、杨华山、赵子英、李苏民。陈德伦为董事长、刘德成为执行董事。4月天地集团第四届董事会二次会议上聘任刘德成为天地集团执行董事兼总经理，从此，开启了“深天地”经营管理新的一页……

▲

2004年深圳市天地集团股份公司董事长、党委书记刘德成。（照片由本文作者提供）

担任天地集团总经理到董事长党委书记的五个年头里，我首先采取的重点措施是实行三个一批的战略：资产置换一批，行业整合一批，抓大放小一批。具体措施有六个方面：

一是制定发展思路，实施资产置换，有效遏制亏损。这是抓住了关键点；二是加大力度培育主业，增强创收获利能力，提升造血功能；三是增强资产运营效能，放开搞活小企业，其实是止血止亏；四是跟踪管理，适时提出新的要求与增强保障措施，这是推行优胜劣汰之举；五是加强内部审计，规范财务管理，推行企务公开，这主要是控制经营和管理成本，向管理要效益；六是加强党的建设、人才队伍建设、企业文化建设，这是在提高管控能力，提高员工的向心力与凝聚力的重要途径。

当年主导产业商品混凝土和碎石的生产、销售、利润，创造出历史最好水平。总收入比上年增长75%，主营利润比上年增长135%，净利润比上年增长60%，实现利润1100万元，确保扭亏为盈。

2004年我在天地董事长、党委书记任上重点抓了几件大事，后来的发展和实践证明了这几件大事的完成为天地集团后五年（到2009年）的发展奠定了重要基础，为天地的持续经营起到了决定性作用！

战略规划要点是：一个确保、两个突破、三个重点。一是确保企业不亏损，并在实现主业混凝土销售收入目标两亿元以上、利润1000万元以上的综合措施方面要有所突破；二是整合集团现有土地资源，在对桃源货场近两万平方米土地进行房地产开发前，对留仙洞红花岭石场基地近五万平方米土地进行围栏式管理，在原有工业用地的基础上保护并扩大到现有使用范围内的全部面积，争取市国土局把南湾石场整治工程交给天地集团进行项目工程总承包要取得实质性的突破；三是重点抓好新生产线的开工，包括良才和东部建材前台工作面，利建新址乔迁、龙岗新搅拌站的选址确定工作要有所突破。

这些战略规划在后来的几年里基本上都一一实现了，有的甚至远超当年的预期。桃源天地楼盘（后改名天地风景）开发项目、南湾石场整治工程取得的利润一个多亿，公司利润尽享五六年。

## 拓荒精神“深圳魂” 薪火相传后来人

2020年是深圳经济特区成立40周年。“40年春风化雨，40年春华秋实”。两万基建工程兵的大本营——深圳建设集团与特区的成长同呼吸、共命运存在了30年。十年拓荒，十年发展，十年升华。有很多同志非常惋惜基建工程兵大本营——建设集团已经不复存在了（现存的建设集团已非当年）。社会在进步，企业在发展，大本营虽然没了，当初基建工程兵八个团改编的企业都还存在，业已发展成大集团、大财团了。

两万工程兵指战员由当年年富力强的小伙子，如今大多已到了退休年龄，享受着退休后的天伦之乐。他们的拓荒历史已经和深圳这座城市融合难以分开了，那些他们亲手建造的无数高楼大厦和宽广街道已成为他们奋斗的记录与丰碑。

想着历届市委、市政府对两万工程兵的关心与爱护、支持和评价，大家心里都是热乎乎的，终生不能忘记。当年市委常委、常务副市长王众孚同志的评价："建设集团无愧于全国先进集体和广东省模范集体的光荣称号和金光闪闪的全国五一劳动奖状，建设集团各方面的出色工作足以表明，这是一支战能胜、攻则克的英雄队伍，无论是建设工程还是救灾抢险，把任务交给他们，市委、市政府是放心的，深圳人民是放心的。在1993年'八五'火灾抢险中，首先冲向火海为武警战士开路的，是建设集团英雄铲车，最后一个撤离火灾现场的，是建设集团的事故现场清理组，在关键时刻，建设集团所表现出来的良好组织素质和集体英雄主义气概令人敬佩。我们为有这样一支能打硬仗的建设队伍而自豪！"

中共第十四届、十五届中央候补委员，第十届全国政协常委，深圳市委书记厉有为同志在深圳市拓荒史研究会大会上，更是对两万基建工程兵给予高度评价，他说："两万基建工程兵是'开拓、创新、团结、奉献'深圳精神最早的实践者，两万基建工程兵是特区建设的拓荒牛。"

深圳市原常委、警备区政委曹绍业同志说："基建工程兵也是我的老战友，厉书记的评价，是对深圳基建工程兵的最高褒奖。基建工程兵在特区践行'开拓创新、艰苦奋斗'的深圳精神，永远也不能丢。"

深圳市委原常委、宣传部长李小甘同志也评价说："与他们在物质财富的贡献相比，二万人对这座城市精神方面的建树更为可贵。他们艰苦安家，在荒山野岭里搭竹棚一住数年；艰苦创业，实现了从令行禁止的军人到市场经济海洋里游泳健将的转变；艰苦奋斗，其事迹既为'开拓、创新、团结、奉献'的深圳精神提供了营养，又成为践行深圳精神的楷模。不畏艰辛，奋勇争先，是中华民族最优秀的品德之一。基建工程兵两万人创业中表现出来的正是这种人民军队的优良传统，在特区初创时期生发的'深圳精神'也是这种艰苦奋斗精神的传承和延续"。

我们应当把"拓荒牛精神"根植于血脉，薪火相传。始终牢记习近平总书记在特区建立40周年庆典上的重要讲话精神，不忘改革开放的初心，在建设中国特色社会主义先行示范区伟大征程中，永葆“闯”的精神、“创”的劲头、“干”的作风，努力创造出让世界刮目相看的更大“深圳奇迹”。

# 为城市崛起再显军人担当

## ——记304团转为深圳市第五建筑公司之后

宗德纯　马同礼　何崇璋

有些人，让人们无法忘却。

有些事，被历史永远铭记。

有这么一个团队，他们历经了两个兵种，在高原上建功，在三线建设中创一流，在深圳拓荒史上书写了浓浓的一笔。这就是基建工程兵304团。

### 国防施工敢打硬仗，三线建设勇创一流

1965年，奉中央军委之命，由中国人民解放军济南军区67军在山东省即墨县组建了工程兵建筑174团，兵源主要来自山东籍的战士。是年5月，部队移防到山东诸城县及五莲县，加快国防施工，当年完成坑道切口158个，掘进2430米，建筑维修道路44200米，超额完成全年任务指标的135%。1968年3月，174团奉命进驻内蒙古包头市白云鄂博地区，转隶北京军区，坚守在祖国的北大门执行战备施工。后到青海高原，进行国防施工。174团指战员不畏艰险，奉献青春，挥洒汗水，作出了重要贡献，书写了光辉历史！

1976年8月，随着国际形势的变化和国防建设的需要，奉命西辙东进，移防于贵州省安顺地区执行三线建设任务，从此174团结束了野战军的历史使命，从二炮建筑工程兵改编为中国人民解放军基建工程兵，秉承“能工能战，以工为

▲

1995年会同安检部门进行施工情况调研。（照片由本文作者提供）

主，劳武结合”的12字方针。原二炮工程兵建筑174团（80574部队），改为基建工程兵31支队304团（建字874部队、00314部队），隶属国家三机部，在贵州011基地进行三线建设。部队分布在贵阳、安顺、毕节、贵定等地，主要担负军用飞机和光学厂房建设等任务。1980年，经过严格考核，一批有施工经验和技术水平的战士转为志愿兵，充实部队技术力量，为保障施工打下了坚实的基础。实践证明，这批志愿兵无论是在三线建设或集体转业到深圳改编为建筑公司的施工中，都发挥了骨干作用。

多彩贵州，毓秀黔灵，见证了304团从1977年至1982年坚实的足迹和辉煌的成就。荣获“全军行政管理单位”和“基建工程兵一流团”等荣誉，以无可争辩的事实证明，这是一支能干敢干实干的队伍。

1979年，对越自卫反击战打响，战备建设工程紧迫，304团承接了广西宁明军用机场的抢建任务。为了尽快完成机场的抢建任务，以实际行动支持对越自卫反击战，时任参谋长李金忠率部队不分白天黑夜加班加点施工。宁明机场抢建任务保质保量如期完成，受到了广州军区通报表扬和空军的通令嘉奖。

304团不仅在贵州011基地参与军工基建任务，还完成了多项地方基建工程，新光厂、赤光厂的光学厂房建筑，贵州重点工程青松烟厂的厂房建筑，贵州酒厂的扩建工程。在贵州，这支队伍有不菲的业绩，良好的口碑。

304团承建的80号厂房是贵州三线建设的一座丰碑。继宁明机场抢建工程圆满竣工后，三机部又把一项国家重点工程交给了304团。1980年，80号厂房圆满竣工。304团用2年时间完成了其他施工队伍要三四年才能完成的任务。这是对304团整体素质的一次检验，也创造了部队施工的一个奇迹。

80号厂房的顺利竣工，引起了基建工程兵首长的关注。兵种领导实地考察后，评价304团“作风过硬，纪律严明，能打硬仗，能打胜仗”，304团被国防部授予“全军行政管理先进单位”，是基建工程兵的唯一一个。兵种授予304团“基建工程兵一流团”的称号。一流团拥有一流的作风，一流的思想政治工作，一流的工程质量，一流的经济效益，一流的后勤保障。

## 特区拓荒谱新篇

1982年11月，部队奉命来到深圳，投身城市建设。刚到深圳，战士们的心就有点“凉”，驻地竹子林是用竹子和油毡搭起的房，四面透风。没有水源，战士们自己挖井，打出来的水都是带着海腥味的咸水。火热的气候让战士们难熬。第二年9月份的一场强台风，推翻了住房。从内地来的战士，哪里经历过这样的场景，有些人打退堂鼓了，有志愿兵到团部要求转业回家。团长李金忠就是不松口，他说，志愿兵是部队的技术骨干，今后特区建设更少不了你们。经过耐心的说服开导，志愿兵躁动的心才慢慢平复下来。

1983年9月，部队集体转业，改编为深圳市第五建筑工程公司。9月15日这一天，全团3千多干部战士举行向军旗告别仪式。面对军旗，战士们心有不舍，脸上挂着留恋的表情。何崇璋代表战士发言，心潮澎湃，动情地表示，在军营的锤炼下，我们为军旗增光，创造了一流团，我们深感骄傲。今天，党要我们投身特区建设，我们同样感到骄傲。身穿军装，我们是战士，脱下军装，我们仍是战士。我们要不负使命，再创辉煌。

从部队到地方，这是一次大考。当时，深圳刚刚起步，到处丘陵水田，除了老街，没有像样的一条街市。一个企业要在这种环境下生存，需要强大的生命力。建五公司的困难慢慢显露出来了，工程少，吃不饱。体制的跨越，一下子适应不了改革的步伐。要摸着石头过河。职工为了生存，有的去捡破烂，有的家属甚至去乞讨。看着这情景，公司领导痛心疾首，经理李金忠没有睡过一个安稳觉。痛归痛，如何走出困境，这是摆在公司面前的一个重大问题。公司领导东奔西跑，找米下锅。市政府也为改编后的企业减负，陆续分流了一部分职工到事业单位。

五公司经过不懈的努力，想方设法改善经营，提升企业效益，办起了全市改编企业的第一所小学、第一个清洁公司、第一所幼儿园、第一家服装厂、第一个水泥预制厂、第一家酒家，安置了不少职工和家属。五公司慢慢复苏，苍白的脸上有了红润。承建工程逐步增多，如园岭小区、雅园宾馆、供电大厦等工程项目。公司逐步适应了改编后的体制变更，从阵痛中走出来，从困境中走出来。

布吉大桥是贯穿东西的交通枢纽，这是深圳第一座跨河大桥。承建这个工程的便是市建五公司。当时，施工条件非常艰苦，桩孔全靠工人一锹一锹往下挖，一个桩孔深达一二十米，劳动强度相当大。广大职工撸起袖子加油干，把汗水与责任融在一起，赶工期，抢进度，保质量。硬是在缺少设备、机械的情况下，让大桥巍然矗立在布吉河上。

市建五公司先后更名为金众集团、建工集团。每一次更名，都是一次升华。公司在提升企业品牌，创建优质工程上探索前行。他们的足迹丈量了特区的每一块土地，他们的汗水浇灌在每一栋楼宇。市建五公司在深圳特区改革开放大潮中，保持发扬了一流团的光荣传统。

在百业奋进、群雄逐鹿的深圳，由304团改编的施工企业创造了“五个第一”：第一家年利润过亿元的市属施工企业；第一家获得质量体系认证；第一家获得国家级工程大奖（鲁班奖），第一家建立科技委员会；第一家荣获全国五一劳动奖。“五个第一”彰显的是一种追求，一种担当，一种使命，一种实力，一种荣耀。

▲

1995年，宗纯德在施工安全生产情况通报会上讲话。（照片由本文作者提供）

记得一位外国元首说过，深圳是中国胸前的一枚“勋章”。这不仅仅是她辉煌的改革开放成就，更是千千万万拓荒者用智慧和汗水铸就。

304团从建团伊始，把军魂铸在心中，不忘初心，不忘使命，用不朽的业绩为军旗争光。他们从山东到内蒙古，到青海，到贵州，再到深圳扎根，转战南北，谱写了一曲永不服输的奋斗歌。时任公司董事长张海跃感慨地说，这个团队之所以长盛不衰，与建团第一批山东兵打下的好底子有关，半个世纪的足迹中，仍然传承着他们的好作风。

1982年刚到特区，304团三千多名干部战士正值风华正茂，如今，这些“拓荒牛”大都已退休。是他们把青春奉献给了特区，是他们把汗水洒在了这片热土。

在特区40周年的辉煌历史里，有市建五公司拓荒的足迹，深圳不会忘记。

在中国共产党建党100年的历史里，304团（174团）必将载入史册，军旗不会忘记。

# 只有想不到，没有做不到<br>当兵的也能创建国内一流企业

邓文龙

1983年基建工程兵912团集体转业到深圳后，组建成立了深圳市工程地质勘察公司，1995年改为深圳市勘察研究院，2005年改为深圳市勘察研究院有限公司。

进深圳之初，为提高单位声誉，扩大公司的社会影响力，在经济条件十分困难的情况下，公司自筹几十万元资金编制了深圳地区的“工程地质与环境地质系列图”。该图按大小不同比例尺分为两个系列，为深圳市整体规划建设提供了科学依据，其中“土体工程地质类型图”和“岩体构造和工程地质类型图”被纳入深圳市标准《深圳地区建筑地基基础设计试行规程》（SJG1—88）。该系列图被深圳市科委和广东省科委评为“优秀科技成果三等奖”。

公司组建头10年，先后承担了新都大酒店、北京大厦、华联大厦、南油东滨大厦、湖北宝丰大厦、科技工业园、广深珠高速公路（深圳段）、深圳国际机场选址、深圳火车新客站、皇岗口岸、福田保税区软基处理、电子科技大厦、桑达大厦等市重点工程和高层建筑的工程勘察任务。当时施工条件非常困难，尤其是国际机场选址、高速公路和妈湾港勘察，均需上山下海（塘），没有路全靠人抬、肩扛，而且大部分钻孔都在鱼塘中和海边滩涂地带，靠竹排和滑板上下班，有时甚至需在淤泥上爬行。公司全体员工克服各种困难、加班加点，以高速、优质和良好的服务赢得了业主的好评。“新都大酒店工程地质勘察”“皇岗口岸工程地质勘察”“华联大厦工程地质勘察”“深圳机场候机楼勘察”“福田保税区

软基处理工程勘察”“电子科技大厦勘察”“桑达大厦勘察”等分别获深圳市和广东省优秀工程勘察奖。

为加快推行岩土工程体制进程，实现勘测、设计、施工一条龙，公司先后引进各类技术干部数十名，其中本科、硕士、博士和教授的人数比例合理，有效地构建了合理的人才梯队，充实了技术力量，为公司的发展提供了有力的技术保障。

经历10多年的艰辛拼搏，公司终于在深圳站稳了脚跟，在深圳市、广东省乃至全国均有了一定的知名度：1993年7月公司被建设部和国家统计局评为“中国勘察设计行业综合实力百强”单位；1995年被深圳市建设局和市企业评价协会评为“深圳市勘察设计单位50强”排名第一。

虽然获得了不菲的成绩和知名度，但离国内一流的勘察设计企业还有相当大的差距，特别是在业绩方面，还没有获得国家级大奖。时任院长杨仁明召集领导班子成员，商讨对策。时任总工程师李荣强博士提出，应该学习北京市勘察设计研究院的经验，集中本企业的技术精英，针对省、市重点工程项目，从项目策划到最终的售后服务，均按优秀工程的标准进行工作，特别是加强与业主和设计单位协调，争取获得他们的支持。正好当时公司承接了赛格广场大厦的岩土工程勘察和基坑支护的设计任务，李荣强总工就提出以赛格广场大厦的项目为契机，争取创国家优质工程奖，获得了公司领导班子的支持。

▲

深圳市赛格广场大厦（照片由本文作者提供）

深圳市赛格广场大厦位于全国闻名的商业旺地——华强北商业街南部的深南大道与华强北路交汇处的东北角，该广场大厦为地上72层、地下4层，高358m，集商业、公寓、办公于一体的大型建筑，其平面呈八角形，结构采用芯筒外框体系，裙房地上10层，设在主塔楼的西、南两侧，总建筑面积163470m$^2$，采用独立的钢管混凝土及型钢组合梁框筒结构体系，是当时世界上钢管混凝土结构体系最高的建筑，在世界建筑高度排名第26位。拟建工程建筑体形复杂，高度大，基坑深度大，最深可达-24.5m，建筑荷载大且各部位建筑荷载差异大，单柱承载力2300～25000吨。建筑对沉降或不均匀沉降要求高；场地地处闹市，离周围建筑2～6m，其南侧地下室外墙距8层电子配套市场大楼为2.0m，最近仅0.2m，施工期间必须保证该市场正常营业，对基坑支护和基础施工要求高；地质条件复杂，地基土层变化大，土层结构复杂，地表无放坡条件，必须垂直开挖，支护难度大；地下水埋深浅，建筑物抗浮、防水以及施工降水对周边的影响大。

针对工程项目勘察和基坑支护任务的特点和要求，勘察研究院成立了勘察和基坑支护设计两个班子：勘察组由勘察公司经理郑土生、主任工程师邓文龙牵头，院副总工张运标负责把关，勘察公司技术部长张喜珠作为技术指导，新引进的硕士李清明为勘察技术负责，邓金标协助；现场勘察施工由勘察公司副经理王瑞祥组织；基坑支护组由岩土工程设计研究所所长黄岫峰主持，新引进的硕士黄力平任设计技术负责人，总工李荣强作技术指导。勘察组于1995年7月开始到现场踏勘，编制勘察纲要，确定了勘察采用钻探、静力触探、标准贯入试验、群孔抽水试验，地震安全性评价，室内水、土、岩样试验、结构与土相互作用分析、模型分析、计算、工程类比等技术手段，获得业主（深圳市赛格广场投资发展有限公司）和设计单位（香港华艺设计顾问有限公司）的认可后，开展勘察工作。

经过1995年7月至8月、10月下旬至11月上旬至分两次进场勘察施工，项目组全体员工发扬912团特别能战斗、敢打敢拼的优良传统和作风，提前完成了勘察任务。全面查清了场地的工程地质条件、地质构造、水文地质条件，并于11月底提供了岩土工程勘察报告，为施工图设计及后续地基基础设计施工提供了系统、可靠的依据。

基坑支护设计于1996年完成。基坑支护采用地下连续墙与内衬墙组成复合墙，作为地下室的永久性外墙结构，同时取消建筑物边桩，地下连续墙起着分担裙楼部分荷载作用，地下室“全逆作法”施工：即施工时先施工地面层楼板，然后往上建楼和往下建地下室同时进行，这样利用地下室的板、梁作为支撑，大大节省了基坑支护的费用，并大大缩短工期，保证了工程场地周围建筑物的安全。

这是华南地区首个“全逆作法”技术项目，在没有地区经验的情况下，获得成功，极大增强了全体技术人员的信心，为深圳市乃至广东省类似工程设计与施工提供了宝贵的经验和成功范例。

经数据分析和详细计算，地下室基坑开挖深度17.5m时土层最终沉降量小于51.5mm，得出不会影响周边建筑物的正常使用的结论。建筑物在建筑和使用一年期间，经实测最大沉降15.88mm，一般为8～10mm，相邻点间沉降差最大为11.62mm，符合有关规范要求；且未对四周建筑物的正常使用造成任何影响。周边建筑物最大实测沉降量33.46mm，与计算值比较接近。

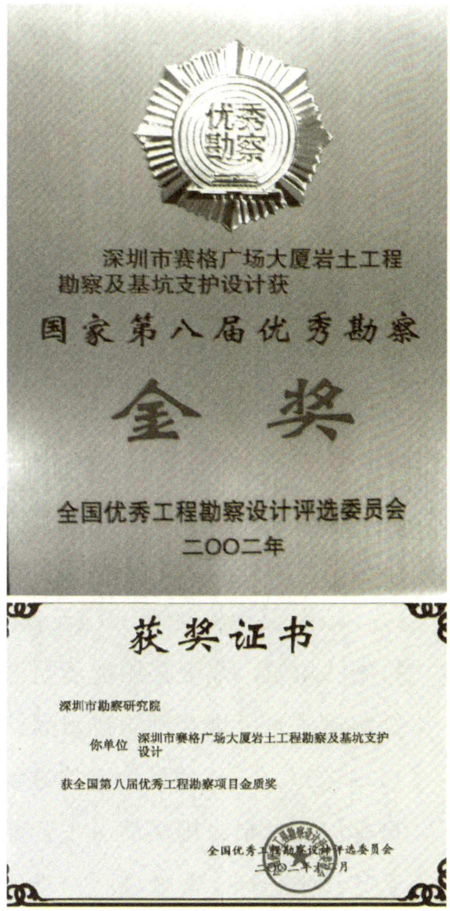


▲ “深圳市赛格广场大厦岩土工程勘察及基坑支护设计”获国家第八届优秀勘察金奖、全国第八届优秀工程勘察项目金质奖。（照片由本文作者提供）

本项目采用挖孔桩节约基础投资20%，约300万元；不用封闭式井点降水，在基坑集水井，桩内直接排水，节约降水费用100余万元；地下连续墙作为围、截水结构，利用地下室内部的梁板体系作围护结构的支撑体系，综合效益共节约投资近2000万元人民币；采用地下连续墙、全逆作法施工，完全保证了距地下室边线仅0.2～2.0m的八层电子配套市场的正常营业，为业主争得了该大厦建设期4年4个月（1996年1月1日～2000年5月15日）的经营利润，预计近亿元，同时也为业主留住了千余户电子产品供销商，确保了全国最大的电子配套市场的地位，为赛格广场大厦留住了巨大的客源和无形资产，总体工期比正作法施工缩短工期近一年，经济效益显著，获得业主好评。工程完工后，赛格集团赠我院金匾中写道：

“对贵院在赛格广场岩土工程勘察及设计工作中，严格的管理，先进的技术，优秀的质量，一流的服务，予以极大的赞誉。”该项目荣获深圳市、广东省优秀工程勘察设计一等奖，国家第八届优秀勘察金奖。也是广东省、深圳市首个房建项目国家级优秀工程勘察设计的金奖。

有了赛格广场大厦的创优秀的经验，公司在“西部通道一线口岸区岩土工程勘察、填海及地基处理工程设计”项目（时间：1998年3月至2002年完成勘察和设计，软基处理施工2005年完成），再创佳绩。

西部通道一线口岸区填海造地面积1.44km$^2$，由于需设航道、港池，勘察范围在规划区向东、向南各扩延1km，整个勘察面积约4.51km$^2$。勘察时大部分在海滩上作业，海水深度变化大，软土淤泥层厚度大，也有海堤并填有大量粗大块石，勘察难度大，技术要求高。勘察采取了适合海上作业和钻穿大块填石的多种勘察、测试手段，利用了钻探、物探（探地雷达、海上浅剖面法）、原位测试、室内土工试验、水质分析、C14年龄测定及矿物分析等多种方法，以较少的工作量，查明了一线口岸区第四系松散地层、基岩各风化带的起伏变化以及海水深度、潮汐涨落情况，特别是淤泥软弱层的分布和发育规律，为一线口岸区填海及软基加固处理工程设计提供了可靠的岩土工程勘察资料。

填海及地基处理工程设计分海堤、隔堤和场区三部分，其中海堤采用爆破排淤法填筑，隔堤采用抛石挤淤填筑和强夯挤密法进行加固，场区软基处理采用插塑料排水板堆载预压排水固结法处理。该工程计划投资18.6亿元，实际投资约11.3亿元。在该项目的实施过程中，集中了公司的技术精英，参加项目的技术人员有：沈孝宇、周洪涛、王贤能、李荣强、张欣海、邓文龙、丁国贵、张喜珠、于芳、张运标、高健康、白李研、李清明、胡景文、袁新等。全体项目人员群策群力，以优秀工程的标准进行勘察和和软土地基处理设计，满足内地和香港的工程建设标准要求，顺利完成了勘察和软土地基处理设计任务，项目先后被评为深圳市、广东省和住建部勘察行业优秀工程勘察一等奖和国家优秀勘察设计银奖。

进深37年来，公司累计完成各类工程50000余项，其中大型重点工程1000余项，荣获国家、部、省和市级优秀工程奖和技术进步奖500余项。公司由一个部队转业组建的勘察公司，跨进了全国一流优秀勘察企业的行列。

# 做城市建设“地下尖兵”的激情岁月

蒋笃恒

2020年是深圳经济特区成立40周年，也是我们基建工程兵912团集体转业到深圳37周年。作为两万基建工程兵的一员，不只是深圳特区的一名拓荒者、深圳辉煌成就的建设者，同时也是深圳沧桑巨变的见证人和亲历者。每当回忆起当年那段激情燃烧的峥嵘岁月，联想起建设工地那热火朝天的情景，我就心情澎湃、热血沸腾，久久不能平静……

## 一

基建工程兵第912团是一支有着光荣历史和辉煌成就的英雄部队。它成建制调入深圳前驻守在湖南省怀化市，肩负湘西和桂北偏远山区的区域水文地质普查和城市供水水文地质调查的任务，曾被基建工程兵总部授予“大庆式基本建设突击队”称号。

1983年6月，912团奉命调入深圳，参加深圳特区的基本建设工程地质勘察和测量任务。我当时是912团1营3连的助理工程师，第一批就被抽调到912团组建的赴深圳先遣分队。先遣分队由各专业和后勤保障人员组成，共30人，参谋长张纯寅同志挂帅出征，于1983年6月8日从怀化乘绿皮火车开赴深圳（钻机等设备用解放牌军车装运），随身就一个背包、一个手提袋。

下了火车，第一眼看到的是低矮零乱的村庄、一大片一大片尘土飞扬和热火朝天的建设工地。罗湖火车站是用铁皮搭建的候车厅，火车站售票房位于候车棚对面的一间像农民房一样的平房内，火车站出站口是一个大铁栅栏门，门口挤满了从香港回内地探亲或接客的人。深南大道东起大剧院门口，西到上海宾馆，深圳第一栋高楼20层的电子大厦，孤零零地屹立在深南大道旁。上步路南到深南大道，北到笋岗路，红荔路往西修到华富路（华富路还是烂水塘菜地），上步路以西，红荔路以南均为正在施工推填的烂泥坑、土包、黄土地；红荔路以北的白沙岭（现为百花路一带）的一个平方公里的区域，住满了先期到达深圳的基建工程兵建安部队。

912团先遣分队来深圳的落脚之地就位于上步红荔路口西南的深勘大厦位置。团部打前站的几位同志已把场地推平，在松软的黄土地上搭建起几栋竹棚。其他团也有用竹子搭建聚居于此的棚户区，有人给这些棚户区还起了个优雅的名字——“竹园宾馆”。棚户区内污水横流、垃圾成堆、苍蝇乱飞，大白天成群硕大的老鼠在觅食，整个区域好像一个“贫民窟”。

第一天住进竹棚还要自己动手，在松软的黄土地上铺一层沥青油毡防潮，用脚把黄土踩平踩实，铺上折叠床，房间的布置就算完成啦。每一间竹棚铺四张折叠床，住3个人，留一个铺作为机动用，3个人可放日用杂品在上面。

住在这样的竹棚子里可真是什么滋味都尝到了：夏天，太阳把棚顶晒得叭叭作响，室内像蒸笼一样根本睡不了午觉；晚上则是蚊子、老鼠的天下，睡到半夜还要多次打着手电筒在蚊帐里逮蚊子。冬天，风吹得四面竹笆墙呼呼作响，冷嗖嗖地越睡越冷。

## 二

1983年9月9日，是一个不寻常的日子，也是一个让我、让深圳基建工程兵战友们刻骨铭心的日子。

这一天，不仅是我们伟大领袖毛主席逝世7周年的纪念日，也是年轻的深圳遭遇一场百年不遇的12级大台风正面冲击的日子。这场名叫“爱伦”的大台风（后来才知道的台风名字）夹着大雨以每小时20公里的速度狂袭深圳，从下午开始一直持续到第二天中午才渐渐远去。台风把碗口粗的大树连根拔起，吹得路边刚栽上不久的树苗东倒西歪，电线杆拦腰折断，广告牌歪歪扭扭，空气中雨水夹杂着竹叶竹片、沥青纸片，一片狼藉！台风过后，两万基建工程兵集中居住的白沙岭、竹子林两处聚居地搭的数十个竹棚子只剩下一个个架子，棚顶连同被子、锅盆、碗筷全都被吹上了天，放眼望去，惨不忍睹。

我所居住的竹棚，到夜里10点钟被风刮得只剩下半边棚顶了，衣被全被打湿，三个人卷起铺盖蜷缩在存留棚顶的一个角落里，只盼着台风能过去，风能小一点，能坚持到天亮就好。谁知风越来越大，猛的一阵风把仅存的半边棚顶掀上了天，没办法，我和同室战友用破油毡纸裹起铺盖卷，顶着大风雨冲向附近约50米远四川省办事处（现四川大厦）尚存的铁皮屋厨房的烧火土坑里避难。几十米的泥泞小路上，横七竖八的竹竿、铁丝，风雨夹带着竹叶竹片嗖嗖乱飞，呼啸的风声十分恐怖，连摔带爬10多分钟赶到地方。何维新同志的手被竹片之类的硬物划破流血。我们两个人蹲在灶坑里总算不淋雨了，身上也暖和了一些，但心里总是不安，生怕让厨房顶上被风吹倒的烟囱砸到灶坑里丢了小命，就这样心惊胆颤熬到天亮，到中午风才小了下来。至今战友们聚会时一提起那次台风都心有余悸。

这场大台风，对两万深圳基建工程兵的官兵们都是一次终生难忘的经历，台风过后，只盼着能住上铁皮板房就好了。

1983年对深圳两万基建工程兵来说，注定是不寻常的。台风过后不几天，刚重新搭建的竹棚，经历了一次大冰雹，鸡蛋大的冰雹又把竹棚的沥青纸顶砸了个稀巴烂。一天晚上的10点多钟，我亲眼所见白沙岭棚户区燃起了熊熊大火，烧毁了数十间竹棚，数百名官兵及家属瞬间变得流离失所。这一年是多灾多难的一年，也可能是深圳基建工程兵们在集体脱下军装前的大阅兵，一次必经的历练和洗礼。

## 三

万厦的基石，无名的丰碑。深圳万丈高楼平地起，但平地以下才是我们基建工程兵912团和转业后成立的深圳市工程地质勘察公司的主战场，地质工作者称得上是深圳基本建设的地下尖兵。

1983年6月底，也就是来深圳安顿好不足20天的时间里，912团30人的先遣队进入深圳的第一场硬仗就打响了，即八卦岭工业区8栋厂房的工程地质勘察任务。八卦岭工业区场平工程道路和基建工程是深圳基建工程兵的一场战役级的大会战。在红岭路、笋岗路、泥岗路和上步路合围的一大片场地内，白天上百辆拉土车、风炮机、空压机等施工机械和数千人摆开战场，开山放炮，推土填坑。机械的轰鸣声、开山炮声响成一片，场地尘土飞扬，遮天蔽日，夜间灯火通明，热火朝天，日夜不停地在施工。

八卦岭工业区标准厂房场地，位于工业区的西南角，是相对平整率先交出的一块地。此项目工期要求急，任务重。对我们这支特别能吃苦、特别能战斗的队伍是一次挑战，能否顺利转换工作机制，适应新的工作环境，按期完成任务，确实是一次大考。

先遣分队全体动员，组织40多人的突击队（在先遣队30人的基础上尔后又分期分批进入部分官兵），调动10多台钻机，机长均由熟练的志愿兵担任。队伍经过大半天的现场专业培训，第二天就大干起来。在部队时使用钻机都是300型600型和1000型的大地质钻机，开100型的小钻机对机组人员来说算是小菜一碟了。

我是技术负责人之一，主要负责各钻机的钻孔测放、岩芯编录、钻探深度、岩芯长度、地下水位的测量、岩芯地层的划分和描述，收集原始资料，采集岩、土、水试验样品和封包送检等大量技术工作。每台机钻深进度，终孔的层位，都要经过我来确定。10多台钻机，一台机一台机地轮流跑动、检查、核对，在崎岖的场地内蹲下起来，再蹲下再起来，一天来回跑下来的路就有30公里之多，解放鞋里灌满了泥土。午后时分，太阳火辣辣的，浑身汗湿后的衣服上泥巴涂了一层，草帽都戴不住，只能硬着头皮让大太阳晒，的确良军装也被晒得火热，烫得皮肤生疼。

同在部队一样，还是军事行动，只是听不到起床号声，6点准时起床，6点半吃早饭，7点钟就乘大解放赶到工地，中午12点半食堂把饭送到现场，碗筷也没有干净的水洗，双手带着泥巴端起饭盒就吞吃，吃完饭找个荫凉处休息一会儿，就又要开钻了。就这样大干了13天，提前2天完成了外业钻探任务。现场全部参战人员，个个变了个颜色，脸上胳膊上都脱了一层皮，但没有一个人叫苦，没有一个人退下战场。

外业钻探任务完成后，就是我们地质技术人员连夜加班加点的整理资料了。那时又没有电脑，办公条件很差，设备落后。手摇计算器统计数据，用比例尺、绘图板、米格纸、铅笔、绘图笔手工绘制出钻孔柱状图，工程地质剖面图，编写文字报告。然后把资料交给绘图室，由绘图员在硫酸透明纸上描绘，再晒成蓝图，打字员用手动铅字打字机打字，再用油墨印出工程地质勘察报告。现在看来这是多么原始的方法。技术人员除要完成勘察报告的室内工作，白天还要兼顾新开工的项目外业工作，每天工作16小时，有时甚至连夜不停地干，突击完成任务。经过全体将士艰苦卓绝的奋战，提前5天提交了一份工程地质报告书，从而经受住了考验，打了漂亮的第一仗，交出了第一份合格答卷，为后来的特区建设开了个好头，打出了军威。

## 四

1984年3月份，我作为技术负责人独立承担了深圳医药大厦项目的工程地质勘察任务，这也是我第一次承担高层建筑的勘探任务。

医药大厦项目场地位于深南大道东路的南侧，现在的南极路旁，离文锦渡口岸不远。高层建筑工程地质勘察实例少，当时深圳只有几栋高层建筑，国贸大厦、发展中心大厦、红岭大厦正在建设中，还没有成熟的规范可考虑。工程内容要求，必须通过钻探和现场试验查明场地地基基础的稳定性，地层结构、持力层位、各层位的地基承载力、地下水位变化、水质等，提出基础的选型、不良地质作用的防治方案建议和场地与地基的地震效应评价意见以及所需的技术参考数据等。

本人无这方面的经验，只有虚心地请教老地质工程师，翻阅《工程地质手册》和大量的参考资料。在干中学，学中干，渐渐提高了自己的技术水平和工作能力。

场地处于罗湖大断裂带上，地下岩石破碎，有多条小断裂带穿过地下，地质条件复杂。经过自己勤恳细致的辛苦工作，不但出色地完成了外业工作，而且提前编制出了医药大厦的工程地质勘察报告。1989年，医药大厦工程地质勘察报告书获“深圳市优秀工程勘察二等奖”。

## 五

记得是1985年六七月份，按规划深圳大学拟从原校区即位于罗湖蔡屋围村旁的一个小院子（市公安局大院旁）搬迁扩建，新校址选址在南山后海边的一大片荒山野岭（即现深大粤海校区）。最高的丘陵海拔30—50米，山间乱石缝里长满了茅草、剑麻和各类灌木植物，山坡上零星有几棵荔枝树，山丘的东侧坡下，就是深圳湾海滩，海水退潮后露出大片的烂泥滩，泥滩边偶有几小片红树，海滩岸边可看到附近村的渔民丢弃的一堆一堆蚝壳和烂鱼网及退潮后留下的垃圾等。

深圳工勘称得上是建设工程的先行者，基础工程的地下尖兵。每当新建设项目上马，都是由我们这些地质工作者打头阵，先进行场地工程地质勘察测量，搞清地下和场地的各种地质条件，选择好建筑物采用的地基和基础类型，确定设计方案再开工建设。

深圳大学新校址初步勘察项目，公司决定由我和另外一位技术员担任技术负责人。外业勘察开始，首先带领测量技术员和钻探队长到现场踏勘。爬乱石岗，钻灌木丛，趟茅草窝，查看测放钻孔位置和高程，立好钻孔标志。一天下来，脸上、手背被茅草和荆棘划破很多血口子，身上多处被坚硬又锋利的剑麻隔着衣服刺破血洞，有时扎的刺还要等收工后回公司让卫生室的医生帮忙拔出来，再上点消毒药并包扎纱布。中午时分，太阳把衣服晒得都有点糊味，灌木丛里更是闷热，汗水浸到伤口上更是钻心地痛，出的大汗随时又被太阳蒸发干了。

组织钻机进场更是困难，钻机、钻具装上解放车，拉到工地上再卸下来，要把钻机运到孔位，安装好才能开钻。这个过程对钻探队来说可是一大考验，钻机要拆卸到不能再拆为准。钻杆30多公斤一节，标贯锤标定为63.5公斤，加重钻杆100多公斤一节，主机更重啦，这些钻具就靠人拉肩扛，还要劈荆斩棘，搬运到钻孔位置。几十上百个钻孔，50—100米的孔距，有的孔要放在几十米高的山岗上，还有的钻孔布置在海水中，扎竹筏、竹排，趁涨潮时才能把钻机搬到孔位上。其难度可想而知！作为“拓荒牛”的老兵弟兄们，再苦再累，甚至比这更难的工程不都干下来了嘛。

现在每每回想起来当年那冲天的干劲，那种强大的精神力量，我还是激动不已。这就是信念，这就是革命理想。军魂所至，只争朝夕，不负年华。

## 六

1995年3月份，南山区西丽红花岭工业区人工挖孔桩基础工程由我负责验桩任务。8栋厂房近200根挖孔桩，桩直径100—160厘米，桩长30—50米之间，最深的54米。每根桩每天只能下挖1米，一节一节地支护下去。现场几十台小型卷扬机吊个大铁桶上下提土，工人也要靠它上下井。每根桩挖到设计深度和岩层层位，到没到底能否终孔都必须由地质工程师查验鉴定，确认挖到持力层位置后就签字通过，再回灌混凝土。

验桩是一项既辛苦又危险的工作。地质工程师必须和挖桩工人一样，穿上雨衣水鞋，戴上手套和安全帽，站到提升铁皮桶里，手抓紧钢丝绳，由井口卷扬机操作工人慢慢地一点一点地把桶降到井底，再把空桶提上井口。井底狭窄的空间，光线灰暗，转身困难，双脚踩在泥水里，井壁上的泥水和掉下来的小石块不停地砸在头顶和身上。井底阴森恐怖，令人胆战心惊，很是可怕。安全性难以保证，危险性显而易见。因挖孔桩塌孔、涌砂、透水、毒气等原因，造成人员伤亡事故时有发生。但出于对工程质量的负责与担当，每根桩我都冒着危险亲自下到井底查验。下到井底，用铁锹、十字镐挖出标志性的石块，确认已挖到桩底持力层位，并取了岩样后才提升出井。就这样坚持完成了验桩任务，从而保证了工程的质量。

时间可以冲淡记忆，唯独历史是永恒的。自己和深圳两万基建工程兵战友们一样，把青春年华都贡献给了特区建设。深圳40年的辉煌成就，我们今天可以骄傲地说：有我的一份奉献！再苦再累那都成了历史，我们无怨无悔。

衷心祝愿站在新时代的深圳未来更美好、更辉煌！

# 醉了，醉了，喜看日月换新天

周树凯

有经历的地方有故事，有故事的地方有战友，有战友的地方就有回忆。深圳就是我战斗生活近40年的地方。

20世纪70年代末，我们基建工程兵1支队（师）的近千名将士，奉国务院中央军委命令，率先从冰天雪地的北国——辽宁省鞍山市，来到四季如春的南国——广东省深圳市，开始了我们军旅生涯的新征程。

那时的我们，20岁出头，30岁上下，青春年少，风华正茂，意气风发，斗志昂扬，身着绿军装，脚穿黄胶鞋，背着小背包，挎个小水壶，唱着“一颗红星头上戴，革命的红旗挂两边”的军旅歌曲，满怀“我是一块砖，随时任党搬”的赤胆忠心，雄赳赳气昂昂地踏进荒凉落后的边陲小镇。

紧接着，1982年底到1983年初，先后调入深圳的基建工程兵官兵两万人。其中1支队深圳指挥所，驻扎在罗湖泥岗，2、3支队的几个团和31支队的部队驻扎在福田辖区内的竹子林，802团驻扎在现今的福田区政府办公楼附近。

当时，深圳的地形地貌不像现在这样平整，福田区北边的八卦岭，是一座约150米高的小山丘，山上除生长着一些小松树外，其他均是泥沙和石头。后来为了深圳建设，大搞“三通一平”，由我们基建工程兵1支队指挥所土方机械连承担，由吴光德教导员带领部队，实行“三班倒”轮换工作制度，夜以继日，开山放炮，并把这些砂石运到蛇口海域，进行填海造地。原本停泊在蛇口海岸、游客要过搭桥才能上船参观的明华号轮船，即邓小平亲笔题名的“海上世界”，现在已被周边的高楼大厦所淹没。后来，八卦岭小山丘搬走以后，建成了深圳第一个工业区——八卦岭工业区。

福田区华强北这块地方，原来地形东高西低，后来把靠华强北东边这块偏高的丘陵地带铲平，把多余的泥土运往低洼的西边地带铺垫，最后形成了现在一马平川的华强北电子商业城和市中心公园。

位于长城大厦这一片区，也是高低不平的丘陵地带，我们合并组建后的00049部队家属区，就临时安置在这里。原来这个地域没有地名，土地面积只有0.8平方公里，所以市国土部门就暂名为“零点八”。随着深圳的建设发展，这个地名也就成为了历史，但后来深圳的人，根本不知道“零点八”在什么地方，只知道长城大厦这个大社区。

▲

深圳市委办公大楼施工现场。工程由基建工程兵第1支队深圳指挥所承建，1980年4月1日动工，1981年11月竣工。建筑面积8539平方米，这是基建工程兵进入深圳打响的第一站。

摄影 /周顺斌

坐落在市心公园旁边的深大电话公司，是20世纪80年代初，市政府为了解决电讯方面的困局，面向世界招商引资，引进英国大东电报局与深圳市合作，成立了较早的一家中外合资企业——深大电话公司。双方合作实行股份制，中方占51%，英方占49，合作期限为20年，合作时间从1983年至2003年。当时安装电话费用昂贵，装一部家庭座机电话4500元，还要排队等候，许多人托人情找关系还装不上！该公司一直合作运营到合同到期，直至电信与邮政分家。现在，很多后面来深圳的人，都不知道深大电话公司这个名称！

我们刚来到深圳时，1支队指挥所就驻扎在现在市委办公大楼背面的荔园小学附近，那里有一片茂密的荔枝树林，因为那时市委大楼的地方还是一片荒野，后来才由我们一支队指挥所部队修建而成！那时候该校名为“深圳五小”，即深圳市第五小学，后来深圳发展了，学校建得多了，才把这几所用数字为序号的小学，全部改为以地名命名，“深圳五小”更名为福田区荔园小学。

当时我们部队住的房子是用竹竿和竹子叶编制搭建而成的，一个指头就可以捅穿竹叶墙。尽管房子如此简陋，但是，不论干部战士都住一样的房子，即是师级首长也住这样的房子，谁也没有怨言。指战员们戏称为“竹叶宾馆”！这样的房子不怕炎热酷暑，因为它四面透风，就怕台风火警。

1983年9月，一场有史以来最大的台风正面袭击深圳，当时我们符合条件带家属的干部，已经分到了活动板房作为临时家属房，每户两间，大门侧面再搭建一小间厨房。为了隔热挡雨，我们在活动板房上面再加盖一层竹叶垫子，既隔热又防雨，一举两得！但是台风一来，竹叶垫层一扫而光，活动板房刮得吱吱作响。当时母亲来部队给我做家务，突遇从未见过的暴雨台风，坐在床上不停发抖，我既要查看险情，又要用绳子加固房子，还要安抚照顾受到惊吓的母亲！当时，连队的竹叶房盖已经全部刮飞了，我们住的活动板房上的竹叶垫子也刮飞了，只剩下活动板房盖摇摇欲飞，附近连队的十几个战士都来帮忙抢救，拽着房板不让台风刮走！

台风过后下久，又遇到一场特大火灾，发生的地点就在市委大楼东边的小山丘上，也就是现在市机关印刷厂和市信访局办公室的这个位置。当时这个地方住着我们指挥所的一个连队，不知是什么原因，导致了这场火灾，因为营房都是竹竿和竹叶搭建的，所以竹叶见火，根本无法抢救，眼睁睁看着大火，在短短的半小时之内，整个连队营区化为乌有，所幸无人伤亡。

罗湖区东门老街是原宝安县当时最繁华的地方，老街中心地段，东西方向和南北方向各有两条道路，其中南北一条道路中，有一家蛇餐馆酒楼，以经营蛇餐为主。我们这些从北方到南方来的人，从来没听过蛇还可以食用，蛇肉还能做美味佳肴，不但没有品尝过，甚至听到蛇就毛骨悚然，更不用说去吃了。但蛇餐馆生意兴隆，顾客蜂拥。

老街的西边是工人文化宫，宫内基本没有像样的建筑，其实就是一个小院子，院内有一个演出舞台，每逢周末，文艺团体就在那里演些小节目，活跃一下职工的文化生活！文化宫门前有一个污水塘，塘里杂草丛生，臭气熏天，人们路过此地，都是掩鼻而过。后来，市政府为了解决污水塘难题，把任务交给我们基建工程兵去完成，部队抽调了一个连的兵力，动用吊车、汽车，车拉人挖，人扛肩抬，夜以继日，加班加点，抽干污水，清掉污泥，终于把此地建成一座广场公园！

人民桥坐落在罗湖区，即现深圳市人民医院第一门诊部旁边，是当时深圳贯穿东西方向的一条主要道路——深南大道。当年我们来深圳时，这也是唯一的一条水泥道路。当时桥上除两边行人道外，只能容纳一辆汽车通行。由于大桥狭窄，单车、汽车混合而行，导致桥上发生过一起重大交通事故：1支队深圳指挥所统计员余××（1973年入伍，陕西西乡县人）骑自行车路过大桥时与汽车相撞，当即被车轮碾碎头部，不幸因公殉职。

上梅林的翰林院一带，原来也是一座小山丘，后来由基建工程兵出身的刘坤德总经理与东部集团公司合作，开山劈石，移山填海，只用3年时间，就建成了数万平方米的现代化高档社区，成为梅林地域建筑序列中的一道美丽风景线。

深圳地域不大，只有1997.47平方公里的辖区面积，却有东、西、南、北4个火车站。4个火车站中，除东、西、南三个火车站基本没有动迁外，北站却完全改变了地理位置。现在，一提起深圳北站，人们自然都会想到已成为高铁、地铁中心枢纽的位于龙华区的北站，却不曾知道，深圳的老北站在什么地方了！

20世纪80年代，深圳只有南北两个火车站，其中南站为客运站，即现在的罗湖火车站，所有来深人员都要在南站落车；北站为货运站，即全国各地的出口货物，均要经过北站中转输港乃至转运境外。当时的深圳北站位于罗湖区笋岗片区，站内设施建筑十分简陋，只有几排钢瓦结构的库房。在北站附近，还有全国部分省市设驻的外贸公司，如广西、湖北、湖南、河南外贸等，他们把内地的猪牛羊和蔬菜瓜果及其他物资，通过深圳笋岗北站，源源不断地运送香港和中转境外。后来由于出口规模越来越大，仓储供不应求，政府才批准市城建集团，开发建设了笋岗仓库储存区，一直沿用至今。

那时物资匮乏，供应紧张，部队生活艰苦，干部战士每天只有六七角钱的伙食费。为了完成施工任务，增强战士体质，连队给养员就去上述这些出口猪牛羊的外贸公司，把那些在运输过程中，挤压伤残、不符合出口的牲畜便宜买回来，用于改善部队生活。

伴随着深圳特区建设的飞速发展，深圳笋岗北站已不太适应特区发展的要求，随后在开发建设的龙华新区，建设深圳高铁、地铁联网的中心交通枢纽站——这就是现在的深圳北站。

我们两万人的这支基建工程兵部队，于1983年9月集体转业后，深圳市政府考虑到当时部队转业后面临的困难，非常关心这批拓荒牛的生活，采取了如下措施：

一是政府无偿给每个团划拨一块生活用地，作为全团指战员工的生活基地；

二是在部队集体转业改工的最初几年，政府给原部队每个团，每年划拨千万资金，用于修建职工住房，以解决家属住房问题；

三是凡已结婚属两地分居的干部战士及职工家属子女，无条件的将户口全部迁入深圳落户；

四是迁来深圳的家属，只要本人愿意，都安排到全市环卫部门和其他合适的岗位工作，基本解决了家属就业问题！

五是凡是家属不能参加工作的，无单位缴交社会保险金的，可以允许自己缴纳，到达退休年龄办理退休手续并领取养老金。

政府的上述举措，基本上解决了我们这批拓荒牛面临的所有困难，使大家都过上了平静安稳的生活，也为这批基建老兵解除了后顾之忧！

俗话说，吃水不忘挖井人。有人说，基建工程兵是深圳的“拓荒牛”，那么，政府就是我们的“挖井人”。对此，我们非常感恩政府的关怀！

基建工程兵两万人于1983年9月集体转业深圳后，我于当年参加全国成人高考，考入深圳教育学院（即现在的深圳大学师范学院）中文系脱产学习，毕业后调入深圳市某部门从事组织人事管理工作。

人们常说，人的一生真不容易，当兵、入党、提干（军官），更是难上加难。因为当兵要经过推荐、目测、体检，选拔、政审等层层筛选，最后才能穿上军装进入部队。可以说这是“百中选一”呀！接着是入党。我们基建工程兵，属“四四”编制（即团辖四个营，营辖四个连，连辖四个排，排辖四个班）。连队编制200多人。在那个年代，发展新人入党，不但条件严格，而且受指标所限。连队每年只有几个新党员发展名额，可见难度之大，这是第二个“百中选一”。入党后要想提干则更加困难。连队200多号人，就10个干部编制，只有个别干部调走或转业有了空缺，才能有机会提拔补充，这是第三个“百中选一”。

一些没当过兵的人，眼见部队的干部，年纪轻轻就是个小军官，总认为当个军官很容易。其实，他们根本不知道部队的军官，都是经过“三个百中选一”才“拼”到今天这个职级的！

我转业到地方从事组织人事工作后，坚持同等条件下“军人优先”的用人原则，对那些技术性不强的行政、执法、治安、管教、管理等岗位，尽量安排这些带过兵、打过仗、敢抓敢管、敢于负责，并具有军队经历的干部去担当。

不知道是我对深圳第三故乡的眷恋，还是对自己青春岁月的怀念，我对曾经战斗生活近40年的深圳巨大变迁总是无限感慨！作为见证深圳近40年变迁的基建工程兵老兵，我会永远记住深圳早期激情燃烧的岁月；永远记住艰苦创业的深圳精神。

# 军营青春，不寻常的转身

贾建宁

2020年八一建军节这一天，我正在东北的长白山疗养度夏，突然接到了远在深圳的我尊敬的老朋友、老战友岳燕梅大姐的电话，她告诉我，为了纪念深圳特区成立40周年，歌颂英雄的基建工程兵部队官兵，弘扬他们拓荒深圳、建设深圳，敢于吃苦、善于吃苦的拓荒牛精神，留下他们为深圳特区早期建设甘洒热血、奉献青春的历史记忆，准备编写文章，结集成书。特推荐我写一篇以深圳特区建设初期基建工程兵部队医院女兵为代表的回忆文章，并发来了《拓荒牛的记忆》约稿函。

## 一

眼前长白山大自然的森林风光，犹如绿色的海洋，涌动着的红松林，随着微风发出沙沙的声响，长满五颜六色鲜花的草丛里，彩蝶纷飞，鸟儿翱翔。广阔的蓝天，万里无云，洁白如洗，明媚的阳光下，微凉清爽的空气里，散发着树木和花草的芳香，真的是令人赏心悦目，心旷神怡啊！然而，此时老大姐的期望，老战友的重托及真诚，一下子把我从正在欣赏眼前美景的欣喜中，拉回到39年前，南下深圳那艰苦难忘的峥嵘岁月……

记得那是1981年的11月，我在辽宁省鞍山市基建工程兵第一支队（师）医院，完成了全脱产两年的护士训练班学习。刚照完毕业相，还没分配科室，就听到了要从我们学员班里，抽调5位女兵，到基建工程兵深圳指挥所医院工作的消息。

从1979年起，我基建工程兵部队，就奉国务院、中央军委的命令，担负起开发建设深圳特区的任务。已抽调先头部队，成立了指挥机关，开始了建设深圳的历程。在这期间，我会经常听到，在深圳工作的条件和环境都很差，生活很艰苦的消息。这次内定抽调到深圳工作的5个女兵名单里，开始是没有我的。有一天，同我一起入伍的天津籍战友钟琴跟我说：和她一起调深圳工作的5个战友，其中有一位因特殊情况不去了，问我愿意不愿意一同去深圳工作？由于我从小就在野战部队大院里长大，小时候就经常跟随爸妈到处调防，已经习惯了这种走南闯北的生活，加之当时十一届三中全会刚开过不久，国家经济建设刚开始转型，改革开放的春风已经吹起，在深圳建立经济特区，这个“特”字，又对我有很大的吸引力，我决定去深圳工作。我们俩就一同赶到支队司令部军务科，向接待我们的姜参谋口头提出我要求到深圳工作的报告。姜参谋也很爽快，当即答应了我的请求，拿出人员调动花名册，更换替补上了我的名字，上报支队首长批准。第三天就收到了调我同钟琴、朱燕、卢彩芝、李先锋等4位女兵战友，一同到深圳基建工程兵指挥所医院工作的调令。

▲

1981年11月，贾建宁、钟琴、李先锋、卢彩芝、朱燕（从左至右）调往深圳，途中在北京故宫御花园留影。（照片由本文作者提供）

11月下旬，我们坐上火车，从大东北到祖国南方的边陲去赴任。火车到达天津站的时候，我在天津解放军254部队医院工作的嫂子，因事先接到了我的电报，已在站台上等我，我把不需要带到南方去的物品留在她那里。嫂子问我：你到深圳，告诉爸妈了吗？我说：没有。她说：你这一下子走得太远了。车开的时候，我看到嫂子的眼睛开始流泪了。现在想来当时的情景，心里仍然有些酸酸的。

第一站，我们先到了北京基建工程兵总部，住在北京白石桥的招待所。在这里，遇到了我们支队四团政治处宣传股干事李仲安，他是我们医院手术室闻护士的爱人，闻护士又是我新兵训练时的排长。他带着照相机，陪我们5位女兵一同去了天安门、十三陵、八达岭长城，为我们留下了很多珍贵的镜头。临走的前一天，我在北京商业部门工作的姑妈，还特别邀请我们5位女兵到家里吃了一顿饺子，专门为我们送行。

第三天，我们坐上了南下深圳的火车，当时看到窗外逐渐远去的故乡（我的祖籍是北京），心里突然出现一种恋恋不舍的滋味，不知道前方是什么样的未来？但我还是极力地安抚自己，既然是我自己选择的路，那就勇敢地走下去吧。

## 二

从北京到广州坐了两天两夜的火车，北方和南方真的是两重天啊，北方白雪皑皑，南方鲜花盛开。11月底的广州，到处枝繁叶茂，鸟语花香，好一派南国风光啊！从北方出发的时候我们穿的还是冬天的军服，到了广州省军区的招待所，冲了个热水澡，即刻换上了夏天的军装，顿感心情舒畅。一路上的颠簸沉闷劳累一扫而光。我们几个女兵在街头买香蕉吃，广州人讲的白话我们一点也听不懂，连说带比划，总算买到手了，回到军区招待所，吃完觉得酸酸的。后来值班的战士告诉我们，那是芭蕉，不是香蕉。

在省军区招待所休息了两天，顾不上领略羊城的美景，又急匆匆坐上了火车，前往深圳。到深圳一出罗湖火车站，就给我们的心头浇了一桶凉水。“深圳车站”四个字，写在一块木板上，镶嵌在那里。往南是一个小山包（现已推平，建成广场），有边防部队站岗执勤，里边就是罗湖海关和罗湖边检站，紧连着罗湖桥，过了罗湖桥，就出了我国最南边的边境线了。只有香港人、外国人和国内出港、出国人员才能往南过关，通过罗湖桥出境。我们来深圳是建设特区的，只能往北走。一出车站，正面是一个近1000平方米的淤水塘，后在年底临近春节时，由我们部队指挥部机关首长和部队官兵义务劳动，搬运埋填大量的沙石，用3天时间修建成现在的火车站东广场。往东北方向是稻田地，杂草丛生，满目荒凉，空气里散发着潮湿和腥臭味。

我们坐上来接我们的救护车，沿着火车道和水稻田中间高低不平的土路，往北开往我们医院驻地。一路上，车窗外荒凉的景象，车后飘起高高的黄色尘土，让我们几个女兵的脸上都变得严肃起来。虽然没来之前，就对这边落后的情况略有所闻，但身临其境，亲眼看见，还是感到吃惊。

到了驻地，眼前出现的是灰蒙蒙，一座一座连起来的竹棚子，竹棚是用竹条子和竹叶子编的帘子，再把它们一片片连接在一起，立着垒起来做墙，较粗的竹竿做立柱，当房梁，房顶铺的是油毛毡纸，用来遮风挡雨，还有几座零星的锈迹斑斑的铁皮房和木板房，这就是我们工作和生活的地方了。

一进大院，看到先期到达的战友，认识和不认识的，都纷纷出来欢迎我们，感到非常温暖，既高兴又激动。进了宿舍，我们放下行李背包，第一件事是到冲凉房冲凉。铁皮冲凉房里，用水泥磨平的水泥地，靠边一排水管连着一排水龙头，每人一个塑料水桶，水是抽的地下水。这是我生平第一次冲凉水澡。

## 三

第二天，院领导向我们介绍医院周边和院内各科室的情况。我们的临时医院坐落在深圳市上步区（现在的福田区）上步村北边，红岭路和深南大道交叉处北侧往西的一个高岗上（现在的市委大楼东面，老特区报社和博物馆），周围是大片的荔枝林和一棵棵的香蕉树、芭蕉树，一堆堆的竹子，一片片的杂草野花。树林边还摆放着一些大大小小的坛坛罐罐，是祭祀用的，里面装着村里逝去人的骨灰。南面的深南大道和东面的红岭路正在推土建设，西面是我们部队正在盖的市委大楼，北面是一营四连的驻地，再往西北方向，过了一个养鱼塘，就是通新岭，我们深圳基建工程兵部队的指挥机关就坐落在那里，相互有高低不平的乡间土路连接着。这一带虽然树木、杂草丛生，各类倒伏的竹木横七竖八，还有附近边民扔的废旧小汽车残骸、轮胎等，但我们的营区还是被战友们修建得整整齐

▲

1982年3月12日，深圳第一个植树节，贾建宁（中）李先锋（左）钟琴（右）在香蜜湖植树。（照片由本文作者提供）

齐，干干净净。

营区内一进大门，左边是药房，连着病房，往里北侧是宿舍、库房、食堂和院部办公室。右边是内外科门诊、五官科、放射科门诊、化验室，冲凉房是在药房的后面。各科室条件虽然很差，医疗设施比较简陋，但东西都摆放得有条不紊，院落打扫得干干净净，战友们个个都热得汗流浃背，但精神面貌都很好。

印象最深的是，医院领导和先期到达的战友们，向我们讲述深圳的6个多：蟑螂多，老鼠多，蚊子多，苍蝇多，蚂蚁多，毒蛇多。这“六多”，在住竹棚的几年里，可给我们造成了很多困扰和麻烦，受了很多苦，遭了很多罪。这里的蟑螂很大，红褐色的，一到晚上就出来了，到处跑，沙沙响地乱爬，飞起来翅膀还嗡嗡响，有时候还飞到脸上，吃的东西如果不保存起来，就很快会被这些蟑螂占领了，有时候晚上钻进蚊帐，爬到胳膊上就让人过敏红肿。老鼠特别大，肥嘟嘟的，猫都抓不住，有时候院子里的狗在追扑老鼠，晚上睡觉都能听到老鼠扑通扑通的到处乱窜，早上起来看到床底下的香皂都给啃了。这里的蚊子是花蚊子，很厉害，飞得很快，你看不到它，咬你一口奇痒无比。我们的两个小腿经常被咬得溃烂红肿。

深圳是国内供港物资的中转站，那时在火车站周边，阳光酒店那一带是湖南、广西和河南外贸的养猪养牛场，在湖北大厦那一带是湖北外贸和山东外贸的养猪养牛场。正在建设的市政府大楼的西面夏巴厂一带，有一个养鸡场。每天在北面的山坡上和周围的草地里，经常有各省、市外贸人员，在那里放养还没出港的一些牛、猪、鸡。这些牛、猪、鸡等，经常会有病死的、挤死的、闷死的，野外的荒草地里随处埋，随处扔。所以，苍蝇、蚂蚁、蚊虫多的是。平时吃饭喝东西的时候，稍不注意掉到地上，苍蝇就飞过来了，蚂蚁排着队就出来了。当时香港出一种叫“黑旋风”的喷杀虫药，很好使，每天都离不开这个东西。深圳的蛇都是毒蛇，金环蛇、银环蛇、眼镜蛇，竹叶青蛇，不知道什么时候就钻出来了，大家就开始打蛇抓蛇。这里的蛇也冬眠，正在建设的市政府大楼工地上，推土机推倒的大棵荔枝树，树根底下冬眠的蛇一团团的。机关司令部工程科有位工程师愿意吃蛇，有时候战友们抓到蛇，打到蛇就送给他。有一次我们清洗病房床单被套，院内停水，我们开着救护车到东湖的下游泄洪区清洗这些床单被套，清洗完了往岸上走时候，不知谁大喊了一声，蛇！我们这些女兵扔了盆就跑，等看着那条大蛇爬远了，回过神来以后，大家开始开怀大笑。

根据部队驻地周围特殊的地理环境和这“六个多”，我们医院经常对所属部队营区内和营区外周边进行消毒、防疫等处理。尽管采取这么多措施，还是经常有战士被毒蛇、毒虫咬伤，送到医院救治。由于环境太差，病虫感染，坏肚子、头痛脑热也经常发生，长疮、长疖子、香港脚很普遍。

深圳的夏天非常热，我们诊室、病房、宿舍、办公室里都没有空调，没有电风扇，白天烈日暴晒，这些用竹棚、铁皮、木板搭建的房子，能达40多度的高温，真像在蒸笼里一样，喘不过气来，每天工作都汗流浃背的，军装和医护服都是湿的。我们几个女兵，有的每天早中晚要冲三四次凉水澡，来降温洗尘。后来院领导专题向指挥所申请，特批给我们女兵宿舍安装了一个吊风扇，这在那个年代是很高的待遇了。

虽然那时工作环境、生活条件很恶劣很艰苦，但我们各科室的全体指战员们，精神状态都是乐观向上的，工作生活严格按照部队条令执行，井然有序。早上按时出早操，晚上晚点名。上午上班，下午业务、政治学习。记得有时早晨出操，由于头天晚上的大雨，使我们出操的深南大道坑坑洼洼的留有很多泥水，就临时改到旁边快要建好的市政府大院跑操，经常和指挥所机关出早操的官兵们相遇，出操口号相互交织，喊得震天响，现在想来就像在眼前，仍然让人记忆犹新，流连忘返。

1982年的下半年，由于特区发展建设的需要，基建工程兵整师整团建制的大部队，开始陆续调入深圳。调入我们医院的医护人员也越来越多了，收住的伤病员也多了，老地方不够用了。深圳市政府就在笔架山重新给我们划了一块地，临时搭建起一座较大规模的板房医院：基建工程兵深圳指挥所医院（现在的深圳市第二人民医院）。当时的医院门诊，各科室、药房、内外科病房、宿舍食堂、院办，虽然简陋，但科类较为齐全，功能较为完善了。可后来的一场超强台风正面袭击深圳，给我们带来了一场厄运，把我们刚建好的板房医院吹得东倒西歪，满目疮痍，造成了极大的损失。第二天，大家不约而同地都穿上了军装，鲜红的领章、帽徽照耀在我们的心头，只要人是安全的，人在阵地就在，就没有我们战胜不了的困难，度过不了的难关。

## 四

20世纪80年代初，军队建设就开始了一系列重大改革。遵照中央军委的命令，基建工程兵兵种撤销，全兵种34万余人就地改编，集体转业。驻深圳基建工程兵部队，一个军级深圳指挥所，八个整编团，一个师级机关，一个医院，共两万余人，集体转业改编为深圳市政施工企业。我们医院后来改编为深圳市职工医院，现为深圳市第二人民医院。

我们脱下了心爱的军装，成为深圳早期的市民。在这之前，我们女兵也提升为干部了，分配到了各科室不同的岗位上，继续为部队和深圳特区建设，贡献着我们的聪明才智。

在深圳拓荒的日子里，我收获了爱情，他是我们基建工程兵深圳指挥所的秘书，比我更早调来深圳。在那样艰苦的条件下，我们结婚时，在通新岭指挥所机关的临时驻地，分给我们两间板房，配发了一张大床，一张办公桌，两把椅子，两个小折叠凳子，吃住条件比在医院好了一些。但仍然是外面下大雨，房子里面下小雨。我从通新岭驻地到笔架山医院上班，要走很远，要路过好几条正在修建的路，特别是医院前面的笋岗路转盘，挖了很多沟，我怀孕后，没有车的时候，每天上班要爬上爬下好几次，才能到达医院。记得有一天晚上，我爱人骑着自行车送我值夜班，刚修好的路，还没有装路灯，黑乎乎的看不清前方，一下子撞到了路中央的隔离桶上，我整个人摔在地上。第二天妇产科的白医生为我做了详细的检查，万幸，身体并无大碍，才把心放了下来。后来，我怀孕期间都是好战友陈亚红帮我值夜班，我至今都记在心里，永怀感恩。在那个年代，物资非常匮乏，怀孕期间也买不到什么营养品，只能跟着食堂吃一些家常便饭。后来指挥所机关在红岭基地大院建了机关办公楼和家属楼，我们第一批分配到了一套两房一厅的住房，终于结束了住竹棚、板房的历史，各方面的条件才有所改善。

## 五

部队医院改编为地方医院后不久，因经常值夜班孩子没人带，我就改行调出了原单位。先后参加组建了深圳市鸿运小汽车出租公司，重组了深圳市三菱汽车维修中心。由部队医院改行到地方管理企业，这是我人生的一大转折。为了做好

▲
1984年5月12日是国际护士节，笔架山竹棚板房医院，院领导与全体护士合影（深圳市第二人民医院前身）。（照片由本文作者提供）

企业管理和经济管理这些新的工作，我先后报考了深圳大学会计与统计专业、华南理工大学的工业与企业管理专业。都是利用星期天、节假日，晚上等业余时间来学习，还要照顾家庭，照顾孩子。我先后拿到了财会管理专业和企业管理专业的文凭。从出纳，会计，财务经理到公司的副总经理，完成了从部队军人到地方企业高级管理人员的转变。

由于拓荒初期，在那样艰苦的环境下，长年超负荷的工作生活，我的身体出现了问题，得了类风湿性关节炎，不得不提前退出国营企业我熟悉和热爱的工作岗位。后来，经过多方治疗，多方调养，病况得到控制。这样，我不甘心在家休息，又和朋友成立了一家园林绿化公司，公司由小到大，由弱到强，集园林景观设计、施工，绿化养护，市政工程，造林工程，苗木供应等为一体的综合性企业。

蓦然回首，岁月不居，时节如流。来到深圳，参加特区建设，一晃已近40个年头了。在我们当年住竹棚、铁皮房、木板房的地方，现在已经是高楼大厦林立，灯火辉煌；当年为之奋斗、荒凉的边陲小镇，现在已是国际性综合交通枢纽，国际科技产业创新中心，中国三大全国性金融中心，并正在全力建设全球海洋中心、综合性国家科学中心，已经成为名副其实的全国经济中心、5G全覆盖的国际大都市了。

拓荒深圳，是特区建设的需要，奉献青春是我们这一代人的光荣！虽然我们这群当年英姿飒爽的年轻女兵，现在已经是60多岁的暮年了，看到今天的深圳，从荒芜到辉煌，欣欣向荣，蒸蒸日上的景象，仍然让我们这些老兵倍感欣慰！心潮澎湃，精神焕发！充满了希望，充满了荣光！为我们用热血、汗水和青春换来的今天，感到由衷的骄傲和自豪！

# 心怀大爱，妙手仁心

罗朝利

深圳市第二人民医院坐落在秀丽的笔架山下，始建于1979年，其前身为原基建工程兵冶金指挥部深圳临时指挥所00049部队医院。根据中央军委命令，于1983年9月15日，医院全体医护人员就地脱下军装集体转业，改编为深圳市基建职工医院，后先后更名为：深圳市华强医院、深圳市红十字会医院、深圳市第二人民医院（深圳大学第一附属医院）。1996年被评为国家三级甲等医院，是一所集医疗、教学、科研、康复、预防保健、健康教育服务于一体的综合性超大型医院。

张云同志是这家医院外科手术室的麻醉主管技师，他在二院工作的36年间，谱写了砥砺前行的壮丽凯歌。

## 新兵入伍到东北，幸运当上麻醉师

张云1956年出生，1974年12月在云南思茅地区（彝族）景谷县应征入伍。随部队来到辽宁省鞍山市原基建工程兵00019部队（1支队）服役，新训结束后被分配到00019部队医院院务处工作。两年后，被医院选送到鞍山市卫校（现鞍山医学院）学习临床医疗，后又被选派到鞍山市第一人民医院进修外科麻醉师。从春暖花开的西南乍来到冰天雪地的东北，张云克服了重重困难，不怕苦不怕累，满腔热忱投入到各项知识的学习中。下决心要珍惜学习机会，希望以后转业回到老家可以为父老乡亲救死扶伤。1980年，张云入党、提干，美好的未来在招手。

## 服从命令奔赴深圳

1980年初，奉中央军委命令，张云随基建工程兵00019部队先遣队来到了当时的边陲小镇深圳，被安排在部队卫生队工作。当时卫生队驻地设在通新岭，条件非常简陋，医护人员只有几十人，科室不健全，只能医治一些常见病和小外伤，医疗设备和器械十分匮乏，大部分是从原部队带过来的。医院驻地的办公室、病房及医护人员的宿舍都是用竹叶编制的竹片搭建的，屋顶用油毛毡搭盖，只能基本防晒挡雨，遇下雨天，就出现屋外下大雨，屋里下小雨，到处都要用桶和盆子接漏水，晚上竹叶的隔篱都透光透气，打嗝、呼噜声都清晰可闻。大家生活得小心翼翼，因为气候潮湿，蚊子、蟑螂、小虫子很多，偶尔还会遇到小蛇穿行。有时遇到停电，医护人员还需要打着手电筒查房做治疗。当时没有后勤供应室，外科治疗用过的器械辅料，需要当班人员手动清洗，晒干高压消毒后再使用。

艰苦环境里，张云积极承担着一些最脏最累的工作。全体医护人员非常团结，勇于吃苦奉献，乐观积极向上，较好地完成了当时的医疗任务。张云乐观地说，国家这么重视深圳的规划建设，以后香港收回来了，深圳市民的收入和生活肯定比内地富裕很多，能够参加开发建设深圳做拓荒牛很荣幸，现在吃点苦值得，深圳的未来一定会非常美好。张云真是有远见。

1982年，在二院的现住址（福田区笋岗路），按照师级医院建制，抽调在深各部队卫生队和门诊部医护人员，组建了基建工程兵00049部队医院。当时外科手术室设在几间砖房里，医院各科办公室和病房、门诊等，由一排排活动板房搭成，部分医护人员宿舍、冲凉房、洗衣房等仍然用竹棚搭建，当时能住进活动板房感觉是高级待遇，战友们常戏称自己住的是竹叶宾馆。那时外科手术室人员不超过10人，张云医生是元老级麻醉师，值了夜班不休息，白天继续加班工作是常态，他经常在手术结束后和战友们一起收拾器械运送病人，做一些分外的工作。对有家的战友，他总是催促别人赶紧回家，他来帮着收拾。每当受到领导表扬时，他总是腼腆地笑着说，我还年轻，多做这么点事累不着。

## 多次荣获省市院级嘉奖，从未发生过医疗差错和事故

张云医生待战友宽厚真诚，对待病人充满爱心。在二院工作的几十年间，他都把主要精力放在工作和学习上，不断钻研业务，更新知识，工作上严肃认真一丝不苟高度负责，技术上追求精益求精。多年来，无论工作条件的好坏，从未发生过一起医疗差错和事故。他不仅本职工作出色，还乐于助人，经常利用休息时间帮助同事们修理单车、洗衣机、煤气炉等，帮别人理发更是常有的事情，甚至连护士宿舍的厕所堵塞也去帮忙疏通。自己得了胃病和肾结石也不放在心上，他说：多工作一天，就能从死神手里救出更多的病人，我这点病算什么。他关心病人和他人胜过关心自己，多奉献，少索取，是张云的做人准则。多年以来，他先后获得院级、市级、省级、国家级20多次先进工作者和优秀共产党员称号，1990年12月被评为《广东省卫生系统白求恩式先进工作者》，1991年7月被评为《广东省优秀青年医务工作者》，1992年1月被国家卫生部、国家人事部共同授予张云同志《全国卫生系统模范工作者》称号……他在成绩面前不骄傲不自满，在前行的路上不停步，践行着共产党员的模范作用，奉献着自己的满腔热血和青春。

## 代表深圳参加援藏医疗队，条件不够，千方百计创造条件

1990年初，深圳市卫生局计划组建援藏医疗队派往西藏山南地区，要求市二院抽调一名医务工作者配合完成医疗任务。张云听说后，不顾自己身体有病，孩子尚小无人照顾等实际困难，主动提出申请要求参加援藏医疗队。领导不同意，他说自己是云南人，比别人更适应高原气候，自己的这点病不算什么！为偏远贫困地区人民解除病痛是我的责任。

为使自己能更安心援藏工作，张云说服了当时在外资企业工作的妻子回到二院工作，独自承担照顾孩子的重担。援藏工作初期，他因身体瘦弱，头痛、胸

闷、呕吐、呼吸困难等高原反应异常严重，因为气温低，手术密集，不分白天黑夜随叫随到，劳累缺氧，经常出现头昏眼花站立不稳，但他以坚强的毅力挺住了。他经常是一边吸氧一边工作，以精湛的技术，让病人得到良好的麻醉效果，抢救了很多垂危病人，取得了藏族同胞的信任和尊重。

他们当时援藏工作的地方离拉萨有100多公里，是山南地区最偏远贫穷的地方，交通不方便，药品和医疗器械奇缺，给麻醉工作带来极大困难。加上病人多，血源少，手术中风险很大。但张云与当地医护人员密切配合，病人只要有一线希望，就用百分之百的努力去救治。援藏工作一年时间里，平均每个月为藏民做20～30例手术，有时候一天就要做五六例，从未发生过医疗差错和事故。

张云的医术和医德流传在西藏高原，为广东和深圳争了光。当完成援藏任务将要离开西藏时，藏族同胞载歌载舞，给他献上洁白的哈达和青稞酒，被藏族同胞誉为党派来的好门巴。

1990年9月8日，《羊城晚报》以“党派来的好门巴”专题报道了广东省援藏医疗队的事迹，同年12月8日，南方日报刊登了张云医生的事迹，被广东省卫生系统评为“白求恩式先进工作者”。1991年5月份，深圳市卫生局局长刘家深亲自到成都机场迎接援藏医疗队回深。

光荣完成援藏任务回到深圳，按规定可以休息一段时间，但是张云看到科室的医生不够，手术很多，他没有提出任何要求，主动放弃了自己的休息时间，加班加点投入到繁忙的工作中去。

无论是在西藏还是在深圳，张云医生都是一如既往地兢兢业业，勤勤恳恳忘我地工作，无论分内分外，有求必应。

1993年清水河大爆炸事件中，送到二院的伤员很多。一次，他在通宵达旦参加抢救危重病人后，连家都没回，不顾劳累，护送两位伤员到广州南方医院抢救，本可以在广州休息一天，因惦记着科室的人手少，工作量大，他不顾劳累，连夜乘车回到深圳，马上参加医院科室的倒班工作。

在绿色的军营里，他是一名出色的军医；在深圳医院，他是一名医术高明的白衣使者；在西藏高原，他是模范工作者。他用青春和热血参与着深圳的进步与发展，也见证着深圳的繁荣与辉煌。

张云是参与深圳市二院建设和坚守本职工作岗位时间最长的拓荒牛之一。如今他现已退休，儿孙满堂，安享改革开放后的幸福生活。当问到张云对自己参与深圳建设几十年的拓荒之路有什么感想，他笑着说：感觉自己只是做了一点应该做的工作，但党和人民给予了自己太多荣誉。现在虽然退休了，但自己要积极参与有益的社会活动，为和谐深圳继续奉献绵薄之力。

第七辑

# 再创辉煌

# 深圳房改引领时代

廖育辉

深圳是改革的产物，没有改革创新，就没有现在这座现代化国际大都市；而没有住房制度改革（下称房改），就不可能有现在那么成熟的房地产市场及房地产业。深圳房改减轻了国家的负担，为职工谋了福利，也为深圳房地产业的发展，为深圳的经济社会发展做出了应有的贡献。深圳房改是一项利国利民的改革。

我是1983年随基建工程兵部队集体转业到深圳市的。先在改制的深圳市第三建筑工程公司工作，后调入深圳市房地产管理局工作（后改为深圳市住宅局），1987年至1996年，本人有幸参加了深圳房改全过程的工作，包括制定房改方案及实施全过程。深圳房改方案于1988年6月10日出台。

## 一、房改的逻辑

现在有很多人问，当年为什么要房改？其实回答这个问题很简单，那就是政府和企业缺钱建房子，职工分配不到房子居住。

深圳经济特区建立之初，住房制度是沿袭内地的做法，即住房由单位负责建设并分配给职工，单位收取象征性房租，维修等费用由单位负责。由于政府及单位财力有限，建房数量及建房速度远远满足不了职工的需求。到了1987年，仅政府机关及事业单位职工缺房就达4千多套，而且建房越多，维修压力就越大，补贴费用也越多，财政几乎到了无法承受的程度。而不解决职工住房问题，内地人才就无法引进。对此，深圳市委市政府高度重视，房改成为必然，改革被政府列入议事日程。

## 二、高效成立“深圳市住房制度改革办公室”

为了推进房改工作，深圳市政府于1987年3月5日发文各有关单位，成立“深圳市房地产改革领导小组”，下设房改办公室和土地改革办公室。办公室属临时机构，由深圳市房地产管理局代管，人员由各单位选派，一共不到10个人。办公室仅有十几平方米，房改办的日常工作由深圳市房地产管理局一名领导负责。

## 三、开展住房普查，强调数据说话

房改工作涉及国家、企业和职工三者之间的利益关系，是一项复杂的社会系统工程，必须科学决策。经市政府批准，市房改办联合市统计局，对深圳经济特区住房进行为期3个月的专项调查，比较全面的摸清了特区住房的现状、人员机构、企业资产负债等情况，可供使用的数据达14万个，为测算论证改革方案，提供了全面准确的依据。

值得一提的是，当年住房专项调查办公室只有一部临时调用的面包车，十几号人交通几乎都是靠自行车，在大热的深圳马路上，工作人员不知洒下多少汗水！现在想想，这是一种何等高尚的境界，这不正是我们现在所提倡的特区精神吗？

## 四、制定促进职工买房的方案

20世纪80年代末，提出将国有资产——住房，卖给职工，市领导还是有些顾虑的，因为私有化在当时还是顶“帽子”。但是，房改办调查测算论证的结果是，如果小步提租继续将住房出租给职工，这种改革无法解决建房资金问题，不如不改。只有大步提租，鼓励职工买房，把存量住房卖给职工，把“死钱”变“活钱”，才能解决建房资金问题。在一次向市委常委会汇报方案时，我们用通俗的语言做了汇报：改革后，每平方米建筑面积每月租金2.06元，房价是每平方米建筑面积264.15元，职工通过算算账，租房不如买房，而且租房得不到产权，就会选择买房。当年住房建造成本约500元/每平方米，卖给职工为264.15元/每平方米，约为成本的50%，政府再补贴50%，又可建设同等规模的一批住房，且通过加速资金周转，不断提高房价，多建房，多卖房，就能实现住房建设的简单再生产，实现资金的良性循环。

深圳市委市政府高瞻远瞩，顶着“住房私有化”帽子的压力，以敢为天下先的气魄，批准出台鼓励职工买房的方案。仅从1989年至1993年，就将回笼的资金建设了鹿丹村、岗厦村、莲花二村、莲花北村等多个住宅小区，基本解决了党政机关事业单位职工的住房问题。为此，1992年9月10日，深圳市住宅局荣获联合国人居中心授予的“人居荣誉奖”。

## 五、深圳创新建设社会微利房

房改初期，通过房改出售给职工的住房，房价约为建造成本的50%，市政府建立的住房基金还不能实现简单再生产，资金不能良性循环。市房改办结合深圳的实际情况，向市政府建议建设社会微利房（利润为建造价的5%左右），全市每年建设社会微利房8千至1万套，出售对象为企业员工。建设社会微利房有三个作用，其一是弥补政府住房基金的亏损；其二是解决企业员工的住房保障问题；其三是调控深圳市房地产市场（当市场商品房价偏高，政府就多建设社会微利房，当市场商品房价格偏低，政府就少建设社会微利房）。国家建设部官员考察深圳后指出，建设社会微利房，这是深圳的创新，全国的创新。深圳建设有社会微利房的小区有岗厦村、莲花北村、景田片区、松坪村、桃源村、梅林一村、二村、三村、四村等，这些社会微利房为缓解企业员工住房困难起了很大的作用。同时，市房改办1993年又向市政府建议，每个街道（镇）规划两至三个占地不少于30万平方米的住宅区，建设配套设施齐全、环境优美的社会微利房小区，杜绝当地村民抢建违建之风。可每年建设8千至1万套社会微利房，这个建议没有得到批准实施。否则，深圳市房价可能不会上涨那么快，深圳城市面貌可能会更加美好！

## 六、房改的艰难

深圳房改是经过住房调查、测算和论证决策的，是有科学依据的。但在1988年方案出台之前，反对声还是很大的。方案征求意见阶段，在深圳市教育部门召开房改征求意见座谈会时，有人意见很大且有点偏激。有一位代表很激动地说："一套房子要一万块，我们买不起，查一下房改办他们的孩子在哪个学校读书，把他们从学校撵出去！"当然这是气话，但也说明反对房改的情绪非常大。

鹿丹村是1989年分配出售的房子，定价每平方米建筑面积397元，所有分配到住房的职工都认为房价定高了，认为原来老房子只有200多元，现在怎么要300多元，都拒绝签订购买合同。为此，深圳特区报头板头条刊登了"鹿丹村卖房风波"，后经宣传、解释，购房职工还是从大局出发，支持上调房价。半年后顺利签订购房合同，房价加延期付款利息，每平方米房价已由原来的397元上调至403元。

莲花北村住房1994年出售，当时定价：框架结构为每平方米建筑面积900多元，房价公布之后，一片反对声和骂声，指责房价太高，有的单位公开反对，有的职工扬言要罢工。市委市政府高度重视，立即成立以市委宣传部门牵头的房改宣传小组，召开新闻座谈会、专题解释会等。深圳毕竟是改革的窗口，深圳人毕竟是勇于改革的，在个人利益面前总是服从大局，支持改革，莲花北村住房终于得到顺利出售。

## 七、房改的效果

1987年，国务院经济体制改革研究所40多位研究人员在深圳进行为期4个月的调研之后指出："深圳住房制度改革具有全国指导意义。"国家建设部多次多场合指出："深圳房改为全国房改提供了宝贵的经验。"

30多年过去了，深圳房改的实践证明，改革不会增加企业单位的负担，改革不是把包袱推给职工，改革改变了职工的传统理念，改革建立了职工购房抵押分期付款制度，改革让每个购房家庭获得了一笔可观的家庭财产。以深圳较早出售的园岭小区为例，1988年职工购买一套80平方米的住房，房价约两万元，现房价每平方米约10万元，房价约为800万元。房价增值实属可观，房改让深圳职工得到实惠。房改是利国利民的一项改革！

▲ 1994年7月，深圳市房改岗位资格培训班合影（第五期）。（照片由本文作者提供）

# 建立中国第一个人才大市场

郑举武

1988年，我从驻深圳00049部队转业到深圳市人事局工作已有五年。期间我主要负责全市干部招聘和军官转业安置工作。这一年下半年，局里又把高校毕业生分配工作任务交给我负责。随后，我向上级领导提出了毕业生就业实行“双向选择”的工作思路，即用人单位可以选择毕业生、毕业生可以选择用人单位。在深圳市各级领导支持下，逐步得到全面落实，经当时国家教委总结推广，正式写进了国家教育体制中期改革方案，使之成为高校毕业生就业的一个基本制度。深圳市接收的高校毕业生，也由每年的500多人上升到每年过万人。

高校毕业生是我国人才队伍的最主要来源。这部分人才走向市场了，而且效果非常明显。全市人才队伍结构，也得到全面改善。在深圳，用市场调剂人才资源，逐渐为社会所接受，我在工作中也不断加深认识，对人才市场建设的设想也渐渐形成。

其后不多久，我主持深圳市人事局调配处工作，将军转干部安置、干部计划调配和高校毕业生就业工作逐步推向市场，每年多次组织举办“高校毕业生就业双向选择大会”“高级人才招聘会”“市内人才调剂大会”“军转干部双向选择大会”“海外留学人才招聘会”等，这些活动都受到了社会的广泛欢迎，每场参加的人数都非常多，有的专场参会人数达10万以上。这从一个侧面反映出深圳对人才的需求，也彰显一个快速发展城市的强大活力。

这种活动举办多了，我也发现一些问题，如当时我国各城市人才流动服务工作不系统、不深入；许多保障配套工作跟不上；服务人员政策水平、办事能力跟不上；工作一曝十寒，人才工作服务于城市经济建设不及时；服务内容单一，理论研究、政策及管理研究严重缺乏。由此，我逐渐萌发兴办常设大型综合性人才市场的想法，可以说，活动搞得越多，想法愈清晰、愈成熟。

到了1996年春节后，我拟了一个较成型的方案，跟局里的同事和局外的朋友反复研究修改，正式报局里上会研究。局里讨论通过后，报分管常务副市长李德成，李市长批示："办一个人才大市场，再把干部调配、毕业生分配、军转干部安置、公务员招考集中在这里，实行一条龙服务，同时转变政府职能。"李市长将此报告批转包括书记、市长在内市主要领导，令我没想到的是，8位相关的市主要领导都批示明确支持，一周内就落实了开办资金和筹建方案，完成了筹备的前期工作。

随后就是明确人才大市场领导和选址。对市场负责人，局里讨论了几个人选，最后统一意见是让我担任。理由是方案是你提出的，市里高度重视，别人搞弄不好，不好跟市里交代。局长认为，调配处长位置重要，把我由一个主要岗位，调到一个大家不那么看重的岗位，怕我不同意，决定保留我的公务员身份待遇三年。我感谢领导关心，由于我对办好人才大市场信心十足，也坚信这个市场在深圳发展过程中能起到独特的巨大作用，没有纠结个人待遇，迅速投入到市场筹建工作中去了。

市场选址，由于具体领导和负责落实的人员，都是我在部队的战友和领导，工作特别顺利。分管基建的副市长，看到我们的报告后，当天就批示并电话给市规划局局长刘佳胜，刘局长一个星期内就落实了三个方案备选，最终我们选中了笋岗仓库一栋新建成未投入使用的库房。随后，我们用102天即完成了12000多平方米的市场房屋装修、环境整治。市场于1997年元月3日正式投入使用。出乎人们意料的是，这个以人才交流服务为主业的要素市场初生即旺，单日进场人数、市场服务层次、档案托管量、文凭验证征信管理、人事代理等主要指标，一直稳居全国大中城市人才市场首位达10年之久，尤其是进场人数每天过万人，是全国最活跃的人才市场。其间，中央、省市多位主要领导莅临市场视察指导工作，推进人才市场建设上新台阶。使人才大市场成为深圳的一个重要窗口，成为一张新的城市名片。

由于人才大市场的工作始终定位于服务深圳经济建设主战场、服务于市委、市政府的中心工作，不断改革创新、规范运作，功能不断完善，逐渐形成七个中心，即：人才交流中心、人才测评中心、人事代理中心、人才培训中心、人才信息中心、文凭验证中心、毕业生就业指导中心。

我们还尝试事业单位企业化管理，建立适应人才市场发展的内控制度，有力促进和保障了人才市场建设。

曾任广东省委书记李长春和张德江都先后专门听取了深圳人才市场工作汇报。长春书记听过汇报后总结说，深圳人才市场有五大功能：

一是改革的推进器和减震器。无论是机构改革还是企业改革，都必然产生人员的分流，即有人上岗，为企业源源不断地输送人才；有人下岗，安置企业和机构富余人员。人员分流的结果往往直接影响改革的进程，处理得好可以加快和保证改革的顺利进行；反之，会引起震动不安，形成社会矛盾。有了人才市场后，各机构对编余人员不是滞留在单位，也不是丢给社会完全不管，而是交由人才市场管起来。社会管理成本大幅下降、各种因机构调整下岗的人员心理落差也没有那么大，这就有效减缓了矛盾，从而推进改革。

二是加强我们党的执政基础，固本强基。人才市场把分布在数千家的新经济企业的党员组织起来，建立流动党员党委，按照就地就近、方便开展活动等原则，将一万多名党员组建成230多个党支部，开展多种活动，如流动党员党委公开党课，基本都是著名学者、成功企业家授课。每场周末举办，场场爆满，每期都有过千名党员干部参加。流动党员亲切地称党委为“政治归宿，精神家园”，多次被省委和市委表彰为“优秀基层党组织”。

三是职场训练基地。曾有公安系统、税务系统、通信公司等上百家机构组织在职员工，到人才大市场模拟“下岗求职”，也有不少家长带自己在大学、中学学习的子女到市场“观摩”，这是市场建立初期我们绝对想不到的。市场结合社会需要，与人民大学、武汉大学、中山大学等数十家高校合作，开展各类人才培训工作，我们将培训分为“内生式培训”和“外延式培训”。广泛开展在职提升类培训、学历培训、境外培训等。每年培训人才高达数万人次。

▲

国务委员李贵鲜视察人才市场，并题辞：希望深圳人才大市场不断探索，为全国人才市场提供更多经验。（照片由本文作者提供）

四是人才信息的集散地。1997年在时任市委书记厉有为支持下，在全国率先建立了“网上人才市场”。当年年底我将其名称简化为“深圳人才网”，两年多后，全国以省、市名称冠名的人才网效仿深圳人才网做法陆续建立，开创了一种线上人才交流的模式，有力推动了人才交流活动的发展。人才网开通后，日点击量一直保持在50万次以上，成为当时最兴旺的市场的重要组成部分。市场还利用大量人才信息，进行深度开发，扩大市场服务范围、丰富服务内容，如根据企业需求，从人才信息库向企业传送匹配的人才信息，与中央人民广播电台、深圳电视台、深圳商报、深圳特区报等合作，开辟《深圳人才大市场》专栏，分析市场走向、热点追踪、信息发布、理论研究、就业指导等多个内容。《深圳商报》因全面刊登了人才大市场的信息，订阅量上升数以万计。我们还把报刊发表的关于深圳人才大市场的文章、消息等，每年编辑成册，名曰《市场瞭望》，成为与全国同行交流的有效工具。国家人事部多次安排我们向全国人事厅局长培训班、全国人事人才工作会议、中央人才工作会等汇报我们的工作和做法，使深圳人才市场的知名度、权威性一步步提升，进一步促进了市场健康发展。

五是文凭验证、人才征信中心。伴随人才市场的快速发展，假文凭的制售也像野草一样迅速蔓延，这不仅是一个人才知识掺假的问题，也是一个党风社会风气问题，也是腐败问题在人事人才领域的一种表现形式。人才大市场采用了三种形式予以坚决打击：一是联合公安机关，对制售假证的窝点进行清除，仅1997年8月罗湖公安分局组织的20天的专项行动，就缴获假证10000多份，假公章8000多枚，抓捕制售假证人员70多名。公安机关在人才大市场作了公开处理，公开销毁了缴获的假证、假公章，依法处理了一批犯罪分子。中央、省市多家媒体对此事做了充分报道，在全国产生了广泛影响。二是建立文凭验证中心，人才大市场在国家教育部的支持下，获取了国内所有院校毕业生信息、建立起较完备的信息库，打下文凭验证的坚实基础，由于验证信息准确可信，验证业务迅速壮大，每年验证达14万份以上，业务范围遍及全国近百个大中城市，连上海、海南、黑龙江等省市干部选聘，都将有关人员的文凭送来深圳人才大市场验证，时任中纪委书记尉健行同志看了新华社《国内动态清样》的报道后，专程到人才大市场视察，对此举给予高度评价。三是定期在深圳商报上公示用假者名单，此举震慑力极大，有力打击了制假、售假、使用假文凭的嚣张气焰。净化了人才市场，净化了社会风气。

▲
蒋正华副委员长视察人才大市场，并题辞：为人才谋发展创造机遇，为发展招人才搭建平台。（照片由本文作者提供）

人才大市场适应深圳改革开放而生，因改革开放而发展壮大，成为那个时期一道靓丽风景。在长达十多年里，找工作到人才大市场，找人才到人才大市场成为人们的共识。时任全国人大常委会副委员长蒋正华视察人才大市场后题辞：“为人才谋发展创造机遇，为发展招人才搭建平台。”深圳人才大市场服务遍及引才、辨才、育才、荐才各个层面，成为扎根深圳、辐射华南、闻名全国的人才服务业的旗舰机构。

# 物业管理事业是我人生的第二战场

杜志文

## 一、转业到深圳，成为一名政府工作人员

▲ 杜志文照片。（照片由本文作者提供）

来深圳前，我在基建工程兵31支队303团服役。1983年，两万基建工程兵集体转业到深圳参加特区建设，我是两万分之一。我来深圳的初衷，就是看好深圳的未来，认为深圳是一张白纸，毗邻香港，要搞大开发，更容易画出最新最美的图画。我和夫人曹晶琦是同一个部队的战友，决心一起到深圳闯一闯。1983年4月，我们坐着闷罐车，来到深圳竹子林安营扎寨，开始了一段不平凡的人生经历。

初到深圳，印象最深的是：深圳很小，老街半天就转完了。深圳像一个大工地，到处都是黄土黄泥和建筑工人。深圳生活很苦，住的是席棚子，下雨天，人在床上睡，水在床下流，酷热、蚊虫，让人受不了。1983年9月9日9号台风给了我们一个下马威，席棚子揭了盖。竹子林又发生了火烧连营事故。恶劣的环境和生活条件，使我们团的很多战友回内地了。

但我们在深圳坚持下来了。部队集体转业后，我们基建工程兵303团改为深

圳市第四建筑工程公司，我出任公司办公室主任。

1985年，深圳市政府组建深圳市房地产管理局，主要工作人员从建设口相关单位选调，我当时被选中后，公司不放人，几经周折，公司才松了口。我报到时，新组建的房管局还没有挂牌，只是在原市基础工作组办公的一间小平房里摆了一张桌子，桌前坐了一位先我报道的刘永友同志。我问："房管局在哪，我是来报到的？"他笑着说："就在这儿，这儿就是房管局。"

1985年12月，深圳市房地产管理局成立后，我被任命为房产经营管理科副科长，分管住宅（公产房）管理，从此我成了一名政府工作人员，开始了房产管理工作生涯。

1989年，局成立物业监管处，任命我为副处长，分管物业管理工作，当时主要是住宅区管理。我不敢说时势造英雄，但这一工作分工，对此后我的人生事业的发展，产生了非常大的影响。20世纪八九十年代，我不知不觉成为全国物业管理行业的名人、专家。我永远感谢深圳给了我一个奋斗的天地，深圳的物业管理事业成就了我这一段难忘的人生历程。

## 二、改革开放、开拓创新，打开了深圳物业管理的大门

现在大家对物业管理都不陌生。但物业管理是怎样进入大家生活的，我相信能说清的人不多。实事求是地说：物业管理不是天上掉下来的，是深圳人开拓创新、不断探索的成果。她移植于香港，培养于深圳、推广于全国，逐步成为一个新兴行业和朝阳产业。

在改革开放以前和初期，全国城市房产管理体系基本上是各自为政：政府管公产房，企业和单位管自管房，私产房业主自管。改革开放后，全国特别是深圳，城市建设出现了规模化的住宅区这个新产物。

1986年，深圳的通心岭、园岭、南园、华新等12个政府新建的住宅区相继交付使用，还有近20个企业建设的商品房住宅区，住房制度改革也在紧锣密鼓地进行。这些住宅区出现了"三新三高一大难"的特征，即房屋新、设施新、环境新，规划起点高、建设标准高、管理要求高，管理难度大。采用传统的政府包

揽的城市房屋管理体制和模式，已经无法管理这些住宅区了。怎么办？大家都在思考这个问题。

▲
在香港考察屋村管理。（照片由本文作者提供）

我当时刚调到房管局，又分管这个工作，寻找出路、寻找解决问题的办法，自然成为我的重点工作。那个时候，深圳的政治气候是：唯才是用、用人不疑、疑人不用。领导对我很信任，让我放开、放手、放胆工作。我也有点“初生牛犊不怕虎”的精神，遇事也敢闯敢担当，认真做调查研究，带着问题到政府有关部门请教，到企业、房产管理所走访、调研，到香港房屋署、香港英国皇家屋宇管理学会取经，进行工作交流，虚心请教学习香港屋村（住宅区）的管理经验。

其间，深圳市物业管理公司在“深圳房地产开发公司”开发的涉外商品房住宅区内，移植香港屋宇管理的模式引起了我的注意，我多次调研挖掘，把这个“养在深宫人未识”舶来模式，与市住宅区管理的现状全方位比对，把我市住宅区管理的出路给挖掘出来了：倡导改革深圳现行房屋管理体制，推行住宅区企业化管理，推行有偿服务等措施和方案慢慢形成了，虽然很不完善，但基本框架有了，局领导和市府相关领导对我的设想很支持。

经过准备，1987年4月，市房管局在怡景花园召开了“全市住宅区管理工作经验交流会”，市府李定秘书长亲自主持会议并讲话，会后即开始在全市大力推广住宅区管理新模式，推广市物业管理公司的做法和经验。1988年，市府出台了深府办（1988）671号文件，确定了“谁开发、谁管理”“谁受益、谁出钱、有偿服务”等原则，在全市正式拉开了住宅区“社会化、商品化、企业化、专业化”四化管理模式的大幕（注：后将四化中的“商品化”改为“市场化”），我们也忙得不亦乐乎。那时，我的主导思想和把控的措施是：结合深圳的实际情况，每年将该项工作推进两三步。此后，市政府和市房管局每一年都有新的推动工作和规范举措出台。

在全市推行物业管理新模式并不是一件容易的事情，最难的是大家都不清楚“什么是物业管理、怎样搞物业管理”。为了搬开这个拦路虎，我们加大了理论研究、经验总结、实例宣传。那几年搞宣讲活动和研讨会不下百次，我无疑是主要召集人和宣讲人之一。我们的活动足迹踏遍了深圳的“五湖四海”，宣传对象遍及各行各业。与此同时，我还利用审批成立物业公司的权利，采取“放水养鱼”的策略，走量变到质变的道路，先拉队伍，再谈质量，热情支持和欢迎大家成立物业公司，有报告就批复。有段时间，有单位请求成立物业管理公司，市府办公厅秘书处委托我代拟批文，到市政府办公厅审核盖章，到工商局注册就行了，大家密切合作，办事效率很高。那一时期，物业管理公司在特区内如雨后春笋般涌现，挂牌都要剪彩放鞭炮，一度成为社会热点，广播有声、电视有影、报纸有名。

我印象很深的一件事是；在深圳热火朝天成立物业管理公司的1989年，建设部在大庆市召开全国住宅区管理工作会议，我参加了会议。会上当我介绍深圳经验以后，内地的代表们发出了一致的声音，“深圳的经验好是好，内地学不了”，搞得主持会议的潘其源司长也不好下结论。此后几年，内地仍在原有的房屋管理体制下做文章，而深圳则坚持不懈地走开拓创新出来的物业管理的新路，其模式逐步趋于成熟。

深圳推行物业管理这一步棋，不但打开了我市以至全国物业管理的大门，而且彻底颠覆了我国传统的城市房产管理体制，进而影响了城市管理工作的架构和运作以及城市居民的生活，在我国产生了一个新兴行业。

## 三、番禺会议把深圳物业管理模式和经验推向了全国

1993年，建设部在广州番禺召开全国住宅小区管理工作会议。我作为深圳的会议代表，觉得会议内容和深圳关系不大，因此也没有准备会议材料和发言。本

来是轻轻松松参会，没想到却领了两个大任务：一个是在会议上全面介绍深圳的物业管理经验，另一个是回深圳组织开办全国物业管理培训班。

番禺会议原计划开三天，当会议开到第三天上午的时候，主持会议的建设部房地产业司谢家瑾司长把我叫到会场外面，对我说："这次会议，目的是为住宅区管理交流经验找出路，可代表们的发言，让人感到是在'要人、要钱、要政策'，好像大家都在住宅区管理中面对困难无可奈何地挣扎，我觉得会议越开越不对头了，下午你一定要把香港和深圳的做法在会上介绍。"我说没准备材料。她说：都在你脑子装着，要什么材料，下午的时间尽你用。

谢司长此前多次来过深圳，基本上都是我接待，她对深圳物业管理的模式和经验了然于胸。我推不过，中午利用休息时间列了个提纲，下午第一个发言，讲了四十多分钟。我讲完后，谢司长叫停了后面代表的发言，要求大家围绕深圳的模式、做法和经验进行讨论，不明白的地方问我。我像参加论文答辩一样，答完东家答西家。最后会议做出的决议对深圳乃至全国影响很大，等于宣布了物业管理这个行业在我国破土而出了。会议决定：一是将全国"住宅小区管理"的提法统一改为"物业管理"；二是在全国强制推行深圳物业管理的模式、做法和经验；三是以建设部的名义委托深圳组织开办全国物业管理培训班。这次会议，可以说从国家的层面确立了深圳在物业管理行业的示范作用和龙头地位。

开办全国物业管理培训班并不是一件简单的事。办培训班，一无教材、二无老师、三无场地、四无经验，领导虽然支持，但事情是要我们来做的，要白手起家，困难可想而知，单靠我处的力量是不行的。我想来想去，想到了"借鸡生蛋"的办法。当时房管局有一个房地产管理培训中心，主任张跃同志是我在基建工程兵时的战友，关于联合开办物业管理培训班的事，和他一谈就妥，我负责组织编写教材、请老师，他负责教学组织和管理。全国物业管理培训很快就搞起来了。那时候，也不讲老师资质、教材审查，只要是开拓创新方面的事情，政府和社会各方面都会支持。培训活动的开始阶段，基本上是深圳经验的介绍和理论与实践方面的探讨，边培训边完善教材和师资队伍。由于物业管理是新生事物，又是在深圳特区办班，大家对建设部的号召积极响应，参加培训的热情和兴趣非常高，全国各地纷纷派人来深圳学习和取经。学员中有中南海房产管理局的干部、总后勤部的干部、房地产方面的专家以及各城市房管部门的干部等。仅在1993年到1995年两年间，来深圳培训人员超过1000人，其中局级干部42人，处级干部53人，其余为经理级和主要的管理人员。累计接待全国各地的物业管理考察团5000人次以上。

1996年，我觉得已经基本成熟的物业管理培训工作应该上一个台阶，萌生了办培训学校的想法，即派人去天津考察学习办学经验，到建设部汇报申请开办学校的批文。拿到批文后，深圳的物业管理培训长足发展。经过各方面的努力，目前，物业管理培训在深圳已经升格为培训学院，学员遍布全国各地。

## 四、成立物业管理协会，为行业争得了一个名分和地位

经过各方面的努力，1993年6月28日，深圳市召开了物业管理协会成立大会，时任市房管局局长陈义林同志任理事长，我被选任为第一任秘书长，主持协会的日常工作。

6月28日是深圳市的荔枝节（现已停办），我们选择这一天开成立大会，节日氛围热烈，来宾云集，影响大，收效好，只是忙坏了工作人员。我不但要亲自起草协会章程、财务管理办法、会员管理办法等文件，在大会上做协会筹备工作报告，还要参与会务工作，虽然忙和累，但看到理想成为现实，心里还是很高兴。那个时候，大家都讲“拼搏”和“效率”，成功才是最要紧的。

成立物业管理协会在当时是一件大事情。深圳是我国第一个成立物业管理协会的城市，来宾有300多人，其中有国家建设部、省政府、市政府和一些政府机关的相关领导和代表，内地城市代表，房地产开发企业代表，物业管理公司的董事长、总经理等贵宾，其热情和规格之高实属罕见。究其原因，主要是大家都在关注物业管理事业的发展，关注物业管理行业的形成和成长，关注物业管理在城市管理这盘大棋中的地位和作用，同时，对物业管理寄予殷切的期望。当时，建设部侯捷、叶如棠、萧桐、宋春华等领导纷纷题词祝贺并勉励。

我当时积极倡导和推动成立物业管理协会，主要是想在社会上确立物业管理企业的社会地位，让大家认定这是一个新兴的行业，是一个前途无量的朝阳产

业，是一个与大家生活息息相关的新兴服务行业。在深圳物业管理这个新兴行业在成长壮大过程中，我感到急需在政府与企业之间搭一个沟通桥梁。当然还有另外两个原因：一是在20世纪八九十代新成立的物业管理公司都是房地产开发企业的子公司，在社会上和政府部门说不上话，急需一个专业交流平台和利益诉求平台，需要一个身份和地位。二是一些事情需要社团组织来做。我当时分管物业管理，代表政府，有些事情不能以政府名义去做或发号施令，很难办，急需协会这样的社团组织来配合我的工作。当我把成立协会的事与企业的经理们和相关领导进行沟通，受到全市50多家物业管理企业经理们的热情支持，也得到了市、局领导的大力支持。成立协会时，李传芳副市长高兴地出任协会名誉理事长，廖永鉴副局长亲自为协会创办的刊物题写“物业管理动态”刊名。事实证明，物业管理协会成立后，对深圳物业管理事业的发展发挥了极大的作用，在国内产生了极大影响。

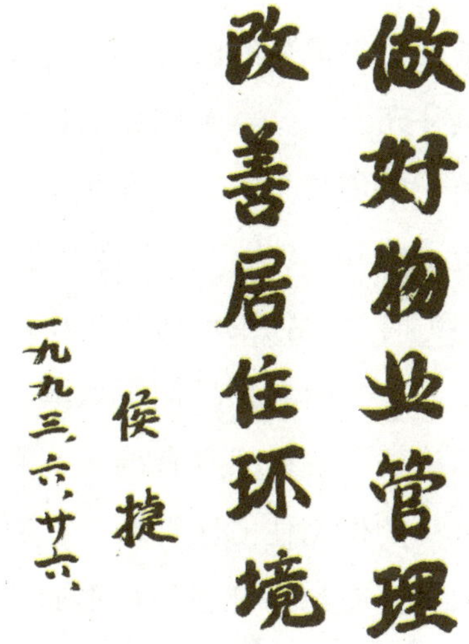


▲原国家建设部部长侯捷题词。（照片由本文作者提供）

## 五、出台物业管理条例，使物业管理走上了规范化法制化的道路

说起《深圳经济特区住宅区物业管理条例》（以下简称《条例》）的出台，那真是十年磨一剑。那时候随着深圳城市建设的飞速发展和物业管理的蓬勃兴起，制定住宅区管理法规很自然地提上了议事日程。由于物业管理是一个新生事物，政府虽然重视，但在国内找不到法律依据，也无经验可借鉴。另外，物业管理立法，不仅涉及城市管理体制机制的改变，而且与人民群众的切身利益息息相关，各级领导和相关部门对《条例》的出台很慎重。我在建设部在深圳组织召开

的庆祝物业管理30周年大会时，应邀写了一篇《深圳经济特区住宅区物业管理条例诞生记》的回忆文章，简要介绍了《条例》诞生的有关过程，网上可查。这里补充一点。《条例》的出台，谁也说不清有多少人为此倾注了多少心血。我翻了一些历史资料，《条例》的研讨过程中，市政府至少开过4次以上专题会议，市人大开过2次以上专题会议并登报向社会征求意见。记得市人大开会讨论《条例》时，我代表市房管局出席会议并负责答辩委员们提出的问题。我体会最深的是，人大的老领导们很认真、很负责，对《条例》中每一个要点、提法都要求说明论证。我虽然早有准备，有些问题还是让我汗流浃背。例如，原来《条例》报批稿定位“住宅区管理”，有领导就说：目前住宅区有十几个单位在管理不同事项，都交给你管理是行不通的，水、电、气你就管不了。因此，《条例》最终以主管“物业”为核心进行调整，现在大家公认叫“物业管理条例”。《条例》在人大原则通过后，我受命带着政府有关部门代表和物业管理企业代表，与人大法工委的工作人员一道，封闭了10天，对《条例》文本的文字、提法、结构等细节进行最后细敲，完成任务后大家都累得腰酸背疼。但老领导们的认真负责精神使我受益匪浅。

## 六、深圳物业管理创造了许多全国第一

改革开放、开拓创新是深圳的魂。20世纪八九十年代，深圳的社会环境和工作环境很宽松，“清规戒律”少，只要是开拓创新的事情，各方面都会支持，这种环境我很喜欢。我历来不爱“吃别人嚼过的馍”，在事业上喜欢创新和拼搏。我主管物业管理工作期间，在市、局领导的支持下，竭尽全力和物业管理同行、同事努力把物业管理工作一步一步往前推进，取得了可喜的成绩。在那个年代，我和深圳物业管理的同行同事们，在深圳创造了许多个“全国第一”。例如：深圳成为第一个在全市推行物业管理的城市；第一个把公产房管理推向市场实行自负盈亏的企业化管理；第一个在住宅区成立业主委员会；第一个实施住宅区一体化管理；第一个住宅区管理权招投标；第一个成立物业管理协会；第一个立法颁布地方性物业管理法规；第一个开办物业管理培训班；第一个制定文明住宅区标

准并开展达标考评活动；第一个在物业管理公司开展ISO9002国际质量体系认证工作；第一个开发推广应用物业管理软件；第一个建立了房屋公共设施维修基金制度。实际上，深圳在物业管理方面创造的“全国第一”远不止这些。我们参加的建设部在人民大会堂召开的物业管理代表大会，深圳拿回的奖牌比哪个城市都多。总之，在我国物业管理事业的大舞台上，深圳是一个开拓者、创新者、经验提供者，其龙头地位得到公认。

现在，我虽然已经退休，但回想起在物业管理行业的拼搏经历，仍然有一种难以割舍的感情。我爱物业管理事业，我爱深圳。

# 从一名基建工程兵到劳动局局长

孙大海

我是一名基建工程兵。1969年12月入伍，1982年12月随部队转战深圳，1983年集体转业到深圳，先后在深圳市第一建筑公司、市物业工程开发公司工作，曾担任过深圳市物业发展（集团）股份有限公司副总经理。

1996年3月，我被任命为深圳市住宅局局长、党组书记，市房改办主任。当时在住宅局的主要工作就是“造房子、分房子、管房子”等住房制度改革。2001年8月，又受命担任深圳市劳动局局长、党组书记。

▲
1982年孙大海妻子女儿来部队探亲，在住地的山丘上拍下当年的一张全家福。（照片由本文作者提供）

我在深圳这片热土上耕耘奉献，在党组织的培养和信任下，勇挑改革和建设重担，与无数战友一样，谱写着“春天的故事”。可以说，深圳这块沃土让我们拥有了激情燃烧的岁月，更让我们的人生价值在不断提升中得以实现。

2020年，于我而言，无疑是

具有特殊意义的一年。回想38年来，一路走过的风雨历程，有太多的人和事值得回忆，有太多的故事和经历值得记录。

我想把我职业生涯里一段难忘的经历跟大家简略地重温一下，以此记录那段难忘的历史。

▲
1996年4月，刘坤德陪同原市住宅局局长孙大海在龙珠住宅区建筑工地检查工作。（照片由本文作者提供）

到深圳市劳动局工作，可以说是市委市政府对我的信任，也是对我的一种期望。当时，深圳市劳动局是“依法治市、依法行政的先进典型”，是“市民最满意的政府部门”，是全市行政机关的一面旗帜。我到了这个任上，更加珍惜这些成绩和荣誉，也深感责任重大。尤其是新任劳动局局长一职，相较我以往的经历，可谓是完全跨界、跨领域的新挑战。对此，我想，唯有继续发扬在部队磨炼出的优良作风和特区精神，敢闯敢干，肯干善干，才能不断进步、保持先进、不辱使命。

劳动工作是与广大人民群众生活息息相关的民生工程、民心工程，更是关系到经济发展和社会稳定的重要工作，来不得半点马虎。抱着最初的这份朴素认识，凭着我们这代人特有的责任感和使命感，我走马上任了。

## 万事开头难，打好基础是关键

上任的2001年8月，世纪之交，当时的深圳，正值经济社会转型的关键时期，也是各种社会问题和矛盾的多发期。劳动工作作为社会经济工作的重要组成部分，易受改革发展过程中各种问题的影响，尤其是在经济环境和企业生产经营等多重因素的叠加作用下，劳资矛盾和劳资纠纷频发，劳动关系紧张甚至冲突而引发的热点难点问题凸显，严重影响社会稳定。在迅速了解这些情况后，我决定从狠抓内部基础性工作入手，破解难题，迎接挑战。

首先是抓班子带队伍。打造一支班子团结有力，工作人员积极进取的干部队伍，是做好一切工作的基础和保障。当年4月，深圳市出台了关于市直党政机关机构改革中处级领导职位竞争上岗的有关规定，要求除特殊岗位外，提拔正副处级领导职务必须通过竞争上岗。我提出把局里当时空缺的全部职位拿出来一次性地进行公开竞争，取得局党组成员的一致同意。

就这样，我们率先开展了处级领导岗位公开竞争，将局里一批踏实肯干、年轻有为的业务骨干选拔安排到正副处级领导岗位，进行大胆地培养使用。当时全局因此受益的处级和科级干部近百人，极大地激发了全局上下的工作热情和创新激情，营造出凝心聚气的良好氛围，为接下来的攻坚克难奠定了基础。回想起来，让我时至今日仍感欣慰的，一是当时整个竞争选拔过程，没有一人投诉上访；二是这批干部不负众望，表现优秀，纷纷成为劳动事业发展的中坚力量。

其次是深入实际调查研究，统筹规划。依法规范和管理好劳动力市场；依法引导和构建和谐稳定的劳动关系；积极有效地培养技能人才，为深圳发展提供有力的人才支持。这是我就任劳动局局长时的承诺，也是我的心愿。随着对劳动部门各项职责内容和工作任务的深入了解，要履行并完成好这些承诺，实属不易。必须在摸清底数的基础上，统筹规划，以避免头痛医头，脚痛医脚的被动工作模式。当时，又恰逢我们国家刚刚加入WTO，深圳市委市政府提出建设国际化城市的发展目标定位。因此，在这个大背景和新形势下，如何主动适应市场变化，满足经济社会转型过程中对劳动工作的内在需求，借鉴国际惯例，大胆改革创新劳动工作，为深圳建设国际化城市发挥应有的促进和保障作用！基于这些思考，我们组织开展了“深圳劳动工作如何适应建设国际化城市需要”的课题研究。可以说这个问题既是深圳在当时背景下，建设国际化的“和谐深圳、效益深圳”中必须认真研究、科学回答的重要课题，也是劳动事业发展的一项不可缺少的基础性工作，具有深刻的历史意义和现实的指导作用。尽管我明知道并非易事，但还是毫不犹豫地坚持搞了下去，最终形成一份比较有分量的调研报告，得到深圳市领导及相关部门的高度肯定和重视。有理有据地提出了深圳建设国际化城市的劳动体制模式及其运作机制和服务标准，更成为当时劳动部门在体制、机制、业务、管理和服务等五方面进行深化改革与创新的决策依据。有些当年开展的工作所取得的成效延续甚至影响至今。如市区事权划分工作。当年，我在工作中不断地强调，要正确地认识劳动行政管理的核心是为企业和员工提供就近便民属地化的服务。所以，坚决下放管理权限，提高了劳动行政管理服务效能。

## 劳动关系是最基本的社会关系，和谐稳定是关键

劳动关系既是现代社会经济生活中最基本的社会关系，更是一种经济利益关系。它与企业发展、与劳动者及其家庭的切身利益密切相关，涉及劳动就业、劳动报酬等方面，说到底就是民生问题。据当年市委市政府信访办的统计，连续几年，涉及劳动领域的信访人次数一直高居全市各类信访量之首。劳动工作，任务重、人手少、压力大、问题多，涉及面广、社会关注度高，形势严峻。对此，通过加强劳动法律法规建设、构建多层次劳动关系协商调整机制、开展全方位的普法宣传等一系列工作，促进并规范企业依法用工，维护劳动者合法权益，从而构建和谐稳定的劳动关系。

同时，为适应协调处理劳动争议的繁重任务和解决管理力量薄弱的突出矛盾，经过我们积极反复的争取，赢得了市政府及市编办的理解和重视，于2001年11月，批准设立市劳动仲裁院，加挂市劳动争议仲裁委员会办公室牌子，副局级建制，为市劳动局下属行政事务机构，率先在全国实现了劳动仲裁体制实体化。同时，把劳动信访职能从劳动监察部门分离出来，成立市劳动信访办公室；撤销作为经费自筹的事业单位的劳动合同所，把其行政职能划归劳动关系处。可以说，劳动仲裁院、劳动信访办的设立，提升了及时有效处置劳动争议的能力；劳动合同管理职能的理顺又从源头上预防和减少了劳动争议的发生，为合力遏制劳资纠纷的发生，和谐劳动关系奠定了基础。

## 就业是民生之本，扶弱解困是关键

企业要发展壮大，靠的是人才、靠的是用工。作为劳动局局长，首先关心的是新形势下企业用工，解决好企业招得来，用得好，留得住的问题。企业兴则经济兴，用工稳则企业稳。如根据深圳劳动力输入量大的特点，充分发挥驻深劳动管理机构作用，建立劳动力输出地和输入地紧密合作机制。广泛开展劳务协作，重点加强“泛珠三角”区域的劳务协作，由政府部门牵头，积极组织跨省的劳务交流活动，重点组织深圳企业赴帮扶地区举办招聘活动，并组织企业与内地技工学校、培训基地建立长期的合作关系。建立跨省的劳动力资源、劳动力供求、工作水平的信息交流制度，引导劳动力有序流动。

就业是民生之本，关系着千家万户和社会各方面，是重中之重。当时，随着我国加入WTO后的影响，对劳动领域的最大冲击就集中在就业。从长远看，它是会逐步增加就业机会，优化就业结构，提高就业质量，从而推动市场就业机制的形成。但在短期看，则会出现“阵痛”。主要表现在失业压力加大，农村剩余劳动力不断涌入深圳，需要劳动行政部门建立劳动力市场和公平竞争的就业制度，合理配置劳动力资源。为此，经过深入调查研究，借鉴国际惯例，于2002～2003年间，先后出台实施了一系列就业和再就业配套政策，以确保深圳市就业和再就业工作能在法制化和规范化的轨道上稳步推进。主要是通过创新就业服务体制，建立公共就业服务制度，率先实现“一站式”就业服务。所谓“一站式”，就是集中整合，能为居民就业免费提供失业登记、职业指导、职业训练、职业介绍、供求洽谈、就业培训、托底安置等就业服务事项。同时，我明确强调要以就业和再就业为重点，关心弱势群体就业。当时，深圳存在着几方面需要重点关注的特殊或者弱势就业群体。一是户籍居民失业人员就业再就业问题；二是改制过程中排放的国有企业失业人员就业再就业问题；三是驻港部队等随军家属的工作安置问题；四是一些既不能享受“低保”待遇，也不算残疾人的困难失业人员就业再就业问题；五是深圳因“农转居”的失业人员就业再就业问题。这些人员大多文化水平低、就业技能弱、年龄普遍偏大，严重缺乏市场竞争力。具体工作包括：一是设立居民就业委员会办公室，统筹协调就业岗位的开发；二是建立对外联系制度，分类分片包干，责任到人，发掘岗位信息；三是创建居民就业促进基地，逐步建立街道社区劳动保障事务所，对失业员工分级分类管理和就地就近服务。

从事劳动工作，我一直要求全局上下要有以人为本的情怀去做每一件事，尤其是就业和再就业的帮扶工作，要有同情心，更要做到换位思考地去扶弱解困。令我欣慰的是，通过我们全面扎实的工作，取得良好工作成绩，受到社会各界的肯定与赞扬。

## 职业技能是发展之基　培训提升是关键

随着深圳的改革发展，当时逐渐出现了就业结构性矛盾，有人无工可做，有工无人能做。无论是城市间还是企业间的发展竞争，归根结底都是人才的竞争。当时，深圳市场对高级技工以上人才的年需求量达3万之多，亟待开展大规模技能培训，以全面、大幅度提升劳动者技能。面对技能人才队伍总量不足、技能结构不合理、供给渠道不通畅、培训供给能力弱、严重影响企业和经济社会持续稳定发展的问题和矛盾，结合深圳实际，我们进行了深入调研和通盘考虑，提出了职业培训改革与发展要走专业化、社会化、市场化“三化”相结合的道路。专业化就是树立技工教育和职业培训的旗帜，培养一流技工，培养企业紧缺急需的高技能人才；社会化就是要积极鼓励社会力量参与办学，促使各类办学机构面向社会，服务社会；市场化就是职业培训工作要以市场为导向，以就业为目标，顺应市场需要培养多层次技能人才。2003年7月，加快出台《深圳市职业训练条例》，为依法办学、依法管理奠定了法律基础。

因时制宜、因地制宜是改革发展的关键。几年下来，通过探索职业培训体制机制创新和制度改革，着力建立起适应深圳产业发展需求的新的职业培训管理体制。逐步构建起以企业培训为主体，以政府培训基地为依托，以社会办学机构为补充的多层次多渠道培训网络。2003年，随着深圳市高训中心的批准成立，形成了集职业训练、技能鉴定、就业指导、职业介绍为一体的具有深圳特色的现代职业培训格局。

光阴似箭，日月如梭。在深圳工作生活这么多年，工作岗位和工作内容几经变化，一直不变的是我对深圳的热爱，对工作的热情，对同志的热心。我们这批人常常被称为“拓荒牛”，这是历史给予的机遇，也是我们人生的幸运。自己这么多年在岗位上用心做了一些事情，也取得了一些成绩，为促进发展，为深圳老百姓的安居乐业尽了自己绵薄之力。很多人还能记着我，还记得我曾经发挥的作用，我已经很欣慰了。我们是特区建设的参与者，见证者，也是特区改革发展成果的受益者。再次感谢党组织，感谢时代，感谢所有帮助和支持过我的战友、领导和同志们！

# 我见证了深圳港的世界奇迹

周天麟

1982年，改革开放的潮头将我冲向深圳这块热土，次年脱下军装步入地方党政机关工作。其中从事港口行政管理工作17年，亲身经历了一个宏伟的现代化港口从荒山滩涂上诞生，在国际风云中成长，走向世界港口前列的辉煌进程。我很荣幸成为这一历史进程的参与者和见证者，把一生最重要的时光奉献给了毕生热爱的深圳港口事业——

## 一、小渔港变身深圳港，深圳港成就深圳市

深圳是一个神奇的城市，经过40年的发展，从一个边陲小镇发展成为具有相当规模的现代化大都市。这充分体现了我国改革开放所取得的伟大成就，是我国改革开放的成功象征。深圳又是一个开放型港口城市，以港兴市是港口城市发展的通用模式。40年来，深圳从一个只能停靠小货船、小渔船的土坡小渔港，发展到拥有先进的港口设施和一流管理水平的世界集装箱大港，这在世界港口发展史上也是一个奇迹。可以说没有深圳港就没有深圳市。

1979年7月，招商局蛇口工业区在荒凉的蛇口海边点燃了炸山填海第一炮，开始建设码头泊位。1980年3月15日，长150米的3000吨级码头泊位投入运行，1981年4月22日国务院正式批准该码头为国家一类开放口岸。该码头主要为深圳特区的基本建设提供水泥、钢材、木材等散杂货的装卸服务。1981年11月20日，

正式开通了蛇口至香港的首条客运航线，方便客商往来深港之间洽谈业务。1982年10月，我任00019部队汽车连指导员，连队配有解放牌卡车、翻斗车和吊车等，挂沈阳军区车牌。有一天晚饭后，我曾随车前往上述蛇口码头装运水泥，给当时深圳首座最高的在建20层电子大厦工地供料，次日凌晨2点多，我们顺利完成任务回到连队。

经过40年的建设发展，深圳港建成泊位岸线总长度33196米，共建设各类泊位157个，其中万吨级以上泊位76个。2019年，深圳港货物吞吐量2.58万吨，同比增长2.62%，其中集装箱吞吐量2577万标准箱，同比增长0.13%；进出港旅客吞吐量72两万人次，同比增长3.51%。

40年以来，深圳港承担了本市绝大部分能源、粮食、建材等重点物资调入运输任务。同时，深圳港亦是珠江三角洲地区最大的海上门户，承担了广东省40%以上的海运进出口货物和70%以上的外贸集装箱货物，此外华南其他地区1/3以上的外贸集装箱货物也是经深圳港进出的。深圳还开通了海铁联运中欧班列，将货物直运德国、匈牙利、白俄罗斯等国家。

## 二、成为世界第四大集装箱港的深圳港具备三大特点

一是全球超大型集装箱船舶靠泊首选港：全港建成集装箱专业泊位47个，能同时停靠10艘目前全球最大的20万吨级集装箱船舶。妈湾智慧港2个20万吨级自动化码头即将投入运营。盐田东港区20万吨级自动化码头也已经进入建设阶段。全港集装箱年设计吞吐能力2265万标准箱，2020年9月，深圳港开通国际集装箱班轮航线229条，通往100多个国家和地区的300多个港口。深圳港已成为华南地区集装箱枢纽港、世界第四大集装箱港，成为深圳乃至华南地区最具规模、最重要的对外贸易门户。

二是目前全国唯一的“一港四站”港口：2006年建成中海油广东大鹏LNG接收站，年设计吞吐量680万吨，至2019年7月19日，该站安全卸载1000船LNG，成为我国首个进口LNG突破千船的接收站。2018年建成中海油深圳LNG接收站，年设计吞吐量400万吨。2019年建成华安LNG接收站，年设计吞吐量80万吨。中石油深

圳LNG接收站项目正在建设中。由此，深圳港是目前全国唯一的一个港口有四个LNG接收站。

三是邮轮产业蓬勃发展：蛇口太子湾邮轮母港的建成运营为深圳港又添新亮点，自2016年11月开港以来，邮轮靠泊数量和出入境旅客量持续攀升，2019年邮轮靠泊194艘次，出入境旅客36.43万人次，位居全国第四。

▲

2007年6月26日波澜壮阔的蛇口集装箱

摄影 /周天麟

## 三、深圳港的发展经验和做法

40年来，深圳港从无到有，从小到大，发生了翻天覆地的变化，这种巨变源于天时地利人和。

天时，党的十一届三中全会，重新确立了解放思想，实事求是的思想路线，实现党和国家工作的重点转移到社会主义现代化建设上来的战略决策，确定以经济建设为中心，实行改革开放。由此极大地调动了人民的积极性和创造性，同时也激发了特区港口建设者敢创敢试敢干、杀出一条血路的胆识和潜能。

地利，深圳港位于广东省珠江三角洲南部，毗邻香港。全市260公里的海岸线被香港九龙半岛分割为东西两部分。其中西部港区位于珠江入海口伶仃洋东岸，水深港阔，天然屏障良好，南距香港20海里，北至广州60海里，经珠江水系可与珠江三角洲水网地区各市、县相连，经香港暗士顿水道可达国内沿海及世界各地港口。东部港区位于大鹏湾北岸，水深负14至负17.6米，海面开阔，风平浪静，是华南地区最好的天然港湾。深圳港具有优越的地理位置，良好的江海联运，全市完善的海、陆、空、铁运输网络，配套的港口集疏运系统。

人和，深圳毗邻港澳，背靠珠三角地区乃至全国内陆地区。在深圳港建设中，吸引了大批外商主要是港商（如和记黄埔、招商局、九龙仓等）投资建港。据2006年统计，深圳港基础设施总投资360亿元，其中外资占65.5%（港资占外资94.06%），内资占34.5%（其中民营占2.22%）。随着港口码头配套设施的不断完善，深圳港为深圳、珠三角、香港特别行政区以及国际集装箱中转发挥了重要作用。据测算，深圳港集装箱货源构成中，深圳市和珠三角地区约占八成，外省约占一成，国际中转约占一成。

经验和做法主要有五个方面：

1.市委市政府对港口发展高度重视

深圳市委、市政府对深圳港口的建设和发展一直给予高度重视与大力支持。在20世纪90年代初就制定了“双港起飞”的发展战略，以大力兴建和发展海港、空港运输业来推动全市国民经济的持续发展，并出台了一系列优惠政策，包括：减免企业的有关税费，减免或挂账港口发展所需的土地和岸线资源费，为企业提供各项优惠的金融服务（包括股票上市），允许企业与外商合资建设经营港口设施，鼓励企业发展以港口为纽带的临港工业和多种经营等。在2000年5月市第三次党代会上，市委市政府决定将高新技术产业、现代金融业和现代物流业作为深圳市在新世纪经济发展的三大战略性支柱产业，对深圳港口的发展寄予厚望。

2.多方式多渠道筹集资金建设港口码头

在深圳港口发展初期，一些有远见的企业集团就自筹资金和利用银行贷款建设码头，深圳港口码头建设起步阶段均采取此种方式。在中央和省、市政府的支持下，有的企业集团利用世界银行贷款项目国际合作基金建设码头。在初步实现自我完善、滚动发展后，一些港口企业经股份化改造成为上市公司，广泛募集社会资金建设和发展码头。深圳港有三家港口企业先后上市。深圳港口在全国率先引进外资参与港口的建设和经营，中外合资股权比例从3：7到27：73，突破了

▲

2006年5月27日大气磅礴的盐田国际集装箱码头全景

摄影 /周天麟

我国当时外资不得控股的限制，为中外合资企业、外资控股建设港口基础设施领域进行了政策方面的大胆尝试，这也是深圳港建设发展的重要经验。深圳市大型港口企业如盐田国际、招商港务、赤湾港航、海星港口、蛇口集装箱、赤湾集装箱、大铲湾码头等均为中外合资企业。实践证明，中外合资建设、经营码头，不但能引进大量的资金，而且能引进先进的管理技术、经验和人才，使企业按国际惯例运作，向国际化、规范化、现代化目标迈进，也是促进深圳港口迅速发展的一个重要途径。深圳港口企业呈现独资、合资、股份制等多种形式。

3.注重制度创新和技术创新提高企业经营管理水平

深圳港口企业从设立初期就按照市场经济要求运作，在全国率先创造了“自我投资、自我建设、自主经营、自负盈亏”的发展模式，并积极推行建立现代企业制度，注重人才吸纳和员工培训，使企业充满生机和活力。集装箱码头公司在引进外资建设的同时，还引进了国际上先进港口的管理经验和技术，并投巨资购置现代化的装卸设施和建立先进的电脑化管理、操作系统。各专业集装箱码头无论装卸效率还是经营管理手段均已达到国际先进水平。制度创新、技术创新和经营创新极大地提高了深圳港口的竞争力和吸引力。目前，深圳港已开展靠港船舶自愿使用低硫油措施；可提供岸电服务的大型泊位38个；妈湾智慧港引入5G技术、卫星导航及区块链技术，打造粤港澳大湾区智慧港平台，提高宝安国际机场空港联运枢纽的运输效率。

4.港口行政管理体制改革率先实行“政企分开”

由于历史原因，深圳建市至1992年，深圳港口的行政管理职能主要由市交通运输主管部门行使，同期港口的规划建设和部分管理职能等，仍分属于市政府有关部门和具有政府职能的大集团公司。为适应深圳港口发展和深圳经济社会发展对港航业的需求，深圳市委、市政府决定理顺深圳港口管理体制，组建深圳港务管理局，实现“一城一港”，对全市港口实行统一规划、统一政令、统一管理；对港口管理实行“政企分开”，做到“还政于府，放权于企业”，理顺政府与企业关系。1992年2月，深圳港口管理职能从市运输局分离出来，单独设立深圳港务管理局（事业编制），负责港口的规划、建设、管理以及引航、港口工程质检、船检等管理职能；建立了港务管理、深圳港务监督、海上安全监督“一套人马三块牌子”的行政管理体制。

▲
2003年2月1日（正月初一），时任深圳市交通局港航管理分局局长周天麟（左），在盐田国际码头向夏洛特·马士基轮船长致以新春祝福。（照片由本文作者提供）

1995年7月开始，国家在深圳全面进行口岸（港口）管理体制改革试点，涉及港口方面的改革有五项：即港监管理体制改革、港务管理体制改革、港口引航管理体制改革、逐步放开外轮理货市场、在港埠企业推行建立现代企业制度。将原深圳港务管理局中的港务管理职能分离出来，成立深圳市港务管理局，进入深圳市政府组成序列，人员按行政编制，成为市政府管理港口行业的行政管理机关。对港口行业实行宏观管理，不干预企业经营行为，为港口企业提供全方位服务，而港口企业作为市场经济中的个体独立参与运作和竞争，极大地调动了深圳港口企业建设发展港口的积极性。这次改革使深圳市港务管理局成为当时全国率先实行“政企分开”的港口行政机关，由此促进了国内港口行政管理体制改革。

2001年7月，深圳实施大交通管理体制，深圳港口管理部门并入综合交通行政管理部门，将市运输局和市港务局合并，设置深圳市交通局，加挂深圳市港务管理局的牌子。

2009年7月，随着大部制改革的深化，深圳市政府又进行了机构改革，成立市交通运输委员会（现市交通运输局），保留港务管理局牌子，对内设机构进行了相应调整。

5.港口口岸改革提高通关效率

自1995年深圳口岸管理体制改革试点方案实施以来，口岸通关环境得到了极大改善。海关、边检、检验检疫、海事等部门实施多项改革措施，为港口码头、船东、货主等提供了多方面的支持。各港区实行了全封闭监管系统，海关在拖车进出闸口、堆场、桥边设有监控系统，海关、边检分别在各港区设有监控中心。有的在集装箱码头海关监管区内安装了X光查验箱系统和GPS系统，有的与海关联合开发EDI电子数据交换系统，从而由人工查验通关向自动化查验通关迈进了关键性一步。与此同时，口岸服务系统也明显改善，各口岸部门在港区均设有窗口，配套服务单位均在港区内办公，海关报关大厅设有多功能显示屏，可随时方便客户查询报关信息。这就减少了报关环节，降低了查验率，加快了货物通关效率。由于口岸部门对港口的大力支持，深圳港的进出境货物通关速度显著提高，有力地推动了集装箱运输的快速发展。

## 四、为港航业提供优质服务

身为机关工作人员，在全面履行公务员岗位职责的基础上，如何为行业提供优质服务？如何及时处理港口发展中的难点热点问题？回顾以下事例，可以看到特区人敢创敢试、勇于担当的特区精神。

1. 为行业提供国内外及时的港航信息

航运业是一个涉及面广、对国际市场变化敏感度高、信息需求量大、专业性强的行业，深圳数百家港航企业为了生存与发展，非常渴望能及时得到国内外的相关信息，并结合自身实际，及时调整企业决策，应对市场经济变化。由此以往业界经常询问港口动态和本港统计数据及分析，尤其是每逢月头月尾、年头年尾电话咨询不断。我们要对来自不同方面的相同问题作多次相同的回答，这不但耗时费力效率较低，而且缺乏专业性系统性和准确性。对此，我们借鉴了香港政府定期按月按年在政府网站上向公众公布交通、航运等统计数据的模式，研究确定了创办内部月刊《港航信息》，免费邮寄港航企业。

为此，我们认真落实责任，分工协作，购置设备，整理稿件，克服困难。自2003年4月至2009年6月，我们采编印发并向业界免费赠阅《港航信息》共74期，赠阅对象从刚开始的深圳交通行业领导和港航企业，扩大至全国部分港口管理部门、港航企业、专业院校、规划科研机构、专家学者、新闻媒体等单位和个人，印刷份数从开始的100多份增至640份。所提供的信息涵盖国内外港航业实时动态、政策法规、港航案例、专家论坛、港航数据等。

2. 为企业疏解危货运输的困局

2004年，有一只20英尺红色货柜（又称集装箱）非同寻常，在海上漂泊、辗转历时三个月，随船由汉堡/深圳/汉堡/深圳往返欧亚三个航次，航程3.15万多海里，相当于绕地球赤道近一圈半，两次运抵蛇口码头，一次被遭拒卸。

时年9月10日，箱号为MLCU2856900的20英尺货柜，装载试验用的2968公斤汽油和680公斤重油，由德国汉堡港运抵深圳蛇口集装箱码头，因该货属三类低闪点或中闪点易燃液体，码头根据《港口危险货物管理规定》，在没有取得危险货物作业认可证以前，为了降低码头风险，向船公司告知拒绝接卸，船东不得已将货柜运返德国汉堡。急需这批货进行试验的货主深圳宝安沙井泰丰电机制造厂（以下简称“泰丰厂”）立刻将情况报告深圳市贸易工业局，请求解决泰丰厂新落成的研发中心测试用油的进口问题。

同年10月12日中午12时，深圳市贸工局致函（派员送达）深圳市交通局港航管理分局，在详细介绍泰丰厂的生产规模、经济效益以及对地方经济贡献的基础上，提出希望帮助该厂解决进口测试用油的接卸问题。强调如果不能进口该批测试用油，将给泰丰厂造成重大经济损失。

我们首次遇到这样的问题，经请示市局领导并认真分析后，深感事情的特殊性和严重性。一方面是货主（工厂）为了投资项目工期急需货物到位，另一方面深圳港口确实没有发放《危险货物港口认可证》，若强行指令码头接卸则可能涉嫌违法操作、无证经营。这是摆在港航分局决策者面前的一道难题。如果照章办事，可建议货主的这个货柜从周边其他码头接卸，或由厂家自己另想办法解决，这样厂家在时间和经济上必遭重大损失；如果让码头接卸，万一发生事故，责任由谁承担。在矛盾与困难面前，我们以企业利益和政府责任为重，经深入调研后获知，蛇口集装箱码头自开港至2003年一直在装卸危险品货物（含三类危险品），未曾出现过事故，该码头已具备装卸危险品货物的装卸设施和人员操作技术。上述货柜第一次靠港不能接卸的原因，是由于2004年1月1日《港口法》和《港口危险货物管理规定》施行后，启动了港口危险品作业资质评估和申领《危险货物港口作业认可证》的程序，而码头的资质评估和认可却因种种原因未能如愿。

同年10月12日下午3时，港航分局立即致函（派员送达）蛇口集装箱码头，向码头提出明确意见，即：泰丰厂进口测试用油时间紧、情况特殊，能否在深圳接卸会直接涉及外商在深投资时效和深圳投资环境的信誉问题；虽然目前深圳港口对接卸三类低闪点或中闪点的易燃液体等危险品有相应的规定，但规定须与国际接轨和与地方经济发展相适应。货主按国际标准包装、装运将货运抵深圳港口，只要安全措施到位深圳港完全也应该有能力接卸并运抵工厂；建议采取码头直卸、货主直提方式，即将该箱从船舱直接吊装到有资质的拖车上运出港口，减少货物在港停留时间。

对此，蛇口集装箱码头十分重视，总经理立即召集操作、安全部门负责人研究制定接卸应急方案，对岸吊司机、吊装速度、安全监控及突发事件处理进行了部署，并为承运人出具同意接卸承诺函。11月19日，该货柜第二次从德国汉堡装船启运。

2004年12月11日上午10时30分，深圳蛇口集装箱码头4号泊位停靠着“东方·马来西亚”集装箱轮，码头操作、安全监督、工厂货主、政府人员等严阵以待，气氛凝重。在大家紧张的关注下，22号桥吊司机小心翼翼地将船舱里贴有危险标识的红色20英尺货柜起吊、平移、下降，轻轻地放到备好的具有危险品运输资质拖车的拖架上，随即由码头安全巡逻车引领拖车缓缓地驶出港区，运往乐意公司油品仓库。此时在场所有人悬着的心终于落地了。货主紧紧握着码头、政府人员的手连声道谢，感激之情，溢于言表。

与此同时，当深圳蛇口海关、国检得知以上货柜曲折经历之后立即给予通关便利，对货柜采取了先放行入库，后派员进库检验补办报关、报检手续，从而为企业提供了及时有利的支持。

40年来，深圳港创造了世界奇迹，成为深圳群星璀璨中非常耀眼的一颗。当今世界面临百年未有之大变局，在育新机、开新局的征程上，深圳港依然在乘风破浪，砥砺前行。新一代从业者将继承和发扬老一辈港口建设者敢闯敢试敢为人先的拓荒牛精神，深化改革，扩大开放，遵守市场经济规律，加强内外交流与合作，提升深圳港世界级集装箱枢纽港的竞争力，确保深圳港客货运吞吐量稳步增长。在实施交通强国建设、粤港澳大湾区和社会主义先行示范区“双区驱动”战略中，在构建粤港澳大湾区世界级港口群和建设全球海洋中心城市中做出新贡献。

# 从军中骄子成长为城市管理的行家里手

方　丽

2020年10月14日，一个令世界瞩目的日子；深圳前海，一个让全球关注的地方。上午10:30，深圳经济特区建立40周年庆祝大会在深圳前海国际会议中心隆重举行。中共中央总书记、国家主席、中央军委主席习近平出席大会并发表重要讲话。习近平总书记在回顾深圳等经济特区创业发展历程时，深情地指出，“深圳是改革开放后党和人民一手缔造的崭新城市，是中国特色社会主义在一张白纸上的精彩演绎”。

此时此刻，一位几乎全程参与深圳经济特区建设的老兵，正坐在电视机前，聚精会神地聆听习近平总书记的重要讲话，生怕漏掉了一个字。“看似寻常最奇崛，成如容易却艰辛。深圳等经济特区一路走来，每一步都不是轻而易举的，每一步都付出了艰辛努力。”当习近平总书记讲到这里时，这位年逾七旬的老兵禁不住热泪盈眶，仿佛一下子又回到了过去艰难创业的日子里。

## 从老兵成为城市管理的“新兵”

1979年，一代伟人邓小平“在中国的南海边划了一个圈”，深圳率先吹响了中国改革开放的号角；1992年小平同志南方谈话，深圳由此掀开了二次创业的序幕；2001年，迎着新世纪的第一缕曙光，深圳市委、市政府萌发了“一市多城、众星拱月”的“大深圳”城市现代化发展构想，并在次年3月的中共深圳市第三次党代会上明确了“大深圳”发展战略的具体步骤；2003年，在“大深圳”发展战略的基础上，深圳市委、市政府极具前瞻性地为深圳描绘了一幅国际化大都市的宏伟蓝图，宝安、龙岗两区农村城市化工作迅即启动……

回首深圳40年间所走过的风雨历程，我们惊奇地发现，在前面提到的深圳社会经济持续高速发展的四个标志性年份中，深圳的城市管理水平也是“一步一层天”实现了历史性的三次大跨越：1985年至1989年，连续5年荣获“广东省卫生城市”和“甲等卫生城市”称号；1990至1992，荣获“全国卫生城市”“国家卫生城市”和“灭蝇、灭鼠达标城市”称号；1994年荣获“国家园林城市”称号；2002年，深圳再度折桂，获得“国际花园城市”这一殊荣；经过1993年至2003年10年的创建，宝安、龙岗两区所辖20个镇（街）全部被评定为“国家卫生镇”，率先在全国实现了全市“国家卫生镇”一片红。

——深圳40年的历史证明：一座具有持久、强劲发展势头的现代化城市，首先必须是一座整洁、健康、有序的城市。2003年，深圳一举创下了抗击非典斗争奇迹和高达17.3%的经济增长率；2020年抗击新冠疫情，深圳仅用了一个月时间就全面控制住了疫情传播，并在全国一线城市中率先实现了经济正增长，此举被世界卫生组织列为世界城市抗击新冠疫情的典型范例。

今天，在深圳这片靓丽的天空下，当我们正在尽情地享受着生活的美满乐趣时，有一支默默无闻的特殊队伍值得我们去关注、去尊敬、去讴歌，他们就是城市管理工作者。本文的主人公——曾在深圳市城市管理的多个工作岗位奋斗25年的谭业钰，就是这支队伍中的一名“老兵”。

1983年元月，时任基建工程兵某部连指导员的谭业钰奉中央军委的命令，率部从辽宁本溪南下，加入到建设深圳经济特区的洪流之中。两年多后，已卸下一身戎装的谭业钰调入深圳市整顿市容卫生交通指挥部办公室，从那时候起，从“三整顿”办公室副主任科员、城管办秘书处主任科员、副处长到深圳市城管监察大队大队长；从深圳市排水管理处党委书记再到深圳市爱国卫生运动委员会办公室主任，整整25年间，他以一个城市管理工作者的独特视角，亲眼见证并亲身经历了深圳由边陲小镇到现代化城市的沧桑巨变。可以这么说，透过包括谭业钰在内的深圳第一批拓荒者的人生历练，我们可以从中清晰地触摸到深圳乃至中国改革开放的轨迹。

今天，对年轻一代的深圳人来说，“拓荒者”这个称谓或许是一个遥远而陌生的概念了，但是，老一辈深圳人都无法忘记创业的艰辛，历史也不会忘记为深圳立下汗马功劳的两万中国人民解放军基建工程兵。时至今日，从深圳最早的第一高楼——电子大厦到市委大楼，两万基建工程兵的足迹依然遍布深圳。

在中国人民解放军的序列中，当属基建工程兵最苦，“重、脏、苦、累”全占上了。谭业钰当的就是基建工程兵。回忆起当年南下的情景，他说，工程兵除了“重、脏、苦、累”四项基本功，还得过“气候”关。他是湖北宜昌人，参军仅一年就到了白雪皑皑的东北，从军列下来，刚一落地，手脚都不听使唤。1982年12月，上级一声令下，时任连指导员的他又和战友们一个个棉衣棉裤、御寒“设备”武装到耳朵地坐上火车直赴深圳。结果，一路上衣服一件件地脱，到了深圳，就差光膀子。

“蚊蝇一团团、尘土满天飞，晴天一身灰，雨天一身泥。”这首打油诗是谭业钰对深圳的第一印象。他所在部队的驻地在白沙岭，当时叫零点八，即如今的长城大厦、百花路一带，生活非常艰苦，住竹棚，自己打井取水，拾柴烧火做饭。对基建工程兵而言，环境再苦都不怕，最怕的是下雨和刮台风。一怕施工进度受影响，二怕竹棚不结实，外面下大雨，里面下小雨，尤其是1983年9月9日的九号台风，竹棚连根都拔起来了。

生活环境苦，工作环境更苦。作为中国第一块改革开放的试验田，全世界的眼光都盯着深圳，从中央首长到省、市领导，时时刻刻都牵挂着深圳的城市建设速度和经济发展势头。而基建工程兵正是深圳建设的主力军。施工任务紧、工程量又大。谭业钰回忆说，他们接的第一单任务是上步工业区的七号工业厂房，为了抢工程进度，不论官兵，每天早上4点多钟就直奔工地，一日三餐都在工地上解决，天黑之后不便施工才收兵回营。军官士兵一个样，就穿着一条短裤，玩命地干。放眼望去，成百上千的光膀子大兵个个挥汗如雨，那场面何等壮观！

1983年9月15日，两万基建工程兵集体转业，改编为深圳市建设公司，谭业钰所在部队成建制地编到了深圳三建。

军装脱下了，但脱不掉的是军人的本色；身份改变了，可干的还是建筑的老行当。就这样，谭业钰在三建一干就是近两年，直到1985年。

谭业钰在后来撰写的《加强队伍建设、发挥骨干作用，为特区城市管理工作作贡献——深圳市城管监察大队建队十周年回顾》一文中，完整地记录了他从城市建设者到城市管理者的角色转换："自深圳经济特区建立到1984年这段时间，城市建设突飞猛进，一个现代化城市的雏形迅速形成，与此同时，建设与管理的矛盾日益突出，城市脏乱差的问题十分严重，针对这种情况，特区领导层适时做出了成立整顿市容卫生交通指挥部和市容卫生监察队伍的决定。""整顿市容卫生交通指挥部办公室"就是后来深圳市城管办的前身。

深圳市委、市政府对城市管理工作极为重视，于1984年底就成立了"深圳市整顿市容卫生交通指挥部"，正、副指挥长分别是当时的市委副书记、常务副市长周鼎和秘书长李定，并下设"三整顿"办公室负责指挥部的日常工作。谭业钰凭借着勤勉务实的军人品质，通过笔试、面试调进了"三整顿"办公室。

1985年3月5日，是一个被谭业钰称为"特殊的纪念日"的日子，这一天，他正式走上了城市管理工作者的岗位，一直到今天，虽然已是年过半百，但每年的3月5日，谭业钰依然铭刻在心。

当时，"三整顿"办公室人很少，工作量特大。谭业钰调进办公室并没有明确其职务待遇，领导交代的是"三整顿"工作的运作，这就担负着深圳早期城市管理工作的上传下达、组织协调、文字资料和内部管理的全部重任。从城市建设队伍中的"老兵"到城市管理岗位上的"新兵"，谭业钰始终保持着"军人以服从命令为天职"的斗志，迅速地投入到新的工作当中，白天忙着处理各种事务，晚上回到家里挑灯夜战，或是学习相关业务知识，或是整理汇报资料，或是草拟工作方案和规章制度。1986年，深圳市在"三整顿"办公室的基础上组建了市城市管理办公室，谭业钰又先后出任市城管办秘书处主任科员、副处长等职。

## 担任深圳市城管监察大队大队长

在市城管办机关工作六年之后，他又走上了城管执法一线队伍的领导岗位。1991年4月，谭业钰被任命为深圳市城管监察大队大队长，他上任后的第一件事就是抓队伍建设，按部队要求从严管理，迅速提高队伍的执行力、战斗力，成为深圳创建国家卫生城市的尖兵和突击队。他上任后的第三个月，市政府决定撤销市区十六个分散的生猪屠宰厂，实行集中屠宰经营。按照市委、市政府的统一部署，大队担负起了查堵私宰生猪的重任。在他的带领下，监察队员克服各种困难，不管是深更半夜还是凌晨四五点，都各就各位，积极工作，有效地制止了私宰生猪的现象，市肉联厂的日屠宰量也由开始的几百头逐渐上升到近三千头，保证了市肉联厂的正常运转。深圳市生猪屠宰经营体制的改革取得的巨大成功，得到国家相关部门的高度评价并在全国推广，监察大队也因此被评为深圳市生猪屠宰经营体制改革先进单位。

查堵私宰生猪只是城管监察大队繁重工作中的“冰山一角”，这支当时只有80个事业编制的执法队伍还承担着全市范围内的查处乱张贴、整治临时路口、查处乱摆卖、查处道路污染车辆、维护市政设施、查处销售和燃放烟花爆竹等繁重、琐碎而又事关城市环境和形象的各项任务，尤其是在1990年至1992年间的深圳市创建国家卫生城市活动中，谭业钰凭着军人特有的果敢和执着，率领大队始终站在“创建”活动的前列。“创建”伊始，市府城管办决定组织上千名监察队员上街执勤，由大队负责协调指挥。为搞好这项工作，大队组织了监察队员培训，给值勤人员上业务课，在现场传帮带，对执行情况进行检查，发现问题及时纠正，从而保证了千名城管监察人员公正廉明的执勤效果。

▲ 深圳市城市管理监察大队参加市政府组织的大型宣传活动。（照片由本文作者提供）

在“创建”活动整治难点、重点区域——深圳火车站时，城管监察大队更是全力投入，监察员每天顶着烈日宣传、执法，制止乱丢乱吐。针对火车站存在的问题，大队还先后五次召开各有关单位会议，落实整治措施，有效地解决了脏乱差问题，使这个“窗口”地带的创建活动收到了良好效果，受到国家检查团的好评，为深圳获得“国家卫生城市”称号立下了汗马功劳。

谭业钰在担任市城管监察大队大队长期间，针对执法队伍手中的执法权力这一敏感环节，始终坚持从严治队，文明执法。在他的倡导下，大队确定以“团结、勤奋、廉政、务实”作为大队精神，围绕这八个字，大队始终坚持两手抓：一手抓城管监察业务工作，一手抓思想政治工作，锤炼出了一支饱受深圳市民赞誉的“思想正、作风好、纪律硬”的城管监察队伍，并获得了市委市政府以及市城管办的多次表彰。谭业钰个人还先后当选为广东省城市建设管理监察协会副理事长以及中国城科会城建监察专业委员会常务委员。深圳市城管监察大队的执法水准得到了全国兄弟城市城管系统的一致好评。

## 从“地面”到“地下”

1996年5月，谭业钰从城管执法一线转战到被人们戏称为“地下工作者”的城市排水管理队伍中，出任深圳市排水管理处党委书记。

市排水管理处主要负责深圳特区内市政排水设施的维护和管理，并对全市的排水管理工作进行行业指导，下设三座污水处理厂、四个排水工区及排水收费监测站、泵站管理所和三家实业公司，其管理的城市排水管道超过1500公里。谭业钰到任时，排水管理处经过六年多的努力，开征排水费这项重要工作正处于最后冲刺阶段，他和处领

▲

谭业钰任深圳市排水管理处党委书记时的工作照（照片由本文作者提供）

导一班人，着眼于城市排水工作的长远未来，四处奔走，终于在1997年结出了硕果，经市政府同意，深圳特区从1997年8月1日正式实行排水设施有偿使用收费，为深圳市市政管理工作与国际惯例接轨迈出了坚实的一大步。

排水管理工作难做，难就难在别人下雨往家跑，排水工人却是下雨往外奔。深圳市区排水管道长、汛期也长，尤其是在台风季节。谭业钰担任处党委书记期间，就亲身经历了1998年的5.24和1999年的9.10等多次特大台风侵袭给市政排水工作造成的巨大压力。他动情地说："我们排水工人是冒着生命危险的，哪里雨大，那里水深，那里险情严重，哪里就有排水工人的身影。汛情就是命令。大雨中，齐腰的污水浸湿了工人的衣服，弄脏了工人的双手，冻僵了工人的身体，但排水工人的心是热的，品德是高尚的，精神是崇高的。"在这样一支不求报酬、不讲代价、只求奉献的排水工人队伍中，党员占到职工总数的百分之二十以上，每一个基层党支部都是一个强有力的战斗堡垒，每一个党员都是身先士卒的先锋；排水工人中，有国家五一劳动奖章获得者和全国优秀团员，有省、市级劳动模范和先进工作者，有深圳市"三八"红旗班和"青年文明岗"等先进个人和先进集体。在处党委和领导班子的率领下，全处物质文明和精神文明建设取得了双丰收，2001年深圳特区内的污水处理率达到56%，处于全国领先水平；每个单位都有精神文明建设阵地，经常组织开展各种丰富多彩的文化体育活动，曾分别荣获广东省、深圳市体育活动先进单位称号；尤其是在工作任务最繁重的1999年，为了以优异的成绩迎接全国城市卫生综合检查和全国污水厂运行管理评比，全处干部职工连续两个月日夜奋战，向深圳市民递交了一份满意的答卷：深圳市顺利通过了城市卫生综合检查，滨河、罗芳两座污水处理厂双双被评为"全国城市污水处理厂运行管理先进单位"。

## 从"地下"再到"地面"

2002年1月，谭业钰调任深圳市爱国卫生运动委员会办公室主任。他的城市管理工作历程，又掀开了新的一页。

开国领袖毛泽东主席于1952年亲自倡导开展的全国爱国卫生运动，在其后的50多年间，各级爱卫办一直都是各级政府卫生防病的“前沿哨兵”和“情报站”。深圳经济特区建立的20多年间，市爱卫会始终肩负着市委、市政府的重托和保护广大市民健康、促进深圳经济建设的神圣使命。

早在1984年深圳市“三整顿”办公室成立之时，市爱卫办即同“三整顿”办公室合署办公。从和爱卫办一起办公到现任市爱卫办主任，谭业钰笑称自己是“运动员”，19年跑了一个来回，又回到了起点。

坦率地说，爱卫办这样一个政府机构在很长的时间里并不为广大市民所关注和重视，市爱卫办成立20多年间所付出的一切努力也不广为人知，直至从2003年初春开始，非典疫情、东南亚登革热疫情和禽流感疫情三大疫情才真正让深圳市民对市爱卫办有了新的认识。

2003年初，谭业钰就任市爱卫办主任尚不满一年时间，当市爱卫办获悉周边城市发生了一种新的传染病非典时，就立即制定了全市开展“清洁深圳月”活动方案。2月28日，谭业钰主持召开了市、区、街（镇）爱卫办主任联席会议，通报了周边城市疫情动态的严峻形势，要求各区、街（镇）爱卫办要有高度的责任感、使命感和危机感，并确定今年“清洁深圳月”活动方案和春季除“四害”工作要早部署、早行动、早预防，抓紧实施，提前全面开展。

深圳市委、市政府确定每年四月份为“清洁深圳月”，而2003年的非典疫情期间，深圳的“清洁深圳月”活动整整持续了100天，尤其是4月24日，国务院副总理兼全国爱卫会主任吴仪主持召开了“关于开展爱国卫生运动、推动卫生防疫工作”电视电话会议之后，深圳市市长、市爱卫会主任于幼军，副市长、爱卫会副主任卓钦锐等领导亲自作了预防非典、整治“城中村”、防止非典向屋（农）村扩散的行动部署，市爱卫办这个“幕后英雄”迅即冲向了卫生防病、抗击非典的第一线。

按照市委、市政府的统一部署，市爱卫办组织市、区、镇（街道）三级爱卫人员出动1000多人次，共设立了73个宣传咨询点，向广大市民宣传防治非典、登革热、除“四害”科学知识，认真做好开展三项运动（非典知识普及运动、爱国卫生运动和全民健身运动）的宣传发动工作，全市共发放宣传资料和致市民和旅客的一封信共400多万份。据不完全统计，全市在深圳清洁月和5月、6月两次掀起的爱国卫生运动高潮中，共出动200多万人次，整治城中村、旧屋村、大街小巷4430多个点，清扫卫生死角9000多万平方米，清运垃圾4890多万吨，疏通污水沟渠4000多条40多万平方米，清除乱张贴27万多张，清理乱摆卖7000多处、蚊蝇孳生地4000多处，使全市筑起一道除害防病、抗击非典的严密防线，从领导到群众，从机关到基层，从社区居委会到家庭住户，自上而下，全民总动员，打了一场防治非典的人民战争。

与此同时，为了有效防止病媒生物传播疾病，市爱卫办始终把除害防病工作作为爱国卫生工作中的重中之重，先后组织开展“灭鼠灭蟑周”“灭蚊日”等全市除虫灭鼠统一行动达10次之多，市、区、街（镇）共投入除“四害”防非典经费3593.5万元，使用杀虫灭鼠药物200多吨，抗击非典消毒剂50多吨。经过全面的消杀，“四害”密度得到有效控制，全市没有与病媒生物相关的传染性疾病的发生和流行，并在10月份以名列全省前茅的成绩顺利通过省爱卫会对我市灭蝇灭鼠达标先进城市的复查。

在全市人民的共同努力下，深圳虽然处在广州、香港等疫情重灾区的包围之中，但以其整洁卫生的城市环境使非典处在低发病率范围之内，全市仅发生非典病人53例，无死亡个案。没有发生虫媒传染病如登革热感染病例，有效遏制了非典和其他疾病的爆发流行。在抗击非典斗争中，仅有10个人的市爱卫办在谭业钰的带领下，发扬团队精神，全办团结一致，自加压力，主动出击，争分夺秒，日夜战斗在预防“非典”第一线。2003年2至6月，全办除正常工作日外，人均加班174个小时25个工作日，大家白天忙于检查、督促、落实除四害工作，晚上又忙着撰写文稿、简报、宣传资料和领导讲话……爱国卫生工作为全市抗非典斗争的胜利做出了突出的贡献。

2003年6月25日，深圳市委、市政府在表彰深圳市抗击非典的台前功臣、幕后英雄时，市爱卫办荣获深圳市抗击非典先进单位荣誉称号，他们以骄人的业绩博得了上级领导和社会各界人士的齐声喝彩。

抗击非典斗争刚刚取得了阶段性胜利，深圳市委、市政府又于2003年7月提出实施“畅净宁”工程，市爱卫办迅速投入到新的战斗中，他们积极推动各区“一对一”挂点整治“城中村”环境卫生工作制度，组织对全市64个市卫生村、

45个省卫生村、18个国家卫生镇进行全面复查，召开了“城中村”市容环境卫生管理（福田村）现场会、“国家卫生镇”管理工作会议，全面推动城市卫生工作。全市开展了以消除暴露垃圾、整治城市六乱、取消和改造敞口垃圾池，拆除乱搭建为中心任务的百日市容卫生整治综合行动。使深圳市容环境总体质量显著提高，尤其是在全市卫生村、卫生镇创建活动中，市爱卫办按照市委、市政府的统一部署，建立了省、市卫生村创建申报批准制度，实行创建申报—调研批准—开展创建—工作指导—考核验收，严把申报关，强化过程管理，坚持稳步推进，确保创建卫生镇村的质量。通过市、区两级爱卫部门和各镇、村的共同努力，深圳市在全国率先实现了“国家卫生镇一片红”的创建目标，当年共创建市级卫生村22个，省级卫生村18个，为深圳市宝安、龙岗两区农村城市化工作做出了突出贡献。

深圳1992年荣获“国家卫生城市”称号，也是深圳建市以来获得的第一个国家级荣誉称号。“国家卫生城市”每2－3年要进行一次全面复查考核，重新命名。常言道：“打江山易，守江山难。”因此，巩固和发展“国家卫生城市”创建成果，是城市爱国卫生工作的中心任务。市爱卫办以创建卫生村、卫生镇为抓手，不断巩固和发展“国家卫生城市”创建成果。2002至2009年 8 年间，深圳三次均以优异成绩通过了“国家卫生城市”的考核。

组织开展除“四害”（蚊、蝇、鼠、蟑螂）是爱卫工作的主要任务之一。市爱卫办在大力组织开展群众性除害防病活动的同时，还全面推动有害生物防治（PCO）队伍建设，建立有害生物防治市场监管机制，实行市、区两级防治服务质量考核，促进PCO队伍的规范管理，提高有偿服务质量。深圳在“四害”防治工作的市场化、规范化，专业化运作模式和考评监管体系的全面实施，为除害防病工作探索出一条安全、高效的新途径。

2008年5月12日的汶川大地震，震惊世界。全国爱卫办立即组织开展灾区卫生防疫，这时他们首先想到深圳PCO队伍健全，力量雄厚，深圳爱卫办有条件有能力承担支援汶川地震灾区的卫生防疫重任，直接通知深圳爱卫办立即组织50人的消杀队伍奔赴灾区，并再组织100人的后续队伍。其时，谭业钰正在国外考察学习奥运场馆有害生物防治管理经验，为“大运会”做准备。他于5月18日下午一回到深圳，立即到单位检查赴川消杀队伍人员及物资落实工作，查遗补缺。当时，福田、罗湖、南山、宝安四个区的消杀分队已经组织完成，各种物资也已基本到位。但在集结出发的前一天，他却发现已经确定的带队人工作不到位，心中没底，不知道带几十人到灾区吃什么、喝什么，病了、伤了怎么办，并因诸多“怎么办”的困惑而惴惴不安。在这关键时刻，谭业钰毅然决定亲自带队去四川灾区抗震救灾。他谢绝了市城管局领导的关爱之情，于20日下午1时，带领深圳城管系统派出的第一支38人的卫生防疫队伍前往广州，乘广东省卫生厅组成的专列奔赴汶川地震灾区。

▲深圳市赴川抗震救灾卫生防疫队向受灾最严重的村组捐款。（照片由本文作者提供）

在地震灾区执行卫生防疫任务的半个多月里，已年近六旬的谭业钰时刻坚守在卫生防疫一线，翻高山，跨险阻，冒着余震不断的危险，团结带领深圳卫生防疫队完成了4个乡的27个村卫生防疫任务共100.5万平方米，超额完成了指挥部下达的卫生防疫任务，得到了前方指挥部的高度评价。在抗震救灾期间，还先后三次组织深圳卫生防疫队队员为当地灾民捐款11550元，捐赠消毒药械、医疗药品和衣物食品等价值14万多元，为灾区老百姓送上了来自深圳的关爱和鼓舞。

2009年10月，谭业钰光荣退休。闲暇之余，他养成了两个爱好，一是用文字记录下深圳城市管理和爱国卫生事业的发展历程和个人感悟，二是用双腿去丈量深圳的每一个角落，从满目的鲜花和盛景中找寻城市管理工作者洒下的汗水。

他爱这座城市，胜过爱自己。他为这座城市，可以奉献一切。

这就是谭业钰，一个在平凡岗位上从事着不平凡工作的可敬老兵！

# 天健集团上市前后

万红金

深圳市建设集团前身为大型国有企业——深圳市建设投资控股公司，是1983年9月由两万基建工程兵集体转业改编而成。

1987年以来，“股份制”激荡着中国的企业界。在深圳市建设集团内部，初步的试水尝试很快得到了回报。

1989年4月，经市政府批准，深圳市建设集团、长城房地产开发公司和深圳市建设机械动力公司，在开发部的基础上成立了振业股份投资公司，开始以发行股票的方式筹集资金。1992年4月，振业股份有限公司在深圳证券交易所上市，上市的指导价是12.8元，这支股票，扶摇直上，每股股价在高峰时期突破120元大关，上涨了近10倍，很多买了振业集团股票的人，一夜之间就成了十万元户、百万元户。深圳企业家们再一次从中看到了企业腾飞发展、个人发家致富的崭新渠道。

深圳市建设集团的下属企业，天地集团于1993年3月上市，长城公司于1994年5月上市。深圳市建设集团非常重视对下属公司的股份制改造，并积极扶持上市。

在股份制改造之后，天健公司依据现代企业制度的特征，确立了符合天健公司发展的内部管理体制。为了让企业更高效运作，在公司总部，设立和调整了与现代企业制度建设相衔接的总部管理机构，新设立了证券部，加强对证券投资的管理工作，积极探索建立金融、证券、信息新体系，探索企业上市的路子。

对于天健公司上市的利弊及障碍，公司高层也分析得一清二楚。其利有三：一是融资渠道多，二是广告效益好，三是机制功能活。其弊有三：一是股东的回报压力，二是市场的收购压力，三是上级监管压力。

天健集团上市的障碍一方面是上级的指标与名额限制，需要上级批准，有名额才能够拿到“入场券”，同时，根据对上市公司的规定，上市公司内部职工股不能够超过总股本的10%，而天健公司内部已经达到了15.2%，多出了5.2%，这个问题的处理要有稳妥的办法。

1997年3月，天健公司领导班子统一意见，决定上市。

1997年7月，天健公司成立上市筹备领导小组，组长由董事长邹志远、总经理马恭元担任，并设立业务工作小组，主要任务是编制工作进度，密切保持同市政府、市证管办、主承销商、中介机构联系，反馈情况，收集资料，争取上市的资格。

1997年11月19日，深圳市市长李子彬率队前来天健集团就产权组织形式、经营方式、运行机制及效益情况进行了调研，鼓励天健集团进一步转换企业经营机制，既要大胆，又要稳健，把企业搞得更好，明确同意把滨海大道二期工程确定为天健集团股票上市的投资项目。

天健集团上市的过程太复杂、太曲折，1997年6月，公司聘请了招银证券公司策划上市工作，并把申请报送给深圳市证管办。

中国1990年12月推出股市的主要动因是帮助国有企业集资。在深沪两所运作了近两年后，国务院直属的中国证监会成立，负责证券市场的宏观管理和具体执行。由于在2001年之前是全国统一分配上市配额和实行行政审批制，这种体制导致了地方政府争相抢夺上市名额、帮本地国企“包装”上市的局面。

当时上市的指标要受到1997年额度控制，由于额度有限，申请排队的企业很多。当年8月，深圳市政府在研究上市问题时，便决定天健集团与深圳市机电设备安装公司两个单位合并上市，这一决定出乎很多人的意料。

深圳市机电设备安装公司与天健集团一样，都是1983年9月由基建工程兵转业改编而成，同属于深圳市建设集团，两家是兄弟平级公司。

1997年9月以来，天健集团按照上级文件要求，积极筹备与深圳市机电设备安装公司合并上市。筹备上市工作期间，天健公司与中介机构，根据中国证监会对1997年上市工作的要求，密切配合，积极开展审计、评估，落实筹集资金投资项目，并对深圳清水河实业公司进行收购。

1998年4月，天健集团与深圳市机电设备安装公司合并筹委会，完成了预选材料的准备，并将其呈报给中国证监会。为了配合国家计委、经贸委、建设部、证监会的审查工作，企业、券商派出代表进驻北京，解答审查单位提出的问题。当年6月，天健集团与深圳市机电设备安装公司合并上市方案，获得国家计委、经贸委、建设部的通过。

1998年6月18日，中国证监会发行部对天健集团与深圳市机电设备安装公司合并上市的预选材料进行了会审，最后的结论是：不同意天健、机电两公司合并上市，可选择其中一家上市。主要原因是天健集团资产规模已经很大，达14亿元；天健集团与深圳市机电设备安装公司两家公司业务关联度不大；职工股的处理会引起法律纠纷。这个结果，使这次的上市就被搁置下来了。

这次上市遇阻给辛苦忙碌了一年多的工作人员，无疑是泼了一盆冷水，接下来到底还上市不上市？是机电公司上市，还是天健集团上市？系列善后问题如何解决？这些问题很快就提上了日程。

1998年8月，经过反复讨论与研究，天健集团向深圳市建设控股公司提出，既然合并上市不可行，两家都不上市也不可行，那么唯一可选择的方案，就是天健集团单独上市。首先，天健集团单独上市，符合中国证监会的反馈意见；其二，天健集团各项财务指标都不错，主业突出，资产规模较大，完全符合上市公司的要求；其三，天健集团是市政府重点扶持的26家大型企业集团之一，天健集团上市募集的发展资金，有支持公司对西部通道的3.8亿元参股投资和4000多万元对清水河公司的投入，有利于企业的长远发展。

1998年9月，深圳市建设投资控股公司同意由天健集团单独上市，正式向深圳市证券管理办公室发函。当月，天健集团收购深圳市机电安装股份公司的近1356.9万的部分内部职工股，每股价格为2.8元，总计3799.3万元，占机电安装公司股份的12.4%，收购完成之后，天健集团就成为机电安装公司的第二大股东。

实行上市需要有重大项目做支撑，这也是上市公司的意义，筹集资金用于扩大企业发展。1998年10月，深圳市政府致函中国证监会，说明了深圳市政府把西部通道公司、高速公路公司的投资机会给予了天健集团公司，并将在深圳市其他重点工程也会优先考虑天健集团公司参与建设。

1998年底，中国证监会对天健集团公开发行股票预选材料审查后，出具了书面反馈意见，同意进一步做正式申报材料，确定天健集团发行A种股票的额度为5800万股。内部职工股与同时募集的法人股，均采用溢价发行，每股面值为1元，发行价为每股1.26元。

从第一次合并上市被驳回之后，在各方的支持下，又经过一年多的努力，1999年6月，中国证监会发行审核委员会审核通过了天健集团A股上市申请。与天健集团同时获得发审会通过正等候发行的企业有16家，按照当时深、沪两市每周一家的发行进度，需要等到8月底才可以安排发行。因为天健集团公司A股发行审计基准日为1998年12月31日，有效期至1999年6月30日，若6月30日以后发行则需作延期审计，这样将会进一步延缓发行时间。

1999年7月21日，天健集团公司股票上市的钟声终于敲响了。当日上午9时30分，“深天健”以20.05元的开盘价从深交所黑色显示屏跳出来，这成为天健集团发展历史上具有重要里程碑意义的时间。“深天健”成为公司的证券简称，公司股票代码：000090。

▲

1999年7月21日，深圳天健集团在深交所敲钟上市。（照片由本文作者提供）

2002年7月10日，“深天健”内部职工股上市，当日每股均价为16.25元。1993年，天健集团进行股份制改造设立股份公司后，内部职工股1500万股，占总股本的15.2%，每股面值1元，每股发行价1.26元。经1994年度每10股送2股、1996年度每10股送3股公积金转增1股后，公司内部职工股增为2520万股。公司于1999年股票上市前将国有股、法人股和内部职工股，在深圳证券交易所存管登记部办理了托管冻结手续。3年期满后，内部职工股可以上市流通，许多职工把手中的股票变现，生活条件一下子得到了改善。

公司股权分置改革方案实施完毕后，从2006年1月11日起，公司证券简称由“深天健”变更为“G天健”。2014年4月10日，启用新的证券简称——“天健集团”，公司中文全称“深圳市天健（集团）股份有限公司”、英文全称“SHENZHEN TAGEN GROUP CO.LTD.”，将公司之前的英文简称由TONGE改为TAGEN，其证券代码不变。

天健集团的成功上市，标志着天健集团作为一家现代企业，又上了一个台阶。

天健集团新的发展时期到来了，自然新的困难也会到来，因为要求也不同了。

# 小印章撑起大梦想：沈远彪的印章情怀

嵇祥霁　丁慧君

2020年10月14日，习近平总书记在深圳经济特区建立40周年庆祝大会上发表重要讲话。他强调，要弘扬以爱国主义为核心的民族精神和以改革创新为核心的时代精神，继续发扬敢闯敢试、敢为人先、埋头苦干的特区精神，激励干部群众勇当新时代的“拓荒牛”。

何为“拓荒牛”？其中有一支主力军就是当年开进深圳的两万基建工程兵。

1982年7月，在国务院、中央军委的命令和调遣下，中国人民解放军基建工程兵两万余人浩浩荡荡地开进深圳，先后加入了特区建设行列。1983年底，基建工程兵全体官兵就地集体转业，并被改编为深圳市市属各机关、企业。由此，很多弃戎从商者就此谱写了一次改变命运的“商海横渡”。

从一张白纸到创造世界城市发展史上的奇迹，从一个贫困落后的边陲小镇发展成为国际化创新型城市，从由进出口贸易为主到实现全方位高水平对外开放，深圳40年的巨大成就，就是一代又一代特区建设者发扬拓荒牛精神拼搏奋斗干出来的。

## 印为信之诺　章乃心上言

就是在这两万基建工程兵的大军中，一个来自四川较为偏僻农村的普通军人随军南下深圳拓荒，与战友们和其他早期建设者一起，参与了深圳建设并做出了重大贡献。他就是早期的拓荒牛之一的沈远彪，一个拥有大情怀的人……

沈远彪17岁入伍，成为一名基建工程兵。从战士到连部统计员、营部统计员、团部工程调度（司令部见习参谋）、师部工程总调度（司令部参谋）。他由兵到官一直随部队转战南北，先后参加了国家重点钢铁厂“酒钢”“本钢”“宝钢”的建设。1982年11月，国家建经济特区，一声号令调沈远彪至深圳，他随即带着师直机关司、政、后组成的19人的干部排，从上海奔赴深圳，参加特区建设大会战。

1983年底，沈远彪奉命转编脱下戎马生涯13年的军装，集体转业到市第二建筑工程公司工作。一年后被调到深华公司做了三年半的总经理秘书，当他离开总经办调到公司刚设立的进出口业务部当部长时，当年仅有27人的深华公司已经发展到5700多人的大公司规模。

沈远彪在进出口业务部部长的新岗位上，仅花了3年时间，就把公司的进出口贸易做成了深圳市榜上有名的创汇大户。1992年，他又移步辉煌阵地重返军界，奉调广州军区下辖一家军队企业，开展贸易工作。1995年又被外派香港。待香港回归，他返回广州时，恰逢军委宣布军企脱钩，他供职的企业随即转制民企，他就此出任了董事长。从此，沈远彪走上了他的创业之路，谱写了一次又一次的“商海之歌”。

沈远彪后来长期从事公安印章治安管理信息系统、印章技术开发，以及印章新产品的研发应用和产业推广。他是以信息化管理为目标的印章治安管理信息系统的开创者，是以“同模同轨”为要求的印章物电一体的提倡者，也是区块链“物电同源”电子印章为重要标志的印章安全新生态的倡导者。

在沈远彪的人生奋斗中，三分之一时间都围绕着弘扬印章文化这条主线。他秉承“攀印章科技高峰、创行业管理典范”的企业理念，以主要创始人、投资人、决策者和领导者的身份，参与并见证了中国印章的改革发展进程。

## 攀印章科技高峰　创行业管理典范

1996年，一次偶然的机会，沈远彪听说公安部第二研究所和广东国盾防伪技术实业开发有限公司正联合开发印章治安管理信息系统。当时印章行业没有统一规范，公安部的管理难度很大，因此建立印章治安管理信息系统，实现印章规范化管理势在必行。国家管理的需要就是战场的号角，于是他成立了北海市国盾防伪技术实业开发有限公司，随后受邀参与了公安部全国实施印章信息化管理唯一地级市试点工作。

那时互联网还未真正普及，大家对网络防伪印章根本毫无概念，况且传统手工刻章原材料只是一块木头，抛开人工费也就不到5块钱。而制作网络防伪印章必须要用互联网、电脑和相关的雕刻制作设备，成本差异显然导致收费差距巨大。明摆着，不干不亏，一干就亏。

谁做系统？明知山有虎，偏向虎山行，这才是军人本色。正如此，1997年到1999年也是沈远彪的印章公司最为艰难攻坚的3年。那3年连年亏损，员工的工资都是从深圳保税公司赚的钱里拆借补贴进来的。但即便在最困难的时候，他也没有放弃印章梦。他说普及网络防伪印章是公安部的部署，充分说明上级对建设印章治安管理信息系统的重视，他坚信困难只是暂时的，前景一定非常光明。

2000年，沈远彪又创建了广西国盾科技有限公司，作为从事印章制作、印章治安管理信息系统推广的科技型企业，公司成为广西壮族自治区公安厅中标的印章治安管理信息系统承建和推广应用单位。不仅在全国相关系统中，是首家通过公安部检测评估的企业，而且在现今通过公安部检测评估的相关系统中，技术性能名列第一。为此，相关业务也就在广西全面铺开，先后在广西贺州、防城港、崇左、桂林、柳州等市成立了分公司，并参与印章治安管理信息系统建设。在四川、贵州、山东、湖北、新疆、青海等地均成立了公司或与他人合作开展的印章业务。

2012年，沈远彪出资收购了在印章行业以研发创新见长的广东国盾防伪技术开发有限公司，并于2015年成立广西新章物电防伪技术开发有限公司，专门研究印章治安管理信息系统的开发、维护、升级。自主研发的“新章印章物电一体治安管理信息系统”，是国盾系统的全新升级版本，该系统实现了实物印章、芯片印章、电子印章由同一系统生产、备案和监管，达到“同模同轨”的要求，从而根除了假冒印章生存的土壤和空间，为杜绝假冒印章提供了全面的技术支撑。因而公司也获得高新技术企业及双软认证企业等资质，并受邀参加了“法定身份管理关键技术研究与应用示范”及“十三五”国家重点科研项目的研发（CTID）。

## 攻坚克难　再创伟业

2017年，随着互联网的发展，电子签章行业也应运而生，但仍然存在很多行业痛点无法解决印章唯一性、不可篡改、物电同源等问题。当沈远彪接触到走在科技前沿的区块链技术时，开始思考如何将区块链与电子签章签名相结合的革新突破，就自己出资招聘区块链技术团队与原电子签章团队一起进行基于区块链技术的电子签章签名应用研发。由于区块链技术当时备受各种“币圈”的争议，研发过程及应用推广出现了一些分歧，其中艰辛不言之则不足以为外人道也。

2019年，沈远彪依然坚定认为区块链技术是可以解决国内印章行业多年的历史“痛症”。为了快速有效的实现目标，他于9月25日在世界创新之都深圳成立了易签链（深圳）科技有限公司，同时重新组建了技术研发团队，专注于区块链电子签章技术的创新和研发。经过半年的潜心研发，终于推出国内首个基于区块链电子签章签名技术的产品“链签王”，上线后一个月便获得印章行业首个工信部中国电子技术标准化研究院《区块链电子签章签名系统功能测试证书》。

更值得一提的是，在公司成立后仅一个月，2019年10月24日国家主席习近平就对“区块链技术”进行了正名。从顶层谋划，沈远彪于11月与中国电子技术标准化研究院合作共同开展《区块链电子签章参考架构》团体标准的起草、制定和产业推广。该团体标准已于2020年9月18日通过专家委评审，这不仅填补了国内现有区块链与电子印章融合应用的空白，而且对我国区块链电子签章标准体系，乃至世界区块链电子签章标准体系的建设，均具有不可忽略的重要意义。

2020年7月，深圳市信息服务业区块链协会受深圳市工业和信息化局委托，在深圳全市范围内进行2019年度重点区块链企业发展情况调研，重点选择部分细分领域的典型企业进行走访，易签链（深圳）科技有限公司被列为首家走访重点企业，在调研走访过程中得到了高度认可。

## 解决行业痛点　打通全网互通

由于公安部关于深化印章“放管服”的规定中，印章由审批制改为备案制。沈远彪开始重点思考如何解决社会电子公章身份唯一性的问题。为此，他开始频繁与技术团队进行攻坚交流，与公安部第三研究所进行紧密地汇报磋商，旨在实现全网通办无障碍的区块链“物电同源”电子印章雏形开始初现。这是一种将区块链技术与传统电子签章技术融合形成的新型电子印章形式，其中的区块链电子印章的印文图案是以“物电同源电子印章”为唯一数据源，由公安部有关部门统一备案管理，以此确保“物电同源”的权威统一性，以及区块链电子印章上链数据的合法性、可追溯性，可彻底解决全网通办方面目前存在的不能互联互通互认与统一管理等问题。正因为区块链“物电同源”电子印章的出现，印章刻制企业从此又有了新机遇，新业态，新发展。

2020年7月，沈远彪的公司与四川某区政府正式开始合作建设当地政务平台的区块链电子印章管理和服务模块，该电子印章公共服务平台一期工程于9月顺利上线，实现了企业登记信息数据共享，构建起该区统一的企业电子印章制作、发放、使用服务体系。由于沈远彪的区块链电子印章的作用，能为每户新设企业免费同步发放企业电子印章，以无纸化办公方式的常态化，推动优化营商环境的政策落实，让企业登记设立后的各项业务办理不用亲临政务大厅现场，直接在线提交材料即可审批办结，有效地加速和提升了当地网上政务“一窗通”“零跑腿”工程。

2020年9月，国家市场监管总局副局长唐军在国务院政策例行会上表示，我国将推进“证照分离”改革区域和事项全覆盖。“在网上办理，拿的执照是电子营业执照，电子营业执照盖的章是电子公章。”唐军说，目前绝大部分省、自治区、直辖市已经开通了企业开办“一网通办”平台，到年底要全部开通这个平台，实现企业开办全程网上办理。

如此重磅利好，让沈远彪受到极大的鼓舞。于是，他充分发挥20余年的传统印章行业经验，带领团队结合当下市场环境及国家政策方向，精准开拓市场缺口，正式与公安部第三研究所签订关于全国电子印章项目的合作协议，开始以自上而下的运作模式，建立可以满足当下国家政策及市场需求的市场布局，开辟了电子印章、签章、签名行业的全新赛道。

在沈远彪的推动下，以区块链“物电同源”电子印章为切入点，通过业内3.4万家线下印章刻制门店为用户入口，集企业应用服务软件、LBS的本地O2O企业服务、企业内容服务于一体的企服平台——“王者签”正式上线。这种创新的产品落地形态是基于区块链、大数据等云计算底层技术，将印章管理组件、数字认证组件、印模生成组件封装后，通过物电同源中间件，为各类应用服务提供印模生成、数字认证、印模验签接口服务，同时叠加合同模板、财税记账、企业查询、电子存证、企业网盘、办公租赁、绿植租赁、法律咨询、企业管理培训、人事培训、财务培训等100多项企业服务，能实现企业的全生命周期陪伴，发展前景巨大，也是区块链“物电同源”电子印章最好的落地方式。

## 励志雄心永存　追梦之路不止步

在深圳，沈远彪做事业也不忘献爱心，他是“深圳市关爱行动公益基金会·拓荒牛复明基金”联合发起人之一。

2020年，他被任命为深圳市时代新经济发展研究院执行院长，他带领的易签链公司先后被授予“深圳市信息服务业区块链协会副会长单位”“深圳市信息化与工业化融合促进会副会长单位”等荣誉称号。

小印章始终承载着沈远彪的大梦想，在全球创新之都不断开拓前行。虽然韶华渐逝，但励志雄心犹存。他还是那个38年前来到深圳拓荒的基建工程兵老兵。基建工程兵艰苦奋斗的拓荒牛精神，始终贯穿于他的血脉之中。

年过花甲，沈远彪还在做如此一份艰辛的事业。他现今生活富足，不需再为生活赚钱拼搏，那又是为了什么？只是因为在他的信念里，这是在继续完成一个军人的真正信念，那是一生对国家、对社会的奉献使命。这个使命从当兵之日起，就深深地埋在每个革命战士的心里，一辈子也不会消失。沈远彪的想法很简单，就是通过这份事业，充分发挥区块链技术与“物电同源”相结合的变革性优势，为中国的数字经济尽一份绵薄之力；通过这份事业，让每一个员工在他公司的大家庭里共同成长；通过这份事业，传递社会的大爱；通过这份事业，让所有员工身为易签链的一员而自豪，让所有员工实现社会效益与自身效益的双丰收。

▲

2019年，原深圳市委书记厉有为（站立者左二）和原国家信息中心党委书记、常务副主任杜平（站立者右一）为深圳市时代新经济发展研究院执行院长沈远彪（站立者左三）颁证授牌。（照片由本文作者提供）

## 浪卷长风起　海涌潮头立

紧紧抓住粤港澳大湾区和深圳建设中国特色社会主义先行示范区“双区驱动”的重大历史机遇，易签链团队也将在沈远彪的带领下，站在新的起点上，继续发扬敢闯敢试、敢为人先、埋头苦干的特区精神，以新的作为走出一条互促共进的发展之路，以此全力支持深圳高质量推进先行示范区建设，创造令世人瞩目的新的更大成绩。

不忘初心，拼搏前行，同心同德，共创辉煌！沈远彪说，这就是他的也是公司的核心精神。

沈远彪，在深圳这座浓缩了中国梦时代精华的奇迹之城，保持着逐梦前行的力量，发扬着戮力奋蹄的拓荒牛精神，以行业革新发展探路先锋姿态，通过打造区块链“物电同源”电子印章创新篇章，书写这个行业“春天的故事”。他始终以一个革命战士的情怀，拼搏在艰辛的战场上……

# 志存高远，他成为深圳外贸行业的第一批拓荒者

聂 江

1983年9月15日，随着国务院、中央军委的一声令下，中国人民解放军两万基建工程兵在深圳集体转业，参与到轰轰烈烈的经济特区的改革与建设之中，成为特区建设的“拓荒牛”。聂进良就是这两万官兵中的一员。

深圳经济特区建立40年，作为首批进驻深圳的建设者、经济特区真正的“拓荒牛”，笔者采访了当年的基建工程兵聂进良，通过他在深圳特区外贸战线拓荒事业视角，讲述了深圳特区40年的峥嵘岁月。

## 成为深圳外贸行业的第一批拓荒者

聂进良从小跟随父亲在天津部队（66军196师、中国开放第一师）师机关大院长大，后在上海外婆家上小学，然后又去了贵州省石阡县父母工作生活的地方，在那上完了初中和高中。他从小受到父亲军人家庭光荣传统教育的熏陶，初中、高中就是优秀团员、副班长、团支部委员，曾经作为县团委选拔的优秀团员去县广播站录音，向全县人民播出他的学习心得。1979年7月他高中毕业，11月参加了中国人民解放军00313部队（基本建设工程兵303团），1980年2月初在陕西汉中市城固县彤辉机械厂新兵训练结束时，被挑选到驻地在湖北省襄阳市的中国人民解放军00319部队（基建工程兵31支队）师警通连任公务员，半年后到通信科任译电员，在解放军这座大学校得到了培养成长。

1983年9月，聂进良随两万基建工程兵部队集体转业到深圳，被分配到深圳市的一家专门从事外贸的国有企业。当时对外开放的国门才刚刚打开，外贸对于普通的老百姓来说，还是一个很陌生的事物。

聂进良所在公司是1984年底经深圳市批准才拥有进出口业务，那一时期正是从计划经济时代向开放时代转变阶段，对于出口产品，国家都有控制配额指标的。聂进良所在的公司是深圳市直属企业，虽然有进出口权，但进口产品只能进到在深圳特区内经销；出口产品只能出口本公司企业的自产产品。允许在80%的产品大半部分在内地生产加工成品，20%在深圳精加工或最后工序增值部分在特区内加工，这样就算作是深圳的加工产品了，就可以到市政府经贸处（后升为经贸局）申请出口批文。拿到批文后，经贸处和海关还要到企业检查合格后才能出口。

为了熟悉业务，1985年3月，总公司派聂进良脱产去深圳大学进行了为期一个月的外贸短期培训班学习。后来又派他参加了1986年3月至8月在深圳大学为期半年的全国第四届外贸培训班脱产学习。这一次，学校每星期从北京经贸大学请一位教授或讲师来上课，15门外贸课程全部学习完成，让大家得到了系统性的学习和提升，并获得深圳大学结业证书。1987年他又上了深圳大学的夜大学习。

聂进良所在的公司是深圳市第一家开始做羽绒原料出口的。1984年，公司在深圳北环路梅林地段还投资办了一个“深圳市羽毛加工厂”。

从1987年开始，聂进良自己就能独立地联系外商和找内地厂家购货，做羽毛羽绒出口生意了，每年创外汇可达几十万到一百多万美元不等，在当时的行业中很有点名气。

聂进良做的进出口贸易：一是从内地采购外商所需要的产品出口；二是一边上班一边在内地并同贵州省三穗县合办了“三穗勤穗羽绒制品厂”。1993年至1996年期间，出口到日本的羽毛枕头、坐垫在全国排名前列，这样也就有了稳定的货源，可通过日本进出口公司出口为国家创汇，为公司创造利润。聂进良在十几年来做的出口产品金额达近亿元人民币，计创汇了近千万美元，这在当时是一笔了不得的巨款。在基建工程兵转业到深圳做外贸业务员人员中，取得这么好的成绩也是为数不多的。

1987年底，一位朋友来找聂进良，他是四川一家大公司负责人，来深圳考察，介绍说国家进口家电比较紧张，市场销量大，现有一批进口SKD冰箱（散装还没组装的）生意做不做。聂进良同经理、同事们仔细看批文、分析国内市场后，确定做这单生意。开始订了2800台，中途又加订了600台，进价1900元一台，销价2300元一台。

聂进良的公司首先到银行用了5天时间贷款了500万元，然后派一组人马去广西柳州提货，用火车皮发运冰箱的压缩机到成都，另一组人马到湖南长沙提货，用火车皮发冰箱的箱体到成都，委托了一家生产厂家组装。

1988年大年初四，聂进良带上一位公司同事前往成都进行销售，当时整个西南地区还没有这样的一大批进口冰箱，一下轰动了整个成都。成都周边的省市劳动服务公司和五金家电公司及门市部的经理们络绎不绝找上门，要求批发给他们冰箱。那时候冰箱是紧缺商品，是卖家市场，全额付完款才能提货。当然这半年的营销中还是有一些曲折的事，但都一一迎刃而解了，最后圆满成功完成了这笔生意，为公司赚得了可观的利润。

为了拓展对外进出口贸易，1993年9月，聂进良有幸代表总公司的进出口公司，参加了深圳市建市以来，规模最大的120多人前往加拿大为期半个月的经贸考察展销团。由深圳市当时的常务副市长李广镇带队，在加拿大温哥华进行了为期三天的深圳产品展销洽谈会，并对温哥华和多伦多市场进行了十余天的考察访问，为深圳今后在加拿大的市场拓展打下了良好的基础。

## 心怀大爱，投身公益事业

聂进良在部队期间，多次受到31支队师部司令部嘉奖和部队首长的表扬，1982年6月光荣地加入了中国共产党。来深圳之后，他多次被总公司或市国资委的集体企业党委评为优秀党员和先进工作者，职称是助理政工师。后又管理过总公司的中外合资服装厂，创办管理过总公司下面的一家高科技企业，近10年又与同事一起建设和管理总公司投资的度假村，20多年来一直担任着二级公司的副总经理、党支部书记。

从转业到深圳以来，聂进良无论是做外贸、办工厂，还是做高新企业、经营度假村，都始终牢记使命，不忘初心，兢兢业业工作，充分展现出了军人的气概和人格魅力。

聂进良不仅在本职工作岗位上做得出色，还兼职了深圳两万基建工程兵的“深圳市拓荒史研究会”副秘书长的工作。多年来整理了原部队师史、团史，作为执行主编出版了《基建工程兵集体转业31支队深圳战友名录》和31支队师史书籍《深圳特区的拓荒者》以及在深圳组织策划了31支队师机关三次大型战友联谊会。

作为策划人之一，参与拍摄了纪录片《基建工程兵在深圳》和正在拍摄的纪录片《我们是光荣的基建工程兵》工作，还有幸采访到了基建工程兵杰出代表、华为公司总裁任正非。2017年7月20日参与策划了在深圳市笔架山公园安放的“基建工程兵之歌”雕塑铜像工作；2018年5月20日参与策划了在惠州市罗浮山基建工程兵纪念园安放的31支队支队长王进禄雕塑铜像工作，和2020年9月27日中国第一颗原子弹成功爆炸核燃料功臣王明健科学家雕塑铜像的全程参与策划安放工作。

2013年3月20日，聂进良代表31支队到北京总政宾馆（西直门宾馆）参加召开的中国人民解放军基建工程兵回忆史料编辑工作会议；2018年9月21日，参与策划组织了隆重的“庆祝改革开放40周年暨纪念基建工程兵驻深部队集体转业35周年《军歌嘹亮》”演唱会，基建工程兵老兵和家属子女8000多人观看了节目。

聂进良还利用业余时间参与到聂氏家族文化传承的工作。作为从部队来到深圳特区的拓荒牛之一，他继承和发扬了人民解放军的优良作风和革命传统，他在外贸战线的拼搏经历，演绎了艰苦奋斗、与时俱进的时代赞歌，体现了退伍不褪色的优良品质和吃苦耐劳、勇于奉献的精神。他经历了深圳这座城市的日新月异和翻天覆地的变化，而让他更感荣耀的是，他亲身参与了深圳这座城市的建设和发展，为特区的繁荣贡献过自己的力量！

# 坚守初心担使命，勇立潮头谱新篇

史 维

陈贤德从一名基建工程兵，到历任国企、事业单位、组织部门、教育系统等的领导岗位，在自己的岗位上，为深圳经济特区建设和发展奉献了自己的聪明才智。转业深圳37年来，陈贤德始终把自己定义为“拓荒牛”，他是这样说的，更是这样做的……

## 一、投身特区建设浪潮的拓荒牛

1956年，陈贤德在湖北保康出生，有八个兄弟姐妹。贫寒的家境磨炼了他吃苦耐劳的品格。1974年底，高中毕业的陈贤德应征入伍，成为一名光荣的基建工程兵。陈贤德以良好的表现、出色的才华，在新训连接任新兵连文书。

1976年，陈贤德加入了中国共产党，1978年光荣地成为一名军官。作为部队文职干部，陈贤德注重学习。后来得知驻地附近设有夜校，就马上给领导写了申请报告，就读于当时的鞍钢首期文学创作学习班，利用晚上空闲时间去听课，写作水平得到了很大的提高。

20世纪80年代初“大裁军”时，陈贤德所在的兵种和铁道兵一并被裁减。想不到，正是这次裁军，使他有幸加入到波澜壮阔的特区建设和改革实践之中。

当时，深圳经济特区处在起步阶段，百业待兴，亟需建设人才。陈贤德所在的部队承担着鞍钢的建设任务，为了支援深圳建设，前期也抽调了一些骨干到深圳。1982年12月，陈贤德来到基建工程兵驻深圳部队指挥部政治部组织科工作。

部队的锤炼，在特区建设工作中很快派上了大用场。陈贤德来到深圳的第一个重要任务，就是被借调去筹备全市基建大会。当时，深圳市建委从部队共抽调了4人，陈贤德为其中之一，主要工作就是写会议材料。

直到今天，当年中国第一高楼——国贸大厦“三天一层楼”的特区速度，仍然是中国改革开放和特区高速发展的代表和象征，是国人对改革开放和特区成立初期轰轰烈烈建设景象共同的记忆。而这个具有历史意义的记录书写，最早就是来自当年全市基建大会的经验介绍材料，这份材料，就是出自陈贤德之手。为了完成好工作任务，从时任承建国贸大厦的中建三局局长，后任深圳市分管基建的副市长李传芳，到深圳建筑公司再到基层建设工人，陈贤德在采访中用心感知特区建设脉搏，用脚步“走”出好文章。凭借着优异的表现，大会结束后，陈贤德被留了下来，开启了在地方工作奋斗的新征程。

## 二、企业人事制度改革的领军者

1983年9月，陈贤德与两万基建工程兵集体转业，在市建委政治部任干事。恰逢深圳市体制改革，成立基建办和建设总公司，陈贤德被分配到建设总公司任总经理秘书兼秘书科科长。1986年8月，深圳市深华工贸总公司升格直属市政府的企业后，他调到该司筹建政工人事部，任首任部长。

深华工贸总公司（以下简称“深华”）是深圳市政府直属的集进出口贸易、房地产开发、工业生产和旅游服务于一体的集团式企业。作为人事部长，陈贤德为企业的发展壮大，倾注了大量心血，其中，在全国率先推出企业人事制度的改革措施，不仅让深华走上发展的快车道，更为深圳市、广东省乃至全国企业人事制度改革探出了一条新路。

公司政工人事部成立伊始，新旧体制转换，人心难免浮动。如何顺应市场经济经营模式的要求选人用人，激发人的活力，成为摆在陈贤德面前的首要问题。而国营企业的条条框框和论资排辈的传统观念，又严重束缚着人才的培养和使用，加上分配制度也不很合理，干好干坏一个样。怎么办？陈贤德陷入了深深的思考之中。当时上上下下要求企业改革的呼声越来越高，但具体如何改，却没有一个成熟的方案。经过一番深思熟虑，陈贤德决定土法上马，在参考国内外同类企业做法的基础上，率先在深华公司探索推行经济目标责任制，提出了一整套较为完善的企业人事制度改革意见，其基本思想就是干部任免同经济目标责任结合起来。征得领导同意，陈贤德大胆地迈出了第一步：引进竞争机制，在总公司和二级公司率先打破干部、工人的使用界限，实行聘任制、聘用制和劳动合同制，规定各级领导的岗位职能规范和任职期限，不搞终身制，并鼓励全体员工敢于冒风险竞争，敢于用最佳的方案完成责任目标。

新制度一经出炉，深华上下一片哗然。当时，有一位市委的领导委婉地跟陈贤德说："工作有冲劲是好，但不要一下子走得太快啊，要注意影响，不要冲击现行的干部人事政策才好。"

面对种种置疑，陈贤德没有退怯，在总公司党委的支持下，一股能者上、庸者下，打破身份界限，大胆启用人才，不论资排辈的人事改革之风在深华兴起。不到半年，深华的利润与外汇收入指标分别超过目标的75%和0.7%，深华企业公司分别超过10%和40%，深华工程开发公司超额完成利润44%。迈出了这喜人的一步，陈贤德趁热打铁，又实施了对外公开招聘、对内鼓励职工毛遂自荐等吸纳人才的举措，还着手建立与企业生产经营管理相适应的现代人事管理制度，并在当时大学生紧缺的大环境下着眼于培训内部员工。深华也从最初的400多人，几年间猛增到16000多人。

深华企业人事制度改革的成功实践，为市里决策层树立了初步样板，通过不断充实和完善，方案日趋成型，最终形成了风行全国的《经济目标责任制》。深华的人事制度改革被广东省人事厅确定为试点和联系单位。1988年，全国人事改革经验交流会在沈阳召开，深华公司的典型材料在会上做了交流；1999年，陈贤德又代表深华公司在人民大会堂专题介绍这一改革经验。当时全国有12家企业代表发言，广东省仅深华一家。

随着公司的日益发展，新的问题又摆到了陈贤德面前：深华业务范围很广，下属房地产、进出口贸易、旅游、工业等公司共有四五十家，人才需求量极大，但懂业务的人稀缺。全深华300多干部，大专以上学历还不到100人。此外，当时炙手可热的进出口贸易对员工的专业水平提出了更高的要求。怎么做贸易，如何签合同、报关，都要从头学起。陈贤德从内部培训做起，自己带队到当时还是经贸部下属的北京经贸大学学习，又将高校的老师请来深圳授课，为集团本部及所属单位培养大批管理人才和熟练员工。仅两年时间，系统内干部、员工全部接受轮训，人员素质大幅度提高，95%的干部达到大专以上的文化程度。

陈贤德推动内部培训的本意是为集团培育所需人才。而当时这也是整个深圳建设面临的问题。因此在培训过程中，“以教养教”的念头浮现在陈贤德脑海中，以经营性的对外培训支撑内部培训。

1989年6月，“深华培训中心”正式成立，陈贤德兼任中心主任。培训中心面向全社会开放，旨在培养特区发展所需人才。由于培训规模越来越大，质量越来越高，“深华培训”很快就得到了政府相关职能部门的认可，电工、会计等岗位证书颁发部门也纷纷委托“深华”进行岗位培训。

在陈贤德兼任主任的5年间，中心举办了各类培训班400多期，培训各类人员超过4万人，资产从公司拨付的3万元到600多万元，培训质量等多项指标考核稳居全市第一，创造了良好的社会效益和经济效益，连续5年被市政府、市委组织部、市教育局、市劳动局等部门评为先进单位，得到《人民日报》《南方日报》《深圳特区报》等媒体多次报道。陈贤德本人也先后被评为“深圳市成人教育先进工作者”“深圳特区十年成人教育先进工作者”“深圳市职业技能培训工作优秀教育工作者”等。

深圳是一个移民城市，在特区建设初期，文化的融合适应显得格外重要。陈贤德认为，要为企业注入强劲的发展后劲，就必须注重企业文化的力量。“既然能以教养教，能不能再以文养文呢？”陈贤德触类旁通，又开始了新的探索。

1992年4月18日，全国第一家企业画院“深华画院”成立，志在为特区企业文化探索具有特色的路子，“文化搭台，经济唱戏”，促进特区两个文明建设，提高企业员工主人翁意识，调动员工的生产积极性，增强企业的凝聚力，全面提高企业的经济效益和社会效益。时任市委书记李灏、政协主席周溪舞等市领导，民进中央副主席邓伟志以及周韶华、陆俨少、方成、钱君匋、何海霞、韩羽、关山月、吴燃、郭公达等全国知名艺术家纷纷到场。

画院的成立，揭开了企业文化发展的新篇章。接着，陈贤德又组织成立了“深华招商”公关服务公司，经营文房四宝、名人字画、字画装裱、办公用品等，全部收益用来反哺企业文化。一时间，深华企业形象誉满海内外，形成了一笔无法估量的无形资产。1993年，陈贤德升任总经理助理，分管公司交通运输、旅游饮食服务、教育培训、企业文化等业务。他提出的联合大旅游思路使深华旅行社从三类旅行社一跃成为国家一类旅行社。

## 三、公务员职员体检制度的推动者

1995年11月，陈贤德调入深圳市石化集团，任总经理助理兼办公室主任。半年后，他来到深圳市麒麟山疗养院任院长兼书记。建于1983年的麒麟山疗养院，隶属于深圳市委组织部，是全市唯一一家专门从事干部疗养、体检、康复、保健等业务的多功能服务型事业单位。

第一次到麒麟山疗养院，陈贤德差点打了退堂鼓。当时的麒麟山疗养院远非今日风景秀美、设施先进的疗养佳地，而是荒草丛生，楼群破败。从市区前往，要从南头绕一个大圈，车程整整一个半小时。到任之后，摆在陈贤德面前的是一系列严峻的问题：管理混乱、设施陈旧、业务萎缩、人心涣散、信誉低下，连水电的正常供给都是问题。当时仅有的一点业务只是为离退休老干部提供疗养，但离退休老干部认为疗养院无论技术还是管理都差，不愿意前来，需要上门去“请”。一个老干部嘟囔道：“我在你们那里住，青蛙都跑到房间里来了！”另一个疗养过的干部悻悻道：“你们的房子没有防盗网，我晾在阳台上的衣服都被偷了。”

陈贤德在向市委组织部属下的招待所借款50万元发放了第一个月工资后，心里五味杂陈。绝佳的地理位置，占地1.6平方公里土地（当时深圳特区面积仅为327平方公里），却破败至此，餐厅已外包，土地被承租，员工上班种菜卖肉炒股票，一点经营所得，到手就被分得精光。他意识到，只有调整思路，才能独辟蹊径。

陈贤德上任伊始，疗养院就被市委列为事业单位改革试点。组织上看中的就是他勇于改革创新的魄力，要他靠自主改革盘活一局棋。图难于其易，为大于其细。陈贤德与新的领导班子成员一起，深入调查分析，反复论证，大胆地提出了一套改革思路，总的指导思想是自我改造、自我完善，努力增强自身活力和“造血”功能，逐步形成自我累积及发展的良性循环局面。

陈贤德在疗养院提出一个响亮的口号：靠等不是办法，苦干才有出路。内强素质、外树形象。着手改变软硬环境，他给员工每人发了三大件：镰刀、草帽和锄头。陈贤德带头上阵，带领大家除杂草，赶蚊蝇，清垃圾，修路搭桥，种植花木……环境搞好了，业务如何发展？在陈贤德思考发展出路的过程中，被誉为“90年代的焦裕禄”的深圳市模范党员贺方军的事迹，给了陈贤德极大的启发。

贺方军同志1941年出生在山东沂蒙山区一个革命家庭，1968年从北京农业大学毕业时，自愿申请到青海高原，一干就是23个春秋。1995年11月，贺方军调任深圳动植物检疫局任党组书记、局长。他的一生鞠躬尽瘁，致力改革，在深圳工作期间，对口岸改革做出了重要贡献，1997年9月10日因患肝癌牺牲在办公桌旁。年仅56岁的贺方军把一位人民公仆鞠躬尽瘁、死而后已的精神风范永远留在人们心中。

贺方军的英年早逝，引起了陈贤德的深思：党和国家培养一个干部多么不容易！一个干部的英年早逝对党、国家、社会、亲人造成的损失是多么巨大！许多人都是猝然离世了才当英雄，整个社会都缺乏防患于未然的保健意识。如果我们各级部门都重视干部健康保健，每一位干部都有自我保健意识，身体有问题都能够得到及时治疗，是否可以避免这样优秀的干部过早离去？

“要让感人事迹唤醒更多人的保健意识！”陈贤德随即牵头组织、策划，1个月的采风，不足3个月的脚本创作、排练，一场300多人参演的话剧《贺方军》走上了舞台。这台话剧，也是深圳第一台真正意义上的话剧。参演团队中，除了导演顾威和两位主要演员是话剧专业外，其余全部由各单位中有过话剧演出经历的工作人员担任，群众演员则全部是麒麟山疗养院各部门员工。

出乎意料的是，这台话剧从公演就引起强烈反响。不仅达到了宣传保健意识的效果，更为当时全国正在开展的“三讲”教育，机关作风整顿提供了一个鲜活的教材。贴近生活的细节和真实的情感，达到了感人至深的艺术效果，观者无

▲

1999年，大型话剧《贺方军》成功演出后，时任广东省委副书记、深圳市委书记张高丽（右），深圳市委副书记、纪委书记李统书（左二）在庆功宴会上向演职员敬酒祝贺，左三为陈贤德。（照片由本文作者提供）

不泪目。1999年4月28日，时任广东省委副书记、深圳市委书记的张高丽观看此剧后，上台接见演员，并激动地向全场一千多名观众发表讲话。省委随后决定此剧在广东省巡回演出。该剧共演出68场，观众达8万人之多。

话剧《贺方军》的演出成功，大大提高了麒麟山疗养院在全市甚至全国的知名度和影响力，让更多的人意识到保健的重要性。经与人事局、财政局等部门调研、协商，用了将近一年半的时间，全市公务员职员终于全部纳入体检保健范围。

原本冷冷清清的康复大楼封条撕掉了，CT机、彩超、生化分析仪等先进设备购入了，体检队伍进来了。在陈贤德眼里，这还远远不够。陈贤德一鼓作气，主编了一本《干部保健手册》。他动员全体医务人员投入此书编撰，各科室分专题研讨，专家及编委会把关。为了让大家“看得懂，学得会，做得到”，真正做到通俗易懂，初稿完成后，他还动笔校改了2个多月，直到自己满意。该书印刷了3万多册，以市委组织部的名义向全市公职人员发放，成为全国第一本干部保健方面的书籍。

一部话剧、一本保健手册、一整套保健疗养政策的制定实施，麒麟山疗养院实现了华丽转身，陈贤德也获评全国职工职业道德先进个人，在新的岗位上又立新功。1999年，麒麟山疗养院获评“深圳市园林单位”，2000年获评“全国部门造林绿化400佳”，2001年成为全市首批“园林式、花园式”单位，并在市委市政府召开的现场经验交流会上做重点发言。截止至2001年，疗养院的资产总额比1996年增长375%，净资产增长365%。

在陈贤德看来，最欣慰的不是建了多少栋楼，改造了多少环境，拓展了多少业务，而是带出了一支能吃苦耐劳、精通业务、敢打硬仗的员工队伍。其改革和发展模式同样也为全国疗养院起到了榜样和示范作用。

## 四、教育创新改革的力行者

2001年11月，陈贤德就任中共深圳市委组织部助理巡视员、部务委员，协助部领导处理一些棘手的问题，抓一些重点工作，并分管10多个部属单位，为部机关文化、组织、党务、精神文明建设等工作贡献应有的力量。2005年，陈贤德被任命为中共深圳市委教育工委副书记兼纪工委书记（教育工委书记由时任市委副书记李意珍同志兼任）。

陈贤德深知肩头担子的分量，上任伊始，就针对教育系统青少年多，亟需进行现代理想和优良传统教育的实际，组织编印了深入浅出，形象生动的《社会主义荣辱观教育读本》，结合“争当关注民生、办好教育排头兵”活动，将知荣明耻教育不断推向深入，深受青少年喜爱。

随后，配合党的先进性教育活动，陈贤德组织举办了先进性建设论坛，将本系统先进性教育活动期间的党员书法、摄影作品、格言警局等汇编成《党在我心中》一书，将征文活动中评出的33篇论文汇编成《党的先进性建设理论与实践》一书，并在短时间内组织编排了一台高质量的专题文艺晚会——《我心中的旗》，制作了《旗帜的力量》《红烛情怀》等专题片，分别作为先进性教育活动的实践和理论成果向建党85周年献礼，在全市引起了良好的反响，掀起了一股知荣辱、赶先进、讲奉献的学习行动热潮。

来自基层的陈贤德深知“固本强基”工程的重要性。根据市里的统一部署，他把党建贯穿于日常工作的全过程，领导、组织开展党建带工建、党建带妇建、党建带团建工作。在任8年时间，工委系统就新建党组织100多个，发展新党员两万多人，培养入党积极分子近10万人。

深圳是中纪委、教育部确定的“青少年廉洁教育和廉政文化进校园”活动的10个试点省市之一。深圳市委教育纪工委在陈贤德领导下，坚持标本兼治、综合治理、惩防并举、注重预防的方针，探索出“教育、制度、惩治”三位一体的新路，使“青少年廉洁教育和廉政文化进校园”活动搞得扎实深入。陈贤德在主持制定《深圳市青少年廉洁教育和廉政文化进校园实施方案》的基础上，组织开展了辩论赛、作品展等一系列活动，掀起校园反腐倡廉热潮，为全国青少年廉洁教育和廉政文化进校园工作提供了新鲜的经验，起到了示范作用。

2007年11月，全国青少年廉洁教育和廉政文化进校园经验交流会在广东佛山召开。深圳是该会议上9个介绍经验的省市之一。与此同时，大力推进“阳光工程”，制定《深圳市教育局治理教育乱收费责任追究办法》等10多项制度，号召全市教育工作者提高素质，办好每一所学校，定期组织召开教育系统纪检监察工作会议，推行党务政务校务公开，做到依法行政、廉洁从教。

一系列教育活动的兴起和防范措施的落实，促进了全市校务工作的健康发展，得到了省委教育工委、纪工委的充分肯定，2006年深圳市教育局被评为广东省校务公开先进单位，陈贤德代表市局在全省教育系统校务公开经验交流会上做了经验介绍，得到了与会者的高度评价。

对于实干的人来说，进步永无止境。为了适应不断变化的形势，陈贤德还带头研究并出台了《教育系统事业单位人事制度改革实施方案》，全面落实“责任风暴”和“治庸计划”，通过聘任制度改革，奖能罚庸，狠刹一评上高级职称就养尊处优的怠惰风气，市教育局就此被评为“十一五”人才规划编制工作先进单位。

教育面向未来、开创未来，教师素质的提高尤为重要。为推进“新世纪园丁工程”，陈贤德配合局领导班子，勇于创新各级各类师资培训模式，全面提高培训质量。一是采取“专家式”引领培训，深入“第一线”考察，综合运用“讲、看、议”多种教学形式，先后组织3045名校长、骨干教师参加校长任职资格班等类别的培训，使之收获如金秋之硕果。二是采取“导师制”挂职培训，安排贵州、宁夏、广西、湖北、西藏等地的校长、骨干教师来深挂职研修，由培训单位或挂职学校每人安排一名指导教师制定挂职干部的工作计划，指导课题研修，全面负责挂职期间的工作学习安排，效果显著，深受贵州省教育厅等单位好评。三是采取“素质型”海外培训，积极争取国家外专局的支持，将海外培训的批次指标由二批增加到六批，改变以往以英语为首选条件的选人方式，注重人员素质，严格按程序选拔人员，成立班委和党支部，共选派了近千名教师赴美国、英国等海外地区的学校接受培训。100多名教师赴英国、香港进行教育交流。此外，市教育局牵头组织机关7个处室和深圳大学等单位的233人参与世界牙科联盟2006年会的翻译服务，还聘请了103名外籍教师，分配到全市52所中学、19所小学任教，以此推动深圳教育特色培训模式的建立，推动建立开放的教育格局。

▲陈贤德在全国“廉政文化进校园”交流大会发言。（照片由本文作者提供）

为了帮助贫困地区发展教育，陈贤德得到市、局领导的支持，主待召开了教育系统对口支援工作会议，组织30人赴贵州进行教育扶贫考察，向市对口扶持办申请对口帮扶专项资金40万援建了贵州省织金县金山小学。汶川地震发生后，市教育系统采取一系列措施广泛开展抗震救灾主题教育，全市教育工作者捐款人民币5969.913万元，港币5.8589万元，捐献学生服价值49万元，党员交纳“特殊党费”300.3万元，全市“学生慈善一元捐”活动募得120多万元；组织宝安、南山98所学校开展“深圳市学生爱心捐助”活动，捐书18万册，运往甘肃、四川、贵州等地，社会效果显著。市教育局因此被评为“全国东西部扶贫先进单位”。

此外，陈贤德组织开展的全市青少年思想政治教育基本状况调查和分类指导工作，受到中央督察组的充分肯定，督察组组长、国家新闻出版总署副署长于永湛评价说：深圳构建出全社会广泛参与的德育格局，其中还涌现出很多新经验、新做法，对今后进一步加强青少年德育工作，具有很好的指导和借鉴意义。

2006年，由于局班子成员严重缺位，全局12个处室，陈贤德分管7个，其中还包括610办公室，维稳、信访等复杂工作。处理包括人事制度改革、绩效工资、事业单位改制、幼儿园划转、最后一批分房出现的机关和事业单位人员集中上访等在内的上千件维稳、信访等敏感复杂工作，重大问题得到妥善处理。每天超过10个小时的高强度工作，让陈贤德在2008年的一天累倒住进了医院的ICU，这也是他有生以来第一次住院。

工作任务再重，陈贤德始终把行风建设作为工作重点。按照上级的部署，全国在教育、卫生系统开展政风行风评议，他求真务实、扎实推进政风行风评议。结果显示，教育系统的政风行风建设效果显著。市民群众对教育行业更多的是关注、理解和支持，对教育的改革和发展的满意度越来越高。

此外，陈贤德还组织并参与了国务院港澳办等4个单位举办的“紫荆花开十年香，深港同心耀中华”深港青少年庆祝香港回归10周年万人大联欢活动。2008年，在中国改革开放30周年之际，市教育部门和各学校根据自身优势和特点，开展形式多样、丰富多彩的纪念活动。陈贤德既是组织者、领导者，也是积极参与者。

37年兢兢业业，37年初心不改。陈贤德说，自己深感有幸，把青春韶华贡献给了深圳经济特区，将个体生命融汇在改革开放波澜壮阔的历程中。与其说个人勤勉成就了一篇篇灿烂的履历，他更愿意将自己的涓滴收获，归功于师长的奖掖，朋友的劝勉，时代的催促，未来的召唤。

如今，生于楚地而足履半个中国，最后扎根在昔日边陲小镇如今繁华大都市深圳的陈贤德，目光澄澈，心境坦然。在他的未来的人生词典里，写下的仍然是：创新奋进。

“借问行几何，咫尺视九州！”

第八辑

# 历史印记

# 永远弘扬拓荒牛精神，传承榜样的力量

李平均

20世纪80年代初，深圳春潮涌动，百业待兴。1983年9月，两万工程兵来到这里，他们的创业历程和一座城市的迅速崛起，锻造了一个火热年代里激情燃烧的岁月。基建工程兵成为深圳发展的一支生力军，人们把他们称为深圳的拓荒牛！拓荒牛精神成为深圳精神的重要组成部分，“拓荒牛精神”这五个字已叫响深圳！两万基建工程兵指战员发扬“特别能吃苦，特别能战斗，特别能奉献”的精神，竖起了一座座丰碑！使这座现代化城市熔铸了中国军人特有的气质和秉性，这是深圳特区有别于其他特区的基因和血脉！

2012年全国正式开始编写基建工程兵史，深圳成立基建工程兵史料编写小组。马成礼任组长，段亚兵、孙晓明、刘坤德、李映厚等任副组长。配合军事科学院编撰《基建工程兵史》，深圳出版了《转战南北　扎根深圳》的图书和战友名录，2015年12月，军委军事科学院《基建工程兵史》正式出版。由此，宣传基建工程兵拓荒牛精神逐渐升温。时间过去了近40年，基建工程兵老战友对于军旅生涯依然感情满满。

## 建立拓荒史研究会　弘扬拓荒牛精神

2013年12月3日，刘坤德、段亚兵、沈远彪、刘对现、聂进良等战友发起成立“深圳市拓荒史研究会”，在深圳青瓷博物馆召开深圳市拓荒史首次筹备会。

2014年5月4日，召开研究会第一次会员大会预备会；2014年5月23日，召开深圳市拓荒史研究会第一次会员大会。会议选举产生了研究会领导班子，梁光伟担任会长、段亚兵担任副会长兼秘书长，刘坤德担任监事长。深圳市拓荒史研究会的工作在紧张有序地进行。

一是建立基建工程兵微信平台。宣传基建工程兵的奋斗历程和“三不怕”精神，宣传深圳基建工程兵在深圳艰苦奋斗拓荒、造城创业创新的历程和精神。

二是出版书籍画册、拍摄纪录片。2014年2月25日，段亚兵的报告文学集《深圳拓荒人——基建工程兵纪实》，周顺斌摄影作品集《这支队伍——两万基建工程兵部队建设深圳纪实》，两部新书首发式暨向全市图书馆赠书仪式在深圳报业集团举行。深圳市文体旅游局社会文化处处长陈朝龙、深圳市教育局原副书记陈贤德等嘉宾出席。段亚兵通过采访众多在改革开放创业的战友，写出了《深圳拓荒人——基建工程兵创业纪实》这本报告文学，再现了任正非、梁光伟等在

▲

2016年3月12日，深圳市拓荒史研究会参加深圳湾公园隆重纪念基建工程兵成立五十周年暨植树节、基建工程兵简介《石书》落成活动。（照片由本文作者提供）

改革开放初期创业的故事。周顺斌摄影集《这支队伍——两万基建工程兵建设深圳纪实》，用相机记录了这支部队在深圳工作、生活的精彩瞬间。

为了让更多的人能够看到这两本书，在刘坤德等老战友的资助下，连同另一本关于基建工程兵部队的回忆史料《转战南北 扎根深圳》，拓荒史研究会将4000多本图书无偿赠给深圳600多家公共图书馆和700多家大中小学图书馆。

2015年11月23日，《基建工程兵在深圳》三集长达90分钟的纪录片开机仪式隆重举行。该纪录片分为三个章节：一、转战南北，扎根深圳；二、铸剑为犁，特区弄潮；三、融入鹏城，开拓创新。采访知情领导和老兵100多人，查阅大量原始资料，多角度多层面、生动地再现了基建工程兵在深圳的工作和生活情景。作为基建工程兵成立50周年献礼片，该片于2017年7月28日举行首发式，7月29日《深圳晚报》报道了首发活动。

三是制作安放雕塑、种树等活动宣传基建工程兵。2016年3月12日，深圳市拓荒史研究会在深圳湾公园组织举办“纪念基建工程兵成立50周年植树活动”——在风景秀丽的深圳湾公园栽种基建工程兵纪念树，并安放镌刻的《基建工程兵纪》石书。后经市委宣传部、市政府规划和国土资源委员会、市城市管理局批准，于2017年7月20日在笔架山公园安放《基建工程兵之歌》雕塑和《基建工程兵纪》石书。现已成为基建工程兵战友和深圳市民参观的具有纪念意义的重要景点，成为弘扬深圳拓荒牛精神的爱国主义教育基地。

## 唱响基建工程兵之歌　讲述最美退役军人故事

以深圳特区成立40周年为契机，深入宣传基建工程兵。著名摄影家、基建工程兵先遣部队新闻干事周顺斌拍摄的照片《升》，彰显深圳蒸蒸日上的新气象，凸显深圳拓荒牛精神，于1984年获得第十三届全国摄影艺术展金奖。2020年，在庆祝深圳特区成立40周年的宣传活动中，全国各大媒体争相采访周顺斌。周顺斌几乎每周都在接受来自平面媒体、影视媒体、以及各类新媒体的采访，成为一位最忙碌的宣传者。尤其是周顺斌编撰的《这支队伍——两万基建工程兵建设深圳纪实》摄影集，作为记录深圳改革开放的重要文献资料，成为全国广播电视、报刊、新媒体采访的重要内容。周顺斌讲述摄影集历史故事，成为一次重头宣传基建工程兵的好时机，这样的宣传具有深远意义。

2019年6月28日，《战友之家》编辑部在深圳动漫基地演播厅隆重举行纪念中华人民共和国建国70周年庆祝活动，围绕“壮丽七十年，奋斗新时代”主题，特别邀请了深圳市委宣传部原副部长、精神文明办公室原主任、拓荒史研究会名誉会长、老战友段亚兵，全国著名摄影家、深圳市摄影家协会顾问、老战友周顺斌，广东省和深圳市劳动模范、原基建工程兵学雷锋标兵、老战友孙建华。他们分别作为主讲人。段亚兵从党中央、国务院、中央军委决定组建基建工程兵担负国家经济建设项目和国防建设的历史需要，到深圳特区建设需要基建工程兵作为拓荒牛的历史意义和现实意义，讲述历史的贡献和新时期的不朽精神；周顺斌运用镜头记录这支队伍开垦深圳的生动画面，阐释基建工程兵精神的光辉里程；孙建华讲述为人民服务，学习雷锋好榜样，以普通一兵的勤劳吃苦，努力奉献的人

▲

基建工程兵老战士在笔架山公园隆重纪念中国人民解放军“八一”建军节活动中，放声高歌。（照片由本文作者提供）

生经历。他们的现场讲述，通过线上直播的方式传递正能量，产生了热烈反响。随之，“战友之家”编辑部继续推荐这三位老兵作为主讲人，深入到学校、青少年活动中心、相关单位宣传基建工程兵的故事。宣讲活动越来越受到广大市民的关注和喜爱，产生良好的宣传效果。

2019年7月10日，在中央电视台国家记忆栏目播出《军魂永驻，基建工程兵》的纪录片之后，“战友之家”编辑部组织部分老战友在深圳笔架山，在酷暑和暴雨交织中，聚集在《基建工程兵之歌》雕像和《石书》前，讲述建设成就，接受摄制组的采访，展现军人风采。纪念活动圆满完成。

2019年7月31日，在深圳动漫基地演播厅隆重举行庆祝中国人民解放军“八一”建军节，以“回顾战斗历程，做最美退役军人”为主题的庆祝活动。

2019年9月29日，“战友之家”编辑部组织部分老战友，与罗芳小学师生代表欢聚一堂，开展“追寻红色记忆，欢庆七十华诞”国庆主题纪念活动。向师生讲述深圳改革开放，创造奇迹的光辉历程，为深圳的飞速发展做出的贡献。小学生们表演了传统歌舞。编辑部还带领师生代表参观《大潮起珠江》改革开放四十年成果展，受到学校领导和师生们的高度评价。

2019年11月8日，“战友之家”编辑部组织50多名基建工程兵老战士，与深圳市关爱行动基金会联合主办“拓荒牛走读深圳”主题活动。先后参观深圳前海自贸区展示厅，观摩前海自贸区创建、开发、建设、成果和未来发展前景；在深圳湾畔人才公园，由教授、老兵讲解基建工程兵的拓荒史，瞻仰群英雕像。最后，在深圳市党群服务中心一起回顾深圳创建、改革开放的历史发展脉络。主题活动有声有色，生动活泼。

“战友之家”编辑部加强与深圳市关爱办、关爱基金会紧密合作，组成宣讲团，宣讲基建工程兵艰苦奋斗故事。宣讲这支队伍克服一切困难，创业创新奉献的拓荒牛精神。

为纪念深圳经济特区成立40周年，“战友之家”组织活动，于2020年10月30日上午，在国贸大厦召开“续写春天的故事，勇当新时代的拓荒牛”为主题的座谈会，原00019部队属于早期进入深圳开发建设的基建工程兵先遣团，集体转业改编为深圳市第一建筑工程公司，由2000名先遣团官兵中的40名优秀代表出席座谈会。国贸大厦是创造“三天一层楼”的深圳速度的代表性建筑物，在这里召开座谈会意义特殊。央视相关频道、深圳卫视、新华社相关新媒体、深圳特区报、深圳商报、深圳晚报等新闻单位派记者现场采访并作了全面报道。

2013年开始，拓荒牛研究会监事长刘坤德每年捐款25万元，帮助基建工程兵及家属治疗白内障。2015年8月在拥军优属基金会设立复明基金；2019年4月他又与沈远彪、刘海宁、黄辉能发起，在深圳市关爱行动公益基金会设立拓荒牛复明基金，为深圳基建工程兵战友及其配偶和直系亲属开展白内障筛查行动，通过医护人员实施手术后让诸多受益者重见光明。

抗击新冠疫情的紧要关头，“战友之家”编辑部与深圳市关爱行动公益基金会开展了“抗击疫情，基建工程兵在行动”的爱心捐款活动。短短数日，爱心捐款达897笔，约900多人参加捐款799337.38元，为武汉、宜昌、荆门地区抗击疫情奉献力量。充分展示了基建工程兵敢于担当的家国情怀，富有强烈的责任感和使命感的军人品质。上述这些活动，在弘扬基建工程兵精神活动中产生全国性的广泛影响。

## 建立战友之家　弘扬基建工程兵精神

从2019年三四月份开始，刘坤德、沈远彪、刘光滢、李平均等战友提出动议，搭建基建工程兵《战友之家》平台，到6月22日战友之家正式上线，编辑部先后召开了10多次筹备会议。明确宗旨和任务：“坚持以习近平新时代中国特色社会主义思想为指导，弘扬基建工程兵在和平建设时期的奉献精神；展示部队在参加国家重点项目以及国防建设的奋斗历程；介绍战友们在解放军这座大学校锻炼成长及到地方长期坚持续写新篇章；交流传承红色军营文化，投身新时代创业发展、争做最美退役军人等方面的经验和成果；寻找失联战友，搭建联络桥梁；凝心聚力，传递正能量，为国分忧，奋进新时代。”旗帜鲜明地宣传基建工程兵历史贡献，续写春天的故事，勇当新时代的拓荒牛；传承中国人民解放军的光荣传统，弘扬基建工程兵精神。

基建工程兵战友之家由刘坤德任荣誉总编、沈远彪任荣誉副总编、刘光滢任总编辑、李平均任副总编辑，并有若干工作人员。荣誉总编刘坤德全力支持战友之家的运作经费，确保持续稳定发展。

2019年6月2日，在北京召开主题为“发扬解放军光荣传统，传承基建工程兵精神”的研讨会。刘坤德、刘光滢、李平均到北京，基建工程兵编史办老领导周绪银、扬贵华、谢定芳、曹海鹏、陶景春、汪大绶、马学明、祝建华、张民培、赵志、刘大荣、樊希安莅临指导，寄予厚望，研讨会非常成功。2019年6月14日在深圳动漫基地召开主题为“当好新时代最美退役军人”的学习座谈会；2019年6月22日，在深圳贝岭居宾馆召开主题为“弘扬基建工程兵精神　奋斗新时代”的研讨会，拉开了战友之家正式上线的序幕。

建立“战友之家作者俱乐部群”和“战友之家书画群”两个微信群，这是战友之家最基本的创作队伍，是稿源供给的基本渠道。

总政治部干部部老干部局原副局长周绪银，为战友之家平台开播撰写了《我们党的一个伟大创举》一文，并陆续撰写了多篇全面介绍基建工程兵发展壮大和做出重要贡献的文章。八十高龄的老首长汪大绶为战友之家写出了多篇重磅好文以及提供大量珍贵照片。老战友苏宗仁组织煤炭系统战友们为平台送来了不少高质量的稿件。

钟力、苏效智、寇宗理、张志德、范宏喜、舒明远、傅建海、刘贵珊等战友，写出了一批反映基建工程兵重大事件的文章；张德柱、党瑞刚、张双德、龚凤新、葛方、欧太新等战友则以连队为主线，写出了一篇篇妙趣横生的军旅生活随笔；刘谷林、萧然、侍吉山等众多诗友们，引吭高歌。战友之家平台投稿的固定作者已达数百人，战友们以随笔、散文、军史、诗歌、朗诵、视频、摄影、美术、书法等多种体裁的稿件支持战友之家的编辑工作。发表作品数量前10名战友作者是：寇宗理、陈兴福、张希年、周三义、党瑞刚、王生杰、舒明远、汪大绶、戴育辉、龚凤新。2019年7月9日，央视热播《军魂永驻：基建工程兵》；2019年11月29日，央视拍摄《基建工程兵》纪录片；2020年3月21日，王林琳、刘文举完成《武警黄金部队的“黄金”40年》；2020年3月31日，万水千山完成《水电部队丰碑永存》；2020年5月13日，钟力完成《无可替代的力量——基建工程兵交通部队》；2020年8月17日，刘安定、马雪飞、马国合作完成《孟晚舟，叔叔阿姨接你回家》……

在坚持以采纳编发战友们第一次未曾发表的作品为主的基础上，杨柳清、马国和马雪飞发动制作小分队通力合作，对于编发的原创作品，努力做好音视频原创制作，提升可读性、艺术性和感染力。

严格按照平面媒体“三审制度”操作，编辑、编审、终审的程序，从作品的主题、选材、质量等方面把关，包括对文章中的标点符号、错别字审查修改。

编辑部主动出击，组织“轻骑兵”参加在成都举办的“冶金指挥所属部队首次聚会”活动，演出的11个节目全部做成了视频，分11期推送；再现成都冶金系统部队聚会全貌的视频纪录片《印象蓉城》精彩纷呈，深受欢迎。总编李平均、摄影家周顺斌赶往西昌，采写报道“西昌地区（69）年入伍50周年战友联谊会”，在报道联谊会盛况的同时，采访写作3篇长篇通讯报道3位老战友创业发展的感人事迹，产生良好的宣传效果。

抓住重点选题宣传，由洪科作词、作曲，三支队宣传队演唱的《战友之家平台之歌》，由三支队宣传队三位男声演唱的《歌唱你 基建工程兵》视频，疫情期间由三支队宣传队张德柱协调、刘勇作词、辛来滨作曲、高敬烛演唱的《天使的背影》视频，侯望东创作的诗朗诵《基建工程兵 我永远的家》等作品，在平台反复播放，经久不衰，取得了良好的社会效益。

推出的每一期文章都有大量精彩留言，战友们夸奖欧太新战友是“留言大王”，精神难能可贵。“战友之家”平台推送的不少好文章被国内各大媒体采用，进一步扩大了“战友之家”的影响力，使基建工程兵精神得到了更广泛的宣传。

“战友之家”是座虹桥，先后推出100多期寻找战友的信息，将战友的思念和牵挂变成了现实，这也是“战友之家”为战友的重要体现。

荣誉总编辑和荣誉副总编辑两年前举资投拍了反映基建工程兵02部队艰苦奋斗建设酒钢的文献纪录片《嘉峪关下的钢铁雄师》，于2019年8月在甘肃卫视播出。“战友之家”大力宣传，反响热烈。

刘坤德组织力量撰写并出资出版《钢铁雄狮建酒钢》回忆录，印刷6000册，快递到全国各地赠送战友和各单位。并在平台配音朗诵连续刊发，受到了各方面的关注，对于宣传基建工程兵精神发挥了重要作用。

2020年11月25日，由深圳市退伍军人事务局指导，深圳市关爱行动公益基金会主办，深圳市关爱行动公益基金会——拓荒牛复明基金、基建工程兵战友之家承办的樊希安“不灭的军魂”三部曲研讨会暨战友作者笔会，在深圳东方银座酒店隆重召开。国务院现任参事、作家、诗人、出版家樊希安，总政治部干部部老干局原副局长周绪银，军科党史、军史研究中心军委办公厅史料编写组组长（军事专家）曹海鹏，深圳市退役军人事务局中心权益部部长王鹏，深圳市关爱行动公益基金会副秘书长陈梅，深圳市委宣传部原副部长段亚兵，深圳市人民政府原副秘书长陈玉堂，海天出版社《鹏城飞歌》责任编辑刘婷到会指导，出席研讨会的有来自全国15个省、市、自治区26个城市和地区的战友之家作者、军嫂，以及战友之家的工作人员和媒体朋友共70多人。这次研讨会暨战友作者笔会圆满成功，深受广大读者的好评。

在深圳经济特区建立40周年之际，曾经获得国务院军转办、国家人事部、解放军总政治部联合授予“模范转业军人”称号的马成礼，又在深圳获大奖。在深圳市广电集团演播厅举行的颁奖会上，马成礼第一个登台领奖前，大屏幕上简介的纪录片，再现了基建工程兵在深圳艰苦奋斗，为国家做出重要贡献的历史画卷。接着，演出了反映基建工程兵拓荒造城的情景舞蹈；60多位由基建工程兵拓荒牛组成的老兵方队，身着65式军装，激情满怀，英姿勃发，随着口令，迈着矫健的步伐，高唱军歌，雄赳赳，气昂昂，阔步走向舞台中央，猎猎飘扬的基建工程兵旗帜与激动人心的采访场面，勾画出一幅史诗般的壮丽景观，成为颁奖晚会最为靓丽的一道风景线。

马成礼老首长作为基建工程兵杰出人才代表，接受中央电视台著名主持人白岩松的现场采访，精彩纷呈的对话，热情洋溢的语言，震撼全场。马成礼说：“这个称号名义上是给我的，实际上是给深圳两万基建工程兵的。”一问一答间，充分展示了基建老兵不忘初心，军魂永驻，为实现中国梦继续奉献力量的决心。晚会场面热烈火爆，不时响起雷鸣般的掌声！近千名观众，见证了颁奖晚会的盛况。

把“战友之家”平台中优秀文章推送给众多的新媒体，新媒体转发后，对宣传基建工程兵的历史和基建工程兵精神起到了很好的作用。战友们的稿子在“今日头条”上的阅读量，十万加的就有十多篇，阅读上万属于常态。

军魂永驻！弘扬拓荒牛精神，责任重大，意义深远，需要长期坚持不懈。

# 用相机记录深圳历史　用形象传承时代精神

周顺斌

深圳特区初建之时，基建工程兵1支队协同总部机关组成工作组赴深圳了解情况，与深圳政府协商部队驻防和施工方案。当时深圳百业待兴，特区建设急需高素质的建设队伍。基建工程兵部队就是一支为祖国国防建设应运而生的“劳武结合，能工能战，以工为主”的队伍，祖国需要，就是这支队伍的动力。

于是，驻辽宁鞍山1支队1团1连、驻湖南36支队14连、15连先期到达深圳，为后续部队进驻深圳做前期准备工作。

## 临时点兵　南下深圳

1981年春节刚过，部队决定抽调驻鞍山1支队5团组建先遣团，由团长陈友新、政委黄显贵带领机关司、政、后20人的机关团队，带领本团14连，组成一辆军列南下深圳。临出发前，有人建议特区部队需要一名搞新闻的人，没想到我就成为“临时点兵”的一员，以新闻报道员的身份随团南下。时间是1981年3月16日，乘火车从鞍山出发，经过6天的铁路行程，于3月21日抵达深圳北站（原深圳火车货运站），安排在通心岭部队机关驻地。说为住所，就是在通心岭的山坡上，用竹竿和竹叶搭建起的一排排营房。部队从东北来到南方，从城市来到边防，从楼房搬入竹棚，巨大的反差，让我们难免有些失落，离开了生活10年的鞍山，离开了我即将毕业的鞍山职工业余大学，由此失去了续读的机会，心有不舍。但身为军人，服从是本分，面对深圳特区火热的建设场面和部队指战员攻坚克难奋斗施工一线的精神鼓舞，干！投身到火热的特区建设中，才是一名军人的本色所在。

深圳，随着部队陆续到达，特区建设项目也在不断增多，如友谊商场、深圳市委大楼、红岭大厦、火车站东广场改造、新园排污沟等，这些都是深圳当时很有影响的工程，我的主要工作就跑连队、跑工地，采写新闻稿件发给《基建工程兵报》《深圳广播站》《南方日报》《羊城晚报》《深圳特区报》等媒体，反映部队投身特区建设的事迹和工作生活情况，同时也接待新华社、中央电视台等各级媒体的采访，向全国人民反映深圳特区建设成就。在接待新闻媒体采访过程中，有记者说："你们没有照相机吗？如果有图片就更好了。"他们的提示，引起了深圳指挥所领导的重视，于是请人从上海买了一台照相机，配合文字报道工作。从此，我背上了相机，一背就是40年！

▲

深圳夏季酷热，工地上经常发现这样的喝水场景。

摄影 /周顺斌

## 学习摄影　锲而不舍

"海鸥"牌120双镜头相机从上海买回来了，我上午拿到相机，下午就派我随首长去施工现场拍摄动员大会照片。这对于只看过别人用相机拍照的我来说，既兴奋，又不知所措。怎么办！攻坚时刻，不能退下阵来，不会就学！吃过午饭，顶着酷热的太阳，跑到深圳唯一的新华书店，找到一本简易的摄影指南，并买了几筒120黑白胶卷。回到驻地，开始学习装胶卷，上快门，转动对

▲

1985年，中国最高楼53层深圳国贸大厦，创造了三天建一层楼的深圳速度，成为深圳特区经济飞速发展的象征。大厦矗立在与香港一河之隔的罗湖桥头，是深圳市首座地标性建筑，也是中国改革开放的一座丰碑。

摄影 /周顺斌

焦环，按书上的指引，照葫芦画瓢：室内和室外不同光线下，使用不同光圈和快门速度的组合。就这样，我怀着忐忑不安的心情背着相机，第一次去拍照片。我拍的对象是部队承建的深圳第一高楼——20层电子大厦施工动员大会，按照“摄影指南”的说明，室内室外拍了一卷。回来后，找了一间仓库，按照胶卷的冲洗配方，配好药水，试着冲印出来，因水温等条件所限，曝光冲洗不够理想，但值得欣喜的是：至今还有两张可用的照片。从那以后，我的自行车后面就多了一个摄影包，采访到哪里就拍到哪里。几年下来，在向部队、地方报刊投送文稿的同时，配上了部队在特区施工、生活的图片，让全国关注深圳的读者多了些视觉配餐，更全面真实地反映了特区的建设成就。

《大军南下》就是这个时期的作品。那是1982年初冬的早上，天上下着小雨，我背着相机到深圳火车北站（货运车站）接站，又一辆从东北南下的军列进站。一群穿着棉衣棉裤、背着背包、提着行李的军人从车箱里跳下来，在铁轨边排队前行。当时，光线较暗，我还是举起相机，屏住呼吸按动快门，定格了两万基建工程兵响应党中央国务院号召，南下深圳参加特区建设的壮观的历史场景，这张照片后来和诸多照片，成为深圳博物馆和北京军事博物馆的收藏品。现在，已成为外界观察中国改革开放历史进程的重要影像。

## 人生转折　不变初心

1983年9月15日，我所在的部队集体转业深圳，成为深圳市建筑公司。转业就是转行，年富力强、风华正茂的战友们，个个都面临着人生路上的多种选择。或搞实业，或经商，当时深圳百业兴旺，就业机会多，发家致富机会也不少。我将何去何从呢，如果说起初摄影是工作需要，那么现在我认定摄影是我挥之不去的梦想。尽管脱下军装，但依然心系相机。于是毅然决定继续从事摄影工作。1984年7月，我选择去了深圳电视台，做了名摄影记者。当时，深圳企业发展很兴旺，很多政府事业单位的人都要求下海经商，可我还选择往里进！认准了摄影这条路，就是不回头。宁可安守清贫，也要用相机实现人生的价值，用相机记录深圳开启的伟大时代，表达我对深圳开拓者的敬畏之心和创造深圳神奇的特区人的拼搏精神。

1984年夏天的一个上午，我跟往常一样骑着单车来到我熟悉的红岭大厦工地。举目仰望，但见两幢塔楼直插蓝天，阳光从左上方倾泻下来，层次分明，气势恢弘，让我激动不已，就是它，我梦寐以求的那种感觉！我取出相机，换上24MM的广角镜头，爬上3米高的单管脚手架，左手紧紧抓住支架，支撑着身体的平衡，右手持相机靠近平台，开始取景构图测试光圈和速度，当我仔细审视我的取景框时，我忽然感觉到少了点什么？我开始冷静下来思索：大楼气势恢弘，但镜框里没有人物，没有人物就使这幅作品失去了灵魂主体。思索中，却见一根黄色的吊臂在大楼上空缓缓移动。对，找邹洪涛去！

邹洪涛是我熟悉的工地安全员兼吊车指挥员。他正在一楼指挥吊车，等他忙完工作才来到我指定的3楼平台，阳光从大厦的上方照射在他的身上，蓝色的背心、红色的帽子、坚实的肌腱，鲜明而生动。好似在他舒展双臂吹响口哨的同时，两边的塔楼在徐徐升起，突显特区建筑工人昂扬向上的英雄气概。我随即果断按下快门。这就是取名为《升》的照片的诞生。照片中的邹洪涛稳稳站立在平台与两楼之间，画面既均衡对称，又雄壮有力。他形体透着一种认真严谨、指挥若定的自信与豪迈，形象而生动地再现了特区人开拓创新的精神风貌。

《升》在1984年参加第十三全国摄影艺术展览获得金牌奖，得到了很多好评，众多报刊和摄影杂志，对《升》进行了多角度全方位的评价。

我认为，一幅好作品的产生，涉及作者创作理念及其周边的人文环境等诸多因素。重要的是要熟悉拍摄题材，明确表达主题的创意，充分运用现代照相设备的功能，去拍摄记录时代，表达对世界的认知。

我既然选定了摄影之路，就更加倍地为之奋斗，努力拍出一些反映时代的作品。《职工考场》拍摄于1984年，记录了刚刚脱下军装的基建工程兵战士，在没有教室的情况下，在操场上席地而坐进行军转工职业技术晋级考试，获得1984年度广东省新闻摄影一等奖；《夜大学》获中国青年报、中国图片社主办的“美妙青春”摄影展三等奖。

我至今记得拍《夜大学》的情景，那是1984年初夏，在市总工会的职工夜校里，我发现我的前排同学座位上多了一个光屁股小孩，便拿上随身携带的相机和三脚架走到教室门口，拍下了这张母亲带着光屁股小孩上夜校的照片。2011年，深圳媒体追踪到成年后的“光腚娃”，原来，他的母亲也是一位基建工程兵战友，转业后，经过多年的打拼，已经是深圳一位有名的女企业家了。

▲

特区初创时的艰苦是常人难以想象的，台风揭去了栖身竹棚的屋顶；大火烧毁了家园，这些，也未能动摇建设者毅志。渴了，战士们就喝沟中水，累了就地小憩一会再干。

摄影 /周顺斌

《中国艺术报》作者孙慨在《改革开放40年中的摄影：记录改革进程，参与历史进步》一文中说：“周顺斌拍摄的深圳巨变则更像是一幅平面图，他在历史的原点和我们观看历史的位置（今日）之间搭建了一座桥，让观看者自我体会其中跨越时空的分量。图像证史，图像作为高度凝练和符号化的象征，承担着对于丰富史实的解读与阐释。今天看来，每一个画面也只是短短一瞬，然而它给予观看者的惊异与发现，却足以延绵记忆中的整整一个时代。图像的隐喻大于实际意义的表达。照片恰如其分地对日渐体现出改革开放成果的深圳面貌予以精妙的阐释，同时也将各地建设激情四溢、步入兴盛之途的国家给予了形象化的描绘。全国摄影艺术展览金牌奖的荣誉使之获得了更为广泛的传播面，实质也是对特区建设和国家发展这一时代精神的鼓励与褒奖。”

## 耳顺之年奋斗不息

40年的风雨，在今天的深圳已很难找到当年的痕迹，但作为一个摄影人，我为深圳建设者们用自己的双手建造的城市留下了时代的影像足迹。在深圳成立10年、20年、30年、40年的各个时间节点上，在我们的报刊里、在我们的视频中，处处闪现出当年奋斗者青春的身影。

著名摄影家江式高在给我《这支队伍》的序言中写道：“一张照片，一支队伍，一座城市，一段历史。”照片，它承载着一段历史的印记。40年来，我先后为深圳市政府、博物馆、艺术馆、报社、电视台等新闻媒体，提供了大量基建工程兵不同时期的历史资料图片。编辑出版了《写给春天的诗行》《这支队伍》《遇见》三部个人摄影作品集，举办4次个人摄影作品展。

**附：40年来我的图片使用、专题报道的部分记录**

01/《基建工程兵报》（1982年10月30日）

《狠抓部队稳定 促进任务完成》

02/《基建工程兵报》（1982年12月11日）

《深圳20层贸易大楼 提前三个月竣工》

03/《基建工程兵报》（1984年1月）

《当兵是个好战士，做工是个好工人——记青年职工孙建华》

04/《深圳青年报》（1984年4月12日第4版专版）

《天翻地覆慨而慷——原基建工程兵某部参加我市建设剪影》

05/深圳特区报（1984年）

《专访“无名之辈的奋起——访全国第13届摄影艺术比赛金牌得主周顺斌”》（记者/珍宇）

06/《深圳青年报》（1984年9月27日）

“共和国第36年的辉煌用青春去创造”国庆专版，《升》隆重推出。

07/《摄影报》（1984年10月30日）

《豪壮的伟业，英雄的风采》

王玉淑发表对《升》的评论文章。

08/《深圳青年报》（1985年1月10日）

“本报新闻照片《职工考场》获广东省新闻摄影一等奖”

09/《特区文学》（1985年第4期）

《升起来了，一颗新星——记第13届全国摄影艺术展览彩色照片金牌获得者周顺斌》（报告文学。作者/曾健）

10/市政府工业办（1987年）

“深圳经济特区引进外资成果展览”（图片拍摄展出）

11/深圳市政府经济特区10周年成果展（1990年）

《升》封面套图

12/中共广东省委宣传部、广东省文学艺术联合会主办：周顺斌参加广东省“跨世纪之星”艺术展演（1998年12月）

13/深圳电视台、深圳摄影学会主办：“1997周顺斌摄影作品展”展出作品80余幅，首次集中反映基建工程兵，建设深圳为主要内容，展出地点：深南路深圳摄影大厦国际摄影展览厅。

14/《深圳商报》（2000年8月26日特刊）

《我们的足迹——献给深圳经济特区成立20周年》

15/《深圳商报》（2003年9月15日A3版）

《两万工程兵 风雨二十年——写在基建工程兵集体转业深圳20年之际》（图文专版，记者：张兴衍、鲁军）

16/《深圳特区报》（2004年4月18日特刊）

《周顺斌：镜头下的深圳第一高楼》（讲述：周顺斌，采访：袁甲清）

17/《深圳特区报》（2003年9月15日A22版特刊）

《热烈庆祝基建工程兵集体转业建设深圳20年》（图文专版）

18/《深圳商报》（2008年8月26日）

《改革开放30年 从深圳开始“升”》（At1版、A12版）；《“升”特区创业者的时代标志》（A13版）；《一代建设者的历史足迹》（A14版）；《28年间的同点对比》（共4个整版）

19/A 《南方日报》（2008年8月27日）

《“升”作品与主人公同框》

19/B 《深圳晚报》

《傅玉行，陈淑云跟当年合个影》

20/《深圳商报》（2010年）

《纪念改革开放30周年“工棚婚礼定格27年前燃情岁月”》（记者：周元春、余海蓉）

21/凤凰卫视（2011年1月3日）

视频专辑：细说两万基建工程兵如何建深圳？

22/深圳新闻网（2011年4月6日）

《“光腚娃”找到了》，《夜校里》这张照片引起了人们对“光腚娃”母子的关注。

23/《深圳晶报》（2011年4月21日）

《摄影师将老照片送给“光腚娃”》（记者：谢银波）

24/深圳商报、深圳新闻网（2014年2月25日）

200幅作品组成“这支队伍”纪事摄影集《这次队伍》，1981～2013出版，赠书仪式今日在深圳报业大厦举行。（记者：李勘，实习生：魏佩娜）

25/《深圳晶报》（2014年2月26日）

为两万拓荒基建工程兵立史留影，《深圳拓荒人》《这支队伍》新书首发暨赠书仪式昨在深圳报业大厦举行。（记者：陈迪，图：张定平）

26/《深圳特区报》（2014年2月26日）

展示工程兵建设特区事迹，本土作者向全市图书馆捐新作4000余册。（记者：潘若濛）

27/《深圳商报》（2014年2月26日）

《深圳拓荒人》《这支队伍》首发，4000册图书捐赠深圳各大图书馆。（记者：聂灿，实习生：魏沛娜）

28/《解放军报》（2018年3月11日）

《春天里，难忘改革开放的拓荒牛》（配3图）

29/央视军事报道（2018年6月21日）

《唤醒40年的记忆 基建工程兵看深圳》

30/深圳卫视："图鉴中国"栏目；时光见证（2018年）

老战士周顺斌、傅玉行做客深圳卫视，讲述当年基建工程兵深圳艰苦创业的故事。

31/中国摄影家协会网站（2018年8月6日）

周顺斌：这支队伍——两万基建工程兵部队建设深圳纪实，网展图片60幅。

32/中国摄影家协会网站（2018年8月6日）

周顺斌：深圳40年的历史变迁，展出作品：60幅

33/《中国日报》（2018年8月29日）

向世界英文推出专版：《周顺斌：与深圳40年》

34/《中国摄影杂志》（2018年10月1日）

《看这40年，深圳从1978开始——周顺斌》（专题）

35/《深圳商报》（2018年10月9日）

《纪念基建工程兵集体转业35周年主题摄影展：用影像重现深圳拓荒史》

36/《人民摄影报》（2019年2月20日）

《回望深圳40年，周顺斌摄影——庆祝改革开放40周年》（图文专稿）

37/《香港商报官网》（2019年2月25日）

央视春晚，致敬特区拓荒牛：基建工程老兵感恩振奋 点赞！基建工程兵代表上春晚！

38/《深圳晚报》（2019年3月6日）

《邹洪涛：展现深圳首批建设者风采》（记者：唐文隽、康明祥）

39/《深圳晶报》（2019年4月17日）

《爱国情 奋斗者——周顺斌：记录深圳成长脚步的“照相师”》（记者：罗俊杰）

40/中央电视台4套（2019年7月8、9日）

连续两晚在黄金时段的“国家记忆”栏目播出“军魂永驻，基建工程兵”纪录片上下两集，再现了当年充满豪情壮志的艰苦岁月，这部纪录片选用周顺斌34幅记录基建工程兵建设深圳的历史照片，生动再现了当年那段激情燃烧的岁月，那些感人的建设场面，豪迈的军人形象，让特区“拓荒牛”无私奉献，艰苦奋斗的形象深入人心。

41/《我们的队伍像太阳——基建工程兵拓荒深圳纪实》 周顺斌摄影作品展（2019年9月23～30日）

主办：深圳市文化广电旅游体育局，深圳文化馆 协办：深圳摄影学会 基建工程兵战友之家 拓荒牛扶贫基金，展出作品50幅。

42/深圳卫视新闻（2019年9月23日）

基建工程兵：建设深圳经济特区的“拓荒牛”周顺斌摄影作品展开幕（评述）

43/《南方都市报》（2019年9月23日）

《见证深圳发展！基建工程兵拓荒深圳纪实 周顺斌摄影作品展开幕》（记者：何思敏）

44/深圳新闻网（2019年9月23日）

《周顺斌摄影作品展：镜头下的基建工程兵拓荒深圳纪实》（记者：马璇，通讯员：苏阳）

45/《深圳晚报》（2020年5月26日）

摄影家周顺斌提供作品《升》参与深圳经济特区建立40周年档案文献展，

（记者：袁晔）

46/穿越百年记忆 致敬时代先锋——庆祝中国共产党成立99周年暨深圳经济特区成立40周年红色影像主题党课（视频）（2020年7月1日）

主办：深圳市委组织部、深圳广播电影电视集团

47/《人民摄影报》（2020年7月22日）

“回顾深圳40年”，周顺斌：“我的相机，我的城”。

48/《人民摄影报》（2020年8月20日）

“回顾深圳40年”，周顺斌：“我的相机，我的城”图文专版

49/深圳广播电影电视集团“壹深圳” 鹏城“照相师”40载光影之旅（视频）（2020年8月12日）

50/《华安保险》月刊（2020年8月19日）

“改革开放，40年”周顺斌影像记录深圳

51/广东新闻广播台（2020年8月21日）

40年的历史变迁 在FM91.4广东新闻广播，以及触电新闻APP播出（记者：罗俊琳，受采访：周顺斌、罗朝利、孙建华）

52/《深圳晚报》（2020年8月13日）

听拓荒牛追忆建设特区的岁月“致敬拓荒牛”精神传承系列宣讲活动

53/深圳广播电影电视集团“深爱听”（2020年8月26日）

主持人瞿芳访谈节目，讲述深圳基建工程兵拓荒故事（视频）

54/深圳卫视（2020年8月26日）

全媒体40小时大直播，读懂深圳；嘉宾讲解：深南路的历史变迁（视频）

55/央视一套（2020年8月26日）

《瞬间中国》慢直播“深圳24小时”，为其提供深圳地标性历史图片48张，孟导演看到照片后说“你和作品都是珍贵的时代记忆”（视频）

56/《中国日报》（2020年8月29日）

周六图文，向世界英文推出专版：《周顺斌：我镜头下的深圳40年》

57/《中国日报》（2020年8月30日）

“国传影像”中文推出：《周顺斌：我镜头下的深圳40年》

58/《深圳特区报》、网易新闻（2020年8月13日）

拓荒精神大讲堂，周顺斌：用青春铸就国家记忆

59/《南都周刊》（2020年9月刊）

从160块的双反海鸥相机到PS，他镜头里的深圳40年（周顺斌人物专访），作者：李叙瑾

60/人民出版社、海南出版社等出版《转战南北 扎根深圳》《深圳拓荒人》《深圳拓荒纪实》等基建工程兵回忆史料书刊，配图近百幅。

61/电影《照相师》简介

《照相师》这部电影取材于我国改革开放的大时代，以小人物大背景，折射出深圳改革开放40年伟大的历史变迁。影片的重头戏就是从两万基建工程兵部队浩浩荡荡开进深圳，吹响了中国改革开放建设特区的号角。剧中刘北方的人物就是以我们深圳两万基建工程兵的一员，著名摄影师周顺斌为原型。

这部以反映深圳改革开放40年为题材的电影《照相师》，最近在中央电视台电影频道播出，引起社会强烈反响，尤其是当年建设特区的两万基建工程兵老战士，看到当年自己40年开赴深圳的壮观场景，无不热泪盈眶。

# 《基建工程兵转业深圳两万战友名录》编写始末

樊财声

## 引 子

据史料记载，1965年4月至1966年初，时任国家建委主任谷牧根据国务院副总理邓小平提议，组织起草了建立基本建设工程兵的“三月报告”，周恩来总理同意并报毛泽东主席批示：这个办法，我赞成。

从此，中国人民解放军基本建设工程兵整编组建成立。

基建工程兵作为中国人民解放军在特殊历史背景下成立的一个特殊兵种（当时，党中央、国务院、中央军委赋予基建工程兵“劳武结合、能工能战、以工为主”的特殊使命），从1966年8月1日正式成立并隶属于解放军序列和建制，到1982年8月19日被撤销编制，1984年底前陆续转业改编到全国各地继续承担施工任务，经历了18年艰苦奋斗、建树辉煌的难忘岁月。曾建立9个军级或相当于军级指挥机构、3个兵办（师级）协调机构、32个师级或相当于师级领导机构、5所技术学校、154个大队（团），总兵力约50万人，分布在全国28个省、自治区、直辖市，承担着冶金、煤炭、水电、交通、建工、石化、城建、地铁、铀矿地质和矿山、水文地质、黄金地质、通信保障、航空航天、首都市政建设、援建巴西等132项国家大中型重点工程和国防项目建设任务，被誉为是一支特别能吃苦、特别能战斗、特别能奉献的主力军和生力军，为中国现代化建设和保卫祖国做出了重大贡献。

1978年12月18日—22日，中国共产党第十一届中央委员会第三次全体会议在北京召开并胜利闭幕后，决定把全党的工作重点转移到社会主义现代化建设上来。之后，根据国民经济调整和国家体制、军队体制改革的要求，党中央决定撤销中国人民解放军基本建设工程兵，所属部队按系统对口集体转业到国务院有关部委和所在省、市、自治区。基建工程兵（含现有人员、装备、机械、物资、财产、营房、土地等）的撤销工作，于1983年底基本完成。

在此过程中，基建工程兵中的两万名指战员成为深圳早期开发建设的“拓荒者”。这支南征北战、敢打硬仗、屡立奇功的建安施工队伍，继续保持人民军队的优良作风、继续发扬解放军的光荣传统、继续发挥工程兵的人才与技术优势，以钢铁般的组织纪律和高昂顽强的拼搏意志，不怕困难、不畏艰险、不辞辛劳，顶风冒雨、夜以继日、连续奋战，创造并展现了“深圳一夜城”的一个又一个神话般奇迹，被深圳市民誉为特区建设的“拓荒牛”。

2007年3月29日，原基建工程兵副主任黎原、王森，政治部主任夏夔等老首长联名给时任总政治部主任李继耐写信，建议组织人员重新编写基建工程兵回忆史料，补入中国人民解放军历史档案。之后，总政与总后及军事科学院进行认真协商或调研。2008年2月26日，经总政领导提议报请中央军委首长批准：同意编写《基建工程兵史》；编写任务由军事科学院（军史研究所）具体负责并组织实施。

对此，总政在“关于编写《基建工程兵史》的请示”中对基建工程兵及其编史工作做了这样评价与表述：基建工程兵是经中共中央批准组建、受中央军委和国家建委“双重领导”的一个特殊兵种；按照解放军工程部队的编制原则进行编制，实行军事化管理，总人数最多时曾达到49.6万人，在当时特定的历史条件下为国家经济建设和国防建设做出了重要贡献；记述反映基建工程兵这段光荣历史，对于发扬我军优良传统，总结历史经验，具有重要历史意义。

深圳经济特区作为中国改革开放的重要窗口和试验田，基建工程兵两万官兵转业、改编、建设深圳的“拓荒开发历史”和“建设特区30年辉煌成就”及“续写新篇章”等内容显得尤为重要。2012年3月30日，中共深圳市委宣传部副部长、市文明办主任段亚兵就组织编写集体转业深圳两万基建工程兵部队回忆

▲
中国人民解放军基本建设工程兵集体转业深圳战友名录。（照片由本文作者提供）

史料准备工作情况向兵种编委会负责人进行专题汇报。4月17日，经基建工程兵回忆史料编委会批准，我市成立了基建工程兵回忆史料深圳编辑组。6月5日—10日，基建工程兵回忆史料编委会常务副主任周绪银、副主任谢定芳等人专程来深圳调研。8日上午，市委办公厅安排深圳市史志办公室主任黄玲接待兵种客人。在座谈过程中，黄主任表示：“基建工程兵两万人为深圳经济特区的建设，立下了汗马功劳，做出了重大贡献；深圳基建工程兵两万人的史料，不仅是整个基建工程兵兵史的一部分，也是深圳地方史的重要组成部分；挖掘整理好这部分史料，对深圳的修史工作也有十分重要的意义。”

基于以上情况和历史机缘及自身条件，经原部队老首长和在深老领导推荐，我很荣幸地被遴选为该编辑组成员。之后，经原深圳市住宅局办公室主任、时任深圳市利丰房地产开发有限公司董事长刘坤德提议，我们可自行组编《基建工程兵转业深圳两万战友名录》。随后，几位老首长和老领导开始物色由谁统筹并具体承担该《名录》策划、协调、组编等任务。

## 一、顶层设计　完善布局　有序组织　夯实基础

2012年5月16日下午，我被时任深圳市住房和建设局副局长孙晓明叫到其办公室，传达基建工程兵回忆史料深圳编辑组领导开会精神，决定由他牵头、我协助并具体负责组织有关单位人员在收集、整理、汇总《基建工程兵史•深圳卷》史料基础上，着手组编《基建工程兵集体转业深圳两万战友名录》。在之后的几

天时间里，我反复琢磨并充分意识到：自己作为基建工程兵队伍中的“新兵”，能被深圳编辑组领导选中、亲身参加这次修编史料活动，既是领导们对自己日常工作的无比信任，也是将来为兄弟部队和复员退伍军人提供单位或个人修史编志模式的一项全新尝试与创新挑战；若要做好这项工作，不仅是带着原部队老首长的期盼和转业到地方老领导的厚望与众多老战友们的重托，更重要的是必须全力以赴、精心策划并认真组织好这项史无前例、既艰巨又复杂且庞大的收录资料活动，确非一件易事。

尽管如此，我还是义无返顾、坚定信心、勇挑重担，积极利用晚上和节假日等业余时间加班加点、忘我工作、不懈努力，先后起草了《承前启后 齐心给力 续写新篇——组编〈基建工程兵史•深圳卷〉筹备工作方案》《关于组编〈深圳基建工程兵名录〉相关事宜的说明》《组编〈深圳战友名录〉版式与要求》《深圳基建工程兵名录采集表》等建议性方案和文件资料，供5月20日深圳编辑组筹备会和5月23日深圳编辑组全体成员会讨论审议。

▲

纪念基建工程兵两万官兵集体转业建设深圳特区30周年合影。

（2013年9月15日于深圳五洲宾馆）

摄影 /马树华

5月23日下午，深圳编辑组召开编委会全体成员会议。会议决定即日起，正式成立基建工程兵回忆史料深圳编辑组，由老首长兼任总顾问；老领导马成礼兼任组长；刘更申、廖成林、李金忠、梁光伟、黄玲同志兼任顾问；李宇明、段亚兵、孙晓明、李映厚、刘坤德同志兼任副组长，原集体转业改编后各单位负责人作为深圳编辑组成员，并下设编委会办公室。我兼该办公室副主任；会议还着重传达了基本建设工程兵回忆史料编辑委员会5月5日在北京召开座谈会主要精神，安排部署了深圳编辑组开展该项工作的各项具体计划，印发了《编辑出版<深圳基建工程兵战友名录>方案与说明》等文件和资料。

这次会议后，按照兵种编委会和深圳编辑组工作要求，深圳编辑组办公室下设史料组和名录组，厘清思路、分解任务、责任到人，既双箭齐发、又相互配合，迅速组织由原来基建工程兵改编的各家成员单位积极投入这项工作；各单位领导高度重视、靠前指挥，抽调熟悉部队概况和转业深圳后了解本单位组织沿革或发展演变进程、掌握战友去向或现有状况、综合素质和文字功底过硬的“笔杆子”组成编写组；各单位负责史料或名录采编责任人肩负着历史责任和光荣使命，分工不分家，克服了由于时间太长，档案丢失损毁严重，当事人年事已高、几乎失去联系等多种困难，舍弃休息时间、付出辛勤汗水、调动自己的记忆细胞，通过翻箱倒柜、内查外访、甄别辨析、联络求证、座谈讨论等方式，本着“客观、公允、翔实、准确”的原则，认真收集、整理、汇总各单位过往历史档案、相关有价值资料，为编写军史、支队史、团史、公司史料和个人基本资料奠定可靠基础、付出大量心血。

## 二、目标明确　众志成城　集力融智　呈现心血

2012年5月下旬，深圳编辑组吹响组编《深圳战友名录》集结号后，曾工作或生活在深圳的原基建工程兵两万战友们感到异常兴奋，同乡战友或原单位战友之间奔走转告、分享喜讯；各单位负责史料和名录采编人员按照深圳编辑组统一部署与具体要求，有计划、按步骤、分阶段地迅速组织各方面人员在整理其过往历史资料的基础上，同步开展收集、整理、汇编与该《名录》相关或相应工作。

一是制定组编《深圳战友名录》版式与要求，统一各组编成员单位提交文本格式：即组编该《名录》需统一采用word文档格式，所提供证件照片规格为2英寸（3.5×4.5cm）、彩色（背景底色不限）或黑白免冠证件照片，拒绝接收本人各类生活照，不得录入属于个人隐私方面内容或商业广告。

二是确定组编《深圳战友名录》排列顺序：单位目录（按原〇〇〇四九指挥所、第31支队及其隶属各团、水文地质部队912团、职工医院）和个人名录排列顺序，原则上仍以其原来所在部队成建制序列（支队、团、营、连、排、班）为依据，单独成册进行汇总后结集印刷。

三是自行设计并复印分发《深圳基建工程兵名录采集表》，让每位战友认真填写后交回其原来转业前、后改编成现在单位具体经办人。该《采集表》主要内容包括：个人基本情况（含姓名、性别、籍贯、出生年月、入伍时间、政治面貌等）；转业前情况（含原所在部队代号、番号、曾参加过某项目建设任务、当时行政职务或技术职称、集体转业时工种或级别，曾荣获团以上三等功或师以上表彰奖励等情况）；转业后情况（含现在任职单位名称、岗位职务或技术职称、工种级别或职业资格、所属行业或社会兼职、曾获得市级以上荣誉称号、主要业绩、重大科技成果或技术发明等情况）。

四是统一要求已离休、退休官兵可根据其意愿自定报送资料内容。1983年集体转业时调出或调入人员，尊重个人意愿，可在老单位或新单位录入，但须确保不重不漏（由各组编单位经办人负责互转《采集表》和照片及文档）；工改兵仍录在其原单位序列内；志愿兵单独注明其身份或工种；1983年部队集体转业前已调出者，能录则录、宁多勿漏；无法提供或不愿意提供照片者，只录个人资料；已故人员，在其姓名上加黑框标注。对个人提供资料内容，原则上不作修改；若有疑异，由其本人负责。

五是统一规定收录该《名录》字体字号：要求各单位在组编《深圳战友名录》时，统一采用宋体四号字录入文字内容；另外，须在录入姓名前空一格（即空出1个字符），姓名在原有字体字号基础上加粗；姓名后本人基本情况简介和1983年转业前主要概况为一段，1983年转业后到截稿时间各方面情况为一段，其他相关情况简介或说明可作为第三段（若无则免）；两位战友资料之间须空一行（即五分格），以免混淆；组编并校核名录资料时，以个人填写《采集表》为准，坚决杜绝本人与其照片不对应（张冠李戴）、录入内容错漏（复制或拷贝他人信息）、1983年转业后到截稿时间资料空白等现象，确保组编质量和水平。

六是划定组编该《名录》时间要求：即2013年6月15日前完成本单位《深圳战友名录》排版大样，6月30日前各单位报送光盘，7月5日左右委托设计清样，7月15日前提交给本单位领导审定，7月25日左右确定初稿，7月底前委托印刷，力争赶在八一节前夕或9月15日前后举办发行仪式。

七是要求各单位被指派参加组编《名录》工作人员，要牢固树立大局观念和责任意识，充分发挥其参与热情和工作积极性及主观能动性，进一步增强义务感、使命感和光荣感，广泛宣传、达成共识，划分任务、责任到人，分工协作、形成合力，切实肩负起历史赋予我们的神圣职责，认真、扎实、高效、圆满地完成这项光荣又艰巨的重要任务。

毋容置疑，收集、整理、汇总《深圳战友名录》过程异常艰难、超乎想象，深圳编辑组和各参编单位在采集战友资料或个人信息极为困难的情况下，一方面采取电话联络、印发表格、网络办公等形式，不遗余力、不厌其烦、不离不弃地联络、寻觅、查证、收集相关资料或信息；另一方面通过内访外调、发函取证、实地察勘等形式，积极恳请原部队老首长、老战友帮助回忆原部队状况，想方设法提供有价值历史资料供编写军史、团史和地方史参考利用；再一方面深圳编辑组通过每周召开一次编委办公会、印发工作简报、开通“深圳战友名录QQ群”、制作PPT幻灯片演示、组编《深圳战友名录》备忘录、各单位组编《名录》情况统计表、深入各单位调研走访解决问题等方式，不断加快组编《名录》进程，确保组编该《名录》的时间、质量和水平。为此，通过大家一年半时间的齐心协力和不懈拼搏，最终赶在基建工程兵两万老战友集体转业深圳30周年之际结集成册。

## 三、春种秋收　硕果飘香　分享共勉　续写新篇

正如我当时在该《名录》之“后记”中所云：“积力所举，则无不胜；众智

所为，则无不成。”从2012年5月份开始负责组编，到2013年9月13日将该《名录》送到每位战友手中，在历时近一年半时间里，深圳编辑组全体成员和各成员单位负责采编人员以及深圳市鑫骄阳印刷有限公司总经理娄文、设计师翁佳成、部门经理高健，为该《名录》能如期顺利印制分发付出了大量心血和辛勤汗水。

组编各单位《战友名录》均包括：封面、封底设计，深圳编辑组成员、编委会成员、各单位编辑组成员，编辑说明，老一辈无产阶级革命家对组建基建工程兵批示、华国锋同志题词，党和国家领导人接见基建工程兵代表照片、两万基建工程兵进驻深圳及集体转业改编大会照片、基建工程兵回忆史料深圳编辑组成员及《名录》编审工作照片，各单位军史、兵史、支队史、团史，企业简介，历史沿革或大事记，各单位《名录》目录、各位战友资料、照片，后记等内容。

如今，翻开这套装帧精美的《深圳战友名录》，其中凝聚着太多人的心血和期盼，更凝聚着无数人的关怀与祝福，它的珍贵价值与厚重情感绝非只言片语所能表达：既有表述战友们戎马生涯的概况简介，又有反映在深创业的艰辛踪影，还有记载青春年华的骄人业绩，更有寄语拓展未来的雄心大志。

通过组织采编工作，我认为：该《名录》是深圳编辑组送给战友们的一份厚礼。相信战友们看到该《名录》后，不但心中会涌现出最温馨、最难忘、最珍贵的回忆，而且会让我们的子女们看过后既能为父辈们扎根建设深圳所立下的汗马功劳而深感骄傲，更会为教育并启迪后人继往开来而开拓创新。另外我觉得，组织并完成好北京兵种总部布置的组编回忆史料以及我们自行印发《名录》活动，旨在进一步激发原集体转业来深圳两万基建工程兵的工作激情和生活热情，团结共勉、携手奋进，站在深圳二次创业新的历史起点上，继续发扬老部队官兵们转业不懈怠、退伍不褪色，思想不滑坡、行动不松劲的光荣传统和优良作风，为实现中国梦、深圳梦、我的梦，再燃创业激情，再树军人形象，再创深圳辉煌。

此时此刻，我有理由坚信：站在新时期新征程新发展新起点上，1983年集体转业并亲身参加深圳经济特区建设的原基建工程兵两万官兵及其家属们将承前启后、继往开来、不辱使命，继续为深圳社会、经济发展和构建“三化一平台”建设做出新的更大贡献。

# 团史画册著华章

## ——《光荣的部队 难忘的历程》编撰始末

苏顺清

▲ 苏顺清军旅照（照片由本文作者提供）

经过六年多时间，我主编的工程兵第129团/基建工程兵第303大队（团）历史画册《光荣的部队 难忘的历程》（上、下册）印刷出版，得到了第二炮兵总部首长、工程兵院校首长和全团指战员的充分肯定和高度赞扬。

原第二炮兵政委隋永举上将为团史画册题词：“光荣的部队，难忘的历程”“兵民是胜利之本”。他对团史画册的出版给了充分的肯定，与我团澹思敏老团长通电话时说：“澹老大哥，您们团的这套历史画册编辑得不错，是五十一基地建设和工建129团的光荣历史，也是解放军工兵部队发展历史的一个缩影，有利于部队革命传统的发扬光大。火箭军政治部、工程兵总部、军事院校一定要收藏。”

原中国人民解放军第二炮兵五十一基地政委孙雨林少将对前去拜访他的原129团的席振远、王树芳和姜乃泉说：你们129团这套团史画册，是全军的首创，主编小苏同志跑了很多省、市，去找原部队老首长、老战友收集图文资料，实属不易。要是对部队没有深厚的感情，没有强烈的责任心是办不成的。这是部队光荣传统教育的好教材，是在传播正能量，所以我为画册题词。

原中国人民解放军工程兵指挥学院副院长益延滨少将评价说："《光荣的部队难忘的历程》这部129/303团历史画册是我军历史上首创的团史资料汇编。我们常见的有军史或者一个师的历史资料汇编。而这部画册是一个团的历史，是一支有着光荣传统的部队几十年历史的总结，是工建129团／基建工程兵第303大队（团）几十年几万官兵为国防建设的奉献与牺牲精神的赞歌，是解放军工程兵历史的一个缩影，尤其是这支部队的老首长，参加革命时间早，资格老，有的是陕北红军、八路军，参加过平型关大捷对日作战，在敌后参加过'百团大战'等；有的是在解放战争时期，参加了的辽沈战役、淮海战役和平津战役以及解放大西北、解放大西南战役，特别是参加了抗美援朝，打出了军威，为国争光。这是我军革命传统教育的好教材，是进一步增强现役军人和退役军人的使命感和光荣感的史册，是实现习近平主席提出的强军目标的一个积极的小配合，是在传播正能量。所以，团史画册的成功编辑，功在当代，利在千秋。"

## 团史画册资料收集起因

2013年9月15日，在原部队电影组放映员金德运同志的赞助下，我们303团的部分老兵约120余人在位于深圳南山区的凯宾斯基酒店，举办了"纪念00313部队集体转业建设深圳30周年"聚会。会上，现场的大型背景板下面设计排版了10余幅原部队时期的老照片深深地吸引了战友们的眼球。大家仔细观察，反复辨认，话说当年，总想从中找到当年军旅生涯的感觉，很多战友情不自禁的用手机照相拍了下来，并在背景板前合影留念。

看到那一幕幕感人的场面，我突然产生了一个念头：既然战友们这么重视这些老照片，能不能把各位首长、各位战友收藏的部队时期的军旅照片收集起来，汇总后出一本画册？这一想法，当即得到了首长们的赞同，随即，我用话筒通知全体参会战友，得到了大家以热烈鼓掌通过，表示积极支持，增强了我收集团史资料的信心和决心。

还有一个重要因素，1976年初我入伍后，从此翻开了人生的新篇章。我是在首长帮助下才得以走进军营的，又是在部队宣传岗位上屡屡展现自己的才华。我当过安装连三班战士，在修建二炮五十一基地某发射团指挥中心大楼时，跟随班里战友们进行过水暖通风安装，抬过六组暖气机上四楼。1976年底任连部文书，1977年6月调团政治处任放映员，1980年提干后任电影组组长。这是部队有关首长教育和培养的结果。既然是部队成就了我，我就应该为部队做点事，感恩部队、感恩首长。编辑出团史画册，以此来献给为中国人民的解放事业和国防建设做出贡献的原部队老首长、老同志和全体指战员。

从此，搜集资料照片、编辑团史画册的工作就正式启动了。

## 广泛动员，全面撒网，有一点线索也追踪到底

我回到佛山化纤集团公司后，作了一个时间安排，首先联系了几位团里首长，向首长汇报收集团史照片的目的。姚政委给了他参加沈阳军区工程兵训练队全体同志于1962年8月在营口临别合影，还给了他时任股长时参加“文革”期间通化三岔子林业局“三支两军”的几张照片，以及部队改编为基建工程兵第303大队（建字873部队）时承办的第31支队（建字870部队）首届篮球运动会时的珍贵照片，我如获至宝，喜出望外。当天，我又赶到了咱们团“学雷锋标兵”刘发良（原部队招待所所长）家，向他找回了部分照片，只是有点遗憾的是，刘所长于1977年10月24日随团首长代表一起在北京参加基建工程兵工作会议时，受到华国锋、叶剑英、邓小平等中央领导人接见时的长卷照片，因玻璃框受潮，照片被牢牢粘住，揭下来弄坏了。

不久，原303团政治处主任从连晞的十几张军旅照片又从陕西汉中快递到了我手中。一营营长王平金、司令部协理员毛忠全、后勤处协理员陈锡金、器材股长曾云太、助理员杨世全，以及原政治处书记、第31支队电影队长王刚伦等领导

同志，先后将收藏的军旅影集贡献了出来。

另一条线，我是通过住大连的原三营教导员王秀华，请他联系大连的各位首长。大连，是咱们团的基地，1955年从公安62团改编为步兵569团时，全团就开进大连，接管苏军撤走时移交旅顺港一带的部分防务，团部驻扎由家村。部队1965年到通化承接二炮五十一基地建设任务，1976年底改编为基建工程兵南下陕西汉中，咱团的大连幼儿园、留守处保留了很多年，家属院至今还在。

王秀华是我的大恩人，1976年初，他以第二炮兵五十一基地工建129团（即80529部队）接兵团副团长的头衔带接兵部队到四川省广汉县接兵。当时，我的家庭条件差，缺“劳动力”，应征名额有限，被公社武装部卡住了。王副团长力排众议，以急需要绘画特长兵的名义，硬把我带进了军营。

所以，当王副团长得知我收集军旅照片编辑团史画册时，欣喜万分，当即写诗一首抒发感情，以表示支持！

小苏，你在百忙之中抽出大量时间搜集老团照片，成就团史相册，功不可没，实在让老辈汗颜，你做出了老辈想做而没有做到的事情，让天下人特别是老团战友为你叫好叫绝并大力助阵，拟诗一首：

《壮举》

老团军史重见天，血染军魂可以安。征战史话壮山河，观看相册有全篇。壮举空前非平凡，天上地下都在看。老辈相继别尘世，错过机遇留遗憾。

（2013.10王秀华于大连）

“王副团长”不仅自己翻箱倒柜找了几十张照片，他还动员了大连129团战友联谊会秘书长席振远（原129团军务股长、第二炮兵五十一基地军务装备处处长），原129团电影组放映员、指导员、二炮810旅副政委王树芳，原129团宣传股干事姜乃泉，原129/303团后勤处处长许国清、四营营长刘贵勤、教导员杨学伦，原129团作训股股长梁状，原工程股参谋、吉林省军区人防处长徐学文等首长收集军旅照片。出画册收集照片之事，勾起了首长们对部队生活的回忆，对激情燃烧岁月的感叹，于是大家奔走相告，有激动的，有马上行动的，也有质疑的。有一位首长曾打电话到深圳问谷金岭团长，问姚俊峰政委，求证这件事情的真实性。当首长们确信无疑后，全团上下形成了前所未有的互动局面。因为全方位联系，使多年没有消息的首长之间、战友之间以至首长与部下之间有了新的联系。找到了很多知情首长、知情战友的新线索。

## 突出重点，锁定目标，努力找到有价值的资料

我们这支部队，从1950年10月组建，南征北战，多次移防，“铁打的营盘流水的兵”，先后经历了几万人。能收集到的每一份资料都很珍贵，能用上都尽量用上。当然，编辑团史很难面面俱到，突出重点尤为重要。几十年前的军旅历史，确定了目标，有些也是很难找到的。

▲
武超同志，二排左三，1963年与“雷锋”标兵代表合影。（照片由本文作者提供）

如找我团第三任团长武超，就是一个典型的例子。武超是抗日战争时期参加八路军的“三八式”老干部，这位直爽憨厚的山东汉子，曾任山东泰西八路军指导员、区长、情报站长、军分区司令部侦察股长。传说日军曾悬赏10万大洋要取武超这个“八路”项上人头，在日战区闹得纷纷扬扬，武超的抗日英雄事迹由此可见一斑。武超是接任陈朝山团长的，经历了569团中、后期。他带领这支部队改编为沈阳军区工建129团，完成了海洋岛备战施工和沈阳市政府战时指挥所坑道施工任务。找武超团长是费了一番功夫的。据席振远提供的线索，武超团长于1964年底转业到黑龙江林业部直属南岔木材水解厂任厂长。1993年8月，3319部队大连

战友联谊会席振远秘书长带领姜乃泉和杨洪林专程到黑龙江省南岔木材水解厂去看望老团长。2000年2月，武超团长逝世之后，就与他家人就失去了联系。经过反复回忆，席处长和姜干事，只提到了武超团长在什么岔子木材厂任厂长。于是，我就上网进百度收索，收出了几个类似的厂，依据销售电话，逐个询问，得到的回复大都让人失望，接电话的都是新人，对老干部都不了解。经过一周的努力，终于找到其中一个厂办公室主任，他认识武超团长的女婿，而且是当海军时的战友。找到了武超团长的女婿，就与他家人联系上了。由武超的小儿子武新军负责收集，将一批老照片和武超团长当年的手稿都寄了过来，特别是一张1945年12日20日武超在八路军鲁中南七分区任侦察科长时与全科同志合影照片，是咱们团首长中珍藏的最早期的照片。那时八路军的军服既显“土气”中的朴实，又定格了八路军抗击日寇、艰苦岁月的历史烙印。仔细看看照片上的武超（前排左二），威武刚强且有智慧的神态，彰显了咱八路军救国救亡、敢于担当的民族脊梁的精神风貌。团史画册当中有这样的图片资料更显十分珍贵，不但增强了解放军历史纵深感，更增强了我们有武超首长的自豪感和这支部队的光荣感。

▲

武超同志，前排左二，1945年12月20日于鲁中南七分区任侦察科长并与全科同志合影。（照片由本文作者提供）

找第二任团长陈朝山也是费了很大功夫的。通过原公安62团/步兵569团司令部通讯参谋孙先迪首长那里知道一点信息，1955年时，咱们团来了一位团长，是红军干部，山东人，后来上军校了，好像调到大连新金县任武装部长了。我把信息传给大连席振远。席处长带领王树芳、姜乃泉开车行程100多公里，到干休所找到了陈朝山团长的女儿陈群华，得知陈朝山团长已经逝世多年，其夫人倪衍芬病重住在了医院。席处长一行三人在陈团长女儿带领下去医院看望了陈团长夫人倪衍芬。很快就得到了支持，拿到了陈团长的图文资料。

陈朝山是1936年入伍陕北红军的，任班长时参加了抗日战争首战告捷的平型关战役；任副营长时参加了“秀水河子战役”。曾创造了带两个连歼灭国军一个营的战例，被东北军区授予“战斗英雄”称号，1955年作为英模代表进京接受国防部长彭德怀元帅授衔。他被授予中校军衔，获“八一”奖章、三级独立自由奖章、三级解放勋章，1988年授予二级红星功勋荣誉章。新中国成立后，陈朝山从38军到步兵569团出任团长。1960年任辽宁省新金县武装部部长。1964年离职休养。1987年享受正师职待遇。

席处长说，当看到陈朝山团长的资料内容后，百感交集，思絮万千，弄得一晚上没有睡好觉。因为陈朝山团长是武超团长之前的一位重量级的团首长。这把咱们团首长参加红军、参加八路军抗击日寇的光荣史树碑立传在了团史画册中，这是何等的荣光！

找公安62团见证人、原129团副团长石光耀也是非常曲折。原129团参谋，后调入吉林省军区人防处任处长的徐学文提供一条信息，副团长石光耀，他是解放军公安62团重要的见证人，其个人资料非常重要，能证明我们这支部队从哪里来的。徐处长多次从在北京解放军301医院工作的女儿徐风华家乘车往返北京南礼士路二炮大院去打听情况。第三次去到二炮大院里，终于问到了曾在管理处任过主任，而且也认识石光耀的一位老大姐。老大姐惋惜地告之，石光耀夫妇已去世多年，有石光耀小儿子爱人的电话，可以联系看看。就这样，几经周折，终于与石副团长小儿石玉根联系上了。石玉根通过二炮组织部门，将石副团长的履历表影印件发了过来。功夫不负有心人，石光耀的简历，定格了解放军公安62团的来龙去脉，是一份十分珍贵的团史佐证材料。

石光耀简历：1948年5月，安徽省含山县区区中队战士；1948年7月，安徽省含山县东林区区中队副班长；1949年1月，安徽省无为县三野二十五船工大队班长；1949年5月，安徽省含山县县大队班长；1949年7月，安徽省含山县城区队班长；1949年10月，安徽省含山县大队三连班长；1950年2月，安徽省含山县大队三连副排长；1950年5月，皖北军区巢湖分区直属二营十连副排长；

1950年7月，皖北军区巢湖分区直属三营七连副排长；1950年10月，公安二十一师六十二团二营五连（石家庄）副排长；1951年5月，铁道公安二十一师六十二团一营三连（山西）……1961年2月，工程兵建筑第129团司令部作训股副股长；1961年6月，工程兵建筑第129团司令部作训股股长；1963年8月，长沙工程兵学院学员；1965年3月，工程兵建筑第129团一营营长；1965年12月，工程兵建筑第129团副参谋长；1969年10月，工程兵建筑第129团参谋长；1970年6月，工程兵建筑第129团副团长……

由此可见，我们303团的历史追朔：303团——303大队——工建129团——陆军569团——解放军公安62团——安徽无为县、含山县、巢湖地区等地方部队与守卫黄河大桥的“黄河营”于1950年10月组建。

## 经多次研讨，发现新线索，不断修订完善

说实在话，团史画册的编辑，能收集多少内容，弄成什么样子，开本多大，多少页码，封面怎么设计，用什么样包装，是没有一个套路的，只有靠摸索。2015年底，我先把已收到的图文资料汇编成册，参照中央文献出版社出版的《伟大领袖毛泽东》大型画册版本尺寸，先制作出一本看看。弄好后感觉非常好。我于2016年春节（正月初四）带样本参加大连3319部队战友联谊会聚会，与很多老首长见面。首长们看了初稿非常高兴，发表了很多修改意见，提供许多新的线索和图片文字资料，使《团史画册》的内容更加充实，分类更加明细，构思排版也上了一个新台阶。

咱们团是工程兵部队，应该把国防施工放在首位。我们团的很多首长和战友为国防施工做出了巨大贡献，甚至做出牺牲，献出了宝贵生命。若能把国防施工中的英雄事迹收集起来，编入画册，那才是经典。于是，我开始疏理线索。在二炮十余年国防施工中，咱团牺牲的指战员多达几十人。如1965年牺牲的加工连战士陈义丰、张春堂；1966年11月牺牲的一营长刘长林、排长刘文义；1967年8月牺牲的肖悄德；等等。

一营长刘长林的事迹尤为感人。

刘长林，山东省历城县高乐乡汤家村人。1930年10月生，1946年参加中国人民解放军，同年加入中国共产党。他历任排长、副连长、连长、副营长和营长职务，1966年，129团承担二炮51基地建设任务。11月15日，他作为一营营长，亲自进坑道施工现场指挥抢险，不幸因再次塌方壮烈牺牲。他是3319部队（工建129团）在国防施工中牺牲的基层最高职务的军事干部。刘长林烈士参加了辽沈战役、平津战役、淮海战役和抗美援朝战争，并在解放济南的战役中立大功一次。他是从枪林弹雨中成长起来的优秀指挥员，为新中国的解放事业做出了卓越的贡献，为建设、巩固国防的施工中献出了自己宝贵的生命，是共和国的功臣。

历史回放：1966年11月15日12时，是129团规定当年施工结束时间，然后乘军用专列回大连营房军训休整。当天上午，刘长林营长到一连314掘进坑道检查施工情况，指挥二排方坑道拱顶排险工作，拱顶石突然塌方，造成坑道断电，掉下来的巨石将刘营长和二排长刘文义砸成重伤。团部接到报告后，在路上堵了一台施工运料的解放卡车，送张景贤副政委紧急赶往事故现场指挥抢险。同时，通知团卫生队和51基地医院作好抢救伤员的准备。张副政委赶到工地后组织部队将刘长林营长和刘文义排长从坑道塌方的石头中救出，迅速送到团卫生队抢救，51基地医院派的医生也随即赶到参加了救治，终因二人严重受伤，内脏破裂，失血过多，经全力抢救无效光荣牺牲。

事后，129团举行了庄严肃穆的追悼大会，五十一基地有关首长都前来参加，特别是第二炮兵政治部丁本纯主任从北京乘专机赶到通化参加了刘长林和刘文义二位烈士的追悼大会。

1967年8月4日在五十一基地文子沟坑道施工中的大爆炸事故，据时任十四连一排排长朱庆昌回忆：1967年8月4日中午，我当时任三营十四连一排排长，带领全排于中午12时去接替四排长吴朋典的班。由于上午指导员在我排召开毛主席著作讲用会时间比较长，故我命令全排跑步到现场接班。此时连长毕志宏问我为什么来晚了，我当时向他说明情况，连长当时很生气，我见四排长吴朋典在连长带领下正在联接导爆线。我走出坑道找电工年玉斌，让他点燃两盘风灯并叫年玉斌随手拉掉电闸，走向坑道将风灯交给连长毕志宏。连长接过风灯后随手给风灯扔到地上时还说了一声“怕死”。回身转向坑道口将电闸合上回来指挥作业。因坑道过高过宽故分为阶梯作业，上层五米下层为四米，装186炮。为保证一次性启爆成功，改用8号线联接。当时坑道内有两排的兵力，为安全起见，我立即命令两个排的爆破手留下，其余全部撤出坑道。此时坑道内只留下连长毕志洪，四排长吴朋典和我及9名士兵，当时我所处的位置是在上层作业面，有我和十六班班长孙立忠（孙立忠现已在铁路松树镇公安派出所退休）。上面悬挂着200度带有钢丝护罩的照明灯。当连长喊声撤时，孙立忠将两只发热的灯泡交到我手中，随手将电源线往下扔，当时我听我排战士钟兴必大喊一声：有电！我在上面大声喊“别动，赶快到外边拉下电闸”，这时连长在下面喊了一声“拉”，随着我听几声巨响，此时我头脑一片空白，完了，出事了。接着我就准备往下跳，16班班长孙立忠一下把我按住，说了一句“你不要命了！”大约过了一分钟，我和孙立忠同时跳下开始救人……

下午13:40分左右，团长张志荣带基地丛司令员赶到现场指挥救援，直至把受伤的战友全部送往206医院进行救治。这次爆炸事故造成14班战士肖悄德牺牲，连长毕志宏、四排长吴朋典、一排三班长薛文礼、战士钟兴必等5名战士身受重伤。

在这次坑道施工爆炸事故中，十四连的战士崔占山事迹更为突出。

《立功受奖证书》上记录了他的主要事迹：崔占山，吉林省农安县人，1966年3月参加中国人民解放军。入伍以来，活学活用毛主席著作，“斗私、批修”，在灵魂深处自觉暴发革命，大树特树毛主席、毛泽东思想、毛主席革命路线的绝对权威，彻底改造世界观，实现思想革命化，在各方面都取得较好的成绩。1967年8月4日，他和战友在执行国防施工爆破作业时，由于意外爆炸，使他和另七名同志被炸伤并埋入掘进坑道的碴泥石块中。在这生命处在危险的紧要关头，崔占山恢复知觉后，首先想到的是同志们的安危和毛主席的教导：“一切革命队伍的人都要互相关心，互相爱护，互相帮助”，强烈的阶级感情使他从乱石堆里爬了出来，去抢救战友。他首先把钟兴华同志背出危险区，送到坑道外，又迅速跑去抢救其他同志。在硝烟中他摸到了刘绍全同志，发觉刘下半身埋在乱石中，就拼命用手扒，扒得他的手指鲜血直流，疼痛难忍，但他忍着疼痛默念着

"下定决心，不怕牺牲，排除万难，去争取胜利"，他终于把刘同志从石堆中扒了出来，背出了危险区，送到坑道外，直到七名同志都被抢救脱险后，他才觉得头晕脑涨跌倒在地。崔占山同志在生命受到威胁的紧要关头，奋勇抢救战友的英雄行为和高尚品质是光耀无际毛泽东思想哺育的结果，是他对毛主席、毛泽东思想无限热爱、无限忠诚的具体体现。为表彰崔占山同志的英雄行为和高贵品质，给予崔占山同志记二等功。

咱们团还有一个举足轻重的首长，他就是129团参谋长曲本正。找曲本正先是通过原303团加工连指导员高作云写的回忆文章。他任过曲本正的警卫员。后又找到了曲本正女儿曲力娟提供图文资料。曲本正，山东海阳人，1926年生，1946年入伍，历任战士、排长、连长、营长，沈阳军区工程兵作训处参谋、沈阳军区工程兵建筑第129团参谋长，3317部队（工兵10团，即雷锋生前所在团）副团长、团长，沈阳军区工程兵第二工区副参谋长，沈阳军区工程兵器材部副部长、工程建筑部部长。

1981年5月，曲本正为沈阳军区工程兵建筑部部长到朝阳工程兵仓库检查工作，乘北京212吉普车在锦州至朝阳的公路上为躲避骑自行车的老乡，司机打方向盘过猛车撞到行驶方向右侧的树上，曲部长头受重伤，经医院抢救无效牺牲。曲本正在3319部队任参谋长期间，军事能力强，政治水平高，深受指战员的拥护和爱戴。虽然现在几十年过去了，但原部队的老首长、老战友、老部下提起曲本正参谋长还记忆犹新，大家都对曲本正烈士的牺牲深表惋惜。

咱们这支部队从1950年10月组建，公安62团团部驻扎石家庄。后经几次改编，千里移防，从东向西（河北石家庄到辽宁大连）；又从西向东（从大连到吉林通化）；然后又从东到西（通化到陕西汉中），最后从北到南（汉中南下深圳。）无论是完成守备任务、政治任务，还是国防施工，都是一流的部队，涌现了许多英模人物。咱们团和雷锋生前团是兄弟团（咱团3319部队，雷锋团3317部队），都归沈阳军区六工区管辖。因此咱团距雷锋团近，经常交流，能量场大，英雄辈出，涌现了如先进连队加工连以及个人刘子洲、崔占山、刘发良等一大批学雷锋标兵个人，"雷锋式的好战士"，"抗洪救灾先进单位"，为部队争得了许多光荣。

## 技术革新创奇迹
## 129团加工连得到国防部、工程兵总部和沈阳军区首长表彰

1965年3月，沈阳军区工程兵交给工建129团二炮五十一基地的施工建设任务，谷金岭团长时任技术营加工连连长。当时国际形势非常紧张，以美帝为首的军国主义到处煽风点火，想挑起第三次世界大战，国际形势日益恶化，人民解放军响应毛主席提出的“备战备荒为人民”的号召，拟建设多个导弹基地，加强我军现代化和作战防卫力量。谷团长所在的加工连主要担负二炮五十一基地建设所用各类木材的加工任务。加工连工程设备有：大带锯、小带锯、大圆锯、截锯、电刨、压刨机、打眼机、开榫机等设备。为了加快基地的建设进程，保质保量安全加工原材及施工成品件，配合基地施工现场快速优质施工，谷连长组织加工连郭守敬、李连第等成立了木材加工技术革新小组，发动连队各班的技术骨干，在全连掀起了技术革新的新高潮，创造革新十多项技术流程小发明，改装了打眼机、开榫机和对缝机，制作了安全作业护板和安全支架等，有力保证制材加工成品件的任务。

1965年9月，国防部副部长张爱萍、刘传年，工程兵司令员陈士渠，二炮五十一基地龚兴贵政委，到石湖工建129团加工连视察指导，评价很高并给予表扬。加工连全体官兵受到很大的鼓舞和鞭策，全连掀起了技术革新的又一新高潮。战士们在二炮基地建设中斗志旺盛，干劲十足，在谷连长带领下为二炮基地建设做出新贡献。

## 抗洪救灾建功勋　树碑立传理应当

英雄辈出，建立功勋，是一支光荣部队的不懈努力和梦寐以求的追求，是团史画册不可缺少的闪光内容。

咱们303团在1981年8月陕西汉中遭遇百年不遇的洪涝灾害时，英勇无畏，奋力抢险，把人民群众的生命财产放在第一位，夺得了抗洪救灾的胜利，受到了中

央军委的通令嘉奖。这也是我们这支部队有史以来获得的最高荣誉。1981年10月5日，国务院副总理杨静仁到303团看望部队，他高兴地对团的领导说："你们在这次抗洪抢险中做了很多工作，为人民立了功，使解放军的形象在人民群众心目中更加伟大了，你们发扬了老红军、老八路的光荣传统，为人民解放军增添了新的光彩"。

在抗洪抢险的战斗中，303团党员、干部带了好头，给大家做出了表率。技术股副股长王根性同志连续几个昼夜坚守在工地上，组织指挥部队抗洪抢险，顾不上吃饭，他就吃几口同志们带来的冷馒头，喝几口冷水，继续指挥，一直到22日凌晨3时江堤决堤他用信号弹把消息传出去后才离开岗位。训练股参谋李涛同志，家里房子被水淹，他不顾母亲、爱人和家产，一刻也没离开战斗岗位。他一个人看两台机器，一会在电台上收发报，一会在报话机上呼叫，连续工作四十多个小时。当他去邮局发报时，又奋不顾身地从一人多深的大水坑中救出了一个落水儿童。八连战士共产党员叶真木刚刚出院不久，领导让他在家他不肯，坚持到工地上参加抗洪抢险，样样抢着干。许多同志不畏艰险，不顾疲劳，顽强奋战和带病坚持战斗，为加固江堤做出了贡献。

这场抗洪救灾，使部队受到了一次极好的锻炼和考验，涌现出一大批英勇无畏的指战员，有三十一名干部战士荣立了三等功，三百六十九名干部战士受到嘉奖。这是咱们部队的光荣历史，值得树碑立传。

## 多次研讨， 突出亮点，九次改版

团史画册编辑工作从2013年9月15日启动，到2020年1月13日印刷制作完毕，历时约六年零三个月。通过多次研讨会，广泛征求老首长老战友的意见，稿样在广东佛山、深圳，辽宁大连、沈阳，吉林通化、长春，河南鹤壁、漯河，陕西汉中、渭南，云南大理，湖北襄阳，湖南长沙、株洲，山东泰安，河北河涧，四川成都、绵阳、广汉，浙江宁波以及首都北京等地组织首长和部分战友审稿。军旅在回放，姓名在校对，信息在不断完善，传递着一波又一波战友情缘。

团史画册第一次研讨会于2016年10月3日在陕西汉中陕飞会展中心举行。

2017年5月7日，团史画册第二次研讨会在河南省鹤壁市举行。

2017年10月26日上午，团史画册审定会在四川成都八宝大酒店隆重举行。

2018年5月5日，团史画册定稿终审会在北京举行。参加终审会的首长有二炮、总政和军事科学院有关首长。会议由原中国人民解放军工程兵指挥学院副院长益延滨将军主持。

审定会达成了一致意见：1.尽快将内部完整版送到已捐款和出资基本费用的老首长、老战友手中；2.要在团史画册内部版上下册的基础上，精简压缩，将公开发行受审核限制的内容移出，修订好后再报出版社审批，力争实现既定的目标。最后决定：工程兵建筑第129团/基建工程兵第303大队（团）历史画册上、下册在修订完善后，先把内部完整版制作好，加对扣钉固定，解决急需。

团史画册编辑出版，突出了大三亮点。

亮点之一是十二位首长题词，其中就有十位是将军。他们是1.原二炮政委隋永举上将；2.原沈阳军区副司令员石宝源中将；3.原二炮副政委纪委书记王洪福中将；4.原二炮五十一基地政委孙雨林少将；5.原二炮后勤部政委钟彦廷少将；6.原二炮工程学院副政委管日东少将；7.原南京工程兵学院院长施元龙少将；8.原二炮装备部副总工程师万忠林少将；9.工程兵指挥学院政委蔡冬梅少将；10.工程兵指挥学院副院长益延滨少将。

团史画册亮点之二是党和国家领导人及兵种、军区首长接见的八幅长卷。我自己就保存了5幅，另三幅分别从原一营教导员龚述忠（毛主席接见）、姚政委（1977年华国锋、叶剑英、邓小平接见）和毛副团长（1978年华国锋、叶剑英、邓小平接见）那里收集而来，这些大合照资料非常珍贵，一般人是很少见到的，再过若干年，我们的子孙后代更辨认不出谁是谁了。印刷要有特全开机器的印刷厂才行，长度近1.5米，印刷好了要用机器折叠、压线才整齐。形成电子文件就更复杂，要将长卷照片分几段用平板扫描仪精扫，然后在电脑中用接片软件制作完成。就单说这八幅长卷，制作成本费用就非常之高。

团史画册第三个亮点是深入收集军旅照片，把这支部队的厚重历史展示出来。一是新旧对比照片，是把我们的老首长、老战友刚入伍年轻时的照片和现在的照片放在一起，既有历史的纵深感，又有岁月的年轮感。还有就是把团首长、司政后机关各股和各营历任主官都排序出来，力争找到他们的照片。这是一项大工程，一般来说这是难以办到的，但是经过不懈努力，团史画册体现了，可喜可贺。

在六年多团史画册的编辑过程中，几位对编辑工作的支持者、参与者不幸去世了，他们是原司令部军务股保密员王贵林、原303团副政委周永平、原10连指导员崔占山，以及我的老乡战友赵怀友、丁启述、廖当海、周维学。他们没有等到团史画册出版这一天，没有亲眼看到团史画册，深表遗憾！但我都把团史画册给了他们家属子女，让已故首长和战友在九泉之下安息，符合王秀华教导员拟写的诗句“天上地下都在看”的心愿。

今年团史画册出版之际，正逢是深圳经济特区建立40周年，也是我们基建工程兵集体转业建设深圳37周年。三十七年前，两万基建工程兵遵照国务院、中央军委的命令，乘数百辆军列南下，来到深圳建设经济特区。战友们打竹棚栖身，挖土坑砌灶，劈山筑路，移岭建房，凭着军人钢铁般的意志和建设特区的坚定决心，战胜了艰苦的自然条件，经受住了市场竞争的严峻考验，创造了辉煌的业绩，唱响了一曲豪迈雄壮的建设者之歌。

我们303团改编为深圳市第四建筑工程公司，多年后发展为深圳市越众（集团）股份有限公司。初期承接了广州起义纪念碑、长城大厦、香密立交等较大的基础项目，后来又承接了深圳长泰花园、碧湖花园、惠州博物馆、深圳西部通道等大型工程和高层住宅。在奋力拼博和长期探索的实践中，公司的业务日益拓宽，总体实力和综合施工能力逐步发展壮大。

303团集体转业深圳和其他一起改编的兄弟团一起创业，为建立深圳经济特区做出了巨大的贡献，是名副其实的“拓荒牛”，是深圳改革开放的实践者、见证者。

我们把团史画册作为军旅传统教育的教科书、“传家宝”，我们为这支有着难忘历程的光荣部队而自豪，让军旅传统和“拓荒牛”精神继续发扬光大，为把深圳建设成为中国特色社会主义先行示范区再做贡献，再立新功！

# 从工程兵战士成长起来的摄影家

## ——记深圳市民俗摄影学会创会会长刘对现

苏顺清

在深圳摄影界，有一个为人正直，敢于吃苦，乐于奉献的摄影人。他从最初背着摄影包走街串巷，到后来开着“政府项目拍摄”采访面包车奔走在深圳宽阔的大道上，驰骋各区各社区，遥控着无人机航拍城市风光和鹏城海滨。他追逐时光，捕风捉影，在美丽的深圳湾、东部海岸线和梧桐山上有他采风的身影，在深圳举办的各种大型活动有他拍摄的足迹，在深圳各区古村落有他带队采访的欢声笑语，在各展览馆和各市政公园文化长廊有他布展的场景。风风火火，实实在在，影友信任他，领导喜欢他，因为他做事和承诺都能“兑现”，这在深圳摄影届是人人皆知的事情。他是深圳市民俗摄影学会创会的“刘会长”。

▲ 1979年元月在鞍山市弓长岭新兵连的刘对现（照片由本文作者提供）

“刘会长”名为刘对现，陕西临潼人，是第一批参与深圳经济特区建设的基建工程兵战士，是奉命集体转业到深圳改编为第一建筑工程公司的“泥瓦工”，是调到深圳市文联跟随“深圳摄影第一人”何煌友一起创业的摄影人，后来因为创办深圳市民俗摄影学并当选为会会长，大家便习惯称他“刘会长”至今。近两年改任学会秘书长了，“刘会长”的称呼也难以改过来。正是他早于其他摄影人从事深圳摄影，所以，深圳市十八九个摄影组织的几千号人和上上下下的政府文化、宣传部门和企业单位对“刘会长”几乎是无人不晓。但是，这位风云人物竟是一名地地道道的工程兵施工连队的战士和摄影创业的辛酸经历，在摄影圈里却是鲜为人知。

## 投笔从戎离穆寨　从军北上赴鞍山

陕西临潼县有座美丽的骊山，因景色翠秀，美如锦绣，故又名“绣岭”，楚汉的“鸿门宴”，著名的“西安事变”都发生于骊山。距离骊山东边脚下不远处的穆寨，就是“刘会长”的家乡。“刘会长”祖居临潼县马额镇穆家寨。到了父辈手里，家中的两孔土窑洞，成了刘对现家赖以生存的唯一栖息地。

2017年，我们杂志社编辑部三位总编在咸阳开罢第一次编辑部会议后，跟随刘会长来到穆寨他的老家，一起在老窑洞他父母灵堂前烧香祭拜，义结金兰；一起参观了土窑故居，浏览了穆寨周边的山村风貌，深为这里的民俗风情所吸引。

刘对现是土生土长的穆寨山村人，祖祖辈辈都是与黄土疙瘩打交道的朴实农民。由于受到了历史文化的熏陶，或多或少传承了豪情义胆的将门遗风。刘对现兄弟姐妹共5人，他排行为老四，按照弟兄三人排序，他就是老二了。

1958年1月出生的刘对现，在父辈的教诲下，从小就学会了勤恳劳动。他在窑洞教室学会了写字算数，也从老师的教导中懂得了朴实做人的道理。

1976年秋，临潼县迎来了中国人民解放军基建工程兵部队到渭南地区招兵的好消息。这个消息一传到刘对现的耳朵里，他立马做出了决定：“咱也当兵去！”要说当兵参军，保家卫国，这在20世纪70年代的中国，可是每一个年轻人的壮美理想，也是无数农村青年能够借此跳出农门吃上“商品粮”的希望。

“当兵去，这个机会咋也不能叫它给跑了！”刘对现主意一打定，便不顾一切的从包谷杆搭建的“防震棚”钻出来，一路小跑到镇政府，去找政府管报名的人，去找接兵部队首长。那时他只死认一个理：“挤，也要挤到部队去！”然而，参加体检时，要求最低体重为97斤，但他自己只有94斤，缺三斤怎么办？采纳了“高人”指点，扒到水塘边，硬是喝了三斤多冰凉的水下肚，这才达到了体重过了关。就这样几经周旋和努力，刚满18岁的刘对现，终于如愿以偿穿上了绿军装，成为基建工程兵1支队1团的一名新战士。他牛到象上了。

1976年12月，他和临潼县的新兵战友们一起坐着北上的火车，顾不上几天几夜的长途疲劳，来到鞍山就加入到了轰轰烈烈的鞍钢钢铁厂的建设行列。

来到远离家乡的鞍山，刘对现从此把军营当成了家。在新兵连，他一门心思地扑在训练上，非常刻苦，有时为了准确掌握好一个动作要领每天要坚持练习到深夜。有付出就会有收获，不久在一次全连新兵军事素质考核中，他的成绩名列前茅。作为一个工程兵每天不光要完成日常的军事训练课目，还要熟练掌握工程技术，完成好一定数量的工程任务。说到工程，按当时战友们的说法就是要与砌墙抹泥打交道。这对于从小就经历过农村艰苦岁月锻炼的刘对现而言，并非什么难事。这不，经过短短两三年的努力，刘对现不仅军事考核门门优秀，而且砌墙抹泥的技术也是扛扛的，还当了班长。

在刘对现的心目中，只有下决心练出一手好活，当上“五好战士”，才能够让老家的父母放心，才能够为家乡父老争得一份光彩。那个年代的人生价值观和价值取向，其实就这么朴实与简单。

## 积攒津贴买相机　南下深圳援建设

在鞍山军营里，刘对现见部队的报道员经常挎个照相机来到连队和施工现场，一会拍拍这里，一会照照那里，拍出来不少好照片登载在部队的报纸上，确实令他羡慕不已。从和报道员简单谈话的那一刻起，便勾起了刘对现小脑袋瓜的一阵乱想：“要是我也会照相，那会是什么样呢？”

刘对现决定：买相机，学照相！咱也把身边的好人好事照下来，报纸上登不了，咱就私人留下作纪念，这不比照相馆来照相方便得多！

就这样，刘对现用攒了半年的津贴费，30元买了一部国产的“红梅牌”120照相机，开始踏上他照相的长征之路。

部队不同于地方单位，一切行动都有着严格的规定。鉴于作息时间和施工作业等原因，要照相，只能等到节假日。

一个月下来，刘对现好不容易把第一个胶卷照完了。可接着遇到的问题就是如何冲洗胶卷。于是，揣摸如何来完成冲洗胶卷和处理洗印照片这个问题，成为刘对现工余后的首要问题。

要完成胶卷冲洗，洗印出照片，这都必须在暗室里操作。连队没有暗房，怎么办？经过一番思索，刘对现跑到存放水泥的工棚下把遮盖水泥的大帆布支起来遮挡严实作“暗房”。他按照买来的显影粉、定影粉药袋上的说明，和好药水，等到天一黑，就钻进“暗房”，蹴在地上，开始尝试着学冲胶卷。

一来二去，奇妙的化学反应，竟然让刘对现在这样的条件下冲出了底片上的影像。他把那些黑白不一的底片和裁好的印相纸药面对药面在灯泡下用灯光一闪的瞬间让相纸感光，在显影液的作用下，居然洗印出了照片。照片虽然不尽人意，但他终于成功了。

正当他沉醉于照相机为劳动之余而带来的欢乐中时，1981年12月，基建工程兵部队奉命南下，刘对现所在的1支队1团成为最早进入深圳的先锋。

到深圳支援城市建设，这与寒冷的东北可是冰火两重天哪。

在冰封雪天的鞍山火车站，刘对现与战友们头戴毛皮帽，穿着棉衣棉裤和翻毛大头皮鞋，裹着皮大衣，登上了闷罐车。在这样的军用专列上，除了密密麻麻“全副武装”的部队指战员，还装载着随身的生活用品和施工机械设备。

军列火车朝南狂奔，驶进山海关，驶过黄河、长江，这条“铁龙”在铁路部门调度好的铁道线上，一路飞驰，很少停车。而越往南开，闷罐车里就越热。到了深圳老火车站，经过7天7夜长途跋涉的刘对现和他的战友们，在闷罐车里最后脱得仅剩下了一件衬衣。就是这样一群乐呵呵的年轻战士，在深圳小镇，以拓荒牛的精神，开始肩负起共和国赋予的历史使命。

一到驻地，刘对现便和战友们投入了勘察地形建营房的紧张战斗。搭建竹棚，建营房，寻找生活用水，与肆虐的蚊虫作斗争。他们很快“适应了”南方的生活，而且，不畏艰难险阻，在烈日、暴雨、台风的陪伴下，创造了“深圳速度”，建起了深圳第一座高楼大厦。

所在部队承接了许多基建项目。参加了深圳早期的华强北电子大厦内外装饰、华强北“女人世界”房顶装饰、八卦岭八卦二路劳动大厦厂房装饰、八卦岭排洪河修建、红荔中路华新村高层15层装饰、华强北的电子厂房装饰、深南大道上步路段写字楼15层装饰、深圳水库排洪河铺石块、市委办公大楼装饰，修建爱国路、怡景路、深圳戏院广场等。1团5连1981年至1982年到深圳时住市委办公楼后面临时工棚，1983年住红岭区域，1984年住罗湖体育馆附近。刘对现和两万工程兵战友们一起，是深圳经济特区最早的建设者，是改革开放的实践者，见证者。

正当部队承担的建设项目在工地如火如荼之时，一场令人意外的军令传达大会，让刘对现和他的战友们彻底改变了身份。

1983年9月的一天，部队召开大会，宣布了“就地集体转业”的命令。从那天起，刘对现所在部队成为深圳市第一建筑工程公司，他成了建筑公司二区队的泥瓦工。

上苍从来都是眷顾有信念的准备者。正是这份迟到的眷顾，让刘对现这位泥瓦班班长彻底改变了自己的命运。

## 集体转业脱军装　华丽转身搞摄影

在深圳，有一位从铁道兵转业回到深圳龙岗的部队干部叫何煌友，他在部队是从事电影放映工作的，不仅写的一手好字，练就了制作幻灯片的本领，也是一位过硬的摄影师。他回到深圳不久，就组建了深圳第一个摄影组织——“深圳摄影学会”并当选为会长，成为“深圳摄影第一人”。伴随着深圳经济特区的成立，何煌友与他的深圳摄影学会在全国也越来越有名气。

1985年5月，远在陕西咸阳市工人文化宫担任摄影干事的复转军人陈军令前往深圳拜望“老组长”何煌友，在深圳这里与刘对现不期而遇。

原来，陈军令曾是何煌友的部下，也是部队电影放映队的放映员。自幼喜好秦腔，练得一副好板胡和一手毛笔字。参军不久就遇上伯乐，让何煌友相中调到了放映组。陈军令不仅跟着老组长练好了毛笔字、美术字和绘制幻灯片的本领，更是传承了老组长何煌友的照相技艺。从部队复员回到陕西咸阳，被安置到了市工人文化宫从事照相工作，在古城咸阳组建了“职工摄影报道组”，召集张艺谋、杨西民、卢武汉、张健、王富章等几位企业青年摄影爱好者从事新闻摄影艺术宣传，笔者当时是副组长，管理着文化宫的摄影暗房和文化宫宣传橱窗，所以对何煌友的一身武艺，早有耳闻。

陈军令来深圳找何煌友购买摄影器材，也结识了不少摄影朋友。这次，他把有缘认识的陕西老乡刘对现介绍给了何煌友。交谈中，何会长见刘对现是工程兵，又是陈军令的陕西老乡，就格外重视和关注。于是就问起刘对现喜欢摄影不？刘对现当即表示：“我太喜欢了！就是照相技术不太好……”而且还向何煌友讲述了自己在部队驻鞍山时自学照相的那段刻骨铭心经历。

“你干脆调到我们摄影学会来吧，我这里正需要人。”何会长看刘对现这么喜欢照相，就当着老战友的面直截了当的发出邀请。听了何会长这么一说，刘对现高兴地答应下来。是啊，自己喜欢摄影，又有这么一个入摄影学会工作的机会，真是千载难逢啊，况且是摄影家何会长亲自邀请，自己既遇到了伯乐，也遇到了行家。

何煌友是深圳横岗西坑人，在铁道兵部队从事宣传工作14年，转业到宝安县文化馆摄影工作，是深圳摄影第一人。他创建了深圳摄影学会，并任会长，还任中国摄影家协会理事，深圳文联副主席。他拍摄了大量的深圳本土照片，特别是“文革”期间深圳人民“抓革命促生产”“阶级斗争一抓就灵”“农业学大寨”，还有抓偷渡逃港分子等政治生活与生产场景。拍摄的深圳经济特区创建初期的许多珍贵照片更是一个新时代的印记。把何会长称之为深圳“摄影泰斗”名副其实。

经过一夜的冷静思考，刘对现做出了离开单位的决定。第二天一大早就找到施工队领导，提交了要求调到深圳摄影学会申请。这一次，他又牛到象上了。

深圳摄影学会属于事业单位，办公室设在桂园路的深圳市文联大厦里。因为大厦里驻有作家、书画家等多家协会，用房十分紧张。摄影学会只有一间办公室，里面摆得满满当当的，而且三个人的名额编制也已经满员，刘对现转来的人事调动关系，也只能先落户在主管的上级单位市文联。

刘对现到摄影学会上班，却没有办法拿工资，怎么办？何煌友就让刘对现到工商局注册申请了“金像摄影服务部”执照，让他经营摄影器材，自己给自己发工资。

刘对现没有宿舍住，就白天开门卖货，晚上在服务部6平米的房间里支一张折叠床将就将就。面对此情，刘对现不但没有丝毫抱怨，反而乐在其中。

要开门营业，刘对现每天总是比别人早起床，还是在部队那股劲头，当新兵的那种吃苦耐劳的作风。他先上楼把摄影学会的办公室打扫干净。再后来，他索性将文联和几个协会的走廊门前和各楼层的卫生间也清扫一遍，而且一干，就是三年。

刘对现每天除了开门卖货，就是琢磨如何用自己的那台120“红梅”照相机来提高自己的摄影水平。因为自己已经是摄影学会的一员，照相应该要比别人懂得多，技术含量也要比别人强。按快门照相，跟谁一说谁都会，但要熟悉速度与快门的关系，掌握按快门的最好瞬间，可不是三两天就能够掌握的，毕竟摄影是一门学问，是一种复杂的技术活。

刘对现清楚记得，1987年，东莞烟花队到意大利参加国际烟花比赛获得了银奖回来，在家乡要举办一场汇报表演。摄影学会的刘对现被请到东莞参加这个活动。

当烟花被打上天空，犹如万花盛开，忽明忽暗的烟花把天空照耀得千姿百态，缤纷异常。眼前这一切，简直和刘对现记忆重点陕西农村年节所燃放的那些小型烟花炮仗无法相比。在这场观演中，刘对现用一部国产“海鸥牌”135相机精心拍完了胶卷盒里的36张底片。可回到暗房冲洗出来一看，所拍的照片只有几张勉强能用。功夫不过硬的教训，再牛也不行。这件事让他铭记在心。

刘对现在摄影服务部，除了经营照相器材，还承接“相机修理”业务。在顾客眼里，把相机拿到摄影学会的服务部修理，就一定会享受到专业的服务。

修相机，这不仅需要熟悉各类相机的机械构造和工作原理，同时还要熟记每个零部件的规格和安装部位，必要时，还需要自己动手仿制零部件。可对于刘对现来说，毕竟是新手入门，根本谈不上技术精湛。

有一次，刘对现对一位客户的相机进行“精心检修”，却把相机“聋子治成了哑巴”。有人为此挖苦他说：“你这个基建工程兵的大手，只能握镐拿锹修马路、建房子，搞摄影你可是入错了行……”

一向不服输的刘对现听到此话，反而更加刺激了他的犟牛脾气。“我就不信我搞不好照相这一行！说我搞摄影是入错了行，我就偏偏要搞摄影，摄影学会我不但呆定了，摄影这一行我这辈子也干定了！”

自打那天起，刘对现就处处留心，靠着腿勤嘴勤，不耻下问，虚心向内行学习，向何会长请教；靠着眼勤手勤到处寻找和购买摄影书籍，不住练习和摸索提高摄影技术。

尤其是1984年，比自己大5岁的战友周顺斌在工地现场拍摄的作品《升》在全国摄影艺术展中获得金奖，对他触动极大。大家评价《升》展示了特区初创时蒸蒸日上的发展势头和建设者一往无前的豪迈气概，是那个时期摄影界具有时代特性的力作。在深圳摄影史上，具有举足轻重地位，是开创性的。周顺斌为深圳的文化事业发展做出了重要贡献。

从此以后，刘对现显得沉默起来。他低头看书学习，抬头观天看光线，预测快门速度与光圈大小的最佳曝光组合；苦心练习各种拍摄技巧与构图。也是功夫不负有心人。刘对现的刻苦努力与付出，终于迎来了属于他的春天。

1988年，深圳举办“首届荔枝节”。开幕式那天，刘对现爬上体育场对面八卦岭工业区一栋厂房的屋顶架好照相机，对着正在举办的活动主会场，使用“多次曝光法”的技巧，胸有成竹的按下了快门。拍好活动场面再多次拍下烟花燃放的景致。照片冲洗出来一看，画面表现精美异常，一举获得了当时的最高奖项“最佳摄影奖”。

“刘对现照片能获奖吗？”面对那些断言这张获奖照片“是在暗房里加工合成的假照片”的同行们，刘对现不多说，不解释，只是直接将自己的底片拿出来给大家看，让那些胡言乱语的人无话可说。这第三次牛，不但牛到了象上，而且牛出了大名堂。

刘对现的成功，让何煌友会长感到十分高兴，许多学会里的工作也开始交给他去干。刘对现先后接待了来自北京、上海等大城市包括吴印咸、朱宪民、茹遂初等摄影大家，而且把接待工作处理得人人满意，个个高兴。

岁月匆匆，时光荏苒。由于刘对现到摄影学会后，刻苦钻研摄影技术，吃苦耐劳，乐于奉献，处处正能量体现，起到了先锋模范作用，2002年7月14日，刘对现加入了中国共产党，实现了他入行以来的又一梦想。

## 重起炉灶　勇担民俗摄影学会重任

2006年，一心扑在摄影上的刘对现，面对深圳越来越多的照相人群，产生了成立一个新的摄影学会的想法。

当过班长的刘对现知道“组织起来”和“星火燎原”的力量。只要把摄影发烧友组织起来，形成一个好的专业知识交流活动环境，一定会拍摄出更多更好的摄影作品；吸引更多的摄影者加入进来，一定会在深圳摄影在全国的影响力的基础上再火上一把。

当初，要不是自己巧遇机会进入到何煌友的摄影学会，就不可能取得今天的成绩。“更重要的是，有了摄影爱好者这样一个组织，就能够有力量、有计划地把深圳每天发生的事情记录下来。自己作为一名基建工程兵来到深圳这座城市是一种机遇也是一种缘分。应该用我们的镜头为深圳的火热生活留下影像的记录，为深圳做一些贡献。”

刘对现想注册一个风光摄影学会，而汪秦生几位老专家提出建议与深圳市文体局公共文化处杨素贤处长的建议不谋而合，成立民俗摄影学会，“这样范围更广泛，涉及的内容更丰富，对于传承深圳地方文化和中华民族优秀文化更有意义”。

说起学会成立，忘不了的是深圳罗湖区的莲塘。这是值得铭记的地方，2007年1月10日，在现任副会长兼秘书长刘对现和汪秦生、马庆芳、石践、苏顺清、叶植生、陈锦辉、陈卫国等第一届常务理事的共同提议和倡导下，经深圳市文体旅游局批准，在深圳市民政局注册成立了深圳市民俗摄影学会。“当时是借了战友3万元作为开办费，学会就是在莲塘鹏兴花园二期综合楼二楼的一个仅有

11平方米的而且不规则的办公场地起步。经历了多少坎坷与辛酸，是无人知晓的。可以毫不夸张地说，莲塘是我们的根，作为我们深圳民俗摄影人，我们都应该感恩这个地方。”刘对现感慨地说。

深圳市民俗摄影学会就把1月10日作为学会成立日。说来也巧了，这一天，也正好是刘对现的生日。所以，每年学会成立纪念与生日同庆，双喜临门。这第四次牛，总算是牛到了大象上，而且一发不可收拾。

学会成立后，刘对现积极与北京朋友取得联系，并于2007年7月20日加入了联合国教科文组织在全球唯一合作的摄影社团——中国民俗摄影协会，借鉴优势，把“抢救性记录文化遗产”列入了深圳市民俗摄影学会的重要日程。

当他知道中国民俗摄影协会创会会长、协会法人是战功赫赫的原国防部部长张爱萍将军的时候，对部队和将军的那份情怀，更让他感到自己肩上的压力和责任，“记录好身边的民俗事项”成为他管理自己团队的目标，也让他从中获得了无形的动力。刘对现优秀的工作业绩，让他当选了中国民俗摄影协会理事会理事，促使他雄心勃勃地背起沉重的摄影双肩包，融入到全国的各种民俗采访和非遗记录活动的洪流中。

深圳市委宣传部副部长段亚兵是一位多才多艺的作家，也是一位支援深圳建设的基建工程老兵。他在发表的《深圳拓荒纪实》第三十八章“镜头中的鹏城”一文中这样描写了刘对现的活动经历：学会成立后，刘对现积极联系业务，争取到的第一个项目是市城管办委托的深圳市“第一届公园文化节摄影作品征集”。刘对现认真组织，发动学会会员到各个公园去，边游玩边拍摄作品。经过专家评选，从中选出了250幅精美作品，交给市城管办存档。这还不算完，有了好的作品，刘对现又策划举办了“美丽深圳”摄影作品展，到各个公园去巡展。该项活动，主办单位表扬、参与的摄影家们高兴、市民群众叫好，几方都很满意。

初次尝试让刘对现尝到了甜头。后来不断地策划举办类似的活动。例如，“美丽的莲花山”摄影比赛、人民公园“月季花倩影”摄影比赛（此活动已坚持举办了12届）等，取得了良好效果。

贵州省三都水族自治县是深圳开展的对口帮扶对象之一，“帮扶三都，就是帮扶了一个民族”。原深圳市投资管理公司（现为深圳市投资控股有限公司）组织深圳上百家国企和民企对三都的帮扶活动长达20多年，成绩显著，硕果累累。深圳市民俗摄影学会开展的有关三都的摄影采风活动是两地最新的文化交流活动，该项目已经连续举办了多年。深圳的摄影家们不光拍照片，还献爱心。民俗摄影学会组织深圳企业家给三都县捐照相机、捐字画作品；摄影家们个人主动给当地学校的学生们捐款捐物，感动了当地群众。

民俗摄影学会成立10多年间，会员摄影师们拍摄了大量关于深圳的摄影资料；加上刘对现等人从1979年就开始拍摄的关于深圳建设的照片，学会的档案里里存放有几十万张之多。刘对现计划按照“深圳历史、深圳海岸线、深圳客家、深圳基建工程兵”等几大专题，分类整理出专题摄影作品集。这些照片是关于深圳历史文化的珍贵资料，将为记录深圳、宣传深圳、传承深圳的民俗文化发挥重要作用。

深圳市民俗摄影学会成立13年来，刘对现率领摄影团队积极参加了深圳市的各种记录、宣传、展示活动。

当“抢救性记录中国文化遗产行动”在全国兴起时，刘会长带领摄影团队积极投入其中，开展了走访、拍摄深圳十多个自然村的活动。如采访深圳南澳新大岭村，南山区龙井和光前村，罗湖区西岭下村、湖贝旧村、龙岗区茂盛世居等，记录深圳本土与客家文化，保护散落在民间的不断演变的非物质文化遗产。同时，通过新旧照片对比，体现了鹏城旧村的历史变迁和深圳城市建设发展进程。

深圳市民俗摄影学会充分利用深圳这个窗口，通过“请进来走出去”，与全国各地、港澳台乃至世界各地有联系的摄影组织建立互学、互通、互联、互动关系，让摄影这门艺术也走上了“一带一路”，为构建“人类命运共同体”，不懈奋斗。

在中央对口支援边疆的名单中，广东省对口的是新疆喀什地区，而深圳对口支援的是喀什最远的塔什库尔干塔吉克自治县。作为摄影学会的领头羊，刘对现加入了深圳市委宣传部文艺处的“文化援疆”行列，与何良处长等影友一起，先后5次深入帕米尔高原，在塔吉克民族家庭和村庄，用相机原原本本地拍摄记录了塔吉克民族的民俗风情与塔县历史遗存系列照片，并将这些珍贵的影像资料捐赠给了当地政府的博物馆。同时，他还进入瓦罕走廊、红其拉甫口岸，拍摄了守卫边关的官兵们生动感人的活动场景。

在贯彻党中央“反腐倡廉建设”活动中，刘对现加入到“城市摄影”团队，与世界各地的城市摄影组织主席一起汇聚福建泉州，用各自捐赠的廉政书法作品刻石凿字，打造了一座“廉山”公园，成为全球唯一的反腐地标。同时，又带团前往欧洲七国，参与“寻找地球上没有汽车的城市”活动，倡导营造“绿色出行”环境。

他与驻会副秘书长马锐一起，多次应邀参加“凤凰网・河南频道”组织的“全国百家网络媒体走进河南”活动，为提升和发展河南景区旅游积极拍摄和编发了多篇网络稿件。

此后，他与同事们一起到广东梅州等市县采拍客家春节闹社火、耍火龙民俗影像；与中国民俗摄影协会西部工作站的同事一起组织会员赴陕西采拍“关中过大年”记录年事活动；一起参加国家清明节公祭黄帝活动、谷雨祭祀字祖仓颉活动；到贵州茅台镇采拍制作国酒茅台的酿造工艺活动。

2017年2月8日上午，担任中国民俗摄影西部工作站南方分站站长的刘对现一行与西部工作站影友一起在陕西宝鸡市民俗博物馆门前举行“关中过大年”活动启动仪式，在接下来的日子里，他起早贪黑，冒着零下十几度的严寒驱车前往户县拍社火比赛，到韩城市拍古城旧年灯节，拍世界著名非遗故居党家村。力求在有限的正月十五“闹元宵”的前后几天里，把能够代表关中民俗年节活动内容用镜头完整的记录下来。

2018年4月19日，在陕西渭南市驻深圳办事处主任李智民的带领下，刘对现又与西部工作站的同志一起走进渭南白水县，与海内外嘉宾出席“戊戌谷雨祭祀仓颉典礼”和“拜祭文祖仓颉”活动，采访了优质苹果种植基地；又造访了诗经发祥地合阳县处女泉、黄河湿地、古莘国水城；到澄县古瓷窑尧头镇记录拍摄陶瓷文化遗存。

## 以党建保驾护航　促进学会业务开展

要特别值得一提的是，刘对现入党以后，感受到中共党员的荣誉感，党组织的凝聚力、协调力都是非常强大的。所以，在民俗摄影学会成立不久，他就申请成立了党支部，他担任党支部书记。他是率先在社团组织中成立党支部的学会之一。

众所周之，改革开放以来，我国的社会团体迅速发展，在政治、经济、文化建设中发挥着越来越广泛的作用。社会团体是党的工作和群众工作的重要阵地。加强社会团体党的建设工作，有利于党的路线、方针、政策在社会团体的贯彻落实，有利于在新形势下扩大党的工作的覆盖面和影响力、渗透力，有利于保证社会团体的健康发展。社会团体管理工作比较薄弱，社会团体党的建设工作也存在一些亟待解决的问题。主要是：绝大多数社会团体没有建立党的基层组织，尤其是有些已具备建立党组织条件的社会团体没有及时建立党的基层组织，在这些社会团体中工作的党员长期不能参加党的组织生活；一些已经建立党组织的社会团体，对党员的教育、管理和监督工作比较薄弱，党员未能充分发挥先锋模范作用；社会团体党组织的设置形式不够完善，难以担负起对社会团体的活动进行有效监督的职责；一些业务主管单位党组织对所属社会团体党的建设和思想政治工作疏于管理，有的甚至不闻不问。对此，各级党委一定要高度重视，采取有力措施，尽快改变社会团体党的建设工作薄弱的状况。

深圳市民俗摄影学会成立党支部以来，学会经常以党支部的名义出现，组织开展各项活动，如与武警部队、与公安派出所、奇石协会等的交流活动、联谊活动等。与兄弟协会到广西河池帮扶或到贵州三都开展民俗风情采风活动时，都成立临时党支部，让党组织作用充分发挥。特别是学会党支部与深圳市群艺党委密切联系，做到了上情下达，下情上报，不仅有利于党建工作的开展，也利于学会业务工作的协调推进。党支部成立后，还发展了党员多名，在学会工作中充分发挥着党员的先锋模范作用，树立了党支部为开展业务工作保驾护航的良好形象。

## 不忘初心　阔步向前　把学会的发展推向一个新阶段

随着形势的发展，刘对现越来越感到责任重大。学会要进一步发展，就得利用有利条件创新，顺势而为才有美好前景。2018年初，刘对现就在思考，并与常务理事主要领导商量，谋划学会的发展规划。最后，刘对现做出一个决定：把学会会长职务让贤给有实力人来担当。

2018年9月1日，深圳市民俗摄影学会第三届理事会召开，刘对现把会长的重担推荐给了有实力的学会副会长、深圳市美丽集团董事长欧阳祥山担任，他自己任学会常务副会长兼秘书长，目的是想借力把深圳市民俗摄影学会的发展推向一个新台阶。

的确，欧阳祥山不仅是一名摄影爱好者，更是一个美丽生活的追求者，他开办了企业几十个，在百忙之中，挤出时间追逐光影，跑了南极北极，穿越了多国、多个无人区，拍摄前所未有的风光靓照无数。他是广东省政协委员、深圳市政协常委，深圳市著名企业家。他当民俗摄影学会掌门人，有才、有德、有实力，更有品味。他把他的文化产业文谷庄园五号楼600多平方米装修一新，给了学会一流的办公条件，驻会人员精神面貌焕然一新，上级有关领导和摄影届、媒体人士都在点赞。

在刘对现看来，不当会长，更要全身心投入，抓好每一项工作，向欧阳会长负责。在今年新冠肺炎疫情的严重影响下，各行各业都显得不景气，摄影学会是靠组织外拍，组织展览，靠人气旺盛来生存的，在疫情不解除警报的情况下就更为困难。几个月来，刘对现找老关系，靠人脉，通过市晚报社、市公园管理中心、市劳动局职业培训中心等单位接了一些项目，维持着学会的正常运作。

刘对现和驻会副会长苏顺清都是有着军旅生涯经历集体转业建设深圳的工程兵，欧阳会长是原武警七支队团职军官。用欧阳会长的话说，我就不相信我们三个当兵的搞不好民俗摄影学会。

正因为有军旅这份情缘，刘对现总把原工程兵群体的活动看得重，不但积极参与，更是全力支持，为活动提供摄影摄像，无人机拍摄，学会公众号和网站宣传等，让战友们更加有存在感有幸福感。特别是在庆祝深圳经济特区成立40周年前夕，由刘对现提议并组织编辑、海南出版社出版的《永恒的记忆——深圳市拓荒史研究会首届理事会掠影画册》成功出版发行，温暖了多少工程兵领导和老战友的心啊！

他想成立一个退役军人俱乐部，以文化公司的形式为载体，凝聚复转深圳的海陆空战友，琴棋书画、吹拉弹唱样样俱全，让战友们开心，弘扬正能量，为中华民族的伟大复兴发挥余热！

习近平总书记在庆祝深圳经济特区成立40周年大会上说："四十载波澜壮阔，新征程催人奋进。经济特区的沧桑巨变是一代又一代特区建设者拼搏奋斗干出来的。在新起点上，经济特区广大干部群众要坚定不移贯彻落实党中央决策部署，永葆'闯'的精神、'创'的劲头、'干'的作风，努力续写更多'春天的故事'，努力创造让世界刮目相看的新的更大奇迹！"

习近平主席语重心长，催人奋进。刘对现秘书长也决心乘深圳"继续建设社会主义先行示范区、建立社会主义现代化强国城市范例"这一强劲东风，不忘初心，阔步向前，把深圳市民俗摄影学会的发展推向一个崭新的阶段。

# 64岁学写书，感恩岁月颂时代

何 林

2005年8月我退休了。我一不会打麻将，二不会玩扑克，三不会摆弄高科技，四不会炒股票或投资，户外活动也很少参加，只会与友人吹吹牛，聊聊天。在家买菜做饭，洗锅刷碗，忙活一日三餐。看看电视，睡睡懒觉，过着平淡而悠闲的日子。是写书改变了我的生活——

## 一

2012年的一天，我在房间里打扫卫生整理资料时，突然发现书柜里有很多旧的照片——黑白的、彩色的、大张的、小张的、破损的、残缺的、变了颜色的、湿水的、黄呼呼的、头像看不清楚的；学生时期的、部队时期的、转业后的、退休后的、以及近年旅游的……照片数量大概几万张吧，看都看不过来。这些照片都是过去花钱冲洗加印的，每一张照片都有背后的故事。

我静下心来，花了数天时间将这些照片分门别类进行整理，之后精心编辑，打印。蓦地，萌发了出一本书的梦，我想记录过去的岁月。

我的想法得到了家人的支持和赞同。老伴对孩子们说："你爸爸要写书，磨练一下脑筋也好。要不然总不动脑子，反应都迟钝了！"孩子们说："爸爸准备出书，学习电脑操作，赶上新形势，新潮流，好事呀！"

儿子立马买回了多功能的打印机、复印机、传真机，扫描器，先教我用电脑，手把手地教我，按照说明书上的指引，让我一点点地掌握，一步步地熟悉。然而，高科技产品对我来说是如此的陌生，有些指令操作程序，一连教我数十遍我也记不下来。可是写书必须要学会电脑，必须要学会打字，需要长时间地练习，才能熟能生巧。我文化水平偏低，最初学打字很慢，五分钟才能打一个字，一个字一个字慢慢地敲打。一个字一个字慢慢地找拼音、一个字一个字慢慢地进行修改。设计上遇到困难，儿子就求助浙江杭州婚纱店专业人士对我进行技术指导。总而言之，费了九牛二虎之力，我才将第一本画册编成。

见我整天坐在电脑前，全家人都要我注意身体健康，告诫我不要在电脑台上坐久了，那样容易伤眼睛，容易把身体搞垮等。

画册终于印刷出来了，漂亮极了，受到家人和外界的高度赞赏。家里座机、手机、天天电话响个不停，全是些赞赏的话，如，您是大作家呀！您太有才啦！您真了不起！好不简单哦！甚至您是大伟人等，虽然是奉承，但我很开心，这也是对我的鼓励，心中颇感幸福！

## 二

不知不觉又是哪一天，在书柜里我又发现了部队期间所留下的红岩笔记本。为了保护红岩笔记本的封面，我曾在红岩笔记本的封面上，涂上了好几层光油，现在封面已经变得黑呼呼的（注：红岩笔记本已经被深圳博物馆收藏了）。红岩笔记本保存时间至少在45年以上，那里面记录了许多小文章，有很多回忆史料，特别是部队文稿，都是当时我给中队连长所写下的决心书、表扬稿、挑战书、应战书、一对红、发言稿、心得体会等，反映了部队施工、生活等情况。45年过去了，翻开笔记本，部队生活历历在目，太珍贵了。我想我要根据笔记写一本书出来，一定很真实，很精彩。我刚说出这个想法，竟遭到全家人反对。妻子说：“没有哪个人再想看到你那破书，画册上那些破照片。以后你死了，变鬼别人都害怕你。这本书上你要写不好，丢人显眼，你好意思拿出去，我还不好意思见人呢！”老伴一瓢冷水泼在我心上。孩子们则很策略，说是为了我的身体健康，不能让我写书受劳累，竭力反对我出第二本书。儿子说：“书再写下去，身体会透支，会得不偿失，会付出沉重代价……”老伴又说：“你是要写书，还是要命？说你不听，我也懒得管你了，随你的便……”

我认为岁月不饶人，人到了晚年生命进入了倒计时，更应该活得有意义，活得有价值。我应该发挥余热，把晚年生活，提高到一个新的档次，迈上一个新的台阶。照看子孙、外出游玩、积极参加社会各种有益健康的文化活动是快乐，写写画画、摄影拍照、写自传，也是老有所乐、老有所为。活到老学到老，也是品质生活。我虽然文化不高，但只要认真去学，铁棒都可以磨成针。我写文章逻辑性不强，有些话理不顺；个别字、个别词分不清，如“学术”与“学说”，“串联”与“串连”，“顺利”与“胜利”等；标点符号逗号还是顿号，也很难分清楚。电脑鼠标点击错误，有时文章会全部散架；有些句子需要上下几十遍进行推敲修改；有些读音不准、方言太重、电脑打不出需要的字来，需要查字典，如“械”“溪”；有时全文要检查一遍修改，需要一到两个星期，甚至更长时间；有些页面需要增减、更换，内容、标题、目录需要调整等，都十分麻烦；文章一旦不小心在电脑上丢失，就等于全部泡汤，灰飞烟灭；有时图片需要处理、精选、修改、插入、编辑等，对专业人士来讲是小菜一碟，而对我只有初中二年级文化程度的一个老年人来说，那可是无比艰辛。有时候为一个字、为一句话，深更半夜都要起床来好几次做记录，要不然会忘记。连吃饭、睡觉、走路、脑子都在琢磨文章的每一句话，都在研究每一句话中的用语和措词使用是否正确，全文是否通顺等。

眼看书快要写完了，正当我高兴之余，上厕所时刚一坐上马桶，突然感到头昏，便有点害怕，第一个念头就是担心书写不完。我自己便安慰自己，老天爷，你没长眼睛啦！求求你，等我把书写完了，你想咋办就咋办，随你的便……走出厕所，我马上又坐到电脑旁了。

第二天去医院检查，我空腹血糖高达13.8，家人急了。儿女们再三告诫我：“老爸，你不要再坐电脑前了，要管住嘴，迈开腿，按时睡，别劳累。”起初，我还有点害怕，时间一长、慢慢就淡化了。孩子们的忠告，被我抛到脑后，阳奉阴违，重操旧业，书照写，电脑照看，资料照整，睡眠很少，第二天照样工作，身体却感觉不到任何疲倦困累！

我就用这种毅力，用蚂蚁啃骨头的精神，几年下来，我共编写了4本书，书名都叫《岁月情怀》。其中两本书书号待批，另两本书已被国家新闻出版总署批准，于2012年3月由北京中国文史出版社正式出版全国发行。功夫不负有心人。书写完了，电脑我也弄明白了一点，知识也感到丰富了很多。这时我才感觉到人特别累，身体特别不舒服。去医院一检查血糖也高了许多。为写书，我曾住过三次医院，但我非常开心。一分耕耘、一分收获，种瓜得瓜、种豆得豆，我感到无比的骄傲与自豪，欣慰和满足！快乐只有我自己才知道，真是乐在其中！

## 三

除了写书以外，我和老伴还喜欢跟儿子经常外出休闲旅游。祖国万里河山，我无处不到！异国风情也去领略，如美国尼亚加拉大瀑布、拉斯维加斯；瑞士少女峰大雪山、意大利威尼斯水城、德国慕尼黑、法国巴黎圣母院、俄罗斯莫斯科、捷克布拉格、奥地利维也纳美泉宫、摩洛哥港湾、梵蒂冈大教堂、澳大利亚悉尼歌剧院、新西兰皇后镇、日本富士山、英国伦敦、加拿大温哥华、阿联酋迪拜、美国纽约联合国办事处等，还有越南、新加坡、马来西亚、泰国等。中国的港、澳、台也去了数次。

## 四

我的著作《岁月情怀》已经到达深圳市史志办及市有关领导人手中，如深圳市统战部部长张思平、市人大副主任笈聚声、原市委宣传部副部长段亚兵、罗湖区政协主席周向阳、深圳基建工程兵史料编辑组负责人马成礼（原深圳基建工程兵00019部队深圳临时指挥所副参谋长）及北京基建工程兵史料编委会主任周绪银大校、副主任谢定芳大校、前国务院副总理吴桂贤等领导同志。

2014年2月21日，我接受了深圳南方都市报记者邵凡凡的专题采访、标题为《老工程兵笔记本收藏进博物馆》。

深圳市梅园社区居委会、工作站及辖区清水河街道办事处主要领导同志人手一册《岁月情怀》。工作站站长毛大雁说：《岁月情怀》弘扬时代精神，传承正能量，要在社区范围内，广泛深度大面积进行宣传，不单单是给党员领导干部总经理一级发一两本书的问题，还要赠送清水河街道办及罗湖区委主要领导。毛站长当时把她向街道办请示购买《岁月情怀》图书的申请报告递给我看，报告标题是这样写的：《品读岁月情怀，提升基层党建——梅园工作站购书报告》。工作站用党费购买《岁月情怀》图书100册，作为梅园社区基层党建学习辅助资料。

四川作家赵泽铭，是我初中时期的班主任老师，在成都与学生们对《岁月情怀》著作进行了品读，并有新闻发布。四川攀枝花市的部分同学还向我学习，准备也写书记录生活。

家乡四川省西充县人民政府地方志办公室已将《岁月情怀》著作进行了收藏登记，录入县志文献。并从家乡寄来了著作评语：尊敬的何林老乡您好！您寄来的《岁月情怀》一书，将亲历亲为之事，以书信、公文、诗歌等内容分类为辑，体裁新颖，真实感人，既体现了一位戍边老战士的敬业风范，又展示了一位企业家的无私胸襟，堪为学习典范，很有价值。在此，对您的惠赠与信任深表感谢，并顺祝老乡老当益壮，幸福安康！西充县人民政府地方志办公室。2014年1月20日。

良书播惠九州四海，善举传承千秋万代！为感恩社会，感恩党的好政策、好路线，我化私为公，积极支持公益文化事业，面向全国捐赠《岁月情怀》图书。目前全国已有132家图书馆对《岁月情怀》著作进行了捐赠收藏，其中包括中国国家图书馆、北京大学图书馆、清华大学图书馆、复旦大学图书馆、同济大学图书馆、上海交通大学图书馆，北京军事科学院军事图书资料馆、邓小平图书馆、香港（深圳）中文大学图书馆、基本建设工程兵回忆史料编委会、深圳博物馆等单位。

2013年11月25日，《岁月情怀》已经在深圳市罗湖书城售卖，深受广大读者喜爱。我十分开心，心情无比激动。

《岁月情怀》著作中的打油诗、人生格言，是我对安度晚年、品味生活的肤浅认识和理解！人要有满足感，知恩图报。人与万物一样，迟早都会要回归于大自然，所以要开心过好每一天，去干自己所想干的事情，让短暂的人生，不要留下任何遗憾！

我因写作迈上了人生一个新的台阶，颇感人生幸福。

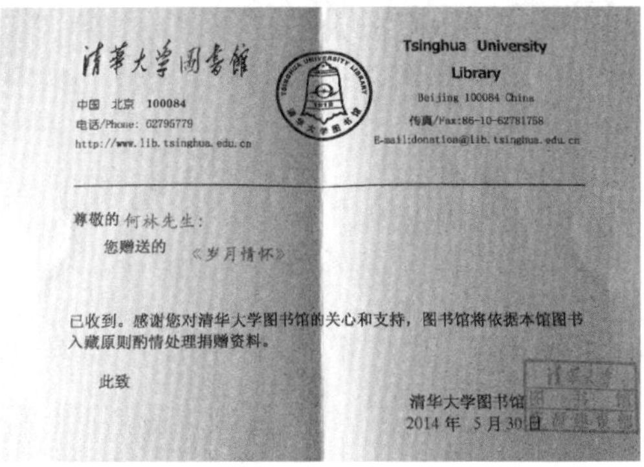
清華大學圖書館

中国 北京 100084

电话/Phone: 62795779

http://www.lib.tsinghua.edu.cn

Tsinghua University Library

Beijing 100084 China

传真/Fax:86-10-62781758

E-mail:donation@lib.tsinghua.edu.cn

尊敬的何林先生：

您赠送的《岁月情怀》

已收到。感谢您对清华大学图书馆的关心和支持，图书馆将依据本馆图书入藏原则酌情处理捐赠资料。

此致

清华大学图书馆

2014年 5月30日

▲

《岁月情怀》被清华大学图书馆收藏。（照片由本文作者提供）

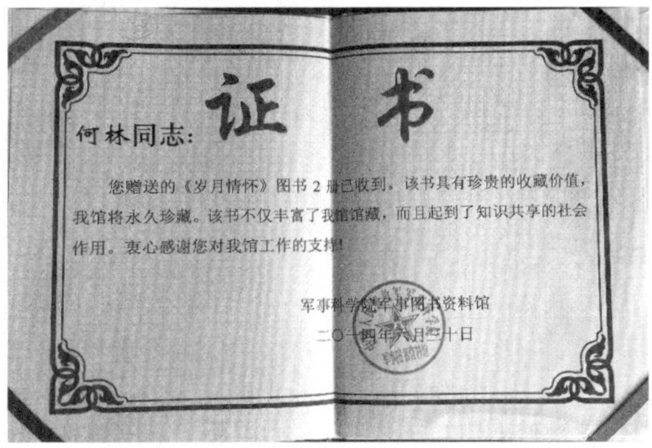
何林同志：

证书

您赠送的《岁月情怀》图书2册已收到。该书具有珍贵的收藏价值，我馆将永久珍藏。该书不仅丰富了我馆馆藏，而且起到了知识共享的社会作用。衷心感谢您对我馆工作的支持！

军事科学院军事图书资料馆

二〇一四年六月二十日

▲

《岁月情怀》被军事科学院军事图书资料馆收藏。（照片由本文作者提供）

▲

《岁月情怀》和《红岩笔记本》被深圳博物馆收藏。（照片由本文作者提供）

# 一生行好事　基建老兵真英雄

杨柳清

▲
胸前挂满奖章的基建工程老兵孙建华。（照片由本文作者提供）

毛主席说："一个人做好事并不难，难的是一辈子做好事。"在我们基建工程兵中就有这么一个老兵，从年轻时就一直做好事，直到年过花甲，仍然秉持初心，一心一意为他人着想，为人民服务。做好事并不见得就是做大事，所以他没有惊人的业绩。但他那颗向善利他的心，却如一缕和煦的春风，给这个社会带来丝丝的温暖。他就是我们身边的雷锋，深圳两万基建工程兵的代表——孙建华。他胸前挂满的奖章，每一枚都蕴藏着一个让人感动的故事。

看着他琳琅满目的奖章和各类获奖证书，真有些被惊呆了。他的人生可谓铺满了功勋和荣耀。

孙建华，1976年12月从四川（现重庆市）铜梁县农村应征入伍，成为基建工程兵驻本溪市963部队一营五连的一名战士。

孙建华文化水平不高（小学三年级），

▲
孙建华的荣誉证书。（照片由本文作者提供）

因为生长在农村对外面事物接触较少，到了部队后觉得一切都很新奇。当时正值全国全军掀起向雷锋同志学习的热潮，于是他每天除了完成连队的正常上班工作和训练外，把其他的业余时间利用起来为战友们和连队建设做一些力所能及的事，帮助地方老百姓、街道军烈属、五保户等做一些担水、挑粪、翻土、清扫卫生、转运垃圾等农活。

他们连队里也成立了学习雷锋小组，他作为学习雷锋小组的一员，每天都利用业余时间为营房旁边的一家电影院打扫卫生，为附近的一位眼睛不方便的烈士家属担水及帮忙做一些打扫院子等家务近2年多，直至营房搬离。

当地群众和街道办一致给孙建华以好评。他也因此于1978年8月被当地政府和本溪军分区双拥办评为学雷锋积极分子。

在执行连队的各项任务时，不论是苦活累活，他都是抢着干，经常帮助因为身体原因无法完成个人任务的战友们完成工作。在工作中他从不计较个人得失，只是埋头苦干。在计量的任务中，有时他一个人可以完成两三个人的量，还坚持每天提前一个小时起床打扫营房卫生或翻地种菜。

孙建华所在的连队是施工连队，由于施工任务重，很多士兵所穿的胶鞋还没等到每年换发的时候就已经磨损严重不能穿了，这些他都看在眼里，一心琢磨着如何为战友们解决这一问题。1979年初，他花了半年的津贴买了一台补鞋机，利用业余时间为战友们无偿补鞋，深受战友们的欢迎。

1982年12月，孙建华所在部队改制工作已经开始了，根据他平常的表现，领导决定把他留下来在当地当工人。

当他听了南下支援深圳经济特区建设的动员令，了解到深圳是一个边陲小镇，一片荒凉，急需大批建设者支援建设后，他就抱着为深圳特区的建设出一份力的想法，放弃了留在本溪当工人的安稳工作。

当他作出这个决定的时候，很多战友包括连队领导都叫他三思，因为那时能留下当工人名额非常少，不希望他因为一时冲动的抉择而后悔。但他还是毅然的报了名跟随部队南下来到了深圳，被编为深圳00019指挥所（深圳一团）三连（三月份又调入一连）钢筋班组。

在上步工业区，刚推平的一片黄泥地上，搭建的竹棚还没完工，这就是他们的住处，洗脸刷牙就到旁边的稻田里。此情此景，劝过他的战友都问他后不后悔，他很坚定地回答“不后悔”。因为他明白自己是来开发特区，是来吃苦的，如果是很好的城市，也许就不需要他们来了。

▲
孙建华荣获的部分奖章。（照片由本文作者提供）

他不仅心里是这样想的，实际行动中也是这样做的。不论是重活累活，他都抢着干，从不叫苦叫累。比如有一次在红岗大厦施工中，他加了一整晚的夜班，早上刚下班回到宿舍准备睡觉，听到送检员说要送钢筋去化验室检验，工地上还等着钢筋检验结果出来决定是否使用该批次钢筋。当时由于人员紧缺，找不到人与送检员一道将钢筋待检样品送检。听到这个情况后，他放弃了休息，跟送检员一道抬着几十斤重的送检钢筋步行近五公里的山路（1983年初部队的汽车比较少，一个营就一台服务车辆，公路也没几条）到化验室，及时拿回了钢筋检验结果，使得工地施工进度没受影响。在施工的过程中，他注意到战友们的衣裤稍不注意就被铁钉或钢筋挂拉成了大口子，也没人缝补。以前在家做过衣服的他花了100多块钱买了台缝纫机，利用业余时间为战友们缝补衣服，让战友们深受感动。

1985年4月，单位把他从一线钢筋班组抽调到二线做仓管员，负责现场材料的收管工作。这份工作虽然相对轻松一些，但责任重大，稍有不慎就会给单位造成直接的经济损失。所以他任职仓管员后，更加认真对待自己的工作，在材料的质量和数量上严格把关，认真清点，仔细验收，管好工地上的一钉一木，一次次地堵住了某些不良供货商的掺假虚报，减少了损失。

1988年，在市邮政大厦施工时，一次进钢筋过程中，在某批次货进完之后，孙建华发现数量有差异，将情况反应给供货老板后却被其告知没问题，已经有人在一起过秤。但孙建华还是坚持他自己的判断，认为该批次的钢筋在数量上存在问题，但因该批次钢筋是8厘的盘圆，比较混乱，且总量多达30多吨，复称工作量很大。他在请示领导后，安排了几名工人与他配合一起复称。经过了一个晚上的连夜复称，最终确定该批次实际进场钢筋数量比供货量少了8吨多。第二天老板一早跑来，拿出1万元要塞给他，希望不要将这个情况反映给领导。但被孙建华严词拒绝。在这次事件中，正是孙建华对钢筋数量的严格把控，为单位挽回近3万元的经济损失。

1991年4月，单位领导又把孙建华从现场的仓管调回办公室当采购。这个岗位就更是一个考验人的岗位，考验一个人能否经受得住各种诱惑。在这个新岗位上，孙建华告诫自己即使常在河边走也要永远不湿鞋，他时时刻刻警告自己，要抵制一切请吃请喝和一些不正当的往来，严格按程序办事。

到2004年11月公司改制时，公司领导为了更加优化材料采购程序，进一步降低公司施工材料成本，又将他从分公司调入总公司，从事施工几大材的材料采购工作。孙建华为了能够最大化的降低公司材料的采购成本，上任后就每天跑市场调查材料价格，跑公司的所有施工现场了解所需的材料，拒绝所有供货商的请客送礼，最后以最低的价格买回最优质的材料。仅2005年一年就给公司节约了材料成本3000多万元。

自从1983年9月15号脱下军装集体转业以来，他获得12次公司和集团公司先进生产工作者称号，10次公司和集团公司优秀党员称号，3次深圳市优秀党员；1985年和1990年度深圳市劳动模范和1991年广东省劳动模范等称号。1987年12月，他当选为深圳市第一届人大代表；1989年5月，当选深圳市总工会候补委员；1990年9月，当选罗湖区第一届人大代表。

第九辑

# 战友情深

# 老兵杨卫国和他的老兵驿站

刘尚卿

2012年12月11日，是杨卫国的老兵驿站成立的日子。8年过去了，在杨卫国的精心管理下，在老战友们的支持下，老兵驿站已成为深圳乃至全国老兵温暖的家，并发展成为基建工程兵老传统的教育基地、老兵发挥余热的加油站，老兵和乡友的俱乐部，是连接深圳与老兵的桥。

8年来，接待全国各地的老兵700多人次；

8年来，每逢重要节日，都要组织老兵和青少年开展爱国主义教育和基建工程兵教育；

8年来，经常组织老兵参加社会公益活动。特别是2018年9月台风“山竹”袭来，组织老兵义务清障，社会反响极好。

8年来，老兵驿站做了很多很多……

## 情系军营建老兵驿站

一颗军魂，常常萦绕在心。虽然退伍，虽然退休，但是部队的生活，铸就了杨卫国的军人情结。退休之后，闲暇多了，而战友情更浓了。

几年间，杨卫国受战友邀请，曾经到本溪、嘉峪关、马鞍山、西安等地参加战友聚会。他安居在深圳，也常有战友往来。当过一连之长的杨卫国迎送战友，共同回忆激情燃烧的岁月，每次分手都是依依不舍。

1969年，18岁的杨卫国走进军营，成为一个战士。解放军的大熔炉，把他炼铸成好钢。19岁，他加入中国共产党，之后，班长、排长、连长，一路走来，他用不懈的努力奋斗着，追求着，实现自己的梦想。

1983年，他随部队来到深圳，成为深圳的第一批建设者。部队集体转业，他完成了职业的转变。尽管他闯商海，做过服装、搞过客运、办过砖厂、操弄过股票、做火车环卫，过起了相对富足安稳的日子，但是军人情怀、军人本色一直没有变。

他是一个重感情的人，军人情结如金丝带，一直缠绕，让他不能释怀。2012年的一天，他送走战友，升起了一个念头，如果能让这些老战士方便地来深圳，常叙战友情，深结战友心，那该是多好的事。就这样，办一个能让老兵来去方便的驿站的想法成熟了。

2012年10月28日，夜已经很深了，他伏案写下了《深圳成立老兵驿站的初步方案》，其“最大心愿”就是给“没有亲朋好友在深圳的人，提供一个温馨的家，让他们在有生之年，来看看改革开放的特区，沐浴30年深圳成长的春风”。凭着他在商海的拼搏，在部队管理的经验，他积极筹思，按照部队营房的标准设计了房间，根据深圳的旅游景点设计了老兵来旅游的行程安排。

▲

老战友们在工程兵之歌雕塑前合影。（照片由本文作者提供）

“要实在、戒排场，重感情、轻物欲，避免俗套，让驿站成为战友在深圳一个温馨的家。可汇聚各省战友在驿站忆当年谈笑生风，看如今童颜鹤发。”这是杨卫国的初心。

恰好，他在青青家园的一套房子租期已到。他说干就干，装修房子，购买床铺、床上军用物品、军旅纪念用品、添置沙发、桌椅板凳、电脑、电视、电话机等物品。布陈设计，他要求突出军营特色，让战友们来，既有家的感觉，又有部队的氛围。

2012年12月11日，位于深圳龙岗区布吉街道青青家园中的装饰一新的老兵驿站落成了，军乐声声，锣鼓阵阵，参加深圳建设的基建工程兵转业退伍老战士集聚而来，参加庆典活动。原部队的马参谋长来了，他在老兵驿站成立的庆典大会上发表了热情洋溢的讲话，称老兵驿站是深圳老兵的家，更盛赞杨卫国是一个奉献大爱的人。

战友相逢，格外亲切，他们相拥而泣，握手交谈。老兵石存学和战友孙喜发当兵时一个班，好得跟亲兄弟一样。然而分别30年，失去了联系，没机会见面。这次在老兵驿站他们意外相逢，两人紧紧拥抱，喜极而泣。在这样的小屋，充满了战友情，战友们都感谢杨卫国提供了这样的机会，搭建了这样的平台。有战友赋《沁园春》赞道：

军转论坛，昔日长城，在此延续。看老兵驿站，喜庆成立，新老军转，诗词歌赋。挥毫泼墨，恢弘雄放，只意欲流传千古。待时日，看才子佳人，轻歌曼舞。

军旅生涯难复，引激情之岁月作古。展前途未来，重拾信心，厚积薄发，辉煌再铸。泱泱大国，岂容鼠辈，望南海整军饬武。

## 让驿站成为老兵温暖的家

热热闹闹的庆典容易，重要的是如何持之以恒地做好服务。老兵驿站地方不大，但杨卫国把里面装修得很精细。专门备有一间厨房，用他的话说，老兵来了，有住的地方，还要有能做饭的地方。老兵来自五湖四海，口味不一，他准备了米面油，想做饭自己做，想在外面吃了就去外面吃，这里提供更多的方便。他还特意买了几张交通卡，让外来的战友不用带零钱，一卡在手，随地可去。他是这样细心，从不怕麻烦。战友往来，他去机场或车站接送，更多的时候，还要陪着去游。当然，下厨做饭，他这个曾经的炊事班长也最拿手。

老兵驿站建成，就有天南地北的战友相聚而来，1973年兵戴永林转业到呼伦贝尔盟，2013年他来老兵驿站，写下了《暂短的相识 深刻的记忆》这篇短文，记叙了他深切的感受：

应老连长杨卫国之邀，我和战友裴安全18日中午12点半钟从广西防城港启程前往深圳。我与老连长虽在一个部队，不是一个连的，相互不相识，但我对他却并不陌生，印象很深，从心里感到他很亲切。

见了面，我们紧紧握住双手，顿觉一股暖流涌入心头。杨卫国战友1.8米左右的个头，高大魁梧，面色白净，两鬓斑白，双目炯炯有神，充满着智慧和热情。在我看来，他不论在部队，还是在地方，都是一位可尊可敬的大哥。

到了老兵驿站已是午夜12点多钟，他立马盛上绿豆粥，端上了烤饼和拌的小菜，这是他去接我们之前就准备好了的（都是他自己做的）。杨卫国战友创办的老兵驿站干净整洁，三寝二厅（客厅、餐厅）一卫一厨，大寝室摆放了三张单人床，两个小寝室是双人床，内务搞得整整齐齐，被子叠得方方正正，真还保持着部队的光荣传统和军人的光辉形象。我们好像又回到了部队，又一次体验了部队生活。

翌日清晨，杨卫国战友早早来到驿站做了早餐，我们洗漱后便开餐。他问今天准备去什么地方玩？路上我曾问过安全战友到深圳想去哪里，他说要看看香港。听了我们的要求，他便说：先去中英街吧，然后去大梅沙、世界之窗、锦绣中华、中国民俗文化村。他还建议顺路先到仙湖植物园、明斯克航母、再到中英街。有时间还可以到有邓小平塑像的莲花山公园看看。他要开车带我们去，我和安全不约而同地说：那怎么行，你在住院，需要治疗的。他说：我送你们到中英街，之后你们自行活动，我再去医院。随后，他掏出两张卡告知我们乘车刷卡就行。想得如此周全，真不知道怎么感谢他才好。

我们驱车来到明斯克航母，再到中英街，因为要排队办证件，我们催促杨老兄赶紧去医院。他要我们早回，晚上有战友聚会。我们恋恋不舍地目送他消失在茫茫的车流之中。

傍晚，杨老兄发来短信：“战友已到，别在外吃饭，酒菜已搞定，回我信息。”我们抓紧往回赶，到老兵驿站已是晚8点钟了。张龙成战友到大路上接我们，陈庆明、丁明金、杨德全、张龙全、焦文艺等战友早已等候在驿站。席间我们相互自我介绍，畅谈了部队的生活和军营许多有趣往事。战友就是战友，任何关系都代替不了，感情深，情难忘。短短的时间，我们相处的是那么融洽、那么和谐、那么愉快、那么兴奋。

第三天早晨，杨老兄又早早来给我们做了饭，然后送我们到深圳市体育馆。在分别之时，我深深感到他是那么的亲切、那么的善良、那么的宽厚、那么的仁义、那么的实在。我感到深深地不舍、无限的留恋。我们能够相识、相见、相聚，应该感谢单志凯战友创办了永远的三支队网，更应该感谢杨卫国战友创办的老兵驿站。我在心中默默地祝愿：让我们的战友情谊天长地久。

这就是战友情。2016年初，杨卫国战友中的三姐妹来了，这是退伍10多年后的重逢，杨卫国邀请她们到老兵驿站，这里相聚，让她们就像回到当年的军营，回到了战友中间，回到了建设深圳那如火如荼的岁月。在相聚的日子里，她们真正体会到老兵驿站给予的温暖和亲情。

8年来，老兵驿站的对外联结更为广泛，有来自北国内蒙、黑龙江、辽宁等地的战友，有来自西北陕西、甘肃、新疆等地的战友，有来自南国广西、福建等地的战友。有基建工程兵的战友，也有其他兵种的战友。只要一个“兵”字，就如结了亲缘，都为一家，都热情接待。8年来，他共接待老兵700人次，让老兵驿站成为老兵真正的家。

其实，战友之情，不仅仅是这些。2018年7月24日，他为困难老兵蔡青山发起募捐，筹集善款人民币19000元，并组织老兵驿站组委会部分成员上门慰问，将所筹集的善款送至病重战友手中。

2019年6月28日下午，青青家园小区有人突然昏厥，倒在地上，闻讯赶来的杨卫国连忙帮着送往医院，救治中得知，此人施仁林，是31支队303团转业深圳的基建工程兵，由于各种原因，至今单身，没有住房。因为患有糖尿病，突现低血糖而昏倒。在医院，杨卫国悉心照料，等他出院，又接到老兵驿站，让他安养生息几个月。同时，杨卫国又联系几个老兵，一起找所在街道和原单位，根据他的实际情况，办了困难救济，让他老有所依，老有所养。

## 做社区文明的创建者

老兵驿站一成立，就秉承了我军的革命传统，军民鱼水情深。杨卫国是秦腔爱好者，在军营，他利用业余时间和战友一起唱秦腔，活跃军人文化生活。转业到深圳，有很多战友来自于崇尚秦腔的西北五省，他们对家乡的留恋和怀念，更多的是以唱秦腔的形式来表达的。在福田区，有一个由他组织的以老兵为班底的自乐班。从自娱自乐开始，慢慢发展壮大，组织秦腔团队，成立秦腔协会，他任会长。2002年春节前，他带着秦腔团的演员到首长家唱戏，这不但给他留下深刻的记忆，也更加鼓舞了他，要把秦腔艺术之根，深深植入深圳。2013年一个星期天下午，西安的左银锁老人来到深圳，问星期天可否唱秦腔。当时文化站正装修，杨卫国慨然地回答："要唱就在咱老兵驿站。"左银锁老人当晚就从儿子那赶过来驿站。那天雨下得很大，但这些爱好者还是不惧风雨来到驿站。自此之后，每逢周末或假日，杨卫国就请他们来，在小小的客厅，敲起来，唱起来，在粤语南国，飘荡着秦声秦韵，成为深圳一道亮丽的风景。

文化没有界限。在青青家园，老兵驿站成了社区文化活动的阵地。驿站成立8年，每到逢年过节，假日闲暇，杨卫国亲自组织春节文艺演出、元宵节文化活动、八一庆典演出等文艺活动，已经不少于50次。每次活动，老兵驿站广场前，热闹异常，横幅多彩，老兵相聚，击鼓传花，风琴悠扬，歌声嘹亮，吟诗激昂。驿站也融入小区，军嫂和舞蹈队也积极参加，或歌或舞，给青青家园小区的居民带来了欢乐。

老兵驿站与翠湖社区共同组织转业退伍军人开展平安社区活动。成立有义务执勤治安小分队，巡逻在各楼栋之间，确保小区安全。驿站老兵还发挥工程兵专长优势，为住户服务。有些家里厨房、厕所下水道不通，他们就帮着疏通。节假日，有的家里来了亲戚，也免费让其在驿站住宿。老兵驿站把部队的光荣传统发扬光大，服务社区，方便小区群众，调解邻里纠纷和家庭矛盾，经常组织公益活动，为老年人做保健服务，为创建和谐社区、平安小区和维稳工作做出了贡献，因而得到街道政府和社区领导的好评。居民们都说老兵驿站，也是我们小区居民的驿站。

## 让军旗永远飘扬

尽管退伍了，但军旅生涯铸就了军魂，无论环境怎么改变，年龄怎么变化，一颗军人的心永远不变。老兵驿站也是老兵搬不走的军营，是革命传统教育的基地，在这里，就要让军旗永远飘扬，军人本色得以彰显。

这是一个教育基地，老兵驿站开展多种多样的教育活动：

清明节，为缅怀革命烈士、弘扬爱国主义精神，继承和发扬革命传统，促进军民融合精神文明建设，由深圳老兵驿站和翠湖社区组团深圳基建兵退伍老兵、社区群众、老解放战士、参战老兵以及外地战友一行50多人，怀着无比崇敬的心情，到深圳革命烈士陵园祭拜英烈。

2017年10月22日，深圳50多名基建工程兵老兵聚首老兵驿站，他们身穿草绿色65式军装，载歌载舞，以自己独有的方式欢庆党的十九大胜利召开。

夏日的深圳，骄阳似火。2018年7月11日下午，深圳笔架山公园走来一支打着军旗，身着65式老军装的队伍，他们雄赳赳气昂昂，迈着矫健的步伐，来到笔架山公园广场。他们就是著名的深圳老兵驿站的老战士文艺队队员和参加八一建军节歌咏会的基建工程兵深圳老战士。为了配合中央电视台财经频道记者的电视采访，为了纪念中国人民解放军建军91周年，他们组织了近百名老兵聚汇笔架山公园，在“基建工程兵之歌”雕像前激情放歌，歌唱党、歌唱祖国、歌唱人民军队，歌唱人民幸福的新生活。

2019年八一建军节期间，杨卫国又陪同外地来的老战友参观叶挺故居。这是他第4次来了，要战友们牢记军魂，不忘使命。

为了更好地做好宣传教育，老兵驿站出资金，做展板，宣传深圳。在莲花山邓小平塑像前，杨卫国对着展板，通过自身的经历，讲深圳的发展变化，讲两万基建工程兵的贡献，讲莲花山的故事。杨卫国就是深圳的讲解员，宣传员。一位来深圳的老兵由杨卫国领着游深圳，他感慨之余写了篇文章《战友陪我逛深圳》，文中写道：

深圳老兵驿站杨卫国深刻地说：

不要忘记了当年改革开放党中央的初心，英明的决策。

不要忘记了，初到深圳的两万基建工程兵是拓荒牛，用鲜血和汗水使一个边陲小镇变成一座大都市。

我们要把拓荒牛的精神代代相传。

游了国贸大厦，老兵杨卫国说：在20世纪80年代，“深圳速度”这4个字响彻神州大地，几乎家喻户晓。“深圳速度”与这栋高楼有关。当时三天建一层楼。创造了深圳奇迹。

杨卫国把老兵驿站当作深圳改革开放的一个窗口，要让更多战友通过这里更多地了解深圳，了解改革开放的历程。

老兵驿站还请来86岁的抗美援朝的女战士昕雨，新疆老战士陈朝林、李锡辉，办起了“老兵小课堂”。到了周末，几个老兵早早来到老兵驿站，等孩子们到齐了，就围坐一起，讲述当年的兵故事，一起唱红歌，教育青少年爱祖国、爱党、建和谐社区。

2018年11月，中国人民解放军海军深圳舰在深圳港举行市民接待日，老兵驿站积极联系，组织老兵们上舰参观，进行国防教育和爱国主义教育。

永葆军人本色，是老兵驿站所具有的情怀。他们建设深圳，更爱护深圳，并以军人特有的责任感，奉献深圳。

2018年9月17日超强台风“山竹”登陆广东，给深圳带来了巨大的破坏，树木横倒，断枝遍地，严重影响了市民的日常生活和城市的美丽形象。

有病住院的杨卫国看到笔架山公园台风过后留下的惨象，就回到老兵驿站，跟老战友们一起商议，发起义务清理笔架山公园刮倒的树木、断枝活动。清理活动于9月20日、23日、28日进行了3次。有近80人参加了这次活动，都是当年支援深圳特区建设，并集体转业留在深圳的基建工程老兵。他们穿着整齐的服装，高举红旗，情绪高昂地齐聚笔架山公园。在清理现场，大量的树木枝桠被台风吹折，随意散落在灌木丛中，有些树木甚至被连根拔起。其中有不少长达几米的树木枝桠，体积硕大，重量也很沉，为清理工作增加了很多难度。

为了在国庆节前将封闭的笔架山公园开放，基建老兵们没有在困难面前止步，而是迎难而上。他们虽然都已年过花甲，但个个精神饱满，充满干劲，或徒手捡起散落的树枝，或是用手拽和肩抗拖走比较大的枝桠，再大的树干就几个人合作，或带上自己购置的锯子、砍刀，先用手锯把它分段，再砍断收集清理在一起。台风刚过，天气很闷热，衣服都被汗水浸湿了。脸上、胳膊上也沾上了草叶、树皮。这群基建老兵们没有一人喊苦、喊累，甚至连短暂的休息都很少。实在累了，就站在原地拿毛巾擦擦汗，掏出裤兜里的矿泉水猛喝几口，然后继续清理。

由于清理难度大，面积大，他们先后组织了3次行动，才清理完毕。对于他们的行为，路过的群众看到后，纷纷停下脚步赞叹：“这是解放军又回来了！”

对这样的义务活动，杨卫国做了最好的阐释：“我们基建工程兵当年参与了深圳特区的早期建设，现在，深圳就是我们的家，我们还要继续保护她。”

这就是老兵驿站存在的意义，也是老兵精神的光芒！

## 战地黄花分外香

“人当了一回兵，就像土烧成了陶，永远不会回到那土的状态。既便后来破成了碎片，但永远区别于土，每一个颗粒依然坚硬，依然散发着特殊的光彩！”这句诗，正是对军人本质最好的诠释，也是对老兵驿站站长杨卫国的准确解读。

杨卫国的行为，就像一面旗帜，也引领了许多老兵。他们自觉自愿来驿站服务。他们年过六旬，有孙辈要带，但一听说战友要来，就全力做好接待工作。副站长丁明金心脏不好，腰不好，已经办好了住院手续，听说战友要来，就推迟住院。驿站办公室主任古季生一大家人，家务事很多，光四个孙子上学上幼儿园的接送，都够忙乎的，得知战友要来，他就丢下家务，进驿站厨房，给战友们做可口的广东菜。老兵辛志旭、王伟祥把驿站的修补杂活都包了。每一次活动，喷绘，挂横幅，布置会场，他们召之即来，热情高涨，从无怨言。“山竹”台风，

▲
2012年12月11日，深圳老兵驿站成立时合影。（照片由本文作者提供）

刮掉了门前的牌匾和遮雨棚，第二天，就有战友来，一起进行修复。这就是一群老兵，为了战友情，一起经营着老兵驿站，经营着这个老兵之家。

2020年的8月，正是酷暑时节，杨卫国回到鄠邑区老家，他不是享受家乡的风景，不是贪图飘香的瓜果，而是把家里的三间三层楼房进行改造，要建成一个立足于西安的老兵驿站。因为在他的感召下，老兵驿站如今已不是一个简单的驿站，它是凝聚的军魂，是不散的军营，是一面不褪色的军旗，是老兵们心里的神圣之地。全国各地许多战友都以他为榜样，奉献爱心，愿意为异地战友服务。

台州的朱志斌，准备把自家的两层楼来做老兵驿站，一层客厅，一层住宿。

鞍山第1支队的马献志在鞍山成立老兵驿站网站。

景德镇老兵江汉清等战友也在筹备老兵驿站。

深圳第31支队303团，深圳两万转业基建工程兵原籍河南漯河市郾城区1979年兵王陆顺退休后，已经将自己购买的新房（120平方米）装饰好，是深圳西部的老兵绿色营房，距离机场很近，地铁十几分钟就到，为方便外地往返早上乘机，晚上晚点到达深圳机场的战友。

杨卫国是深圳转业老兵的一个传奇，老兵驿站则是不褪色的军旗。

祝愿老兵驿站越办越好！

# 我为基建工程兵唱赞歌

杨柳清

作为一个文学爱好者，我以前写过农民、写过工人、写过知识分子、写过企业家及政府官员，唯独没有写过脱下军装，但仍然军魂永驻的基建工程兵们。

机缘巧合，在深圳市拓荒史研究会工作了几年，从此与基建工程兵结下了不解之缘。老兵们不计名不计利，克服艰难困苦，献身祖国建设事业的精神让我肃然起敬，也坚定了我要把原基建工程兵的历史续写下去的决心。

## 一

2018年10月15日，文献纪录片《嘉峪关下的钢铁雄师》在甘肃省嘉峪关市举行首映式。这是献给原基建工程兵02部队成立52周年的一份礼物，也是在致敬和告慰数万艰苦奋斗建设过酒钢的02部队官兵和为此牺牲的烈士们。观影现场，300多原02部队老兵代表和嘉峪关各界人士，在观看时都被感动得热泪盈眶。

棋子终于落定。作为这部纪录片的主创人员之一，提起这部片子拍摄的前前后后，心中也是五味杂陈。

都说这部片子的拍摄时间是2017年的12月，其实不然。拍这部片子，是与深圳和嘉峪关两座城市因为02部队的事由而逐渐交好和密切开始的。那么，形成当下这种向好走热的多米诺骨牌效应，推倒的第一块多米诺骨牌又该从哪里数起呢？

▲
杨柳清（左三）与基建工程兵中的摄影家周顺斌（前右一）、刘对现（后排右二）、李平均（左一）等于深圳笔架山“基建工程兵之歌”雕塑前。（照片由本文作者提供）

深圳有一批曾参加过酒钢建设的原02部队老兵，原基建工程兵二支队的16团（现为深圳市建业集团公司）、19团（现为深圳市鹏城集团公司）和冶金系统三支队的部分老兵，都曾参加过嘉峪关酒钢的建设，对大西北这座著名的钢城有着特殊的感情。

虽然事隔久远，远隔千山，老兵们每年都会千里迢迢地跑到嘉峪关，去追寻当年建设的足迹。可是老兵们每次从嘉峪关回来，都显得十分的怅惘和遗憾。他们在嘉峪关已经无法找到当年02部队的影子，在博物馆在图书馆，在任何一个地方，他们都找不到——酒钢的建设似乎就只有酒钢人，而那支数万人的基建工程兵02部队，在这里艰苦奋斗了8年，却好像从来没有存在过一样。“唉，嘉峪关把我们忘了，酒钢把我们忘了呀！”面对记者的采访，原02部队老兵罗庆斌不由得悲从中来，喟然长叹。

2016年8月，反映深圳两万基建工程兵建设深圳的纪录片《基建工程兵在深圳》进入后期制作，因为深圳的两万基建工程兵其中就包括从嘉峪关过来的一批原02部队老兵，为了反映这支部队的来龙去脉，就必须添加02部队当年建设酒钢的影视图片资料。在深圳市拓荒史研究会监事长刘坤德的安排下，我出差嘉峪关，想方设法搞到纪录片需要的资料。

单位之前从没有和嘉峪关官方有过接触，为了稳妥起见，就请求兼任拓荒史研究会会长的梁光伟先生帮忙。梁光伟是深圳华强集团的董事长，也是一名当年的基建工程兵。华强集团的事业拓展到了西北的嘉峪关，在那里建有一座方特娱乐城，在嘉峪关市的名气很大。在梁光伟先生的帮助下，我们和嘉峪关市委宣传部取得了联系，具体接待我的人叫殷吉瑞，是嘉峪关市社会科学联合会的主席

（现任嘉峪关市委宣传部副部长、新闻出版局局长）。

## 二

从深圳乘飞机飞抵兰州，又从兰州坐动车到嘉峪关，下午五点多的时候，就抵达嘉峪关火车站。我走出火车站的出站口，殷吉瑞主席就在出站口等着我。

你相信一个素未谋面的人，能在短短几天之内成为至交吗？在我认识殷主席之前，我也不会相信。但殷吉瑞主席的热情，让我们迅速成为无话不谈的朋友。

一连几天，我一早起来，殷主席的车就在宾馆的门口等着我。有殷吉瑞这位社科联主席陪着，到哪个单位查资料，都受到欢迎。我们分别拜访了嘉峪关宣传部、史志办、档案馆，博物馆，酒钢宣传部、酒钢日报社等单位，查找和拷贝到了大量的有用资料。

结束了嘉峪关的行程，要返回深圳了。殷吉瑞主席把我送到火车站，他把车停在停车场，我提着行李箱从车里走下来时，殷主席说："杨老师，我给你提着箱子，我送你到进站口。"几番推让，殷主席还是要给我提着箱子，我好生的感动啊，人家一个市社科联的主席，就和我几天的交往，这样做太让我觉得受宠若惊了。

我走进车站的入站口，已经走进去好几十米了，回头望还看到殷主席站在原地向我深情的眺望……我突然想到了李白的诗：桃花潭水深千尺，不及汪伦（吉瑞）送我情。

回到深圳市拓荒史研究会办公室，我把在嘉峪关了解到的关于02部队建设酒钢的故事写了一篇文章在微信平台上发了。

监事长刘坤德不但是一位事业有成的企业家，也是一位慧眼独具的策划人。他看了我发在微信平台上的文章后对我说，你现在采访到的材料还不充分，你再去一趟马鞍山和北京，去多了解一些当年的02部队老兵，好好组织一篇大文章，在《嘉峪关日报》发表。

在马鞍山市采访了龚安绪、刘贵珊等老兵，在北京我又采访到了基建工程兵回忆史料编委会的主任，原02部队老兵常生荣将军。老兵们声情并茂的讲述，

▲

《嘉峪关下的钢铁雄师》纪录片观影现场，老兵被感动得老泪纵横。（照片由本文作者提供）

把我一下子带入那个激情燃烧的年代。当年02部队建设酒钢的画面，那一个个生动的故事，那一个个鲜活的人物，栩栩如生地呈现在我的眼前，这种强烈的创作冲动，让我欲罢不能。

回到深圳，我就很快写出了八千多字的一篇报告文学，在确定报告文学的标题时，毛主席的一句著名诗句突然浮现在我眼前，“雄关漫道真如铁”，这句诗太切题了，嘉峪关历来称作雄关，02部队又是为酒钢出铁奋斗。啊，雄关漫道真如铁啊，02部队的数万官兵在天寒地冻的大西北，克服了多少难以想象的困难，为建设酒钢作出了重大的牺牲。

文章是写出来了，可怎么发表呢？领导们认为，这么长的文章在《嘉峪关日报》上全文发表，在没有任何关系的情况下，几乎是不可能的。于是，又想到了梁光伟，想再通过他这条线跟嘉峪关宣传部门融通融通。没想到，梁总去了美国，他的秘书回复，这种事还是靠我们自己解决吧。

领导问我有什么办法？我想到了殷吉瑞主席，我相信他会尽力为我们玉成此事。

当我把文章传给嘉峪关市社科联主席殷吉瑞的两个小时后，殷主席用QQ给我发了一张截图。在我的文章标题上面有一行签字：请报社安排版面及时发表！梁洪涛。

殷主席告诉我，批了，宣传部的一把手梁洪涛部长亲自批的。我把殷主席发给我的截图转发给领导们，领导们这才放心了。

报告文学《雄关漫道真如铁》在《嘉峪关日报》整版发表后，我又在监事长刘坤德的安排下写了另一篇报告文学《戈壁滩上的丰碑》，于2017年的清明节前在《嘉峪关日报》上整版发表了。两篇反映原基建工程兵02部队官兵艰苦奋斗建设酒钢的文章，在社会上引起反响，特别是在嘉峪关市，02部队这个尘封了几十年的城市记忆，又被再次打捞出水面，成为了街谈巷议的话题。

## 三

这时候，我在想另外一件事：我想把02部队建设酒钢的英雄事迹拍一部纪录片。

谁都知道，拍一部纪录片也好，电视剧也好，都要具备“三子”，哪三子呢？本子，班子，票子。剧本是拍摄的依据，没有好本子，想拍出好片子，那就是缘木求鱼了。我在没有到单位做这个主编之前，就从事文学创作30多年了，对剧本的创作并不陌生。凭着对基建工程兵老兵的一份热爱，凭着在写那两篇报告文学时对一些02部队老兵的大量采访，由我自己来写这个纪录片的脚本，我相信还是能胜任的。

那么拍摄团队呢？我也试着打听了几家影视公司，在业内有点名气的影视公司，一听说我这个题材都很感兴趣，但是他们喊出来的报价，又让我退避三舍了。不行，还是要找那些真正对基建工程兵有感情，对这个兵种熟悉的团队来合作。可是这样的团队上哪儿去找呢？

《雄关漫道真如铁》《戈壁滩上的丰碑》在微信平台推送后，光读者留言就有两百多条，由于微信规定的每篇文章的留言上限不能超过100条，我还从后台删除了几十条没有实质内容的留言。在翻看留言时，一条署名“金欣影视工作室”的留言吸引了我，吸引我的不是内容，而是这个人的网名。这个人可能叫金欣，他是做影视的。我加了金欣的微信私聊，才知道他是一个导演。客串过一些影视剧，但真正做这样题材的纪录片，尚没有先例。但这不重要，我最欣赏的一点，他是在嘉峪关长大的，跟嘉峪关的源渊很深。

我把我想拍一部02部队建设酒钢的纪录片的想法跟金欣讲了，没想到金欣立刻就答应了。他说，他早就想拍这样一部纪录片了，可惜没有机会，这次能够拍摄这样的片子，是他梦寐以求的事了。他也当过兵，在他战友和同学的朋友圈里，就有不少是原02部队老兵的子女，所以他对02部队建设酒钢的事迹，也早有耳闻，也心存敬佩。他说，你只要把本子写好，拍摄和后期制作我这里都有人搞，一定会保质保量的把片子制作出来。

拍摄团队落实了，接下来就要面对一个更为棘手的问题，就是票子从哪儿来？一部片子，不管你本子写得再好，团队班底多扎实，如果没有人投资，那一切都是空话。

那么谁会来投资我们这样的片子呢？首先，这个片子是不能卖钱的，是一种纯公益项目。谁投了资都不能指望片子能把投的钱再赚回来的，这种只有投入没有回报的事儿，那些想靠片子赚钱的影视公司是绝对不会干的。只有对我们这个项目特别认同，对基建工程兵特别有感情的慈善家才愿意慷慨解囊。

我把我所认识的有钱人在大脑里认真过滤了一遍，只有一个人符合我设定的条件，他是深圳市拓荒史研究会的领导，监事长刘坤德。刘总是一个企业家，同时也是一位义薄云天的慈善家，在深圳基建工程兵群体中，有着极好的口碑。更重要的是，他也是原基建工程兵02部队老兵，1966年02部队在嘉峪关的戈壁滩上成立时，他还是一名英姿飒爽的护旗手。

但又一个让我苦恼的问题摆在我的面前，我当时是单位的主编兼办公室主任，按照单位的规定，我是不可以做与本职工作无关的事情的。为基建工程兵02部队老兵们拍一部纪录片，对02部队的老兵们是一件好事，可这只是我的一个创意和想法，是一种纯个人行为，并不

▲在兰州参加纪录片《嘉峪关下的钢铁雄师》研讨会时作者杨柳清与刘坤德（右）合影。（照片由本文作者提供）

是单位领导安排我做的。如果我以主创人员的身份跟领导谈这件事，一旦得不到领导的同意和支持，那这个纪录片就只能胎死腹中了。

我和东莞的金欣导演讲了我的担心，我们商量我还是以牵线人的身份来促成这件事。跟准出品人讲，这是金欣团队想拍摄这样一部纪录片，我觉得这是一件好事，就愿意做这样一个牵线搭桥人。

刘坤德监事长听了我的汇报，也挺感兴趣。他让我把金欣导演约到深圳面谈。

我赶紧给金欣打电话，说刘总要见他，并一再叮嘱他千万别说漏了，就说这个想法是他想出来的。我只是跟他认识，认为他这个想法不错。

金欣和他的团队成员雷剑春和黄德金一起来到深圳，在单位的办公室里，刘坤德监事长和我一起与他们谈了半天。刘总也没有问这个项目的具体操作情况，只是问了金导一些关于嘉峪关方面的一些人和事儿，最后刘总说，你们先写出个脚本来我看看，如果可以的话我就投资。

脚本写作的活儿自然是落到了我的头上，我把纪录片片名定名为《嘉峪关下的钢铁雄师》，白天我照常上班，夜里我就加班加点写剧本。熬了七八个晚上，我终于把近两万字的脚本初稿拿出来了。

脚本的开头是这样写的：

【解说】：嘹亮军号声，猎猎军旗飘。巍峨的嘉峪关下，广袤的戈壁滩上。40多年前，这里有一支数万人组成的特殊部队，他们就是中国人民解放军基建工程兵02部队。他们在这里战天斗地建设酒钢的历史彪炳千秋，他们在这里艰苦奋斗铸造钢城的壮举名垂青史。英雄的02部队就是一支：嘉峪关下的钢铁雄师。

中国大西北的嘉峪关，是万里长城的最西端。这里自古以来，就是军人征战的万里疆场。马放南山，刀枪入库之时，这里又成了商贾驼队行走的“丝绸之路”。“酒泉西望玉关道，千山万碛皆白草。”唐代边塞诗人岑参用诗歌描绘了这里的荒凉。

拨开历史的烟云，如今的嘉峪关，已经成为镶嵌在戈壁滩上一颗熠熠生辉的明珠，它再不是荒凉的边陲关隘，而是一座近30万人口，工业产值及人均收入居甘肃省前茅的著名钢城。“萧瑟秋风今又是，换了人间。”

刘坤德监事长看了脚本后对我说，开头很好，里边的内容还要补充。我心想，这肯定了，这只是个拍摄框架，还要实地采访好多人呢，每一个人的讲话内容我现在怎么可能写得出来呢。

可是，刘坤德监事长看了脚本之后就没有了下文。金欣和我一样着急，担心就这样不了了之了。

机会终于来了，2017年12月，嘉峪关市委宣传部组织一支阵容强大的采访团来到深圳采访原02部队老兵，刘总紧急通知我，你赶快通知金欣他们的摄制组过来，和嘉峪关电视台一起采访现居深圳的原02部队老兵，这是纪录片《嘉峪关下的钢铁雄师》必须要采访到的素材。

金欣和他的摄制组成员带着一整套灯光和摄影设备来了，专业的设备和敬业的精神为这支即将成立的《嘉峪关下的钢铁雄师》摄制组加分不少。

## 四

嘉峪关采访团刚离开深圳，刘坤德监事长约上他的好兄弟沈远彪董事长就答应了共同投资拍摄纪录片《嘉峪关下的钢铁雄师》，与摄制组签订好协议，第一笔款项就打进了摄制组指定的账户。

2017年12月11日，摄制组踏上外拍路。摄制组由杨柳清、金欣、雷剑春、黄德金、钟汶君5人组成。

我们从深圳出发，取道南京到安徽马鞍山，再到北京、本溪、山东淄博、上海、西安、嘉峪关……行程万里，采访02部队老兵近百人。我的身份，对外是单位的主编，是给摄制组引路的，每天要编发采访现场的拍摄花絮，定时在单位的微信平台发布。在摄制组内部我担任的角色则是编导和制片人。除了每天为摄制组安排食宿行程，还要编排采访提纲，和被采访对象进行面对面的沟通。外拍28天，我几乎没有睡过一个囫囵觉。白天和摄制组一起出门拍外景，采访被采访人，夜晚我还要把一天的见闻写成一篇几千字的报道，等到12点过后再在微信平台上发出去。我知道，自打我们纪录片宣布正式开拍的那一天起，全国就有成天上万的基建工程兵老兵们在关注着拍摄的进展，把每天的拍摄进度和拍摄花絮分享给关心此事的战友们，是我义不容辞的责任。

外拍工作结束后，我的任务才刚刚开始。把拍摄到的大量素材制成一部纪录片，关键要依靠编导写出来的脚本。以前我写的只是一个拍摄用的参考脚本，采访了这么多的素材，怎样融化，怎样取舍，怎样把剧情需要的采访原音挑出来，这些工作繁杂无序，确实让人煞费苦心。

拍摄回来的素材多达上千G，不间断的看三天三夜也看不完。我白天还要正常到办公室上班，处理每天的事务。写脚本只能利用夜晚和节假日。十几个夜晚，我的状态就是一个人坐在电脑前，耳朵里塞着耳机，手里拿着笔，认真地听着素材硬盘上的采访录像，一听到那些感动人的段落，那些剧情需要的故事，我就把那一段设置成循环模式，一遍一遍地听，一边听一边用笔在本子上记录。为了便于后期剪辑时能迅速找到这段内容，还要在本子上标明盘号及时间的起始和终结点，写明这段内容应该配以的相关画面。

经过半个月通宵达旦地创作，第一稿脚本总算写出来了。我把稿子传给导演金欣，又通过金欣的手转给了出品人。

刘坤德监事长看了第一稿脚本，私下里对我说，老杨，他们这个本子写得还不错呀，看样子是下了些功夫的。

我心里想，真正下功夫的人是我，为了写这个本子我都不知道掉了几斤肉了。

又经过了两次修改，最后片子的总监制段亚兵又亲自对本子作了一次完善和修改，就进入后期的影视制作了。

负责后期制作的小伙子叫雷剑春，我们都叫他大雷。几次开脚本研谈会，我都示意让他主讲，他挺犯难的。“杨总，我是个理工男，真是怕讲不好的。这个本子，你写的，你最熟悉了，还是你讲吧。”我说：“没事儿，你讲吧，我在旁边作些补充就好了。”我何尝不想大大方方地讲一讲我的创作思路，可又担心违犯了单位的规定，还是悄悄地作隐形编导，只要能把事情做好，能为艰苦奋斗建设酒钢的02部队老兵们做点事情，个人做出点小小的牺牲又算得了什么。

纪录片终于剪辑出来了，大雷又对我说：“片子剪出来了，可怎么给你署名呢？”这是一个问题了，看样子纸终究包不住火。变通一下，在编导一栏，我是

第一编导，之后再加两个名誉上的编导就行了。总制片人这一栏，我排在金欣导演之后，算是第二制片吧。人们可能更关注的是纪录片的内容，这样子的署名在领导面前也就蒙混过关了。

后来刘坤德监事长笑着对我说，其实我早就看出来了，这脚本是你写的。是啊，我在平台上在报纸上发表的文章，每一篇刘总都认真地看过，纪录片只是换了一个表现形式，而行文风格是和我已发表的其他文章大致一样的。

在基建工程兵群体中，有很多让我敬佩的人，比如基建工程兵中的著名作家段亚兵、爱心企业家沈远彪、著名摄影家周顺斌、基建工程兵中的“活雷锋”孙建华、免费为全国老兵提供服务的深圳老兵驿站站长杨卫国、基建工程兵中活跃的爱心人士何林、罗朝利、孙兆华，等等。尤其是刘坤德监事长，我曾开玩笑地对他说：“刘总，你这名字取的好啊！‘地势坤，君子当厚德载物’，怪不得你这样有爱心啊。”是的，刘坤德监事长是一位非常有爱心的企业家，对基建工程兵战友，他更是倾心尽力。几年前，他关注到基建工程兵老兵群体中有一些人患了白内障眼疾，他慷慨解囊从2013年起每年捐25万元，在爱尔眼科医院免费为战友们治疗，并联合他的战友沈远彪等爱心人士成立了“拓荒牛复明基金”，使近千名白内障老兵重见了光明……我不是基建工程兵，只是一个积极为基建工程兵唱赞歌的文学爱好者，刘坤德监事长也对我关爱有加。

2019年，刘坤德监事长策划了一部40多万字的纪实文集《钢铁雄师建酒钢》，全书交由我主编，中央文献出版社出版。这本书出版后，在全国战友中引起普遍好评。而刘坤德监事长承担了书籍编辑出版发行的全部费用，但他在书上又谢绝署名。高风亮节，让人肃然起敬。

2019年5月起，我到刘坤德任荣誉总编辑的“基建工程兵战友之家”当编辑，继续着一个有意义的工作：为基建工程兵树碑，为深圳拓荒牛立传。

第十辑

# 后代传承

# 脉脉相传的基建工程兵精神

何小梅

▲

随妈妈来工程兵营地探望爸爸的小女孩。

摄影 /周顺斌

我是兵二代，扎根深圳30多年了。回想过去，看看现在，时时有穿越的感觉。古语有云：安身之本，必资于食。用餐饮这条主线把在特区发展过程中的所见所闻与基建工程兵的背景关联起来，相信也会很有意思。下面，且让我在父辈们艰苦创业的记述之外，以一些与餐饮相关的场景，记录延续至今的基建工程兵精神。

## 难忘当年拾柴的艰辛

1983年的深圳，远看是绿水青山，近看却都是沸腾的建筑工地，肩挑顶扛、人声鼎沸，铁锹、沙铲、独轮车都是重要工具。但当时包括基建工程兵在内的建设者们的生活却很贫乏，做饭没有煤气、电炉，甚至没有最简单的蜂窝煤。我们这些工程兵的孩子，放学后时常跑到工地上捡拾脚手架拆卸后遗留的废柴，拿回家生火做饭。这当然不太光明正大，要冒一点被呵斥的风险，因此每找到一小块木材就像捡到金子一样，很有淘宝的感觉。对比强烈的是，30多年后，我由于工作需要，经常正儿八经跑工地时，现场已经很难见到人了。深圳持续改革创新，模块化、装配式的建筑方式，已逐渐替代了人力的使用。这让人们更加铭记当年的勇气和艰辛，激发出更多的激情和创造。

### 上大学时战友伯伯的宴请

我第一次隆重地担当主角是考上大学的时候，父亲的工程兵战友们很激动，认为给自家孩子找到了榜样。为此大家带上孩子，找到国贸大厦这样的高档地方，吃喝相庆。席面上家长们捧得我面红耳赤，孩子们却悄悄对我吐舌头、翻白眼，他们在担心回家后长辈们的说教了。基建工程兵们都特别重视孩子们的教育，艰苦时，节衣缩食到无以复加地支撑孩子的学业，捡菜叶、捡纸皮度日，是很多母亲们都做过的事。重视教育的意识还在发扬光大，一代胜过一代，例如二代们更重视三代的教育。而那次升学宴，让我牢牢记住了工程兵大家庭的温暖，和父辈们对所有孩子的真诚期待。

### 饭桌上的基建工程兵老兵

我参加过一位企业老总、也是工程兵老兵的聚会。那时他已经离开岗位多年，曾经创业成功，也曾历经失败。老总过去风云叱咤，但餐桌上我看到他随和谦虚，极富亲和力。一听说有基建工程兵的孩子在场，他眼里顿时浮现出柔光，话也不觉多起来，显现出健谈的本性。而当时有朋友建议老同志帮助做一些工作，他听说还有机会发挥技术专长和余热，顿时两眼放光，来了精神。有着历经世事的透彻，保持着干事的冲动，这就是我们工程兵的长者们，他们有辉煌，有失意，但他们服从指挥、奉献青春的责任担当是不可磨灭的。

## 工作中参加任总的茶会

2010年左右的一次工作接待中，我陪同上级前往华为基地调研，有幸旁听了与任总的喝茶交流。当时华为手机事业有所发展，荣耀手机刚刚起步。交流中任总的三个态度让我印象深刻。一是亲聆他下决心做大手机事业的表态，二是他鼓励内部不同意见的交流，三是他认准通信城墙往上冲的干劲。现在看来，当时华为已经在部署2012实验室、在打造备胎、在发展芯片设计了，这些都是今天华为能够顶住美国打压的基础。可惜的是，前一段，华为卖掉了已经估值千亿的荣耀。但挫折对于今天的任总，当年的基建工程兵任正非技术员，已不是新鲜事。他就是这样一路走来，带着工程兵的执着与务实精神，成为深圳的传奇。

## 围观市领导的工作餐

在政府工作，有过陪同领导向市长汇报的一次特殊经历。特殊在于说好下午5:00开始，一直推迟到晚上8:00才见到市长。还特殊在于市长办公室的味道。记得转了好几个弯才到，一路担心汇报效果。但是，在市长办公室门口，竟完全不是肃穆地进入，首先却被意外地熏到了。扑面而来的是一股浓重的快餐味，因为空间小，满屋子都是，没法躲。市长请工作人员把刚吃完的外卖饭盒端出去，我心里却在叨念，办公厅的同志们不能找家好点的快餐店吗？汇报结束出来，才有时间观察一下通往市长办公室的走廊两边，那里灯火通明，像白天一样。其间人来人往，忙碌有序，有两拨人在开会讨论，有工作人员在查阅电脑，有几位同志在等待汇报。当时脑中闪过电影里指挥机关的景象，想当年基建工程兵总部接受小平同志命令，连夜部署奔赴深圳参与特区建设的场景就该是这样吧。也是这样忘我工作，只是那时候条件更加艰苦，一定是没有外卖的。

2020年，特区已经成立40周年了，我该记录的各种场景还有很多。我一直想把我随基建工程兵家庭来深成长的感受向家里的深三代传授，可孩子没有亲身体验，一时很难找到共鸣。但我不着急，精神的力量不是说教出来的，基建工程兵的历史已经融进了三线建设、特区发展、国家兴旺的辉煌篇章中，成为我们的文化、血脉，脉脉传承，生生不息。

# 印在“深三代”心中的4个故事

刘柏麟

深圳的故事只有40年，但深圳的故事很多很多，个个精彩。

我概括地讲4个故事吧，即一位老人、一栋大厦、一所大学、一批老兵……

## 一位老人

每个人都知道，有一位伟大的老人在南海边画了一个圈，推开中国的大门，开启了一个辉煌的时代。他昂首跨步，永远站在深圳莲花山上，注视着城市的中轴线，希望深圳永远做改革开放的排头兵。邓小平的塑像前，市民自发献上的鲜花常年不断。

但许多深圳人还知道，另有一位老人，安静地坐在海上世界艺术中心的大门前，满怀深情地聆听着深圳湾的海涛。他曾是一位抗战老兵，曾是一名高级外交官，还曾是一名优秀的情报官员。61岁，这位老人才开启在深圳的旅程，用14年的时光为深圳留下了不朽的功勋。

这位老人，名叫袁庚。

1917年，袁庚出生在今天的深圳市大鹏区，是一位土生土长的深圳人。七七事变后，民族情怀深厚的袁庚成立了沿海青年抗敌后援会，开始参与抗日救亡运动。1939年，他加入中国共产党，后来加入了著名的抗日队伍东江纵队，成为对日情报的负责人。解放战争时，他随大部队南征北战，曾参与过淮海战役。新中国诞生前夕，东江纵队成立炮兵团，袁庚担任团长，他带领炮兵团回到广东，收复了沿海的诸多岛屿，其中包括现在位于深圳前海核心区的大铲岛。1953年，年仅36岁的袁庚奉命前往雅加达，担任中国驻雅加达总领事。两年后，袁庚在周恩来总理参加的万隆会议中担任情报官员，保护周总理的安全。1963年，袁庚在柬埔寨捣毁了国民党反动集团妄图暗杀时任国家主席刘少奇的图谋。

1978年，年过花甲、没有经商经验的袁庚受交通部委派，前往香港进行考察，起草了《关于充分利用香港招商局的请示》报告。不久后，他被任命为香港招商局常务副董事长，很快提出建立蛇口工业区。1979年7月8日，蛇口土地的轰鸣声响彻深圳湾，改革开放的第一炮正式开启了这个伟大的时代。两周以后，蛇口工业区正式成立。

作为工业区的总指挥，袁庚提出了著名的“时间就是金钱，效率就是生命”口号，提出了“干部招考招聘”，成立了中国第一家中外合资股份制企业，还提议出资派专人前往美国、加拿大招揽自费留学生回国在蛇口工作。几年中，包括邓小平在内的多位中央领导到蛇口考察，均对蛇口的发展非常满意。袁庚通过香港招商局引入当时香港发达的轻工制造业，并以明显的劳动力优势很快取得了重大进展。无数的“厂弟”“厂妹”拿着内地根本无法想象的工资，依靠辛勤劳动发家致富，有的成为了万元户，有的拿出积蓄继续创业。1988年，制造巨头富士康在离蛇口不远的西乡片区建立工厂，其中一位叫王来春的“厂妹”通过10年的努力走上了管理层的职位，但她毅然决定离职创业。2010年，这家企业在深圳上市，成为了富士康的强力竞争对手，并火速成长为电子制造的全球新星，这家企业的名字是立讯精密。

1983年，一艘历经沧海的游轮来到了深圳。它曾风光无限，法国的戴高乐将军亲自为其剪彩下水；它曾远征印度洋，在中国和坦桑尼亚之间的航线来回穿梭；它曾保护中国侨民的安全，从战争一触即发的越南接回了大量越南华侨。走南闯北21年，也许奔波的心需要一个归宿，也许是迷上了海中央的女娲塑像，这艘名为“明华”的游轮永久地留在了蛇口工业区的海岸边。游轮周边渐渐形成了一个小街区，邓小平于1984年亲自题字“海上世界”，题字至今还悬挂在明华轮的最高处。

1986年4月，在海上世界旁，南山区工业一路1号的地块上，一座造型优美、面朝大海的酒店拔地而起。这是袁庚创立的南海酒店，是深圳第一家五星级酒店，为吸引香港乃至东南亚高端客商增加了吸引力。今天，希尔顿酒店集团已经将其收购运营，新的希尔顿酒店主楼也在它身旁与海洋相伴。当年和1987年，袁庚分别向中央提出创办中国第一家企业创办的保险机构和股份制商业银行。今天，它们都成为了深圳乃至中国金融响当当的金字招牌，一个叫平安保险，一个叫招商银行。

1993年，75岁的袁庚退休了，留在奉献十多年心血的蛇口定居。2003年，香港特区政府授予袁庚“大紫荆勋章”，这是香港特区政府颁发的最高荣誉，获此殊荣的还有著名爱国港商霍英东、传奇作家金庸、香港特区政府首任行政长官董建华等。2006年，袁庚在蛇口的游船上度过了89岁的生日，在海上深情遥望这片热土。2011年7月，海上世界改造完成，成为充满海岸浪漫风情的文化街区，招商局集团的新总部大楼也在海边竣工。

2016年1月31日，袁庚在蛇口安详辞世，享年99岁。那一年，综合性金融巨头平安集团建起了600米高的平安金融中心，成为中国第二、世界第四高楼，深圳城市天际线的高度再一次被刷新。

2017年12月2日，海上世界文化艺术中心正式开门迎客，改革开放博物馆最初也设在这里。鲜亮的党徽挂在极具现代风格的艺术中心外墙上，形成强烈对比。面朝南海的大门外，袁庚的塑像同时揭幕。他的左侧是招商蛇口的顶级海景豪宅双玺花园，右侧是他创立的南海酒店和新希尔顿酒店，身后是活力四射的明华轮和音乐喷泉，前方，则是蜿蜒的深圳湾大桥，是香港的山，是他童年回忆中深圳那片蔚蓝的海。从抗日的战火中走来，开启世界城市发展史上的最大奇迹，百年传奇人生，百年沧海桑田。

2018年12月18日，改革开放四十周年纪念之际，党中央、国务院授予袁庚“改革先锋”称号。

袁庚先生千古。

## 一栋大厦

在罗湖区人民南路和嘉宾路路口，一栋160米高的名为“国贸大厦”的大楼矗立在东北角。当年，它曾是整个中国的焦点，是国人耳熟能详的明星。如今虽然已经被掩盖在了深圳的天际线之下，但在老深圳的心里，一定会给它留下一个位置。

国贸大厦在中国建筑史中开创了一个全新的领域，它是中国大陆第一栋超高层综合性建筑。楼顶有餐厅，楼下有商场，这在今天的一二线城市里已经屡见不鲜，但对20世纪80年代初的中国来说是难以想象的顶级配置。如此巨大的建筑物需要的建设资金也是海量的，勒紧裤腰带过日子的深圳奇思妙想，向全国37个省市筹集资金建设国贸大厦，无意中成为中国大陆第一个“众筹”项目。国贸大厦建成后，江苏、吉林、黑龙江、甘肃等多个省市将驻深办事处设在了国贸大厦中。

国贸大厦建筑工程是开国内之先河的，没有任何中国建筑企业承包过类似的项目。可能正因为如此，国贸大厦工程成为中国大陆第一个公开招标的建筑工程，中建三局最终土建工程中标。基建工程兵部队完成了基坑的土方工程，中建三局完成了大厦主体工程。施工过程中，团队克服巨大困难，采用当时非常先进但极难掌握的滑模技术，使得建设速度明显加快。建筑工人的工资也打破了“大锅饭”制度，实行计件工资，最高单人工资达到惊人的600多元，是当时内地中等收入阶层的二三十倍。在先进的技术和极大的经济激励下，三天一层楼的“深圳速度”载入史册，走进了人教版高中历史教材。充满干劲的工人们在工地上编起了顺口溜：“奖金不封顶，大楼快封顶。”

1985年底，在建设方物业集团和施工方中建三局等单位的共同努力下，53层的国贸大厦正式竣工，一串160米的鞭炮从楼顶一直挂到地面上，足足响了20多分钟。国贸大厦鹤立鸡群的身姿为它平添了几分魔幻色彩，中国第一高楼的桂冠一戴就是整整10年。内部的12台奥的斯超高速电梯历经35年风雨，至今仍在平稳运行，以今天的标准衡量依然很快；悬挂在外墙的3台直达42层观光电梯更是风光无限，在安全标准已经不允许外挂电梯的今天，能在平稳上升的过程中向北眺望罗湖的风景，这样的体验也仅此一处可寻了。

在当时，能在中国第一高楼顶层的国贸旋转餐厅吃一餐饭，普通人的激动程度恐怕不亚于去北京城参观故宫。国贸旋转餐厅是中国大陆第一家空中餐厅，360度旋转的机械结构能让食客谈笑间将深圳尽收眼底。30多年后的今天，玻璃上的字没有变化，但当年可以极目远眺的深圳湾如今已经完全被高楼林立的福田CBD覆盖，当年在可视范围内的布吉更是不知道被淹没在了罗湖中心区的哪个方向。

经中央特批，旋转餐厅里最大的房间被命名为“邓公厅”，这正是1992年1月20日邓小平发表“南方谈话”的地方。在“南方谈话”前20多天，苏联解体的巨变让国内深受震动，许多国人对中国的发展方向产生了怀疑，一时间“中国走资本主义道路”“中国命运堪忧”等言论甚嚣尘上。长达30分钟的“南方谈话”如同一场及时雨，“发展才是硬道理”的有力发言为全国人民打下了一针强心剂，为中国人民坚持中国特色社会主义道路提供了坚定信心。1992年10月的中共十四大上，社会主义市场经济体制正式被确定为中国经济体制的改革目标；1993年3月，社会主义市场经济正式写入《中华人民共和国宪法》。

如《航拍中国》第二季所言，“在深圳，连一栋高楼都会有压力”，深圳超快的发展速度让它的光环逐渐褪去。1996年，深圳信兴广场竣工，因当时最高的地价得名地王大厦，384米的高度轻松将中国第一高楼的名誉收入囊中，让国贸甚至有些黯然失色。2000年，华强北路南端的赛格广场竣工，355米的高度稳稳坐在了深圳高楼榜的第二把交椅上。深圳的发展中心随着高楼逐渐向西移动，从罗湖到福田再到南山，还逐渐出现了向宝安延伸的趋势。不知从什么时候起，罗湖成为这座全新城市里的“老区”。

不过，深圳的发展如同罗湖口岸的客流，永远没有停下来的一天。2013年，华润置地斩获罗湖最大的城市更新项目——湖贝村旧城改造，改造如今正在进行，新的深圳第一高楼可能在酝酿当中；2020年10月，商务部宣布将东门步行街列入国家步行街升级改造第二批试点；地铁5号线将延长至罗湖核心区域大剧院，11号线也将延伸至红岭南站，三线交汇的大工程已经开始施工；今天，深圳与香港之间的第7个口岸——莲塘口岸正式启用；全新装修的国贸旋转餐厅也于今天正式开业，邓公厅的陈设恢复成了当年的样子；为铭记改革开放的光辉历史，传承“敢闯敢试、敢为人先”的国贸精神，国贸大厦在42楼开设了全新的历史陈列馆。在川川车流和广深动车组的穿梭之间，崭新的国贸已经焕发新生，崭新的罗湖正稳步走来。

## 一所大学

深圳大学，生于南山区静谧的海岸边，被粤海街道成长起来的科技园逐渐搂入怀中。不经意间，深大的经济资源、深大的建筑、深大的师资、深大的学风、深大的人情味、深大的荔枝节，让它成为中国大学里上升最快的一颗新星，令无数学子趋之若鹜。

关于深圳大学的故事，却要从深圳机场开始讲起。

在今天，深圳大学处于南山核心的区位优势是令全国绝大多数学生艳羡的，但很多人不知道的是，深圳大学当年很走运地躲过了长期忍受机场高频噪音的命运。深圳大学建立于1983年，几乎与此同时，深圳机场的建设也被提上日程。1986年，深圳机场的最终三大选址方案出炉，其中一个“白石洲方案”（“后海湾”方案）是将机场修建在紧靠深圳大学东南侧的海边。考虑因素包括紧邻香港新界货运便利、位于原特区管理范围内、与当时还未找到新机场理想选址的香港共建机场等。该方案最终遭到了专家团的一致反对，原国家建设部的专家直言“深圳将为这个方案付出沉重代价”，英国专家更是形容“白石洲方案”是将“野牛牵进瓷器店”。而且该方案需要大量填海，涉及与当时还未回归的香港边界问题，最终筹建方选择了“黄田方案”，也即今天的宝安机场方案。

今天，当年的深圳机场选址地块上有深圳大学南校区、腾讯全球总部、华润全球总部、海岸城、深圳湾体育场、人才公园等重要设施，当时要是将机场选在这里，对城市规划的破坏力可想而知，让今天的我们叹服当初专家的高瞻远瞩。当然，这些地块仍然是填海而来，为了纪念脚下曾经的海浪，也为了纪念深圳顷刻间沧海桑田的变化，深圳大学于2019年将南校区重新命名为沧海校区。

这么些年，谈起从深圳大学走出去的著名校友，许多人都会提及马化腾。

马化腾是汕头人，1984年随父母来到深圳，进入深圳中学读书。1989年，他以超高分数考入深圳大学计算机专业，毕业后成为中国最早的一代码农——为寻呼机（BB机）写软件。在写通信软件的过程中，马化腾逐渐意识到通信是一个极有潜力的领域，于是他拿着开发软件和炒股赚来的积蓄，与深圳大学的同学张志东、许晨晔、陈一丹一起创立了腾讯公司。当时腾讯开发的软件叫做OICQ，模仿了来自以色列的软件ICQ，后来因为吃了知识产权官司而改了名字，就是我们今天熟知的QQ。由于软件用户数量增长速度很快，他们支出的服务器租金迅速提高，而且还正撞上了2000年第一次全球互联网泡沫破灭，没有天使投资人的幼年腾讯陷入了严重的财政危机。马化腾当时已经被迫决定卖出公司，深圳电信公司的人员甚至已经上门清点腾讯公司的桌椅板凳等资产。深圳电信出价60万元，马化腾对这个价格很不满意，坚持要价100万元，这笔收购最终没能达成。

今天，深南大道北侧建起了腾讯大厦，深圳大学沧海校区的南侧建起了腾讯滨海大厦（全球总部），腾讯公司的分支遍布整个南山科技园，走进许多名字不同的写字楼里，一楼都挂着腾讯的招牌。从100万元，到5000亿美元，腾讯以惊人的体量和成长能力从一个险些被收购的无名小卒一跃成为世界市值Top10的顶级全领域互联网巨头。经过滨海大厦时，有时候我会猜想，深圳大学1993届毕业生马化腾，现在还会不会偶尔想起当年执拗的自己做出的那个也许有些冲动的决定，会如何感叹当年的“一念之差”；他从学校走出去，最终围着自己的学校建立起自己的商业帝国，当他站在自己的办公室窗前眺望楼下郁郁葱葱、白墙黛瓦的母校时，是多么浪漫、多么传奇的一件事啊。

## 一批老兵

新中国70年的发展史充分说明，中国能够按照自己的发展阶段和现实需求因时制宜，选择合适的发展方法，建立基本建设工程兵这一特殊兵种就是一个鲜明的例子。今天的许多人已经不知道这个37年前就已经不存在的兵种了……

1966年的建军节，中央军委批准建立基本建设工程兵兵种，承担重要的经济和国防重要基础设施的建设任务，包括地质勘探、冶金、黄金和铀矿采集等。当月，一位名叫马成礼的30岁年轻人通过工改兵的方式选择志愿加入基建工程兵部队，进入了冶金部队担任技术员。在11年的历练之后，马成礼转为军事技术干部，并加入了中国共产党。

进入20世纪70年代后期，基建工程任务量逐渐减少。而由于基建工程兵不依靠国防资金而是“自己找饭吃”“自负盈亏”，所以中央提出“摒弃等靠要思想，自己找米下锅”。巧合的是，国内当时有一个地方亟需大批基础建设的生力军，正是南海边刚刚成立的深圳市。基建工程兵部队的相关领导与深圳市委书记兼市长梁湘同志一拍即合，决定派出精锐全力参与深圳建设。基建工程兵冶金指挥部（军级）属下的第1支队拥有丰富的城市工程建设经验，故被选定派往深圳。1979年6月，马成礼随基建工程兵兵种、军师团组成的36人考察团先行到达深圳，并在考察结束后留在深圳负责全面工作。马成礼当时没有想到的是，这一留，就是大半辈子。

几个月时间里，几千名基建工程兵陆续前往深圳，他们无不满怀一腔热血，也无不满怀着各自对未来生活的期待。1983年1月，一趟军列满载2000名工程兵从冰天雪地的辽宁开向深圳，其中的一位小军官沈华清（我姥爷）充满期待地望向窗外，心里在想：“我一岁多的小女儿总算不用在辽宁的冬天里经常感冒发烧了。”

不过，深圳的环境显然比这些北方的工程兵们预想的糟糕得多。战士们带来的帐篷数量不够，他们便就地取材搭建大片的竹棚，这也是深圳今天的一个地名“竹子林”的来历；夏天可怕的潮湿和闷热滋生了大量的蚊虫和老鼠，营房里抓到的蛇时常成为部分胆大的战士们开荤的食材；想吃上新鲜的蔬菜，要让生活车去往几十上百公里外的淡水、虎门运回来；由于水质不好，许多工程兵在洗澡后都出现了皮肤生疮的症状，甚至出现了非战斗减员，跟随战士们一同被派驻到深圳的卫生队（冶金指挥部深圳临时指挥所医院）每天都十分繁忙。在疏通排污沟的任务中，三个连的工程兵在漫天飞舞的苍蝇和震耳欲聋的蚊子声中清理沟中的淤泥、垃圾和粪便，硬是用竹篮甚至自己的脸盆把污物一点一点运走。班长晕倒了，副班长接着干；副班长晕倒了，全班战士依然在继续施工。我姥姥和她的大女儿（我的妈妈，当时只有15岁），经常在河边捡香港不愿意接收的零碎猪肉、鸡肉等食物。在这样艰苦的环境中，马成礼和其率领的工程兵发挥解放军不怕苦、不怕累的优良作风，主动承担各种工程任务。1981年，原电子工业部在深圳开设工厂，马成礼毛遂自荐接下了工厂办公楼的工程，这栋今天在华强北核心地段并不起眼、但当时风头无两的电子科技大厦高20层，成为当时的深圳第一高楼。

1982年，基建工程兵即将撤销的消息传入深圳。深圳市政府主动联系北京的基建工程兵总部，商议后决定派出两万名基建工程兵前往深圳集体转业，建立深圳特区自己的施工单位。这两万名工程兵组成了5家建筑工程公司、一家机电设备安装公司、一家市政工程公司。其中，当初在马成礼的组织下派驻到深圳的指挥所医院与31支队门诊部合并，建立了深圳市基建职工医院，马成礼的妻子成为了医院最早的职工之一。

1983年9月15日，基建工程兵部队集体转业。马成礼几经考虑，选择进入了新成立的深圳市物业发展公司（简称“深物业”，1992年在深交所上市），而该公司建设的国贸大厦刷新了马成礼自己创下的深圳第一高楼纪录。我姥爷则被指派到深圳市委机关，担任其没有任何经验的纪检工作，在克服无数困难、艰苦学习工作两年后，已经39岁的他毅然决定回归校园，以惊人的努力和优异的成绩考入华南师范大学特别本科班。1987年，我妈妈从深圳中学毕业，考入深圳大学电子系攻读本科学位（后转财会系），与马化腾成为了校友，我的二姨和小姨也先后考进了大学，沈家出现了“父女一起读大学”的奇妙现象。1991年，妈妈从大学毕业，进入深物业工作；次年年底，马成礼在成功挽救了深业集团的业绩后，回归深物业担任董事长，成为职场新人我妈妈的领导。

1997年，我出生在深圳华强医院（即更名后的深圳市基建职工医院），成为沈家第一位兵三代。2003年，我的二姨生下家里的第二位兵三代，也就是我的表妹。2009年，我和表妹几乎同时进入深圳外国语学校（初中部与附属东海小学）就读，而深圳教育界的常青树、深圳外国语学校的创始人、老校长、现任国际部理事长龚国祥先生正是我妈妈当年在深圳中学的英语老师。2020年，我妈妈已经在深物业财务部里工作了近30年，走上了财务总监的岗位；我考入广东外语外贸大学攻读法律硕士，而广东外语外贸大学的1965级（首届）英语系毕业生、深圳校友会会长龚国祥先生刚刚被授予“深圳40年40位优秀人物”称号；我表妹目前在深圳外国语学校国际部就读12年级，成绩非常优异。家庭的命运与城市的历史发生着奇妙的交织，随着血脉在延续。

2020年10月20日，马成礼与我姥爷、我妈妈在全新装修开放的国贸大厦旋转餐厅重聚，这个故事中的一切在这个时间点发生了美妙的汇合，谁说历史不能浪漫呢？

我从学校专程赶回深圳，在恢复了当年邓小平同志南方谈话陈列的邓公厅里见到了已经84岁的马成礼先生。虽然年事已高，但他谈起当年的峥嵘岁月，依然娓娓道来、如数家珍。两万名基建工程兵在深圳的40年，他们默默付出，满怀的是对这片土地、这座城市深切的爱意；他们吃过苦、受过累、面临过质疑、面临过压力，但他们从不退缩，在一片荒芜中杀出一条血路，为这座今天已经在南海边向世界发出耀眼光芒的城市打下了坚实的基础。历史与人民会永远铭记基建工程兵的贡献，新一代的我们更会带着老一辈的殷切期盼，让深圳乃至这个国家变得更快、更高、更强。

深圳告诉我，历史就是流动的故事。1998年，我家在深圳大学北侧买下了一套房子，今天它已经身处腾讯集团的怀抱中，从我家小区后门走出去，来来往往的都是穿着格子衫和短裤、戴着蓝色工牌的腾讯员工；在燕南路深外初中部火红的凤凰花丛中，我亲眼见证了当时的深圳第一高楼京基100的建造完工的过程；而在面朝西向的福田中学，我再次见证了深圳全新的第一高楼平安金融中心的封顶。我亲眼见证了城市20多年的发展，虽然我理科和美术都不突出，无法选择相关专业，但我对城市规划和建筑设计都颇有兴趣；2019年，在一次旅行过程中，同行的团友正巧是深圳大学建筑系的讲师。这样的联系，在我的成长中实在数不胜数。也许正是因为这些巧合，这些深入血脉的联系，家庭与深圳历史的传承，让我对这座年轻的城市怀有极为深刻的、甚至与我的年龄不太相符的爱意。

我的书架上有一本书，名为《深圳奇迹》。在我眼里，深圳就是奇迹的化身。40年，从一无所有到声震寰宇；40年，GDP增长了一万倍；40年，永远选择奔跑，永远选择挑战。我热爱深圳的簕杜鹃，热爱深圳的蓝天与落日；热爱深圳火辣的夏天，热爱深圳温暖的冬天；热爱深南大道和滨海大道耀眼的车流，热爱如脉搏一般在地下快速奔涌的深圳地铁；热爱令我儿时流连忘返的华联大厦钟楼，热爱人才公园还在长高的全新天际线；热爱深圳音乐厅的“美丽星期天”，热爱深圳书城的标语“一座城市因阅读而受人尊重”；热爱深圳政府的超高效率，热爱深圳培育出的一家家顶尖企业和其中蕴含的中国力量。深圳有太多值得爱的地方，太多回忆、太多美好都融在深圳的大街小巷中。

深圳，你就是奇迹本身，你会永远年轻。你永远是敢为天下先的勇者，为这个国家在未知的领域中开疆拓土；你永远是共和国南岸热烈跳动的心，为这个绵延五千年的文明古国注入新的能量，绽放出最耀眼的光芒。

欢迎每一个热爱年轻的人来到深圳，如人才公园的标语，“深爱人才，圳等你来”。来了就是深圳人，无关金钱、无关荣誉，定义我们的是那颗永远年轻的澎湃之心。

我爱深圳，热爱深圳，永远热爱深圳。

落笔至此，我难以抑制心中的激动。作为一名深三代、兵三代，我为能见证深圳的许多奇迹、甚至一定程度上走进这些故事里深感荣幸和自豪。

# 附录：致敬，光荣的基建工程兵

## （配乐诗表演）

袁和平

今天的阳光是那样的灿烂，
今天的人们是格外的振奋！
我们迎来了深圳经济特区成立四十周年，
我们向创造四十年辉煌的拓荒牛致敬！
忘不了1979年和1982年深圳火车站的情景，
一百多趟军列呼啸着从远方陆续开进。
基建工程兵两万名指战员在南国边陲集结，
汇入到了深圳特区建设的洪流之中。
四十年风起云涌的岁月，
刻下了拓荒牛深深的脚印。
四十年改革开放的画卷，
记下了拓荒牛闪亮的功勋。
大海在呼喊，苍天在呼喊！
城市在铭记，特区在铭记！
光荣的基建工程兵，
你们是新时代开拓进取最可爱的人！

忆往昔，四十年激情燃烧的岁月刻骨铭心。
看今天，滨海新城、大道楼宇，
处处倾注了拓荒牛对祖国大地的深情。
我们站在基建工程兵的雕像前，
思绪起伏、心潮涌动......
忘不了那一群群年轻军人的身影，
当共和国需要的时候他们服从命令，
脱下军装集体转业成为企业员工，
在改革开放主战场担当排头兵。
华丽转身的前路，是彻骨的阵痛！
创造奇迹的功勋，展现背水一战的神勇！
这就是基建工程兵在深圳建功立业的征程，
这就是共和国军史上一座丰碑高耸入云。
集体转业，那是党中央的号令！
自谋出路，那是一次浴火重生！
"杀出一条血路"——前途光明，
为了中华民族的伟大复兴，
在改革的号角声中，冲！冲！冲！

"基建工程兵"，一个年轻的兵种，
能工能战，劳武结合，特殊使命。
军人服从命令，军人使命神圣。
谁也不会忘记，脱下军装的那一刻。
谁也无法描述，告别军旗的复杂心情。
当大家摘下军帽上的红星，
泪花在眼眶里闪烁，
心中依然激荡着对祖国的一片赤诚！

军旗飘扬，人民子弟兵挺胸阔步前行，
红星照耀，在市场经济的激流中学会游泳。
不怕流血牺牲，乘风破浪一定会成功！
怎能忘记，1983年的那场强台风，
摧毁了我们用竹条搭建的简陋军营。
怎能忘记，那从天而降的烈火，
将最简单的行囊烧成灰烬。
我们没有流泪、我们没当孬种！
我们义无反顾，勇敢前行。
因为我们是特别能吃苦、特别能战斗、特别能奉献的基建工程兵！
狭路相逢勇者胜，这就是军人的血性！
攻如猛虎敢拼命，这就是军人的血性！

铸剑为犁，不辱使命，
青春热血，孺子躬耕！
曾经的连排长率先垂范，
砌墙抹灰技术过硬。
曾经的营团长彻夜难眠，
想的是如何把公司带出困境！
一次次招标投标心酸悲痛，
一场场唇枪舌战难以平静。
我们用军人的耿直和诚信，
取得南山直升机场攻坚战的圆满成功。
我们以大鹏扶摇直上九天的气概，
建造深圳第一座电子大厦气势恢宏。
我们用神奇的深圳速度引领潮流，
“拓荒牛”的精神熔铸在特区建设之中。

我们用心血铺就的宽广道路车水马龙，
滨海、深南、北环大道流金溢彩万紫千红！

军人是勇敢和智慧的结晶，
军人是能工能战的英雄。
我们历尽艰辛移山填海四十多平方公里，
我们披星戴月建造大厦为城市披上彩虹！
我们手捧着沉甸甸的鲁班奖、詹天佑奖奖牌，
心中激荡着为祖国争光、为军旗添彩的豪情！

改革开放的考验锤炼了英雄辈出的部队，
特区建设各个行业之中汇入了八千官兵。
这是一批红色的种子，
他们在各个单位当骨干打先锋！
党政机关有他们恪尽职守的风采，
台前幕后、忠党爱国树新风。
国企民企有他们敢闯敢试的胆略，
创新创业、发展经济建奇功！
华为是一面旗帜、华强是一条巨龙，
企业掌舵人坚韧不拔越战越勇的精神，
就是基建工程兵军魂的传承！
四十年风雨征程，
我们目睹深圳繁华似锦的壮阔与美丽，
四十载拓荒不止，
我们见证深圳日新月异犹如腾飞大鹏。
如今，深圳又开启新的航程，
在建设粤港澳大湾区的征途上、

依然有"拓荒牛"奋进的身影。

致敬，光荣的基建工程兵！

致敬，特区建设的先锋人！

在中国特色社会主义发展的历史画卷中，

永远铭刻着伟大军队创造奇迹的功名！

（本文作者是武警部队某支队政委）

▲

广东省政协副主席、深圳市关爱行动公益基金会理事长李统书，深圳市退役军人事务局局长张悦华给“退役军人关爱基金会”发起人李景书（右一）、黄干达（右二）、刘坤德（正中间）、刘平（左一）、沈远彪（左二）授牌。

来源 /深圳市关爱行动公益基金会

▲

深圳市广电集团总裁岳川江（右五），深圳市报业集团副总经理白俊仁（左五）给退役军人关爱基金启动仪式捐款者授牌。

来源 /深圳市关爱行动公益基金会

▲

深圳市关爱办副主任李青松（左四），深圳市关爱行动公益基金会理事长张占恒（右一）给退役军人关爱基金启动仪式捐款者授牌。

来源 /深圳市关爱行动公益基金会

# 后记：永远的辉煌

编辑完纪念深圳经济特区建立40周年的文集《拓荒牛的记忆》，我们很长时间无法平复激动的心情。一幅幅激情燃烧的画面犹在眼前，每每令我们感慨不已。

习近平总书记在深圳经济特区建立40周年庆祝大会上的讲话指出，“深圳是改革开放后党和人民一手缔造的崭新城市，是中国特色社会主义在一张白纸上的精彩演绎”。缔造这座城市的拓荒牛有千千万万，基建工程兵是其中很重要的群体。那些年轻的战士们接到命令后，义无反顾地从天南地北、四面八方汇集到刚刚诞生的深圳市。从冰天雪地的鞍山上了闷罐子火车的战士，棉衣棉裤边走边脱，几天几夜到达亚热带的深圳后，或短衣在身，或干脆光了膀子。满目的荆棘杂草，到处肆虐的蚊虫，没有吓倒可爱的战士。没有水，自己打井，开始没经验一打180米，打出来的水含氡量太高，根本喝不了，只好学着当地民工，打浅井。不到3万人的小镇，一下拥来这么多当兵的，根本买不到菜。首长一声令下，每个连派一辆卡车，每天去淡水、东莞、虎门买菜。没有住房，学着当地民工，用毛竹、牛毛毡搭棚子，搭简易木板房。冬天四面透风，夏天闷热得像蒸笼，下雨了，脸盆和鞋子一起飘走……

生活非常艰苦，但干起活来毫不含糊，还是那样能吃苦，还是那样能战斗，还是那样能奉献！在急难险重任务面前，冲得上，打得赢。30多年未动过的直通深圳河的臭水沟，几米深的臭泥，满目的垃圾，刺鼻的恶臭。领导说需要清理，一声令下，200多名工程兵干部战士，二话不说，穿着短裤，拿着脸盆、箩筐跳到河里。25天时间，1600多米的“深圳龙须沟”焕然一新。

1980年，深圳大暴雨，大水淹到建设路、火车站，最深处已达胸口。因配电房被淹八个泄洪闸门被卡住六个！危难时刻，市委市政府要求工程兵协助吊起泄洪闸门，在吊车也泡在水里的情况下，他们组织起突击队，硬是用五吨重的倒链，奋战8小时，将被卡住的六个闸门拉起，解了深圳燃眉之急。两天后，市委市政府专门代表深圳人民送来了通报感谢信。这些最早参与深圳特区建设的基建工程兵，担当起排头兵和马前卒的重任，得到了深圳人民的信任和爱戴，蔡屋围的“解放路”“解放广场”至今还在诉说着那段难忘的岁月。

随着1983年工程兵集体转业，这些干部战士脱下了军装，组成了国有建筑施工企业。凭着部队的优良传统，完善的装备和技术力量，基建工程兵们大显身手，市委大楼，电子大厦，国贸大厦，友谊商场，南头直升机场，一个漂亮仗接着一个漂亮仗。可以说，深圳特区的热土上，处处洒下了昔日工程兵的汗水和心血。他们建起的座座大厦，就是镶嵌在深圳大地上的一颗颗闪光的明珠。这些不断被刷新的深圳地标，犹如一座座丰碑耸立在特区的沃土上；犹如一枚枚勋章，至今熠熠生辉！

两万基建工程兵的华丽转身，如同凤凰涅槃，使他们从孱弱小苗茁壮成长为参天大树，建设集团，天健集团，振业集团，物业集团，建安集团，第二人民医院，这些闻名遐迩的名字，就是他们的前世和今生。

这支队伍不但是深圳城市建设的生力军，而且在深圳市人才奇缺时，为各行各业输送了各类人才，8000多人调入党政机关、企事业单位，很多人成为领军人物和创业创新的名人。

这些轰轰烈烈的日子，深圳不会忘记，历史不会忘记。工程兵的拓荒牛精神，和孺子牛精神、老黄牛精神一起，已经融入了深圳建设者的血脉，成为这座“一夜城”的宝贵精神财富。发扬为民服务孺子牛、创新发展拓荒牛、艰苦奋斗老黄牛的精神，弘扬和传承这种精神是打造“中国特色社会主义先行示范区”的不竭动力。正因为如此，才有了这本《拓荒牛的记忆》，她真实和生动地记录了那段艰难和奋进的岁月，记录了一代人不老的情怀，也记录了深圳这座国际大都市成长的历史，值得凝望，值得珍惜，值得传承。

在本书的编辑过程中，编委会主任刘坤德、编委会副主任段亚兵，从收集资料、约稿到审稿，做了大量琐碎细致的工作。编辑部的段亚兵、王军、秦锦屏、王振文、蔡秀文、罗尔、王洁清等人，学习吃苦耐劳的拓荒牛精神，日夜加班，在很短的时间内完成了这本书庞大的资料收集、整理、审核、修改、复核等工作。还要感谢那些可敬的老兵们，他们为建设这座城市，为改革、创新、创业出过力，做过奉献。他们非常感恩党的改革开放的政策，感恩深圳市提供了展示人生价值的机遇和平台。众多深圳早期建设者，得知编辑《拓荒牛的记忆》一书的消息后，踊跃投稿，他们中有高级领导、中层领导、基层员工、在校博士生等，他们从不同角度，展示了艰苦奋斗的历程和拓荒牛精神。许多人不顾年事已高身体欠佳，不辞辛苦地亲手撰写回忆文章，有的提供珍贵的历史资料，让我们得以真实地还原那段难忘的历史。还要感谢那些幕后的无名英雄，默默为本书的出版做出的贡献。

原海南省副省长邹尔康不顾90多岁高龄，在身体欠佳的情况下，亲自为本书作序。原深圳市委书记厉有为不仅热情为本书题名，还推荐了自己的名作《深圳赋》供本书刊发。原深圳市市长李子斌也欣然为本书撰文。他们为弘扬拓荒牛精神不辞劳苦的善举令人感动。在此一并表示衷心的感谢！同时感谢深圳市关爱行动公益基金会和福田区作家协会的大力支持。

同时我们也知道，参加深圳建设的拓荒者千千万万，他们的感人事迹灿若繁星，本书收录的只是其中的点点滴滴，由于种种原因疏漏之处在所难免，没能展现更多的拓荒者的故事。这也是我们心中的遗憾之一，只能寄希望于以后有机会再行补充完善。

在改革开放40周年之际，让我们用也曾是基建工程兵一员的原深圳市委宣传部副部长段亚兵的《丰碑》一诗，作为小结，以为记。

赤裸皴裂的双脚在荒原上走出一条道路，
长满老茧的双手在热土上建起一座新城。
艰苦岁月留下永远的回忆，
如今的家园是多么温馨。

深圳是改革开放的窗口，更是一座丰碑，
见证着中华民族的复兴。
刻碑的工匠是英雄的战士，
无意中在碑上留下了自己的手印。

编者

2020年11月10日

责任编辑：杨美艳

**图书在版编目（CIP）数据**

拓荒牛的记忆 /《拓荒牛的记忆》编委会 编 . — 北京：人民出版社，2021.5
ISBN 978 – 7 – 01 – 023389 – 5

I. ①拓…　II. ①拓…　III. ①回忆录 – 作品集 – 中国 – 当代　IV. ① I251

中国版本图书馆 CIP 数据核字（2021）第 079262 号

**拓荒牛的记忆**

TUOHUANGNIU DE JIYI

本书编委会　编

人民出版社 出版发行
（100706　北京市东城区隆福寺街 99 号）

深圳市先域印刷有限公司印刷　新华书店经销

2021 年 5 月第 1 版　2021 年 5 月北京第 1 次印刷
开本：787 毫米 ×1092 毫米 1/16　印张：29.5　插页：2
字数：480 千字

ISBN 978 – 7 – 01 – 023389 – 5　定价：99.00 元

邮购地址 100706　北京市东城区隆福寺街 99 号
人民东方图书销售中心　电话（010）65250042　65289539